Frank E. Peretti

Der mysteriöse Schwur

Projektion J

Titel der Originalausgabe:
The Oath

Published by W Publishing
Nashville, Tennessee

2. Taschenbuchauflage 2003

ISBN 3-89490-411-9

Übersetzung: Eva Weyandt
Umschlaggestaltung: Michael Wenserit
Satz: Projektion J
Druck und Verarbeitung: Ebner & Spiegel Ulm

Für Dan, Mike, Chaz und Dave.
Wißt ihr was? Es ist einfach großartig,
Dinge machen zu können, die einen Sinn haben.
Moses hatte nur zwei Freunde, die ihm
die Arme hochhielten – ich habe dagegen vier.
Danke euch vier für alles.

Meines Wissens sind siebenundzwanzig Menschen gestorben, und die Zahl derer, die mit allem, was sie tragen konnten, geflohen sind, kann ich nur schätzen. Die ganze Nacht über konnte ich Schreie und Schüsse hören, und ich wagte mich nicht vor die Haustür.

Reverend DuBois ließ man bis zum Nachmittag in Hyde Hall hängen. Ich habe Ben und den anderen gesagt, daß ich an der Unterzeichnung der Urkunde nicht teilnehmen würde, solange die Leiche nicht entfernt wäre. Daraufhin ordnete Ben an, sie abzunehmen, hinauszutragen und mit den anderen zu beerdigen.

Gegen Abend kehrten die Männer, die in Hyde River geblieben waren, in die Minen zurück, als wenn nichts geschehen wäre, und auch ich ging meinen Geschäften wieder nach. Am Abend versammelten wir uns im Schutz der Dunkelheit in Hyde Hall und unterzeichneten die Urkunde. Mit unserer Unterschrift verpflichteten wir uns zum Stillschweigen, darum kann ich über diese Dinge nicht sprechen, sondern nur schreiben.

Der Aufstand ist vorüber, doch ich fühle mich jetzt nicht wohler. Ich habe Angst vor dem, was wir getan haben. Ich habe Angst vor morgen.

Aus dem Tagebuch von Holly Ann Mayfield,
19. Juli 1882

Kapitel 1

Der Mord

Sie rannte um ihr Leben. Die Äste schlugen ihr ins Gesicht, Brombeerzweige zerkratzten ihre Haut, hielten sie fest, als wären sie knochige Hände, die sich in der Dunkelheit nach ihr ausstreckten. Der Berg fiel steil ab, und sie rutschte auf Tannennadeln und losen Steinen aus. Mit den Armen schlug sie die Äste beiseite, suchte nach dem Weg, stolperte über Baumstämme, stand wieder auf, bog nach links ab, dann nach rechts. Ein heruntergefallener Ast verfing sich zwischen ihren Knöcheln, und sie fiel wieder. Wo war nur der Weg?

Blut. Sie roch es. Es war heiß und klebrig zwischen ihren Fingern. Es durchtränkte ihre Bluse und tropfte auf ihre Hose. Die Kleider klebten an ihrem Körper. Mit eisernem Griff hielt sie das Jagdmesser umklammert. Sie hatte noch nicht bemerkt, daß die Spitze abgebrochen war.

Sie mußte es schaffen. Sie wußte, welchen Weg sie und Cliff gekommen waren und wo sie ihren Campingwagen abgestellt hatten. Sie brauchte nur den Pfad zu finden.

Sie weinte, betete, murmelte vor sich hin: »Laß ihn los, laß ihn los. Oh, Jesus, rette uns ... Verschwinde, laß ihn los.« Weiter ging es in der Dunkelheit, unter den Ästen hindurch, in das Dickicht hinein.

Endlich fand sie den Weg, einen schmalen, festgetretenen Pfad, der steil hinabführte und sich durch die hohen Tannen und Fichten schlängelte. Sie folgte ihm vorsichtig. Unter keinen Umständen wollte sie sich noch einmal verirren.

»Oh, Jesus«, sagte sie. »Oh, Jesus, hilf mir ...«

* * *

Harold Bly stand in dem Ruf, gnadenlos zu sein und keinerlei Mitleid zu empfinden. Er zerrte seine wimmernde und flehende Frau aus dem Haus, über den Hof auf die Straße, wo er sie von sich stieß, als würde er eine Mülltüte wegwerfen. Mit einem Schrei fiel Maggie Bly zu Boden. Handflächen und Ellbogen begannen zu bluten. Sie hatte sich bei dem Sturz auf dem rauhen Asphalt aufgeschürft. Verletzt und ängstlich richtete sie sich auf und blieb auf der Straße sitzen, ein weinendes Häufchen Elend in Bluejeans. Ihre blonden Haare hingen ihr wirr ins Gesicht. Mit dem Handrücken strich sie sich das Haar zurück und sah, wie ihr wütender Ehemann sich entfernte.

»Harold!« schrie sie.

Harold Bly, ein großer, breitschultriger Mann, drehte sich um und ließ sich herab, noch einen Blick auf seine Frau zu werfen. In seinen Augen lag kein Mitleid. Er war Mitte vierzig und damit zwanzig Jahre älter als sie. Harold war es gewöhnt zu befehlen; er duldete keinen Ungehorsam und keine Täuschung. Es hatte ihm Spaß gemacht, sie auf die Straße zu stoßen, und er wünschte sogar, sie würde aufstehen, damit er es noch einmal tun könnte. »Es ist vorbei, Maggie«, sagte er mit leichtem Kopfschütteln. »Die Angelegenheit ist erledigt.«

Ihre Augen weiteten sich vor Angst. Schluchzend und wimmernd rappelte sie sich hoch und rannte zu ihm hin. »Harold, bitte … nicht. Es tut mir leid, Harold. Es tut mir leid.«

»Du denkst, du könntest mich hintergehen und dann einfach sagen, es täte dir leid?« rief er und stieß sie mit solcher Wucht von der Treppe, daß sie wieder hinfiel. Sie schrie so laut, daß die Nachbarn es hören konnten.

»Harold, bitte schick mich nicht fort. Bitte!«

»Zu spät, Maggie«, erwiderte er mit einer Handbewegung, als wolle er das Urteil an ihr vollstrecken. »Es ist nur noch eine Frage der Zeit, und es gibt nichts, was ich tun könnte, um es aufzuhalten. Und jetzt verschwindest du besser, und zwar schnell.« Er machte Anstalten, ins Haus zu gehen, fügte aber noch hinzu: »Ich möchte dich nicht in meiner Nähe haben, wenn es passiert. Niemand möchte das.«

»Aber wo kann ich hingehen?« weinte sie.

»Darüber hättest du früher nachdenken sollen.«

Auf der anderen Seite der engen Straße wurde ein Spitzenvorhang vorsichtig beiseite geschoben, und die Frau eines Minenvorarbeiters beobachtete das Drama, das sich vor ihren Augen abspielte. Ihre Kinder sahen sich Zeichentrickfilme im Fernsehen an. Zwei Häuser weiter, dem großen Ziegelbau der Blys gegenüber, öffneten ein Minenarbeiter und seine Frau vorsichtig ihre Haustür und lauschten.

»Harold«, hörten sie Maggie beinahe schreien, »laß mich nicht hier draußen stehen!«

Er öffnete gerade seine Haustür. Noch einmal drehte er sich um und deutete mit dem Zeigefinger auf sie. »Komm nicht mehr in meine Nähe, Maggie! Wenn du es trotzdem tust, töte ich dich, hörst du?«

Die Haustür fiel ins Schloß, und nun stand Maggie allein in der Dunkelheit.

Ich hoffe, sie kommt nicht hierher, dachte die Frau des Vorarbeiters und schob schnell den Vorhang wieder vor das Fenster. Der Minenarbeiter und seine Frau blickten sich an und schlossen leise ihre Tür in der Hoffnung, Maggie würde das Geräusch nicht hören.

Maggie wischte sich die Tränen ab, die ihren suchenden Blick nach einem Zufluchtsort, irgendeinem Zeichen des Willkommens verschleierten. Vielleicht konnte sie zu den Carlsons gehen … Nein. Sie sah, wie die Wohnzimmervorhänge ihres, in der Mitte des Jahrhunderts erbauten Hauses vorgezogen wurden. Vielleicht bei den Brannons? Nein. Gerade gingen das Terrassenlicht und jetzt das Wohnzimmerlicht ihres weißen Hauses aus.

Es war ein milder Juliabend, und Maggie wurde auf einmal klar, daß die meisten der Nachbarn den Streit gehört haben mußten. Niemand würde ihr die Tür öffnen; sie wollten Harolds Zorn nicht auf sich ziehen.

Trotz des lauen Abends fror Maggie, und sie schlang die Arme um ihren Körper. Von dem steilen Hügel blickte sie hinab auf die kleine Stadt. Keine Wärme ging von den dichten Häuserreihen aus. Die Dächer mit ihren Schornsteinen hoben sich wie nachtschwarze Sägezähne gegen den vom Mond beschienenen Berg ab. Kaum ein Licht war zu sehen.

Auf einmal wurde Maggie klar, daß sie jetzt eine Fremde war, und Fremde waren in Hyde River nicht sehr willkommen.

Voller Furcht stieg sie den Hügel hinab zur Straße, die durch den Ort führte, die Hand aufs Herz gedrückt, als empfände sie einen starken Schmerz. Sie blickte zurück, nach vorne, dann in den schwarzen Nachthimmel mit den funkelnden Sternen. Lange starrte sie auf die Hyde Minengesellschaft, ein riesiges Betonbauwerk auf der anderen Seite des Flusses. In ihrer Phantasie wurden die Fenster des alten Gebäudes zu Augen und die großen Tore zu Mäulern, die sie verschlingen wollten. Sie war sicher, daß es sich bewegt hatte. Sie beschleunigte ihren Schritt, blickte über die Schulter, dann wieder in den Himmel, als würde dort ein unsichtbares Ungeheuer auf sie lauern.

Endlich erreichte sie die *Hyde River Road*, die schmale, zweispurige Straße durch die Stadt, die vierzig Kilometer durch das tiefe Tal zur Stadt West Fork im Süden führte. Ein Stück die Hauptstraße hinauf zeigte sich die Stadt von ihrer besten Seite. Dort befanden sich eine Reihe neuer Geschäfte. In der entgegengesetzten Richtung befand sich der ältere Teil der Stadt. Maggie eilte die Straße entlang, vorbei an den kleinen Geschäften. Der *True Value* Eisenwarenladen, die *Chevron*-Tankstelle, *Charlies Bar* und *Dennings* Warenhaus hatten noch geöffnet. Hinter diesen Geschäften wurde die Stadt mit ihren baufälligen Häusern, den zerbeulten Wagen und der verrosteten Minenausrüstung immer häßlicher. Endlich erreichte sie den Trailer der McCoys, einen metallenen Schuhkarton mit Fenstern ohne Räder, der auf vier, mit Zement gefüllten alten Ölfässern stand. Das durchgerostete Dach war mit großen Planen abgedeckt worden. Maggie entdeckte Bertha McCoy, die sie durch ihr Küchenfenster beobachtete. Als ihre Blicke sich trafen, verschwand Berthas Gesicht.

Maggie näherte sich dem Vorplatz, auf dem das Spielzeug der Kinder verstreut lag. Griz und Tony, die beiden Mischlingshunde der McCoys, bellten sie an. Daraufhin begannen auch die anderen Hunde in der Nachbarschaft zu bellen. Jetzt noch an die Tür zu klopfen, wäre nur eine Sache der Höflichkeit; die McCoys mußten wissen, daß jemand da war. Maggie klopfte vorsichtig, und Bertha rief von innen:

»Was willst du?«

»Bertha? Bertha, ich bin es, Maggie.«

»Was willst du?«

Maggie zögerte, errötete. Was sie wollte, ließ sich nicht einfach durch eine geschlossene Tür erklären. »Kann ich einen Augenblick mit dir sprechen?«

Dann ertönte die Stimme eines Mannes. »Wer ist es?« Und Bertha erwiderte: »Maggie Bly.«

»Was will sie hier?« fragte der Mann. Dann tuschelten die beiden miteinander; die Tür blieb jedoch geschlossen.

Schließlich rief der Mann: »Was willst du hier, Maggie?«

»Ich …« Sie blickte sich mit von Furcht geweiteten Augen um. »Ich kann nicht hier draußen bleiben.«

»Dann geh nach Hause.«

»Ich kann nicht. Harold …« Sie mußte es sagen. »… Harold hat mich rausgeworfen.«

Elmer McCoy, ehemaliger Aufseher der Hyde Minengesellschaft, war mit Harold Bly sehr gut bekannt, und Maggie hörte dies an seinem angespannten Tonfall. »Maggie, wir haben mit keinem von euch Streit gehabt, und wir wollen ganz bestimmt auch jetzt keine Schwierigkeiten.«

Maggie drückte sich gegen die Tür, als suche sie Schutz. Die Stadt um sie herum lag grau und dunkel da, und ihr schien es, als würde sich hinter jedem dunklen Fenster, in jedem Schatten etwas Finsteres verbergen.

»Elmer, laß mich doch nur eine kleine Weile herein …«

Sie konnte hören, wie Bertha mit furchterfüllter Stimme auf Elmer einredete. »Elmer, laß sie nicht hereinkommen!«

»Geh weg, Maggie!« rief er durch die Tür hindurch.

»Bitte …«

Elmers Stimme klang verängstigt, als er sagte: »Geh fort, hörst du? Wir wollen nicht in deine Schwierigkeiten hineingezogen werden.«

Sie drehte sich um, und die Hunde bellten hinter ihr her, während sie sich langsam entfernte.

* * *

Evelyn Benson folgte kilometerweit dem steilen Pfad, bis sie endlich die Straße erreichte, auf der Cliff und sie gekommen waren. Nachdem sie es so weit geschafft hatte, wich ihre Verzweiflung der Erschöpfung, ihre Knie gaben nach, und sie sank am Straßenrand zusammen. Sie war von dem Schock zu betäubt, um zu weinen, emotional zu ausgelaugt, um zu beten. Das Blut, das ihre Kleidung durchnäßt hatte, hatte sich mittlerweile mit Schweiß gemischt, und der Nachtwind zog die Hitze aus ihrem Körper, so daß sie zu zittern begann.

* * *

»Geh weg!« zischte Carlotta Nelson hinter der Tür ihres kleinen, einstöckigen Hauses.

»Bitte, Carlotta! Laß mich herein. Ich kann doch nicht hier draußen bleiben!« weinte Maggie, die auf der Veranda stand und den Türgriff der geschlossenen Tür umklammert hielt.

Carlotta Nelson und Rosie Carson, beide nicht mehr so ganz jung, waren immer noch die beliebtesten Damen des Ortes – und sie waren entschlossen, dies auch zu bleiben.

»Ich kann dich nicht hereinlassen«, erwiderte Carlotta, »nicht wenn Harold dich aus seinem Haus gewiesen hat. Das müßtest du doch eigentlich wissen!«

»Carlotta, ich habe Angst!«

Carlotta hatte ihr langes blondes Haar zu einem losen Knoten zurückgebunden. Sie tauschte einen besorgten Blick mit Rosie, einer kleinen, sommersprossigen Rothaarigen. Carlotta hatte ihre Hand an den Türknauf gelegt, nicht, um die Tür zu öffnen, sondern um sicherzugehen, daß sie sich nicht öffnen ließ.

Rosie stand nur in der Nähe der Tür, damit sie sich hinter Carlotta verstecken konnte. »Wir haben auch Angst, begreifst du das nicht?« rief sie über Carlottas Schulter hinweg.

»Laßt mich doch nur für die Nacht herein«, flehte Maggie. »Ich werde sterben, wenn ich hier draußen bleiben muß!«

Sterben? Hatte sie sterben gesagt? Carlotta warf Rosie einen verängstigten Blick zu, und Rosie gab ihn zurück. Nur eine Holztür trennte sie von der schlimmsten Art von Ärger.

»Das ist dein Problem«, sagte Carlotta mit zitternder Stimme. »Wir wollen damit nichts zu tun haben, hörst du? Und jetzt verschwinde hier!«

Maggie weinte wieder. »Bitte, laßt mich doch herein. Ich gehe morgen wieder, ich verspreche es!«

Ihre Bitte wurde nicht mehr beantwortet.

Schließlich drehte Maggie sich um und stolperte die Stufen hinab zum Bürgersteig. Sie ging ganz dicht an den Gebäuden, Wagen und Bäumen vorbei, blickte ständig über die Schulter zurück, zum Himmel hinauf und die Straße entlang.

* * *

Wenn er nicht gezwungen gewesen wäre, wegen des schlechten Straßenzustands so langsam zu fahren, hätte der Lastwagenfahrer Evelyn niemals rechtzeitig gesehen. Doch so trat er schnell auf die Bremsen, als er ihren blutüberströmten Körper auf der Straße liegen sah.

Etwa drei Meter vor dem reglos daliegenden Körper brachte er seinen Wagen zum Stehen. Während der Fahrer ausstieg, spürte er, daß er zu zittern begann. Es war dunkel, und er war allein. Vielleicht steckte mehr hinter dieser ganzen Situation. Vorsichtig näherte er sich dem reglosen Körper. Er machte sich auf das Schlimmste gefaßt: einen Jagdunfall oder einen Bärenangriff; vielleicht eine Vergewaltigung. Er blickte über die Schulter. Wenn der Angreifer nun immer noch in der Nähe war?

»Hallo?« rief er vorsichtig.

Evelyn rührte sich und stöhnte. Der Lastwagenfahrer eilte zu ihr hin. Er beugte sich über sie und drehte sie vorsichtig um. Ihr Körper war schlaff, ihre Augen geschlossen, und ihr Gesicht wachsbleich. Er legte ihren Kopf auf seinen Arm und fühlte ihre Halsschlagader. Ihr Puls war deutlich spürbar, ihre Atmung normal.

»Madam, können Sie mich hören?«

Mit einem Ruck kam sie zu sich.

Evelyn wußte nicht, wer sie war, wo sie war oder wer sie in den Armen hielt. Alles, was sie wahrnahm, war der imposante Kühlergrill des Lastwagens, der laufende Dieselmotor und vor allem die blendenden Scheinwerfer – sie erschienen ihr wie Augen zu sein.

Mit einem schrillen Schrei löste sie sich von dem Fernfahrer und sprang auf. Die Erschöpfung ließ sie taumeln. In ihrer Hand hielt sie immer noch das Messer, und die abgebrochene Klinge funkelte im Scheinwerferlicht. Der Lastwagenfahrer, der um seine eigene Sicherheit fürchtete, wich vor ihrem Messer zurück. Wie betäubt stand er auf der Straße und beobachtete die Frau, die mit weit aufgerissenen Augen und einem schrecklichen Schrei mit dem Messer auf den Lastwagen einhieb. Dann wurde ihm klar, daß sie sich verletzen würde, und er sprang auf sie zu, packte sie und zog sie von dem Wagen fort. Sie trat um sich und schrie und schnitt ihm fast das Ohr ab.

* * *

Auch Vic Moore, ein großer, bärtiger Mann, war nicht auf Ärger erpicht. Im Hyde Valley Arbeit zu finden, war nicht leicht, vor allem nicht für einen Bauunternehmer. Ihm war es gelungen, sich über Wasser zu halten, was für seine Stärke und Klugheit sprach. Es war ihm auch gelungen, nun schon seit sechs Jahren mit derselben Frau verheiratet zu sein, was schon eine Leistung war – und für Carlotta Nelsons Fähigkeiten sprach, ein Geheimnis zu wahren. Alles lief also prima und konnte nur noch besser werden. So dachte er zumindest bis zu jenem Abend.

Er machte sich gerade fürs Bett fertig und stand mit entblößter Brust vor dem Waschbecken, als er direkt über seinem Herzen etwas entdeckte, das aussah wie ein Hautausschlag oder wie einige geplatzte Blutgefäße. Er beugte sich weiter über das Waschbecken, um die seltsame Stelle näher zu betrachten. Sie hatte ein verzweigtes, venenartiges Muster, reichte etwa einen Zentimeter über sein Schlüsselbein hinaus und war ein wenig länger als die Breite seiner Hand. Was um alles in der Welt ist das? fragte er sich.

Irgendwo tief in seiner Erinnerung tauchte eine Antwort auf, und sein Herz etwas unterhalb dieses eigenartigen Gebildes begann schneller zu schlagen. Vic hielt sich am Becken fest. Seine Gedanken wirbelten durcheinander, während Vernunft und Logik gegen Furcht und Leugnen kämpften. Dieses Mal, dieser Makel konnte nicht das sein, wofür er es hielt. Er glaubte nicht an den Unsinn, den er schon seit seiner Kindheit gehört hatte. Nein, er hatte sich bestimmt nur einen Muskel gezerrt, oder einige Blutgefäße waren geplatzt, als er mit dem Hammer gearbeitet oder die Säge gehoben hatte. In letzter Zeit hatte er schwer arbeiten müssen.

Ein lautes Klopfen an der Haustür ließ ihn zusammenfahren. Es folgte ein Augenblick der Stille, dann wieder ein verzweifeltes Klopfen. Dottie, seine Frau, stand unter der Dusche, und er wußte, daß sie das Klopfen nicht hören konnte. Vic verfluchte den schlecht gewählten Zeitpunkt. Wer um alles in der Welt ...?

Er mußte sich etwas anziehen. Keinesfalls durfte jemand sehen – Ach komm schon, sagte er sich, zieh einfach nur dein Hemd über. Das ist keine große Sache.

Er zog sein Hemd an, das an einem Haken neben der Badezimmertür hing. Zur Sicherheit nahm er auch noch seinen Morgenrock.

Das Klopfen ging weiter, und während Vic auf dem Weg zur Haustür das Wohnzimmer durchquerte, hörte er eine Stimme. »Hallo! Hallo, bitte, ist da jemand?«

Oh nein. Das klang nach Maggie Bly.

Mit einem Schwung öffnete er die Tür. Maggie warf ihn beinahe um, als sie sich ins Innere des Hauses drängte und sich außer sich vor Angst an ihn klammerte.

»Vic, laß mich herein!«

Vic war verwirrt, dann wurde er wütend. »Maggie, was tust du? Was soll das?«

Sie klammerte sich auch weiter an ihn, ihren Blick fest auf die Haustür gerichtet, als wenn jemand sie hineingejagt hätte. Ihre Worte sprudelten hervor wie die eines verängstigten Kindes. »Vic, du mußt mich hierbleiben lassen. Ich werde dir keine Schwierigkeiten bereiten, laß mich nur hierbleiben. Ich kann nicht wieder nach draußen gehen!«

»Maggie, jetzt beruhige dich doch erst einmal!« zischte er und versuchte, ihren Griff zu lockern. »Und sei nicht so laut, hörst du? Dottie und die Kinder sind hier. Willst du sie alle aufwecken?«

Maggie versuchte sich zu beruhigen, doch ihre Stimme klang immer noch schrill vor Angst. »Bitte, schick mich nicht wieder dort hinaus ...«

Vic blickte zu dem Flur, der zum Badezimmer führte. Immer noch war das Rauschen des Wassers zu hören. Er wurde langsam nervös. »Was ist los?«

Maggie preßte die Hand an ihr Herz, als versuche sie, einen Schmerz zu lindern. »Harold hat mich rausgeworfen.«

Vic sah, was sie tat, während er hörte, was sie sagte, und er bekam Angst. Sie beugte sich vor. Er wich zurück. »Ruhig, Maggie, ruhig. Harold hat dich hinausgeworfen? Warum?«

Sie stand weinend vor ihm und mied seinen Blick.

Vic wiederholte seine Frage. »Warum hat er dich hinausgeworfen?«

»So etwas ist mir noch nie passiert ...«, sagte sie, seine Frage umgehend.

Vic verstand, und sein Gesicht verzerrte sich vor Furcht. Er ging zur Tür und riß sie auf. »Raus.«

Ihr Todesurteil. »Vic –«

»Raus! Sofort!«

Sie rang flehend die Hände. »Vic, weißt du denn nicht, was draußen ist?«

Er senkte seine Stimme zu einem Flüstern und hoffte, sie würde ihn verstehen. »Es wird auch draußen bleiben. Du wirst es nicht hier hereinbringen.«

»Das wollte ich doch auch gar nicht ...«

Vic sprach jetzt schneller. Seine Aufregung steigerte sich. »Maggie, was immer du tust, es hat nichts mit mir zu tun, oder mit Dottie und den Kindern. Und jetzt verschwinde hier!«

Sie zögerte, zitterte, unfähig oder nicht bereit, sich zu rühren. Vic wußte, daß er sie aus seinem Haus schaffen mußte – und zwar schnell. Er packte sie am Arm und zerrte sie zur Tür. Sie stieß einen Schrei aus.

»Halt den Mund!« zischte er und warf sie hinaus. Er schloß die Tür hinter ihr und verriegelte sie.

Die Dusche war abgestellt worden. Einige Zeit später kam Dottie mit einem Handtuch um den Kopf geschlungen und in ihrem Bademantel ins Wohnzimmer. »Wer war das?« fragte sie ihren Mann besorgt.

Vic stand mitten im Raum und blickte zur Tür. Er wollte sehen, ob Maggie es wagen würde zurückzukommen. Als er sich zu seiner Frau umdrehte, bemerkte sie, daß er sehr aufgebracht war. »Ein paar Kinder, die mit Steinen geworfen haben.«

»Was hast du getan?«

»Ich habe sie verjagt.«

»Hast du gesehen, wer sie waren?«

»Nein, es war zu dunkel.«

Ihr lag noch eine weitere Frage auf der Zunge, doch er stürmte an ihr vorbei aus dem Zimmer. Er wollte ins Bett gehen, die Lichter ausknipsen und den Tag hinter sich lassen. Er wollte keine weiteren Fragen mehr beantworten.

* * *

Maggie kam schließlich zu Cobbs Werkstatt, der ehemaligen Feuerstation einer alten Minengesellschaft. Sie war provisorisch aus Steinen und Ziegeln zusammengebaut und besaß zwei große Holztore mit eisernen Angeln. Das Licht brannte; Levi arbeitete anscheinend noch. Sie ging zum Seiteneingang und ohne anzuklopfen versuchte sie die Tür zu öffnen. Sie war nicht verschlossen, und so trat sie schnell ein, schlug die Tür hinter sich zu und lehnte sich dagegen. Sie war fest entschlossen: Levi Cobb konnte sie hinauswerfen, doch von selbst würde sie nicht gehen. Sie wollte keine Sekunde länger mehr draußen bleiben.

Ein Lieferwagen der Telefongesellschaft war aufgebockt, und Maggie entdeckte Levi hinter dem Wagen an der Werkbank. Er war ein grauhaariger, bärtiger Bursche mit einer Nickelbrille und den muskulösen Armen eines Arbeiters. In der einen Hand hielt er ein Schweißgerät, mit der anderen schob er gerade die Schutzbrille hoch, um zu sehen, wer gekommen war. Als er sie zitternd und fassungslos gegen das Tor gelehnt stehen sah, richtete er sich auf.

»Mrs. Bly?«

* * *

Steve Benson hatte mitten in der Nacht einen Anruf von Evelyns Mutter bekommen und kam gegen zwei Uhr des folgenden Nachmittags im *Clark County Medical Center* in West Fork an. Als er den Krankenhausflur entlangeilte, spürte er die Müdigkeit, doch er wußte, er hatte die Kraft, sie zu überwinden. Er hastete den Gang entlang, vorbei an Patienten in Rollstühlen, Schwestern und Ärzten auf der Suche nach Zimmer Nr. 31. Ihm fiel auf, daß die Leute ihn anstarrten, während er an ihnen vorüberging. Er war eine auffallende Erscheinung, sehr groß, in zerknitterten, schmutzigen Kleidern, und ihm war klar, daß er in dieser weißen, sterilen Umgebung ein wenig fehl am Platze wirkte. Man sah ihm an, daß er die halbe Nacht durchgefahren war. Sein Stoppelbart und sein müder Gesichtsausdruck verrieten es. Sie können mich anstarren, soviel sie wollen, dachte er. Ihn interessierte im Augenblick nichts weiter, als Evelyn zu sehen und zu erfahren, ob sein Bruder Cliff bereits gefunden worden war.

Im Schwesternzimmer entdeckte er eine Polizistin, die auf ihn wartete. Bei ihrem Anblick stieg seine Ungeduld wieder hoch. Was dachte sich der Sheriff eigentlich? War er der Meinung, Cliff Benson sei nicht so wichtig, daß er das Mädchen schicken konnte? Sie erschien Steve ein absoluter Neuling zu sein: kastanienbraunes Haar, im Nacken sehr ordentlich zusammengebunden, so jung, als hätte sie noch nie richtige Polizeiarbeit geleistet. Schlank, gut gebaut, ein Puppengesicht. Ihm fiel auch auf, daß sie sich unbehaglich fühlte, so als ob es ihr erster Tag in diesem Job sei.

Großartig, einfach großartig.

Sie sah in seine Richtung. Versuchen Sie nicht, mich aufzuhalten, junge Dame.

»Kann ich Ihnen helfen?« fragte sie und ging auf ihn zu.

»Ich bin Steve Benson«, sagte er und blieb stehen, um nicht in sie hineinzulaufen.

»Mrs. Bensons Schwager?«

»Richtig«, antwortete er und ließ es zu, daß sie ihm die Hand schüttelte, blickte jedoch schon an ihr vorbei den Flur entlang. Er konnte es nicht erwarten, Evelyn zu sehen.

»Ich bin Tracy Ellis und arbeite im Büro des Sheriffs«, sagte sie unvermittelt. Ja, sie war nervös. Das war verständlich. »Evelyns Mutter meinte, Sie würden kommen. Sie sind also der Bruder des – äh – «

Steve wendete ihr schließlich seine volle Aufmerksamkeit zu, wenn auch nur, um sie endlich loszuwerden. »Cliff Benson ist mein Bruder.«

Sie schien nach der nächsten Frage zu suchen. »Sind – sind Sie allein? Hat Sie jemand begleitet?«

»Ich bin allein.« Steve war entschlossen, der Unterhaltung ein rasches Ende zu setzen. »Ich möchte meine Schwägerin sehen und wissen, ob man meinen Bruder gefunden hat.«

Sie konnte in seinem Gesicht und seinem Tonfall lesen. Einen Augenblick lang senkte sie den Blick, dann sagte sie endlich: »Evelyn ist am Leben, in Sicherheit und ruhiggestellt. Keine ernsthaften Verletzungen. Sie hat Schnittwunden und Kratzer und sie befand sich in einem Schockzustand, als der Lastwagenfahrer sie herbrachte. Aber sie wird wieder in Ordnung kommen.«

Steve bemerkte sehr wohl, daß sie nur von Evelyn sprach. Doch bevor er zu sprechen ansetzen konnte, berührte sie ihn am Arm. »Könnten wir uns nicht erst einmal hinsetzen?«

»Wozu?«

Sie antwortete nur leise: »Kommen Sie«, und führte ihn zu einem Wartezimmer am Ende des Ganges, einem hellen Raum mit bequemen Stühlen, Zeitschriften und großen Fenstern. Er ließ sich auf einen der weichen Stühle am Fenster sinken, ein Stuhl, der bereits von der Nachmittagssonne erwärmt war. Es tat sehr gut, besser, als er erwartet hatte. Sein Körper sendete deutliche Signale aus, daß er Ruhe brauchte. Doch er ignorierte sie.

Tracy Ellis zog sich einen Stuhl heran, damit sie ihm gegenüber Platz nehmen konnte. Sie hielt einen Aktenordner in der Hand, der zweifellos die Einzelheiten des Falles enthielt, soweit sie bekannt waren. Doch sie öffnete ihn nicht. Statt dessen sah sie ihn nur an – er wußte, sie suchte nach den richtigen Worten.

Doch ihr Gesichtsausdruck sagte genug. Er konnte die Wahrheit in ihren Augen lesen, spürte, wie sie sich in seine Eingeweide bohrte, seine Hoffnungen zunichte machte und den Wunsch, es einfach nicht zu glauben, niederknüppelte.

»Ist mein Bruder tot?«

Sie zögerte immer noch. Endlich sagte sie: »Äh, wir brauchen noch eine Identifizierung der Leiche, aber ... ja, es steht ziemlich fest, daß Ihr Bruder Cliff tot ist.«

Ein Hoffnungsschimmer kehrte zurück, doch nur, um ihn zu quälen. »Was – was meinen Sie mit fast sicher?«

Sie öffnete schnell die Akte und überflog ihre Notizen nach einer genaueren Information. »Hatte ...«, sie schlug eine Seite um, »– Ihr Bruder Cliff eine Narbe am rechten Bein, äh, an der Innenseite des Oberschenkels?«

Steve atmete tief durch. Er spürte, wie die Kälte in ihm hochkroch.

Ihr Gesichtsausdruck war entschuldigend, doch sie wartete auf eine Antwort.

Er nickte. »Er, äh, schoß sich mit einer Pistole ins Bein, als er sechzehn war. Er wollte mir zeigen, wie schnell er ziehen konnte.« Er sah es noch genau vor sich: das handgezeichnete Papierziel, das sie an der alten Eiche hinter dem Haus befestigt hatten; Cliff, lang und schlacksig, mit diesem Halfter, das er sich ans Bein gebunden hatte, und seinem Cowboyhut, der ihm immer ins Gesicht rutschte. Clint Eastwood. »Er war – er war manchmal ziemlich verrückt.« Und ich liebte ihn dafür.

»Es tut mir leid.«

»Was ist passiert?«

»Wir wissen es nicht genau. Letzte Nacht fand ein Lastwagenfahrer Mrs. Benson auf einer Straße, die zum Wells Peak führt. Sie befand sich in einem Schockzustand und sprach nur unzusammenhängend. Doch sie hatte ihren Ausweis bei sich. Wir riefen bei ihr zu Hause an und erfuhren von einem ihrer Söhne, daß sie und Ihr Bruder zusammen zum Camping gefahren waren. Heute morgen haben wir die Leiche Ihres Bruders auf dem Wells Peak gefunden.« Sie brach ab, dann fuhr sie vorsichtig fort: »So wie es aussieht, sind wir der Meinung, er könnte einem Bären zum Opfer gefallen sein.«

Könnte? »Sie können es also nicht genau sagen?«

Sein Ton war scharf; der Schmerz war zu groß, er konnte es nicht ändern. Sie nahm es gut auf, blieb ruhig und freundlich, wenn auch sichtlich angespannt. »Wir haben noch nicht alle Informationen beisammen. Zuerst einmal fallen Bären, falls es das war, Menschen in dieser Gegend nur äußerst selten an, zumindest nach den gemeldeten Angriffen zu urteilen, und ...«, sie gab es nur sehr ungern zu, »... es ist nie eine Verfahrensweise für die Behandlung eines Falles dieser Art festgelegt worden. In diesem Teil des Landes dauert es eine Weile, das nötige Personal zusammenzustellen und sich auf eine Verfahrensweise zu einigen. Die Leiche Ihres Bruders wurde ins Leichenschauhaus nach Oak Springs gebracht – das ist auf der anderen Seite des Passes, etwa vierzig Kilometer von hier entfernt. Die Autopsie ist für morgen angesetzt, und wir hoffen, daß der Leichenbeschauer mehr herausfindet. In der Zwischenzeit haben wir uns mit den Wildhütern in Verbindung gesetzt. Sie werden uns einige Leute herausschicken ...«

»Marcus DuFresne?«

Sie hielt inne. »Wie bitte?«

»Der Verantwortliche ist doch Marcus DuFresne, nicht wahr?«

Sie schüttelte ungläubig den Kopf. »Sie kennen ihn?«

»Wir haben schon zusammengearbeitet. Ich habe ihm letztes Jahr geholfen, einige Bären einzufangen. Ist er mit diesem Fall beauftragt?«

Sie zögerte nur kurz und erwiderte: »Ja, ich glaube schon.«

Nervös fuhr er sich durch sein glattes, schwarzes Haar und sagte: »Ich setze mich besser mit ihm in Verbindung. Wir müssen schnell mit den Untersuchungen beginnen, bevor die Spuren verwischt sind –«

»Nun, ich bin sicher, Mr. DuFresne ist qualifiziert ...«

»Wir sind beide qualifiziert. Wir müssen zusammenarbeiten.«

Steve war sich darüber im klaren, daß er zu laut und zu schnell sprach, doch er konnte nicht anders. Es war, als müsse er seinen ganzen Schmerz und seine Wut durch Aktivität überwinden, durch etwas, das er kontrollieren konnte.

»Mr. Benson.« Sie hob die Hand, um ihn zu unterbrechen. »Geben Sie sich doch ein wenig Zeit. Sie müssen erst einmal etwas Abstand gewinnen –«

»Wir haben keine Zeit!« gab er zurück. »Wenn dies wirklich das Werk eines Bären war, dann können die Spuren innerhalb von Stunden verschwunden sein.«

»Qualifizierte Leute arbeiten daran –«

»Sie wollen Qualifikationen? Ist es das?« fragte Steve mit erhobener Stimme. »Würde ein Doktortitel in Biologie ausreichen? Wie wäre es mit einer Professur an der Universität von Colorado, wo ich Umweltwissenschaft und Biologie unterrichte? Ich kenne Bären, Deputy! Seit zehn Jahren habe ich mich auf das Verhalten von Grizzly- und Schwarzbären spezialisiert. Ich habe die Aufsicht des Nationalparks beraten, die Untersuchung von zwölf Fällen von Bärenangriffen geleitet, und im Augenblick beschäftige ich mich mit der Lebensweise der Grizzlys im Glacier Nationalpark. Ich bin sogar gerade dabei, mein Wissen niederzuschreiben, und Sie können alles darüber lesen, wenn ich mein Buch fertiggestellt habe. Doch im Augenblick ist mein Bruder getötet worden, vermutlich von einem Bären, und ...« Er hielt inne und stieß einen tiefen Seufzer aus, beugte sich vor und stützte den Kopf in die Hände. Er war zu weit gegangen, und er wußte es.

Ihre Ruhe und beruhigende Antwort sprachen sehr für sie. »Dr. Benson, wie wär's, wenn Sie jetzt erst einmal Ihre Schwägerin besuchen? Wir können ja nachher weitersprechen.«

Sein Ton war weicher jetzt, fast entschuldigend. »Das wäre sehr schön.«

Sie war weit mehr als nur eine Schwägerin. Steve kannte Evelyn schon lange, bevor sie sich in Cliff verliebt hatte. Er war sogar einige Male mit ihr ausgegangen. Sie war eine langjährige Freundin, eine kleine Schwester, genau die richtige für einen Burschen wie Cliff. Als er leise in ihr Krankenzimmer eintrat, sah er ihre Mutter, Audrey Miller. Sie saß neben Evelyns Bett und hielt ihre Hand. Ein Blumenstrauß stand auf dem Nachttisch neben ihrem Bett, und das eingebaute Radio spielte leise klassische Musik.

Steve wußte nicht, was ihn erwarten würde, doch als er Evelyn auf dem weißen Kissen liegen sah, blaß und schwach, aber in Sicherheit und umsorgt, war er überwältigt von dem Wissen, daß sie am Leben war, und er begann zu weinen.

Audrey drehte sich zu ihm herum. Ihr Gesicht hellte sich auf. Mit leiser Stimme sagte sie: »Steve! Oh, hallo.« Dann erhob sie sich und umarmte ihn. Tränen stiegen ihr in die Augen. Sie hielten sich gerade so lange umschlungen, wie es dauerte, dem anderen Trost, Mitleid und Verständnis zu vermitteln. Sie brauchten keine Worte. Was hätten sie auch sagen sollen? dachte Steve.

Er blickte Evelyn an. Ihr Gesicht war ihm zugewandt, aber ausdruckslos. Nichts ließ darauf schließen, daß sie ihn erkannte. Audrey hielt Steve noch immer umschlungen, als sie seinem Blick zum Bett folgte.

»Ich glaube, sie hat den Schock immer noch nicht überwunden.«

Steve ging zu ihrem Bett, beugte sich hinunter und blickte Evelyn in die Augen. »Evie?« fragte er leise. »Ich bin es, Steve.« Einen Augenblick lang zeigte sich keine Reaktion. Dann, etwas verzögert, wurde ihr Blick lebendig. Ihre Lippen zitterten leicht, dann brachte sie mühsam heraus: »Steve ...«

Sie muß Entsetzliches durchgemacht haben, dachte Steve. Ihr lokkiges schwarzes Haar war noch immer blutverklebt, ihr Gesicht und ihre Hände überzogen von Schnitten und Blutergüssen.

Sanft legte er seine Hand auf ihre. Es gelang ihr, ihren Daumen um einen seiner Finger zu legen, und langsam breitete sich ein Lächeln auf ihrem Gesicht aus. Es war längst nicht das Lächeln, mit dem Evelyn gewöhnlich ein Zimmer erhellte, doch Steve freute sich trotzdem darüber.

»Wie geht es dir, Kleine?«

Einen Augenblick schien es so, als hätte sie ihn nicht gehört. Dann sagte sie: »Cliff ist tot.« Ihre Augen wurden feucht, doch sie war so weit entfernt und außerhalb der Reichweite ihrer Gefühle und ihrer direkten Situation, daß ihre Worte wie eine monotone, sachliche Feststellung der Tatsachen klang.

»Ruh dich aus, Evie. Wir sind alle hier.«

Sie lächelte schwach und drückte seinen Finger kaum merklich.

Audrey sprach flüsternd. »Samuel und Travis sind bei uns. Sie waren gerade hier. Sie sind mit ihrem Großvater nach Hause gegangen.«

Samuel und Travis, fünfzehn und achtzehn. Prima Jungen, sehr gut erzogen, dachte Steve. Evelyn würde nicht allein sein.

Er tätschelte Evelyns Hand. »Ich komme wieder. Ich gehe jetzt nach draußen, um mit dem Deputy zu sprechen. Paß auf dich auf.«

»Du auch«, brachte sie heraus.

Steve und Tracy Ellis setzten sich in einen Konferenzraum an einen Tisch.

Tracy zögerte. »Wie geht es Ihnen?«

Allein der Gedanke daran, diese Frage zu beantworten, ließen Steves Gefühle wieder hochkommen. Er schüttelte nur den Kopf. Er hatte Angst zu antworten, weil er befürchtete, die Fassung zu verlieren.

»Wir können damit warten.«

»Nein.« Er setzte sich auf und wischte die Tränen fort, die sich in seinen Augenwinkeln gesammelt hatten. »Nein, wir müssen es anpacken. Wir dürfen nicht noch mehr Zeit vergeuden.«

Sie spielte mit dem Stift in ihrer Hand und sagte leise: »In Ordnung.«

Irgend etwas an ihr veranlaßte ihn zu fragen: »Und wie geht es Ihnen?«

»Mir …« Sie öffnete wieder ihre Akte, nur um etwas zu tun zu haben. »Mir geht es nicht besonders gut, wie Sie vielleicht bemerkt haben.«

»Nun, es sind nicht gerade angenehme Umstände.«

Schwach lächelnd schüttelte sie den Kopf. »Nein, ganz bestimmt nicht. Und es wird vermutlich noch schlimmer werden, bevor es sich bessert. Ich fürchte, Sie müssen sich wappnen.«

»Ich arbeite daran«, sagte er, dann wechselte er das Thema. »Hat Evelyn Ihnen irgend etwas erzählen können, was vorgefallen ist?«

»Ich wollte Ihnen dieselbe Frage stellen.«

Er schüttelte den Kopf. »Nein. Sie ist im Augenblick gar nicht richtig bei sich.«

»Das ist das Beste, glauben Sie mir.«

Tracy legte den geöffneten Aktenordner vor sich auf den Tisch und überflog die darin enthaltenen Informationen. »Ein Lastwagenfahrer fand sie auf der Straße zum Wells Peak hinauf.« Sie entfaltete eine Karte dieses Gebietes. Steve zog seinen Stuhl heran, damit sie beide hineinsehen konnten. »Sie war nicht bei sich, hysterisch, mit Blut bedeckt. In ihrer Hand hielt sie ein Jagdmesser und … und der Lastwagenfahrer sagte, sie hätte seinen Lastwagen angegriffen, sei mit dem Messer darauf losgegangen.«

Steve beugte sich vor. »Wie bitte?«

Tracy überflog ihre Notizen und deutete auf die Aussage des Lastwagenfahrers. »›Ich dachte, sie sei bewußtlos, doch, als sie meinen Lastwagen entdeckte, sprang sie schreiend auf und begann darauf einzuschlagen.‹ Als ich mit dem Fahrer sprach, war er noch sehr aufgewühlt. So etwas hatte er noch nie erlebt. Er sagte, er hätte sie von seinem Wagen fortzerren müssen, und sie hätte beinahe sogar auf ihn eingestochen.«

Steve versuchte sich so etwas bei Evelyn vorzustellen. Sie war eine sehr ausgeglichene Frau, reif und verantwortungsbewußt. Wichtiger noch, sie und Cliff hatten Erfahrung mit Campen. Evelyn hatte Cliff häufig auf der Jagd begleitet, hatte geschossen und Wild ausgenommen, sogar einen großen schwarzen Bären während einer Reise nach Montana. Sie beschützte Leute, die sie liebte, und sie war durchaus kein Schwächling, doch ein solches Verhalten sah ihr gar nicht ähnlich.

Tracy zog einen Kreis um ein Gebiet auf der Karte. »Er fand sie etwa hier, auf dieser Straße. Das ist etwa fünfzehn Kilometer oberhalb der Stadt Hyde River. Sie und ihr Mann hatten ihr Lager unterhalb des Kammes, genau hier, in der Nähe des Staircase Trails aufgeschlagen. Noch nie hat jemand einen Grizzly auf dem Wells Peak gesehen, doch die Wildhüter denken, es könnte ein großer Bär gewesen sein … er ist verzeichnet, Nummer drei/achtzehn. Er ist gesichtet worden, nun, nicht gerade in der Nähe von Wells Peak, aber …« Sie deutete auf ein anderes gebirgiges Gebiet mindestens vierzig Kilometer weiter nördlich, »… dort oben, im North Paddox Range.«

Steve studierte die Karte. »Das ist nicht ungewöhnlich. Grizzlys können ziemlich weit laufen, wenn sie auf Futtersuche sind. Weiß jemand, ob dieser Bär an Menschen gewöhnt ist?«

»Soweit ich weiß, ja, und darum haben wir ihn auch in Verdacht. Er hat ein kleines Dorf in der Nähe von Swiftwater überfallen.« Sie deutete auf den winzigen Ort auf der Karte, wieder etwa vierzig Kilometer nördlich von Wells Peak. »Und bei einigen Höfen hat er den Müll durchwühlt.« Tracy schüttelte den Kopf und blickte besorgt drein. »Aber dieser – Angriff – nun, damit hat wirklich niemand gerechnet.«

»Hat sich jemand den Tatort angesehen?«

Ihre Schultern sackten zusammen, und ihr schien unbehaglich zumute zu sein. »Sheriff Collins und ich fuhren bei Tagesanbruch dort hinauf«, berichtete sie. »Wir hatten keine Ahnung, wonach wir suchten. Unsere einzige Information war, daß Mrs. Benson den Staircase Pfad heruntergekommen war, und wir wußten, daß irgend etwas nicht stimmte, aber …« Sie brach ab. »Dr. Benson, es war überhaupt kein schöner Anblick.«

Er wußte, daß sie ihn schonen wollte. Doch er mußte alles erfahren. »Sprechen Sie weiter.«

Sie blätterte ihre Notizen durch und suchte nach Worten. »Wir fanden das Lager: ein kleines Zelt, eine Feuerstelle etwas weiter den Berg hinunter, zwei Rucksäcke. Die Vorräte waren fein säuberlich in Behältern in einer Baumgruppe einige Meter vom Lager entfernt verstaut.«

»Hingen sie an einem Seil, das zwischen zwei Bäume gespannt war?« fragte Steve.

Tracy nickte. »Ja.«

»Mindestens fünf Meter über dem Boden?«

»Genau.«

Ja, Cliff und Evelyn machten es immer so. Dies war der beste Weg, um Nahrungsvorräte – und die Camper – vor nahrungssuchenden Bären zu schützen. Nicht nur waren die Nahrungsmittel nicht erreichbar, sie waren auch weit vom tatsächlichen Lager entfernt bergabwärts, was bedeutete, daß der Wind vom Lager fort wehte. Soweit, dachte Steve, hatten sie alles richtig gemacht.

Tracy fand eine Skizze des Lagers, die sie gemacht hatte, als sie dort war. Sie gab sie Steve. »Hier haben wir die Leiche Ihres Bruders gefunden, dort unten, in der Nähe der Vorräte, in einer Baumgruppe etwa achtzig Meter vom Lager entfernt.« Die Stelle war mit einem X gekennzeichnet.

Der Bär hat Cliff vielleicht bei den Vorräten überrascht, dachte Steve.

»Wir haben den Leichenbeschauer geholt. Er und ich haben die Leiche verpackt. Sie wurde zur Autopsie ins Carson General Hospital nach Oak Springs gebracht. Ich denke, der Bericht wird morgen da sein.«

Tracy sammelte ihre Notizen zusammen, legte sie in den Ordner zurück und schloß ihn.

Steve erkannte, daß sie ihm alle Informationen gegeben hatte, zumindest für den Augenblick, darum beließ er es dabei. Sie hatte einen schlimmen Tag hinter sich, hatte schreckliche Dinge gesehen und die grausame Aufgabe gehabt, Cliffs Leiche aus den Bergen zu holen. Sie hatte gute Arbeit geleistet. Ihm wurde allmählich klar, daß er sie falsch eingeschätzt hatte.

»Sie haben einen schlimmen Tag hinter sich«, sagte er leise.

»Ja, das stimmt. Und es tut mir schrecklich leid.«

»Vielen Dank.« Unbehagliches Schweigen. »Das war – es muß eine ziemlich unangenehme Aufgabe gewesen sein, Cliff dort fortzuschaffen.« Cliff war sehr groß, genauso groß wie Steve und noch schwerer.

Das schien sie nicht zu trösten. Sie saß da, blickte auf die Akte und biß sich nervös auf die Unterlippe. Schließlich fragte sie: »Welches sind Ihre Pläne?«

»Ich muß den ...« Er wollte sagen, er müsse den Autopsiebericht sehen, doch er sprach über Cliff. Cliffs Leiche. Er wollte sich das nicht vorstellen. Er hatte miterlebt, was ein Grizzly tun konnte. Er hatte gesehen, wie durch einen Prankenhieb ein Kiefer fortgeschleudert, ein Arm ausgerissen und aufgefressen wurde, während das Opfer noch am Leben war, hatte eine blutige Masse im Gras gesehen, das früher einmal ein Gesicht gewesen war, den geöffneten und vom Becken bis zu den Rippen ausgenommenen Körper eines Kindes. Keine Zeit der Welt konnte die Bilder, die Geräusche, die Gerüche auslöschen.

Und Cliff sollte auf diese Weise gestorben sein? Steve mußte den Gedanken daran beiseite schieben. »Ich – ich glaube, ich, nun, jemand muß den Autopsiebericht lesen. Lassen Sie mich wissen, was darin steht. Vielleicht sehe ich ihn mir auch selbst noch an, doch im Augenblick weiß ich es einfach nicht.« Sie schien erleichtert zu sein, als sie hörte, daß er den Bericht nicht selbst lesen wollte. »Doch auf jeden Fall«, fuhr er fort, »muß ich mich mit Marcus DuFresne in Verbindung setzen. Es würde mich nicht überraschen, wenn er von sich aus mit mir Verbindung aufnehmen würde, wenn er herausfindet, wer das Opfer ist. Aber wir – wir werden weitermachen.«

Sie lächelte ihn an. Er war beeindruckt von der Wärme und dem Trost, den ihr Lächeln ihm vermittelte.

Sie stand auf und sagte: »Wenn Sie vorhaben, eine Weile in diesem Gebiet zu bleiben, könnte ich Ihnen das *Tamarack* Motel hier in West Fork empfehlen. Es ist nicht das Holiday Inn, doch es ist gemütlich und sauber. Ich könnte Marcus mitteilen, daß Sie hier sind. Wenn Sie möchten, kann ich Sie beide morgen zum Tatort bringen.«

Doch Steve dachte an die Zeit, die bis dahin vergangen sein würde, und an die Spuren, die dann sicherlich verwischt waren. Die Natur hatte ihre eigenen Methoden, einen Lagerplatz zu säubern: Regen, Sonne, Wind und nahrungssuchende Tiere, die alle überaus wichtigen Hinweise auf das, was geschehen war, zerstören konnten.

Er blickte Deputy Tracy Ellis an, die sehr müde wirkte. Immerhin war sie schon auf dem Berg gewesen. Dann sah er auf seine Uhr und traf eine Entscheidung. »Wie lange braucht man, um dorthin zu kommen?«

* * *

ANKÜNDIGUNG
Abendessen und Scheunentanz
zur Feier des Geburtstages von Benjamin Hyde.
Hyde Hall
20. September, 19 – 22 Uhr
Musik machen *The Silver Settlers*

Bringen Sie sich eine heiße Mahlzeit und ein Dessert mit. Getränke werden gestellt. Damit alle daran teilnehmen können, kann die zweite Schicht um 17 Uhr Feierabend machen.

Flugblatt der Hyde Minengesellschaft September 1879

NOTIZ

An die Vorarbeiter der zweiten Schicht:

Wegen des kürzeren Arbeitstages in der vergangenen Woche wird die zweite Schicht am kommenden Sonntag eine volle Schicht arbeiten. Keine Ausnahmen. Reguläre Schichten und reguläre Arbeitszeiten gelten ab Montag wieder.

Spaß ist eine Sache; Produktion eine andere. Alle Vorarbeiter werden ihre Mannschaften informieren, und ihnen meinen Dank für das schöne Fest übermitteln.

Anschlagzettel aus Benjamin Hydes Büro
September 1879

Kapitel 2

Der Bär

Vic Moore ging früh nach Hause. Die Dachdeckerarbeiten an der Kirche mußten warten. Das hat sowieso keine Eile, dachte er. Reverend Woods soll ruhig noch etwas schmoren. Das Wetter würde noch eine Zeitlang gut bleiben. Im Augenblick war ihm anderes wichtiger.

Nun, eigentlich nur eines. Er stand wieder vor dem Badezimmerspiegel und rubbelte an der Verfärbung über seinem Herzen. Seife hatte nicht sehr gut geholfen, darum versuchte er es nun mit einem petroleumhaltigen, fettlösenden Handreiniger. Auch das brachte nichts, und er wurde langsam nervös. Der Fleck, der Makel, oder was immer es war, wurde dunkler, und durch das ganze Reiben war die Haut wund geworden.

Er warf den Waschlappen ins Waschbecken. Was nun? Er blickte aus dem Badezimmerfenster auf die Berge, auf die nach Süden abfallenden Abhänge mit ihren unzähligen sonnenüberfluteten Tannen und Fichten. Ein wunderschöner Anblick, aber das alles ließ ihn nur an eines denken: Die Nacht stand bevor.

Man sagte, es würde immer nachts passieren.

Vic spürte, wie die Furcht in ihm hochkroch, doch er schüttelte sie mit zornigem Trotz ab. Oh nein, keine Chance, dachte er. Nicht mich. Hier werden die Regeln sich ändern, liebe Leute. Niemand braucht das zu sehen, niemand wird es sehen, und vor allem wird Vic Moore nicht klein beigeben! Ich habe noch nie vor irgend etwas Angst gehabt. Ich habe noch nie zugelassen, daß jemand mit mir seine Spielchen treibt, und ich habe nicht vor, jetzt damit anzufangen. Entschlossen rieb er seine Brust mit einem Handtuch trocken und zog ein Hemd an.

Er brauchte einen großen Drink und beschloß, zu Charlie zu gehen. Dort würde er mit seinen Kumpels zusammensein und reden können.

Er ging in sein Schlafzimmer, um seine Brieftasche zu holen. Sein Blick fiel auf seinen Nachttisch, und er blieb stehen. Entschlossen ging er darauf zu, zog die oberste Schublade auf und holte seinen Revolver. Doch wie konnte er ihn mitnehmen, ohne daß man ihn sah? Mit einem Gewehr herumzulaufen, war nicht ungewöhnlich. Im Hyde

Valley wimmelte es von Jägern, Ranchern und Sportschützen; Gewehre waren nicht unüblich hier. Doch seine Freunde würde ihn fragen, warum er eine Pistole mit sich herumtrug, und er würde es ihnen erklären müssen. Sie könnten denken, er hätte vor etwas Angst.

Er ließ den Revolver in ein weiches Lederhalfter gleiten und verbarg es unter scinem Jackett. Bei einer solchen Hitze ein Jackett zu tragen, war nicht gerade angenehm, doch Vic Moore wollte vorbereitet sein.

* * *

Es war drei Uhr, als Tracy Ellis ihre Uniform ablegte und die Wanderkluft anzog, die sie bereits am Morgen getragen hatte. Sie trug sich für den Jeep ein und fuhr mit Steve zum Schauplatz des Geschehens. Die Fahrt von West Fork die *Hyde River Road* entlang nach Hyde River würde etwa vierzig Minuten dauern; bis zum *Staircase* Pfad waren es noch einmal fünfzehn Kilometer, doch die Straße war so schlecht, daß sie etwa eine Stunde dafür brauchen würden. Von dort aus würden sie zu Fuß noch weitere anderthalb Stunden wandern müssen, um den Lagerplatz der Bensons zu erreichen. Sie hofften, kurz nach sechs Uhr dort anzukommen, so daß sie noch genügend Tageslicht für ihre Nachforschungen hatten und noch vor Einbruch der Dunkelheit wieder bei ihrem Wagen sein konnten.

Steve und Tracy brauchten nur wenige Straßen weit zu fahren und die Brücke über den *Hyde River* zu überqueren, um die Stadt hinter sich zu lassen. Von dort folgten sie der *Hyde River Road* am Fluß entlang in Richtung Norden.

Direkt hinter der Stadt begann die Wildnis der nördlichen Wälder, immense, mit Wäldern dicht bewachsene Gebirgszüge, unterbrochen von bewußt angelegten Schneisen, aber häufig auch von grünen Wiesen, die sich an den sanft dahinfließenden Fluß anschmiegten. Hyde Valley war das größte Tal in diesem Gebirgszug, doch daran schlossen sich noch viele andere Schluchten und kleinere Täler an, die sich weit in die Berge hineinerstreckten. Jedes war von einem kleinen Flüßchen durchzogen, an dem Elche und Rotwild tranken, und Kojoten nachts auf Beutefang gingen. Über die Täler erhoben sich die steilen, von den Jahrhunderten zerklüfteten Felsen. Aus jeder Felsspalte wuchsen wetterzerzauste, knorrige Bäume.

Dieses Gebiet ist so majestätisch und einsam, dachte Steve, genau wie man sich eine Wildnis vorstellt.

Nun, es war nicht nur Wildnis. Hier lebten ja Menschen. Es war nicht gerade eine Zivilisation, aber immerhin war es nicht ganz unbewohnt. Alle ein, zwei Kilometer bemerkte Steve ein kleines Gehöft oder eine Ranch, die den Nachkommen der ersten Siedler gehörten. Diese Leute, dachte Steve, mußten Eigenbrötler sein, hielten sich von großen Städten, großen Menschenansammlungen und starren Vorstellungen fern. Sie lebten in roh zusammengezimmerten Holzhäuschen, in verwitterten Hütten oder Trailern mit zusätzlich angebauten Dächern, Wänden und Carports.

»Womit verdienen diese Leute ihren Lebensunterhalt?« fragte Steve.

»Oh, eine gute Frage«, antwortete Tracy. »Einige mit Holzfällen, manche arbeiten im Bergwerk. Dann gibt es noch so alternative Typen mit ihren handgefertigten Produkten, und einige sind sogar im öffentlichen Dienst beschäftigt. Doch sie sind hier, weil sie es wollen. Hyde Valley geht einem ins Blut, wirklich.«

Sicher, jeder Bewohner würde seine eigene Geschichte haben, seine eigene Antwort auf die Frage, warum er hier war.

Schließlich verengte sich das Tal, und sie passierten *Nugget* und *Yellow Knife*, armselige kleine Örtchen, die auf Hoffnungen aufgebaut waren, die sich für die eigensinnigen Menschen, die geblieben waren, nie erfüllten. In den steilen Abhang des *Nugget* waren die Minen getrieben worden. Yellow Knife war in eine enge Schlucht gebaut, so daß der Fluß, in dem das Gold gefunden wurde, den Ort durchschnitt.

Nach diesem Muster waren alle alten Minenstädte im Hyde Valley gebaut. Begrenzt durch die steilen Berge wuchsen sie nur in der Länge am Fluß entlang. Es war Platz für nur eine Straße, die sie mit der Außenwelt verband.

Die letzte dieser Städte war Hyde River. Hier hörte die asphaltierte Straße auf.

»Um die Jahrhundertwende«, erzählte Tracy, während sie die Geschwindigkeit drosselte und in die Stadt hineinfuhr, »lebten etwa zweitausend Menschen hier.«

Das ist kaum zu glauben, wenn man sich die Stadt ansieht, dachte Steve. In den Außenbezirken standen dicht gedrängt auf dem spärlichen Raum zwischen der Straße und den Bergabhängen bescheidene Häuser mit Blechdächern. Es gab keine nennenswerten Gärten, nur Kies und Minenabfall dort, wo keine Häuser waren. Vor einem Haus stand ein kleiner Lieferwagen in zwei Hälften zerlegt – die hintere Hälfte war zu einem Handwagen umfunktioniert worden.

Auf der anderen Seite der Straße, am Flußufer, standen zwei alte Geschäftshäuser nebeneinander, zwei leere Gebäude, die langsam verrotteten. Die Farbe blätterte bereits ab, und in den Fenstern fehlte das Glas. Den Überresten einer beleuchteten Reklametafel nach zu urteilen, war eines früher einmal vermutlich ein Restaurant oder eine Bar gewesen. Das andere könnte ein Lebensmittel- oder Eisenwarenladen gewesen sein. Es war mit Brettern vernagelt. Keine Aufschrift, keine Plakate, nicht einmal Grafitti waren darauf zu finden. Vielleicht machte sich keiner die Mühe, eine Nachricht zu hinterlassen, weil niemand sich die Mühe machen würde, diese Nachricht zu lesen.

»Wie viele Einwohner hat diese Stadt?« fragte Steve.

»Vielleicht dreihundert. Es ist eine festgefügte kleine Gruppe.«

»Das scheint so.«

Das enge Tal weitete sich, und auch die Stadt wurde breiter. Sie fuhren an wunderlichen alten Häusern vorbei, die sich an den Bergabhang schmiegten und über steile Seitenstraßen mit dem Ortskern verbunden waren. Darüber erhob sich wie eine Henne über ihren Küken eine kleine Kirche.

Tracy deutete auf ein riesiges Betongebäude auf der anderen Seite des Flusses. »Die Hyde Minengesellschaft. Ihr hat die Stadt ihre Existenz zu verdanken.«

Steve starrte das Gebäude überrascht an. Mit seinen mindestens fünf Stockwerken, Rampen, Tunnels, Ladedocks und Schornsteinen war es sehr eindrucksvoll, zumindest für diesen Bezirk. Früher mußte die Hyde Minengesellschaft ein gutgehendes Unternehmen gewesen sein, doch jetzt schien es fast verlassen dazuliegen. »Ist die Mine nicht mehr in Betrieb?«

Sie lachte leise. »Die Gesellschaft hat die Förderung nur heruntergefahren, aber nicht eingestellt. Die Kosten der Gold- und Silberförderung haben die Gesellschaft in Schwierigkeiten gebracht. Es gibt Beschränkungen der Regierung, Umweltgesichtspunkte, ausländische Konkurrenz. Es ist schwer, Profit zu erzielen. Doch der meiste Grundbesitz in dieser Region hier gehört der Gesellschaft.«

Sie erreichten die Kreuzung im Stadtzentrum. Auf der rechten Seite befand sich ein kleiner Eisenwarenladen, gegenüber eine Chevron-Tankstelle. Links davon stand *Charlies Taverne*, eine alte Bar mit Restaurant, in dem nach den davor geparkten Wagen zu urteilen viel Betrieb herrschte. »Charlies Bar scheint gut zu gehen«, bemerkte Steve trocken.

»In der Mine ist Feierabend«, erklärte Tracy. »Zeit für die Jungs, ein wenig zu entspannen.«

Steve lächelte, während sie die Kreuzung überquerten. Neben der Bar befand sich *Dennings* Warenhaus. Die Fenster waren mit weißem Papier ausgeschlagen, und auf einem großen Schild war zu lesen, daß in der kommenden Woche die große Eröffnung stattfinden würde. Große Eröffnung? Dann kann es der Stadt nicht allzu schlecht gehen, dachte Steve.

Hinter den Geschäften, ein wenig abseits von der Hauptstraße, standen dicht gedrängt auf dem begrenzten Raum Häuser und Garagen, die durch schmale Steinmauern, kleine Rasenflächen oder ab und zu einem Zaun aus unterschiedlichstem Material voneinander abgegrenzt waren. Es gab nur wenige Steinhäuser, und fast alle hatten Blechdächer.

»Ich bin hier aufgewachsen«, sagte Tracy unvermittelt.

»Sie machen Witze!« erwiderte Steve und wendete sich ihr zu.

»Ganz im Ernst.« Sie deutete auf ein weißes Haus mit einem roten Blechdach. »Das ist das Haus, in dem ich gewohnt habe.«

Eine Einheimische.

»Wo wohnen Sie jetzt?«

»Im Tal, aber nicht hier«, sagte sie. »Ich habe ein kleines Haus die Nelson Creek Road hinauf – erinnern Sie sich noch an die Weggabelung in Able? Da geht es rechts ab.«

Dann war die Stadt genauso plötzlich, wie sie begonnen hatte, auch wieder zu Ende. Wie Tracy geschätzt hatte, dauerte die Fahrt auf der nicht asphaltierten Straße etwa eine Stunde. Sie stellte den Jeep dort ab, wo der *Staircase* Pfad begann. Der Campingbus von Steves Bruder stand noch immer dort.

Steve seufzte tief. »Ich hatte gar nicht daran gedacht, daß der Campingbus immer noch hier steht«, sagte Steve und rieb sich müde die Augen. »Ich muß dafür sorgen, daß er abgeholt wird.«

»Das ist bereits veranlaßt worden«, erwiderte Tracy, als sie aus dem Jeep ausstieg. »Die Mutter Ihrer Schwägerin hat einen Ihrer Neffen beauftragt, ihn zu holen.«

Steve sah zum Himmel hinauf. »So, dann wollen wir mal. Ich möchte sichergehen, daß wir genügend Zeit haben, alles zu überprüfen.«

Nach den langen Fahrten, die Steve hinter sich hatte, freute sich sein Körper über die Bewegung in der frischen Luft. Der Pfad auf den Wells Peak war sehr steil. Er und Tracy hatten ein Gewehr und ein Messer bei sich. Es war nicht sicher, daß sie »Nummer 318« begegnen würden, doch sie mußten für alles gerüstet sein. Während des Aufstiegs sprachen sie nur wenig miteinander. Sie wollten alles vermeiden, was die Aufmerksamkeit des Grizzlys auf sie lenken konnte. Falls sich »318« in diesem Gebiet aufhielt, wollten sie, daß er auch dort blieb. Nichts anderes wollten sie.

Mehr als eine Stunde wanderten sie durch dichtes Waldgebiet bergan. In der Nähe des Gipfels schließlich wichen die Bäume großen Wiesenflächen und Sträuchern, die zwischen den Felsen wuchsen. Steve wandte seinen Blick nach Süden. Der Anblick des Hyde Valleys war atemberaubend. Das Tal erstreckte sich in der Ferne wie ein tiefer, norwegischer Fjord, ging von einem hellen Grün in ein verschwommenes Graublau über. Eine kühle Brise wehte vom Gipfel, und ein Fischadler ließ sich träge von den Luftströmen treiben. Dort, wo die Sonnenstrahlen noch hinfielen, schimmerte der Hyde River wie Blattgold. Zu jedem anderen Zeitpunkt hätte Steve den Anblick genossen. Doch nun wurde er ihm vergällt durch den Gedanken, daß sein Bruder in dieser friedlichen Umgebung grausam zu Tode gekommen war.

»Das Lager liegt direkt vor uns«, meinte Tracy leise.

Sie verlangsamten den Schritt, lauschten, blickten sich um, nahmen Gerüche in sich auf. Steve hielt seinen Blick auf den Boden gerichtet, suchte nach Spuren, Bärenkot, Klauenabdrücken, Hinweisen darauf, daß ein Bär in der Nähe gewesen war. Er entdeckte zahlreiche Elch- und Rotwildspuren; anscheinend war dies ihr Lieblingsplatz. Doch keine Spuren eines Bären.

Ein blauer Punkt fiel ihm ins Auge, und er blickte bergan. Dort war das Zelt, ein winziges Igluzelt aus blauem Nylon. Steve erkannte es. Er hatte mehrere Jagdausflüge mit Cliff und Evelyn unternommen, und immer hatten sie dieses Zelt bei sich gehabt. Er wußte genau, wie das Lager aussehen würde; Cliff baute sein Lager immer nach demselben Muster auf. Steve blieb stehen und ließ seinen Blick über den Berghang gleiten, vom Zelt bergab zu einer Baumgruppe unterhalb des Pfades. Dort, mindestens hundert Meter vom Lager entfernt befand sich der Proviant, weiße, an einem zwischen zwei Bäumen gespannten Seil aufgehängte Plastikbehälter. Sie waren genau dort, wo Steve sie vermutet hatte, und, soweit er sehen konnte, waren die Behälter unberührt.

Steve nahm sein Gewehr von der Schulter und lud es. Tracy tat es ihm nach. »Nummer 318« könnte zurückkommen, um seine Mahlzeit zu beenden; vielleicht hatte er Anspruch erhoben auf das Lager als Nahrungsquelle, oder auf die Leiche, da er nicht wußte, daß sie entfernt worden war. Mehr als hundert Meter unterhalb des Zeltes befand sich eine kleine Feuerstelle. Cliff und Evelyn hatten auch hier Vorsichtsmaßnahmen getroffen: Alles, was mit Essen und seiner Vorbereitung zu tun hatte, war ein gutes Stück vom Lager entfernt. Das Lager selbst war auf einer Lichtung errichtet und weit genug von der Deckung der Bäume entfernt. Ein Bär würde die schützende Deckung verlassen müssen, wenn er herumschnüffeln wollte. Grizzlys hatten damit keine Probleme, doch Schwarzbären waren etwas scheuer.

Steve betrachtete das Proviantlager. Es befand sich am Rande einer Baumgruppe, und ein Bär hätte sich dort verstecken können, wenn ihm der Geruch der Abendmahlzeit in die Nase gestiegen wäre. Er hätte sich von unten anschleichen können. Er blickte Tracy an und deutete mit dem Kopf auf die Bäume. Sie nickte zurück. Genau dort hatten sie Cliffs Leiche gefunden.

Dort würde man am ehesten Spuren eines Bären finden, Hinweise auf das, was passiert war. Steve ging auf das Lager zu, seinen Blick fest auf den Boden gerichtet. Es waren noch mehr Elchspuren zu finden, doch keine Hinweise auf einen Bären.

Die beiden Bäume, an denen Cliffs Seil befestigt war, standen etwas abseits der übrigen Baumgruppe. Bei einem war die Spitze abgebrochen, ebenfalls bei zwei anderen Bäumen in der Baumgruppe darunter. Das ist seltsam, dachte Steve. Anscheinend hatte es vor kurzem einen Sturm gegeben, denn das abgesplitterte Holz war noch frisch und nicht verwittert. Steve ging langsam näher; er lauschte und blickte aufmerksam um sich, doch es war kein Geräusch zu hören, keine Bewegung wahrzunehmen.

Er blieb einen Augenblick stehen. Auf dem Boden und an einem der Baumstämme entdeckte er Blut. Es war bereits getrocknet und braun. Das Gras in diesem Bereich war niedergetrampelt, der Boden aufgewühlt.

Hier mußte es passiert sein.

Steve blickte Tracy an. »Die Leiche lag unter diesem Baum«, sagte sie leise und deutete an dem blutverschmierten Baumstamm vorbei.

Steve bückte sich und untersuchte beim Näherkommen sorgfältig den Boden. Er konnte keine deutlichen Bärenspuren ausmachen, doch offensichtlich waren, angezogen von dem Blut, viele Tiere herangekommen, die geschnüffelt und gegraben hatten.

Er blickte auf. Cliff hatte Behälter benutzt, die vollkommen bärensicher waren und geruchsdicht abschlossen. Diese Proviantbehälter konnten den Bären nicht angelockt haben. Vielleicht das Kochen; vielleicht einfach nur der Geruch eines Lagers und von Menschen, falls der Bär in dieser Gegend lebte, aber nicht der Proviant.

Sie suchten weiter. Tracy fand ein Jagdmesser, das Steve Cliff zwei Jahre zuvor zum Geburtstag geschenkt hatte. Steve steckte es in die

Tasche und verdrängte die Erinnerung, die es in ihm wachrief. Später würde er Zeit haben, sich seinen Gefühlen hinzugeben. Er atmete tief durch und zwang sich, den Schauplatz des Geschehens weiter abzusuchen.

Die Feuerstelle schien sauber und unberührt zu sein, abgesehen von einigen Stiefelspuren, die offensichtlich von Cliff und Evelyn stammten. Oben beim Lager standen noch zwei Rucksäcke, in denen sich keine Nahrungsmittel befanden. Zwei Schlafsäcke lagen im Zelt; doch sie schienen noch unbenutzt zu sein.

Steve setzte sich auf einen Baumstamm in der Nähe des Zeltes und ließ seinen Blick noch einmal über das Lager gleiten. Laut dachte er nach. »In Ordnung. Sie kochen ihr Abendessen, essen, räumen auf. Es wird mittlerweile dunkel – vielleicht ist es auch noch hell, wir wissen es nicht – Cliff geht aus irgendeinem Grund hinunter zu dem Proviantbehälter, vielleicht, um die Reste darin zu verstauen, und hängt ihn wieder auf. Er schreckt den Bären auf, der Bär greift ihn an ...« Er brach ab, überlegte. »Aber vielleicht auch nicht. Dieses Gebiet ist zu offen; keiner kann den anderen überrascht haben.«

»Vielleicht sah er, wie der Bär sich an dem Proviant zu schaffen machte und ging hinunter, um ihn zu verjagen«, schlug Tracy vor.

»Vielleicht.« Doch er war immer noch nicht zufrieden. »Nein, Cliff wäre nicht dort hinuntergegangen und hätte sich wissentlich in die Nähe des Bären begeben. Er fotografiert schon seit fünfzehn Jahren in der Wildnis. Er hat genügend Situationen erlebt, um es besser zu wissen.«

»Wenn der Bär ihn nun hier oben irgendwo zu fassen bekommen und ihn dort hinuntergezerrt hat?«

»Möglich. Aber es gibt keine Hinweise darauf, daß bei der Feuerstelle oder beim Lager selbst irgend etwas Derartiges passiert ist. Es ist also vernünftig davon auszugehen, daß es nicht hier oben passiert ist.« Er blickte zu der Baumgruppe, wo Cliffs Leiche gefunden worden war. »Läßt ...«, er mußte sich zwingen, die Frage auszusprechen, »... läßt der Zustand der Leiche auf einen ... Kampf schließen?«

Keine Antwort. Er sah sie an. Sie saß auf einem Felsbrocken, hielt ihr Gewehr im Arm und blickte zu dem Proviantbehälter hin. Sie hatte ihn anscheinend nicht gehört.

»Haben Sie gehört, was ich gesagt habe?« fragte Steve.

Sie blickte ihn seltsam an.

Er hatte den Eindruck, es ihr erklären zu müssen. »Ich versuche eine Vorstellung davon zu bekommen, wie lange der Kampf gedauert haben könnte. Cliff hat sich bestimmt gewehrt, und offensichtlich war auch Evie bis zu einem gewissen Grad an dem Kampf beteiligt. Es ist …« Er wußte, daß er sie um eine Information bat, die ihm sehr weh tun konnte. »Ich denke, es ist an der Zeit, daß ich mehr über den Zustand der Leiche erfahre, wenigstens so viel, wie nötig ist – verstehen Sie?«

Tracy senkte den Blick. »Ich – ich weiß nicht, ob das sehr aufschlußreich für Sie ist …«

»Was haben Sie gesehen?«

Sie seufzte und blickte ihn endlich an. »Was soll ich Ihnen sagen, Dr. Benson? Ich bin noch nie in einer solchen Situation gewesen, habe noch nie Nachforschungen angestellt mit jemandem, der dem Opfer so nahe gestanden hat.«

»Tracy, ich bin aus einem ganz bestimmten Grund hier oben. Ich würde Ihnen keine Fragen stellen, wenn ich nicht bereit wäre, die Antwort zu hören, in Ordnung? Und jetzt brauche ich die Information.« Doch eigentlich war er nicht sicher, ob er bereit war, die Antwort zu hören, aber er mußte sie hören. Er wappnete sich innerlich.

Sie blickte ihn lange an, dann antwortete sie leise, langsam: »Wir fanden nur die Hälfte seines Körpers.«

Seine Gedanken standen still. Reglos saß er da. Sie blickte ihn an, wartete, versuchte seine Reaktion zu erraten.

Als er schließlich antwortete, klang seine Stimme wie ein heiseres Flüstern. »Die Hälfte? Nur die Hälfte seines Körpers?«

Sie nickte.

Er steckte voller schrecklicher, schockierender Fragen. Welche Hälfte? Auf welche Weise war er zerteilt worden? Und wo war die andere Hälfte? Er hatte das Gefühl, sich übergeben zu müssen. Wie betäubt saß er da und wußte nicht, wie er weitermachen sollte. Anscheinend war er doch noch nicht auf die Antwort vorbereitet gewesen.

Krampfhaft versuchte er, die Fassung wiederzugewinnen. Seine Stimme war jetzt kräftiger, und er hoffte, daß sie nicht den Aufruhr verriet, in dem er sich innerlich befand. »Also«, meinte er langsam, »ich muß es ja doch irgendwann erfahren. Erzählen Sie mir, was Sie gefunden haben.«

Er spürte, daß es ihr sehr schwer fiel.

»Fangen Sie an.«

Ihre Worte trafen ihn mit der Wucht eines Schlages. »Wir fanden – einige Meter von der Leiche entfernt fanden wir den von der Schulter abgerissenen linken Arm, noch im Hemd –«

Sein Magen drehte sich um. Hör doch auf!

Langsam, widerstrebend hob sie ihre Hand an ihre linke Schulter. »Und alles oberhalb dieser Linie …« langsam ließ sie ihre Hand über ihren Körper zu ihrer rechten Hüfte gleiten, » – war fort.«

* * *

Levi Cobb las schweigend das Flugblatt durch, dann noch einmal, um die Neuigkeiten zu verdauen.

»Ist gestern abend passiert«, sagte Deputy Jerry Fisk, »auf dem Wells Peak.«

Sie standen vor den Zapfsäulen vor Levis alter Werkstatt. Jerry war gerade mit seinem Streifenwagen gekommen, um einen Packen der rosafarbenen Flugblätter in der Stadt zu verteilen und in den Schaufenstern der Geschäfte auszuhängen. Normalerweise hätten Levi und Jerry fröhlich miteinander geplaudert. Doch heute war das unmöglich.

»Darum«, fuhr Jerry fort, »informieren wir die Leute, warnen sie und versuchen, Hinweise zu bekommen.«

Levi fragte: »Wer war es?«

»Oh, niemand aus der Gegend.« Jerry warf einen schnellen Blick auf seine Notizen. »Ein Fotograf aus Oak Springs, ein Bursche mit Namen Cliff Benson. Er und seine Frau haben oben am Staircase Pfad gezeltet. Offensichtlich sind sie mitten in der Nacht von einem Bären angegriffen worden. Die Frau versuchte, ihn mit einem Jagdmesser zu verjagen ...« Seine Worte erstarben.

Levi blickte auf und betrachtete Jerry forschend. Irgend etwas an Jerrys Tonfall war seltsam. »Was ist?«

Jerry stopfte sein Notizbuch in die Tasche zurück, nur um etwas zu tun zu haben. »Oh, es war schlimm, das ist alles.« Er blickte sich ein wenig wortkarg um, dann senkte er die Stimme, als ob jemand zuhören würde. »Eigentlich darf ich dir das gar nicht erzählen, aber ... Tracy Ellis hat geholfen, die Leiche herunterzubringen, und sie sagt, die obere Hälfte war fort. Sie fehlt – ist einfach fort.«

Levi wurde blaß und ließ sich auf einen alten Klappstuhl bei der Haustür sinken. Dort blieb er sitzen, starrte zu Boden und murmelte vor sich hin. Jerry bat Levi nicht, lauter zu sprechen. Wenn Levi murmelte, dann war das nicht für die Ohren anderer Leute bestimmt. Er mußte einfach vor sich hinbrummeln.

Jerry legte einen Augenblick seine offizielle Rolle als Sheriff ab. »Ganz im Vertrauen, ich habe Probleme mit diesem Fall, und Tracy Ellis auch. Wir sind nicht sicher, was Collins tun wird.«

»Collins?« fragte Levi und zog die Augenbraue in die Höhe. »Du meinst, er würde das an die große Glocke hängen?«

Jerry zuckte die Achseln. »Wir werden sehen. Auch früher schon sind Menschen durch Bären getötet worden, doch dieser Fall ist ziemlich spektakulär.«

»Oh ja, spektakulär«, wiederholte Levi.

Jerry versuchte vorsichtig, das Thema fallenzulassen. »Wie auch immer, wir wollen nicht, daß sich die Leute zu sehr aufregen, darum haben wir die grausamen Einzelheiten in diesem Flugblatt natürlich nicht erwähnt, und, äh, es wäre mir lieb, wenn du nicht darüber sprechen würdest.« Er ging zu seinem Streifenwagen und öffnete die Fahrertür. »Doch wenn du etwas hörst, wenn du mit jemandem sprichst, der etwas gesehen hat, ruf mich an, ja?«

Levi antwortete zerstreut: »Äh, ja, natürlich.« Nachdem Jerry davongefahren war, murmelte er vor sich hin: »Als ob jemand mit mir darüber sprechen würde.«

* * *

An diesem Abend bekam Steve einen Anruf von Marcus DuFresne, und am folgenden Morgen fuhren sie zusammen in die Berge.

Marcus, der staatliche Wildhüter mit dem silbergrauen Haar und einem Schnurrbart, kannte »318« sehr gut, da er die Lieblingsplätze des Bären am Tailor Creek entlang, etwa vierzig Kilometer nördlich von Wells Peak, verfolgt hatte. Er hatte dem Bären sogar einen Spitznamen gegeben: Hermann, nach seinem übergewichtigen, schwerfälligen Schwager. Er und Hermann hatten jahrelang ohne Zwischenfall in demselben Gebiet zusammengelebt, darum war Marcus keineswegs glücklich über diese Jagd. Offensichtlich hatten die Schwierigkeiten nach altbewährtem Muster begonnen, wenn ein Bär und die Menschen sich ein wenig zu sehr aneinander gewöhnen. Normalerweise gehen Bären den Menschen aus dem Weg, doch wenn man einem Grizzly eine leichte und berechenbare Nahrungsquelle bietet, wie zum Beispiel eine Müllgrube oder ungeschützte Mülltonnen, kann sich das unvermittelt ändern. Hermann hatte seine Furcht vor den Menschen verloren und begann, Eigentumsansprüche auf ihren Abfall zu erheben. Das machte ihn gefährlich. Und nun bekamen ihn die örtlichen Farmer, Rancher und Einwohner nur allzu oft zu Gesicht. Er schlich um ihre Häuser und ihr Vieh herum, erschreckte ihre Kinder. Marcus überlegte gerade, wie er diesen großen Burschen fangen und umsiedeln könnte, als der Zwischenfall auf dem Wells Peak passierte. Und auf einmal war eine Umsiedelung Hermanns keine Lösung mehr.

Sein Gewicht entlastete ihn auch nicht gerade. Er wog mindestens siebenhundert Pfund, und alle waren der Meinung, daß nur ein sehr großer Bär dem Opfer solche Verletzungen hätte beibringen können. »318« war sehr groß.

Am Vormittag hatten Steve und Marcus einen häufig benutzten Wildpfad etwas oberhalb vom Tailor Creek erreicht. Sie trugen Tarnkleidung und waren mit einem Gewehr bewaffnet. Dieser Pfad wurde von Bären und Elchen gleichermaßen benutzt, und frische Spuren ließen darauf schließen, daß »318« sich in diesem Gebiet aufhielt, Heidelbeeren suchte und sie mit dem Wasser des Baches hinunterspülte.

Am Fuß des Wildpfades, neben dem Flüßchen, hofften Steve und Marcus dem alten Grizzly zu begegnen. Den Campingregeln zuwiderhandelnd hatten sie zwei große Tüten mit süßem Gebäck vom Vortag und einen Bottich mit ranzigem Fett mitgebracht, sehr geruchsintensive Nahrungsmittel, die sie ungeschützt in den Wind stellen würden. Diesmal wollten sie den Bären mit voller Absicht auf sich aufmerksam machen.

»Das wird genügen«, sagte Marcus und stellte den Bottich mit Fett und die Tüte ab. »Wir können den Köder hier abstellen, wo er direkt darüber stolpern wird, und –« Er blickte bergan, wo dichtes Elsbeerengestrüpp ein fest gewobenes Dickicht um einige alte Baumstämme formte. »Ja, wir können auch einen zwischen diese Bäume stellen.«

Steve blieb stehen und lauschte auf das Rauschen des Wassers. Es war ein friedlicher Ort, und der Bach plätscherte so laut, daß jedes Geräusch, das Marcus oder er gemacht hatten, darin unterging. Der Wind wehte zum Gipfel hinauf, fort vom Köder. »318« würde ihre Anwesenheit hoffentlich nicht mitbekommen.

»Ich werde es dort versuchen«, sagte Steve und deutete auf ein weiteres Dickicht ein wenig oberhalb des Pfades, von wo aus er den Köder im Blick behalten konnte. »Von dort habe ich einen guten Schußwinkel.«

Marcus betrachtete die Stelle, auf die Steve gedeutet hatte, sehr genau. »In diesem Dickicht dort wärst du näher dran.«

»Das macht nichts.«

»Du willst doch einen guten Schuß auf ihn abgeben, nicht wahr.«

Steve blickte seinen Jagdgefährten an und sah sich nicht genötigt, dies zu leugnen. »Ich weiß das zu schätzen, Marcus.«

»Also los, nimm das näherliegende Dickicht.« Marcus betrachtete den Pfad und lauschte einen Augenblick auf das Plätschern des Wassers. »Vielleicht brauchst du mich nicht einmal.«

Steve wußte, worauf Marcus abzielte. »Dir ist das nicht recht, nicht wahr?«

Marcus lächelte resignierend. »Habe wohl keine andere Wahl. In dieser Gegend haben wir Hermann, zwei junge Keiler, drei Wildschweine, und das war's. Falls es noch einen anderen Bären hier geben sollte, so wissen wir nichts davon, wir haben ihn nie gesehen, und auch nie irgendwelche Berichte bekommen. Also, ja, es muß Hermann gewesen sein. Ich will es nur nicht wahrhaben, das ist alles.«

»Vielleicht werden wir nach heute mehr wissen.«

»Es sind mindestens schon sechsunddreißig Stunden vergangen, und wir haben in seinem Kot nichts entdecken können.« Marcus brach abrupt ab. Ihm wurde auf einmal klar, daß er sich auf sehr dünnem Eis bewegte. »Oh Mann, es tut mir leid.«

»Das ist schon in Ordnung«, erwiderte Steve. Er verstand das Dilemma, in dem Marcus steckte. Das, was ein Bär sechsunddreißig Stunden zuvor gefressen hatte, ließ sich nur aus dem Kot ersehen, und sie beide wußten es. Was die Sache so schwierig machte, war die Tatsache, daß der Kot aus Steves Bruder bestehen konnte.

Steve wiederholte, was er vorher schon gesagt hatte. »Marcus, ich bin mit dir einer Meinung. Nach dieser langen Zeit werden wir auch bei einer Autopsie von ›318‹ vermutlich nichts finden. Und du hast recht, auch der Kot, den wir gefunden haben, ließ keine Rückschlüsse zu. Wir ... wir sind also dabei, einen Bären aufgrund einer sehr dürftigen Beweislage zu erschießen.«

Marcus zuckte die Achseln. »Seine Tage waren sowieso gezählt.«

Steve machte sich an dem Köder zu schaffen. Er hatte genug gesagt und gehört.

Sie säuberten den Boden, häuften das Gebäck aufeinander und schütteten das Fett darüber.

»Puh!« sagte Marcus. »Gute Arbeit.« Es war ein Geruch, dem kein Bär würde widerstehen können.

Die beiden Männer verzogen sich in ihr Versteck im Gebüsch. Das Warten begann.

* * *

Mit Levi war für den Rest des Tages nicht mehr viel anzufangen. Nur mühsam brachte er eine Unterhaltung mit seinen Kunden zustande, doch er konnte sich nicht richtig auf Gespräche über das Fischen oder die Klagen über die Störgeräusche in der Rundfunk- und Fernsehübertragung konzentrieren. Wann immer er allein war, drehten sich seine Gedanken um das, was auf dem Wells Peak geschehen war, und er sprach darüber mit jedem Gegenstand, der ihm in den Weg kam und ihn nicht unterbrach. Zuerst mit den Zapfsäulen, während er fegte.

»Wells Peak … kommt schon, helft mir. Wer ist schon dort oben gewesen, den ihr kennt, aus welchem Grund und wann? Nein, ich weiß es nicht. Schsch! Mist. Ich weiß nicht einmal, wen ich fragen kann …«

Dann besprach er sich mit dem Lieferwagen, während er die Achsen abschmierte. »Nun, sicher, irgend jemand hier weiß etwas, aber meinst du, sie würden mir jemals etwas erzählen? Nein, mein Herr, nicht ums Verrecken – Junge, wie lange ist es her, seit das zuletzt gemacht worden ist? Du scheinst richtig ausgetrocknet zu sein … Na, wie auch immer, zur Hölle mit ihnen. Sie haben das Chaos angerichtet; sie können es auch in Ordnung bringen.« Dann tat es ihm leid. »Ich weiß, ich sollte so nicht sprechen, aber …«

Schließlich setzte er sich an seinen schmuddeligen Schreibtisch und ging die Rechnungen durch. Er sprach mit den Werkzeugen, die an den Wänden um ihn herum hingen. »Cliff Benson. Er war Fotograf. Habe noch nie von ihm gehört. Ganz bestimmt nicht.« Er ließ die Rechnungen auf seinen Schreibtisch sinken und blickte durch das beschlagene Fenster hinaus auf die Straße. »Es wäre schön zu wissen, was die Leute in der Stadt denken. Ich wette, sie geben die Schuld wieder einem Sturm.«

Er lehnte sich auf seinem alten Schreibtischstuhl zurück. Sein Bauch wölbte sich über seiner Gürtelschnalle, und er fragte den Wagenheber: »Du bist doch schon lange hier. Du kennst die Leute. Denkst du, daß dieser Fremde wirklich so fremd war, wie Jerry ihn darstellt?« Er verschränkte die Arme hinter dem Kopf. »Nun ja, mir fällt es schwer, das zu glauben, darauf kannst du Gift nehmen.«

Er zwang sich, an dem Leiterwagen der Telefongesellschaft zu arbeiten. Sein einziges Gesprächsthema war der Fremde mit Namen Cliff Benson.

»Ich glaube nicht, daß ein Außenseiter gefressen werden würde, kannst du mir folgen?« fragte er die Hinterachse, an der er gerade arbeitete. »Hier in der Gegend verdient man sich so etwas, was bedeutet, man kann kein Fremder sein – aber untersteh dich ja nicht, hier aus der Werkstatt zu rollen und den Leuten zu erzählen, was ich gesagt habe. Hier, halt still, denkst du, ich habe den ganzen Tag Zeit?«

Die Achse hörte auf sich zu drehen, und Levi setzte seinen Schraubenschlüssel erneut an.

»Aber ich kann es riechen. Ich kann es spüren, weißt du? Mr. Cliff Benson hat seine Nase ein bißchen zu tief in diesen Hyde-River-Mist gesteckt.« Er stieß ein krächzendes Lachen aus und schüttelte den Kopf. »Und nun sind nur noch seine Füße übriggeblieben.« Dann wurde er ernst und dachte lange nach, bevor er weitersprach. »Nur ungern denke ich, daß Maggie etwas über das – oder ihn – weiß, aber …«

Er zog die Schraube fest und schlug zur Bekräftigung der Entscheidung, die er gerade getroffen hatte, darauf. »In Ordnung. Heute abend, Gott ist mein Zeuge, werde ich sie fragen! Ich werde ganz kräftig auf den Busch klopfen! Ich werde …«

»Hey, Levi, komm wieder auf die Erde, Kumpel.«

Levi riß sich zusammen. Er sah seinen alten Freund Ebo Denning draußen stehen. Verlegen tauchte er unter dem Leiterwagen auf. »Mist! Es tut mir leid.«

»Ach«, sagte Ebo und lehnte sich an die Zapfsäule, »wir alle sind heute etwas beunruhigt.«

Levi begann, Ebos alten Lieferwagen vollzutanken. Ja, Ebo schien an diesem Tag eine ziemlich schwere Last zu tragen, genau wie sein Wagen. Seine Frau Emily und seine zwei Töchter saßen dicht gedrängt in der Fahrerkabine, und die Ladefläche des Wagens war mit Möbeln, Kisten, seinem alten Rasenmäher, gerahmten Bildern und Kochtöpfen beladen, ebenso wie das Dach und die Seiten. Anscheinend hat er seinen gesamten Besitz dabei, dachte Levi, was zu diesem Zeitpunkt seines langen Kampfes nicht besonders viel war. Ja, Ebo Denning, ein Minenarbeiter mit schneeweißem Haar, hatte seine Sachen gepackt und war auf dem Weg, die Stadt zu verlassen. Es war vorüber.

»Wo willst du hin, Ebo?« fragte Levi.

Ebo überprüfte die Seile, die seine Ladung sicherten, und zog sie hier und da ein wenig fester an. »Ach, ich glaube in Richtung Süden. In Sacramento habe ich noch Freunde und Verwandte. Sie haben kleine Geschäfte, der eine ein Möbelgeschäft, der andere einen Eisenwarenladen. Ich denke, das ist ein guter Ort, um neu anzufangen.«

»Nun«, sagte Levi und warf einen Blick die Straße hinunter, »um ehrlich zu sein, es kann eigentlich nur besser werden.«

Ebo zwang sich zu einem Lächeln. »Ja, genau so versuche ich es zu sehen.«

Levi hatte vollgetankt und hängte die Düse wieder an die Zapfsäule. »Dreiundzwanzig fünfzig.« Er hätte ihm gar nichts berechnet, doch er wußte, daß Ebo das nicht annehmen würde.

Ebo holte das Geld aus seiner Tasche und zählte es ab. »Du bist ein guter Freund gewesen, Levi. Wollte dir das sagen, solange ich noch die Gelegenheit dazu habe. Und ich werde nie vergessen, daß du mir so geholfen hast.«

»Du hast mir auch viel geholfen.«

Dann sagte Ebo ernst: »Paß auf dich auf, Levi. Du weißt, was diese Stadt einem antun kann.«

Levi gab Ebos ernsten Blick zurück. »Ich weiß.«

Sie schüttelten sich die Hände. Schließlich umarmten sie sich und schlugen sich gegenseitig auf den Rücken.

»Auf Wiedersehen«, sagte Ebo mit feuchten Augen.

»Fahr vorsichtig.« Er winkte Emily und den Mädchen zu.

Der alte Wagen fuhr knatternd an und bog auf die *Hyde River Road* ab. Zurück blieb die Erinnerung an *Dennings* Warenhaus und die lieben Menschen, denen es einmal gehört hatte.

Ebo ließ auch ein Problem mit Namen Charlie Mack zurück, der im Augenblick auf der anderen Straßenseite stand und zu Levi herüberblickte, aber versuchte so zu tun, als würde er nicht hersehen. Was will er nur? fragte sich Levi. Wollte er sicher sein, daß Ebo die Stadt auch wirklich verließ? Vielleicht tat es ihm einfach gut, Ebo abfahren zu sehen mit allen seinen Habseligkeiten.

Ach, was soll's, dachte Levi. Charlie überquerte die Straße und kam auf die Werkstatt zu. Levi drehte sich um und hoffte, daß Charlie einfach nur die Straße überquerte und nichts von ihm wollte. Obwohl Levi häufig sein Mittagessen in Charlies Bar einnahm, tankte Charlie niemals bei ihm und brachte auch seinen Wagen nicht zu ihm zur Reparatur. Warum dieser Besuch jetzt, und gerade in dem Augenblick, wo Levi sich von einem seiner wenigen Freunde verabschiedete?

Levi ging zu seiner kleinen Büroecke und setzte sich an seinen Schreibtisch, der zwischen alten Reifen, Kisten mit Motoröl, Werkzeugen und alten Lappen aufgestellt war. Er nahm einen Stift und eine Arbeitsanweisung des Bezirks zur Hand und versuchte, beschäftigt zu wirken. Er hoffte, Charlie würde vorbeigehen.

Doch er hatte kein Glück. Durch das schmutzige Fenster konnte er Charlie auf die Tür zueilen sehen.

Die Tür stand offen, doch Charlie blieb davor stehen und klopfte an den Türpfosten.

Levi nahm sich zusammen und sagte: »Ja?«

Charlie kam herein. Er war nicht unbedingt häßlich, doch es war auch keine Freude, ihn anzusehen.

»Hallo, Levi.« Sein Lächeln wirkte etwas gezwungen. »Bist du beschäftigt?«

Nein, ich versuche nur, so auszusehen, dachte er. »Was hast du auf dem Herzen, Charlie?«

Charlie trat ein und kam auf Levis Schreibtisch zu, die Hände in die Taschen gesteckt. Lange Zeit stand er einfach nur da, und es war offensichtlich, daß es ihm schwerfiel zu sagen, was ihn beschäftigte. Levi, der ihm nicht gerade wohlgesonnen war, half ihm nicht weiter, sondern starrte ihn nur wartend an. Du bist zu mir gekommen, Bursche. Du mußt den ersten Schritt tun.

»Na«, sagte Charlie schließlich, »wie geht's?«

Levi genoß so sehr zu sehen, wie Charlie sich wand, daß er beinahe Schuldgefühle deswegen empfand. Auf Charlies Frage nickte er nur mit dem Kopf, als wollte er sagen, alles in Ordnung. »Und wie macht sich der neue Laden?«

Charlie mußte gespürt haben, daß diese Frage nicht freundlich gemeint war. »Wir, äh, wir arbeiten daran.«

»Wie ich sehe, wird es eine große Eröffnung geben.«

»Ja, nächste Woche, wie ich hoffe.«

»Schätze, du wirst ein neues Schild malen.«

Jetzt wandte Charlie den Blick ab. »Nun … vielleicht. Ist noch nicht sicher.«

»Setz dich doch. Du machst mich nervös.«

Charlie sah sich nach einem Stuhl um und fand schließlich einen alten Metallklappstuhl, dessen Lehne die Aufschrift Cobb's Werkstatt trug. Er zog ihn an den Schreibtisch heran und setzt sich.

»Levi …«

Jetzt kommt er zur Sache. »Ja, Charlie?«

»Hör mal, ich schnüffle nicht herum oder so was, verstehst du …«

»Mmm.«

»Doch wie ich höre, schläfst du in deinem Campingwagen hinter deinem Haus.«

Levi blickt ihn über seine Brillengläser hinweg an. Er konnte so zwar nicht besonders gut sehen, doch das verlieh seiner Antwort mehr Gewicht. »Wenn du nicht schnüffelst, dann tut es jemand anderes.«

»Hey, es ist nicht so etwas.«

»Was denn?«

»Nun, alle wissen, daß du ab und zu – äh – Menschen hilfst; du nimmst sie auf, verstehst du?«

Levi legte die Papiere, an denen er eigentlich nicht arbeitete, aus der Hand, lehnte sich entschlossen zurück. »Charlie, man hat mich wegen Maggie bereits befragt, und ich hatte niemandem etwas zu sagen.«

»Aber ich schnüffle nicht herum, Levi, ich …«

»Es geht zwar niemanden etwas an, doch eines sage ich dir: Falls Maggie Bly jemals zu mir käme, weil sie nirgendwohin gehen könnte, würde ich ihr ganz sicher helfen, was mehr wäre, als das, was ihr anderen neulich getan habt.«

Das ließ Charlie erstarren. Er brauchte eine Weile, um sich zu fassen. Und wie nervös er war! »Hör' mal, Levi, ich will mich wirklich nicht in Maggies Dinge einmischen. Das tue ich nicht. Doch hast du vielleicht eine Ahnung, ich meine, nur um der Information willen, weißt du zufällig ...«

»Was denn, Charlie, was?«

»Nun, dieser Bursche, der auf dem Wells Peak getötet wurde ...«

Levi starrte ihn nur an.

»War er, du weißt schon, waren er und Maggie ...«

»Was für eine Frage ist denn das?«

»Nun, sie ist doch Harolds Frau.«

Bei dieser Äußerung lachte Levi beinahe. »Charlie, hast du vor irgend etwas Angst?« Charlie antwortete nicht, aber Levi war der Überzeugung, daß Charlie es nicht leugnen konnte. »Ich bin überrascht, daß du dich auf einmal für die Probleme anderer Leute interessierst.«

Charlie wurde jetzt richtig verlegen. »Nun, ich habe mich einfach nur gefragt.«

Levi wollte das letzte Wort haben. »Charlie, du weißt, daß ich immer nur dasselbe sage.« Er schloß ein Auge und deutete mit dem Zeigefinger auf Charlies Herz. »Bevor du anfängst, dir Gedanken um irgendeinen Burschen in den Bergen zu machen, solltest du erst einmal bei dem anfangen, was in deinem Herzen ist. Das wird dich töten.«

Charlie sah zum Fenster hinaus und wand sich auf seinem Stuhl. Dann murmelte er: »Es ist lange nicht mehr vorgekommen.«

Levi beschäftigte sich mit seinen Papieren und erwiderte: »Ohhh, so lange nun auch wieder nicht, oder?«

Charlie wendete den Blick vom Fenster ab und sah Levi an. »Sprich nicht davon!«

Levi gab seinen Blick zurück. »Nein, so lange nun auch wieder nicht. Und ich schätze, du hast Angst, daß es wieder passieren könnte. Ist es das?«

»In Ordnung, alles klar, vergiß es!« gab Charlie zurück. Er sprang so schnell auf, daß der Stuhl umfiel.

»Es könnte tatsächlich wieder passieren«, meinte Levi beiläufig und sah wieder auf seine Papiere.

»Vergiß es!«

Und damit stürmte Charlie zur Tür heraus, an den Zapfsäulen vorbei und über die Straße.

Wieder hatte Levi nur seine Werkzeuge, mit denen er reden konnte. »Was sagt man dazu?«

* * *

Die Dämmerung war hereingebrochen. Die Moskitos kamen zum Vorschein und untersuchten jeden Millimeter von Steves Körper, um eine Stelle zu finden, durch die sie an ihn herankommen konnten. Eine surrte direkt neben seinem Ohr, eine andere in der Nähe seiner Augenbraue. Doch Steve reagierte nicht. Das ihn umgebende Elsbeeren- und Weidendickicht wurde nicht bewegt .

Er blickte durch das Zielfernrohr seines Gewehrs, den Finger fest an den Abzug gelegt. Etwa dreißig Meter unter ihm auf dem Wildpfad hatte ein riesiger Grizzly den Köder gefunden. Mit seinen langen, weißen Klauen wühlte er in den Doughnuts herum, leckte das Fett ab, schnaubte und kaute. Es war zwar nicht der größte Bär, den Steve je gesehen hatte, doch mit seinen siebenhundert Pfund war er sehr beeindruckend. Steve wartete darauf, daß »318« sich ein wenig mehr seitlich drehte. Er würde ihn in die Brust schießen, direkt unter die Vorderbeine, ein Schuß durch die Lungen und das Herz, der den Bär sofort töten würde.

Der Bär bewegte sich, und Steve verfolgte ihn durch das Zielfernrohr. Cliff würde ihn um diesen Schuß beneidet haben, um diese Trophäe. Wenn sie zusammen diesen Jagdausflug unternommen hätten, hätte Steve Cliff sicher den Vortritt gelassen. Es war so seltsam zu denken, daß dieser Bär ...

Steve konzentrierte sich allein auf den Bären vor sich. Hermann, du wirst sterben.

Der Bär bewegte sich, fraß sich durch die Doughnuts. Die Brust war jetzt frei.

Steve feuerte. Er lud durch und zielte erneut auf »318«. In diesem Augenblick stürzte der Bär zu Boden. Ein weiterer Schuß, und innerhalb von wenigen Sekunden war er tot. Irgendwo in der zunehmenden Dunkelheit konnte er Marcus rufen hören.

Zum ersten Mal rührte sich Steve. Er erhob sich aus dem Dickicht. Sein Körper schmerzte und zitterte. Bei jedem anderen Jagdausflug wäre dies ein erhebender Moment gewesen. Doch heute empfand er überhaupt keine Freude.

Marcus kam aus seinem Versteck und näherte sich mit schußbereitem Gewehr dem auf dem Boden liegenden Tier. Er stieß es mit dem Gewehrlauf an, dann beugte er sich darüber, um sich die Markierung im Ohr anzusehen.

»Drei/achtzehn«, sagte er. »Es ist Hermann.«

* * *

Obwohl Hyde Valley vorwiegend wegen seiner Gold- und Silberminen bekannt ist, sind die dichten Wälder des Wells Peak und des Saddlehorse doch ein idealer Ort für Wanderer, Camper, Angler und Jäger.
Zwar wird berichtet, im Hyde Valley gäbe es mehr Bärenangriffe als irgendwo sonst in den Vereinigten Staaten, doch solche Gerüchte basieren mehr auf Tradition als auf Tatsachen und sollten nicht zu ernst genommen werden. Trotzdem sind Vorsicht und Sorgfalt in der Wildnis immer angebracht, um zufälligen Begegnungen mit Bären vorzubeugen. Bleiben Sie immer auf den Pfaden, und seien Sie vorsichtig mit Nahrungsmitteln.

Aus einer Reisebroschüre, etwa 1970

Es gab einen Grizzly, den wir Old Scar nannten. Er lebte auf dem Tyler Gorge. Er tötete Jack Friday. Jack ging dort hinauf, um zu fischen, und kam nie zurück. Alles, was wir fanden, waren seine Angel und einen seiner Stiefel. Vermutlich hat Old Scar auch Jules Howard gefressen, und vielleicht auch diese Köchin, die wir hatten – wie hieß sie noch? Nancy, glaube ich. Jemand fand ihre Schürze und einen Teil ihres Fußes draußen in den Wäldern, aber sonst nichts. Ja, es ist schon immer so gewesen …

Der pensionierte Minenarbeiter Homer Bentlow
in einem Interview, das in den Hyde River Memories
von Jill Staten niedergeschrieben wurde,
Copyright 1965.

Kapitel 3

Das Opfer

Hermann »318« wurde mit einem Lieferwagen geholt und mit Hilfe einer Gruppe von Freiwilligen auf eine große Sperrholzplatte in Marcus DuFresnes Garage in der Nähe von West Fork gelegt. Einige der Freiwilligen wollten auf das Ergebnis der Obduktion warten, doch Marcus, der sich in Steves Situation hineindenken konnte, dankte ihnen und schickte sie fort.

Die beiden Männer machten sich an die Autopsie. Sie arbeiteten unter dem hellen Deckenlicht und nahmen auch von Zeit zu Zeit Mechanikerleuchten zu Hilfe. So wie Marcus Steve den Vortritt bei dem ersten Schuß ließ, so gestattete er ihm nun, das Messer zu führen.

Marcus hatte das Alter des Bären bereits auf zehn bis zwölf Jahre geschätzt. Hermann war ein gesunder Bär, der eine dicke Fettschicht unter seinem Pelz angesammelt hatte; Hunger konnte also nicht der Grund für seine Aggression sein. Sie fanden keine nennenswerten Wunden oder Verletzungen, nur die Schußverletzungen, die Steve ihm beigebracht hatte.

Was den Inhalt seines Magens und der Gedärme betraf …

»Na ja«, sagte Steve und wischte sich die Hände an einem Handtuch ab, »wir hatten ja nicht viel erwartet, nicht wahr?«

Marcus schüttelte den Kopf. »Ich weiß nicht, was ich sagen soll.«

Sie fanden natürlich Doughnuts und Schinkenfett, doch 318 hatte sich auch recht gut von Beeren, Wurzeln und Kräutern ernährt. Auch enthielt sein Magen Stücke von Verpackungsmaterial, das aus Mülltonnen stammte. Kein Anzeichen von Fleisch irgendwelcher Art. Steve war gleichzeitig enttäuscht und erleichtert.

»Er hat sich nicht ausschließlich von menschlichen Abfällen ernährt«, beobachtete Steve, »doch ich würde sagen, seine Mahlzeiten lassen auf Gewöhnung schließen.«

»Obwohl das auch alles ist«, gab Marcus zurück.

»Da stimme ich dir zu. Wir können eine Aggression annehmen, doch es gibt keinerlei Hinweis darauf.«

Ein wenig verloren blickten sie auf den alten toten Bären mit dem geöffneten Bauch.

»Und du bist sicher, daß es dort draußen keine anderen Kandidaten gibt, die für so etwas in Frage kommen?« fragte Steve.

Marcus lachte leise. »Also, ich kann nur sagen, daß Hermann der wahrscheinlichste Kandidat war; und nach dem, was wir wissen ... ich schätze, wir haben den Schuldigen.«

Steve war unzufrieden und gab sich keine Mühe, dies zu verbergen. »Wir werden sehen, was Evie zu sagen hat.«

»Wie geht es ihr?«

»Gestern war ihr Zustand noch sehr schlecht, doch ich bin sicher, sie wird zu gegebener Zeit wieder in Ordnung kommen. Ich hoffe, daß sie uns erzählen kann, was passiert ist.«

»Das würde einiges klären.«

Eine Stille entstand. Beide dachten dasselbe, doch Marcus fürchtete sich davor, es auszusprechen, und Steve wollte nicht darüber sprechen.

Marcus begann schließlich zögernd. »Für wann ist die Autopsie angesetzt?«

»Sie sollte heute gemacht werden.«

»Ich könnte den Leichenbeschauer anrufen.«

Steve warf einen Blick auf seine Uhr. »Es ist schon recht spät.«

»Ich denke, ich kann ihn stören.« Vorsichtig stellte Marcus seine nächste Frage. »Was – wieviel willst du wissen?«

Steve blickte auf den toten Bären hinab, betrachtete seine Zähne und die langen, weißen Klauen. »Gerade so viel, daß wir sicher sein können, Marcus.«

* * *

Gegen Mitternacht stahl sich eine einsame Gestalt lautlos an den dunklen, hoch aufragenden Mauern und den verfallenen Fundamenten alter Ruinen vorbei, die sich pechschwarz gegen den samtenen Himmel abhoben. Die schwarze Kleidung des nächtlichen Besuchers fügte sich in die dunklen Schatten ein und machte ihn beinahe unsichtbar. Niemand würde von dem, was er tat, erfahren; alle anderen hatten Angst, sich diesem Ort zu nähern.

Mit vorsichtigem, federleichtem Schritt betrat er eine große Ruine. Die drei noch stehenden Mauern umfingen ihn mit ihren Schatten. In der Mitte des alten Gebäudes kniete er vor einem großen, flachen Stein nieder und legte seine Hände auf seine Ecken, seinen Blick fest auf das undeutliche, graue Bild des Steins gerichtet. Dann betete er. Seine Bitten brachte er in einem leisen, monotonen Singsang hervor.

Als er schließlich fertig war, zog er ein Stück Papier aus seinem Mantel und legte es auf den Stein und schrieb mit einem großen, schwarzen Stift einen Namen darauf, den er andauernd wiederholte: »Margaret Elizabeth … Margaret Elizabeth … Margaret Elizabeth …«

Mit einem Streichholz zündete er das Papier an. »Zeit für dich zu sterben, Maggie!«

* * *

Am dritten Morgen nach dem Angriff traf Steve Tracy Ellis vor dem *Clark County Medical Center*. Evelyn war wieder bei sich und erholte sich langsam. Es war an der Zeit, mit ihr über das zu sprechen, was sich auf dem Wells Peak ereignet hatte.

Sie blieben in der Nähe des Schwesternzimmers stehen, um die Ergebnisse ihrer Nachforschungen zu vergleichen. Steve trug einen bequemen Jogginganzug. Er wirkte nicht mehr wie ein bärtiger, halbverrückter Jäger. Tracy hatte ihre Uniform an und hielt einen Notizblock und den Aktenordner in der Hand, in dem sich die Einzelheiten dieses Falles befanden.

Tracy wirkte besorgt. »Das Team hat die Umgebung des Lagers durchgekämmt, und die Hunde haben den weiteren Bereich um Wells Peak abgesucht.« Sie zuckte die Achseln. »Sie haben nichts gefunden.«

Steve seufzte nur. »Die Autopsie von ›318‹ hat ergeben, daß er sich seinem Lebensumfeld entsprechend ernährt hat, doch darüber hinaus haben wir nichts gefunden, das uns Aufschluß gegeben hätte.« Er gab ihr eine Fotokopie seines handgeschriebenen Berichts, der aus nur wenigen Absätzen bestand. »Er mochte Beeren, Wurzeln, Gras, menschliche Abfälle und die Doughnuts, die wir für ihn bereitgestellt hatten. Doch mehr konnten wir nicht finden. Mein Bericht ist in dreißig Sekunden durchgelesen.«

»Dann haben Sie sich nicht auf ›318‹ als den Schuldigen festgelegt?«

Steve hob die Hände. »Er könnte es tatsächlich gewesen sein, und ich bin bereit, das zu akzeptieren. Ich sage nur, daß die Autopsie weder das eine noch das andere ergeben hat.«

»Haben Sie den Autopsiebericht Ihres Bruders gelesen?«

»Marcus hat gestern abend noch mit dem Leichenbeschauer gesprochen, doch den Bericht habe ich noch nicht gesehen. Sie?«

Sie nickte grimmig. »Habe heute morgen ein Exemplar erhalten.« Sie zögerte, bevor sie fortfuhr: »Das Wesentliche läßt sich zusammenfassen in dem Satz: Der Leichenbeschauer ist der Meinung, daß es ein Bär war.«

»Ja, das hat er Marcus auch gesagt, und ich schätze, ich kann dem nicht widersprechen.« Steve senkte den Blick. »Marcus und ich haben in Erwägung gezogen, uns die Überreste selbst anzusehen.« Doch schnell fügte er hinzu: »Aber ich glaubc, ich überlasse das lieber Marcus. Ich vertraue seinem Urteilsvermögen, seinen Beobachtungsfähigkeiten.«

Tracy dachte darüber nach, dann nickte sie. »Überlassen Sie das Marcus.«

»Kommen Sie, wir wollen sehen, an was Evie sich noch erinnert.«

Als sie das Zimmer betraten, saß Evelyn aufrecht im Bett. Die Matratze war hochgestellt, und sie saß gegen mehrere Kissen gelehnt.

»Hallo«, meinte Steve lächelnd, »du siehst viel besser aus.«

»Wenigstens halb aufrecht«, erwiderte Evelyn mit einem schwachen Lächeln.

»Kennst du Deputy Ellis schon?«

»Ich glaube, ich habe Sie vor zwei Tagen kennengelernt.«

Tracy lächelte. »Das stimmt.«

»Also dann, hallo.«

»Hallo.«

Im Zimmer befanden sich zwei Stühle. Steve und Tracy zogen sie sich ans Bett heran und setzten sich. Zuerst sprachen sie über allgemeine Themen, Evelyns Gesundheitszustand, ihre beiden Jungen Samuel und Travis, ihre Mutter Audrey und die Fürsorge, die Evelyn zuteil wurde. Steve faßte Mut. Evelyn schien bei sich zu sein und sprach zusammenhängend. Sie war auf dem Weg der Besserung.

»So«, sagte Tracy schließlich, und ihr Tonfall verriet, daß sie sich dem schwierigen Thema zuwenden wollte, »Mrs. Benson, denken Sie, Sie könnten über das sprechen, was sich auf dem Wells Peak ereignet hat? Wir sind mit unseren Nachforschungen noch nicht zu Ende gekommen. Sie verstehen, nicht wahr?«

»Sicher.«

Tracy blickte Steve an. »Ich bin froh, daß Steve hier sein kann. Er hat getan, was er konnte, und die Leute des Sheriffs haben ebenfalls ihr Bestes gegeben, doch ohne einen Zeugen ist es schwierig.«

Evelyn war kleinlaut. »Officer … äh …«

»Nennen Sie mich Tracy.«

»In Ordnung, Tracy. Ich muß Ihnen sagen, daß ich mich nicht an viel erinnere.«

»Gut«, sagte Tracy, die versuchte, nicht in sie zu dringen, »fangen wir einfach an und sehen, wie es läuft.«

Evelyn wirkte besorgt. Sie kämpfte mit der Erinnerung, aber gleichzeitig auch mit dem Schmerz der Erinnerung. »Ich erinnere mich daran, daß Cliff zu unserem Vorratslager ging, um die Reste zu verstauen. Wir hatten uns zum Abendessen etwas gekocht, und, äh …«

»Was habt ihr gekocht?« fragte Steve in der Hoffnung, ihr Erinnerungsvermögen anzustacheln.

»Mal sehen.« Evelyn dachte eine Weile nach, dann sagte sie: »Gemüsesuppe und einige Kräcker.«

»Nichts mit Fleisch? Gewürze? Sie wissen schon, etwas, das einen starken Geruch abgibt?«

Sie schüttelte den Kopf. »Nein, wir meiden solche Dinge, wenn Bären in der Nähe sein könnten. Außerdem mag ich beim Wandern nur leichte Kost, ich möchte nicht, daß es mir schlecht wird.«

Steve nickte erfreut und amüsiert zugleich. »In Ordnung, was geschah weiter?«

»Cliff ging den Berg hinab zu unserem Vorratslager. Es war bereits dunkel, so daß ich ihn nicht mehr gut sehen konnte.«

Tracy machte sich eifrig Notizen. »Wieviel Uhr war es schätzungsweise?«

»Ich glaube so zwischen neun und zehn.«

»Essen Sie immer so spät zu Abend?«

»Nein«, antwortete Evelyn. »Doch wir waren weit gewandert und hatten lange gebraucht, einen geeigneten Lagerplatz zu finden. Wir dachten, es sei besser, zuerst das Zelt aufzubauen. Die Sonne ging schon unter. Cliff wollte den Vorratsbehälter verstauen, solange er noch Tageslicht hatte. Das brauchte alles seine Zeit.«

»Auf jeden Fall habt ihr spät gegessen.«

Evelyn nickte. »Und spät aufgeräumt.«

»Cliff ging also hinunter, um die Reste zu verstauen«, warf Tracy ein.

»Und …« stotterte Evelyn. »Ich – ich erinnere mich nur noch, daß er im Dunkeln den Berg hinunterging. Ich konnte ihn nicht sehen, nur ab und zu seine Taschenlampe …« Sie brach ab. Sie blickte Tracy und Steve an, und sie blickten Evelyn an. Stille.

Tracy half ihr weiter. »Er ging also mit seiner Taschenlampe den Berg hinunter.«

Evelyn schüttelte nur den Kopf. »Und dann wachte ich im Krankenhaus auf.«

Steve war enttäuscht – richtiggehend frustriert – doch er versuchte, es nicht zu zeigen. So unauffällig er konnte, blickte er Tracy an. Sie schien seltsam abwesend zu sein, während sie sich ihre Notizen durchlas.

Ihre nächste Frage klang etwas fröhlicher. »Cliff war also Fotograf!«

»Ja. Er fotografierte vor allem in der Wildnis.«

Tracy blickte Steve an. »Das Interesse für die Wildnis muß der Familie wohl im Blut liegen.«

Steve lächelte. Er war dankbar für das etwas leichtere Thema. »Ziemlich.«

Tracy wendete sich Evelyn wieder zu. »Was war der Grund für Ihren Ausflug auf den Wells Peak? Wollte er dort oben Fotos machen?«

»Nein. Wir wollten nur einfach zusammen den Alltag hinter uns lassen.«

»Hmm. Mal ausspannen, ja?«

»Genau. Er hatte viel gearbeitet, und wir brauchten Zeit für uns allein. Wir waren schon früher einmal im Hyde Valley auf der Jagd gewesen. Wir lieben dieses Tal, darum sind wir diesmal hierhergekommen.«

»Wie ich hörte, hatte Ihr Mann einige Monate im Hyde Valley gearbeitet, ist das richtig?«

»Ja.«

Hmmm, dachte Steve beeindruckt. Tracy hat ihre Hausaufgaben gemacht.

»Er hat eine Fotoserie über das Tal gemacht«, fuhr Tracy fort.

Evelyn nickte. »Sein Thema war eigentlich die dortige Freizeitbeschäftigung. Sie wissen schon, jagen, fischen, so etwas. Doch er hat auch viele Bilder in den alten Minenstädten gemacht. Schon immer hat er sich für Leute und die Geschichte der Städte interessiert.«

»Dann war er also häufig unterwegs?«

Evelyn zögerte nur kurz, bevor sie antwortete. »Sicher. Er mußte dorthin fahren, wo er Fotos machen konnte.«

»Das ist Ihnen sicher schwergefallen.«

Evelyn zuckte die Achseln und seufzte. »Ich habe es hingenommen.«

»Aber warum wollten Sie zusammen verreisen? Nur um Zeit miteinander zu verbringen und einmal etwas anderes zu sehen?«

Evelyn wirkte ein wenig verärgert. »Ich denke, das habe ich gerade gesagt.«

»Wie würden Sie Ihre Ehe beurteilen? War sie gut?«

Steve hielt sich zurück, doch die Frage erschien ihm ein wenig seltsam. Vielleicht machte Tracy nur Konversation.

»Es war keine feurige Romanze, auch keine heiße Liebesgeschichte«, antwortete Evelyn. »Irgendwie etwas dazwischen.«

Tracy lächelte. »Dazwischen also.«

»Wir kamen gut miteinander aus, wenn wir zusammen waren. Wenn wir nicht zusammen waren, war es schwer zu beschreiben.«

Evelyns Tonfall war gefaßt, doch Steve hatte diesen Ausdruck auf Evelyns Gesicht schon einmal gesehen. Tracy nahm sich besser in acht.

»Alles lief also gut, aber nicht ...« fuhr Tracy fort.

»Nicht wirklich gut.« Evelyn ging nicht weiter darauf ein.

Tracy notierte sich etwas, dann fragte sie: »Evelyn, besitzen Sie ein Jagdmesser?«

»Ja, wir beide haben eines.«

Steve unterbrach. »Sie und Cliff gingen häufig auf die Jagd.«

»In Ordnung«, erwiderte Tracy. »Evelyn, als Sie Samstagnacht gefunden wurden, hielten Sie Ihr Messer in der Hand, und die Klinge war abgebrochen. Erinnern Sie sich daran?«

Evelyn dachte einen Augenblick nach. »Vielleicht. Es ist wie ein Traum ... ich bin nicht sicher.«

»Können Sie sich daran erinnern, irgend etwas angegriffen zu haben, in einen Kampf verwickelt worden zu sein und Ihr Messer benutzt zu haben?«

Evelyn regte sich sichtlich auf. »Ich weiß es nicht! Da ist nur das – das – es ist wie ein Traum in meinem Kopf, und ich kann mich nicht genau erinnern.«

Steve sprach sanft und leise, aus Angst, sie zu sehr zu drängen. »Evie, wir sind auf der Suche nach einem Bären, klar? Wir sind der Meinung, es sei ein Grizzly gewesen, der Cliff angegriffen hat. Kannst du dich an etwas Ähnliches erinnern?« Ganz klar versuchte er, die Zeugin zu beeinflussen, doch er kümmerte sich nicht darum.

Evelyn schloß die Augen. »Steve, ich kann die Augen schließen und sehe nichts als einen großen Schatten vor mir.«

»Haben Sie ihn angegriffen?« fragte Tracy.

»Vermutlich.« Evelyns Stimme klang nun etwas schärfer. »Hätten Sie das nicht getan?«

»An Ihrer Kleidung und am Messer befand sich Blut. Können Sie sich daran erinnern?«

Bei der Erinnerung daran versteifte sich Evelyn. »Ich erinnere mich an Blut.«

»Wissen Sie noch, woher es stammte?«

Evelyn blickte Tracy an. Tränen stiegen ihr in die Augen. »Wie ich hörte, stammte es von meinem Mann.«

Steve konnte in Evelyns Gesicht lesen: Die Grenze war überschritten. Er griff ein. »Evie, es ist in Ordnung. Du brauchst nicht mehr weiter darüber zu sprechen.«

Tracy blickte ihn an. Ganz offensichtlich gefiel ihr sein Eingreifen in ihre Untersuchungen nicht.

Und Steve gefielen ihre Fragen nicht. Er wendete sich an Evelyn, deren Gefühle ihm wichtiger waren. »Das alles ist wirklich schlimm, ich weiß. Wir wollen für heute aufhören, und du ruhst dich einfach aus.«

Tracy ging darauf ein und entspannte sich. »Ja, ruhen Sie sich aus. Es tut mir sehr leid, daß ich Ihnen solche Fragen stellen muß.«

Evelyns Blick sagte Tracy, daß ihr nicht verziehen worden war. »Vermutlich tun Sie nur Ihre Pflicht.«

Steve erhob sich. »Ich muß noch einiges erledigen. Gute Besserung.« Er beugte sich zu Evelyn nieder und küßte sie auf die Stirn.

»Danke, daß Sie mir Ihre Zeit gewidmet haben«, meinte Tracy.

Evelyn drehte ihr den Rücken zu.

Steve und Tracy gingen zum Wartezimmer in der Nähe des Schwesternzimmers. Beide hatten etwas auf dem Herzen und wollten es loswerden.

»Ich würde gern wissen, was das Ganze sollte«, fragte Steve, wobei er mühsam versuchte, sich zu beherrschen.

Tracy wollte vermitteln. »Ich wußte, daß es problematisch werden würde, wenn jemand emotional so beteiligt ist ...«

»Das reicht jetzt!« Ein Ehepaar, das ebenfalls im Wartezimmer saß, blickte zu ihnen hin. »Ich bin für meine Gefühle selbst verantwortlich, Deputy«, brummte Steve. »Sie sollten sich lieber mal überlegen, wie Evie sich fühlen muß und wie Sie sie behandelt haben! Können Sie denn nicht sehen, wie verletzlich sie ist? Wie konnten Sie ihr Fragen über Messer und Blut stellen und darüber, wie ihre Ehe war? Sie hat gerade ihren Mann verloren, haben Sie das vergessen?«

Tracy schwieg bewußt einen Augenblick, um die Situation zu entspannen. Dann versuchte sie, eine rationale, sachliche Position zu beziehen. »Ich mußte einige Routinefragen stellen. Wir müssen alle Möglichkeiten in Betracht ziehen.«

»Zum Beispiel wie ihre Ehe war? Denken Sie denn im Ernst …«

»Was ich denke, ist unwichtig. Ich muß meinen Job erledigen.« Mit formalem Ton fuhr sie fort: »Sie müßten doch eigentlich wissen, wie wichtig Objektivität in einer Situation wie dieser ist, oder?«

Steve wollte zurückschlagen, hielt jedoch inne. Sie hatte recht. Er war verletzt und wollte Evelyn verteidigen. Er ließ sich von seinen Gefühlen leiten. Tracy hatte sich unter Kontrolle, er nicht. Er holte tief Luft und zwang sich dazu, sachlich zu werden. Es war, wie wenn man Schuhe anzieht, die einem zu eng sind. »Ja, Sie haben recht, irgendwie.«

»Irgendwie?«

»Auch wenn man alle persönlichen Gefühle beiseite läßt, ist die Vorstellung einer Mittäterschaft Evies … nun, unhaltbar, undenkbar.«

»Aber ich habe den Eindruck, daß Sie auch nicht so recht einem Bären dafür verantwortlich machen wollen.«

»Ich …« Er wollte es leugnen, konnte es jedoch nicht. »Ich bin bereit, jeden stichhaltigen Beweis zu akzeptieren.« Dann verengte sich sein Blick. »Was mich wieder auf den Autopsiebericht bringt …«

Ihm fiel auf, daß sie leicht zusammenzuckte. »Steve …«

»Gibt es etwas, wovon ich noch nichts weiß?«

Sie überlegte sich ihre Antwort sehr gut. »Vielleicht sollten Sie den Bericht doch selbst lesen.«

»Vielleicht sollte ich mir doch die Überreste der Leiche selbst ansehen.«

»Ich denke, Sie sollten zuerst den Bericht lesen und dann entscheiden.«

Das akzeptierte er. »Haben Sie ihn dabei?«

Sie holte den Bericht aus ihrem Aktenordner. Das Dokument umfaßte etwa dreißig Seiten.

Er nahm ihn, sah jedoch nicht hinein. »Ich werde ihn lesen, bevor ich mich mit Marcus berate.«

»Seien Sie sich nur immer Ihrer Beziehung zu dem Opfer bewußt.«

»Ich bin mir meiner Beziehung zu dem Opfer bewußt.« Für wen hältst du dich eigentlich, für mein Kindermädchen?

»In Ordnung.«

»Ich möchte nur die Antwort auf unsere Fragen finden – bevor Sie falsche Schlüsse ziehen.«

Ganz offensichtlich war sie verletzt. »Steve, ich ziehe keine voreiligen Schlüsse. Obwohl ich Fragen habe!«

»Das habe ich gemerkt!«

Sie holte tief Luft, hielt den Atem an und atmete mit einem tiefen Seufzer aus. »In Ordnung, Steve. Sie sind der Experte. Sagen Sie mir, was passiert ist.«

»Das versuche ich ja gerade herauszufinden.«

»Wie kommt es, daß nur Cliff getötet wurde und nur sein Blut an Evelyns Kleidung war, und daß Evelyn überhaupt keine Verletzungen davongetragen hat? Wenn Evelyn so nah herangekommen ist, daß Cliffs Blut an ihrer Kleidung klebt, warum wurde sie dann nicht auch angegriffen? Wie kommt es, daß ihr Jagdmesser abgebrochen ist und daß sie sich an alles andere so detailliert erinnert, sogar an das, was sie gegessen haben und um wieviel Uhr, doch an die Ereignisse überhaupt nicht mehr?«

Steve hatte ebenfalls darüber nachgedacht. »Vielleicht war der Kampf, als sie dort hinkam, bereits vorbei. Als sie Cliffs Überreste fand, wurde sie hysterisch – wir haben die Aussage des Lastwagenfahrers, daß sie nicht bei sich war – und vielleicht hat sie … nun, wer weiß schon, was sie getan hat? Vielleicht hat sie ihn umarmt oder versucht, ihn wieder zusammenzusetzen; ich weiß es nicht. Doch die Hysterie ist bestätigt, denke ich, und eine ausreichende Erklärung für ihre Erinnerungslücken. Was das Messer betrifft, woher wissen wir, daß sie es nicht abgebrochen hat, als sie auf den Lastwagen losging?«

»Der Fahrer sagt aus, die Klinge sei bereits abgebrochen gewesen.«

»Vielleicht hat sie damit gegen Bäume gestoßen oder so etwas. Sie war doch nicht bei sich.«

»Doch selbst wenn es so gewesen wäre, wie Sie vorschlagen, dann wären sie und ihr Mann zum Zeitpunkt seines Todes zusammengewesen, und Sie müssen zugeben, daß ein angreifender Bär nicht notwendigerweise eine Erklärung für das Blut an ihrer Kleidung ist.«

»Mir gefallen Ihre Gedankengänge überhaupt nicht, Deputy. Ich kann eine solche Möglichkeit nicht einmal in Betracht ziehen.«

»Das brauchen Sie auch nicht. Sie sind kein Polizist.«

»Das stimmt.« Schweigen. »Welches ist nun Ihr nächster Schritt?«

»Ich werde nach Hyde River fahren und mit einigen Freunden sprechen.«

»Dieselben Freunde, die Ihnen erzählt haben, daß Cliff dort gewesen ist?«

»Genau. Es ist eine kleine Stadt, und Neuigkeiten verbreiten sich schnell.«

»Nun, vielleicht fahre ich auch einmal dorthin.«

Sie hob die Hand. »Einen Augenblick.«

»Was ist?«

»Ich kenne Hyde River. Sind wir uns darin einig?«

»Ich denke schon.«

»Also nehmen Sie einen klugen Ratschlag von jemanden an, der den Ort kennt: Gehen Sie nicht allein dorthin und stellen Sie keine Fragen. Sie könnten in größere Schwierigkeiten kommen, als Ihnen recht ist.«

Er konnte ihr nicht folgen. »Ich möchte mich doch nur ein wenig umhören ...«

»Das ist egal«, unterbrach sie ihn. »Sie sind ein Fremder, der Fragen stellt, und das sieht man dort oben überhaupt nicht gern.«

Das mußte er erst verdauen. »Dann können wir also nur hoffen, daß Sie für uns beide etwas herausfinden, nehme ich an.«

»Ganz genau.«

Steve hatte bereits beschlossen, daß er sich nicht darauf einlassen würde, als er fragte: »Und wann treffen wir uns wieder?«

»Ich werde Sie heute abend im *Tamarack* anrufen. Oder Sie rufen mich an.« Sie kritzelte eine Nummer auf ihren Notizblock und gab ihm den Zettel. »Hier ist meine Privatnummer. Sie können es auch im Büro des Sheriffs versuchen. Ich werde Sie wissen lassen, wenn ich etwas herausgefunden habe.«

»In Ordnung.«

Sie war bereit zu gehen, er auch.

»Steve?«

»Ja?«

Sie sprach vorsichtig. »Lassen Sie es ruhig angehen.«

* * *

Marcus DuFresne kam an diesem Nachmittag in Steves Motelzimmer. Er wirkte blaß und krank. Er hätte gern etwas Alkoholisches getrunken, gab sich dann aber mit einer Tasse Kaffee aus Steves Thermoskanne zufrieden. Sie saßen an dem kleinen runden Tisch in der Nähe des Fensters. Der Autopsiebericht lag zwischen ihnen. Lange starrte Marcus nur auf den Bericht und suchte nach Worten, während Steve schweigend abwartete und ihm so viel Zeit gab, wie er brauchte.

»Ich schätze ...«, begann Marcus schließlich.

Steve beugte sich vor.

»Ich schätze, der Pathologe hat sich die größte Mühe gegeben: der Angriff eines Grizzly. In Anbetracht dessen, was von deinem Bruder übriggeblieben ist, was sollte er da anderes sagen? Hast du den Autopsiebericht gelesen?«

»Ja. Den ganzen, heute nachmittag.«

»Ein Haufen technischer Ausdrücke, aber ...«

»Er war deutlich genug.«

»Ja. Sehr deutlich. Nun, was in diesem Bericht steht, habe ich heute gesehen.« Marcus starrte in den Raum, als sähe er vor sich die Wiederholung seines Besuchs in der Pathologie. »Eine Schulter und der Kopf waren fort, ein Arm abgerissen. Da waren noch einige Rippen ...«, Marcus faßte sich an die Brust, um dies zu illustrieren, »die einfach aus dem Schnitt, dem Biß, wie immer du es nennen willst, herausragten. Sie waren einfach abgeschnitten. Es war eine ziemlich klare Bißlinie.« Wie Tracy fuhr auch Marcus an seinem eigenen Körper entlang. »Er ging von der linken Schulter bis zum rechten Becken. Und hast du gelesen, daß das Becken ebenfalls durchtrennt war?«

»Tatsächlich?«

»Tatsächlich.«

»Und der Rest war intakt?« fragte Steve.

Marcus nickte. »Die lebenswichtigen Organe und die unteren Glieder waren alle da.« Dann fügte er hinzu: »Und diese Narbe von der alten Schußwunde? Sie war da. Und die Fingerspuren der linken Hand passen zu denen auf Cliffs Waffenschein.«

Steve nickte, dann schnitt er das an, über das er den ganzen Nachmittag schon nachgedacht hatte. »Keine Spuren von Zähnen oder Klauen?«

»Nein. Und keine Tierhaare.« Marcus griff in seine Hemdtasche. »Doch ich habe etwas abgekratzt.« Er holte ein kleines Glas heraus und stellte es auf den Tisch. »Sieht aus wie getrockneter Speichel. Der Pathologe konnte nichts damit anfangen, doch vielleicht kennst du einige Leute an der Universität, die herausfinden können, was es ist.«

Steve hielt das Glas ans Licht, um den getrockneten Schleim zu untersuchen. »Ich werde es sofort dorthin schicken.«

Dann wieder Stille.

»Und?« forderte Steve ihn auf. »Was denkst du?«

Marcus dachte eine Weile nach, dann schüttelte er den Kopf. »Steve, das muß ein einzigartiger Bär gewesen sein.«

Steve nickte. »Die weichen Organe unterhalb der Bißlinie waren intakt –«

»Hm-hmm.«

»Normalerweise macht sich ein Bär zuerst über den Darm und die weichen Organe her.« Er nahm einen Schluck Kaffee, und Marcus tat es ihm gleich. »Ein Bär wird beißen, seine Klauen in sein Opfer schlagen, an ihm reißen, zerren ...«

Marcus setzte den Gedankengang fort. »Ja, Bären tun das, genau wie Kojoten, Wölfe, Pumas, Geier, Adler ...«

»Dieser Angriff erscheint mir etwas zu sauber, wenn du verstehst, was ich meine.«

Marcus breitete die Hände aus. »Und wie erklärst du dir das?«

Steve stützte die Ellbogen auf den Tisch und legte sein Kinn in die Hände. »Ich denke, Tracy Ellis und der Sheriff suchen bereits nach einer anderen Erklärung. Tracy stellte Evelyn Fragen zu ihrer Ehe.«

»Arme Evelyn«, sagte Marcus, ein wenig beunruhigt von dem Gedanken. Dann fuhr er fort: »Ich habe die Opfer einiger Kettensägenunfälle gesehen, die bei Holzfällerarbeiten geschehen sind. Doch der Schnitt im Fleisch sah ganz und gar nicht so aus.«

Steve spürte, wie ihm übel wurde. Er haßte es, die Frage zu stellen, die ihm auf der Zunge lag, tat es aber trotzdem. »Könnte es mit einem Jagdmesser gemacht worden sein?«

Marcus blickte ihn an, und auch ihm gefiel die Antwort überhaupt nicht. »Vermutlich schon. Doch es würde viel Zeit in Anspruch genommen haben, und eine genaue Planung. Mir fiele es leichter, an eine große, mechanische Säge zu glauben, wie man sie in einem Sägewerk findet.«

»Eine Vorrichtung, die ziemlich weit von dem Lager entfernt ist.«

»Da hast du recht.«

»Und falls wirklich menschliches Werkzeug benutzt worden ist, dann ist da immer noch die Frage der fehlenden Hälfte. Wenn sie nicht von einem Tier gefressen worden ist, was ist dann daraus geworden?« Steve spürte, wie sich sein Magen umdrehte. Er schluckte heftig. »Ich kann kaum glauben, was wir hier sagen.«

»Vermutlich kann ich tagelang nichts mehr essen«, meinte Marcus grimmig. »Doch du verstehst mein Problem. Wenn wir die ganze Bärengeschichte als unwahrscheinlich zurückweisen, müssen wir uns der Untersuchung einiger anderer schrecklicher Möglichkeiten öffnen.«

»Ich schätze, genau das tut Tracy im Augenblick.«

»Vermutlich.« Dann meinte Marcus: »Doch der Pathologe will so weit nicht gehen. Er sagte, es sei ein Bärenangriff gewesen.« Marcus' Augen verengten sich. »Doch im Vertrauen hat er mir gesagt, daß er sich auf den Zustand der Leiche keinen Reim machen kann. Er konnte nicht mit Sicherheit sagen, was die Ursache dafür ist.«

»Also sind wir wieder genau da, wo wir angefangen haben.« Steve stand abrupt auf und ging zur Tür. »Ich brauche frische Luft.«

»Ich komme mit.«

Sie traten ins Freie.

Steves Wagen, eine Kombination aus Lieferwagen und Wohnmobil, stand in der Nähe seines Zimmers. Marcus ging hinüber, um ihn zu bewundern. Er mußte sich ablenken.

»Nette Karre.«

»Ja, hat schon eine Menge Kilometer auf dem Buckel. Ich bin damit bereits in Kanada, Alaska, Yellowstone gewesen ...«

»Vierradantrieb?«

»Ja, natürlich.«

Marcus sah durch die Fenster. »Ich muß jetzt los. Ich hoffe, daß du eine Lösung findest.«

»Oh, ich werde ganz bestimmt eine Lösung finden«, erwiderte Steve entschlossen. »Auch wenn ich einige Federn im Hyde Valley rupfen muß.«

Früh am Mittwochmorgen, dem 9. April, kam Jonathan zu uns, nachdem er fast die ganze Nacht durchgeritten war. Er war übel zugerichtet, seine Kleidung war zerrissen, und er blutete aus Mund und Nase. Wir brachten ihn sofort zum Arzt. Der stellte fest, daß seine Nase, der Kiefer sowie drei Rippen gebrochen waren. Jonathan erzählte uns, vier Männer von der Minengesellschaft hätten ihn auf dem Heimweg von der Mine überfallen. Dieser Überfall sei die Vergeltung für etwas, das er über den Besitzer der Gesellschaft, Benjamin Hyde, gesagt hätte. Als wir Jonathan fragen, was er gesagt hätte, das eine solche Bestrafung rechtfertigen würde, wollte er es uns nicht erzählen, aus Angst, erneut überfallen zu werden. …

Aus einem Brief von Clara Beth Atkins,
Jonathans Mutter, an ihre Schwester
Claudia Dunsmith in Oak Springs,
vom 12. April 1880.

Kapitel 4

Hyde River

Deputy Tracy Ellis parkte ihren Streifenwagen auf dem Parkplatz vor der Dienststelle des Sheriffs in West Fork. Einige Seiten ihres Notizblocks waren mit neuen Notizen angefüllt, und sie steckte voller neuer Ideen. Sie war gerade dreißig geworden, und obwohl sie aus Clark County, vor allem aus dem Hyde Valley, fortgezogen und College und Polizeischule absolviert hatte, war es nicht lange genug gewesen, um das Gefühl für diesen Ort zu verlieren. Sie kannte die Leute; mit vielen von ihnen war sie aufgewachsen, und nun war sie Deputy in diesem Gebiet. Irgend etwas braute sich in Hyde River zusammen. Dessen war sie sicher.

Die Dienststelle des Sheriffs vom Clark County war in einem der alten Ziegelhäuser wenige Meter vom Gerichtsgebäude untergebracht. Auf dem Hauptflur befand sich das für die Öffentlichkeit zugängige Büro. Direkt hinter dem Hauptbüro befand sich der Zellenblock mit seinen drei Zellen und einem Satz Handschellen, die griffbereit an der Wand neben der Eisentür hingen.

Dem Hauptbüro gegenüber befand sich das Büro des Bezirkssheriffs Lester B. Collins, einem Mann, der bekannt und beliebt war wegen seiner bodenständigen, praktischen Veranlagung. Seine selbstverfaßte Arbeitsbeschreibung sollte Frieden schaffen, damit die Leute ohne großen Aufwand ihren Aufgaben nachgehen konnten. Das bedeutete nicht, daß er die Gesetze immer buchstabengetreu einhielt, aber er hielt Frieden, darum hatten die Leute nichts gegen ihn. Mittlerweile hatte man ihn so oft wiedergewählt, daß er im Clark County zur Institution geworden war.

Im Augenblick saß er gemütlich auf seinem Stuhl, beschäftigte sich mit einigen Verhaftungsberichten und spielte mit einem Gummiband. Für seine fünfzig Jahre war er immer noch sehr schlank, hatte ein glattes Gesicht und kurzgeschnittene Haare, die an einen Matrosen erinnerten. Er gab sich gern den Anschein, ein harter Polizist zu sein, eine Eigenschaft, die sogar seine untergebenen Polizisten hinter seinem Rücken in Frage stellten.

Wie gewöhnlich stand seine Bürotür offen. Tracy klopfte an den Türrahmen, und er blickte auf. »Kommen Sie herein, und schließen Sie die Tür.«

Tracy folgte seiner Anweisung und setzte sich, ihren Notizblock und ihre Akte auf dem Schoß haltend.

Collins las seinen Bericht zu Ende und erzählte ihr, was drin stand. »Gestern abend wurde Phil Garrett das Ohr abgebissen. Man hat es wieder angenäht, doch die Ärzte wissen noch nicht, ob sie es retten können oder nicht.«

Tracy war nicht überrascht, und sie konnte ein Lächeln nicht unterdrücken. »Na ja, wenigstens kann es nur noch einmal passieren – beim anderen Ohr. War es unten am Logger?«

»Wo sonst? Ich habe einen Haftbefehl gegen ...« Er sah die Papiere auf seinem Schreibtisch durch. »Jemals von Stack Morris gehört?«

Tracy schüttelte den Kopf.

Collins war beunruhigt. »Ich auch nicht. Ich bin nicht einmal sicher, wie er aussieht – oder vor gestern nacht aussah.«

»Phil Garrett wird von nun an leicht zu erkennen sein.«

Collins gestattete sich ein leises Lachen. »Und was haben Sie herausgefunden?«

Tracy wendete sich ihren Notizen zu. »Einen Haufen seltsamer Dinge, die alle nicht zusammenpassen. Ich denke, die Theorie des Bärenangriffs ist nicht haltbar, und auch Steve Benson ist nicht ganz davon überzeugt.«

Collins nahm diese Nachricht besorgt auf. »Warum? Was hat er gesagt?«

»Die Autopsie von ›318‹ hat nichts ergeben.«

Collins winkte ab. »Nun, was hat er zwei Tage nach dem Überfall erwartet? Das bedeutet doch nicht, daß es der Bär nicht war. Der Leichenbeschauer schien mit dieser Erklärung zufrieden zu sein.«

Tracy seufzte leicht. Collins bevorzugte immer den leichteren Weg. »Ich sage ja nicht, daß ich mich auf die Bärentheorie nicht einlassen könnte, doch es gibt einige Dinge, die ich vorher gern geklärt hätte. Heute morgen habe ich mit Evelyn Benson gesprochen, und sie hat zugegeben, daß sie und das Opfer Eheprobleme hatten.«

Collins zog die Augenbrauen in die Höhe. »Dann müßten sie aber wirklich ernste Eheprobleme gehabt haben, meinen Sie nicht?«

Gib mir doch die Gelegenheit, zu Ende zu sprechen, dachte Tracy. »Da ist noch mehr. Es scheint so, als sei Cliff Benson im Hyde Valley kein Fremder gewesen. In den letzten drei Monaten hat er sich häufig dort aufgehalten, und er hat auch einige Zeit in Hyde River verbracht, angeblich, um zu fotografieren.«

»Angeblich?«

Tracy zögerte, bevor sie ihre nächste Information weitergab. »In der Nacht, in der der Unfall passierte, hat Harold Bly Maggie aus dem Haus geworfen. Wie ich hörte, war es ein sehr ernster Bruch.«

Collins mußte dies erst einmal verdauen. »Vielleicht machen Sie zuviel daraus, Deputy.«

Sie zuckte die Achseln. »Natürlich kann es ein Zufall sein, ich weiß.«

»Ich würde sagen, es ist ein Zufall. Daß Maggie und Harold einen Streit haben, ist nichts Neues, es ist normal.«

Doch Tracy machte weiter. Sie mußte zu Ende sprechen. »Bisher weiß noch niemand, was aus Maggie geworden ist, doch ich habe gehört, daß Levi Cobb draußen in seinem Wohnwagen schläft.«

Collins schwieg und spielte mit dem Gummiband. Schließlich fragte er brummend: »Deputy, ich hoffe, Sie denken nicht, was ich denke, daß Sie denken.«

Tracy hatte Mühe, es herauszubringen. »Sir, Maggie ist Harold Blys Frau. Wenn sie mit Cliff Benson eine Affäre hatte ...«

Collins rollte mit den Augen. »Mir gefällt die Bärentheorie besser.«

»Mir auch.«

»Warum lassen Sie dann nicht ...« Als er sie ansah, brach er ab. Er wußte, sie würde sich nicht so leicht davon abbringen lassen. »In Ordnung, hören Sie. Sie haben Ihre Theorien, und das ist okay. Aber liefern Sie mir stichhaltige Beweise. Wenn Sie alle Enden zusammengebunden haben, können wir entscheiden, ob Sie etwas haben.«

Er wälzte also alles auf sie ab. Das war leicht, saß er doch hinter einem Schreibtisch in einer Stadt, weit entfernt vom eigentlichen Problem. »Denken Sie, Sie könnten mit Harold Bly darüber sprechen?«

Der Sheriff sah sie mißbilligend an. »Worüber denn? Über die Tatsache, daß jemand tot ist, mit dem Gerüchten zufolge seine Frau ein Verhältnis gehabt hat? Wenn ich vollkommen verrückt wäre, nicht wüßte, wie ich meinen Job tun soll und mir nichts daraus machen würde, ob ich meinen Job behalte oder nicht, ja, dann würde ich mich vielleicht in Harolds Privatangelegenheiten einmischen und andeuten, daß er ein Mörder ist.«

»Ich versuche nur ...«

»Was Sie getan haben, Deputy, ist, eine Vermutung auszusprechen, die uns alle in große Schwierigkeiten bringen kann, wenn wir sie nicht untermauern können.« In herablassendem Ton fragte er: »Können Sie mir folgen?«

Sie blieb äußerlich ruhig, doch innerlich kochte sie vor Wut. »Ich versuche nur, Verbindungen herzustellen. Und irgendwo muß ich ja anfangen.«

»Daß ich meinen Kopf hinhalte, damit Harold Bly ihn abschlägt, ist nicht der richtige Anfang.«

»Ich wollte ja nur gefragt haben.«

Er konzentrierte sich wieder auf sein Gummiband. »Bevor wir uns weiter über dieses Thema unterhalten, besorgen Sie mir stichhaltige Informationen, und ich meine etwas wirklich Hieb- und Stichfestes. Suchen Sie Maggie. Sprechen Sie mit ihr. Gerüchte allein reichen nicht aus.«

Tracy zuckte zusammen. »Was bedeutet, daß ich mit Levi Cobb sprechen muß.«

Collins lächelte sie an. »Hey, das ist doch Ihr Fall, Deputy. Lassen Sie ihn fallen oder verfolgen Sie ihn weiter, das liegt an Ihnen. Ich persönlich fühle mich wohler mit der Bärengeschichte.«

Natürlich, du Knülch. Dann brauchst du nichts zu tun. Bald wäre ihr das herausgerutscht. Statt dessen meinte sie: »Aber Les, Sie wissen doch, daß Levi die Regeln kennt, die dort herrschen. Er wird mir nichts erzählen.«

»Ich bin sicher, Sie finden einen Weg, ihn zum Reden zu bringen.« Tracy schloß ihr Notizbuch und bemühte sich, ihre Enttäuschung zu verdrängen. »Gutes Mädchen«, fügte er hinzu. Tracy drehte sich schnell um und verließ das Büro, sonst wäre sie noch explodiert.

* * *

Steve gelang es, das Gläschen mit Speichel per Sonderexpreß zur Universität zu schicken – der Wagen kam direkt zu Steves Motelzimmer. Die Lieferung war an einen Freund an der Universität adressiert, einen Biochemiker. Am folgenden Morgen würde sie dort ankommen, und er hoffte, Aufschluß über die Herkunft und Zusammensetzung des Speichels zu bekommen.

Und nun wollte er Hyde River einen Besuch abstatten. Steve stieg in sein Wohnmobil und fuhr auf der Straße den Fluß entlang. Er kam durch Able, nahm die linke Gabelung des Y, fuhr weiter durch Nugget und Yellow Knife. An den Kiesbergen am Flußufer entlang erkannte er, daß er sich Hyde River näherte.

Er wunderte sich ein wenig darüber, daß eine Polizistin wie Tracy Ellis so weit in die Berge hineinfahren mußte, um ihre Arbeit zu tun. Wenn man bedachte, wie weit Hyde River von der Polizeidienststelle entfernt war und wie wenig Personal es dort gab, so war die Einhaltung von Recht und Ordnung hier sicherlich mehr ein Wort, ein Ideal, als eine Realität.

Vielleicht erklärte dies das kleine Schild, das Steve an einem Haus am Ortseingang von Hyde River hängen sah. Der Umriß einer Pistole war darauf zu sehen und die Worte zu lesen: Wir rufen 110 nicht an. Das ist es, dachte er. Um es milde auszudrücken: Hier passen sie auf sich selber auf. Wohin er auch blickte, überall erreichte ihn die Botschaft: Kümmere dich um deine eigenen Angelegenheiten. Dies war kein Ort, wo Bauvorschriften, Unkrautentsorgungsregeln oder Müllbeseitigungsvorschriften eingehalten wurden. Die Leute lebten, wie es ihnen gefiel. Er mußte an Tracys Warnung denken in bezug auf Fremde, die Fragen stellten.

Hunde streunten draußen herum und lagen auf der Straße, als ob ihnen die ganze Stadt gehörte. Die Hyde Minengesellschaft warf noch immer ihren trostlose Schatten über die Stadt, ihre Rampen, Schienen, Tunnel und Türme wirkten wie eine alte, außer Betrieb gesetzte Vergnügungsattraktion, ihr alter Wasserturm war jetzt ein verwitterter Sockel ohne Tank.

Steve fühlte sich beobachtet, als er durch die Stadt fuhr. Könnte sein. Sein großes Wohnmobil mit der Zulassung eines anderen Staates wies ihn für jeden offensichtlich als Fremden aus. Als er abbremste, von der Straße abbog und vor Charlies Bar anhielt, war er sicher, daß man ihn anstarrte. Nun, herzliche Grüße, ihr Leute. Ich will keinen Ärger; wieviel wollt ihr? Er war zuversichtlich, daß er auf sich aufpassen konnte. Er hoffte nur, daß es nicht nötig sein würde.

Er stieg aus, blieb eine Weile neben seinem Wagen stehen und versuchte, ein Gefühl für den Ort zu bekommen. Vor der Bar parkten einige Lieferwagen. Es war nach vier Uhr. Feierabend in der Mine und vermutlich auch überall sonst. Alle Arbeiter waren anscheinend hier versammelt: Bauarbeiter, Holzfäller, Minen- und Waldarbeiter. Sie würden diese Berge kennen wie kein anderer.

Er ging zum Eingang. Dort wurde auf die große Eröffnung von Charlies Warenhaus hingewiesen, dem Gebäude direkt nebenan. Er betrat das Lokal. Innen sah es gar nicht mal so übel aus. Die Bar erstreckte sich über fast die gesamte Länge der linken Wand. Etwa zehn Kunden konnten daran Platz finden; hinter der Bar zogen die Flaschen, Leuchtreklame-Schilder, Jagdtrophäen und Werbeplakate mit den gutgebauten Frauen die Aufmerksamkeit auf sich. An der hinteren rechten Wand befand sich ein eindrucksvoller, steinerner Kamin mit glimmenden Holzscheiten. Dazwischen standen mehrere Tische.

Im hinteren Teil des Raumes spielten drei Männer in zerschlissener Kleidung, breiten Hosenträgern und Arbeitskappen Poolbillard. Ihre Bierflaschen standen auf dem danebenstehenden Tisch bereit. Eine Musikbox spielte eine Country-Melodie.

Steves Blick fiel auf zwei Männer an einem Tisch. Der jüngere hatte seinen Arm um eine Blondine gelegt. Sie trugen die hier anscheinend übliche Kluft: karierte Flanellhemden, Kappen mit aufgedruckter Werbung – üblicherweise von Bier oder Kautabak – breite Hosenträger und zerschlissene Jeans. Sie führten eine sehr angeregte Unterhaltung, bis sie ihn entdeckten. Da hörten sie plötzlich auf zu reden und starrten ihn nur an. Steve gab ihren Blick zurück und grüßte sie. Sie grüßten zwar auch, sagten aber sonst nichts weiter.

»Hallo«, ertönte die Stimme einer Frau.

Steve blickte die Kellnerin hinter der Theke an. Sie war plump, hatte ein angenehmes Gesicht und trug ein T-Shirt mit der Aufschrift: »Timber Dollars ernähren meine Familie.«

»Hallo«, erwiderte er und holte eine Visitenkarte aus seiner Hemdtasche. »Vielleicht können Sie mir helfen.« Ihm war klar, daß die Männer ihn beobachteten. Trotzdem trat er an die Theke und gab ihr seine Karte. »Ich bin Steve Benson; Biologe von der Universität in Colorado. Ich untersuche den Angriff des Bären von letztem Wochenende, Sie wissen schon, den Tod des Mannes, der auf dem Wells Peak getötet wurde.«

Sie lächelte, während sie die Karte durchlas und ihm zuhörte.

Der Mann mit den dicken Brillengläsern, der hinter ihr auftauchte, lächelte überhaupt nicht. »Was ist los, Melinda?«

Sie setzte an zu antworten. »Das ist …«

»Wer, sagten Sie, sind Sie?« fragte er barsch.

Melinda gab ihm Steves Karte, und Steve wiederholte die Gründe für seine Anwesenheit.

»Geh und hole Paul ein Bier«, befahl der Mann, und sie ging, um den Mann am anderen Ende der Bar zu bedienen. »Mr. Benson, ich bin der Eigentümer dieses Lokals. Wenn Sie Fragen haben, sprechen Sie mit mir.«

Mann! Wie leicht konnte man in diesem Laden etwas falsch machen. »Dann sind Sie Charlie?« Steve bemühte sich, freundlich zu klingen, um die Tatsache zu überwinden, daß er ein Fremder war.

Charlie las Steves Karte noch einmal durch. »Das stimmt. Was kann ich für Sie tun?« Mit anderen Worten: Was wollen Sie?

»Ich muß mit einigen Leuten sprechen, die diese Berge kennen – Jäger, Sportler. Wir versuchen herauszufinden, wer oder was für den Angriff verantwortlich ist …«

»Das wissen Sie noch nicht?« Er blickte Steve skeptisch an.

»Wir sind uns noch nicht sicher.«

»Überall in der Stadt werden Flugblätter verteilt, die besagen, daß es ein Bär war.«

»Ja, das ist natürlich die gängige Theorie.«

»Für wen, sagten Sie, arbeiten Sie?«

»Eigentlich arbeite ich für niemand Bestimmten. Ich bin auf eigene Initiative hier.«

»Warum?«

»Um bei der Untersuchung des Falles zu helfen.«

»Sie sind ja wirklich eine große Hilfe. Man hat den Bären bereits erschossen, falls Sie das noch nicht gehört haben.« Charlie warf die Visitenkarte auf die Bar und wendete sich ab.

Steve rief hinter ihm her. »Äh, Charlie – ich darf Sie doch so nennen?«

Charlie beschäftigte sich mit den Gläsern und erwiderte: »Habe nichts dagegen.«

»Charlie, ich selbst habe den Bären erschossen. Ich habe auch eine Autopsie an ihm vorgenommen, die aber nichts Konkretes ergeben hat.«

»Wenn Sie nicht wissen, was Sie tun sollen, hier kann Ihnen auch niemand helfen.«

In Ordnung. Bis hierher und nicht weiter. Nicht einen einzigen Zentimeter. »Woher wissen Sie das?«

»Wie bitte?«

»Ich möchte ja nicht unhöflich sein, aber vielleicht möchten Ihre Leute ja für sich selbst sprechen.

Charlie zapfte ein Bier für einen Gast und warf danach einen weiteren Blick auf die Visitenkarte. »Sie haben also den Bären erschossen, ja?«

»Ja. Oben am Tailor Creek. Kennen Sie Marcus DuFresne?«

Jetzt hörte Charlie ihm aufmerksamer zu. »Ja. Sie kennen ihn?«

»Sicher. Wir sind gemeinsam auf die Jagd gegangen. Er nannte ihn Hermann.«

Charlie war verblüfft. »Sie haben Hermann erschossen?«

Steve nickte.

Charlie warf einen weiteren Blick auf Steves Karte. »Dann jagen Sie also wirklich Bären?«

»Vor allem studiere ich sie. Doch manchmal muß ich auch einen erschießen.«

»Wie groß? Wie groß war der größte Bär, den Sie je erschossen haben?«

»Achthundert Pfund. Ein Kodiak in Alaska.«

»Jemals einen größeren erschossen?«

Jetzt fühlte Steve sich verpflichtet, den Burschen zu beeindrucken. »Nein, ich glaube, das war der größte.«

Charlie dachte einen Augenblick nach.

Steve hörte eine Stimme hinter sich. »Hast du Ärger, Charlie?«

Es war einer der Männer von dem Tisch am Eingang, der größere, ältere. Sein Freund und die Frau sahen zu, und zweifellos war er sich dessen bewußt.

Charlie blickte Steve skeptisch an. »Möchten Sie etwas bestellen, Mister?«

Steve war klar, daß er besser antworten würde. »Ja, ein Bier wäre prima.«

Charlie warf dem großen Burschen einen Blick zu. »Keinen Ärger.«

Der große Bursche beäugte Steve immer noch skeptisch. Er wollte, daß es Ärger gab. Er war ein sehr grober Kerl mit Stoppeln im Gesicht, und sein Atem roch nach Bier. Er drängte sich neben Steve. Steve wollte keinen Kampf. Es war Zeit- und Kraftverschwendung.

Charlie erklärte: »Doug, dieser Bursche studiert Bären. Er kommt von einer Universität.«

Der Mann begann zu lachen. »Aha. Eine Universität. Und was macht er dann hier?«

Charlie brachte das Bier. Steve bezahlte und blickte den Mann mit Namen Doug an, der sich noch nicht gerührt hatte. Er nahm sich Zeit für einen Schluck Bier, dann stellte er sich höflich vor und erklärte den Grund seiner Anwesenheit.

»Es war ein Bär«, sagte Doug. »So etwas passiert schon mal hier in der Gegend.« Er wartete darauf, daß Steve zustimmte und ging.

»Aber wir müssen wissen, welcher Bär. Wir haben Hermann erschossen. Kennen Sie außer Hermann noch einen Bären, der dafür verantwortlich sein könnte? Haben Sie oder einer Ihrer Freunde andere Bären in der Gegend gesehen, die keine Angst vor Menschen haben oder sich an Wildcamper heranwagen?« Steve konzentrierte sich auf Fragen zu Bären, hoffte jedoch, dabei auch noch andere Informationen zu erhalten – irgend etwas.

Doug zuckte nur die Achseln.

Steve blickte den anderen Mann an, der immer noch bei der Frau saß. »Hallo, ich bin Steve.«

»Ich bin Kyle«, antwortete der junge Mann. Dann deutete er mit der Bierflasche auf die Frau. »Das ist Carlotta.«

Steve nickte der Frau zu. Sie legte den Kopf zur Seite und betrachtete ihn gelangweilt. Steve wendete sich wieder Kyle zu. »Was meinen Sie, Kyle? Ist so etwas in der Gegend schon früher passiert?«

Kyle schien durch das Thema ein wenig beunruhigt zu sein. »Sicher. Ich habe nichts gesehen, doch es gibt eine Menge Leute hier, die etwas gesehen haben. Sie reden nur nicht viel darüber.«

»Halt die Klappe!« schnappte Doug.

»Was habe ich denn gesagt?«

»Halt einfach den Mund!« brüllte Doug, und Kyle schwieg.

Steve hob beschwichtigend die Arme. »In Ordnung. Ich will ja niemandem etwas.«

»Komm schon, Doug«, drängte Carlotta. »Laß ihn doch in Ruhe.« Doug kam zum Tisch zurück, um sein Sandwich aufzuessen und sein Bier zu trinken, doch zuvor warf er Steve noch einen warnenden Blick zu.

Mittlerweile hatten die drei Männer aufgehört, Billard zu spielen und verfolgten die Vorgänge. Der Bursche mit Namen Paul saß immer noch am anderen Ende der Bar. Er warf ihnen nur verstohlene Seitenblicke zu.

Steve fragte Charlie: »Darf ich mich setzen?«

Charlie zuckte die Achseln. »Bitte.«

Einer der drei Billardspieler machte einen Zug; die Kugeln stießen aneinander und kamen ins Rollen. Kyle und Carlotta nahmen ihre Unterhaltung wieder auf, und die Musikbox spielte nach wie vor ihr Country-Lied. Doug behielt Charlie und Steve im Auge.

Steve wählte einen kleinen Tisch für zwei Personen hinten im Raum, der dicht genug an einem anderen Tisch stand, um den daran sitzenden Gast in eine Unterhaltung zu verwickeln. Dieser Bursche war älter, trug einen Bart und hatte einen stämmigen Körper und sehr muskulöse Arme. Er saß allein an einem Tisch und aß ein deftiges Mittagessen. Offensichtlich unterhielt er sich mit einem nicht vorhandenen Gegenüber.

Steve lächelte ihn freundlich an. »Hallo.«

Der bärtige Bursche neigte den Kopf etwas und warf ihm einen Blick zu, der für sich sprach. »Mister«, flüsterte er leise, »wenn ich Sie wäre, würde ich mich auf den Bären festlegen.«

Diese Leute überbetonen das Offensichtliche, dachte Steve. Dann beugte er sich vor und fragte leise: »Aber welchen Bär? Kennen Sie andere Bären in der Gegend, Bären, von denen die Wildhüter vielleicht nichts wissen?«

Der Mann hatte abwehrend die Hand erhoben. »Sie stellen Fragen am falschen Ort. Falls Hermann es gewesen ist, dann belassen Sie es dabei.« Er wendete sich seinem Mittagessen zu und biß in sein Sandwich. Ohne Steve anzublicken, sagte er: »Wenn Sie das noch weiter auf die Spitze treiben, werden Sie die Leute gegen sich aufbringen.«

»Und wenn noch mehr unschuldige Menschen verletzt werden?« gab Steve zurück.

Der Mann biß kräftig in sein Sandwich und kaute eine Weile, bevor er mit vollem Mund sagte: »Niemand ist unschuldig.«

»Hören Sie, der Mann, der getötet wurde, war mein Bruder!«

Das zog. Die Augen des Mannes verengten sich, während er murmelte: »Oh Junge, jetzt sind wir in Schwierigkeiten!«

Klatsch! Steve spürte eine kräftige Hand auf seiner Schulter, die ihn herumriß.

Es war Doug. »Ich glaube nicht, daß er gestört werden möchte.«

Der bärtige Mann protestierte. »Doug, ich kann für mich selbst sprechen.«

»Nicht mit ihm, das kannst du nicht.« Dann meinte Doug an Steve gewandt: »Sie wollen doch sicher nicht mit ihm sprechen, er ist der komische Kauz der Stadt.«

Der Mann schob sein Sandwich beiseite und stützte seine Hände auf den Tisch, bereit aufzustehen. »Nun, vielleicht möchte er das für sich selbst entscheiden.«

Steve war genauso groß wie Doug, wenn nicht sogar größer, und diesmal drängte er Doug zurück. »Hey, ich will keinen Ärger. Ich brauche nur ein paar Informationen, das ist alles. Und ich bin Ihnen dankbar, wenn Sie mich meine Arbeit tun lassen.«

Doug hatte seine Entschuldigung gefunden. Er packte Steve beim Hemd und drängte ihn gegen einen Pfosten. Ein Bild fiel zu Boden. »Ich gebe Ihnen Informationen, Professor!«

Wieder hatten die Billardspieler ihr Spiel unterbrochen, und Paul drehte sich auf seinem Barhocker um.

Steve befreite sich aus Dougs Griff. Doug hatte den Schlag nicht erwartet und flog über einen Tisch.

Doug war verwirrt. Doch langsam stand er auf und blickte sich um. Er wollte sicher sein, daß alle Gäste es gesehen hatten. Die Stimmung im Lokal veränderte sich schlagartig.

Der Fremde hatte die Grenze überschritten. Die Billardspieler kamen mit ihren Stöcken in der Hand drohend heran.

»Hey!« rief Charlie und kam hinter der Bar hervorgerannt. »Hört sofort alle auf!«

Doug richtete sich auf, schlug aber nicht zu. Er wartete auf die Verstärkung.

Steve betrachtete die Billardspieler, die nun neben Doug standen. Ihre Gesichter verhießen nichts Gutes.

»Jetzt hört mal zu, es gibt einen Weg, Auseinandersetzungen zu schlichten«, meinte Steve kühl.

Der größte der Billardspieler warf den anderen einen ungläubigen Blick zu. »Ich glaube, er will uns sagen, was wir tun sollen.«

Jetzt kam auch Kyle noch heran. Fünf gegen einen.

Doug kam näher und schubste Steve, doch Charlie trat dazwischen. »In Ordnung, bis hierher und nicht weiter.«

Doug schob Charlie beiseite. »Du hältst dich da raus, Charlie. Wir sind gleich fertig.«

Steve wappnete sich und schätzte ihre Kraft gegen seine eigene ab. Er würde vermutlich verlieren – und vermutlich würde es weh tun.

»Hab' es dir doch gesagt«, sagte der große bärtige Mann, der neben ihn trat.

»Halt dich da raus, Levi!« warnte Doug. »Das ist nicht dein Kampf!«

Levi blieb stehen, die Arme kampfbereit erhoben. »Fünf gegen einen ist überhaupt kein Kampf, Doug.«

In diesem Augenblick ging die Türglocke über der Eingangstür. Sonnenlicht durchflutete den Raum. Doug rührte sich nicht, auch Kyle nicht. Die Billardspieler ließen ihre Stöcke sinken. Enttäuschung machte sich auf ihrem Gesicht breit. Steve stand mit dem Rücken zur Tür und fragte sich, wen sie wohl anstarrten. Aber er würde sich nicht umdrehen.

Auf einmal hörte Steve eine bekannte Stimme: »Könnt ihr Jungs nicht ein wenig ruhiger spielen. Eine Minute lang dachte ich, es gäbe Ärger hier drinnen.«

Steve warf einen Blick zur Tür. Dort stand Deputy Tracy Ellis, die Hand auf den Türgriff gelegt.

»Hey Tracy«, begrüßte Doug sie. »Darf ich dir ein Bier spendieren?«

Kalt blickte sie ihn an. »Nein danke, Doug.« Sie sah zu Charlie hinüber, der wieder hinter der Theke verschwunden war. »Haben diese Burschen dir Ärger gemacht, Charlie?«

Charlie blickte seine regelmäßigen Gäste an und lächelte verlegen. »Nichts Außergewöhnliches. Nur eine Auseinandersetzung zwischen Gentlemen.«

»Ja«, meinte Kyle, »es ist alles in Ordnung.«

»Spielen nur Billard«, fügte einer der Spieler hinzu.

Tracy schwieg eine Weile und betrachtete die unschuldigen Gesichter. Schließlich lächelte sie. »Dann kann einer von euch Lügnern mir mal eine Cola bringen.«

Gelächter entspannte die Situation. Tracy setzte sich auf einen Barhocker, und alle kehrten zu ihrem Platz zurück. Levi ließ sich an seinem Tisch nieder, um sein Sandwich fertig zu essen. Steve blieb, wo er war, immer noch in Verteidigungsstellung. Ein Blick von Doug versicherte ihm, daß der Kampf zwar verschoben, aber noch nicht ausgestanden war.

Charlie brachte Tracy eine Dose Cola. Sie öffnete sie und drehte sich um. Lächelnd blickte sie Steve an. »Warum trinken Sie nicht ein Bier mit mir, Professor Benson?«

Professor Benson? Aha. Sie gehörte jetzt zu ihnen, und er war der Außenseiter. »Ich hatte schon eins«, erwiderte Steve und setzte sich wieder. Alle Augen waren auf ihn gerichtet. Es war offensichtlich, daß Deputy Ellis die Situation genoß. Dies war ihr Gebiet, hier lag ihr Heimvorteil, hier kannte sie sich aus. Hier galt ihr Wort, nicht Steves. Na, mach nur weiter, kleine Dame, spiel dein Spiel. Ich brauche es nicht. Steve nahm einen Schluck Bier, weil er es wollte, nicht, weil sie es ihm vorgeschlagen hatte.

»Nun, Charlie, wie läuft das Fischen?« fragte Tracy, und Charlie begann über die Zustände am Hyde River zu berichten. Einer der Billardspieler beteiligte sich am Gespräch und erzählte, welche Fliegen wo zu finden waren, und Paul am Ende der Bar brüstete sich mit einem riesigen Fisch, den er oberhalb der Mühle, wo immer sie sich befinden mochte, an Land gezogen hatte. Die Situation entspannte sich, und Steve spürte, daß Tracy genau das beabsichtigte. Sie paßte sich gut an, wußte Themen anzusprechen, die die Einheimischen interessierten, und sprach sogar ihre Sprache. Sie und diese Burschen waren vermutlich zusammen zur Schule gegangen.

Doug war der einzige, der sich heraushielt. Er trank sein Bier aus, knallte die Flasche auf den Tisch, stand auf und ging zur Kasse, um zu bezahlen. Dann verließ er wortlos und ohne einen Blick zurückzuwerfen das Lokal. Tracy unterhielt sich weiter mit den anderen, doch Steve fiel auf, daß ihr Lächeln gezwungen wirkte.

Schließlich stellte sie ihre Coladose ab. »Zurück an die Arbeit«, befahl sie sich. Sie stand auf und kam zu Steve herüber. So laut, daß alle sie hören konnten, sagte sie: »Dr. Benson, wenn Sie Ihr Bier ausgetrunken haben, würde ich gern draußen mit Ihnen sprechen.«

Das schien den gewünschten Effekt auf die Billardspieler zu haben. Steve hatte Probleme, und sie lachten sich ins Fäustchen.

Sie wendete sich an Levi, der gerade sein Mittagessen beendete. »Levi, ist das nicht dein Dodge da draußen?«

»Ja, immer noch.«

»Deine Plakette ist abgelaufen. Du mußt sie erneuern. Komm mit.«

Levi erhob sich, legte ein Trinkgeld auf den Tisch und setzte seinen großen Cowboyhut auf.

Die Billardspieler kicherten.

Tracy blieb stehen. »Was ist denn so lustig?«

Sie stellten sich taub und setzten eine Unschuldsmiene auf.

Steve und Levi gingen wortlos zur Kasse. Charlie kassierte.

Tracy beugte sich vor, während Charlie das Wechselgeld abzählte. »Charlie ...«

»Ja?«

Tracy warf einen verstohlenen Blick zu Carlotta und Kyle. Carlotta saß dicht gedrängt an Kyle, ihre Hand auf seinen Arm gelegt. Leise, doch etwas verärgert erklärte Tracy: »Du bist verantwortlich, was hier in deinem Laden passiert. Wenn Carlotta ihr Gewerbe ausüben will, dann besser so, daß ich es nicht sehe. Denn wenn ich es sehe, muß ich etwas dagegen unternehmen, du verstehst?«

Das traf Charlie unerwartet. Er blickte Tracy an, dann das Paar am Tisch. »Äh, sicher, Tracy, ich verstehe.«

»Nach draußen, meine Herren.«

Sie gingen nach draußen.«

»Steve, warten Sie hier.«

Jetzt war er wieder Steve. Er wartete an seinem Wohnmobil. Sie war die Polizistin, und immerhin hatte sie ihn vor einer Prügelei bewahrt.

Levi ging wortlos zu seinem Wagen, und Tracy war froh darüber, für den Augenblick. Sie brauchte Zeit, um zu überlegen, wie sie diesen Burschen einige Informationen entlocken konnte, Informationen, die sie brauchte. Levi war immer nur zu gern bereit, ungefragt Informationen zum »geistlichen« Zustand der Dinge zu geben, doch bestimmte Geheimnisse aus Hyde River konnte man ihm nicht entlocken. Er war ein Produkt dieser Stadt, er kannte die Regeln und richtete sich danach.

Sie erreichten Levis Lieferwagen. Die neuen Plaketten waren für jedermann sichtbar am Nummernschild befestigt. Levi bückte sich, um sie genauer zu betrachten, dann schob er seinen Hut ein wenig zurück und sprach mit seinem Wagen. »Nun, Joseph, du hast mich nicht im Stich gelassen. Ich wußte, ich hatte sie aufgeklebt!« Er tätschelte die Kühlerhaube seines Wagens, und als ihm Tracys List klar wurde, lehnte er sich mit verschränkten Armen gegen seinen Wagen und wartete auf eine Erklärung.

»Levi, ich habe ein Problem«, sagte sie und nahm ihren Strafzettelblock und einen Stift heraus.

»Nun, vermutlich sind deine Augen nicht besonders gut«, sagte er.

Das irritierte sie. »Ich muß mit dir sprechen, und ich brauchte eine Entschuldigung.«

Levi blickte ihr über die Schulter. »Und man beobachtet uns im Augenblick.«

»Ganz im Ernst?«

»Fast alle.«

Tracy drehte sich um. Charlie, Melinda, Paul, Kyle und die Billardspieler standen alle in der Tür und wollten sehen, wie Levi Cobb einen Strafzettel bekam.

»Verschwindet!« rief sie und winkte sie zurück. »Das geht euch nichts an!«

Sie lächelten, kicherten und gingen zurück ins Lokal. Sie waren zufrieden, daß Levi wirklich einen Strafzettel bekam. Einige warfen Steve, der immer noch bei seinem Wohnmobil stand, einen kühlen Blick zu, doch sonst passierte nichts.

Tracy hielt ihren Strafzettelblock in der Hand und gab vor, etwas zu schreiben. »Ich nehme an, du weißt von dem Toten auf dem Wells Peak.«

»Sicher, wir alle wissen darüber Bescheid. Jerry Fisk hat in der ganzen Stadt seine rosafarbenen Flugblätter verteilt, und alle sind sehr aufgebracht.«

»Nun, wir haben Probleme damit, Levi. Wir sind der Meinung, es könnte vielleicht etwas anderes als ein Bärenangriff gewesen sein.«

Er zeigte keine Reaktion, doch Tracy kannte ihn. Vielleicht war er uninformiert oder unbeeindruckt, vielleicht verbarg er aber auch etwas.

»Levi, ich habe gehört, daß Harold und Maggie Bly sich getrennt haben. Stimmt das?«

»Darauf müßte eigentlich Harold antworten.«

Tracy sah sich verstohlen um, ob auch niemand in der Nähe war, bevor sie sagte: »Er würde mich anlügen.«

Levi dachte darüber nach, dann nickte er zustimmend.

»Ich muß mit Maggie sprechen, Levi. Weißt du nicht, wo sie ist?«

Er seufzte, blickte einen Augenblick zu Boden und wieder zu ihr hin. »Ich kann über Maggie Bly nicht sprechen.«

»Aber du weißt, wo sie ist, nicht wahr?«

Er wollte nicht antworten. Das gefiel Tracy. Levi konnte nicht lügen, darum offenbarte sein Schweigen eine ganze Menge. Sie drängte ihn. »Nicht wahr?«

Mit verschränkten Armen blickte er sie schief an und fragte: »Noch weitere Fragen?«

Nur wenige Menschen gingen Tracy unter die Haut, doch Levi gehörte dazu. »Nicht so, Levi. Du hast in den vergangenen Nächten in deinem Wohnwagen geschlafen, seit dem Tag, an dem Maggie von ihrem Mann rausgeworfen wurde, stimmt es nicht?«

»Wenn das ein Verbrechen ist, verhafte mich.«

»Levi«, sagte Tracy gezwungen. »Ich will einmal offen sein. Dieser Bärenangriff könnte ein Mord sein.«

Levi senkte den Blick. Sie konnte nun nur noch seinen Hut sehen.

»Und was diesen Mann betrifft, der dort hinten bei dem Wohnmobil steht, das ist der Bruder des Toten.«

Mit gesenktem Kopf erwiderte Levi: »Ja, das hat er mir gesagt.«

»Die Frau des Toten könnte eine Verdächtige sein, kannst du mir folgen?« Sie wünschte, sie könnte ihm ins Gesicht sehen, um zu erkennen, was er dachte. Er schwieg. Vielleicht dachte er über ihre Worte nach. Sie sprach leise, wohl wissend, daß sie sich auf dünnes Eis vorwagte. »Wir wissen, daß Cliff Benson sich einige Monate lang hier in der Gegend aufgehalten hat. Wir wissen, daß die Bensons Eheprobleme hatten. Wenn Cliff Benson nun einen bestimmten Grund für sein Hiersein hatte und Maggie vielleicht darüber Bescheid weiß, dann könnte sie vielleicht noch etwas anderes wissen, das Mrs. Benson eine Menge Ärger ersparen könnte. Ich persönlich halte sie für schuldig. Doch eine Frau allein hätte nicht die Kraft, einen Körper so zu zerschneiden, wie das bei Benson der Fall war. Doch sie hatte eine Waffe, sie hatte ein Motiv, und sie hatte die Gelegenheit. Es geht also nicht nur Maggie und Harold etwas an. Evelyn Bensons Mann ist tot, und dadurch ist es Evelyns Problem.« Tracy warf einen Blick über die Schulter zurück zu dem schlanken Professor bei seinem Wohnmobil. »Und dadurch wird es auch zu Steve Bensons Problem, richtig? Ich habe dich in der Bar neben ihm stehen sehen. Wenn du dich für einen so guten Christen hältst, dann stellst du dich besser auch jetzt an seine Seite.« Levi war ein sehr religiöser Mann – ihrer Meinung nach zu religiös – und sie hoffte, das als moralisches Druckmittel benutzen zu können.

Ihre Worte brachten ihn zum Nachdenken. Er blickte sie an, dann Steve, dachte nach und seufzte schließlich resignierend. »Es liegt an Maggie. Ich werde sie fragen, ob sie sprechen möchte, doch mehr kann ich nicht tun.«

Steve beobachtete die kurze Unterredung mit Levi. Schließlich stieg dieser in seinen Wagen und fuhr davon, ohne einen Strafzettel bekommen zu haben. Als Tracy zu ihm kam, gab sie ihm keinerlei Erklärung dafür, nur eine Anweisung, die so leise gesprochen war, daß niemand sie hören konnte.

»Steigen Sie in Ihr Wohnmobil, und folgen Sie mir, aber so, daß es keiner merkt.«

Er erwiderte ebenso leise: »Ich schätze, ich bin Ihnen zu Dank verpflichtet.«

»Versuchen Sie, so auszusehen, als würde ich Ihnen Vorhaltungen machen, denn das tue ich. Eines müssen Sie begreifen, Dr. Benson, ich gebe keine Warnung ohne Grund aus. Ich bin hier aufgewachsen, ich kenne die Menschen, und ich weiß, wie sie denken. Sie nicht. Ich hoffe, Sie sind jetzt ein wenig klüger.«

»Wo fahren wir hin?«

»Zu Levi Cobbs Werkstatt. Dort werden wir hoffentlich einige Informationen bekommen, die im Zusammenhang stehen mit dem Tod Ihres Bruders.« Sie warf ihm einen seltsamen Blick zu. »Und Sie werden weiteren Einblick in die Hyde-River-Mentalität gewinnen, da bin ich sicher. Dieser Ort ist anders, Steve. Die Leute können richtig hinterhältig sein.«

»Oder sehr geradeheraus.«

»Ich will Ihnen kurz etwas über Levi Cobb erzählen. Er wirkt recht normal, richtig? Er hat seine Werkstatt in der Stadt, er wartet die Dienstwagen und Ausrüstung des Bezirks und besucht sogar die kleine Kirche dort oben auf dem Berg. Aber Sie werden feststellen, daß er ein wenig … schrullig ist. Er ist ein religiöser Fanatiker. Er predigt gern, und er führt Gespräche mit …«, sie zögerte, »… mit Autos, Lieferwagen und Werkzeugen; sie sind seine Gesprächspartner. Darüber hinaus steckt er voller Aberglaube.«

»Was für ein Aberglaube?«

»Sie werden schon sehen, was ich meine. Kommen Sie.«

Tracy stieg in ihren Streifenwagen und fuhr los. Steve wartete eine Minute, dann stieg er in sein Wohnmobil und folgte Tracys Streifenwagen vorbei an der alten Feuerwehrstation mit den Zapfsäulen davor, durch eine enge Gasse. Sie parkte in der Nähe einer Hintertür. Levi wartete bereits auf sie.

Tracy stieg fragend aus.

Levi antwortete: »Sie wird mit Ihnen sprechen.« Er blickte Steve argwöhnisch an. »Aber Sie müssen behutsam sein. Sie ist in einem sehr schlechten Zustand.«

»Das werden wir«, sagte Tracy und suchte Steves Blick, um sicherzugehen, daß er sie verstanden hatte.

Sie folgten Levi die steile, enge Treppe hinauf zu dem ehemaligen Quartier der Feuerwehrmänner. Das war jetzt Levis kleine Wohnung. Sie war bescheiden eingerichtet, aber sauber. Zur Straße hin lag eine Küche mit Eßnische. Alles stand ordentlich an seinem Platz. Nach hinten hinaus befand sich ein Wohnzimmer mit einem Sofa, zwei gepolsterten Stühlen und einem Kaffeetisch. Steve atmete auf. Er hatte etwas Exzentrischeres erwartet.

Levi ging auf eine Tür zu, die offensichtlich zu einem Schlafzimmer führte, und spähte hinein. Dann winkte er ihnen zu kommen, legte aber seinen Finger an die Lippen. Leise kamen sie heran.

Levi öffnete vorsichtig die Tür. Auf dem Bett zusammengekrümmt lag Maggie Bly, die Finger in den Mund gesteckt, mit schweißnassen Haaren und wildem Blick. Bei ihrem Anblick fuhr sie hoch.

»Das ist in Ordnung, Maggie«, sagte Levi. »Es sind Freunde.«

Das hier, dachte Steve, das ist jetzt etwas Exzentrisches …

Wäre nicht meine tiefe Sorge um Dein Glück, würde ich dieses Thema nie ansprechen. Ich stimme mit Dir überein, daß James Hyde ein angenehmer Mann ist, wenn andere dabei sind, doch man nimmt an, daß seltsame, geheime Praktiken in der Familie Hyde an der Tagesordnung sind. Wie ich gehört habe, war Benjamin Hyde ein sehr geheimnisvoller Mann, der sich in esoterischen, vielleicht sogar satanischen Praktiken übte, und es gibt für mich keinen Grund zu zweifeln, daß sein Sohn James daran teilhat. Über so etwas würde nie öffentlich in Hyde River gesprochen werden, doch es ist kein Geheimnis.

Ich hoffe, im Frühling nach San Francisco zu reisen. Wenn Du bis dahin warten kannst, werde ich Dir alles erzählen, was ich weiß. Danach kannst Du entscheiden, ob Du seinen Heiratsantrag annehmen willst.

Aus einem Brief an Beatrice Clemens
von ihrer Mutter Margaret Clemens,
am 4. Dezember 1902

Verstorben – Margaret Angeline Clemens, 42, starb am 18. Mai 1903 während einer Zugfahrt nach San Francisco. Sie wollte dort ihre Tochter besuchen. Es wird berichtet, sie sei aus dem Zug gefallen, doch die Berichte sind widersprüchlich …

Nachruf im Oak Springs Register
20. Mai 1903

Kapitel 5

Maggie Bly

Tracy ging mit ausgestreckter Hand auf sie zu, als würde sie sich einem scheuen Reh nähern. »Maggie. Hallo. Ich bin es, Tracy Ellis.«

Maggie erkannte sie und nahm ihre Hand. »Tracy.« Dann fiel ihr Blick auf Steve. »Oh mein Gott! Schließt die Tür!«

Levi schloß leise die Tür.

Im Zimmer war es stickig und dunkel. Kein Wunder. Die Fenster, obwohl sie Rolläden hatten, waren mit Sperrholz zugenagelt. Hätte es nicht die Lampe neben dem Bett gegeben, wäre es im Zimmer stockdunkel gewesen. Der Modergeruch des alten Gebäudes, seiner vergilbten Tapeten und des gelegentlichen Schimmels mischte sich mit dem Geruch von Tränen, Schmutz, Schweiß … und etwas anderem. Dem Geruch des Todes, dachte Steve und erschauderte.

Tracy hielt Maggies Hand und sprach leise. »Maggie, das ist Steve Benson. Er ist Biologe, und er ist hier, um zu untersuchen, was auf dem Wells Peak geschehen ist.«

Steve gab sich Mühe, nicht bedrohlich auf sie zu wirken. Er beugte sich ein wenig vor, damit er nicht so weit über der zitternden Frau stand, und reichte ihr seine Hand.

Sie wich vor ihm und Tracy zurück, ihr Blick war auf ihn gerichtet, als wäre er ein Eindringling. »Sie sind Cliffs Bruder!«

Das brachte Steve aus der Fassung. Sofort blickte er zu Tracy hin. Er hoffte auf eine Erklärung.

»Woher weißt du, daß er Cliffs Bruder ist?« fragte Tracy leise.

Maggie schlug sich mit der Hand auf den Mund. Sie weinte wie ein Kind. »Sie werden mich hassen …«

Levi trat vor und berührte sie an der Schulter. »Maggie, beruhige dich. Diese Leute hassen dich nicht, überhaupt nicht.«

»Sie hassen mich.«

»Nein, sie sind hier, um dir zu helfen. Wir alle wollen das.«

»Niemand kann mir helfen. Ich bin tot, ich bin tot, ich bin tot!«

Tracy suchte Steves Blick. Siehst du, was ich meine? fragte sie stumm.

Natürlich sah Steve und hörte, was hier vorging, doch er verstand es nicht.

»Ich bin schlecht«, wimmerte Maggie.

»Nein, das ist nicht wahr«, erwiderte Levi. »Du bist ein wertvolles Geschöpf Gottes.«

Dabei zuckte sie zusammen. »Nein, bin ich nicht. Ich bin gar nichts!«

»Gott liebt dich, Maggie«, gab Levi zurück.

»Nein, er haßt mich!«

»Gott liebt alle Menschen!«

»Harold haßt mich! Er hält mich für häßlich, dreckig und schlampig! Er haßt mich!«

»Du brauchst doch nicht auf das zu hören, was Harold sagt. Gott haßt dich nicht. Er ist hier, Maggie. Er möchte dir helfen.«

»Ich bin sicher, daß er das tut«, meinte Tracy, um das Thema zu beenden. »Doch Maggie, wir müssen dir einige wichtige Fragen stellen.«

Maggie starrte sie verständnislos an.

Levi drang in sie. »Sprich mit ihnen, Maggie. Es wird dir guttun.«

Maggie beruhigte sich ein wenig. Sie fuhr sich über die Augen.

Tracy lächelte sie beruhigend an. »Einige dieser Fragen werden vielleicht ein wenig schwierig zu beantworten sein, und es tut mir leid, daß ich sie stellen muß, in Ordnung?«

Maggie reagierte nicht.

Maggie versuchte es mit der ersten Frage, so vorsichtig sie konnte. »Also Maggie, du kanntest Cliff Benson?«

»Ja«, antwortete sie direkt. »Darauf kannst du Gift nehmen.«

Tracy fiel es schwer, ihr Erstaunen über diese direkte Antwort zu verbergen. Steve wappnete sich. Er spürte, daß jetzt nichts Gutes kommen konnte.

Tracy fragte vorsichtig weiter. »Warst du und Cliff … wart ihr …«

»Wir haben uns geliebt!« brach es aus Maggie heraus, als wolle sie sich selbst verteidigen. »Cliff liebte mich! Er sagte, er würde mich lieben! Er sagte, er würde mich von Harold fortholen!«

Da war es, so schnell, daß Steve sich gar nicht darauf vorbereiten, geschweige denn es glauben konnte.

»Es ist in Ordnung, Maggie«, sagte Levi. »Sprich es ruhig aus. ›Wenn wir unsere Sünden bekennen, so ist er treu und gerecht, daß er sie uns vergibt.‹«

»Maggie«, unterbrach Tracy, »hattest du ein Verhältnis mit Cliff?«

Angewidert gab Maggie zurück: »Es war kein Verhältnis! Es war mehr. Es war das Schönste, das mir je passiert ist.«

Oh nein, dachte Steve. Nicht Cliff!

»Wie lange, Maggie?« fragte Tracy. »Wie lange ging das zwischen dir und Cliff so?«

»Einige Monate lang.«

»Bis Harold es herausgefunden hat?«

Maggie schwieg und nickte nur.

»Und darum hat er dich aus dem Haus geworfen?«

»Ja.« Maggie schloß die Augen, als hätte dieses Bekenntnis sie erschöpft. »Und nun – werde ich sterben.«

Tracy streichelte Maggies Schulter. »Du wirst nicht sterben, Maggie. Wir werden nicht zulassen, daß jemand dir etwas tut.«

Maggie öffnete die Augen und starrte Tracy an, als hätte sie etwas Törichtes gesagt. »Wißt ihr denn nicht, was mit Cliff passiert ist?«

Tracy hob die Hände. »Maggie, nein, wir wissen nicht, was ihm passiert ist. Das wollen wir ja gerade herausfinden. Darum sind wir hier.«

Maggie setzte sich auf. »Er wurde aufgefressen! Bei lebendigem Leibe aufgefressen! Jeder weiß das!«

»Das wissen wir noch nicht genau«, erwiderte Tracy.

Maggie blickte angstvoll zu dem vernagelten Fenster, als würde draußen etwas auf sie warten. »Und jetzt wird mir dasselbe passieren!«

Das muß etwas mit dem Aberglauben zu tun haben, von dem Tracy gesprochen hat, dachte Steve. Und Tracy machte keine Witze. Die schreckliche Angst dieser Frau war so real, daß auch ihm das Blut in den Adern gefror.

Levi tröstete sie. »Es braucht doch nicht zu passieren, Maggie! Du kannst doch hier und jetzt von deiner Sünde frei werden!«

Und das war Levis religiöser Spleen. Auch davor hatte Tracy ihn gewarnt.

»Levi.« Tracy warf ihm einen warnenden Blick zu, um ihn zum Schweigen zu bringen. Dann wendete sie sich der Frau wieder zu. »Maggie, weißt du ...«

»Es war etwas Wundervolles!« wiederholte sie verteidigend. »Ich weiß nicht, was ich so Falsches getan habe! Cliff liebte mich, und ich liebte ihn, und ...« Sie blickte Steve an. »... Ich wollte doch nur glücklich sein. Ich wollte niemanden verletzen. Ich wollte nur, daß jemand mich liebte, das ist alles.«

Tracy nickte verständnisvoll. »Ich verstehe, Maggie, ich verstehe.«

Maggie beruhigte sich ein wenig, als sie die Freundlichkeit in Tracys Augen sah. »Du weißt, wie das ist.«

»Sicher.« Tracy ergriff erneut Maggies Hand. »Harold ist ziemlich grob mit dir umgesprungen, ich weiß.«

»Ich habe versucht, gut zu Harold zu sein.«

»Hm-hm.«

»Aber er ist gemein, Tracy.«

»Ja, das ist er.«

»Und bei Cliff habe ich mich wohl gefühlt. Er hat mich wie eine Dame behandelt.« Jetzt blickte Maggie Steve an. Sie versuchte, ihm das alles begreiflich zu machen. »Cliff war ein guter Mann, und er hat mich richtig behandelt.«

Steve wollte weiterhelfen, darum antwortete er: »Das hat er ganz bestimmt.« Doch gleichzeitig fühlte er sich unbehaglich, weil er es gesagt hatte. Cliff hätte sich Evelyn gegenüber nicht so verhalten dürfen.

»Ich habe ihn bei Charlie kennengelernt«, berichtete Maggie freiwillig. »Er sagte, er wollte Fotos von den Minenstädten machen, und ich begann, ihn zu begleiten, führte ihn herum. Ich mochte ihn auf Anhieb. Und er kam immer wieder, um mehr Fotos zu machen. Manchmal fotografierte er nicht einmal; er wollte nur bei mir sein.«

Steve wußte nicht, ob er noch weiter zuhören konnte. Cliff und diese Frau. Es war undenkbar. Er konnte seinen Schock und Ekel kaum verbergen, als er an Evelyn und die Jungen dachte und daran, wie diese Information auf sie wirken würde.

Doch Maggie schien es gutzutun, über alles zu sprechen. Mit jeder Information, die sie weitergab, wurde sie ruhiger. Tracy spürte das und war entschlossen, noch mehr aus ihr herauszulocken.

»Maggie, wo warst du in der Nacht, in der Cliff getötet wurde?«

»Zu Hause. Ich hatte eine große Auseinandersetzung mit Harold.«

»Und in dieser Nacht hat er dich auch rausgeworfen?«

»Ja. Er hat alles über Cliff herausgefunden. Er war außer sich.«

»Um wieviel Uhr hat er dich vor die Tür gesetzt?«

»Ich weiß nicht genau. Gegen zehn.« Das entlastet Harold, dachte Tracy. Es sei denn, er ließ Benson durch einige seiner Kumpane töten, was schwer zu beweisen sein würde.

»Und zu diesem Zeitpunkt hast du ihn zuletzt gesehen?«

»Ja.«

»Hast du Evelyn Benson, Cliffs Frau kennengelernt?«

»Nein.«

»Dann bist du auch nicht durch sie bedroht worden, du weißt schon was ich meine?«

Maggie schüttelte den Kopf. »Ich habe Cliffs Frau nie kennengelernt.«

»Hat Cliff jemals angedeutet, daß seine Frau von dir wußte, oder wütend darüber war, oder vielleicht werden würde, wenn sie es jemals herausfinden würde?«

Maggie schüttelte den Kopf. »Tracy, Cliffs Frau hat ihn nicht getötet. Das weiß ich.«

Tracy zögerte, wappnete sich selbst und fragte: »Was ist mit Harold? Hat Harold gesagt, er würde Cliff töten?«

Maggie schüttelte den Kopf.

»Hat er gesagt, er würde dich töten?«

Ihre Augen bekamen einen leeren Blick, und sie schüttelte verzweifelt den Kopf. »Das brauchte er nicht. Es wird einfach passieren, das ist alles. Es ist nur eine Frage der Zeit.«

»Nein, es wird nicht passieren«, erwiderte Tracy. »Wir werden dich hier herausholen, sofort.«

»Das wird auch nichts nützen!«

»Woher willst du das wissen?«

»Es würde wirklich nichts nützen«, stimmte Levi zu. »Das Problem liegt in Maggies Herzen, darum wird es mit ihr gehen. Es ist unwichtig, wohin ihr sie bringt.«

»Es kann jedenfalls nicht schaden, es zu probieren, oder?«

Levi schüttelte den Kopf. »Tracy …«

»Deputy Ellis«, korrigierte sie ihn.

»Deputy Ellis. Das wäre, als würde man davonlaufen, und vor unangenehmen Dingen kann man nicht davonlaufen.«

»Maggie muß die Stadt verlassen, bevor ihr etwas zustößt«, sagte Tracy in einem Tonfall, der einer Anordnung gleichkam. »Maggie, möchtest du mit mir kommen? Ich werde dich in Sicherheit bringen, an einen Ort, den niemand kennt.«

Maggie blickte Tracy ungläubig an.

Levi beharrte auf seiner Meinung. »Es ist in ihrem Herzen, Deputy Ellis. Ihre Sünden werden ihr folgen, wohin sie auch geht!«

Tracy fuchtelte mit ihrem Zeigefinger vor Levis Nase herum und schnappte: »Halt den Mund!«

»Ich versuche doch nur …«

»Du redest ihr dummes Zeug ein, Levi! Wenn ich ihr helfen soll, so muß das in der realen Welt geschehen; hast du das verstanden? Wir haben es hier nicht mit Phantastereien zu tun.«

»Du glaubst nicht, daß Sünde real ist?«

Sie schien nahe dran zu sein, ihm eine Ohrfeige zu versetzen, beherrschte sich jedoch. »Levi, unter den gegebenen Umständen bist du derjenige, der sie töten wird, wenn du ihr weiter solche Geschichten erzählst. Also bitte, sei still, ja?«

Tracy atmete tief durch, bevor sie sich wieder an Maggie wendete. »Maggie, ich werde dich für einige Tage aus dem Tal fortbringen, irgendwohin, wo niemand dich finden kann.«

Maggie gab keine Antwort.

»Ich komme in wenigen Minuten zurück. Wenn du mit mir kommen willst, dann halte dich bereit. Levi, du hilfst ihr, verstanden?« Er wollte protestieren, doch sie brachte ihn mit scharfer Stimme zum Schweigen. »Du hast also die Frau eines anderen in deinem Haus, Levi, und auch noch in deinem Schlafzimmer! Ich könnte das gegen dich verwenden, also hilf mir! Und jetzt hilf Maggie, ihre Sachen zu packen, damit sie bereit ist, wenn ich zurückkomme. Ist das klar?«

Levi blickte Maggie an und meinte leise: »Wir tun besser, was sie sagt, Maggie.«

Tracy erhob sich, und auf ihr Zeichen hin folgte Steve ihr über die Hintertreppe nach draußen.

Steve war beunruhigt, nachdenklich, verwirrt. »Ich hatte keine Ahnung …«

»Sehen Sie nicht hin«, unterbrach Tracy ihn, »doch da hinten steht ein Mann, und ich bin sicher, er beobachtet uns.«

Wie sie gesagt hatte, sah Steve nicht hinüber. »Er beobachtet uns? Sie meinen, er spioniert uns nach?«

Tracy ging zu ihrem Wagen. Sie benahm sich unauffällig, unterhielt sich in beiläufigem Ton mit ihm. »Es gibt Leute, die nach Maggie suchen, die versuchen, ihr auf den Fersen zu bleiben. Vermutlich werden sie auch Sie im Auge behalten – und mich.«

Steve wagte einen Seitenblick. Auf der gegenüberliegenden Straßenseite schien ein dünner kleiner Mann in einem blauen Arbeitsanzug an einem alten Lieferwagen zu arbeiten.

»Das ist Carl Ingfeldt«, sagte Tracy. »Er wohnt nicht hier, und das ist auch nicht sein Wagen. Ich glaube nicht, daß er für Harold Bly arbeitet, doch Harold ist ein Mann, dem er gern einen Gefallen tun wird. Es ist sicher nicht gut, daß wir zusammen bei Cobb gesehen wurden.«

Tracy erhaschte schließlich den Blick des kleinen Mannes, winkte ihm und rief ihm einen freundlichen Gruß zu. »Hallo, Carl!«

Carl winkte zurück, war aber nicht sehr glücklich dabei. Dann ging er davon. Der Lieferwagen blieb mit offner Motorhaube auf der Straße stehen.

Tracy seufzte. »Okay. Sie wissen, was wir vorhaben.«

Steve blieb bei dem Streifenwagen stehen.

»Wer ist dieser Harold Bly überhaupt?« fragte er.

Tracy schnaubte verächtlich. »Er ist der Gott des Ortes. Ihm gehört die Minengesellschaft und der größte Teil der Stadt, und es gibt einige Gerüchte über ihn und seine Familie. Die Leute haben Angst vor ihm, und ich denke, er setzt dies zu seinem Vorteil ein.« Dann fügte sie hinzu: »Und wie Sie sicher mitbekommen haben, ist er kein guter Ehemann.«

»Dann glauben Sie also, daß vielleicht Harold ...«

»Steve«, unterbrach ihn Tracy, »wir werden später darüber sprechen müssen. Im Augenblick muß ich Sie aus der Stadt herausschaffen. Sie haben sicherlich bereits begriffen, daß hinter dem Tod Ihres Bruders vielleicht mehr steckt als ein Bärenangriff, was bedeutet, daß noch eine ganze Menge Arbeit vor mir liegt. Und jetzt hören Sie zu, ich meine, was ich sage. Mein Job ist schon schwierig genug. Ich kann nicht noch mehr Auseinandersetzungen wie die bei Charlie gebrauchen.«

»Ist Ihnen klar, was Sie da sagen? Das bedeutet, daß tatsächlich jemand Cliff das angetan hat.«

»Steve, ich sage gar nichts. Ich kann nur versuchen herauszufinden, was tatsächlich passiert ist und aus welchem Grund es geschehen ist, und ...«, sie überlegte einen Augenblick, »... was immer bei meinen Nachforschungen herauskommt, ich weiß, es wird durch und durch häßlich sein und mir überhaupt nicht gefallen.«

»Mir gefällt das auch absolut nicht. Die ganze Situation ist einfach unbegreiflich.« Eine Untertreibung, die eine Auszeichnung verdient hat, dachte Steve.

Tracy nickte bedauernd. »Immer ein Schritt nach dem anderen. Vielleicht sollten Sie noch einmal mit Marcus sprechen. Auf jeden Fall mit Evelyn. Vielleicht finden Sie etwas heraus, das das ganze Bild verändern wird. Ich hoffe es inständig.«

»Aber wenn das das Werk von – von Menschen ...« Er versuchte, Klarheit zu bekommen. »Maggie sagte, Cliff sei aufgefressen worden!« Dann zuckte er die Achseln. »Sie war wirklich außer sich. Vermutlich meinte sie den Bären. Levi hat ihr anscheinend davon erzählt.«

»Wir werden später darüber sprechen«, sagte Tracy. Sie öffnete die Tür ihres Streifenwagens und blickte ihn über das Dach hinweg an. »Steve.«

»Ja?«

»Vielleicht war es wirklich ein Bär.«

Steve erkannte, daß er in keiner der Möglichkeiten Trost finden konnte. Keine Antwort würde jemals die richtige sein. Keine Antwort würde ihm seinen Bruder zurückbringen. »Vielleicht«, sagte er und öffnete seine Wagentür.

»Gehen Sie Schwierigkeiten aus dem Weg«, sagte sie und stieg ein.

In entgegengesetzten Richtungen fuhren sie davon.

* * *

Evelyn ist immer noch nicht ganz bei sich, dachte Steve. Das letzte Mal schien sie so klar zu sein, doch heute ist sie unverbindlich und zurückhaltend in ihrem Denken und ihrer Unterhaltung.

Vielleicht ist sie einen langen Weg zurückgegangen, dachte Steve.

»Ich träume viel«, sagte sie und starrte mit leerem Blick zur Decke.

Nachdem sie über vieles andere gesprochen hatte, war das Gespräch auf die betreffende Nacht gekommen. Steve erzählte ihr, daß er in Hyde River gewesen war, doch das meiste behielt er für sich. Evelyn wußte nur, daß die Fahrt nach Hyde River zwar nichts ergeben, doch einige »andere Möglichkeiten« erschlossen habe. Steve würde das überprüfen. Evelyn stellte keine Fragen, darum ging Steve auch nicht näher darauf ein. Er erzählte ihr nicht, was er über Cliff und Maggie erfahren hatte. Er wußte nicht, ob er es je tun würde.

Doch jetzt, während Evelyn versuchte, sich an etwas zu erinnern, schwebte sie zwischen der Realität und … er wußte nicht, was.

»Ich habe Träume, die immer wiederkehren.«

Steve hörte aufmerksam zu, erwartete jedoch nichts.

»Ich sehe immer ein schwarzes Ding aus der Dunkelheit kommen, und ich höre es, ich spüre, wie es um sich schlägt, und ich merke, wie Blut über mich spritzt.« Sie erschauderte.

Steve fragte leise: »Und Menschen? Kommen auch Menschen in deinen Träumen vor?«

Sie starrte auch weiter leer vor sich hin und schüttelte langsam den Kopf. »Nein. Keine Menschen. Nur ein großes schwarzes Ding.«

»Was ist mit deinem Messer? Wehrst du dich? Benutzt du dein Messer?«

»Ja. Ich steche auf es ein. Ich steche und steche.«

»Wo ist Cliff? Kommt er in deinen Träumen vor?«

Tränen stiegen ihr in die Augen, als sie flüsterte: »Nein, er ist tot. Er ist tot, und ich sehe nur einen Schatten, wo er war.«

Das Motel auf der Schnellstraße 16 wurde von Reisenden aufgesucht, die sich in Richtung Süden vom Clark County und Hyde Valley entfernten. Tracy wußte, daß nur wenige Leute aus Hyde River jemals hierherkommen oder Notiz von diesem Motel nehmen würden, es sei denn, sie machten Urlaub. Darum hatte Tracy Maggie hergebracht, nicht in ihrem Streifenwagen, sondern in ihrem eigenen Ford Ranger. Maggie hatte sich unter einem falschen Namen eingetragen.

Jetzt befanden sie sich in Maggies Zimmer mit der Nummer 12. Tracy stand in Jeans und einem hellblauen Arbeitshemd in der Nähe der Tür. Maggie saß auf dem Bett. »Und was nun?« fragte sie, eingeschüchtert und verwirrt.

»Bleib einfach für einige Tage hier. Mach Spaziergänge hinunter zum See, sieh dir einen Film an. Du mußt eine Weile frei atmen können, und ich muß herausfinden, was los ist, ohne mir um dich Sorgen machen zu müssen.«

Maggie beugte sich ein wenig vor und sah zum Fenster hinaus. »Er könnte mich sehen.«

»Maggie, komm schon. So weit weg?«

»Ich weiß nicht …«

»Morgen komme ich zurück, um nach dir zu sehen.«

Sie verabschiedeten sich, und Tracy fuhr davon.

* * *

Früh an diesem Abend saß Steve auf einem Gartenstuhl an dem kleinen, nierenförmigen Pool im *Tamarack* Motel. Er dachte nach, machte sich Notizen, versuchte sich darüber klarzuwerden, wie die Dinge standen. Doch er kam nicht weit. Er mußte immer über Cliff nachdenken, seinen kleineren Bruder, den er nie wiedersehen würde; die Erinnerung kehrte zurück, die Erinnerung an einige fröhliche Szenen:

Den Heißluftballon, den Cliff aus einem Wäschesack zu bauen versucht hatte, als er vierzehn war. Er flog ein paar Meter, dann landete er auf Mr. Sorensons Scheune und setzte sie in Brand.

Cliff, der seine gesamten Ersparnisse für einen alten Chevy mit festgefressenen Ventilen ausgab; er sah großartig aus, doch er wäre nicht den kleinsten Hügel hinaufgekommen. Cliff wollte damit die Mädchen beeindrucken, doch der Wagen hatte die Einfahrt nie verlassen.

Aber das war Cliff, der immer irgendeiner verrückten Idee nachlief und immer einen Vortrag von seinem älteren Bruder gehalten bekam, wenn er zurückkehrte. Sie waren schon ein Paar: der Lausebengel und der Intellektuelle, der Clown und der aufrechte Mann, das Kind, das immer ein Kind blieb, und der ältere Bruder, der niemals eins sein konnte.

Cliff war neun und Steve vierzehn gewesen, als ihre Eltern sich trennten und ihr Vater den Staat verließ. Darum sah sich Steve schon sehr schnell in die Rolle des Vaters gedrängt. Seine Teenagerjahre verbrachte er damit, für seine Mutter und seinen sorglosen Bruder zu sorgen. Cliff zwang es ihm beinahe auf. Wann immer er in Schwierigkeiten geriet, kam Cliff zu Steve, und Steve war immer für ihn da.

Doch nun waren diese Kindheitstage längst vorbei, Cliff war tot, getötet auf unvorstellbar grausame Art und Weise. Steve war allein in der verwirrenden, schrecklichen Gegenwart. Er begann zu zittern und wendete sich vom Motelgebäude ab, damit niemand die Tränen sah, die sein Gesicht herunterströmten.

Nach mehreren Minuten lehnte er sich im Stuhl zurück, wischte sich mit einem Taschentuch über Augen und Nase und fragte sich, ob Tracy Ellis vielleicht recht hatte. Vielleicht war er emotional zu stark engagiert, um Cliffs Tod untersuchen zu können. Mit solchem Schmerz und Zorn, den er empfand, war es beinahe unmöglich, objektiv zu sein und einen klaren Kopf zu behalten. Trotz seines Bemühens hatte er dies Tracy Ellis und sich selbst gezeigt.

Aber was sollte er sonst tun? Solange Cliffs Tod ungeklärt war, mußte er hierbleiben. Er mußte es einfach. Er konnte keine Ruhe finden, wenn er keine Antworten auf seine Fragen bekam.

Mit einem tiefen Seufzer und neuer Entschlossenheit, trotz seiner Gefühle weiterzumachen, wendete er sich wieder seinen Notizen zu. Vor langer Zeit hatte er entdeckt, daß er seine Gedanken besser ordnen konnte, wenn er sie niederschrieb. Auf diese Weise erkannte er, was wichtig war und konnte eher eine Lösung finden. Drei Themenbereiche hatte er notiert:

Die Todesart. Natürlich das größte Rätsel. Den bösartigen Bären zu verfolgen und zu erschießen, war einfach gewesen. Nun wußte er noch weniger und hatte noch mehr Fragen als zu Beginn der Untersuchung. Und, was am schlimmsten war, es konnte sein, daß er die Lösung des Problems anderen überlassen mußte, während er zu Hause herumsaß und darüber nachdachte. Das durfte einfach nicht passieren, nicht solange er …

Steve sprang erschrocken auf. Oh. Die große getigerte Katze des Motelbesitzers stieß aus dem Gebüsch ein langes, leises Grunzen aus – ein seltsames Geräusch, das Menschen, die keine Erfahrung mit Katzen hatten, immer erstaunte. Steve ließ sich zurücksinken. Eine zweite

Last war ihm zu Bewußtsein gekommen: seine angeschlagenen Nerven.

Nächster Punkt:

Das Verhältnis. Dieser Punkt konnte unterteilt werden: 1.) Es war denkbar, daß ein Mensch mit Cliffs Tod etwas zu tun hatte, zwar unvorstellbar, aber doch möglich, und 2.) wie konnte Cliff nur so töricht sein, sich mit einer solchen Frau einzulassen; wie konnte er nur so verblendet sein, daß er nicht darüber nachdachte, was seine Affäre Evelyn und den Kindern antun würde – und Maggie Blys Mann. Allem Anschein nach, und auch Cliff hätte das erkennen müssen, war Hyde River absolut nicht die Stadt, in der man eine Liebesaffäre beginnen konnte, und Harold Blys Frau war ganz bestimmt die falsche Frau dazu.

Cliff, diesmal hast du wirklich Mist gebaut. Wenn ich nur geahnt hätte …

Er regte sich wieder auf, darum ging er zum nächsten Punkt über:

Die Mythen und der Aberglaube in Hyde River. Dies war ein Bereich, über den er noch gar nichts wußte, doch offensichtlich wäre er beinahe deswegen verprügelt worden. Falls hier etwas faul war, könnte das ein Grund sein –

Knacks. Knacks. Ein leises Geräusch.

Steve sah in die Richtung, aus der das Geräusch kam – und erstarrte. Unter einem Gartenstuhl in der Nähe saß die große getigerte Katze, das Gesicht dicht auf den Boden gedrückt. Sie war dabei, eine dicke Maus zu fressen. Die untere Hälfte der Maus lag auf dem Boden, die obere Hälfte war fort. Die untere Hälfte endete in einem blutigen Stumpf …

Der Barkeeper in Harveys Restaurant fragte Steve, ob er gerade vom Jogging komme. Steve bat um einen Ecktisch und einen harten Drink. Er konnte sich nicht daran erinnern, die Straße entlanggelaufen zu sein, und er war auch nicht ganz sicher, wo er sich befand.

Er schwitzte und schnaufte. Er konnte nicht denken.

Der Drink kam, und er schüttete ihn hinunter. Der Alkohol brannte in seiner Kehle. Er zitterte immer noch und konnte nicht damit aufhören.

* * *

Es war dunkel genug, um ein wenig Angst und Schrecken zu verbreiten, ohne gesehen zu werden. Darum kamen an diesem Abend sechs

Männer mit schwarzen Kapuzen über ihren Gesichtern zusammen, um dem jungen Kyle Figgin ein paar Dinge ganz klar zu machen. Kyle war an Händen und Füßen gefesselt. Er trat und wand sich und versuchte vergebens, sich von ihrem eisernen Griff zu befreien, während sie ihn wie Sargträger, drei auf jeder Seite, davontrugen. Sie eilten weiter und ließen Kyles Kopf und Gesicht durch das hohe Gras und dornige Gestrüpp schleifen. Schließlich erreichten sie das Flußufer. Kyle schrie, doch seine Schreie erstickten in dem Knebel, den sie ihm in den Mund gesteckt hatten.

Als sie den Fluß erreichten, verlangsamten sie ihren Schritt nicht, sondern wateten ins Wasser hinein. Sie tauchten ihn unter und hielten ihn fest.

Augenblicke vergingen. Kyle begann so heftig zu treten, daß sie ihn kaum noch halten konnten.

»In Ordnung«, sagte der Anführer, der neben Kyles Kopf stand, und sie hoben ihn gerade so hoch an, daß er nach Luft schnappen konnte. Der Anführer bückte sich und flüsterte in Kyles Ohr: »Du solltest nicht mit Außenseitern sprechen, Mr. Figgin. Nicht ein einziges Wort. Wir wollen dir das nur klarmachen, kapiert?«

Kyle hatte nicht die Zeit zu grunzen, nicken oder zu schreien, denn schon tauchten sie ihn wieder unter Wasser und hielten ihn dort, bis er kurz davor stand, sein Leben auszuhauchen. Als sie ihn wieder hochhoben, versuchte er verzweifelt, durch seine verstopfte Nase Luft zu bekommen.

Der Anführer ließ Kyles Arme los, lockerte den Knebel und riß ihn ihm aus dem Mund. »Schrei bloß nicht.«

Kyle schrie nicht; er war zu beschäftigt damit, Luft zu holen – und zu weinen.

»Mach dir nicht zu viel daraus, Sohn. Das haben wir alle einmal durchgemacht. Vergiß es nur nicht, das ist alles.«

Auf einen Blick des Anführers hin schnitt einer der Männer, der Kyles Füße hielt, die Seile durch. Dann ließen sie ihn mit dem Gesicht zuerst in den Fluß fallen. Die Strömung trug ihn davon, während er versuchte, sich mühsam über Wasser zu halten, da seine Hände noch auf seinem Rücken zusammengebunden waren. Immer wieder tauchte er unter.

Als er endlich Boden unter die Füße bekam, war er schon ein gutes Stück den Fluß hinabgetrieben. Halb stoßend, tretend und schwimmend erreichte er das Ufer. Dort ließ er sich auf die Steine fallen und weinte wie ein Kind, keuchend und hustend, aber froh, am Leben zu sein.

Als er sich beruhigte, war er allein, ohne Peiniger, aber auch ohne Hilfe. Er war auf der anderen Seite des Flusses an Land gegangen. Irgendwie würde er ihn nochmals überqueren müssen, um nach Hause zu kommen, und seine Arme waren immer noch auf seinem Rücken zusammengebunden.

Für Kyle Figgin würde es eine lange Nacht werden.

* * *

Die Nacht brach herein, und in den Bergen hinter der Stadt war die Dunkelheit undurchdringlich. Sie hüllte die Wälder ein, überdeckte die Täler und reduzierte die Gipfel auf eine gezackte Linie, die in den Nachthimmel hineinragte. Es war kühl und still, und die Geräusche der Nacht wechselten sich ab: Die Grillen zirpten in der Nähe, die Frösche quakten in der Ferne, die Kojoten heulten in einer entfernten, anderen Welt.

Vollständig angezogen lag Maggie Bly auf ihrem Bett im Dunkeln. Ihr Gesicht wurde erhellt von dem kalten gelben Hoflicht des Motels. Sie sah zum Fenster hinaus und lauschte. Das Licht ließ sie krank erscheinen, doch ihre Augen waren wach und aufmerksam. Ihre Lippen umspielte ein schwaches Lächeln, das erste seit vielen Tagen. Sie fühlte sich wohl, entspannt. Zerstreut kratzte sie sich in dem Bereich über ihrem Herzen, während sich dort ein schwarzes, übel riechendes Mal ausbreitete. Es durchtränkte ihre Baumwollbluse und schwärzte ihre Finger.

Sie erhob sich vom Bett und ging mit träumendem Blick und breiter werdendem Lächeln zum Fenster. Dort lauschte sie, als würde sie süße Musik hören. Ihr Kopf schwankte leicht von einer Seite zur anderen. Der Schrecken, die Furcht verließen sie. Sie mußte leise lachen.

* * *

Elmer und Bertha McCoy saßen im Wohnzimmer ihres Mobilheims, umgeben von Tabletts, Bierdosen und Aschenbechern, und sahen sich im Fernsehen eine Nachtshow an. Ihre ausdruckslosen Gesichter wurden nur von dem bläulichen Licht des Fernsehgeräts erhellt. Nach dieser Sendung würden sie sich wie jeden Abend im Badezimmer einer nach dem anderen waschen und dann zu Bett gehen. Alles war wie immer, und auch die beiden Hunde draußen bellten aus keinem besonderen Grund, wie immer.

Doch etwas war anders. Die Hunde meldeten sich sonst nur ab und zu einmal, ein Hintergrundgeräusch, das die McCoys kaum wahrnahmen. Doch an diesem Abend war das Bellen lauter, beharrlicher, ununterbrochen. Es veranlaßte Elmer, sich vom weichen Sofa zu erheben und zum Fenster zu gehen. »Hey!« brüllte er. »Klappe, ihr da draußen. Hört auf zu bellen!«

Doch dann meinte er ein Singen draußen im Dunkeln gehört zu haben. Vielleicht schlug der Grizzly wieder zu.

»Still!« Elmer wendete sich seiner Frau zu. »Dreh doch mal den Fernseher leise.« Sie stellte den Ton ab, und Elmer stand am Fenster und versuchte stirnrunzelnd das seltsame Geräusch zu identifizieren. Obwohl die beiden Hunde weiterbellten, konnte Elmer das Singen hören, und die Stimme einer Frau, weit entfernt, kaum wahrnehmbar, die jedoch stetig lauter wurde. Vermutlich kam sie die Straße herauf.

Jetzt war auch Bertha neugierig geworden. »Was ist das?«

Elmer bedeutete ihr, still zu sein. Sie stand auf und stellte sich neben ihn ans Fenster.

Auch sie hörte es. »Wer singt denn noch zu dieser späten Stunde?«

Als Elmer die Stimme erkannte, flüsterte er: »Es ist Maggie Bly.«

»Nein, das kann nicht sein!« verneinte Bertha, klammerte sich jedoch an seinen Arm.

Während sie dort standen, wurde die Stimme lauter.

»Sie ist es«, flüsterte Elmer.

Bertha klammerte sich fester an ihn. Sie tat ihm weh.

Es war tatsächlich Maggies Stimme, doch sie klang seltsam und gehetzt. Sie sang ein wehmütiges Lied von einem guten Mann, der geliebt hatte und verloren war, von Liebe, die niemals wiederkommen würde. Dann tauchte eine Silhouette auf: Maggie Bly, die auf der weißen Mittellinie einherschritt, leicht und sorglos. Sie sang ihr trauriges Lied, die Hände auf ihr Herz gepreßt.

Es passierte schon wieder. Bertha hatte es noch nie gesehen, sie hatte nur davon gehört. Elmer hatte es einmal miterlebt, wollte es jedoch nie wieder sehen. Doch nun war es wieder da, geschah vor ihren Augen, und sie standen wie erstarrt, ihr Blick folgte der Silhouette, während sie wie eine Geistererscheinung die Straße entlangschritt. Das Lied verhallte wie ein Geisterschrei in der Nacht.

Es dauerte nur wenige Augenblicke, bis Maggie außer Sichtweite und ihr Lied verklungen war. Doch das reichte aus. Elmer und Bertha traten vom Fenster zurück, zogen den Rolladen herunter, löschten die Lichter und krochen auf dem Boden zu ihrem Schlafzimmer, um sich zu verstecken.

* * *

Tracy warf den Hörer auf die Gabel. Ein Freund aus Hyde River hatte angerufen, und es war durchaus keine gute Nachricht.

Wo war nur diese Telefonnummer? Sie trug ein weites T-Shirt und ein Paar abgeschnittene Jeans, ihre Lieblingssachen, wenn sie zu Hause war und entspannen wollte. Die Nummer mußte in ihrer Uniform stecken. Sie rannte zum Kleiderschrank, durchsuchte die Hemdtaschen und fand den Zettel mit der Telefonnummer des Motels. Sie nahm den Hörer in ihrem Schlafzimmer ab und wählte die Nummer.

Nach fünfmaligem Läuten – es erschien ihr eine Ewigkeit zu sein – hörte sie die Stimme einer Frau: »Traveler Motel.«

»Zimmer zwölf, bitte.«

Tracy spürte, wie die Frau zögerte. »Sind Sie, äh …«

»Ich bin Tracy Ellis, Sarahs Freundin.« Sarah war der falsche Name, den Maggie verwendet hatte.

»Sie ist fort, Miss Ellis. Sie ging vor einigen Stunden und ist noch nicht wiedergekommen.«

»Sie ist fort! Hat sie gesagt, wo sie hingeht?«

»Nein. Sie ging einfach fort. Ich sah, wie sie auf der Straße stand und per Anhalter fahren wollte.«

»Hat sie ausgecheckt?«

»Nein, das Zimmer gehört noch immer ihr.«

Noch einmal, nur um sicherzugehen. »Sie ist wirklich nicht da?«

»Nein. Ich bin den ganzen Abend hiergewesen, und sie ist nicht zurückgekommen.«

* * *

»Harold, oh Harold …« Die Stimme war weich, hitzig.

Bly wachte mit einem Ruck auf. Sein Blick schweifte umher, seine Hand fuhr zu dem 38er Revolver in der Nachttischschublade. Im Schlafzimmer war es dunkel und still. Nichts rührte sich.

Er entspannte ein wenig und atmete weiter. Die 38er blieb, wo sie war. Mann, was für ein Alptraum! Diese Stimme hörte sich an, als käme sie direkt aus dem Haus …

»Harold«, ertönte die Stimme wieder, gespenstisch, neckend. »Liebling …«

Bly setzte sich im Bett auf und überprüfte noch einmal, ob er auch wirklich wach war. Sorgfältig sah er sich im Schlafzimmer um. Die Kommode, der Stuhl, seine Kleider über dem Bettpfosten, alles waren nur undeutliche Schatten in der Dunkelheit. Wo war sie nur? Sollte er antworten? Oder träumte er vielleicht immer noch? Er blieb still sitzen und lauschte. In Ordnung, Maggie, ich bin jetzt wach. Laß hören, was du zu sagen hast.

Sie lachte laut und spöttisch. Das ist Maggie, richtig, dachte Harold. Er warf die Decke zurück, stand auf und blickte aus dem Fenster. Da stand Maggie, vor dem Haus, ihr Haar hing ihr wirr ins Gesicht und glänzte im Mondlicht, ihr Gesicht lag im Schatten. Ihr Anblick ließ ihn zusammenfahren, und sie hatte das offensichtlich bemerkt, denn sie lachte um so mehr.

Sie hatte ihn erschreckt, und nun lachte sie ihn aus. Sofort stieg die Wut in ihm hoch. Er griff nach seiner Hose am Bettpfosten und schlüpfte hinein.

»Habe ich dich also mit heruntergelassener Hose erwischt, Harold?«

»Maggie, ich werde dich in Stücke reißen!« Bly hüpfte auf einem Bein. »Ich werde dich in Stücke reißen, hörst du mich?«

»Dachte nur, ich komme vorbei und verabschiede mich, Darling!«

Sie verschwand. Er zog die Hose hoch, schloß den Reißverschluß und steckte den Kopf zum Fenster hinaus. Langsam schlenderte sie zur Straße. Er rannte nach unten zur Haustür. Im Dunkeln stieß er sich an einem Tisch und fluchte.

Maggie erreichte die Straße und suchte nach einem Lebenszeichen. Die alten Häuser lagen im Dunkeln, die Bewohner schliefen, oder taten wenigstens so. Sie bückte sich, hob einen Stein auf und warf ihn gegen die Tür des Vorarbeiters der Minengesellschaft.

»Hey! Ihr da drin, wacht auf!«

Keine Reaktion. Das Haus blieb dunkel.

Sie nahm einen weiteren Stein und warf ihn erneut gegen die Haustür. Jetzt ging im Schlafzimmer das Licht an.

»Ihr solltet das hören!«

Der Minenarbeiter und seine Frau, die zwei Häuser weiter lebten, mußten sie auch gehört haben, denn ihre Haustür öffnete sich leise. Sie konnte ihre Gesichter sehen, eines über dem anderen, die durch den Spalt hinausspähten.

Harold riß die Haustür auf und kam mit bloßem Oberkörper und der Pistole in der Hand heraus. Auch in einem anderen Nachbarhaus ging das Licht an, und er blieb oben auf der Treppenstufe stehen. Die Leute hörten zu, bekamen alles mit.

Maggie hatte ihm den Rücken zugedreht. Sie war immer noch damit beschäftigt, die Nachbarschaft aufzuwecken. »Hey, ihr da! Wacht auf! Ich habe eine Ankündigung zu machen!«

Wieder ging ein Licht an. Mrs. Cumber, eine pensionierte Lehrerin steckte ihren Kopf zur Haustür hinaus.

Bly versteckte die Pistole im Eingang und ging die Treppe hinunter, wie ein liebevoller Ehemann auf Maggie zu. Er versuchte gefaßt und ruhig zu wirken. Er mußte diese Verrückte ins Haus bringen, bevor sie ihn lächerlich machte. »Komm, Maggie, Liebes, wir wollen hineingehen und reden.«

Sie drehte sich zu ihm um, mit abwesendem Blick – ein auffälliges, schwarzes Mal breitete sich durch ihre Bluse hindurch von ihrem Herzen bis zu ihrer Hüfte aus.

Bly blieb stehen. Dann wich er zurück.

Das Mal glänzte, wurde immer größer. Er konnte den Gestank riechen, wie der Geruch eines toten Tieres. Offensichtlich hatte sie sich dort gekratzt, denn ihre Hände waren schwarz, und auch ihr Gesicht wies dunkle Stellen auf, wo sie sich berührt hatte.

Bly wurde milder. Dann lächelte er.

* * *

»Levi, hier spricht Tracy Ellis. Ist Maggie da?«

»Nein.« Das bedeutete Ärger. Levi hörte es an Tracys Tonfall. Er spürte, wie sich seine Eingeweide zusammenzogen. »Ich habe sie heute abend nicht gesehen.«

»Gerade hat mich jemand aus Hyde River angerufen. Sie wurde vor wenigen Minuten dort auf der Straße gesehen.«

Levi preßte das Telefon an sein Ohr und ging zum Fenster, um auf die Straße hinauszusehen. »Wo wurde sie gesehen? In welchem Teil der Stadt?«

Tracy war verlegen. »Ich weiß es nicht. Das wurde nicht erwähnt. Er sagte nur, er sei an ihr vorbeigefahren.«

»In welche Richtung ging sie denn?«

»Die Straße hinauf.«

Das war übel. »In Richtung alte Stadt?«

»Genau.«

»Wie lange ist das her?«

»Etwa zehn Minuten.«

»Ich gehe ihr nach.«

»Wenn du sie findest, nimm sie mit zu dir, in Ordnung? Und bitte ohne Aufsehen. Ich fahre sofort los.«

»Ich werde auf dich warten.«

Levi knallte den Hörer auf die Gabel und ging zur Treppe. Auf dem Weg dorthin nahm er sich noch seine Jacke vom Stuhl.

* * *

Während er auf das schwarze, tropfende Mal über dem Herzen seiner Frau starrte, empfand Harold Bly ein wundervolles Gefühl der Erhabenheit – Macht, das war es. Wirkliche Macht!

Er ging nicht auf Maggie zu und wollte auch nicht, daß sie sich ihm näherte. In abwehrender Haltung stand er da und sprach mit leiser Stimme. »Nun, Maggie. Ich denke, du solltest weitergehen – einfach weitergehen.«

Sie legte ihren Kopf kokett zur Seite und sagte etwas zu laut: »Ich habe Cliff dein Büro in der Minengesellschaft gezeigt. Wir haben uns dort geliebt, Harold; weißt du das?«

»Maggie, beruhige dich.« Ihm war nur zu klar, daß die Nachbarn zuhörten.

Doch sie warf triumphierend den Kopf in den Nacken und rief: »Cliff Benson war der wundervollste Liebhaber, den ich je hatte! Sanft und lieb, und …« Sie blickte Harold an »… ein besserer Mann als du je gewesen bist, Harold Bly!«

Das war nicht geplant, und es brachte sein Blut in Wallung. Er konnte sie nicht davon abhalten, alles auszuplaudern.

»Wir haben uns auch unter der Brücke geliebt«, verkündete Maggie laut, »und auf dem Wells Peak. Wir haben uns sogar einige Male ein Motelzimmer genommen, doch das war nicht so schön wie draußen, weißt du?«

Ruhig, ruhig, sagte er sich und hielt seine Hände an seinen Körper gepreßt, obwohl er sie zu Fäusten ballte. Er wollte in dieses lachende, spöttische Gesicht schlagen, doch ihr Gesicht war verschmiert mit schwarzem Schleim, und er wagte nicht, es zu berühren.

Sie wußte es. »Kannst mich jetzt nicht berühren, nicht wahr, Harold? Niemand kann es. Nicht mehr. Ich kann tun, was ich will, gehen, wohin ich will, mit jedem zusammensein, mit dem ich zusammensein möchte. Es hat keine Bedeutung, nicht mehr.«

Harold sprach leise, doch sehr böse. »Maggie, halt den Mund und verschwinde hier.«

Sie lachte ihn doch tatsächlich aus. »Wenn ich fertig bin, Harold. Wenn ich fertig bin. Niemand sagt mir mehr, was ich tun soll. Ich bin frei, Harold.«

Es war ihm jetzt egal, ob er die Aufmerksamkeit auf sich zog oder nicht. Er rannte die Stufen hinauf und holte seine Pistole. Doch als er sich umdrehte, war sie fort.

Der Minenarbeiter und seine Frau schlugen die Haustür zu und löschten das Licht.

Bly kam langsam die Stufen hinunter. Seine Entschlossenheit geriet ins Wanken. Er sah die Straße entlang. Nichts von Maggie zu sehen. Vielleicht versteckt sie sich, dachte er. Vielleicht ist sie geflohen. Er ging einen weiteren Schritt auf die Straße zu, noch einen, lauschte, spähte in die Dunkelheit hinein.

Er bemerkte Mrs. Cumber, die ins Haus zurückging und das Licht ausmachte. Die Tür des Vorarbeiters fiel ins Schloß, und das Licht in seinem Schlafzimmer ging aus. Überall in der Straße wurden Lichter gelöscht, Fenster und Türen geschlossen. Dunkelheit und Stille kehrten ein.

Bly stand einen Augenblick allein auf der dunklen Straße. Auf einmal wurde ihm klar, daß ihm das Verhalten der Nachbarn gefiel – die dunklen Häuser, die geschlossenen Fensterläden, die zuschlagenden Türen. Sie hatten wirklich Angst, nicht wahr? Ein verschlagenes Lächeln machte sich auf seinem Gesicht breit. Sicher, dachte er. Vielleicht war es gut, daß die Nachbarn alles gehört hatten. Morgen würde die schreckliche, kleine Szene, die sie mitangehört hatten, eine ganz andere Bedeutung bekommen, und sie würden alle darüber reden. Die Neuigkeiten würden sich ausbreiten, und die ganze Stadt würde eine sehr eindrucksvolle Lektion bekommen, eine Lektion, die sie nie vergessen würde.

Ein Wagen kam den Hügel heraufgefahren. Wer ist denn das? fragte sich Bly. Schon bald bogen die Scheinwerfer um die Ecke. Bly ließ seine Pistole sinken, während er von der Straße zurücktrat.

Der große Dodge kam neben ihm zum Stehen. Das Fenster wurde heruntergedreht.

»N'Abend, Mr. Bly.«

Harolds Antwort war nicht freundlich. »Hallo, Levi.«

Levi hatte die Pistole natürlich entdeckt. »Gibt es Ärger?«

»Nein. Dachte nur, ich hätte einige Kojoten gehört.«

Levi blickte den Hügel hinauf zum Wald hinter der Stadt, dann wieder zu Harold. Er schien aufgebracht zu sein. »Ich – ich habe gehört, daß Ihre Frau durch die Stadt läuft, Mr. Bly. Ich wollte sichergehen, daß sie in Ordnung ist.«

Bly grinste breit. »Nun, hast du die Spur deiner Zimmergenossin verloren? Ist es das?«

»Sie wissen, daß ich sie nicht berührt habe, Mr. Bly, und ich habe versucht, vorsichtig zu sein.«

»Du warst nicht vorsichtig genug.«

»Haben Sie sie heute abend gesehen? Ist sie hier vorbeigekommen?«

»Nein. Ich habe gar nichts gesehen.«

Levi blickte ihn aufmerksam an, bevor er sagte: »Dann werde ich weiterfahren.« Er legte den Gang ein. »Ich hoffe, Sie fangen den Kojoten.« Der Wagen fuhr an, drehte, und fuhr den Hügel wieder hinunter in Richtung Hauptstraße.

Sie ist dort gewesen. Levi konnte in Harold Blys Gesicht lesen wie auf einer Litfaßsäule, und er erkannte, wenn er log. Sie mußte zur alten Stadt gegangen sein.

Levi fuhr langsam, suchte beide Seiten der Straße ab und bemühte sich auch, hinter die Bäume zu sehen. Kein Anzeichen von ihr. Entweder hatte sie es in bemerkenswert guter Zeit geschafft, oder sie hatte den alten Pfad am Fluß entlang genommen und nicht die Hauptstraße.

Einen Kilometer nördlich des Hyde Rivers bog Levi nach rechts in einen Pfad ab. Der Pfad war von einem großen Dreckhaufen blockiert, damit keine Autos durchfahren konnten. Das Land gehörte der Minengesellschaft.

Doch Levi mußte dorthin. Er fuhr den Dodge bis dicht vor den Haufen und stellte den Motor ab. Zu Fuß ging er weiter, die Taschenlampe in der Hand. Er kletterte über den Dreckhaufen und auf der anderen Seite wieder hinunter auf die steinige Straße. Während er weitereilte, leuchtete er mit seiner Taschenlampe die Straßenseiten ab in der Hoffnung, Fußspuren zu finden, irgendeinen Hinweis darauf, daß Maggie diesen Weg genommen hatte. Bisher konnte er noch nichts sehen. Sie hat bestimmt den Pfad am Fluß entlang genommen, dachte er. Vielleicht konnte er noch vor ihr nach Hyde Hall gelangen, oder bevor …

Ein Windstoß ließ ihn stehenbleiben. Er knipste sein Licht aus und blickte zum Himmel auf. Nichts als Sterne. Er lauschte. Der Wind blies in kleinen Böen, und in der Ferne konnte er ein sanftes Rauschen hören. Es kam näher.

Er setzte sich wieder in Bewegung, und bald trat er aus dem alten Wald auf eine offene Lichtung heraus, wo Gras, Beerendickicht und gekrümmte Pappeln kaum zwischen den verfallenen Überresten alter Holzgebäude überleben konnten. Die alte Stadt. Es war kaum noch etwas davon übrig außer den steinernen, von Gebüsch überwucherten Fundamenten, den in die Höhe ragenden Mauern ohne Dächer, die früher einmal den Minenarbeitern, Ladenbesitzern und ihren Familien ein Heim gewesen waren. Levi schlich sich leise in die Stadt und versuchte sich zu erinnern, wo alles war. Schon lange war er nicht mehr hier gewesen. Nur wenige kamen jemals hierhin.

Auf der einen Seite war eine einzige Holzwand mit einem Fenster, alles, was vom *Gold Dust* Hotel übriggeblieben war. Gegenüber, auf der anderen Seite der verfallenen Straße, konnte man nur noch erahnen, wo die Bar früher gestanden hatte. Levi erinnerte sich vage, daß Hyde Hall am anderen Ende der Stadt, in der Nähe des Flusses gestanden hatte. Diese Hauptstraße würde ihn sicher dorthin bringen.

Hörte er da jemanden singen? Oder war das nur der Wind, der durch diese alte Stadt fegte und durch unzählige Spalten und Löcher pfiff? Er erstarrte. Er lauschte.

Die Stimme einer Frau. Ein Country-Song.

»Maggie!« rief er. Seine Stimme hallte in der Straße wider. »Maggie Bly!«

Keine Antwort, nur das Pfeifen des Windes. Er rannte in die Richtung, aus der das Singen kam, und hoffte, er würde es wieder hören, betete, daß sie weitersang. Dann hörte er es wieder, diesmal laut, sogar ungestüm. Zweifellos war das Maggie.

»Maggie!«

Ein Windstoß ging durch die Pappeln, und sie bogen sich heftig zur Seite. Ihre Äste schlugen aneinander, und die losgerissenen Blätter flatterten durch die Stadt. Levi legte schützend die Arme über den Kopf, während Zweige und Blätter auf ihn herabregneten. Das Singen ging im Lärm unter.

Dann erkannte Levi, daß er nicht das Rauschen des Windes hörte. Nein! Es konnte nicht sein, wofür er es hielt. Es konnte nicht schon wieder passieren!

In panischer Angst rannte er die Straße entlang, stolperte über die Baumwurzeln in der Straße, wich den Löchern aus, die der Regen in den vergangenen Jahren ausgewaschen hatte. Dann hörte er das Singen wieder und die Hoffnung kehrte zurück.

»Maggie!«

Ein weiterer Windstoß ging über die alte Stadt wie eine Welle hinweg. Die Pappeln bogen sich tief zur Erde. Levi ignorierte das. Er rannte weiter in die Richtung, aus der er Maggies Stimme gehört hatte.

Und dann hörte das Singen abrupt auf, mitten in der Note.

»Maggie!«

Levi erkannte Hyde Hall direkt vor sich. Es standen nur noch drei Wände, kein Dach mehr, kein Boden, keine Vorderfront.

Beim Näherkommen leuchtete Levi hier und dorthin, durch das ganze Gebäude. In der Mitte der Rückwand stand ein großer steinerner Kamin. Beerendickicht und junge Weiden wuchsen dort, wo früher der Boden gewesen war. Levi bemerkte, daß eine Wand schwankte, als hätte man sie angestoßen. Die oberste Planke, die sich im Laufe der Jahre gelockert hatte, fiel scheppernd zu Boden.

Einen Augenblick lang war er von einem anderen Lichtstrahl abgelenkt, der die Straße heraufkam. Jemand kam angerannt. Doch er wartete nicht darauf zu sehen, wer das war. Sein Lichtstrahl war auf etwas gefallen. Er trat über die Fundamentmauer hinweg und schlug sich durch das hohe Gras zur Gebäudemitte vor. Dort erkannte er im Licht seiner Taschenlampe einen großen, rechteckigen Stein, dessen Oberfläche fast so flach war wie ein Tisch. Dahinter entdeckte er Maggies Handtasche inmitten einer großen Blutlache. Wenige Zentimeter von der Tasche entfernt lag ein Schuh.

Levi ließ sich neben der Tasche und dem Schuh auf die Knie sinken. Sein Körper wurde von Weinkrämpfen geschüttelt.

Er hörte Schritte herannahen. Ein Lichtstrahl fiel ihm ins Gesicht, dann auf den Boden, die Tasche, den Schuh.

Es war Tracy Ellis. Sie kam zu spät.

»Hast du jemanden gesehen?« fragte Tracy.

Levi schüttelte den Kopf.

Tracy trug keine Uniform, aber sie hatte ihre Pistole in der Hand. »Komm, hilf mir suchen – und geh von der Tasche weg, das ist ein Beweisstück!«

Er fuhr sich mit dem Handrücken über die Hand. »Es ist niemand hier.«

Ihr war sofort klar, daß er ihr keine Hilfe sein würde. Ohne ihn ging sie davon und leuchtete mit ihrer Taschenlampe jeden Winkel ab.

Levi betete nur. Er wußte, daß Tracy Ellis jeden Stein umdrehen und jeden Winkel absuchen würde, vermutlich sogar am Flußufer suchen. Doch er wußte auch, daß sie nichts finden würde.

Wir waren zu sechst: Ich und vier Männer, deren Namen ich nicht nennen möchte, dann James Hyde und sein Schwiegersohn Harrison Bly. Ich weiß nicht, was Nelson Parmenter gesagt oder zu wem er etwas gesagt hat, doch James machte deutlich, daß wir seinen Anweisungen besser folgen, sonst würden wir genauso enden. Wir peitschten Nelson zu dem alten Felszerschmetterer vor Hyde Hall, und dann schlugen wir ihn abwechselnd, bis er bewußtlos war. James sagte, wir sollten ihn die ganze Nacht dort lassen, also taten wir es, und als der Morgen kam, war Nelson fort, ich weiß nicht, wohin er verschwunden ist. Die Leute sagen, ein Bär hätte ihn getötet, während er auf der Jagd war, doch sie wissen nicht, was in der Nacht vor seinem Verschwinden passiert ist. Sie wissen nicht, was James und Harrison von uns verlangt haben.

Aus einer anonymen Notiz,
die 1948 während des Abbruchs
der Sorenson Residenz in West Fork
in einem Wandsafe gefunden und dem
Geschichtsverein von West Fork übereignet wurde.

Kapitel 6

Der Schwur

Gegen neun Uhr des folgenden Morgens hörte Steve ein Klopfen an seiner Zimmertür, ein Klopfen, das er nicht erwartete und für das er auch nicht bereit war.

Er hatte eine schlaflose Nacht hinter sich, war gerade aufgestanden, und sein Zimmer sah chaotisch aus. Vielleicht war es Tracy Ellis.

Er öffnete die Tür. Es war ein anderer Sheriff. Es war der Sheriff. Auf dem kleinen Namensschild stand Lester Collins.

»Dr. Benson?«

Steve war verlegen. Er hatte sich noch nicht einmal rasiert. Seine Augen waren bestimmt geschwollen. Und hatte er überhaupt seine Haare gekämmt? »Äh, ja, Sheriff Collins?«

»Das stimmt«, sagte er und streckte ihm seine Hand entgegen.

»Kommen Sie herein.«

Wunderbarer erster Eindruck, dachte Steve. »Es tut mir leid, wie es hier aussieht. Ich hatte gestern einen langen Tag, und ich bin gerade erst aufgestanden.«

»Ich verstehe. Auch für mich waren die vergangenen Tage recht hektisch. Wir haben wenig Leute, und ich muß überall sein, um den Laden in Gang zu halten. Ich hätte Sie schon früher aufgesucht, wenn ich die Zeit dazu gehabt hätte, glauben Sie mir.«

Steve nahm seine Sachen von dem einzigen Stuhl im Zimmer. »Bitte, setzen Sie sich doch.«

Collins nahm Platz. Steve setzte sich auf das Bett.

»Wir wissen Ihre Hilfe zu schätzen«, sagte Collins und warf einen bewundernden Blick auf Steves 30.06-Gewehr, das in der Ecke an der Wand lehnte. Er deutete auf das Gewehr. »Haben Sie damit ›318‹ erschossen?«

»Ja.«

»Wie ist die Zusammenarbeit mit Deputy Ellis gewesen?«

Verwirrend, überwältigend, frustrierend, dachte Steve. Doch er wußte, daß dies nicht Tracys Schuld war. »Wir sind ganz gut miteinander klargekommen. So gut es eben ging. Doch es sind noch eine Menge Steine nicht umgedreht worden.«

»Nun, dann werden Sie sicher an den Neuigkeiten interessiert sein.«

»Welche Neuigkeiten?«

»Das ist einer der Gründe, weswegen ich hier bin.« Er lächelte, als würde er gute Nachrichten überbringen. »Ich denke, der letzte Stein ist soeben umgedreht worden.«

Steves Interesse war nun geweckt. »Wirklich?«

»Ich habe heute morgen eine Unterredung mit dem Leichenbeschauer und Deputy Ellis gehabt, und der Beweis ist nun endlich erbracht. Es war der Grizzly, den Sie erschossen haben, ›318‹. Wir sind sicher.«

Ach, auf einmal? Steve befand sich innerlich in einem Zwiespalt. Wie konnte er die Worte des Sheriffs in Frage stellen, ohne gleichzeitig anzudeuten, daß der Sheriff nicht wußte, was er sagte. »Haben Sie neue Informationen?«

»Nein, eher endgültige Schlußfolgerungen. Durch die Obduktion Ihres Bruders und des Bären haben wir nun endlich die Dinge zusammenbringen können.«

»Die Autopsie des Bären? Sie meinen, eine zweite Autopsie?«

Collins war durch diese Frage etwas aus der Fassung gebracht. »Nein, die Autopsie.«

»Sheriff, ich selbst habe die Autopsie durchgeführt, und ich habe nichts gefunden, was beweisen könnte, daß ›318‹ wirklich der Angreifer war. Tatsächlich hatte ich vorgehabt, den Ort des Geschehens heute noch einmal aufzusuchen in der Hoffnung, etwas zu finden, das ich übersehen habe.«

»Das brauchen Sie nun nicht.«

Steve wollte sich nicht auseinandersetzen. Er wollte nicht eigensinnig sein. Aber das alles kam ein bißchen zu plötzlich. »Es tut mir leid, doch ich bin der Meinung, wir haben dort etwas übersehen. Wollen Sie etwa sagen, daß Deputy Ellis Ihrer Meinung ist?«

»Natürlich. Der Leichenbeschauer gründete seine Schlußfolgerungen auf den Bericht des Pathologen, und wir haben das so akzeptiert.«

Der Pathologiebericht. Ja, auf dem Papier hatte der Pathologe geschrieben, daß Cliff von einem Bären getötet worden war, doch Marcus DuFresne gegenüber hatte er Zweifel an der Todesursache eingestanden. Und Tracy Ellis? Ihre Meinungsänderung schien verdächtig zu sein. Wenn sie überhaupt mit dieser Bärentheorie übereinstimmte, mußte man sie dazu gezwungen haben.

Collins fuhr fort. »Auf jeden Fall wollte ich Sie das sofort wissen lassen. Ich wußte, daß Ihnen dadurch eine Last abgenommen würde.«

»Äh, ja.« Vielen Dank, Sheriff. Sie sind wirklich eine große Hilfe. »Und was ist mit Marcus DuFresne?«

»Mit wem?«

»Marcus DuFresne, dem Wildhüter. Er half mir, ›318‹ zu erschießen und die Autopsie vorzunehmen. Hatte er noch etwas anzufügen, von dem ich nichts weiß.«

»Das könnte sein.«

Wissen Sie das nicht, Collins? »Sie haben nicht persönlich mit ihm gesprochen?«

»Nein, doch ich bin sicher, Deputy Ellis hat es getan.«

»Aha.« Steve mangelte es im Augenblick nicht an Worten, nur an den richtigen Worten.

»Sie scheinen nicht zufrieden zu sein.«

»Nun ...« Wähle deine Worte vorsichtig, Steve. »Natürlich waren Sie nicht verpflichtet, mit mir zu sprechen, bevor Sie zu Ihrer Schlußfolgerung kamen.«

»Sind Sie zu einer anderen Schlußfolgerung gekommen?« Diese Frage war beinahe eine Herausforderung.

Natürlich hegte Steve seine Zweifel. Warum sonst hatte er in der vergangenen Nacht nicht schlafen können? Doch er antwortete nur: »Nein, noch nicht.«

Collins lächelte. »Sehen Sie es einmal so. Wir können das Ganze jetzt hinter uns lassen. Sie können zu Ihrer Arbeit an der Universität zurückkehren, Ihr Leben fortsetzen, und vor allem auch für Ihre Schwägerin Evelyn geht das Leben weiter. Es ist vorbei. Sie ist frei, ihr Leben wieder in den Griff zu bekommen.«

Sie war jetzt »frei«? Steve wollte nicht verletzt sein, doch er war es. »Dann ... wollen Sie also sagen, sie ist nicht mehr verdächtig?«

Das verärgerte Collins. »Richtig. Sie gehörte zwar niemals dem engeren Kreis der Verdächtigen an. Doch wir mußten alle Möglichkeiten in Betracht ziehen.«

»Doch nun, da Sie den Fall abgeschlossen haben, sagen Sie, sie kann gehen, wohin sie will?«

Collins blickte Steve durch halbgeschlossene Augenlider an. »Wenn Sie nicht guten Grund haben, den Fall wieder aufzunehmen, ja.«

* * *

Peng!

Die Dose, die bereits von Kugeln durchlöchert war, mußte ein weiteres hinnehmen und flog von dem Baumstamm zu vielen anderen, die bereits auf dem Boden lagen.

Peng! Eine weitere Dose flog zu Boden. Und noch eine. Und noch eine.

Tracy stand in der Nähe ihres Streifenwagens in der Mitte einer alten Kiesgrube außerhalb West Forks, dem Lieblingsplatz der Schützen des Tales. Zwar sollte jeder seinen Abfall auch wieder mitnehmen, doch mittlerweile waren überall die Überreste der Schießübungen zu finden: Teile von Blechdosen und Plastikflaschen, durchlöcherte Kisten, leere Patronenhülsen. Tracy war mit einer großen Tüte voller leerer Dosen gekommen, die sie für einen Augenblick wie diesen gesammelt hatte. An diesem Morgen war sie in der Erwartung erwacht, einen vollgepackten Tag vor sich zu haben, doch nach dem Gespräch mit dem Sheriff sah es so aus, als würde sie Zeit haben, Dampf abzulassen. Und sie hatte viel Dampf abzulassen.

Sie lud gerade ihre 38er mit neuen Patronen, als sie Steves großes Wohnmobil ankommen sah. Dieser Bursche war ein Jäger. Er hatte sie gefunden und gar nicht lange dazu gebraucht. Nun würde sie mit ihm sprechen müssen, und darauf war sie gar nicht erpicht. Um Zeit zu gewinnen, ging sie zu ihrem Übungsplatz, um noch mehr Dosen abzuschießen.

Steve ließ seinen Wagen neben dem Streifenwagen ausrollen und beobachtete sie, wie sie in Stellung ging und die Ohrschützer anlegte. Sie mußte wissen, daß er da war, doch sie ignorierte ihn einfach. Er riß die Fahrertür auf, sprang aus dem Wagen und blieb stehen, als sie das Feuer auf weitere sechs Dosen eröffnete; jeder Schuß ein Treffer.

Seine Wut war beinahe vergessen. Sie war wirklich gut.

Tracy ließ die Pistole sinken, nahm die Ohrenschützer ab und drehte sich zu Steve um. Anscheinend hatte sie erkannt, in welcher Stimmung er sich befand. »Möchten Sie ein paar Dosen abschießen?«

Daran hatte er vorher nicht gedacht, aber er nahm das Angebot an. Es könnte ihm helfen. Wortlos ging er zu dem Baumstamm und stellte sechs weitere Zielobjekte auf. Sie ging zu ihrer Kühlerhaube und lud ihre Pistole neu. Als er zurückkehrte, streckte sie ihm die Pistole und die Ohrenschützer entgegen.

»Stellen Sie sich vor, die Dosen hätten Ihren Bruder getötet«, sagte sie.

Innerhalb von sechs Sekunden waren alle Dosen vom Baumstamm gefegt.

Er gab ihr die Pistole zurück, nahm die Ohrenschützer ab und wartete darauf, daß sie zu reden begann.

Sie lud ihren Revolver erneut. »Sheriff Collins hat also mit Ihnen gesprochen.«

Er sah sie an. »Ich möchte wissen, ob Sie mit ihm übereinstimmen.«

Sie öffnete das Magazin und ließ die Patronenhülsen in ihre Hand fallen. »Warum, meinen Sie, bin ich hier draußen und schieße auf Dosen?«

»Dann erklären Sie es mir! Ich …«

»Maggie Bly ist tot.«

»Was?« Er starrte sie ungläubig an.

Sie steckte den geladenen Revolver in ihr Halfter. »Gestern abend ist sie nach Hyde River zurückgegangen, und jemand hat sie getötet. In der Nähe des Flusses fanden wir ihre Handtasche und einen Schuh. Außerdem ihr Blut, aber keine Leiche – bisher.«

»Keine Leiche! Woher wissen Sie dann, daß sie tot ist?«

»Glauben Sie mir. Sie ist tot, und sie wird niemals gefunden werden. Genau wie – entschuldigen Sie – die obere Hälfte der Leiche Ihres Bruders.«

Steve kam zu Tracy an den Wagen, damit er sich dagegen lehnen konnte. »Ich nehme an, das hat etwas zu tun mit der seltsamen, unbegreiflichen Art jener Leute dort oben?«

»Sie – haben ihre eigene Art, Dinge zu regeln.«

»Dann hat Collins mich angelogen.«

»Nein, er glaubt, was er glauben möchte, und er möchte glauben, daß ein Grizzly Ihren Bruder getötet hat.«

»Und was ist seiner Meinung nach mit Maggie passiert?«

Tracy lachte nur leise und schüttelte den Kopf. »Ich habe Collins dazu gebracht, gestern nacht mit mir nach Hyde River zu fahren und den Fall zu untersuchen. Wir haben Levi Cobb befragt, weil er kurz vor mir am Tatort ankam. Doch wir haben nur eine weitere Predigt über Sünde und Buße gehört. Schließlich fanden wir heraus, daß er nicht gesehen hat, was passiert ist.

Wir haben mit Harold Bly gesprochen – nun, Sheriff Collins hat das übernommen – und sie sprachen über das Jagen und Fischen. Dann erwähnte Les Maggie, wissen Sie, ganz beiläufig fragte er ihn, wo Maggie sei, und Harold sagte, sie hätten Unstimmigkeiten, und Maggie hätte ihn verlassen und sei zu ihrer Mutter zurückgegangen, doch sie ständen noch in Verbindung, und Les sagte, es täte ihm leid, daß sie Unstimmigkeiten hätten, und dann gingen wir.«

»Das war alles?« fragte Steve ungläubig.

»Steve, es gibt keine Zeugen und keine Leiche. Levi sagt, er habe Maggie gehört, doch er hat sie nicht gesehen. Und wenn Harold Bly sagt, Maggie sei noch am Leben, dann muß das stimmen.« Ihr Sarkasmus war offensichtlich. »Der Fall ist abgeschlossen.«

»Und wenn es nun stimmt?«

»Dann ist Maggie nichts passiert.«

»Und wenn Maggie nichts zugestoßen ist, dann ...«

»Dann brauchen wir auch niemanden des Mordes zu verdächtigen, und wir können uns wieder auf die Grizzly-Idee einlassen als Erklärung für den Tod Ihres Bruders. Ganz einfach. Genau wie Les Collins die Sache sehen will. Wenn der Leichenbeschauer sagt, es sei ein Bärenangriff gewesen, dann will Collins nichts anderes mehr hören.«

»Aber warum?«

»Das ist die ganze Hyde Valley-Geschichte. Harold Bly, die Ängste, der Aberglaube, alles.«

Steve verschränkte die Arme. »Und natürlich werden Sie mir das alles nun endlich erklären.«

»Ich nehme an, es besteht keine Hoffnung, daß Sie einfach nur das Tal verlassen, Evelyn bei einem Neuanfang helfen und die ganze Geschichte einfach fallenlassen?«

Er schüttelte den Kopf. »Sie hätten meinen Bruder kennenlernen sollen, als er noch am Leben war.«

Sie nickte verständnisvoll. »Dachte nur, ich könnte ja mal fragen.« Nun holte sie tief Luft und ließ sie langsam wieder entweichen. Sie überlegte, wo sie anfangen sollte. »Das wird verrückt klingen.«

»Das tut es bereits, also fangen Sie an.«

»Les Collins ist in Hyde River aufgewachsen. Er ist bereits Teil dieser Kultur. Ihm liegt diese Stadt im Blut, in Ordnung?«

»Es gibt also politische Verbindungen, ja?«

»So könnte man sagen. Diese Menschen halfen ihm, gewählt zu werden. Er ist ihnen sehr verbunden, und er respektiert den ...« Tracy hielt inne und atmete tief durch, bevor sie weitersprach: »Nun, wir nennen ihn ›den Schwur‹.«

»Den Schwur?«

Tracy blickte zum Himmel. Sie suchte nach Worten. »Es ist ein – äh – mal sehen. In Ordnung. Sie erinnern sich doch daran, daß ich Ihnen erzählte, dort oben würden Aberglauben und bestimmte Traditionen herrschen?«

»Ja.«

»Nun, ich weiß zwar nicht genau, wie das alles entstanden ist, doch irgendwo in der Geschichte der Stadt haben eine Handvoll Leute einen Schwur der Verschwiegenheit geleistet; sie haben sich verpflichtet, niemals die Geheimnisse der Stadt Fremden zu offenbaren. Die Leute halten sich immer noch daran. Überflüssig zu sagen, daß das die Arbeit der Polizei gewaltig erschwert. Wir bekommen keine Zeugen, keine Informationen, niemand will über einen anderen sprechen – und dafür gibt es eine Reihe von Gründen. Wenn jemand etwas ausplaudert, was er nicht sollte, nun ... erinnern Sie sich an das, was Ihnen beinahe in der Bar passiert wäre? Menschen sind zusammengeschlagen worden, weil sie zu viel geredet haben. Nicht daß wir im Büro des Sheriffs jemals davon erfahren würden, nicht die Spur. Der andere Grund ist ...« Sie zögerte, dann lachte sie nervös. »Nun ja, Sie erinnern sich daran, daß Maggie sagte, Ihr Bruder sei gefressen worden? Sie wissen schon, aufgefressen?«

»Natürlich. Ich dachte, sie meinte den Bären.«

Tracy schüttelte den Kopf. »Sie hat nicht davon gesprochen. Es gibt einen Aberglauben, der so weit zurückreicht wie der geheime Schwur, ich meine zurück zu der Zeit, als die Stadt erbaut wurde. Es gibt Menschen hier im Tal, die glauben ...«, sie zögerte, dann stieß sie wieder ein nervöses Gelächter aus, »... daß ein großer Drache in den Wäldern lauert, ein Drache, der Menschen auffrißt.«

Sie blickte Steve an und sah die Reaktion, die sie auch erwartet hatte: einen Ausdruck vollkommener Ungläubigkeit. Sie fuhr fort. »Hey, Sie haben gehört, wie Levi und Maggie darüber gesprochen haben. Sie haben gesehen, daß sie wirklich glauben, was sie sagen. Für viele der Leute in Hyde River ist der Drache Realität. Sie glauben wirklich daran, daß er dort draußen ist.«

Steve zuckte bei diesem Gedanken zusammen. »Wie? Wie können sie so etwas glauben?«

»Sie sind ein Außenseiter, Steve, denken Sie daran. Es ist schwer zu begreifen, wie mächtig eine Tradition sein kann, wenn man nicht dort oben aufgewachsen ist. Ich weiß nicht, wie ich das beschreiben soll. Die Iren haben ihren Leprechaun, die Schotten das Ungeheuer von Loch Ness, jedes Kind wächst auf mit dem Gespenst in seinem Schrank ... Hören Sie, ich kann mich noch daran erinnern, wie meine Großmutter mir erzählte, der Drache würde kommen und mich fressen, wenn ich nicht lieb wäre, und ja, ich habe das geglaubt. Man bekommt diesen Aberglauben eingehämmert, zusammen mit den Geschichten vom Nikolaus und den Feen.«

»Aber in der Regel entwächst man diesen Vorstellungen doch.«

»Dem Glauben an den Nikolaus, ja. Feengeschichten, ja. Dem Drachen ... niemals.«

»Aber hat ihn denn jemand schon jemals gesehen?« Steve stellte die Frage nur, weil die Antwort bereits auf der Hand lag.

»Selbst wenn das so gewesen wäre, würde niemand darüber sprechen. Obwohl es alte Geschichten von Leuten gibt, die ihn gesehen haben.«

Steve lächelte trocken. Sicher. Es gibt auch Menschen, die UFOs, Gespenster und die heilige Maria in den Wolken gesehen haben, nur weil sie es sehen wollten. »Das beweist noch nicht viel.«

»Ich weiß«, erwiderte Tracy. »Doch an der Geschichte ist noch mehr dran, und das betrifft den Tod Ihres Bruders.«

»Ich höre.«

»In Ordnung. Sagen wir, ich sei Harold Bly, Besitzer und Präsident der Hyde Minengesellschaft, der Gesellschaft, die die Stadt gebaut hat. Harold ist kein großes Tier, wenn man ihn mit den Managern der Welt draußen vergleicht, doch im Hyde Valley ist er mit seinem Landbesitz, seinem Vermögen, seiner Familie und seiner Macht, Arbeitsplätze zu geben oder zu nehmen, die Numero eins.«

»Wie Sie sagten, der Gottvater im Hyde Valley.«

»Richtig. Nehmen wir also an, ich sei Harold Bly, und ich fände heraus, daß meine Frau eine Affäre mit einem Außenseiter hat. Und ich wollte ...«

»Rache?«

»Rache. Natürlich soll es so aussehen, als hätte jemand anderes das getan.«

»Das meinen Sie doch nicht im Ernst.«

Sie wußte, daß es schwierig zu erklären sein würde. »Sie sollten einmal versuchen, Polizist in diesem Tal zu sein. Einiges kann man einfach nicht begreifen.«

»Sie wollen doch nicht wirklich sagen, daß jemand meinen Bruder auseinandergeschnitten hat?«

»Steve, ich sage nur, daß, falls so etwas passiert wäre, die Täter automatisch gedeckt würden. Die Leute in Hyde River haben einen Eid geleistet, vor allem wenn es um den Drachen geht, und falls sie annehmen würden, der Drache sei verantwortlich, können Sie sicher sein, daß sie niemals auch nur ein Wort darüber verlieren würden; sie würden einfach alles leugnen. Die Menschen dort oben haben Angst. Sie haben Angst voreinander, und viele von ihnen haben Angst vor dem Drachen. Ich will Ihnen noch eines sagen: Der Mythos verblaßt nicht mit der Zeit. Der Drache ist jetzt größer und hungriger, und die Leute haben mehr Angst vor ihm als je zuvor. Ich weiß nicht, warum das so ist, doch ich stelle es mit jedem Mal, wo ich dort bin, deutlicher fest. Sie haben neulich in der Bar nur einen kleinen Vorgeschmack davon bekommen.«

Steve erinnerte sich. »Dieser Freund von Doug sagte, es sei etwas, über das sie nicht sprechen würden, und er wurde beinahe getötet, weil er das gesagt hatte.«

»Genau das ist der Punkt.« Dann fügte sie bedeutsam hinzu: »Und Sheriff Collins weiß um all das. Er kennt die Regeln. In letzter Zeit ist es wirklich schwierig geworden. Manchmal – wenn wir hören, daß etwas Undurchsichtiges passiert ist, und wir nicht in der Lage sind, Zeugen oder Beweise zu finden, sagen wir einfach: ›Das muß wohl der Drache gewesen sein‹, was gleichbedeutend ist mit: ›Der Fall ist unlösbar, und der Drache ist dafür verantwortlich.‹ Sie haben Maggie und Levi gehört. Ihrer Meinung nach hat der Drache Ihren Bruder gefressen. Vergessen Sie menschliche Täter.«

»Aber einen Augenblick. Sie haben doch einen Beweis. Sie haben die Leiche meines Bruders!«

Tracy rang die Hände. »Und nun sind wir wieder in der Gegenwart, und Sie können vielleicht verstehen, warum ich hier auf Dosen schieße.« Ihre Stimme wurde lauter. »Das ist das erste Mal, daß ein Außenseiter in diesem Tal getötet wurde, und wir haben tatsächlich einen Teil der Leiche! Das ist die wichtigste Spur, die wir je gehabt haben, und sie ist es wert, verfolgt zu werden!« Dann fügte sie resigniert hinzu: »Doch ich bin nicht der Sheriff des Clark County! Ich habe keine politischen Verpflichtungen und muß nicht versuchen, alle glücklich zu machen und wiedergewählt zu werden.« Damit holte sie ihre Pistole aus dem Halfter und gab einen Schuß ab.

Zufrieden lächelnd sagte sie: »Wenn Sie mich fragen, Maggie hat ihren Mann hintergangen, ihr Mann ließ sie vermutlich töten, und er ließ es so aussehen, als sei es der Drache gewesen. Das wird das Ende der Geschichte sein. Ich kann Ihnen versichern, Maggie Blys Leiche wird nie gefunden werden. Sie ist fort. Und wenn jemand wissen will, was passiert ist, wird Harold Bly sagen, daß sie ihn verlassen hat und fortgelaufen ist. Es wird eine Menge Leute dort oben geben, die fest davon überzeugt sind, daß der Drache sie gefressen hat. Glauben Sie mir. Ich bin dort aufgewachsen.«

Steves Mund war trocken. »Und in Cliffs Fall ... genauso sieht es aus.«

Tracy sah, daß ein Zittern Steves Körper durchlief. Mit leiser Stimme sagte sie: »Es ist wirklich schrecklich. Aber genau so sieht es aus. Jemand ließ eine halbe Leiche liegen, um die Leute dazu zu bringen, an den Drachen zu glauben. Dann haben sie irgendwie Maggies Leiche beiseite geschafft – es war nicht nötig, einen Teil der Leiche liegenzulassen. Die Nachricht verbreitet sich in der Stadt, die Menschen haben Angst, und ich garantiere Ihnen, sie werden mit keiner Menschenseele darüber sprechen. Ich könnte unrecht haben, doch ich glaube, daß sich einige skrupellose Leute dort oben hinter einer Wolke von Furcht und Aberglauben verstecken.«

»Harold Bly.«

»Nun ...« Sie schüttelte den Kopf. »Was können wir schon beweisen? Ich weiß nur, daß Harold ein direkter Nachfahre der Hyde-Familie ist, und die Drachengeschichte steht in irgendeinem Zusammenhang mit dieser Familie. Ich denke, er könnte diese Tatsache benutzen, die Menschen in Angst und Schrecken zu versetzen, sie glauben zu lassen, er hätte eine besondere Verbindung zu dem Drachen. In der ganzen Stadt ist Harold Bly derjenige, dem die Leute gefallen wollen, der alles weiß und dem man nicht im Wege stehen darf.«

»Warum spricht Levi über den Drachen?«

Tracy verdrehte die Augen. »Es ist seine Lebensmission. Er ist genauso abergläubisch wie die anderen, doch vor einigen Jahren ist er ›gerettet‹ worden, falls Sie verstehen, was ich meine. Nun ist der Drache etwas Religiöses. Er sieht darin eine Botschaft.«

»Und offensichtlich hat er keine Angst.«

»Alle glauben, er sei verrückt, darum halten sie sich von ihm fern. Er überlebt, weil niemand ihn ernst nimmt – und auch weil er Ihnen alle Knochen brechen könnte, falls es nötig wäre.«

Steve lächelte bei dieser Bemerkung.

Tracy zuckte die Achseln und seufzte. »Doch ich habe zwar meine Vermutungen und Theorien, aber ich kann gar nichts tun. Sie haben gesehen, was mit Ihrem Bruder passiert ist. Sie haben gesehen, wie verängstigt Maggie gewesen ist. In so etwas wollen sich einige unterbezahlte, unterbesetzte hinterwäldlerische Polizisten nicht einmischen, nicht wenn es leichter ist, den Dingen einfach ihren Lauf zu lassen. Ich bin sicher, Collins hofft, daß Sie einfach Ihrer Wege gehen und sich mit der Bärentheorie zufriedengeben, froh darüber, daß Ihre Schwägerin nicht mehr im Verdacht steht.« Dann fügte sie hinzu: »Und es stimmt: Evelyn ist nicht mehr verdächtig.«

»Man hätte sie nie verdächtigen dürfen«, erwiderte Steve heftig.

Tracy wollte nicht noch einmal ihre Gründe für die Befragung Evelyns aufzählen. »Sie ist von der Liste gestrichen, und Sie können das Ganze nun hinter sich lassen, wenn Sie möchten.«

Schweigend standen sie nebeneinander und betrachteten die durchlöcherten Dosen.

»Ich weiß nicht, ob ich das kann«, meinte Steve schließlich.

»Sie können es, Steve, und darum beneide ich Sie. Ich muß mit diesen Leuten leben. Sie müssen Ihren Job als Polizist im Hyde Valley nicht behalten, wo niemand mit ihnen zusammenarbeitet, wenn ein schweres Verbrechen begangen wurde, und wo Sie versuchen müssen, nachts Schlaf zu finden, wenn Sie sich gleichzeitig fragen, wer wohl so etwas tut und was die anderen wohl von Ihnen denken. Sie können das alles hinter sich lassen.«

»Jemand hat meinen Bruder ermordet, und ich glaube, Sie erzählen mir gerade, daß diese Person damit davonkommt.«

»Haben Sie mit Evelyn über das alles gesprochen?«

Er hielt inne, dann sagte er leise: »Nein.«

»Warum nicht?« Sie wartete seine Antwort gar nicht erst ab, sondern sagte: »Lassen Sie mich raten: Wenn Sie ihr erzählen, Cliff sei ermordet worden, wird sie den Grund dafür wissen wollen, und sie hat keine Ahnung von seinem Verhältnis mit Maggie. Richtig?«

Steve nickte. »Und ich möchte, daß es ihr bessergeht, daß sie sich erholt. Ich weiß nicht, was passieren würde, wenn sie von Cliff und Maggie erfährt.«

»Ich verstehe«, erwiderte Tracy leise. »Ich schätze, Sie müssen nun entscheiden, ob es besser ist für Evelyn zu denken, ihr Mann sei von einem Bären getötet worden oder möglicherweise von einem eifersüchtigen Ehemann ermordet worden.«

Er konnte es nicht entscheiden. Noch nicht.

»Ich schätze, ich kann Ihnen nur den einen Rat geben, Steve: Gehen Sie. Sie können alles hinter sich lassen. Ich beneide Sie darum.«

Sie nahm die Schachtel mit den Patronen von der Kühlerhaube ihres Wagens. »Ich muß los. Ich denke, ich habe Ihnen genügend Stoff zum Nachdenken gegeben. Wüßte nicht, was Sie sonst hier tun könnten, wenn es keinen Bären mehr zu jagen gibt. Aber Sie können es mich ja wissen lassen.« Sie öffnete den Kofferraum und verstaute die Patronenhülsen. »Aber Steve, eines noch.«

Sie wartete, bis er sie anblickte und sie seine ganze Aufmerksamkeit hatte. »Ich kann Ihnen nicht sagen, was Sie tun sollen, doch ich bin dem Gesetz und den Leuten hier im Tal gegenüber verpflichtet. Ich weiß, Sie haben schwierige Probleme zu lösen, aber machen Sie keinen Ärger, und übertreten Sie nicht das Gesetz. Wenn Sie gegen das Gesetz verstoßen, werde ich meine Pflicht tun müssen. Denken Sie daran.«

* * *

Levi öffnete die Werkstattore, um das Sonnenlicht hereinzulassen. Der Lieferwagen der Telefongesellschaft war noch nicht ganz fertig; Levi wartete noch immer auf die neue Federung, darum stand er geduldig mit ausgebauter Hinterachse auf der rechten Seite der Werkstatt. Er mußte noch die Hydraulik eines anderen Wagens nachsehen. Die Kolben seien nicht in Ordnung, hatte man ihm gesagt.

»He, wenn die Bezirksstelle dich zur Reparatur gibt, dann muß wirklich etwas nicht in Ordnung sein«, sagte Levi zu dem Wagen und holte sich den Werkzeugkasten näher heran, um in der Schublade nach dem richtigen Schraubenschlüssel zu suchen. »Dann werden wir einmal nachsehen, was los ist.«

Er rollte sich auf dem Rollwagen unter den Wagen und suchte nach der Hydraulikpumpe. »Deine Hydraulikleitungen saugen Luft an, und dann stotterst du, richtig? Jetzt halte einmal still, das wird ein wenig weh tun ...«

»Cobb!«

»Aha, Gesellschaft«, murmelte Levi. Er erwartete Besucher. Sie hatten sich zwar nicht angekündigt, doch er erwartete sie trotzdem.

Langsam, vorsichtig, damit er sich nicht den Kopf anstieß, rollte er sich unter dem Wagen hervor. Da standen Vic Moore, der Bauunternehmer und drei seiner Kumpane. Einer davon war Phil Garrett, der im Augenblick bei Moore beschäftigt war. Er sah wirklich seltsam aus mit dem Verband um den Kopf. Bei einer Schlägerei hatte er beinahe sein Ohr verloren, doch Levi wußte, daß es nicht klug war, das zu erwähnen. Der zweite war Andy Schuller, ein arbeitsloser Minenarbeiter, der regelmäßig bei Charlie Billard spielte. Der dritte war Carl Ingfeldt, ein seltsamer kleiner Bursche, der die irritierende Angewohnheit hatte, wie eine lästige Fliege herumzuhängen und Informationen zu sammeln, die er dann an Harold Bly weitergeben konnte.

»Guten Morgen, meine Herren«, sagte Levi und stand auf.

Vic Moore trat vor, die Daumen in seinen Hosenbund gesteckt, die Finger umklammerten seinen Gürtel. Levi fiel auf, daß er einen schlechten Geruch verbreitete. »Wie wir hören, hast du mit der Polizei gesprochen.«

Levi nickte. »Ja, mit Tracy Ellis, über meine Zulassungsplaketten.«

Vic warf den drei Männern hinter ihm einen Blick zu, und sie schnaubten verächtlich. Er wendete sich wieder an Levi. »Du lügnerischer Sohn einer ...«

Levi wirkte entspannt. Er lehnte sich gegen den Wagen, hatte jedoch ein Messer aus der Scheide an der Hüfte gezogen. Er hielt es in der Hand und überprüfte mit dem Daumen die Klinge. »Ich schätze, ihr meint Maggie, stimmt das, Carl?«

Carl versuchte, gelassen zu wirken, doch er nickte.

»Wir wollen wissen, warum du dich in Harolds und Maggies Angelegenheiten einmischst«, fragte Vic.

Levi blickte sie undurchdringlich an. »Wenn es hier um Harolds Angelegenheiten geht, warum ist Harold dann nicht da?«

»Wir sind seine Freunde.«

»Aber nicht Maggies? Du hast sie abgewiesen, Vic.«

Vic antwortete nicht. Er starrte auf Levis Messer.

»Ich habe es schon benutzt«, antwortete Levi, als er Vics fragenden Blick bemerkte. »Doch nur, weil ich es mußte. Er hat mich verletzt, doch seine Verletzungen waren noch größer. Habe ihm seine Nase abgeschnitten.« Phil beugte sich vor. »Ich habe nicht Ohr gesagt.« Phil funkelte ihn an. »Wie auch immer, wir wollen die Angelegenheit klären, meine Herren, damit wir uns alle wieder an unsere Arbeit begeben können. Maggie brauchte einen Ort, wo sie bleiben konnte, und ich nahm sie auf. Tracy Ellis suchte nach ihr, weil sie sie zu dem befragen wollte, was mit dem Fotografen passiert war.«

Vic pfiff durch die Zähne. »Und du hast mit ihr gesprochen!«

Levi wirkte verwirrt. »Sie ist doch Tracy Ellis, Vic! Sie ist hier aufgewachsen. Sie weiß doch über alles Bescheid!«

»Sie ist Polizistin«, gab Vic zurück. »Sie arbeitet für Leute, die nicht hierhergehören. Sie arbeitet für das Gesetz.«

»Was hast du ihr also erzählt?« fragte Carl.

Levi zuckte die Achseln. »Hab' ihr meine Meinung gesagt. Sagte ihr, daß meiner Meinung nach der Drache ihn geholt hat.«

Dies schien die Männer aufzubringen. Andy kam drohend auf ihn zu. »Du ...«

Levi fuchtelte mit dem Messer, und Vic hielt Andy zurück. »Kommt schon. Bedenkt doch, wie die Sache laufen wird. Ihr kennt Tracy und wißt, wie sie über mich denkt. Ihr kennt auch Collins und wißt, wo er steht. Sobald man den Drachen erwähnt, zieht er sich zurück. Und genau das ist passiert. Er hat mich heute morgen angerufen. Er wollte sicher sein, daß ich es auch erfahren hatte: Man hat beschlossen, daß ein Grizzly den Fotografen gefressen hat. Maggie ist davongelaufen, und Harold ist wie immer im Recht. Ich soll mich um meine Angelegenheiten kümmern und die ganze Sache vergessen. Wie ich hörte, packt dieser Professor gerade seine Sachen und reist ab. Sicher, ich bin ein kleines Risiko eingegangen, doch jetzt stellen die Polizisten keine Fragen mehr, der Professor ist fort, und alles ist vorbei.«

Die Männer blickten sich an, als wollten sie entscheiden, ob sie mit Levis Handlungsweise übereinstimmten oder nicht.

»Was die Witwe betrifft«, fuhr Levi in gleichmütigem Ton fort, »sie ist aus der Sache raus. Vielleicht erfährt sie, was ihr Mann getrieben hat, vielleicht auch nicht, aber wenigstens kann sie nach Hause fahren und ihr Leben fortsetzen.«

Vic fragte: »Und wenn die Polizei nun zurückkommt?«

Levi konnte kaum glauben, daß eine solche Frage gestellt wurde. »Vic, sind sie denn jemals zurückgekommen?«

Vic und seine Kumpane entspannten sich sichtlich. Vic wendete sich der Tür zu, dann drehte er sich noch einmal um, als müßte er das letzte Wort haben. »Cobb, eines Tages wirst du zu viel sagen. Paß auf dich auf.«

»War nett, mit euch zu plaudern«, erwiderte Levi.

* * *

»Nur einmal, nur einmal, ich möchte nur eine passende Antwort auf eine Frage haben, ich möchte, ich möchte ...« Steve ertappte sich dabei, wie er laut vor sich hinmurmelte, und blieb stehen. Er war wohl schon genau so verrückt wie Levi. Er warf sein Notizbuch auf den Tisch und ließ sich auf den Stuhl sinken.

Sollte er einfach seine Sachen packen, verschwinden und die ganze Sache ruhen lassen? Wenn er das täte, würde der Tod seines Bruders, und der wirkliche Grund dafür, ihn immer verfolgen. Sollte er bleiben und weitere Nachforschungen anstellen? Wo? Was? Mit wem konnte er sprechen? Wer würde mit ihm sprechen? Die Polizei stand nicht mehr hinter ihm, und die Einheimischen waren von Anfang an gegen ihn gewesen.

Und was war mit Evelyn? Was konnte er ihr sagen, und was würde er erreichen, wenn er ihr alles erzählte? Er konnte nicht beweisen, daß Cliff von einem Bären getötet worden war, doch er konnte auch das Gegenteil nicht beweisen, also warum sollte er die Bärentheorie in Frage stellen und all die anderen Fragen ansprechen, die ihr nur weh tun würden? Wenn es aber kein Bär war, dann war Cliff ermordet worden. Wenn Cliff ermordet worden war, dann mußte es einen Grund dafür geben: die Affäre. Doch da Maggie fort war, und er wußte ja tatsächlich nicht, ob sie tot oder noch am Leben war, gab es keinen Beweis für die Affäre. Warum sollte er also mit Evelyn darüber reden, wo doch so wenig wirklich belegt werden konnte?

Und was war mit Evelyns Erinnerungsvermögen? Das könnte zurückkehren, und dann ...

Das Telefon klingelte. Entweder würde ihn dieser Anruf weiterbringen oder in noch größere Verwirrung stürzen.

Er nahm den Hörer ab. »Hallo.«

»Steve? Dan Cramer.«

Steve setzte sich auf das Bett. Dan Cramer war Biochemiker an der Universität. Beim Klang seiner Stimme fiel es Steve wieder ein: der Speichel von Cliffs Leiche! In dem ganzen Gewirr von anderen Informationen hatte er das ganz vergessen. »Hallo, Dan. Was gibt's?«

»Nun, ich weiß es nicht.« Dan lachte leise, als hätte man sich gerade über ihn lustig gemacht. »Deine Speichelprobe ist heute angekommen, und ich habe einige Tests durchgeführt.«

»Ja?« fragte Steve und versuchte, seine Ungeduld zu zügeln. Komm schon, Dan, spuck's aus.

»Also, zuerst haben wir die Elektrophorese gemacht, es war kein Bärenspeichel, und es ist auch kein menschlicher Speichel. Eigentlich passen die Ergebnisse auf kein einziges Säugetier.«

»Nichts, was auf ein Säugetier schließen läßt?«

»Nein. Die DNA-Gesetze schließen das aus.«

Großartig. Weitere Informationen, die zu nichts führen. »Aber es ist Speichel?«

»Ja, es ist Speichel, das stimmt. Doch du bist im falschen Teil des Landes für eine solche Probe. Wenn man sich die Aminosäuren und Enzyme ansieht, würde ich sagen, er stammt von einem Reptil.«

Steves Gedanken, die sich wie ein Karussell drehten, kamen zum Stillstand. »Wie bitte?«

»Es ist ein gängiges Muster für große Echsen.« Schweigen am anderen Ende der Leitung. »Steve?«

»Dan, das war mein Bruder. Ich hoffe wirklich, daß dies kein Scherz ist.«

Dan antwortete mit fester Stimme: »Steve, es ist kein Scherz. Ich bin ganz aufrichtig zu dir.«

»Du bist sicher? Du hast nicht vielleicht die Proben vertauscht oder so?«

»Nein, ich habe dieser den Vorrang eingeräumt.«

»Kannst du mir den Bericht faxen?«

»Wie ist deine Nummer?«

Steve wurde klar, daß er gar kein Faxgerät hatte. Er wußte nicht einmal, wo es eines gab. »Ich weiß gar nicht, was ich mir gedacht habe. Vermutlich gibt es in dieser Stadt überhaupt kein Faxgerät.«

»Wie ist deine Adresse?«

Steve fuhr sich mit der Hand durchs Haar. Das war zum Verzweifeln. »Meine Schwägerin wird heute aus dem Krankenhaus entlassen. Ich habe daran gedacht, abzureisen.«

»Wenn du da oben fertig bist, kannst du dir den Bericht ja ansehen, wenn du zurückkommst.«

Steve traf eine Entscheidung. »Ich denke, ich bin hier doch noch nicht ganz fertig. Vielleicht bleibe ich noch eine Weile. Hör zu, sobald ich genau weiß, was ich tun will und wo ich zu erreichen bin, rufe ich dich an.« Reptil? Große Echse? »Es könnte sein, daß ich noch eine Weile hierbleibe.«

* * *

Charlie Mack hatte zwar beruflichen Erfolg, doch er konnte sich gar nicht daran freuen. Sicher, er bekam Hilfe von einigen seiner Gönner – von denen, die nichts gegen Arbeit einzuwenden hatten – und Harold Bly hatte einige Männer herübergeschickt. Sie hatten eine große Tür in die Wand zwischen dem Warenhaus und der Bar gehauen. Doch er hatte wirklich gehofft, Harold würde mithelfen, die Operation zu überwachen. Charlie fand es fast unmöglich, ein Geschäft zu führen und gleichzeitig ein anderes zu renovieren. Andauernd rannte er hin und her durch diese Tür, um die Dinge am Laufen zu halten. Seine Füße taten bereits weh, seine Geduld ließ allmählich nach, und …

»Hey!« rief er den beiden Männern auf den Leitern zu. »Was wollt ihr denn damit machen?«

Sie versuchten gerade, ein altes indianisches Kanu von der Decke des Warenhauses herunterzuholen, hatten jedoch sein Gewicht unterschätzt. »Wir wollten es forträumen, Charlie, doch es ist tierisch schwer.«

»Dann laßt es doch einfach da, laßt es, wo es ist.«

»Danke.«

»Wir wollen uns jetzt an den Boden machen, Jungs. Er muß abgeschrubbt werden, damit er gestrichen werden kann.«

»Wo sind die Schrubber?«

»Hinten in der Bar.«

»Wo?«

Er brüllte: »Fragt Melinda!«

Oh ja. Sicher, es war hektisch, und er stand kurz vor einem Nervenzusammenbruch, doch eines Tages würde es sich gelohnt haben. Eines Tages würde dieser Laden laufen, genauso gut wie zu der Zeit, bevor Ebo Dennings ihn gekauft hatte. Eines Tages würde Charlie in der Lage sein, Harold seine Schulden zu bezahlen, und dann würde alles ihm gehören.

Falls er lange genug lebte.

Er ging hinter die alte Eichentheke und gab vor, die Kasse auszuprobieren, eine neue Digitalkasse, mit der er noch nicht richtig umgehen konnte. Es war eine Anleitung dabeigewesen, doch er hatte sie nicht durchgelesen. Er konnte sich nicht darauf konzentrieren. Seine Hand fuhr zu seiner Brust, und er rieb sich die brennende Stelle über seinem Herzen. Heute war es schlimmer. Als er es vor einer Woche zum ersten Mal gesehen hatte, hielt er es für einen Ausschlag. Doch es ging nicht weg, nicht einmal mit Alka-Seltzer.

Es mußten die Nerven sein. Sicher, das war es. Er hatte soviel Streß, mußte die Bücher führen und Inventur machen – es waren die Nerven. Streß. Vielleicht Nesselfieber.

Vielleicht war es auch Harold. Harold hatte ... Verbindungen. Er hatte gehört, Harold könne so etwas geschehen lassen.

Wenn Harold nun versucht, mich auszubooten? Er kauft sich ins Geschäft ein und entledigt sich dann seines Partners, und alles fällt ihm zu, genau wie der Rest seiner Stadt! Nun, Charlie hatte Träume, Ehrgeiz, und dazu gehörte nicht notwendigerweise Harold Bly. Harold hatte sich sein Empire bereits aufgebaut. Charlie wollte ein eigenes haben, wenn auch kleiner. Er hatte es verdient.

Charlie schlug mit der Faust auf die Theke. Ich verdiene es, dachte er. Ich verdiene es. Sam Calley gehörte dieser Laden, bevor er ihn an Ebo Dennings verkaufte!

Daß Sam Ebo Denning fünf Jahre zuvor einen Laden verkauft hatte, war der Grund dafür, daß er nun von Charlies Freundesliste gestrichen worden war. Nur durch Ebos Verschwinden war schließlich alles wieder ins Lot gekommen. Sicher. Ebo hatte den Laden gut geführt. Er war gut ausgestattet und hervorragend organisiert, als Charlie ihn kaufte. Doch es war Ebos Warenhaus gewesen; es trug seine persönliche Note, und Charlie konnte es nicht ertragen, auch nur die kleinste Erinnerung an den Schwarzen um sich zu haben. Darum mußte der ganze Laden renoviert werden.

»Charlie!« Es war Doug, der nachsehen wollte, wie weit Charlie gekommen war.

»Oh, hallo, Doug. Na, was hältst du davon?«

»Sieht gut aus, Charlie«, erwiderte Doug ganz offensichtlich beeindruckt. »Ich meine, es wird großartig aussehen.«

»Was hast du in den nächsten Tagen vor?«

»Arbeite für Harold. Wir wollen die hundertsechzig Quadratmeter oberhalb Black Rock roden.«

Charlie nickte zustimmend. »Ich wette, das wird eine großartige Angelegenheit, was?«

»Das kannst du sagen.«

Es entstand eine Pause. Charlie versuchte, desinteressiert zu klingen, als er fragte: »Und was ist aus dieser Bärengeschichte geworden?«

Doug lächelte ein wenig. »Habe heute morgen mit Vic Moore gesprochen. Es ist vorbei. Der Sheriff hat sich auf den Bären festgelegt, den Grizzly, der erschossen wurde. Wir hatten also recht. Die Polizei ist draußen, und dieser elende Professor, der sich für einen Jäger hält, packt seine Sachen und verschwindet.«

Charlie setzte ein gezwungenes Lächeln auf und lehnte sich an die Kasse. »Er verschwindet also?«

»Ja, und das ist das Beste, was er tun kann. Ein Bursche wie er käme hier nicht so ganz zurecht.«

»Immerhin hat er Hermann erschossen!«

»Hey, jeder von uns hätte Hermann erschießen können. Dazu braucht man keine Universitätsbildung.« Er nahm einen Schluck aus seiner Bierflasche, dann sah er Charlie an. »Du bist doch in Ordnung, oder? Du wirkst so erhitzt.«

Charlie fuhr sich mit dem Handrücken über die Stirn. »Habe nur ein wenig hart gearbeitet, denke ich.«

»Auf jeden Fall brauchst du dir keine Gedanken mehr zu machen«, sagte Doug, dann unterhielt er sich noch ein wenig mit Andy Schuller und Carl Ingfeldt, die letzte Hand an die neue Tür anlegten.

Sobald Doug fort war, eilte Charlie in den Lagerraum, vorbei an deckenhohen Regalen und hinein in den kleinen Waschraum. Er schloß die Tür und verriegelte sie, dann beugte er sich, die Arme gegen die Wand gestützt, über die Toilette, aus Angst, sich jeden Augenblick übergeben zu müssen. Er schnappte nach Luft, versuchte sich zu beruhigen und wartete darauf, daß das Zittern aufhörte.

Der Jäger reiste also ab? Die Polizei ließ die ganze Sache fallen? Also würde alles weitergehen wie bisher. Jetzt ...

Er ging zu dem Spiegel über dem Waschbecken und knöpfte sich das Hemd auf. Der rote Fleck war nicht nur noch da, er wurde größer. Der Ausschlag war dunkelbraun geworden und verströmte einen üblen Geruch. Schnell zog er einige Papierhandtücher aus dem Halter, ließ kaltes Wasser darüberlaufen und versuchte, den Bereich zu säubern. Ein wenig von der braunen Flüssigkeit blieb an dem Papier hängen, doch der Fleck selbst ging nicht fort. Er drückte das nasse Handtuch noch eine Weile auf die Stelle, als könnte das kalte Wasser das Brennen lindern. Doch er fand keine Linderung.

Er erschauderte. »Oh bitte, ich versuche doch nur hier zu überleben. Ich wollte das doch nicht – bitte – ich schwöre – ich wollte es nicht.«

Eine höchst seltsame Begleiterscheinung der großen Flut im Jahre 1953 war die Unterspülung des Friedhofs in Hyde River. Etwa sechsunddreißig Särge wurden freigespült und von der Flut mitgerissen. Von den dreiunddreißig geborgenen Särgen enthielten achtzehn keine menschlichen Überreste und waren offensichtlich leer beerdigt worden. Was war mit den Leichen geschehen? Gab es die Leichen überhaupt? Das Geheimnis der leeren Särge wurde mit ihnen auf einem neuen Friedhof beerdigt und blieb bis auf den heutigen Tag ungelöst.

Aus: Welt des düsteren Unbekannten:
Wahre Berichte über unerklärliche und übernatürliche Ereignisse, herausgegeben von Fraser Sullivan.

Kapitel 7

Hyde Hall

Am Donnerstagnachmittag, vier Tage, nachdem der Lastwagenfahrer sie auf dem Wells Peak gefunden hatte, konnte Evelyn aus dem Krankenhaus entlassen werden. Ihr körperlicher Zustand war stabil, ihre Verletzungen auf dem Weg der Besserung. Wieder zu Hause zu sein, bei ihren Söhnen, dem Hund und ihren Eltern, würde die beste Medizin für sie sein.

Ihr achtzehnjähriger Sohn Travis hatte den Wagen mit dem Wohnwagen von dem Parkplatz am Fuß des Staircase abgeholt. Er fuhr den Wagen, und Audrey, ihre Mutter, saß neben ihr. Ihr Vater Elbert folgte ihnen in seinem Ford. Evelyn wollte noch einmal mit Steve sprechen, bevor sie nach Oak Springs zurückkehrte, und so hielten sie am *Tamarack Motel* an. Sie trafen sich auf dem Parkplatz vor Steves Zimmer. Evelyn wollte draußen sein, im Sonnenschein. Sie hatte ihre Eltern und ihren Sohn gebeten, ein paar Minuten mit Steve allein sein zu können.

»Du siehst großartig aus«, sagte Steve. Er meinte es ehrlich.

»Ich stehe, ich laufe, ich rede. Das ist doch schon etwas.«

Evelyn war eigentlich nicht sehr hübsch im traditionellen Sinne, doch Steve fand sie sehr attraktiv. Sie war groß und kräftig, und normalerweise lag ein schelmisches Funkeln in ihren Augen. Sie ging das Leben sehr positiv und humorvoll an, und das hatte er immer an ihr bewundert.

»Soviel zu mir«, sagte sie. »Und wie geht es dir?«

Er wußte, sie würde nur eine ehrliche Antwort akzeptieren. »Ich bin traurig, wütend und unruhig.«

»Ich kann es immer noch nicht glauben«, sagte Evelyn leise. »Ich kann nicht glauben, daß Cliff tot ist.« Ihre Augen füllten sich mit Tränen.

»Ich weiß«, erwiderte Steve sanft und nahm sie in den Arm. »Ich weiß.«

Evelyn lehnte sich einen Augenblick gegen ihn. Sie fühlten sich in ihrem Kummer verbunden. Dann richtete sie sich auf. »Ich muß noch die Vorbereitungen zur Beerdigung treffen, und die Jungens brauchen mich im Augenblick sehr stark.«

»Ich werde dir gern helfen, wo ich kann«, sagte Steve.

Evelyn lächelte. »Vielen Dank. Das weiß ich zu schätzen. Doch du hast schon so viel getan.« Sie deutete mit dem Kopf auf den Wagen, in dem ihre Eltern sich leise unterhielten. »Mom und Dad werden mich begleiten und mir helfen. Und ich werde mir ein paar Wochen Urlaub nehmen.« Evelyn hatte sich in einer Firma in Oak Springs eingekauft. »Tim Johnson – einer der anderen Partner – sagt, er würde meine Arbeit übernehmen, bis ich zurückkomme. Er sagt, ich soll mir so viel Zeit nehmen, wie ich brauche. Sie sind einfach großartig, wie eine Familie.«

»Scheint eine gute Truppe zu sein«, stimmte Steve zu. »Das freut mich.«

Evelyn nickte. »Ich werde also, wie man so schön sagt, versuchen, einen Tag nach dem anderen zu bewältigen. Ich bin in Gottes Hand. Niemand stirbt, ohne daß ein anderer nach dem ›Warum‹ fragt, aber Gott hat seinen Plan, und wir müssen ihm einfach nur vertrauen.«

Steve hörte ihr aufmerksam zu. Er war tief bewegt. Evelyn würde ihr Leben wieder in den Griff bekommen; daran hatte er keine Zweifel.

Er dachte an Tracy Ellis' Worte: Sie können gehen, Steve. Sie können alles hinter sich lassen. Wenn es nur so wäre. Wenn er nur weitergehen könnte, wie Evelyn, ohne die Last dessen, was er gesehen hatte, was er wußte, was er noch wissen wollte. Um ihretwillen, behielt Steve seine Gedanken jedoch für sich.

Dann fragte Evelyn Steve nach seinen Plänen. »Oh, ich habe hier noch einiges zu erledigen«, erwiderte er vage und hoffte, sie würde nicht nachfragen.

Sie tat ihm den Gefallen. Sie umarmte ihn noch einmal und sagte: »Steve, noch einmal vielen Dank für alles. Ich werde dich anrufen und dir sagen, wann die Beerdigung stattfindet.«

Tränen stiegen Steve in die Augen. Er schluckte, legte Evelyn die Hand auf die Schulter und sah sie an. »Paß gut auf dich auf, ja?«

»Das werde ich«, versprach sie. »Und du auch.« Dann ging sie zu dem Wagen. Kurz bevor sie einstieg, drehte sich Evelyn noch einmal um und winkte ihm zu.

Steve wußte, sie war ihm dankbar dafür, daß er den Bären getötet und bei der Klärung der Frage nach Cliffs Tod mitgeholfen hatte. Soweit es ihn betraf, war ihr Dank voreilig, und das tat ihm weh.

Evelyn, Audrey und Travis fuhren mit dem Wohnwagen davon. Für sie war Hyde Valley Geschichte, eine Erinnerung, die begraben werden mußte.

Für Steve war Hyde Valley immer noch quälende Gegenwart.

* * *

Der Anruf erreichte Steve kurze Zeit später, während er sich noch mit den Waldkarten des Gebietes beschäftigte und seine eigene, private Forschungsmission auf den Wells Peak plante. Daß das Telefon klingelte, erstaunte ihn ein wenig. Während er nach dem Hörer griff, ging er im Geiste die Liste der Leute durch, die die Nummer hatten und anrufen könnten: der Sheriff? Zweifelhaft. Das war vorbei. Der Wildhüter? Dieselbe Antwort. Evelyn? War unterwegs. Dan Cramer? Steve hatte ihn noch nicht wieder angerufen. Tracy?

»Hallo.«

»Allo, Dr. Benson, s'il vous plaît.«

Das hatte er ganz bestimmt nicht erwartet. Was sollte das sein, ein französischer Akzent? Was immer es war, es war schlecht gemacht.

Er antwortete freundlich: »Hier spricht Dr. Benson. Wer sind Sie?«

»Ein Freund, Doktor.« Die Stimme war leise, krächzend. »Ein Freund, der weiß, was sich wirklich in Hyde River ereignet hat.«

Meinte er es ernst? War es eine Falle? Steve war hungrig nach Informationen. »Ich höre.«

»Ich habe gehört, daß Sie abreisen, daß der Fall abgeschlossen ist. Das ist schade, Doktor. Es gibt Dinge, die Sie wissen sollten.«

Wie weit soll ich mit diesem Burschen gehen? Wie gefährlich war es? »Nun, dann lassen Sie mal hören.«

Die Stimme wurde noch leiser. »Maggie Bly ist tot.«

»Ach? Dann wissen Sie sicher auch, wo ihre Leiche liegt?«

Keine Antwort.

»Ich weiß, daß sie vermißt wird. Einige Leute halten sie für tot. Ich frage Sie, was ist mit ihrer Leiche passiert, wenn sie wirklich tot ist.«

Der Anrufer ignorierte die Frage. »Sie hatte eine Affäre mit Ihrem Bruder.«

»Auch das weiß ich.«

Die Stimme war ganz offensichtlich enttäuscht. »Ach. Das wissen Sie schon.«

»Nun, wie wär's, wenn wir zu der Frage zurückkommen, die Sie nicht beantwortet haben? Wenn Maggie Bly tot ist, wo ist ihre Leiche?«

Die Stimme zögerte, dann vorsichtig: »Sie sind Jäger, oui? Sie töten große Tiere. Sie töten Bären.«

»Ich bin Biologe. Ich studiere Bären.«

»Aber Sie töten sie! Sie haben den großen Grizzly getötet, der Ihren Bruder gefressen hat!«

»Damit hatte man mich beauftragt.«

»Dann will ich es Ihnen sagen.«

Stille. War er noch dran? »Hallo? Sind Sie noch da?«

»Oui. Ich muß Ihnen sagen ...« Das klang so, als wollte er Steve gar nichts sagen. Doch schließlich brachte er es über die Lippen. »Da ist ein großes – äh – Wesen in den Bergen. Ein großes Wesen hat Maggie Bly aufgefressen, und darum wird ihre Leiche auch niemals gefunden werden. Dieses Wesen hat auch Ihren Bruder gefressen.«

Da sind wir also wieder. »Was für ein Wesen?« Steve wollte ihn ein wenig drängen, damit der Bursche es auch wirklich aussprach.

Die Stimme klang etwas verlegen. »Ich – ich kann das nicht sagen, Monsieur. Es ist nicht gut, davon zu sprechen.«

»Meinen Sie den Drachen?«

Der Anrufer stotterte und räusperte sich. Schließlich sagte er: »Es tut mir leid, Monsieur, ich kann nicht darüber sprechen. Sie müssen selbst danach suchen, verstehen Sie?«

»Ja. Ich habe bereits von dem Drachen gehört, genau wie ich vom Nikolaus und der Märchenfee gehört habe. Ich suche nach stichhaltigen Beweisen dafür, wer meinen Bruder getötet hat. Wenn Sie mir die nicht geben können ...«

»Aber ...« Die Stimme klang jetzt verzweifelt. »Sie müssen den Drachen jagen. Sie – Sie müssen ihn töten, bevor er noch andere tötet!«

Das war eine überraschende Wende. »Sie wollen, daß ich den Drachen für Sie töte?«

»Oui, oui, Monsieur.«

»Dann sagen Sie mir, wo ich ihn finden kann.«

Der Bursche klang sehr verängstigt. »Ich – ich kann über den Drachen nicht sprechen.«

Steve verspürte den Drang, den Hörer einzuhängen, doch er sagte nichts, und blieb in der Leitung. Was im Augenblick zählte, war allein, daß jemand redete, jemand, der sehr verzweifelt war.

»Monsieur!«

»Ich bin noch da.«

»Wissen Sie, wo die alte Stadt ist?«

»Die alte Stadt?«

»Oui.«

»Nie von ihr gehört.«

»Maggie Bly wurde in der alten Stadt, in Hyde Hall, getötet.«

Hmm. Das schien eine wirkliche Information zu sein. Vielleicht. »Hyde Hall in der alten Stadt?«

»Dorthin ist Maggie in jener Nacht gegangen, und danach wurde sie nicht mehr gesehen. Gehen Sie hin. Dort wird Ihre Suche nach dem Drachen beginnen. Ich werde Sie wieder anrufen, oui?«

»Vielleicht bin ich nicht mehr unter dieser Nummer zu erreichen.«

Ein langes Schweigen entstand, dann fragte der Mann: »Sie wollen also fort?«

»Nein. Ich werde noch eine Weile hierbleiben. Bitte rufen Sie mich wieder an.«

»Aber wie werde ich wissen …«

»Rufen Sie mich über mein Autotelefon an. Hier ist die Nummer.« Steve sagte dem seltsamen Franzosen die Nummer durch, obwohl er sich gleichzeitig fragte, ob das wohl klug war. »Wenn es Ihnen ernst ist, werden Sie mich früher oder später erreichen.«

»Merci, Monsieur.«

»Gute Nacht.«

»Au revoir.« Klick.

Steve blieb noch einen Augenblick am Tisch sitzen und ließ sich die Unterhaltung durch den Kopf gehen. Tracy Ellis sagte, Maggie sei nach Hyde River zurückgekommen, doch die alte Stadt hatte sie nicht erwähnt. Er sah sich die Waldkarte an und fand ohne Schwierigkeiten Hyde River, eine Ansammlung kleiner rechteckiger schwarzer Flächen in dem engen Flußtal. Aber wo war die alte Stadt? Er konnte sie auf der Karte nicht finden. Tracy Ellis würde es wissen, doch sie zu fragen, würde bedeuten, daß er den Sheriff wieder auf dem Hals hatte. Also, in Ordnung. Das waren jetzt seine Nachforschungen.

Levi Cobb. Er war mit Maggie gesehen worden, er lebte in Hyde River, und er schien bereit – oder wenigstens in der Lage – zu sein zu reden. Dort könnte er anfangen. Steve wußte, daß er vermutlich nichts außer Aberglaube und Predigten von ihm zu hören bekommen würde, doch irgendwo würde in dem frommen Gefasel vielleicht ein Körnchen Wahrheit stecken, etwas, dem er nachgehen konnte.

Er sammelte seine Sachen zusammen, sein Rasierzeug, seine Jagdausrüstung. Er würde das *Tamarack* verlassen und sich in der Nähe von Hyde River eine Unterkunft suchen. Wenn es sein mußte, würde er in seinem Wohnmobil übernachten. Er mußte einfach in der Nähe sein, die Stadt fühlen, riechen, ein Gefühl dafür bekommen. Irgendwo da draußen war die Wahrheit verborgen, und sie hatte nicht vor, zu ihm zu kommen. Er würde ihr hinterherjagen müssen.

Doch was war mit dem Risiko, der Gefahr? Man würde seine Anwesenheit nicht schätzen. Er dachte an den Aberglauben. Den Schwur. Cliffs Leiche. Maggies Blut. Wir rufen 110 nicht an.

Nun, er mußte sich auf alles gefaßt machen.

Es dauerte nicht lange, bis er seine Sachen verstaut hatte. Er stieg ein und schloß die Tür.

Aus dem Handschuhfach holte er einen kleinen Kasten. Seine 357er Magnum. Er lud sie; er würde sie die ganze Zeit tragen. Aus einer Vertiefung unter dem Handschuhfach holte er sein Jagdmesser. Es steckte in einer Scheide, die er an seinem Gürtel befestigte. Auch das würde er von nun an immer bei sich haben. Er lud sein Gewehr mit Patronen und steckte es in eine Halterung über dem Vordersitz. Das Gewehr würde er im Auto lassen.

Der Drache. Noch während er Patronen in seine 357er steckte, kam ihm der Gedanke: Und wenn es nun wirklich so ist? Wenn es noch eine unentdeckte Lebensform hier draußen gibt? Wenn …

Er zog das Halfter an und steckte den Revolver hinein. Er war bereit.

Steve fand Levi Cobb vor seiner Werkstatt. Sein Kopf und seine Schultern steckten unter der Motorhaube eines riesigen Frontladers, einem gelben Ungetüm mit dicken Reifen und einer tiefen Schaufel und einem Gelenk in der Mitte, das es dem Fahrzeug ermöglichte, unglaublich enge Kurven zu fahren. Steve hörte Levi vor sich hinmurmeln, es schien jedoch niemand sonst in der Nähe zu sein. »Du solltest einmal diese Zündkerzen sehen. Ich meine, wenn die Jungs vom Bezirk sie so herunterkommen lassen, dann solltest du einmal etwas sagen.«

»Mr. Cobb?«

Levi tauchte unter der Motorhaube auf, einen Schraubenschlüssel von der Länge seines Armes in der Hand. Er warf einen Blick auf den großen, dunkelhaarigen Mann, der mit einem Jagdmesser an der einen Hüfte und einem Revolverhalfter um die Schulter vor ihm stand. Dann seufzte er und lehnte sich gegen den Hinterreifen des Vorderladers. »Ich dachte, Sie wären fort.« Sein Tonfall ließ darauf schließen, daß er wünschte, es wäre so.

Steve versuchte sich zu entspannen. Er wollte nicht, daß dieser Bursche sich bedroht fühlte. »Nein, ich bin immer noch hier. Immer noch auf der Jagd.« Er kam näher. »Ich hoffte, Sie könnten mir helfen.«

»Das ist unwahrscheinlich.«

»Mr. Cobb«, Steve senkte die Stimme. »Stimmt es? Ist Maggie Bly auch tot?«

Levi zog einen Lappen aus der Hosentasche und wischte das Öl von dem Schraubenschlüssel ab. »Ich denke schon. Es gibt einige, die etwas anderes behaupten.«

Steve drang weiter in ihn. »Wie ist sie gestorben, Mr. Cobb? Haben Sie eine Ahnung?«

»Ich habe meine eigenen Ansichten.«

»Ist sie auf dieselbe Weise gestorben wie mein Bruder?«

Levi blickte betrübt, doch er antwortete nicht.

Steve versuchte es erneut. »Ich muß das wirklich wissen. Man hat mir erzählt, es gäbe ein Wesen, das die beiden vielleicht getötet hätte. Wenn das stimmt, würde ich es gern jagen.«

Endlich blickte Levi von seinem Lappen und seinem Schraubenschlüssel auf. »Mr. Benson, Sie sind etwa hundert Jahre zu spät. Ich denke, Sie sollten Ihren Bruder und Maggie ruhen lassen – und fortgehen, bevor jemand sieht, daß Sie mit mir sprechen.«

»Ich möchte nur Informationen.«

»Meine Informationen würden Sie sowieso nicht glauben.«

»Versuchen wir es doch einmal.«

Levi war ganz offensichtlich verlegen und steckte seinen Kopf wieder in den Motor, als wolle er Zeit zum Nachdenken haben. Als er schließlich wieder zu reden begann, erklang seine Stimme sehr gedämpft aus dem Motorraum. »Ich sage Ihnen eines: Die ganzen Waffen, die Sie da bei sich haben, werden Ihnen nicht weiterhelfen.«

Steve gab zurück: »Auch das muß ich selbst herausfinden. Ich habe eine Aufgabe zu erledigen, Mr. Cobb, und ich beabsichtige, sie zu Ende zu führen.«

Levi zog seinen Kopf aus dem Motorraum zurück und runzelte die Stirn. »Benson, das Wesen, hinter dem Sie her sind, kann mit Gewehren nicht getötet werden. Aber hören Sie auf mich. Ihre Einstellung wird Ihnen noch den Tod bringen. Sie werden tot sein, bevor Sie noch recht wissen, daß Sie in Schwierigkeiten sind, und ich möchte daran nicht schuld sein.«

Steve wendete den Blick ab. Tracy hatte von Levis Vorliebe gesprochen, andere anzupredigen. Er war gewarnt.

Darum wechselte Steve das Thema. »Können Sie mir denn sagen, wie ich zu Hyde Hall komme?«

Das hatte getroffen. Levi blieb stocksteif stehen und starrte ihn an. Steves seltsamer französischer Informant hatte anscheinend doch recht gehabt.

Der Mechaniker dachte eine ganze Weile über diese Frage nach, dann seufzte er resignierend und ließ den großen Reifen zu Boden gleiten. »Sie können suchen, aber Sie werden nichts finden.«

»Ich kann es versuchen.«

»Es ist Privateigentum.«

»Ich werde die volle Verantwortung übernehmen.«

Nachdem alle seine Einwände abgeschmettert worden waren, bückte sich Levi und zeichnete mit dem Schraubenschlüssel eine Karte in den Staub. »Fahren Sie in nördlicher Richtung durch die Stadt und rechts vorbei an den Schienen für die Loren. Von der Straße geht ein Feldweg ab, und Sie werden einen Pappelhain sehen.«

Steve folgte Levis Anweisungen und kam zu dem kleinen Feldweg, den Levi beschrieben hatte. Er schaltete den Allradantrieb ein und fuhr über den Kies und durch das hohe Gras, bis er einen geeigneten Platz hinter einer Fichtengruppe fand, wo er das Wohnmobil verstecken konnte. Nachdem er den Motor ausgestellt und die Tür geöffnet hatte, konnte er das Rauschen des Flusses hören. Er zog seine Jacke über, hängte sich das Gewehr über die Schulter und schloß den Wagen ab. Von hier aus war es nur noch ein kurzer Fußweg durch das hohe Gras bis zum Flußufer.

Der Fluß war breit und hatte einen niedrigen Wasserstand. Es wehte eine leichte Brise, die Blätter raschelten im Wind. Steve ließ sich ins hohe Gras neben einem Baum ohne Rinde sinken und blickte in jeder Richtung über den Fluß hinweg. Sorgfältig achtete er auf jede Bewegung im dichten Blätterwerk auf beiden Seiten des Ufers. Er lauschte auf Geräusche und atmete mehrmals tief durch. Reglos blieb er dort sitzen.

Sein Körper spannte sich. Es war lange her, seit er das letzte Mal dieses Gefühl gehabt hatte, daß *zwei* Jäger in diesen Wäldern waren, die sich gegenseitig jagten. Vielleicht waren die Umstände der Grund dafür, doch er gab sich ihm hin. Er würde nicht eher weitergehen, bis er wußte, ob dort draußen etwas war und was es war.

Eine Zeitlang hatte er nur Fliegen fangende Schwalben gesehen, einen Fischadler auf der Suche nach Fischen und das übliche Herumgeschwirre von Insekten. Und doch konnte er das Gefühl noch nicht abschütteln, daß noch etwas anderes da war. Aufmerksam ließ er seinen Blick über die Landschaft gleiten. Vorsichtig erhob er sich und machte sich auf den Weg zu der alten Stadt. Er hatte nun keine Deckung mehr, darum fühlte er sich auch nicht sicher, doch er kam gut voran.

Weiter unten verengte sich der Fluß, und die Strömung wurde schnell und tief.

Er eilte weiter, kämpfte sich durch das hohe Ufergras.

Dann sah er die in die Höhe ragenden verwitterten Bretterwände, die im Schatten von Weiden und Erlen standen. Er dachte an das, was Levi gesagt hatte. »Die alte Stadt ist genau das, was der Name besagt, eine alte Stadt. Sie ist das alte Hyde River, bevor die Stadt verlegt wurde. Jetzt ist sie eine Geisterstadt, und niemand geht dorthin.«

Unmittelbar vor ihm ragten alte Pfeiler aus dem Fluß, die Überreste des Kais, an dem vor Jahren die Schiffe anlegten. Das war sie, die einst so geschäftige Minenstadt am Fluß; still und verfallen lag sie da. Steve erreichte die Pfosten und konnte sich vorstellen, wo die alte Straße zum Fluß verlief. Er ging stadteinwärts, kämpfte sich durch Dickicht und Gras, dann kletterte er eine niedrige Düne hoch.

Als er oben ankam, wußte er, daß er sein Ziel erreicht hatte. Die alte Stadt. Die Ruinen waren eine graue und verunstaltende Narbe in der wilden und wunderschönen Landschaft, ein trostloser Schandfleck, wo der Fortschritt zum Stillstand gekommen war und der Verfall eingesetzt hatte. Er konnte die Hauptstraße erkennen, die von Gras, Dornen und Elsbeeren überwuchert war. Zu beiden Seiten standen die Ruinen der alten Gebäude. Von den meisten waren nicht mehr als verwitterte Bretterhaufen übrig. Einige wenige Ziegelwände standen noch. Die Fundamente waren hier und da, wo sie nicht vollkommen von Unkraut und Gebüsch überwuchert waren, noch zu erkennen.

Steve kniete sich ins Gras und nahm sich die Zeit zu lauschen, zu beobachten, zu riechen. Einerseits sagte er sich immer wieder, wie unnötig diese Vorsicht war; schließlich war es hellichter Tag. Es war ruhig, und außer Vögeln und Käfern war niemand hier. Doch andererseits fühlte er sich beunruhigt. Diese alten Ruinen wirkten gespenstisch; er konnte das spüren, jedoch nicht erklären. Es war, als hätte er einen alten Friedhof entheiligt oder würde geheiligten Boden betreten.

Auch hatte er das Gefühl, als wäre er nicht allein. Ja, es war ein tiefer, primitiver Instinkt, sehr subjektiv, doch er hatte gelernt, ihm zu vertrauen. Und dieses Gefühl verstärkte sich, je weiter er sich in diese Stadt hineinwagte.

In Ordnung. *Hyde Hall*. Wo war es nun?

Levi hatte gesagt, *Hyde Hall* sei vom Fluß aus das zweite Gebäude auf der südlichen Seite der Straße, der alten *Masonic Lodge* gegenüber, die Steve an den Überresten ihrer Veranda erkennen könnte. Er näherte sich nun einer großen, rechteckigen Ruine, vollkommen verfallen, deren Verandastufen in die Luft ragten. Das muß die Lodge sein, dachte Steve.

Er drehte sich um und betrachtete das überwucherte Fundament und die drei verbleibenden Wände auf der anderen Straßenseite. Dies mußte früher ein sehr großes Gebäude gewesen sein, etwa neunzehn Meter lang, vielleicht zehn Meter tief, mit einem massiven Kamin in der Mitte der hinteren Wand. *Hyde Hall.* Ein Versammlungsort vielleicht? Ein Tanzsaal?

Langsam und vorsichtig kam er heran, betrachtete aufmerksam den Boden. Jemand mußte hiergewesen sein, das war leicht zu sehen. Das Gras war niedergetrampelt. Vermutlich die Polizisten, die versucht hatten herauszufinden, was passiert war.

Er erstarrte.

Wieder dieser Instinkt, der ihn warnte, der sein Blut in den Adern gefrieren ließ und beachtet sein wollte.

Er blieb stehen, seine Hand an sein Gewehr gelegt. Kein Geräusch, nichts zu riechen. Er stand *Hyde Hall* gegenüber, und der Fluß befand sich zu seiner Linken, hinter der dicht bewachsenen Uferböschung kaum zu sehen. Langsam wendete er den Kopf nach links, dem Fluß zu, mit langsamer, gleichmäßiger Bewegung, während er gleichzeitig seine Umgebung in sich aufnahm.

Er betrachtete das Gebäude neben *Hyde Hall.* Keine Bewegung.

Die Straße? Nur Büsche, Gras, Steine, von hier bis zum Fluß.

Auf der anderen Seite des Flusses? Er nahm das Gewehr von der Schulter und drehte sich um. Dort drüben schien irgend etwas nicht in Ordnung zu sein. Runter, runter! schrie sein Instinkt.

Mit drei langen Schritten erreichte er die Deckung des hohen Grases und ließ sich zu Boden fallen. Fest hielt er das Gewehr umklammert. Den Blick hielt er unbeirrt auf einen steilen Hügel auf der anderen Seite des Flusses gerichtet, dort, wo die Tannen und Fichten sehr dicht standen.

Gefahr! sagte sein Instinkt. Sein Magen krampfte sich zusammen.

Hinter dem anderen Flußufer erstreckte sich eine Wiese mit hohem Gras, die in einen Wald überging. Die hochragenden Baumstämme, die herunterhängenden Äste, das hohe Gras, alles sah aus, als würde Steve es durch einen gesprungenen Spiegel betrachten. Wenn kein Wind wehte, wirkte die Szene normal. Doch dann bewegte eine leichte Brise das Gras oder die Äste, und die Baumstämme wirkten, als würden sie in der Mitte auseinanderbrechen, während sich ihre Wipfel sanft zur Seite neigten.

Irgend etwas war dort drüben. Er konnte es spüren.

Ein weiterer Windstoß neigte die Bäume sanft zur Erde; wieder hatte es den Anschein, als würden ihre Stämme in der Mitte auseinanderbrechen.

Steve umklammerte sein Gewehr fester. Er meinte, eine Gestalt zu sehn, eine Krümmung, einen kaum zu erkennenden Bogen.

Genau wie ein Jäger im Versteck, dachte er. Verborgen, getarnt. Er beobachtet mich.

Sein Herz klopfte zum Zerspringen. Furcht stieg in ihm hoch, und er begann darüber nachzudenken, wie er sich verteidigen konnte. Wieviel Entfernung lag zwischen ihm und dem, was immer es sein mochte? Wie schnell würde das Ding vorankommen? Wie weit würde er laufen müssen, um Deckung zu finden? Würde er Zeit haben zu schießen?

Mit einer schnellen Bewegung entsicherte er das Gewehr.

Wenn er nur sehen könnte, was es war. Wenn er nur seine Position ausmachen könnte.

Hinter sich hörte er Blätter rascheln, Schritte im Gras. In die Stille hinein erschien es ihm wie ein Donner.

Er sprang auf und drehte sich mit dem Gewehr im Anschlag herum.

Auf der Straße fuhren zwei Hände in die Höhe. Zwischen den erhobenen Armen sah er einen großen Cowboyhut, eine Nickelbrille und einen ergrauenden Bart. »Nicht schießen!«

Levi Cobb.

Steve atmete auf, entspannte sich und ließ das Gewehr sinken. Seine Hände und Arme begannen zu zittern. Elchfieber nannte er es, die Reaktion des Körpers, die manchmal Mikrosekunden vor oder nach einem Schuß eintrat.

Levi Cobb entspannte sich auch, ließ die Hände sinken und kam näher. »Wollte Ihnen nicht nachspionieren. Sie sind schwer zu sehen. Sie sind sehr gut.«

Steve blickte wieder auf die andere Seite des Flusses. Die Luftspiegelung, falls es eine Luftspiegelung war, war fort, der Bann gebrochen. Dort drüben gab es nichts außer einer Wiese und einem Wald, obwohl einige Bäume sich bewegten, als wenn etwas durch sie hindurchgeflogen sei.

Er wendete sich Levi wieder zu und hängte sich das Gewehr über die Schulter. Er wußte nicht, ob er diesen Burschen ausschimpfen oder ihm danken sollte, daß er gekommen war, darum sagte er überhaupt nichts. Steve hatte den Eindruck, daß auch Levi ein wenig verstimmt wirkte.

»Ich weiß gar nicht, warum ich hier bin, wirklich nicht«, sagte Levi. Er betrachtete Steve noch einmal von oben bis unten. »Doch, ich war ein wenig beunruhigt, Sie hier so ganz allein zu wissen.«

Ganz allein, bis an die Zähne bewaffnet, dachte Steve, vielleicht ein wenig zu sehr bewaffnet, an einem seltsamen Ort, über den er gar nichts wußte. Levi hatte keinerlei Waffen bei sich.

»Verhalte ich mich dumm?« fragte er schließlich.

Die Frage belustigte Levi, und er lächelte. »Oh, noch nicht, nehme ich an. Sie haben doch niemanden erschossen, oder?«

Steve lächelte zurück. Erleichterung machte sich in ihm breit, und es tat gut, nicht mehr allein zu sein. »Nein. Nein, ich habe niemanden gesehen.«

»Sehr gut. Wir wollen uns umsehen, damit wir hier wieder wegkönnen.« Er blickte zu *Hyde Hall.* »Ich sehe, Sie haben es gefunden. Was wollen Sie wissen?«

»Erzählen Sie mir von der Nacht, in der Maggie Bly verschwand.«

»Ich habe nicht viel gesehen.«

»Aber Sie wissen etwas.«

Levi nickte, dann erzählte er in allen Einzelheiten, was sich ereignet hatte, von dem Telefonanruf von Tracy über das Gespräch mit dem bewaffneten Harold bis hin zu den schrecklichen Augenblicken in der alten Stadt. Er deutete auf die Straße, die er gekommen war, stellte Mutmaßungen an über den Weg, den Maggie genommen hatte. Er erinnerte sich sogar an das Lied, das sie gesungen hatte.

In der Ruine *Hyde Hall*s deutete er auf die Stelle, wo er Maggies Handtasche und ihren Schuh gefunden hatte.

»Und wo war das Blut?« fragte Steve.

»Genau hier«, sagte Levi und deutete mit der Hand auf den Bereich in der Nähe eines großen, flachen Steines, der wie ein Monument in der Mitte der Ruine aufgestellt war.

Steve bemerkte sofort, daß dieser Bereich gesäubert worden war. »Warum wird hier so viel mit dem Rechen gearbeitet?«

»Tarnung«, erwiderte Levi einfach. »Die Leute wollen das so schnell wie möglich verdrängen, darum kommen sie her und säubern alles, entfernen alle Hinweise auf das Geschehene.«

Für das empörende Verhalten der Leute von Hyde River schien es keine Grenzen zu geben. »Sie meinen, jemand hat den Bereich wirklich gesäubert?«

Levi antwortete nickend: »Ja.«

»Alle Fußspuren und Blutflecken entfernt?«

Wieder nickte Levi.

»Wer?«

»Oh ...« Levi blickte zum Fluß hin und dachte darüber nach. »Ich möchte Harold Bly ja nicht beschuldigen, doch es könnten Leute gewesen sein, die für ihn arbeiten, man kann nie wissen. Das hängt davon ab, wer hier getötet wird und wer dies vertuschen will.« Er blickte zu Boden, dann zu den Ruinen. »Bei den anderen hat es funktioniert, aber mehr weiß ich nicht …«

»Es gibt andere?«

»Gab andere.«

Steve starrte Levi an. »Ich kann Ihnen nicht folgen.«

Levi hob die Hände. »Lassen Sie uns ein wenig in der Zeit zurückgehen.« Er betrachtete die verfallenden Mauern und den großen Kamin. »Wissen Sie, wo wir gerade stehen? Wissen Sie irgend etwas über Hyde Hall?«

»Nein.«

»Das Haus wurde von dem alten Benjamin Hyde erbaut, dem Begründer der Stadt. Es war ein Konferenzsaal für die Minengesellschaft und wurde auch für gesellschaftliche Ereignisse, Tanzveranstaltungen, große Abendessen zur Verfügung gestellt. Ich glaube, eine Zeitlang fanden hier sogar Kirchenveranstaltungen statt, doch nicht sehr lange. In der ersten Zeit befand sich unten eine Bar, und es gab auch Zimmer, in denen Reisende übernachten konnten.«

Steve betrachtete die Ruine und stellte sich vor, wie das Gebäude mit Fenstern, Gardinen, Kerzenleuchtern ausgesehen haben mußte. Er sah ein lustiges Feuer im Kamin brennen, Tische, die für das Abendessen gedeckt waren, die Bar, Gelächter, Geplauder, und sogar das Spielen eines alten Klaviers. Es könnte so gewesen sein – vielleicht hatte er aber auch nur eine Szene aus einem Western vor Augen.

»Es gab einige Damen, die man für die oberen Räume mieten konnte. Sie sehen, das hier war der Mittelpunkt der Stadt. Alles spielte sich hier ab.«

Levi setzte sich auf den großen flachen Stein und nahm seinen Hut ab. »Es war eine wilde Stadt. Die Leute waren richtig verrückt, taten verrückte Dinge …« Er geriet ins Stottern. Anscheinend war ihm das Thema unangenehm. »Gegen Ende des neunzehnten Jahrhunderts gerieten die Dinge so außer Kontrolle, daß einige Leute getötet, andere vertrieben wurden. Mit diesem Teil der Stadt ging es von da an bergab. Die Leute wurden abergläubisch.«

Das war eine seltsame Äußerung von einem Mann, der selbst so abergläubisch war. »Mir ist tatsächlich aufgefallen, daß die Leute abergläubisch sind«, erwiderte Steve ironisch.

»Damals«, fuhr Levi fort, »war dies die Stadt Hyde River, doch während der vergangenen hundert Jahre zog die Stadt allmählich flußabwärts. Diese alte Stadt verrottete. Darum wird sie alte Stadt genannt.«

Steve nahm alles in sich auf: die öde, stille Einsamkeit, die vollkommene Verlassenheit dessen, was früher einmal voller Leben gewesen war.

Levi fuhr fort: »Und nun haben die Leute Angst, in die Nähe zu kommen, sie wollen hier nicht bauen, nicht hindurchfahren, -laufen oder -reiten – und ganz sicher würden sie nicht nachts hierherkommen.«

»Wovor haben sie denn Angst?«

»Vor Gespenstern, Geistern der Toten, all dem Zeug. Sie glauben, hier würde es spuken.« Er blickte auf den Stein, auf dem er saß. »Einige behaupten, hier würde der Teufel leben, und sie sprechen davon, daß dies das Tor sei, durch das das Böse in die Welt komme.« Er hielt einen Augenblick inne, sah sich in den alten Ruinen um, dann sagte er sachlich: »Doch vor allem haben sie Angst vor dem Drachen.«

Hmm, dachte Steve. Der Drache, Tracy und der seltsame Franzose hatten davon gesprochen. »Aber Sie haben keine Angst?«

Levi schüttelte den Kopf. »Diese alte Echse wird mich nicht kriegen.«

»Was ist mit den Leuten, die hier saubergemacht haben? Warum haben sie keine Angst, hier zu sein?«

»Sie haben eine Aufgabe, helfen mit, den Drachen zu verbergen, und ich denke, sie helfen Harold Bly und seine Interessen zu decken. Aber auch sie würde man nie nachts hier finden. Keiner von ihnen würde jemals allein hierherkommen, nicht einmal tagsüber.«

Jetzt zögerte Steve. War Levi nun abergläubisch oder war er es nicht? Wo hörten die Tatsachen auf, und wo begann der Aberglaube in diesem grauen Kopf? »Erzählen Sie mir von dem Drachen, Levi. Was ist das genau?«

Levis Stimme war auf einmal sehr leise. »Wir sprechen besser leise. Wir haben Gesellschaft bekommen.«

Steve drehte sich um und sah die Straße zum Stadtrand der alten Stadt hinunter. In diesem Augenblick duckten sich zwei Köpfe hinter eine Ruine. »Wer ist das?«

»Der Bursche mit dem weißen Verband um den Kopf ist Phil Garrett. In einem Kampf ist ihm beinahe das Ohr abgebissen worden, und der Arzt hat es ihm wieder annähen müssen. Der andere könnte Carl Ingfeldt sein. Er wirkte ziemlich klein.«

»Carl Ingfeldt. Er stand draußen vor Ihrem Haus, als Tracy Ellis und ich dort waren.«

»Ja, vermutlich.«

»Was wollen sie?«

»Es tut mir leid, Mr. Benson, doch ich glaube, sie sind mir gefolgt. Es scheint, als könnte ich nirgendwo hingehen, ohne daß Harold Bly davon weiß. Jetzt gibt es bestimmt Ärger. Das Land gehört Harold Bly.«

Steve blickte ihn an. »Wie bitte?«

»Das meiste davon. Es gehörte früher Benjamin Hyde, Harolds direktem Vorfahr. Er hat alles geerbt.«

»Die alte Stadt gehört Harold Bly?«

»Und der größte Teil der neuen Stadt. Nun, eigentlich der Minengesellschaft, doch die gehört ihm.« Levi blickte in die Richtung, wo die beiden Männer kurz aufgetaucht waren. »Sie sind jetzt fort. Vermutlich erstatten sie Bericht. Wir gehen besser.« Er erhob sich von dem Stein, und sie verließen zusammen *Hyde Hall* und traten auf die Straße.

»Levi«, flüsterte Steve. »Ich glaube, Sie sagten, auch andere wären hier getötet worden. Habe ich das richtig verstanden?«

»Ja.«

»Wie viele?«

»Niemand weiß es, und niemand spricht darüber. Aber das geht schon seit hundert Jahren so.«

Oh Junge, noch mehr Legenden und Aberglauben. Steve hoffte, zum Punkt kommen zu können. »Was ist mit Harold Bly? Hat er etwas damit zu tun?«

Levi zuckte zusammen. »Harold denkt gern, er hätte alles unter Kontrolle, doch eigentlich ist es der Drache.«

Es war an der Zeit, einige Hinweise zu bekommen. »Erzählen Sie mir von dem Drachen.«

Sie blieben mitten auf der Straße stehen. Wenn sie die alte Stadt verließen, würden sie getrennte Wege gehen müssen, was bedeutete, daß Steve keine Antwort auf diese Frage bekommen würde. Steve war bereit, so lange zu bleiben, bis er sie bekam, doch Levi blickte sich um; offensichtlich war er ein wenig nervös.

Mittlerweile war Steves Neugier angestachelt. Er drängte: »Wie ich höre, ist der Drache ein hier weit verbreiteter Aberglaube.«

Levi senkte den Blick, spielte mit dem Fuß im Staub. »Nein, eigentlich nicht.«

»Was meinen Sie?«

»Es gibt Aberglauben darum herum, Dinge, die wahr sein könnten oder auch nicht.« Er blickte wieder die Straße hinab.

»Also, worum geht es wirklich?«

»Oh ...« Levi hätte genausogut einen Hund beschreiben können, so ruhig war seine Stimme. »Es ist ein langes, schlangenartiges, echsenähnliches, fliegendes Wesen. Wie ich gehört habe, war es um die Jahrhundertwende noch nicht so groß, doch ich schätze, es ist, wenn es sich streckt, vielleicht zwölf bis fünfzehn Meter lang, hat rasiermesserscharfe Zähne und ein gemeines Wesen, das jetzt schlimmer ist als je zuvor. Es ist auch hungriger. Aber das ist natürlich nur eine allgemeine Beschreibung.«

Steve staunte darüber, daß Levi eine so absurde Vorstellung ganz natürlich akzeptierte. »Machen Sie Witze?«

»Sie haben mich nach Maggie gefragt«, sagte Levi. Sie waren dort, in meinem Schlafzimmer. Sie haben doch gehört, wie Maggie gesagt hat, Ihr Bruder sei aufgefressen worden und daß auch sie so getötet werden würde?«

»Ja, ich habe das gehört. Ich dachte, sie meinte den Bären.«

Levi schüttelte den Kopf. »Nein, sie wußte, es war der Drache. Und darum ist sie hierhergekommen. Das gehört zu der Legende, dem ganzen Aberglauben. Wenn deine Zeit gekommen ist, ruft der Drache dich hierher, und du kommst, und ...«

»Und was?«

»Nun, jene, die an so etwas glauben, würden sagen, sie kam hierher ...«, er deutete auf *Hyde Hall*, »... und ging in die Ruine hinein. Der Drache kam vom Himmel, packte sie und brachte sie zu seiner Höhle, um sie zu fressen.« Levi spürte, daß Steves Interesse nachließ. »Das ist das, was jene, die an so etwas glauben, sagen würden.«

Steve seufzte und versuchte seine Ungeduld zu zähmen. »Das ist also die traditionelle Sichtweise, der Aberglaube.«

Levi nickte. »Hier in *Hyde Hall* begegnen die Leute dem Drachen. Ich denke, der Drache kann einen Menschen holen, wo er möchte, doch der Überlieferung nach passiert es immer hier.«

»Maggie ist also hierhergekommen und glaubte, sie müßte sich dem Drachen stellen, daß ihre ... Zeit gekommen sei.«

»Wenn du nicht erscheinst, wenn du gerufen wirst, verfolgt der Drache dich oder deine Familie. Das ist auch Teil des Aberglaubens.« Dann fügte er hinzu: »Aber das glaube ich nicht.«

Oh, bewundernswert, dachte Steve. Du bist zwar abergläubisch, aber nicht so. Großartig. Ich habe mir schon Sorgen gemacht.

»Wie auch immer«, schloß Levi, »ich dachte mir, daß sie hierher nach *Hyde Hall* gekommen ist, und so habe ich ihre Tasche und ihren Schuh gefunden.«

Und vielleicht denkst du dir diese ganze, üble Geschichte auch einfach nur aus, dachte Steve. Vielleicht weißt du sehr gut, was mit Maggie Bly passiert ist, und bist selber Teil dieses ganzen Komplotts. »Levi, sagen Sie mir noch etwas. Warum will niemand den Drachen auch nur erwähnen, aber Sie können unbehelligt darüber sprechen?«

Levi zuckte die Achseln. »Ich bin gerettet, das ist alles.«

»Bei Ihnen ist das also eine religiöse Angelegenheit.«

Levi zog die Nase kraus, während er darüber nachdachte. »Bei jedem ist das eine religiöse Angelegenheit. Sie haben ihren Drachen, ich habe Jesus. Ganz einfach.«

In Ordnung, also, Benson, welche Theorie kannst du auf das alles aufbauen? Steve blickte sich in den Ruinen um.

»Levi, hat es in der vergangenen Zeit Todesfälle gegeben?«

Er zuckte die Achseln. »Hängt davon ab, welchen Zeitraum Sie meinen.«

»Das vergangene Jahr zum Beispiel?«

»In diesem Jahr waren es mehr als im vergangenen – von zweien wissen Sie bereits, Ihr Bruder und Maggie – und im vergangenen Jahr vermutlich mehr als im Jahr davor. Und davor, nun, niemand führt Buch, niemand spricht darüber, und niemand stellt Fragen, doch dann und wann erscheinen einige Leute einfach nicht mehr zum Frühstück, Sie verstehen?« Daran zu denken, machte ihn traurig. »Scheint so, als sei es immer so gewesen, doch es werden immer mehr, es passiert immer häufiger, wird schlimmer und schlimmer. Früher war das nur eine Legende, es war Gerede, Geschichten von früher, die die alten Leute erzählten. Doch wo stehen wir jetzt? Zuerst Ihr Bruder auf dem Wells Peak, dann Maggie in *Hyde Hall*, innerhalb von wenigen Tagen, und ich habe das Gefühl, daß es von jetzt an immer schlimmer werden wird.«

»Aber der Überlieferung nach sind sie immer hierhergekommen – um den Drachen zu treffen, richtig?«

Levi blickte zum Himmel. »Das ist vermutlich ein guter Ort. Hier stehen nicht so viele Bäume, es ist also Platz genug. Der Drache kann sich gut herunterlassen und jemanden packen.«

»Aha.«

»Ihren Bruder zu bekommen, war schwieriger, ist Ihnen das aufgefallen?«

Steve verlor allmählich die Geduld. »Levi, wovon sprechen Sie überhaupt?«

»Der Drache mußte sich den Weg durch die Bäume bahnen, um ihn zu bekommen, er hat sie einfach abgebrochen. Ich glaube nicht, daß ihm das gefällt. Hier ist es besser.«

Steve blickte Levi direkt an. Auch ihm waren die Bäume aufgefallen, als er zu dem Unglücksplatz gewandert war. »Woher wissen Sie von diesen abgebrochenen Bäumen?« fragte er langsam.

»Ich bin dort gewesen, um es mir anzusehen.«

»Wann?«

»Oh, direkt nachdem Sie und Tracy Ellis bei mir waren, um mit Maggie zu sprechen.« Levi spürte, daß seine Worte Steve aufrüttelten. »Sind Ihnen diese Bäume aufgefallen? Die Spitzen abgebrochen, die Äste lagen auf dem Boden.« Levi blickte wieder zum Himmel. »Ja, es war schwierig dort oben. So viele Bäume. Und dann noch eine rechtschaffene Frau, die mit einem Messer auf ihn losging.«

Steve fühlte sich allmählich in der Nähe dieses Mannes nicht mehr wohl. Levi wußte vieles, doch er verstand es, Mythos und Tatsachen so eng miteinander zu verweben, daß Steve nicht mehr sicher wußte, wo das eine endete und das andere begann. »Was hat denn die Tatsache, daß Evelyn rechtschaffen ist, damit zu tun?«

Levi lächelte. »Sie hat doch überlebt, oder nicht?«

»Ich kann Ihnen nicht folgen.«

Levi hatte nicht mehr die Gelegenheit zu antworten. Gerade in diesem Augenblick rief jemand vom anderen Ende der Straße.

»Hey!«

Sie drehten sich um und sahen Deputy Tracy Ellis auf sich zukommen.

»Oh«, sagte Levi. »Wir sind ertappt worden.«

Tracy blickte streng, wie eine Mutter, die drauf und dran ist, ihre Kinder an den Ohren nach Hause zu zerren.

»Wo liegt denn eigentlich das Problem?« fragte Steve Levi.

»Wieder einmal Harold Bly«, flüsterte Levi. »Er möchte nicht, daß Leute wie wir hier herumschnüffeln.«

»Meine Herren!« sagte Tracy Ellis, während sie auf sie zukam. »Was machen Sie hier?«

»Wir überprüfen den Ort von Maggies Verschwinden«, antwortete Steve.

»Dies ist Privateigentum, und ich habe eine Beschwerde des Besitzers bekommen. Levi, Sie hätten es doch besser wissen müssen!«

»Versuchte nur, diesen Mann am Leben zu erhalten«, erwiderte Levi.

»Ich auch«, gab sie kurz zurück. »Und nun haben Sie eine Minute Zeit, hier zu verschwinden oder verhaftet zu werden!«

Sie sprach sehr laut, fast so, als würde sie eine Vorstellung geben, dachte Steve.

Levi blickte sie noch einmal vorsichtig an, dann ging er die Straße hinauf, den Weg zurück, den er gekommen war. Tracy blieb stehen, wo sie stand, und flüsterte ihm zu: »Lassen Sie ihn gehen. Ich möchte nicht, daß Sie mit ihm sprechen.«

Das war Steve zuviel. »Reicht Ihre Autorität so weit, daß Sie den Leuten vorschreiben können, mit wem sie sprechen dürfen?«

»Heute schon. Man beobachtet uns.«

»Das haben wir schon gemerkt. Sind Sie von ihnen gerufen worden?«

»Sie haben es Harold erzählt, und er hat den Sheriff angerufen. Ich war ganz in der Nähe, darum hat er mich hergeschickt. Kommen Sie, lassen Sie uns weitergehen.«

»Mein Wohnmobil steht in der anderen Richtung.«

»Vielleicht beschlagnahme ich es. Das wird Ihnen Schwierigkeiten vom Hals halten.«

Sie gingen die Straße entlang, ein gutes Stück hinter Levi her. Er war verschwunden, bevor sie den Stadtrand erreicht hatten.

»Was wird hier eigentlich gespielt?« fragte Steve. »Bin ich verhaftet, oder was?«

Sie war verärgert, und das war nicht gespielt. »Steve, ich habe Ihnen gesagt, falls Sie Ärger machen oder das Gesetz brechen, würde ich meine Pflicht tun müssen. Ich habe es ernst gemeint. Sie haben unberechtigt Harold Blys Land betreten, und Harold hat sich beschwert.«

»Ich versuche nur, meine Arbeit zu tun.«

»Sie haben hier keine Arbeit zu tun, Steve! Collins hat den Fall abgeschlossen, erinnern Sie sich? Sie sind nicht autorisiert, hier zu sein, und wenn Sie herkommen und in der alten Stadt herumschnüffeln, haben Sie die ganze Stadt auf dem Hals. Hyde Hall ist verbotenes Terrain, es ist geheiligt, tabu, verstanden?«

Er blieb wütend stehen. »Warum?«

Sie packte ihn am Arm und zog ihn weiter. »Bleiben Sie nicht stehen!« Er setzte sich wieder in Bewegung. »Es ist eine lange Geschichte. Meine Sorge gilt in erster Linie der Tatsache, daß Sie die Menschen verärgern, was bedeutet, sie sitzen mir im Nacken, was wiederum bedeutet, daß ich Ihnen im Nacken sitzen muß.« Dann fügte sie hinzu: »Und vor allem hat man Sie mit Levi gesehen. Die Leute mögen ihn nicht, Steve.«

»Wenigstens hat er mit mir gesprochen.«

»Ja, er spricht, das stimmt. Er predigt nun mal zu gern.«

»Er hat nicht gepredigt«, erwiderte Steve und kämpfte sich durch die hohen Büsche. »Er hat mir von dem Drachen erzählt.«

Sie schob einen knorrigen Ast beiseite, damit er vorbeigehen konnte. »Für Levi ist das dasselbe.«

Sie kamen an den Stadtrand und schlugen den Weg zur Straße ein.

»Welche Rolle spielt Harold Bly in dieser ganzen Drachengeschichte?«

Tracy achtete darauf, nicht zu laut zu sprechen: »Wenn die Leute vor dem Drachen Angst haben, dann ist ihm das nur zu recht.«

»Vor allem, wenn seine ehebrecherische Frau verschwindet?«

»Vor allem dann.«

Steve dachte über eine neue Theorie nach. »Levi sagte, daß die Leute hierherkommen, um zu sterben, um dem Drachen zu begegnen.«

Sie blieb überrascht stehen. »Steve, Sie glauben doch wohl nicht, was Levi sagt! Sein Kopf ist voll von diesem Zeug!«

»Aber wenn nun ...« Nun da er drauf und dran war, seine Theorie in Worte zu fassen, erschien sie ihm doch zu verrückt. Vielleicht hatte er sich wirklich zu stark von Levi beeinflussen lassen. »Wenn nun tatsächlich so ein Wesen dafür verantwortlich ist?«

»Brauchen Drachen Feuerholz?«

»Wie bitte?«

Tracy zögert, dann gestand sie ein: »Ich bin gerade vom Wells Peak zurückgekommen. Die Unglücksstelle ist gesäubert worden, geharkt, aufgeräumt. Und diese abgebrochenen Bäume, die wir gesehen haben? Sie sind zerkleinert und fein säuberlich gestapelt worden.« Sie konnte es kaum fassen. »Ein Stapel Klafterholz, das niemals von dort oben heruntergebracht werden kann!«

Steve war verblüfft. »Levi hat mir von diesen Bäumen erzählt. Er wußte davon.«

Jetzt zeigte sie Interesse, obwohl es um Levi ging. »Was hat er gesagt?«

Steve lachte leise vor sich hin. »Er meinte, der Drache hätte sie abgebrochen, als er meinen Bruder angriff.«

Auch Tracy gestattete sich ein kurzes Lachen. »Sehen Sie.«

»Wieder ist alles gesäubert worden, vermutlich, um dem Drachen einen Gefallen zu tun.«

Sie schüttelte erstaunt den Kopf. »Ich kann kaum glauben, welche Ausmaße diese Drachen-Geschichte annimmt. Und ich bin dort aufgewachsen!«

»Diese Stelle ist also auch gesäubert worden.«

»Das erstaunt mich nicht. Ich bin sicher, es geschah aus demselben Grund. Es ist genau, wie ich es gesagt habe. Wenn jemand einen Mord vertuschen will, im Hyde Valley gibt es einige alte Traditionen, die dem sehr entgegenkommen.«

Steve nahm sich die Zeit, noch einmal über das alles nachzudenken. Dann fragte er: »Und wie sind die Bäume abgebrochen?«

»Die Leute, die Ihren Bruder getötet haben, wissen um die Drachen-Legende. Vom Drachen abgebrochene Bäume verkaufen sich in Hyde River sehr gut.«

Doch Steve war noch nicht überzeugt. »Wie ist es ihnen gelungen, die Bäume abzubrechen? Wir sprechen von dicken Baumstämmen und vielen Zweigen – ohne maschinelle Hilfsmittel.«

Sie lächelte wissend. »Hey, dies ist ein Gebiet, in dem viele Holzfäller wohnen. Man braucht eine Kette, Flaschenzug, einige Leute und die richtigen Schuhe mit Spikes. Die richtigen Leute mit den richtigen Werkzeugen können es schaffen.«

»Aber das ist doch alles nicht logisch: Sie brechen Bäume ab, um einen Drachenangriff vorzutäuschen, dann zersägen sie die Bäume und stapeln das Holz, damit die Leute nicht auf die Idee kommen, daß es der Drache gewesen ist.«

Sie schüttelte den Kopf. »Das ist Hyde River, Steve. Eines folgt aus dem anderen.«

Steve lächelte sie spöttisch an. »Doch Sie suchen immer noch, nicht wahr? Sie brauchten nicht noch einmal auf den Wells Peak zu gehen, denn Collins hat den Fall ja abgeschlossen. Was haben Sie dort getan?«

Tracy zuckte nur die Achseln und meinte: »Lassen Sie uns hier verschwinden. Ich muß Ihnen noch Vorhaltungen machen und Sie dann zu Ihrem Wohnmobil zurückbringen.« Sie setzten sich wieder in Bewegung. »Ach ja, eines noch: Lassen Sie mich es wissen, falls Sie seltsame Telefonanrufe bekommen.«

Am Abend des 19. Juli versammelten wir uns mit Benjamin Hyde im großen Saal von *Hyde Hall* und unterzeichneten die neue Urkunde.

Wir betrachteten uns als die Elite von Hyde River: die Eigentümer, Geschäftsleute, die Vorarbeiter und Chefs. Die Zukunft lag in unseren Händen, und wir konnten sie gestalten, wie wir wollten. Wir waren trunken von den Möglichkeiten, die sich uns eröffneten.

Um diese Zukunft, diesen Traum, zu schützen, schworen wir den Bluteid über dieser Urkunde. Wie alles andere, was sich in der Stadt ereignet hatte, war es Benjamin Hydes Idee gewesen. Er hatte uns auch die neugeschriebene Urkunde zur Unterzeichnung vorgelegt. Die kleine Schale mit Blut stammte ebenfalls von ihm – Blut von den getöteten Unerwünschten, wie er behauptete. Jeder von uns mußte seinen Finger hineintauchen und sich einen Streifen an die Stirn zeichnen. Dabei mußten wir bei diesem Blut schwören, daß wir diese Urkunde auf ewig erhalten, beschützen und verteidigen würden, und daß wir niemals preisgeben würden, was an diesem Tag geschehen war.

Es waren mindestens hundert Einwohner in diesem Raum versammelt: wir selbst, unsere Frauen und Kinder. Wir waren Benjamin Hyde sehr ergeben. Im Licht einer einzigen Kerze beschmierten wir unser Gesicht und sogar das unserer Kinder mit dem Blut und leisteten den Eid.

Der Schwur ist nun seit Generationen gehalten worden, von meinen Kindern, und ihren Kindern und den Kindern ihrer Kinder.

Aus einem, dem Letzten Willen und Testament
von Stephen Morris Templeton beigefügten Brief.
Morris starb am 18. Januar 1942
im Alter von vierundneunzig Jahren in Phoenix, Arizona.

Kapitel 8

Harold Bly

»Levi, komm schon, du weißt es doch besser. Warum betrittst du dieses Land?«

Reverend Ron Woods war groß und schlaksig; er hatte eine große Nase und traurige Augen, die ihn wie eine Schildkröte ohne Panzer aussehen ließen. Er war sehr geduldig, und wieder einmal hatte Levi Cobb ihm die Gelegenheit gegeben, seine Geduld unter Beweis zu stellen.

»Sicher weiß ich es besser«, argumentierte Levi, »doch dieser Benson nicht. Ich konnte doch nicht zulassen, daß er dort ganz allein herumschnüffelt.«

Es war Donnerstag abend. Die Hitze ließ etwas nach, die Sonne stand hinter den Bergen im Westen. Die Hälfte der Stadt lag bereits im Schatten. Ron und Levi gingen die Straße hinauf zu der alten Kirche. Dies war der Teil von Hyde River, der zuerst entstanden war, als die alte Stadt zu Beginn des Jahrhunderts zu verfallen begann. Die ersten Holzhäuser waren bereits mehrfach renoviert, und auch die Kirche war renoviert und mit einem neuen Dach versehen worden. Das Dach war auch der eigentliche Grund für ihre Zusammenkunft. Das andere Thema war aus der Notwendigkeit heraus angeschnitten worden. Die Nachricht von Levis Vergehen hatte sich in der Stadt herumgesprochen, und man hatte Ron beauftragt – sehr nachdrücklich beauftragt – mit Levi zu sprechen.

»Aber du mußt doch auch die Kosten bedenken«, fuhr Ron fort. Er hoffte, ihm mit Vernunft beikommen zu können. »Dr. Benson ist nicht nur mit dem Gesetz in Konflikt gekommen, die Leute hier sind aufgebracht und reden darüber. Levi, es ist eine Frage des Respekts für die Gefühle und Ansichten anderer Leute. In dieser Stadt soll der Frieden erhalten bleiben.«

Levi blickte Ron von der Seite an. »Eine recht einseitige Bemühung, meinst du nicht?«

»Levi …«

»All dieses Gerede von Toleranz und Verständnis? Wann wird man denn beginnen, mich zu tolerieren?«

Ron lächelte nur resignierend. Sein sanftes Wesen und seine weiche Stimme paßten sehr gut zu seinem Beruf. »Vielleicht wenn du lernst, deine Meinung für dich zu behalten.«

»Ich kann es nicht ändern. Wenn die Leute mich fragen, dann sage ich, was ich denke.«

Ron lachte. Er hatte gelernt, mit Levi umzugehen. »In Ordnung, Levi, in Ordnung. Aber du hättest ihm doch sagen können, daß er fremdes Eigentum betritt.«

»Das habe ich auch. Aber er läßt sich nicht abhalten, Ron. Er wird herausfinden, was seinen Bruder getötet hat oder bei dem Versuch, es herauszufinden, umkommen, das weiß ich.«

»Und ich wette, du hast ihm erzählt, der Drache hätte seinen Bruder getötet.«

»Er hat mich gefragt, und ich habe es ihm gesagt.«

Geduld, Ron, Geduld, ermahnte er sich. »Und das ist nun ein Punkt, in dem wir nicht einer Meinung sind.«

»Das ist nicht meine Schuld.«

»Wie auch immer«, fuhr der Pastor fort, »du tust Benson keinen Gefallen, wenn du ihm dieses Zeug erzählst. Man muß ihn über die Realität aufklären, zum Beispiel, wem das Land dort unten gehört und wie die Leute hier über herumschnüffelnde Außenseiter denken.«

»Das weiß er.«

»Dann wollen wir uns dieses Dach einmal ansehen.« Dieser schnelle Themenwechsel war ein Schachzug, den jeder von beiden jederzeit anwenden konnte. Es war ein Weg, miteinander auszukommen.

Die alte Kirche, in den zwanziger Jahren erbaut, sah für ihr Alter noch recht gut aus – eigentlich immer besser. Seit Ron diese Gemeinde etwa vier Jahre zuvor übernommen hatte, hatten er und Levi die Holzwände gestrichen, alle Fenster und Türen abgedichtet und die abgesackten Treppenstufen erneuert. Die ursprünglich von einer Dampflokomotive stammende Glocke im Turm läutete wieder, dank Levis Schweißarbeit.

Das Problem war nun das Dach, oder genauer, der Dachdecker.

Levi stand mit Ron neben der Kirche und entdeckte ohne Mühe den Grund für Rons Verärgerung. »Hat er sich keine Linien gezogen?«

»Ganz ehrlich, ich weiß nicht, was er getan hat. Vielleicht ein bißchen zu viel Alkohol getrunken.«

Die erste Reihe Schindeln schien ganz in Ordnung zu sein; die zweite war etwas schief; die dritte sah noch schlimmer aus, und in der vierten Reihe schien der Dachdecker verzweifelt bemüht gewesen zu sein, die Ungleichmäßigkeit der ersten drei Reihen auszugleichen. Die nachfolgenden Reihen sahen dementsprechend aus.

Dann entdeckte Levi noch etwas anderes: »Wo ist denn die Isolierung?« Ron blickte ihn fragend an, darum erklärte Levi: »Er sollte die Schindeln mit Filz-Platten unterlegen. Das stand in seinem Angebot.«

»Oh nein!« Noch mehr schlechte Nachrichten.

Sie gingen zum hinteren Teil der Kirche und entdeckten den Dachdecker auf dem Dach. Er nagelte die Schindeln fest, ob sie nun gerade waren oder nicht. Als sie herankamen, sah er von seiner Arbeit nicht auf.

»Vic!« rief Ron.

Vic Moore sah sie nicht an. Er nahm sich eine weitere Schindel. »Was ist?« Seine Stimme klang so böse, daß beide schockiert waren.

»Wir würden uns gern mit dir unterhalten.«

Vic schlug auch weiter Nägel ins Dach. »Worüber?«

Ron blickte Levi hilfesuchend an.

Levi ergriff das Wort. »Du leistest miserable Arbeit, Vic.«

Vic hörte auf zu hämmern und deutete mit dem Hammer auf Levi. »Ich spreche nicht mit dir!« Er blickte Ron an. »Ich spreche nicht mit ihm!«

Ron setzte die Unterhaltung fort. »Vic, ich sehe keine Isolierung dort oben. Gehörte das nicht zu unserer Vereinbarung?«

Vic antwortete: »Ich habe meine Meinung geändert.«

»Du hast deine Meinung über unser Dach geändert?«

»Du brauchst keine Isolierung.«

Levi blickte zum klaren Himmel hinauf. »Heute bestimmt nicht.«

Vic sah aus, als würde er jeden Augenblick seinen Hammer auf Levi werfen. »Was tut er hier?« fragte er den Pastor.

»Er geht in diese Gemeinde, Vic. Er gehört dem Renovierungskomitee an.«

»Ich brauche niemanden, der mir sagt, was ich tun soll, und ihn schon gar nicht.«

»Tatsächlich?« fragte Levi. »Warum hast du auf der Ostseite denn keine Linien gezogen? Die Reihen sind so krumm, daß es mir in den Augen weh tut.«

»Sie sind dicht genug.«

»Nein, Vic«, meinte er mit ruhiger Stimme. »Sie sind überhaupt nicht dicht.«

»Du stellst dich also auf seine Seite?«

»Vic, ich will ehrlich mit dir sein. Dieses Dach kostet die Kirche eine Menge Geld. Wir brauchen gute Arbeit.«

»Von der Straße aus wird das niemandem auffallen!«

Ron und Levi blickten sich an. Was war nur los mit ihm? Vic setzte seine Arbeit fort.

Ron hoffte, Vic würde wieder vernünftig werden. »Vic, komm schon. Der Inspektor wird sich das ansehen und …«

»Ich werde ihm ein paar Dollar geben. Er wird darauf eingehen.«

Levi holte tief Luft und seufzte. Mit dem Fuß stieß er einige Steine herum, als er Ron sagte: »Das ist deine Sache. Du hast ihn engagiert.«

»Vic, könntest du bitte einmal aufhören?« fragte Ron.

Vic reagierte nicht.

»Vic, bitte hör sofort auf!«

Vic hielt inne. Seine Augen sprühten vor Zorn.

Ron blieb ruhig. »Ich denke, du solltest die Arbeit einstellen, bis wir das geklärt haben.«

Vic überlegte kurz. »Ich bin seit zwölf Jahren im Geschäft. Ich habe Freunde im ganzen Tal, die gute Arbeit erkennen, wenn sie sie sehen, und die Respekt vor mir haben! Wenn dir meine Arbeit nicht gefällt, versuche jemand anderen zu bekommen, der dir deine komische kleine Kirche macht.«

»In Ordnung, Vic, komm herunter«, sagte Ron in einem Ton, als wollte er jemandem ausreden, vom Dach herunterzuspringen. »Du nagelst nicht eine einzige Schindel …«

Vic explodierte, begann zu fluchen und warf einen Stapel Schindeln zu Boden. Levi konnte gerade noch beiseite springen. »Du bist in dieser Stadt fehl am Platze! Wenn du nicht da wärst, würde es uns allen sehr viel bessergehen!«

Genug ist genug, dachte Ron. »Vic, das reicht«, sagte er mit fester Stimme. »Komm jetzt von diesem Dach herunter und pack deine Sachen. Du bist …«, das Wort klang so gehässig, und er scheute sich davor, es auszusprechen, »… gefeuert!«

»Das ist mir nur recht!« brummte Vic und ging zur Leiter. »Du kannst jemand anderen holen, jemanden, den du nicht einmal kennst …« Vor sich hinmurmelnd kam er die Leiter herab. »Und versuch es nur. Der Inspektor wird mit keinem anderen zusammenarbeiten; das wirst du noch herausfinden.«

Vic kam zu Ron herüber. »Ich dachte, du wüßtest es besser, Ron! Du hast schon viel zu lange auf diesen alten Dummkopf gehört, und nun denkst du schon genauso wie er!« Ron blieb unbeweglich stehen, fragte sich allerdings, wie sich die Dinge in den folgenden Sekunden entwickeln würden. Vic schwenkte den Hammer, als wollte er jemanden damit angreifen. »Das wird dir in dieser Stadt nicht gelingen, das kann ich dir sagen. Für dich wird es hier richtig schwierig werden.«

Ron hatte kein Interesse daran, den Streit zu gewinnen. Er wollte nur die Situation entschärfen. »Komm, Vic, beruhige dich doch. Wir können später darüber reden.«

Vic sammelte seine Werkzeuge ein, warf seinen Hammer, die Nägel und das Maßband in die Kiste. Seine Jacke war nicht zugeknöpft. Sie flog zur Seite, als er sein Werkzeug einsammelte.

Ron schluckte. Dieser Mann trug eine Pistole!

Vic ergriff seine Kiste und ging an Levi vorbei. »Du bist ein toter Mann, Cobb!« Er fuchtelte mit seinem Finger vor Levis Gesicht herum. »Du und ich, wir werden diese Angelegenheit regeln. Sei bereit.« Damit drehte Vic sich um und stapfte zu seinem Wagen. Wenige Sekunden später hörten sie, wie der Wagen davonraste.

Ron ging zu Levi. »Laß dich nicht zu sehr von ihm verärgern.«

»Ich bin tatsächlich aufgebracht, aber mehr aus Sorge um ihn.« Dann sah Levi in Rons Gesicht. »Du siehst auch nicht gerade gut aus.«

Ron senkte den Blick. Vic Moore war fort; die Konfrontation vorüber. Jetzt konnte er wieder er selbst sein. »Ich bin aufgebracht, ja. Um ehrlich zu sein, ich – ich verspüre den Drang, diesen Burschen zu verprügeln!«

»Puh! Das sind starke Worte, Ron!«

Dem Pfarrer tat sein Ausbruch leid. »Ich weiß, ich weiß.«

»Mach dir keine Gedanken. Wir werden das Dach schon gerichtet kriegen.«

»Es ist ja nicht nur das Dach, Levi. Es ist – « Dann brach es aus ihm heraus. »Was tue ich hier überhaupt?«

Levi verstand ihn. Vic Moore war nicht das einzige Problem in dieser Stadt. »Gehorche einfach Gott, Ron. Das ist das Wichtigste.«

Ron fühlte sich durch diese kleine Predigt keineswegs getröstet. »Gott gehorchen – prima. Aber wo ist er denn?«

Levi konnte kaum glauben, was er da hörte. »Ron, das hast du noch nicht herausgefunden?«

Rons unerschöpfliche Geduld ging nun langsam zu Ende. »Levi, nicht jetzt.«

»In Ordnung. Aber du hast gefragt.«

»Es tut mir leid, daß ich gefragt habe. Es ist mir einfach so herausgerutscht.«

»Dagegen ist nichts einzuwenden.«

Ron betrachtete das ungleichmäßig gedeckte Dach, dann blickte er über die verloren wirkende Stadt hinweg. »Ich habe etwas Besseres verdient, weißt du? Ich habe meinen Beruf erlernt, ich könnte wirklich etwas bewirken, wenn ich nur …« Es fiel ihm schwer, seine Gefühle in

Worte zu fassen. »Wenn das Komitee meine Ausbildung nur ein wenig mehr berücksichtigt hätte, könnte ich jetzt woanders sein! Ich könnte etwas weiterbringen. Aber hier ...«

Er starrte die alte Kirche an und schüttelte verbittert den Kopf. »Ich komme mir vor, als durchlebte ich einen Alptraum. Ich sehe mich schon mit achtzig, Susan ist tot, und die Kinder sind erwachsen und aus dem Haus, und ich lebe hier immer noch, ohne Pension, friste meinen kargen Lebensunterhalt und muß immer noch alles selbst machen, weil keine Leute kommen, ich werde immer noch von Vic Moore angebrüllt und bessere immer noch dieses alte Gebäude aus, damit es nicht zusammenbricht. Ich habe doch nicht das Seminar absolviert, um dann mein Leben hier zu verbringen!«

Levi dachte darüber nach, dann sagte er: »Vielleicht hast du recht. Vielleicht solltest du Gott fragen, warum du hier bist, und ihm keine Ruhe lassen, bis du eine Antwort bekommst.«

Es ist schon seltsam, dachte Ron, da hält mir eines meiner Kirchenmitglieder eine Predigt. Aber Levi hielt ja andauernd Predigten. Ron entspannte sich ein wenig und winkte ab. »Ich möchte nicht darüber sprechen. Wir müssen dieses Dach dicht bekommen, bevor es zu regnen anfängt.«

»Ich kenne ein paar Leute, die ich anrufen kann. Vielleicht können sie die Arbeit für uns machen.«

»Großartig.« Dann fügte Ron hinzu: »Aber Levi, sei vorsichtig mit Vic. Er steckt voller Wut. Er könnte dir schaden.«

»Ich weiß.«

Levi sagte nichts weiter, doch es waren nicht Vic oder seine Drohungen, die Levi angst machten. Es war die Unruhe, die er in Vics Wesen wahrnahm, die Angst in den Augen des Mannes, die Pistole unter seiner Jacke – und den schwachen Fleck direkt über seinem Herzen, den er auf Vics Hemd gesehen hatte. Er näßte wie Schweiß und roch nach Tod.

* * *

An diesem Abend hörte Vic Moore nicht auf zu reden. Entschlossen saß er auf einem Barhocker in Charlies Bar, trank ein Bier nach dem anderen und sprach immer wieder über dasselbe.

»Taylors Haus, das war etwas! Habe mir den Auftrag an Land gezogen. Wißt ihr, wieviel es mich gekostet hat? Zwanzig! Die Taylors waren glücklich, und ich auch!« Er lachte. »Ich hoffe, sie kommen nicht auf den Gedanken, die Isolierung unter dem Fußboden zu überprüfen – sie ist nämlich nicht da!«

Danach kam die Geschichte von Ike Buhlers Hütte am June-See, die bestimmt fünfzehn Zentimeter Neigung hatte, weil Vic seine Wasserwaage nicht mitgebracht und nach Augenmaß gebaut hatte. Die Rechtfertigung: »Ach, dort oben am See wird es niemand bemerken.«

Leute kamen und gingen, bestellten Drinks, aßen zu Abend, spielten Billard, und jeder von ihnen hörte mindestens eine von Vics Geschichten seiner nachlässigen Arbeit oder dunklen Machenschaften, und wie er damit davongekommen war und wieviel Geld er angehäuft hatte.

Charlie hinter der Bar war still, mißmutig, zerstreut. Jeder laute Ausbruch tat ihm weh. Seine Nerven waren zum Zerreißen gespannt. Er wußte nicht, was er mit diesem Burschen anfangen sollte. Die anderen Gäste ignorierten Vics Gerede, doch Vic gefiel sich immer mehr und sprach immer lauter.

»Habe an Dachnägeln, Holz und Haken gespart – Charlie!«

Charlie zuckte zusammen. Seine Hände zitterten. Er hatte Gläser abgetrocknet, um seinen Händen etwas zu tun zu geben. »Ja, Vic?«

»Wie viele Erdbeben gibt es hier in der Gegend? Haben wir viele?«

»Nein, nicht sehr viele.«

Vic lächelte und nickte. Er erinnerte sich an eine weitere Arbeit. »Wird nichts ausmachen. Habe auch an Arbeitskräften gespart. Es wird stehen bleiben.« Er wendete sich Paul zu, der an seinem Stammplatz am Ende der Bar saß. »Die Leute vertrauen mir, weißt du? Ich habe einen guten Ruf hier in der Gegend.«

Paul murmelte etwas vor sich hin, ohne sich umzudrehen: »Nach heute nicht mehr!« Dann verfolgte er weiter das Baseballspiel in dem Fernsehgerät, das direkt über der Bar hing.

»Ja«, setzte Vic seinen Monolog fort, als ob Paul nichts gesagt hätte. »Ich habe gute, kostensparende Ideen, darum kann ich den Leuten einen guten Preis machen.« Er dachte einen Augenblick über seinen Ruhm nach, dann stimmte er sich zu: »Ja, ich komme gut zurecht.« Wieder wendete er sich an Paul. »Hey, Paul!«

Paul verdrehte die Augen, sah Vic aber nicht an.

»Habe ich dir erzählt, was ich mit Homer Kirby gemacht habe? Er hat doch da bei Smyths gearbeitet, erinnerst du dich? Weißt du noch, wie er gefeuert wurde, weil er während der Arbeit getrunken hat?« Er senkte die Stimme. »Ich war dafür verantwortlich. Ich habe gewartet, bis Homer fort war, dann ging ich dorthin und habe die Bierdosen über den ganzen Hof verteilt.« Er versuchte, einen Schluck Bier zu nehmen, konnte sein Lachen jedoch nicht zurückhalten und spritzte das Bier über die ganze Bar. »Wünschte, ich hätte sehen können, wie der alte

Smyth nach Hause kam und ihn gefeuert hat. Er war sicher froh, daß ich einspringen konnte. Das hatte Homer davon, daß er versucht hat, mich zu unterbieten. So etwas gefällt mir nämlich nicht besonders, weißt du?«

Phil Garrett versuchte, mit Kyle Figgin und Carl Ingfeldt Billard zu spielen. Er starrte Vic jedoch nur an.

»Sie werden dieses Kirchendach niemals repariert kriegen. Ich habe Freunde, weißt du? Red Johnson ist mein Freund. Er wird das niemals abnehmen. Und wie heißt dieser Bursche im Bezirksamt noch gleich? Du weißt schon, der mit der Straßenmannschaft? Paul? Wie heißt ...«

»Wally Neddleton«, erwiderte Paul, ohne seinen Blick vom Fernsehgerät zu wenden.

»Neddleton, richtig. Ich werde mich einmal mit ihm über Levi Cobb unterhalten.« Er nahm einen Schluck Bier. »Cobb wird nicht einen einzigen Auftrag mehr vom Bezirksamt bekommen, wenn ich damit fertig bin.«

Schließlich rief Phil Garrett: »Charlie, sorge dafür, daß er den Mund hält!«

Charlie stand immer noch hinter der Bar und trocknete Gläser ab. Er hatte Angst. Phils Bitte schüchterte ihn noch weiter ein. Er ging zu Vic und sprach leise zu ihm. »Vic, bist du bald fertig mit deinem Drink?«

Vic war beleidigt. »Nein, noch nicht.«

»Ich, äh ...«

Auf einmal wurde Charlie am Kragen gepackt und halbwegs über die Bar gezogen. »Hey Charlie, willst du den starken Mann markieren?«

Charlie war sprachlos. Vic ließ Charlie los und versetzte ihm einen leichten Stoß, so daß er nach hinten flog. Dann lachte er ihn aus. »Was is' los, Charlie? Habe ich dich erschreckt?«

Mittlerweile war die Aufmerksamkeit aller Gäste auf diese kleine Szene gelenkt worden. Vic drehte sich um und sprach zu den anderen Gästen. »Niemand – niemand – sagt mir, was ich tun soll. Ich tue, was ich will und wann ich es will. Ihr alle wißt das jetzt, nicht wahr?«

Die anderen schwiegen und starrten ihn an.

»Warum glotzt ihr so?«

Der Minenarbeiter Jack Carlson und seine Frau am Tisch neben der Tür ergriffen ihre Mäntel. Kyle Figgin rückte vom Billardtisch ab.

Vic war verwirrt. »Ich sage euch, nehmt das nur nicht so ernst. Ein Bonbon für den Habgierigen, nicht wahr, Paul?«

Doch Paul erhob sich ebenfalls, um zu gehen.

Charlie tippte Vic auf die Schulter. »Vic – ich habe etwas für dich.«

Vic drehte sich um und sah eine volle Flasche *Jack Daniels* in Charlies Hand. Er verstand, nahm die Flasche und stand auf.

»Danke für dein Kommen«, sagte Charlie.

»Wir sehen uns«, erwiderte Vic.

Auf seinem Weg nach draußen bemerkte Vic Carlotta Nelson, die bei Andy Schuller saß, und trat auf sie zu. »Hey, Carlotta ...«

Sie zuckte unter seinem Blick zusammen. »Nein, Vic. Nicht heute nacht. Auf keinen Fall.«

»Ach komm schon.«

Andy ergriff das Wort. »Du hast doch gehört, was sie gesagt hat, Vic.«

Vic funkelte Andy einen Augenblick lang an, dann schob er seine Jacke beiseite, um die Pistole zu zeigen. Er wartete, bis beide ängstlich genug dreinblickten, dann lachte er und zog seine Jacke wieder richtig. »Was ist los? Habe ich dich erschreckt?«

»Das ist nicht lustig!« meinte Andy.

Vic lachte ihn nur aus und ging zur Tür hinaus.

Es war totenstill im Lokal. Die Videospiele in der Ecke piepten; niemand spielte. Einem Baseballspieler gelang ein hervorragender Wurf, doch niemand sah zu.

Charlie holte eine zweite Flasche Whisky und goß sich mit zitternden Händen ein großes Glas voll. Mit einem Zug schüttete er die Flüssigkeit hinunter.

Andy verzog das Gesicht. »Puh! Er stank wie eine tote Ratte!«

Charlie murmelte vor sich hin: »Vermutlich ist er zu betrunken, um zu fahren.«

Jack und Amy, die bereits ihre Mäntel angezogen hatten, sahen durchs Fenster, und Jack berichtete: »Er fährt nicht. Er geht mitten auf der Straße.«

Das Glas fiel Charlie aus der Hand und knallte auf das Tresenblech. Schnell nahm er es zur Hand und wischte die Theke mit einem Tuch sauber.

Phil spielte ein wenig mit seinem Billardstock, dann versuchte er einen Stoß. Er verfehlte die Kugel.

Langsam kam die Unterhaltung wieder in Gang. Nun da Vic fort war, zogen Jack und Amy ihre Jacken wieder aus und gingen zu ihrem Tisch zurück. Paul bezahlte seine Zeche und ging. Phil war wieder an der Reihe, und er beugte sich über den Billardtisch, um die Neuner-Kugel ins Eckloch zu stoßen.

»Du meinst, er ist vielleicht – äh …«, fragte Andy Schuller.

»NEIN!« rief Phil. »Er ist betrunken. Er ist einfach nur betrunken, und das ist alles!«

»Nun«, meinte Carl, »es betrifft mich nicht, darum werde ich auch nicht darüber nachdenken.«

Phil versuchte erneut zu stoßen, doch wieder verfehlte er die Kugel.

Nachdem Charlie sich davon überzeugt hatte, daß alle wieder abgelenkt waren, verschwand er in der Küche, ging an dem großen eisernen Waschbecken vorbei und nahm den Telefonhörer an der Wand bei der Hintertür ab. Seine Hände zitterten noch, als er die Telefonnummer auf der Rückseite einer Visitenkarte entzifferte und sie wählte.

* * *

Steve hatte sich einen Platz im *White Tail RV Park,* etwa dreizehn Kilometer von Hyde River entfernt, gemietet. Es war kein besonders komfortabler Campingplatz, doch fast alle Plätze waren mit Campingwagen belegt. Als sein Telefon klingelte, erwartete er beinahe, den Franzosen am anderen Ende der Leitung zu haben.

Er wurde nicht enttäuscht.

»Monsieur Benson!«

»Der Franzose! Wie geht es Ihnen?«

Die Stimme des Mannes war leise, angespannt. »Hören Sie, hören Sie mir zu! Ich glaube, daß es heute abend noch einen weiteren Todesfall in Hyde River geben wird.«

Steve setzte sich auf. »Woher wissen Sie das?«

Die Stimme am anderen Ende der Leitung klang angsterfüllt. »Er … war gerade hier. Er wird direkt nach *Hyde Hall* gehen!«

»Wer?«

Charlie sprach mit leiser Stimme, den Blick fest auf die Küchentür gerichtet. »Sein Name ist Vic Moore. Er hat heute abend wirr durcheinander gesprochen – im Augenblick geht er die Straße entlang, zur alten Stadt!«

»Im Augenblick?«

»Ja. Wenn Sie sich beeilen, können Sie den Drachen erwischen, bevor er entkommt!«

Steve zögerte. »Ich würde fremdes Eigentum betreten, das wissen Sie vermutlich?«

»Wenn Sie diese Gelegenheit verpassen, werden Sie es morgen wissen, wenn Vic Moore tot ist!«

Charlie hängte den Hörer ein. Er zitterte wie Espenlaub. Genug gesagt. Der große Jäger mußte nun handeln. Bitte.

Steve stürmte zur Hintertür seines Wohnwagens hinaus. Das war verrückt. Sollte er schon wieder riskieren, die alte Stadt zu betreten? Und wofür? Ein unsinniger Tip? Er hatte seine innere Auseinandersetzung noch nicht beendet, als er ins Fahrerhaus sprang, den Motor anließ und losfuhr. Sollte er Tracy anrufen? fragte er sich. Dann wurde ihm klar, daß er sie jetzt nicht anrufen konnte – das Telefon war immer noch hinten drin. Er würde sie anrufen, wenn er dort ankam, falls er zu dem Entschluß kommen sollte, daß er weitermachen wollte. Aber konnte er dem Tipgeber denn trauen? Ohne Frage würde er ein Risiko eingehen müssen, aber es könnte sich lohnen. Er würde warten, bis er die alte Stadt erreichte, um seine Entscheidung zu treffen.

Mit überhöhter Geschwindigkeit raste er durch Hyde River, doch das schien niemandem aufzufallen. In Charlies Bar brannten die Lichter, und draußen standen auch noch einige Wagen. Ansonsten wirkte die Stadt verlassen.

Er kam zu dem Feldweg, der von der Hauptstraße abzweigte. Er war natürlich versperrt, doch nun kannte er den Weg, und er würde die alte Stadt schnell zu Fuß erreichen. Sein Herz klopfte zum Zerspringen. Ohne bewußte Entscheidung weiterzugehen, ließ er seinen Wagen neben der Straße stehen. Er kletterte über den Schuttberg auf den überwucherten Weg zur alten Stadt. In der einen Hand trug er seine Taschenlampe, sein Gewehr in der anderen, und auf seiner Hüfte hing die 357er. Tracy Ellis hatte er nun doch nicht mehr angerufen.

Er kämpfte sich durch das Gras und Gebüsch. Jemand mußte vor nicht allzulanger Zeit hier entlang in Richtung auf die alte Stadt gegangen sein, denn das Gras war niedergetreten. Es könnten Levi, Tracy oder Harold Blys Spione gewesen sein – es könnte aber auch derjenige gewesen sein, von dem der Franzose gesprochen hatte.

Er blieb stehen und lauschte. War das Gelächter?

Ja. Ein Mann lachte irgendwo in der Dunkelheit, irgendwo in der alten Stadt. Das unheimliche Geräusch paßte hervorragend in die surrealistische, an Tod erinnernde Umgebung. Steve spürte, wie die Kälte in ihm hochkroch.

Der Mann sprach jetzt. Aber mit wem? Es war das Lautlose, das Unsichtbare, das Unbekannte, das ihm Angst einjagte. Auf einmal bekamen Levis Worte mehr Gewicht: »Geister … an diesem Ort spukt es … der Teufel lebt hier …«

Er knipste seine Taschenlampe aus, wenn auch nur ungern, lud sein Gewehr und schlich weiter.

Ja, jetzt konnte er die Stimme des Mannes ganz deutlich hören, er brüllte und schrie, als wenn er ein Ein-Mann-Fest feierte. Vielleicht hatte der Franzose recht, und doch … das war einfach seltsam.

Worauf lasse ich mich da ein? fragte sich Steve.

Wind kam auf, der erste richtige Wind an diesem Abend. Er blies durch die Pappelblätter. Die Stimme des Mannes ging im Blätterrascheln unter. Steve ging immer weiter. *Hyde Hall*. Er mußte dorthin gelangen.

Steve erreichte die Hauptstraße und blieb stehen, um zu lauschen, zu beobachten. In der Dunkelheit waren die Ruinen kaum zu erkennen. Die Bäume dahinter schwankten sachte, der Wind machte das einzige Geräusch.

Wieder hörte er die Stimme, ein wenig leiser jetzt. Ganz offensichtlich kam sie aus *Hyde Hall*. Steve eilte weiter. Er hoffte, der Wind würde seine Schritte verschlucken.

Auf einmal spürte Steve eine Windböe. Sie war sehr stark, ging durch die Baumwipfel und fegte wie eine Welle die alte Straße entlang.

Dann ein Schrei. Noch ein Schrei, unterdrückt. Danach Stille.

Ganz offensichtlich war Vic Moore nicht allein dort draußen. Jemand – oder etwas – hatte ihn geholt.

Steves Furcht verschwand. Er rannte die Straße entlang.

Hyde Hall befand sich zu seiner Rechten. Er blieb stehen und lauschte.

Der Wind war fort. Es war unheimlich still in der Ruine.

Er konnte kein Geräusch hören außer dem Pochen seines eigenen Herzens.

Wie ein Jäger sich an seine Beute heranpirschte, näherte er sich *Hyde Hall*, zuerst ein Schritt, dann lauschen, beobachten, dann noch einige Schritte.

Die Ruine war verlassen. Still.

Steve kam zu den Grundmauern und stieg darüber. Wieder lauschte er. Kein Geräusch. Er knipste die Taschenlampe wieder an. Der Lichtstrahl blendete ihn, doch er konnte nichts Ungewöhnliches entdecken. Keine Leiche, keine Anzeichen von …

Warte. Dort lag etwas. Nicht weit von dem großen flachen Stein in der Mitte des Gebäudes entfernt, fast an derselben Stelle, wo Levi Maggies Tasche gefunden hatte, lag eine zerbrochene Flasche. Steve kam näher und betrachtete sie im Schein seiner Taschenlampe, ohne sie zu berühren.

Eine zerbrochene Flasche *Jack Daniels*-Whisky. Der Boden war feucht, wo die Flüssigkeit ausgelaufen war, und der Geruch eindeutig. Er suchte die nähere Umgebung nach irgendwelchen Hinweisen ab. Das Gras war in der Nähe des Steines niedergetreten, doch das war zu erwarten gewesen.

Steve knipste die Taschenlampe aus und setzte sich auf den Stein. Er ließ sich alles durch den Kopf gehen. Er hatte Schreie gehört, und doch war niemand da. Der einzige Hinweis darauf, daß jemand gerade hiergewesen war, war die zerbrochene Flasche mit Whisky. Es mußte …

Oh nein. Jetzt hörte er weitere Geräusche, dann sah er zwei Taschenlampen, die sich von der Straße näherten. Wieder Harold Blys Spione? Er sah sich nach einem Versteck um.

Die Taschenlampen kamen immer näher, leuchteten suchend die Umgebung ab.

Er suchte nach einer Hintertür zu dieser Ruine. Seltsam. Es standen nur noch drei Mauern ohne Dach, und er suchte nach einer Tür. Offensichtlich war sie von den Überresten des heruntergefallenen Daches versperrt. Er würde sich um die hintere Wand herumschleichen müssen, um herauszukommen. Gebückt schlich er an dem Gebäude entlang.

Die Lichter kamen immer näher, direkt auf *Hyde Hall* zu. Das machte Sinn, doch es war durchaus nicht gut. Ihm fiel ein, daß sein Wagen vorne an der Straße stand wie ein Werbeplakat, das seine Anwesenheit verriet. Wer immer das war, sie waren bestimmt hinter ihm her. Er umklammerte sein Gewehr und hoffte inständig, daß er es nicht würde gebrauchen müssen.

»Steve!« ertönte eine Stimme. »Steve Benson, sind Sie hier?«

Tracy Ellis. Bedeutete das, daß er in Schwierigkeiten war? Es hatte keinen Zweck mehr, sich zu verstecken, das war klar.

Er rief zurück: »Hier drüben, in Hyde Hall!«

Jetzt sah er die Lichter auf *Hyde Hall* zukommen. Er arbeitete sich zu dem flachen Stein zurück und versuchte sich eine Ausrede auszudenken.

Zu spät. Schon hatte ihn der Strahl einer Taschenlampe erfaßt, und er hörte die Stimme von Sheriff Lester Collins. »Benson! Bleiben Sie stehen!« Collins wirkte ganz und gar nicht freundlich. Steve rührte sich nicht. »Und nehmen Sie das Gewehr runter!«

Das war ganz entschieden eine schlechte Entwicklung. Langsam legte Steve das Gewehr auf den Stein.

Collins und Tracy, dunkle Schatten hinter ihren Taschenlampen, traten über die Grundmauern in *Hyde Hall* ein.

»Ich habe hier etwas gefunden«, sagte Steve und hoffte, das würde seine Anwesenheit erklären.

»Legen Sie auch Ihren Revolver dort auf den Stein, langsam! Und die Taschenlampe!«

Er legte die Taschenlampe ab, denn löste er seinen Revolvergürtel und legte ihn auf den Stein. Collins blieb mit gezogener Pistole vor ihm stehen, während Tracy von hinten auf ihn zukam.

Oh nein, was war denn das?

»Kommen Sie«, sagte Tracy, »geben Sie mir Ihre Hände.«

Steve gehorchte, und Tracy legte ihm die Handschellen an.

»Mr. Benson«, sagte Collins, »Sie sind verhaftet. Sie haben das Recht, die Aussage zu verweigern ...«

Als Collins den Streifenwagen vor einem großen Steinhaus in Hyde River zum Stehen brachte, hoffte Steve auf eine günstige Wende der Ereignisse.

Collins stellte den Motor ab und blickte Steve an, der in Handschellen auf dem Rücksitz saß. »Dr. Benson, ich bin ein praktisch veranlagter Mann, und ich weiß, Sie sind es auch. Keiner von uns kann weitere Schwierigkeiten gebrauchen, und ich schätze, Sie würden lieber aus dem Hyde Valley verschwinden, als Ihre Zeit im Gefängnis zu verbringen. Habe ich recht?«

»Ich denke schon«, erwiderte Steve. Eigentlich war er sich dessen nicht so sicher, doch wie der Sheriff gesagt hatte, war er sehr praktisch veranlagt.

»In Ordnung, gut. Das wollte ich nur hören. Wir stehen vor dem Haus von Harold Bly. Es war sein Land, das Sie unberechtigt betreten haben, und er ist derjenige, der uns gerufen hat. Er ist nicht allzu glücklich bei dieser Angelegenheit, doch er ist ein vernünftiger Mann. Ich hoffe, er wird sich mit einer Entschuldigung und dem Versprechen, seinem Land fernzubleiben, zufriedengeben, damit ich Sie nicht ins Gefängnis zu stecken brauche. Aber das liegt ganz an Ihnen.«

Tracy war in ihrem Ranger herangekommen und parkte ihn auf der anderen Straßenseite. Auch wenn sie ihre Uniform nicht trug, so handelte sie doch wie eine Polizistin. »Fertig?«

»Ich habe mit ihm gesprochen«, antwortete Collins.

Steve starrte Tracy an. Er kochte vor Wut.

Sie auch. »Ich war gerade beim Abendessen!«

»Sie bekommen doch bestimmt die Überstunden bezahlt«, meinte er.

Sie packte ihn am Arm und schob ihn vor sich her. »Kommen Sie, bringen wir es hinter uns.« Sie führte ihn die Stufen hinauf.

»Wann nehmen Sie mir die Handschellen ab?« fragte er.

»Zuerst müssen wir Harold beeindrucken.«

Harold Bly öffnete auf ihr Klopfen hin. Er erwartete sie, und er betrachtete Steve mit einem verschlagenen Grinsen. »Sieh mal einer an!«

Collins antwortete: »Harold, das ist Dr. Steve Benson. Ich denke, er wollte uns helfen, diesen Unglücksfall zu lösen. Er wußte nicht, daß er unerlaubt dein Eigentum betrat.«

»Das werden wir noch sehen.«

Das war also Harold Bly. Ziemlich übler Charakter, dachte Steve, mit Armen, die einen Gorilla im Händedrücken besiegen konnten. Ganz offensichtlich genoß Bly diesen Augenblick, diese Gelegenheit, Caesar zu sein und über das Leben eines Mannes zu bestimmen: Daumen hoch oder Daumen runter? Du gehörst mir, du armes Schwein. Steve war sofort klar, daß er diesen Burschen nicht mochte.

»Kommt doch herein«, sagte Bly, und sie folgten ihm durch den Flur ins Wohnzimmer.

Das Haus war mit Antiquitäten ausgestattet, alles Überreste der glorreichen Tage dieser Familie. Im Wohnzimmer standen bequeme Sofas und Sessel auf einem echten Perserteppich um den großen Steinkamin gruppiert. Steve fiel ein hübscher Sekretär in einer Ecke auf, und auf den deckenhohen Bücherregalen standen sowohl antike Sammlerstücke als auch wertvolle, ledergebundene Bücher. Auf dem Kaminsims lag ein Goldnugget in einem Glaskasten, und darüber hing ein großes Porträt eines distinguiert blickenden Mannes in Anzug und Weste mit einer goldenen Uhrenkette, einen Daumen in seine Westentasche gesteckt. Vielleicht identifizierte sich Harold Bly mit diesem Mann, dachte Steve.

»Kommt herein und macht es euch bequem«, sagte Bly und setzte sich in den Schaukelstuhl am Kamin. Es sah aus, als würde er seinen Thron besteigen. »Ach, und ...« Er deutete mit der Hand auf Steve. »... nehmt ihm doch die Handschellen ab, wenigstens für den Augenblick.«

Tracy schloß die Handschellen auf und befreite Steve. Er rieb sich die Handgelenke.

»Setzen Sie sich«, sagte Bly. Steve setzte sich auf die Couch Bly gegenüber. Tracy nahm neben ihm Platz. Collins wählte den anderen Schaukelstuhl. Alle blickten nun den Mann der Stunde an, bereit, ihren Fall vorzutragen.

»Sie sind also der mächtige Jäger«, sagte Bly mit unverhohlenem Sarkasmus. »Die ganze Stadt scheint von Ihnen zu sprechen und sich zu fragen, was Sie wohl als nächstes tun werden. Wie ich hörte, haben Sie eine große Schlägerei bei Charlie angezettelt.«

Steve wußte, daß Bly ihn provozierte, darum antwortete er sehr vorsichtig. »Es war eine unangenehme Situation, etwas, das ich weder beabsichtigt noch erwartet hatte. Aber es ist nichts passiert.« Dann fügte er hinzu: »Genau wie jetzt auch.«

»Das weiß ich noch nicht genau, ist es nicht so? Ich habe Sie und Levi Cobb schon einmal dort vertreiben lassen, und nun sind Sie schon wieder da. Entweder habe ich mich nicht klar ausgedrückt, oder Sie haben einen ziemlichen Dickkopf.«

Steve wußte, daß dieser Bursche von dem anonymen »Franzosen« und den heißen Tips in bezug auf den Drachen nicht sehr beeindruckt sein würde, genauso wenig wie von der Information, daß gerade eine zweite Person auf dieselbe geheimnisvolle Art verschwunden war wie Maggie. »Es ist, wie Sheriff Collins sagte. Ich war auf der Jagd nach einem bösartigen Grizzly. Ich hatte Grund anzunehmen, daß er vielleicht die Ruinen der alten Stadt aufsuchen würde.«

Sheriff Collins ergriff das Wort: »Aber ich muß klarstellen, Harold, daß Dr. Benson nicht für uns arbeitet und es auch nie getan hat. Er arbeitet ganz allein auf sich gestellt. Heute morgen habe ich ihm gesagt, daß der Fall abgeschlossen ist. Es geschieht alles auf seine eigene Initiative.«

Richtig, Collins, dachte Steve. Geben Sie sich selbst unter allen Umständen Rückendeckung.

Bly blickte Steve an und sagte: »Ich schätze, Sie wissen nicht, was die Leute hier in der Gegend von diesem Ort denken. Sie haben sehr starke Gefühle, sehr viele Traditionen ...«

»Und ich hatte einen Bruder, bevor er schrecklich verstümmelt wurde von einem – von irgend etwas«, unterbrach ihn Steve brüsk. »Natürlich tut es mir leid, daß ich ohne Ihre Erlaubnis Ihr Land betreten habe, und ich wollte auch nicht gegen die hier herrschenden Traditionen verstoßen, doch ich will ganz offen sein: Es gibt hier irgend jemanden oder irgend etwas, der oder das Menschen tötet, und es muß gestoppt werden.« Auch wenn Sie und Ihre Spießgesellen es sind, fügte er im Geist hinzu.

Wieder ergriff Collins das Wort. »Steve, das haben wir doch schon alles durchgekaut. Sie haben den Bären erschossen, und der Leichenbeschauer sagt ...«

»Der Leichenbeschauer stützt sich auf das, was der Pathologe sagt, und ich glaube nicht, daß der Pathologe seiner Sache sicher ist. Was den Bären angeht, ich selbst habe die Autopsie an ›318‹ vorgenommen, und es gab keine Hinweise darauf, daß der Bär meinen Bruder getötet hat.«

Bly winkte ab. »Hey, es ist mir absolut egal, ob es ›318‹ oder ein übergroßer Waschbär war. Es geht darum, daß Sie auf meinem Land umherschleichen. Außerdem nehme ich Ihnen die Geschichte nicht ab, daß ein Grizzly in diesem Gebiet sein Unwesen treibt. Warum sollte sich ein Bär dort aufhalten?«

»Ich bin gerade dabei, eine Theorie auszuarbeiten«, sagte Steve. »Sie ist noch nicht ganz schlüssig, aber …« Sie warteten darauf, sie zu hören, und er wußte, er mußte vorsichtig sein. Tief atmete er durch »Es ist, nun, vielleicht nenne ich sie meine Zufallstheorie. Sehen Sie, ich glaube, daß vielleicht der Aberglaube der Stadt der Schlüssel zu dem allen sein könnte.«

Bly blickte grimmig drein. Sein Blick schien Steve zu warnen, vorsichtig zu sein.

Steve begann. »Wenn ein Bär eine vorhersagbare Nahrungsquelle findet, sei es ein Lager, eine Müllkippe oder einen Komposthaufen hinter einem Restaurant – jeder Platz, wo er regelmäßig Futter finden kann – wird der Bär diesen Ort immer wieder aufsuchen. Wenn nun die …«, Vorsicht, Steve, »… Überlieferungen von Hyde River die Menschen veranlassen, häufig *Hyde Hall* aufzusuchen, dann ist es möglich, daß ein Tier, vielleicht ein Bär, dies als eine leichte, vorhersehbare Nahrungsquelle ansieht. Wenn der hier vorherrschende Aberglaube schon Jahre überdauert, könnten mehrere Bären beteiligt sein, nicht nur einer.« Noch während er diese Theorie aussprach, wußte Steve, daß sie unhaltbar war. Auch die im Raum Anwesenden schienen sie für abwegig zu halten. »Zugegeben, das, was wir bisher beobachtet haben, klingt nicht nach einem Bären, aber das ist die Theorie, der ich nachgegangen bin.«

Bly schien verblüfft. Er blickte Steve an, dann Tracy und Collins. »Habe ich hier irgend etwas verpaßt? Wer außer Ihrem Bruder ist denn von einem Bären gefressen worden?«

Gut. In die Falle würde er nicht gehen. »Mir wurde der Eindruck vermittelt, Ihre Frau Maggie sei vermißt, sei in der alten Stadt verschwunden.« Steve vermied es, Tracy anzusehen, als er das aussprach. Sie schuldete ihm einen Gefallen.

Harold schnaubte. »Wer hat Ihnen denn das erzählt?«

Steve ignorierte die Frage und hoffte, Bly würde nicht auf einer Antwort bestehen. »Und da war noch jemand anderes, ein Mann namens Vic Moore. Ich folgte ihm heute abend in die alte Stadt. Er war betrunken, und ich machte mir Sorgen um seine Sicherheit.«

»Und, ist ihm etwas zugestoßen?«

»Ich weiß es nicht. Er verschwand.« Steve blickte Collins an. »Aber ich fand eine zerbrochene Whiskyflasche in *Hyde Hall.*«

Collins brach in brüllendes Gelächter aus, als hätte er einen Witz gemacht, und grinste Bly an.

Bly schüttelte nur den Kopf. »Ist das eine Tatsache? Wenn eine zerbrochene Flasche bedeutet, daß jemand getötet worden ist, oh weh, dann sind eine Menge Leute hier in der Gegend getötet worden!«

Steve warf Tracy einen Blick zu. Ihre Blicke trafen sich, doch sie wendete sich ab.

Bly erklärte amüsiert: »Maggie besucht ihre Mutter in Denver. Ich habe erst heute abend am Telefon mit ihr gesprochen. Es geht ihr gut. Was Vic Moore betrifft, er tut so etwas öfter: Er betrinkt sich, läuft davon und macht Lärm. Um ihn brauchen Sie sich keine Gedanken zu machen. In ein paar Tagen wird er wieder zurück sein, zerknirscht und um Verzeihung flehend und da weitermachen, wo er aufgehört hat. Niemand ist getötet worden.«

»Da ist immer noch mein Bruder«, erwiderte Steve.

»Kam Ihr Bruder auf meinem Eigentum ums Leben? Hören Sie, Benson. Wenn Sie der Meinung sind, jemand sei in der alten Stadt getötet worden, zeigen Sie uns die Leiche. Rufen Sie Maggie an und fragen Sie sie, ob sie tot ist; von mir aus gerne. Doch sie sagte mir, es ginge ihr gut, ich denke also, daß sie noch am Leben ist.«

»Es geht ihr gut?« fragte Steve. »Nach …«

»Harold, es ist Levi«, unterbrach Tracy – sehr zu Steves Erleichterung. »Steve – Dr. Benson – hat sich auf Informationen gestützt, die Levi ihm gegeben hat. Das ist das Problem.«

»Cobb!« rief Bly.

»Nun Sie kennen ja Levi«, erklärte Tracy. »Er glaubt, der Drache habe Steves Bruder getötet, und er ist der Meinung, der Drache habe Maggie getötet. Er hat Steve all seine Geschichten erzählt, und so kam Steve zu seiner Zufallstheorie. Er versucht eine Verbindung zwischen den Geschichten herzustellen, den Dingen, die Levi erzählte und …«

Steve brachte den Gedanken zu Ende: »Und darum war ich in *Hyde Hall.* Ich folgte einer Spur. Ich mußte alles überprüfen, was ich gehört hatte.«

Bly war noch nicht ganz überzeugt. »Ich kann kaum glauben, daß Sie so dumm sind. Sie glauben all das Zeug über den Drachen?«

»Über einen Übeltäter«, korrigierte Steve. »Levi ist ein wenig absonderlich, das stimmt. In seinen Augen ist es ein Drache. Ich denke, es ist ein bösartiger Grizzly. Auf jeden Fall schien Levis Informationen über den Drachen mit meiner Vorstellung eines Bären übereinzustimmen.«

Bly machte es sich in seinem Sessel bequem. »Dr. Benson, Sie haben sich eine unglaubwürdige Idee auf lauter Lügen aufgebaut. Alles, was Cobb sagt, ist Blödsinn, verstanden? Dieser Bursche ist der größte Lügner im ganzen Tal.« Auf einmal stieg der Zorn in Bly wieder hoch. »Dann erzählt er also, Maggie sei vom Drachen gefressen worden?«

Tracy nickte.

Blys Gesicht wurde rot vor Zorn. »Wenn es nach Levi Cobb ginge, würde es wirklich einen Drachen geben, und er würde jeden verschlingen, der mit Cobb nicht einer Meinung ist! Meine Frau, von einem Drachen gefressen! Als nächstes wird er den Drachen noch mich fressen lassen.« Bly beugte sich vor und funkelte Steve an: »Ich will Ihnen etwas sagen: Dieser Mann hat schon einmal im Gefängnis gesessen; wußten Sie das? Er tötete einen Mann hier in Hyde River, hat ihn bei einem Kampf in der Bar erstochen. Und Sie glauben, ein Mann wie er würde die Wahrheit über jemanden erzählen, den er nicht leiden kann? Cobb hat es auf mich abgesehen; das war schon immer so. Er ist ein Lügner, Benson. Er ist ein so großer Lügner, daß er nicht einmal mehr weiß, daß er lügt. Er glaubt, was er sagt.«

Steve war bereit, den Reumütigen zu spielen. »Was soll ich dazu sagen?« Er hob hilflos die Hände hoch. »Ich bin entsetzt und beschämt. Ich habe mich auf falsche Informationen gestützt.«

»Allerdings!«

»Es tut mir sehr leid, Mr. Bly.«

»Sie sind ein Dummkopf!«

Tracy ergriff nun das Wort: »Aber verstehen Sie denn nicht, Harold? Steve ist ein Opfer der Umstände. Er wußte nicht, daß er sich auf Privateigentum aufhielt, er wußte nichts von den alten Traditionen und ist Levi Cobb begegnet, bevor jemand ihn warnen konnte.«

Bly beruhigte sich allmählich. Vielleicht weil er sich daran freute, Steve so zerknirscht zu sehen. Er schüttelte ungläubig und geradezu mitfühlend den Kopf über diesen verrückten Professor. »Ja, ganz bestimmt sind Sie an der Nase herumgeführt worden.«

»Nun, Harold«, meinte Tracy, »warum erzählen Sie ihm nicht, wie schwer das Ganze für Sie ist? Ich bin sicher, er würde Ihre Gefühle zu schätzen wissen, wenn er um Ihre Situation wüßte.«

Auf einmal fiel Bly etwas auf, und sein Gesicht leuchtete mißgünstig auf. »Sie mögen diesen Burschen, ist es nicht so?«

Steve war nicht aufgefallen, daß Tracys Hand auf seinem Arm lag, bis sie sie abrupt fortzog.

Doch Bly hatte ins Schwarze getroffen, und Steve beobachtete fasziniert, wie Tracy Ellis' Gesicht knallrot wurde.

»Ich denke«, begann sie, »ich denke, er muß nur lernen ...«

Jetzt machte es Bly richtig Spaß. Er beugte sich vor, um einen Schuß auf Steve abzufeuern. »Passen Sie nur auf sie auf. Sie hat eine ganze Spur zerbrochener Herzen in Hyde River zurückgelassen.«

»Harold, das reicht jetzt!« brachte sie schließlich heraus. »Ich versuche nur Dr. Benson aus einer Situation herauszuhelfen, in die er ohne sein Verschulden hineingeraten ist.«

Also bin ich wieder Dr. Benson, dachte Steve.

Bly lehnte sich in seinem Sessel zurück und lächelte zufrieden. Steve hoffte, daß er sich nun auch beruhigt hatte.

Schließlich schnitt Bly das zur Diskussion stehende Thema an. »Es ist eine verrückte Stadt, Steve.« Der Vorname ging auf Tracys Konto. »Die Leute mögen es nicht, wenn Fremde in die alte Stadt gehen. Für sie ist das geheiligter Boden, und das ganze Zeug mit dem Drachen macht mich noch wahnsinnig, aber ich schätze, wir werden damit leben müssen. Darum habe ich die Straße auch absperren lassen und die Verbotsschilder aufgestellt, um hier Frieden zu halten.«

»Es tut mir leid, daß ich so viel Unruhe gestiftet habe.«

»Ich denke, die Leute werden es überstehen, und Ihre Abreise wird die Dinge erleichtern, glauben Sie mir. Aber das Land ist ein Ballast. Die Leute hier haben so seltsame Vorstellungen, ich kann es nicht nutzen, kann es nicht verkaufen. Ich kann nur Bäume anpflanzen, und hoffen, daß die Legenden im Laufe der Zeit verblassen, so daß ich später wenigstens das Holz nutzen kann.«

»Wie ist das passiert, wenn ich fragen darf?«

»Was?«

»Wie kam es, daß so viele Legenden und Aberglauben im Zusammenhang mit diesem Land entstanden sind?«

Bly blickte angewidert zur Seite. »Ich möchte nicht darüber sprechen.

Tracy hatte sich mittlerweile wieder gefaßt. »Harold, erzählen Sie es ihm doch. Denken Sie daran, er hat mit Levi Cobb gesprochen.«

Bly mußte darauf anspringen. »Ach, wer weiß schon, was wirklich passiert ist.« Er dachte einen Augenblick nach, dann sagte er: »Irgendwann im neunzehnten Jahrhundert gab es einen Indianerüberfall auf die Stadt, und eine Menge Leute wurden getötet. Man erzählt sich, das Land sei eine geheiligte Begräbnisstätte und die Heimat des indianischen Schlangengottes gewesen. Es war ein großer Medizinmann, und jeder, der das Land unbefugt betrat, wurde mit einem Fluch belegt. Solche Geschichten wurden auf jeden Fall weitergegeben, wurden aufgebauscht und ausgebaut, und so kommt es, daß ein großer Drache hier lebt – vermutlich der Schlangengott der Indianer – und es liegt ein Fluch auf allen, die in die Nähe dieses Ortes kommen.« Er schnaubte vor Wut. »Und einige Leute denken, der Fluch läge auf mir, weil es meine Familie war, die diese Stadt gegründet hat, auf diesem geheiligten Boden.«

Steve wollte, daß Bly weitersprach. »Wie ich höre, sind Sie ein direkter Nachkomme der Hydes?«

»Der letzte der Hyde-Linie.« Bly betrachtete das Gemälde über dem Kaminsims. »Das ist mein Ururgroßvater Benjamin Hyde. Er hat diese Stadt 1870 gegründet, und ich bin der Enkel seiner Enkelin, die einen Goldsucher mit Namen Harrison Bly geheiratet hat.«

»Aha.«

»Benjamin Hyde fand Gold hier und gründete die Hyde Minengesellschaft. Die Stadt, der Fluß, Hyde Hall und wer weiß was noch wurden nach ihm benannt. Er hat alles begonnen, und ihm gehörte alles, und nun gehört es mir, oder zumindest der größte Teil.« Er rollte mit den Augen. »Ich besitze die frühere Stadt und einen großen Teil der heutigen Stadt. Doch das ist nicht mehr viel.«

Steve betrachtete das Porträt von Benjamin Hyde. Der Mann stand neben einem alten Tisch, der aus einer seltsamen Perspektive gezeichnet worden war, so daß das eingeritzte Datum deutlich zu erkennen war. »19. Juli 1882, was hat es mit diesem Datum auf sich?«

»Das ist das Datum der offiziellen Stadtgründung. Die Hyde River-Urkunde wurde an diesem Tisch in *Hyde Hall* unterzeichnet, und der alte Hyde war stolz darauf, darum mußte dieser Tisch mit auf sein Porträt.« Bly deutete auf einen alten Eichentisch, auf dem eine Messinglampe stand. »Besitze ihn immer noch.« Es war derselbe Tisch, und das Datum war deutlich zu sehen. Das war wirklich beeindruckend. »Er wird der Gründertisch genannt. Es ist ein großartiges Erinnerungsstück, doch es hat auch eine negative Seite.«

Steve blickte Bly fragend an.

Bly antwortete: »Der Familienfluch! Die Hyde-Familie hat sich auf dem Land angesiedelt und die Stadt gegründet, darum sind die bösen Geister und der indianische Schlangengott hinter ihnen her. Und auch das Land ist verflucht, und darum kann ich es nicht verkaufen oder bebauen.« Blys Gesichtsausdruck war jetzt weicher, sein Blick nicht mehr ganz so kalt. »Sie verstehen jetzt sicher, warum ich nicht möchte, daß sich Leute auf diesem Besitz aufhalten. Ich habe schon genug Ärger mit der Minengesellschaft, ich kann nicht noch mehr gebrauchen. Ich möchte nicht, daß die Stadtbewohner mir im Nacken sitzen, nur weil sie befürchten, daß ein Fremder den Drachen verärgert.«

»Ich verstehe, Sir.«

»Alles klar jetzt?«

Steve nickte. »Sehr klar, ja.«

»Dann tun Sie uns allen einen Gefallen.« Bly stand auf, und die anderen erhoben sich gleichfalls. Die Zusammenkunft näherte sich ihrem Ende. »Fahren Sie nach Hause. Machen Sie nicht mehr aus dem Ganzen, als es ist. Es tut mir leid um Ihren Bruder, doch das ist vorbei. Es gibt nichts mehr herauszufinden.«

Steve streckte ihm die Hand entgegen. »Ich danke Ihnen für Ihre Nachsichtigkeit, Sir.«

»Es ist schon gut«, erwiderte Bly und schüttelte Steves Hand. »Wie geht es Ihrer Schwägerin?«

»Sie erholt sich recht gut, danke.«

Bly wirkte ernsthaft interessiert. »Großartig. Ich freue mich, das zu hören. Doch wie mir gesagt wurde, hat sie den ganzen Zwischenfall verdrängt, sie kann sich an nichts mehr erinnern.«

»Das stimmt, Sir.«

»Sie kann sich an nichts erinnern?«

»Nein.«

»Nun … vielleicht ist das das Beste.«

»Vielleicht.«

»Warum gehen Sie nicht? Ich möchte zu Bett gehen.«

Draußen ging Collins geradewegs auf seinen Wagen zu. »Sie haben doch nichts dagegen, Professor Benson zu seinem Wagen zu fahren, oder, Tracy?«

»Kein Problem«, erwiderte Tracy, und sie und Steve stiegen in ihren Ranger.

»Machen Sie sich keine Gedanken um das, was Bly sagte«, meinte sie zu Steve, als sie den Motor anließ. »Er tut das mit jedem, versucht, sie aus der Reserve zu locken.«

Steve wußte sofort, was sie meinte. Er verschränkte nur die Arme vor der Brust und erwiderte: »Keine Sorge, das hat mich nicht beunruhigt.«

Harold Bly stand an der Tür zu seiner Terrasse und sah den roten Rücklichtern nach. Sein Gesichtsausdruck war wieder kalt und steinhart, sein Blick hinterlistig. Ein Schatten tauchte hinter der Garage neben dem Haus auf. Bly entdeckte ihn, nickte, dann setzte er sich auf die oberste Treppenstufe und zündete sich eine Zigarette an.

Phil Garrett vergewisserte sich, daß die beiden Fahrzeuge auch wirklich fort waren und kam die Treppe hoch.

»Bist ein wenig spät, nicht wahr?« fragte Bly.

Phil flüsterte: »Wir fragen uns, was mit Vic Moore passiert ist.«

»Was meinst du, was passiert ist?«

Phils Furcht stand ihm im Gesicht geschrieben. »Was sollen wir tun?«

»Dasselbe wie das letzte Mal«, sagte Bly ungeduldig. »Alles säubern. Wir wollen es hinter uns lassen und vergessen.«

»Aber warum haben Sie diesen Burschen laufen lassen?«

Bly nahm einen tiefen Zug von seiner Zigarette und lächelte. »Wer bin ich, daß ich einer Romanze im Wege stehe?«

Phil wurde wütend. »Aber er wird herausfinden …«

»Um ihn mache ich mir keine Gedanken!« unterbrach ihn Bly. »Steve Benson hat nichts gesehen, ganz im Gegensatz zu seiner Schwägerin.« Er blickte Phil direkt an. »Und weißt du was? Wir werden uns selbst um sie kümmern müssen – bevor ihr Erinnerungsvermögen zurückkehrt, kannst du mir folgen?«

* * *

Kurz vor Anbruch der Dämmerung kam eine schwarzgekleidete Gestalt zu der Ruine. Die zerbrochene Whiskyflasche, die Vic Moore in Händen gehalten hatte, lag noch da.

Das ist gut, dachte er. Sie sollen sie ruhig finden.

Er kniete sich vor den großen, flachen Stein in der Ruine von *Hyde Hall* und betete murmelnd seinen Gott an. Dann legte er einen weiteren Zettel darauf und schrieb zwei Namen darauf. Laut sprach er sie aus: »Steve Benson, Tracy Ellis.«

Mit der Berührung eines Streichholzes gingen die beiden Namen in Flammen auf.

Der Patient klagte über ein brennendes Mal über dem Brustbein und einen stechenden Schmerz im Herzen. Bei der Untersuchung fand ich eine offene Stelle, vermutlich brandig, und empfahl eine sofortige Aufnahme im Krankenhaus. Hätte ich eine Ahnung gehabt von dem offensichtlich kurz nach der Untersuchung einsetzenden Wahnsinn, hätte ich Schritte unternommen, den Patienten in Gewahrsam zu nehmen. Leider ging er davon und wurde nicht mehr gesehen.

In meiner gesamten beruflichen Laufbahn ist mir ein solches Phänomen nie wieder begegnet, und ich bedauere, daß wir nicht in der Lage waren, den Patienten eingehender zu untersuchen.

Aus den persönlichen Unterlagen von Dr. Simon Unseth,
der gegen 1895 in West Fork praktizierte.
Sie werden vom Geschichtsverein
in West Fork aufbewahrt.

Kapitel 9

Die Jagd

Die Uhr über der Bar zeigte halb sieben an. Um diese Zeit sollte Charlies Lokal bereits mit dem Geklapper von Tellern und dem üblichen Geplauder der Wald-, Minen und Bauarbeiter erfüllt sein, die hier frühstückten. Die meisten waren auch erschienen, doch nicht zum Frühstücken. Sie wollten Neuigkeiten, Informationen. Sie saßen dicht gedrängt um die Bar und hörten zu, unterhielten sich in kleinen Gruppen, alle auf einmal, doch immer mit unterdrückter Stimme, als würde ein Feind sie belauschen. Andy Schuller war da, und auch Carl Ingfeldt, der sich die meiste Zeit hinter Andy versteckte. Der große Doug stand im Mittelpunkt der Gruppe, er war immer noch der Wortführer. Dougs Kumpan Kyle Figgin gehörte zu den jungen und unerfahrenen Bewohnern Hyde Rivers. Mit offenem Mund und aufgerissenen Augen hörte er zu. Sogar Paul Myers, der normalerweise ganz hinten an der Bar saß, war näher gekommen, damit er zuhören konnte.

In der Mitte der Gruppe saßen auf zwei Barhockern, die zu Ehrenplätzen geworden waren, Elmer McCoy und Joe Staggart. Sie besaßen die Aufmerksamkeit und den Respekt der anderen und genossen es. Immerhin waren sie schon älter; sie lebten schon lange in Hyde River und hatten viel erlebt.

Elmer hatte bei der Minengesellschaft gearbeitet und war bereits pensioniert. Er war der älteste im Raum. »Oh, das ist schon früher passiert. Muß etwa zwanzig Jahre her sein. Joe, erinnerst du dich noch an Max Varney?«

Joe war ebenfalls pensionierter Minenarbeiter und Elmers Angelkamerad. Er war sehr dünn, das genaue Gegenteil von Elmer. »Ja, Max Varney.« Joes Zuhörer beugten sich vor. »Bei der zweiten Schicht hat er nur dummes Zeug erzählt. Er sprach von einem Burschen, den er verprügelt hatte …«

Elmer fügte hinzu: »Ich glaube, er hat ihn getötet.«

Joe riß die Augen auf. »Oh, das habe ich nicht gewußt.«

»Oh ja, er hat sich damit gebrüstet.«

»Ich erinnere mich daran, daß er geprahlt und blöd dahergeredet hat, aber ich erinnere mich nicht ...«

»Und am nächsten Tag war er fort. Kam einfach nicht zur Arbeit ...«

»Und ich weiß noch, daß wir darüber geredet haben, genau wie wir jetzt reden, und daß einige Männer nach ihm gesucht haben. Ich ging mit zwei anderen Minenarbeitern zum Minenschaft. Dachten, er wäre vielleicht hineingestürzt.«

»Aber weißt du noch, Joe? Jemand – wer war das noch? – ging nach Hyde Hall hinüber, um dort zu suchen.«

Die Erinnerung daran traf Joe wie ein Blitz. »War das nicht Harold?«

Elmer nickte. »Ja, ich glaube, es war Harold.« Dann lachte er leise und schüttelte erstaunt den Kopf. »Junge, wie die Zeit vergeht. Harold war noch ein halbes Kind, und ziemlich hochnäsig.«

»War er nicht gerade zwanzig?« meinte Joe.

»Ungefähr. Sein Vater wollte ihn nicht gehen lassen, doch er hat sich trotzdem dorthin geschlichen. Harold hat noch nie Angst vor der alten Stadt, vor Hyde Hall, gehabt. Es hat ihn immer dorthin gezogen, ich denke, das wißt ihr alle. Genau wie seinen Vater und Großvater. Sie alle, nun die ganzen Hydes, haben immer mittendrin gestanden, und dabei wollen wir es belassen.«

Joe erinnerte sich an den Rest der Geschichte. »Auf jeden Fall ging Harold nach Hyde Hall und fand den Fuß von Max, der noch in seinem Stiefel steckte.«

Andy Schuller räusperte sich und fragte mit zitternder Stimme: »Du meinst, nur den Fuß?«

Joe nickte. »Nur den Fuß. Nichts sonst. Er war glatt abgetrennt.«

Charlie blieb hinter der Bar, doch er hatte sich einen Stuhl geholt und sich gesetzt. Diese Art von Gesprächen brachten ihn zum Zittern, und er war ganz blaß geworden.

Kyle Figgin, der nach der kleinen Lektion im Fluß sehr viel vorsichtiger geworden war, fragte zuerst Doug: »Haben sie ihn gesehen?« Doug deutete auf Elmer, und Kyle wiederholte seine Frage: »Habt ihr ihn gesehen?«

Elmer trommelte mit den Fingern auf die Theke, als er sagte: »Harold hat ihn hergebracht und auf diese Theke gestellt. Einige Leute haben sich übergeben müssen, und alle hatten schreckliche Angst.«

Doug spuckte auf den Boden. »Wir machen uns besser auf die Suche nach Vic, das ist meine Meinung.« Einige murmelten zustimmend, andere hatten gar nichts zu sagen.

»Was ist nun mit Hyde Hall?« fragte Carl Ingfeldt. »Wer wird dort unten nachsehen?«

»Phil ist im Augenblick dort«, antwortete Charlie mit schwacher Stimme. Entsetzen machte sich in den Gesichtern aller breit, darum fügte er schnell hinzu: »Harold hat ihn hingeschickt.«

Erleichtertes Murmeln ertönte.

»Hat jemand mit Dottie gesprochen?« fragte Kyle.

»Ich habe mit ihr gesprochen«, sagte Andy. »Vic ist die ganze Nacht nicht nach Hause gekommen, und sie macht sich schreckliche Sorgen. Sie sagt, er hätte sich sehr seltsam verhalten.«

»Mann, ich kann es kaum glauben«, meinte Kyle. »So etwas ist noch nie passiert.«

Elmer blickte ihn grimmig an. »Oh doch, das ist es wohl. Was meinst du, worüber wir uns hier unterhalten?«

Joe stimmte ihm zu. »Vielleicht erlebst du es nur einmal in deinem Leben, aber du wirst es nie vergessen, auf keinen Fall.«

»Ich kann es kaum glauben!« wiederholte Kyle.

Elmer packte ihn am Arm. »Hey. Was hat man dir immer gesagt? Du verstehst jetzt, wovon wir sprechen, nicht wahr?« Er ließ seinen Blick über die Menge gleiten. »Etwas, das ich hoffte, nie wieder erleben zu müssen, ist passiert.«

»Aber warum?« fragte Charlie.

Elmer blickte Joe an. Sie hatten über diese Frage gesprochen. »Ich glaube, es war dieser Fotograf, dieser Benson.« Joe nickte zustimmend. »Hat sich mit Maggie eingelassen, sie hat ihm vermutlich alles erzählt, darum hat er begonnen, sich umzusehen und hoffte, auf eine große Story zu stoßen, die er den Zeitungen verkaufen konnte. Darum hat man sich um ihn gekümmert, und dann um Maggie ...«

»Sie hat geredet«, betonte Joe. »Sie hat es aus dem Tal hinausgetragen, mit einem Fremden gesprochen.«

»Aber warum Vic?« fragte Charlie.

Elmer und Joe wechselten wieder einen bedeutungsvollen Blick. Elmer konnte nur den Kopf schütteln. »Weiß nicht, ob er wirklich fort ist, aber ...«

»Wenn Vic geholt worden ist, dann ...«

»Dann könnte das jedem von uns passieren. Wenn du anfängst, diesem Ding nachzuspionieren, machst du es wütend. Und irgend jemand schnüffelt hier herum.«

Joe fügte hinzu: »Ich habe nie erlebt, daß es mehr als einen nimmt. Das ist etwas anderes. Das ist überhaupt nicht gut.«

»Was wird es denn nun tun«, brach es aus Andy heraus, »uns alle holen?«

Alle redeten durcheinander. »Wozu? Warum uns?« »Nicht mich, ich habe nichts getan!« »Wann wird das denn endlich aufhören?«

»Kann Harold denn nicht irgend etwas tun?« fragte Kyle. »Du sagtest, er sei, du weißt schon, in gewisser Weise eingeweiht.«

Elmer schüttelte den Kopf. »Du wirst ihn selbst fragen müssen.«

Oh ja, sicher, dachte Kyle, sagte aber nichts.

Doug fragte: »Was ist nun mit diesem Professor? Schnüffelt er immer noch hier herum?«

Carl Ingfeldt meldete sich zu Wort: »Les Collins und Tracy haben ihn gestern abend verhaftet.«

Alle Köpfe drehten sich zu ihm herum. »Was?« »Wo?« »Wovon sprichst du überhaupt?«

»Er war wieder in *Hyde Hall* und hat sich dort umgesehen.«

Wütend schlugen einige mit der Faust auf die Theke.

»Seht ihr?« sagte Elmer. »Man spioniert diesem Ding nach ...«

Doug fragte: »Was haben sie getan?«

»Sie haben ihn zu Harold gebracht, und Harold hat ihn gehen lassen.«

»Was?« »Warum?« »Ist er denn verrückt?« »Du machst Witze!«

»Auf jeden Fall ist er jetzt fort, und das ist die Hauptsache.«

»Bist du sicher?« brummte Doug.

Carl sprach schnell. »Ich habe ihn im Auge behalten. Er hatte seinen Wohnwagen unten im White Tail RV Park abgestellt, richtig? Nun, heute morgen war er fort, und Sara Tyson – ihr wißt schon, sie führt diesen Platz – sagte, er sei nach Hause gefahren. Vermutlich hat Harold ihm die ganze Sache ausgeredet. Entweder das oder Collins hat ihm nahegelegt zu verschwinden.«

Elmer runzelte die Stirn. »Das gefällt mir nicht. Wie hat er von *Hyde Hall* erfahren?«

»Vermutlich ist er Vic gefolgt. Harold wußte es nicht genau.«

Doug und die anderen nahmen diese Information sehr skeptisch auf. »Woher wußte er von Vic?« fragte Doug.

Charlie konzentrierte sich darauf, einige Servietten zu falten und drehte der Gruppe den Rücken zu.

Die Tür öffnete sich. Es war Phil Garrett. Sein Verband war abgenommen worden. Das Ohr sah schrecklich aus; dunkel hoben sich die Stiche, mit denen es angenäht worden war, von der hellen Haut ab. Er hatte eine Papiertüte in der Hand, die oben fest zugebunden war. Er ging zum Tresen und öffnete vorsichtig die Tüte, dann legte er die Scherben der Whiskyflasche darauf. »Er war tatsächlich da.«

Andy Schuller wich zurück und wurde bleich. Sogar Elmer und Joe standen auf und traten zurück. Totenstille trat ein. Alle starrten auf die zerbrochene Flasche. Keiner sagte ein Wort.

Charlie setzte sich in Bewegung, dann eilte er, rannte in die Küche, vorbei an Bernie, dem Koch, hinein in den Waschraum, gerade rechtzeitig, um sein Frühstück in die Toilette zu entleeren.

* * *

»Evelyn?«

Evelyn spürte sogar durchs Telefon, daß Steves Stimme nicht normal klang. »Steve. Wo bist du?«

»Ich bin im Hyde Valley, arbeite noch an etwas. Wie geht es dir?«

»Danke, recht gut. Wie geht es dir?«

»Auch gut, bin nur ziemlich beschäftigt. Aber nichts, worum man sich Gedanken machen müßte. Ich wollte nur hören, wie es dir geht.«

»Ich habe für nächste Woche den Gedächtnis-Gottesdienst für Cliff angesetzt. Ich werde dir die Einzelheiten noch mitteilen.«

»In Ordnung.«

Sie wollte jetzt einige ehrliche Antworten hören. »Steve, was tust du wirklich?«

Er ging dieser Frage aus dem Weg, indem er selbst fragte: »Ist sonst noch jemand im Haus?«

»Steve, du versuchst nur, meiner Frage auszuweichen«, meinte Evelyn. »Du sprichst andauernd über Dinge, die du noch klären mußt und andere Möglichkeiten. Was verschweigst du mir?«

Er beantwortete ihre Frage immer noch nicht. »Ist jemand bei dir?«

»Ja«, erwiderte sie schließlich ärgerlich. »Die Jungen sind hier und meine Eltern.«

»In Ordnung. Gut.«

»Jetzt sage mir, was los ist.«

»Hast du mit jemanden über das gesprochen, was passiert ist?«

»Steve! Natürlich habe ich darüber gesprochen. Ich habe mit meinen Eltern gesprochen, dem Pastor, den Jungen, Freunden …«

»Was ich eigentlich wissen möchte ist, ob du dich noch an etwas anderes erinnerst, was an jenem Abend geschah, und ob du mit jemandem darüber gesprochen hast.«

Sie überlegte einen Augenblick, dann antwortete sie: »Ich glaube, ich erinnere mich jetzt an ein wenig mehr, doch ich habe nicht darüber gesprochen. Ich bin noch nicht bereit, darüber zu sprechen.«

»Tue es auch nicht. Erzähle niemandem, was du dort oben gesehen hast, nicht bevor du mit mir darüber gesprochen hast.«

»Und warum nicht?«

Eine Zeitlang schwieg er, dann erwiderte er: »Ich habe ein wenig über dieses Tal herausgefunden. Es herrscht ein sehr starker Aberglaube hier darüber, wie Menschen in den Bergen sterben und aus welchem Grund, und sie sind ziemlich aufgebracht über Cliff und die ganze Geschichte.«

»Könntest du nicht etwas deutlicher werden?«

»Ich kann es am Telefon nicht erklären. Aber hör zu, es ist sehr wichtig. Darum habe ich eigentlich angerufen. Sprich mit niemandem darüber, in Ordnung? Vor allem nicht, wenn du dich an etwas erinnerst. Erzähle es zuerst mir. Du kannst mich über mein Handy erreichen, und überlaß dann alles mir, in Ordnung?«

Sie hatte eine Menge Fragen, doch sie seufzte nur frustriert. »Du und Cliff. Ich weiß gar nicht, warum ich mich mit euch eingelassen habe.«

»In Ordnung?«

»In Ordnung, Steve. In Ordnung.«

»Ach, und ...«

»Ja?«

»Sei vorsichtig.«

* * *

Die alte Stadt. Dämmerung am Freitag abend. Die hohen Zirruswolken über den Bergen waren dem Rot des Sonnenuntergangs und dem Grau der Nacht gewichen. Die ersten Sterne leuchteten am Himmel. Die Raben flogen von Baumwipfel zu Baumwipfel, ließen sich darauf nieder und krächzten von den verfallenen Mauern der alten Ruinen herab. Die Schatten wurden immer länger, hüllten die alte Stadt ein, überdeckten die verrosteten Nägel, das hohe Gras. Die Fledermäuse waren unterwegs, flogen wie Schattenfiguren über den schwarzen Nachthimmel dahin. Die Ruinen am Straßenrand ähnelten monströsen, grotesken Grabsteinen, waren Monumente der Furcht, des Aberglaubens und nun des Todes.

Steve Benson war dort, in *Hyde Hall*, im Schutz der drei noch stehenden Wände. Die Dunkelheit senkte sich über ihn wie ein Vorhang. Reglos saß er auf dem großen flachen Stein nur wenige Zentimeter von der Stelle entfernt, wo die zerbrochene Whiskyflasche und Maggies Tasche und ihr Schuh gelegen hatten. Er hatte dunkle Kleidung angelegt, und wieder einmal war er mit seinem Gewehr, der Schrotflinte und dem Jagdmesser bewaffnet. Hinter dem Stein hatte er einen Rucksack mit Proviant und zusätzlicher Munition abgestellt. Neben ihm auf dem Stein lag seine Taschenlampe. Er verhielt sich ruhig und wartete.

Die Dunkelheit verdichtete sich, und auf seiner Uhr konnte er erkennen, daß eine weitere Stunde vergangen war. Aufmerksam behielt er die Umgebung im Auge. Allmählich verschwammen ihm die Bäume und die Umrisse der Ruinen vor den Augen, und er wußte, daß er im Nachteil war.

Allerdings hatte er das Nichtwissen der anderen auf seiner Seite. Offiziell hatte er das Hyde Valley verlassen, und zwar sehr offensichtlich. Er hatte seinen Stellplatz auf dem Campingplatz bezahlt und Sara Tyson wissen lassen, daß er abreiste, für den Fall, daß sich jemand nach ihm erkundigte. Seinen Wagen hatte er auf einem Feldweg ein paar Kilometer den Berg hinauf verborgen. Zu Fuß war er hierhergekommen und hatte die alte Stadt mit Einbruch der Dämmerung erreicht. Niemand würde also wissen, was er vorhatte.

Außer einer. Sie hatte gewartet, bis es richtig dunkel war, und nun konnte er hin und wieder den Strahl ihrer Taschenlampe vom Fluß herannahen sehen. Diesmal würde er nicht verhaftet werden. Als sie die Straße erreichte, knipste sie sie aus, sie brauchte sie nicht mehr.

Er lächelte, obwohl er wußte, daß sein Lächeln nicht gesehen werden konnte.

Sie schwieg, bis sie über die alten Grundmauern von *Hyde Hall* hinweggestiegen war. Dann murmelte sie: »Ich weiß gar nicht, warum ich das tue.«

Jetzt konnte Steve sie besser sehen, und er war sehr erfreut festzustellen, daß sie sich darauf vorbereitet hatte, die ganze Nacht hier zu verbringen. Sie hatte sich warm angezogen und einen Rucksack mitgebracht. Auch sie war bewaffnet – sie trug ein Gewehr und ein Messer.

»Auch ich habe meine Zweifel«, erwiderte Steve, »doch ich habe auch meine Vorahnungen. Ich möchte das eine oder andere bestätigt sehen.«

»Es ist verrückt.«

»Aber nicht so verrückt, daß Sie sich nicht darauf eingelassen haben.«

Ein wenig verärgert erwiderte sie: »Was sollte ich denn tun?«

»Mich verhaften.«

Stille. Dann: »Passen Sie nur auf sich auf.«

»Ich hätte gern, daß Sie mir den Rücken decken.«

»Wie bitte?«

Er lachte, drehte sich um, und deutete auf die andere Seite des Steines und die Gegend dahinter. »Ich behalte diese Richtung im Auge, und Sie die andere.«

Sie setzte sich mit dem Rücken zu ihm auf den Stein. »Wenn jemand kommt, verhafte ich Sie vielleicht – Sie wissen schon, um gut dazustehen.«

Sie stehen schon gut da, dachte Steve, sagte aber nichts. Ihre beinahe vollkommene Silhouette war ihm nicht entgangen. Und sie war auch stark. Trotz des weiten Weges und des schweren Gepäcks keuchte sie nicht einmal. »Danke, daß Sie gekommen sind.«

»Nicht gern geschehen.« Dann: »Aber danke für den Anruf.«

So saßen sie in der Dunkelheit, Rücken an Rücken auf dem flachen Stein und starrten in die Nacht hinein. Mit schußbereitem Gewehr lauschten sic auf dic Geräusche der Nacht.

»Ich denke, wir sollten versuchen, die vergangene Nacht nachzustellen«, meinte Steve.

Sie war immer noch etwas mißgelaunt. »Wenn Sie nicht aufhören zu reden, werden Sie das Ding, was immer es auch ist, verscheuchen.«

»Maggie sang, und Vic krakeelte. Vielleicht wartet das Ding darauf.«

»Sie meinen den Bären, nicht wahr?«

»Ich weiß nicht, was ich meine.«

»Das ist verrückt.«

»Was immer sie angegriffen hat, es ließ sich durch ihren Lärm nicht verscheuchen; es wird also nichts ausmachen, wenn wir uns unterhalten.«

Tracy drehte sich halb zu ihm herum. »Darf ich fragen, welchen Köder Sie benutzen?«

»Nun ...«

»Steve!«

»Dieser – Bär – scheint nicht auf Nahrungsmittel oder Doughnuts aus zu sein. Er geht auf Menschenjagd.«

Sie zischte ihm zu: »Sie haben mich hierhergeholt als Köder für einen Bären?«

Er dachte einen Augenblick nach, dann gab er zu: »Ja, eigentlich schon.«

Sie drehte ihm wieder den Rücken zu. Er grinste nur.

»Ich versuche nur, die Umstände der vorherigen Angriffe zu rekonstruieren«, erklärte er. »Menschen nachts allein im Wald. Verletzlich, leichte Beute.«

»Quatsch.«

»Hören Sie. Wenn es ein Grizzly war, sicher, er hätte alle Opfer töten können. In Cliffs Fall hätte Nahrung ihn anlocken können, doch bei Vic und Maggie haben wir es mit einem Wesen zu tun, das die Opfer ohne weitere Nahrungsquellen angegriffen hat. Nur ein besonders bösartiger Bär würde so etwas tun. Darum ... es macht Sinn. Wenn ich einen normalen Köder auslege, könnte alles mögliche angelockt werden. Doch ich bin hinter einem Wesen her, das Menschen tötet, das von Menschen angelockt wird. Und dies ist die wahrscheinlichste Stelle, wo wir ihm begegnen können, nach dem, was wir wissen.«

Ihr Ärger verflog nach einer Weile, dann wiederholte sie: »Ich weiß wirklich nicht, warum ich mich darauf einlasse.«

»Sie genießen meine Gesellschaft.«

Das gab ihr den Rest. Sie sprang auf. »Das reicht. Ich verschwinde.«

»Und ich bin gern mit Ihnen zusammen.«

Ein wenig widerstrebend setzte sie sich wieder auf den Stein, den Rücken ihm zugewandt. »Wir werden nichts herausfinden.«

»Wie Sie bereits sagten, es ist verrückt.«

Eigensinnig drehte sie ihm den Rücken zu, als sie sagte: »Aber wegen gestern abend ...«

»Ach ja, gestern abend.«

Nun drehte sie sich empört zu ihm herum. »Sie haben keine Ahnung, wie peinlich mir das war.«

Er wendete sich ihr zu. »Ihnen? Waren Sie in Handschellen? Wurden Sie wie ein Verbrecher vorgeführt?«

»Sie wurden nicht vorgeführt!«

Nun wurde auch er lauter. »Ich stand dicht davor herauszufinden, was mit Vic Moore passiert war. Es lagen Beweise hier, die hätten gesammelt werden müssen, doch was ist passiert? Sie haben mich verhaftet.«

Nun erhob auch sie ihre Stimme. »Ich habe Sie gar nicht verhaftet! Das hat Collins getan!«

Er verdrehte die Augen und wandte sich ab. »Ach, lassen Sie mich doch in Ruhe!«

»Er stand doch genau hier, sein Gewehr auf Sie gerichtet. Was sollte ich denn tun? Zulassen, daß er uns beide erschießt?« Sie wendete ihm den Rücken wieder zu, er drehte sich auch wieder um.

Schweigend saßen sie in der Dunkelheit, Rücken an Rücken, das Gewehr in der Hand.

Schließlich brach Steve das Schweigen. Mit ruhiger, beinahe versöhnlicher Stimme fragte er: »Was ist mit Harold Bly? Denken Sie, daß es Maggie wirklich gutgeht, genau wie er gesagt hat?«

Ihre Antwort fiel ein wenig kurz aus. »Ich denke, daß Maggie tot ist. Das habe ich Ihnen bereits gesagt.«

»Warum haben Sie ihm das nicht gesagt?«

»Warum haben Sie es nicht getan?«

Stille. Sie saßen da und lauschten.

»Er hat das Sagen«, erklärte Tracy schließlich etwas weicher. »Ich wollte Sie nur aus dem Schlamassel befreien, das ist die Wahrheit.«

Steve dachte darüber nach und seufzte. »Ja, ich weiß.«

»Und nun sitze ich hier, mitten in einem anderen Schlamassel.«

»Noch nicht.«

»Nun …«

Kein Geräusch war zu hören außer dem leisen Rauschen des Flusses, nichts zu sehen außer dem dunklen Schatten der alten Ruinen und den Umrissen der Bäume dahinter.

»Steve.«

»Ja.«

»Was denken Sie eigentlich wirklich? Hinter was sind Sie wirklich her?«

Er konnte ihr diese Frage nicht beantworten.

»Wissen Sie es nicht?«

»Gestern habe ich etwas gesehen«, sagte er schließlich. »Etwas auf der anderen Seite des Flusses. Ich weiß nicht, was es war, aber …«, er seufzte frustriert auf, »… aber ich hatte das Gefühl, daß es mich beobachtete.«

»Wieso wissen Sie nicht, was es war?«

Steve zuckte die Achseln. »Es versteckte sich in den Bäumen. Ich konnte nur eine Bewegung wahrnehmen.« Er zögerte. »Und noch etwas: Ich hatte das Gefühl, als sei ich der Gejagte.«

Tracy schwieg einen Augenblick. Dann meinte sie: »Das klingt so, als hätten Sie Angst.«

»Wissen Sie, vielleicht bin ich nur nüchtern, vorsichtig. Und darum bin ich hier. Mein Bruder ist tot, eine Frau hat sehr wahrscheinlich den Tod gefunden, und ihr Mann leugnet es, ein weiteres Opfer ist vermutlich tot, und ein religiöser, abergläubischer Mann aus dem Tal erzählt mir Geschichten von einem menschenfressenden Drachen …«

»Das können Sie streichen.«

Steve fuhr fort. »Außerdem habe ich eine geheimnisvolle Speichelanalyse von der Universität.«

»Was für eine Speichelanalyse?«

»Speichel, der auf der Leiche meines Bruders gefunden wurde. Ich ließ ihn in Colorado untersuchen. Man sagte mir, er stamme von einem Reptil.«

Tracy schwieg eine ganze Weile. Schließlich wiederholte sie: »Ja, es sieht wirklich so aus, als hätten Sie Angst.«

»Darum bin ich hier mit Vermutungen, Gefühlen, Vorahnungen und einer Erinnerung, nur einer Erinnerung an etwas, das mich beobachtet hat, das ich aber nicht gesehen habe. Und ich möchte es wiedersehen. Ich möchte, daß es auf mich losgeht, daß es sich zeigt ...«

»Würden Sie bitte den Mund halten?«

»Außerdem ist Ihre Theorie des eifersüchtigen Ehemannes nicht mehr haltbar.«

Sie drehte sich zu ihm herum. »Warum nicht? Es paßt doch alles zusammen.«

Er blickte ihr in die Augen. »Sie vergessen Vic Moore.«

»Vielleicht hält sich Vic Moore noch irgendwo hier auf«, sagte sie, obwohl sie nicht richtig davon überzeugt war.

»Wenn das so wäre, würde das Ihre Theorie retten, nicht wahr? Das Verhältnis von Cliff und Maggie könnte ihren Tod erklären: Sie haben Mist gebaut, und Harold Bly hat sie getötet. Aber warum Vic?«

»Er könnte noch leben«, wiederholte sie eigensinnig. »Er hat sich schon häufiger betrunken und ist für eine Weile verschwunden.«

»Sie hätten seinen Schrei gestern nacht hören sollen.«

Das verblüffte sie. »Sie haben Vic Moore schreien hören?«

»Es klang, als sei er in einen schrecklichen Kampf verwickelt –, und ich glaube, das war er auch. Ich glaube, daß er tot ist.«

Tracy spielte an ihrem Gewehr herum und blickte angestrengt in den Wald hinter den Ruinen. Sie konnte nichts entdecken. Sie wollte nicht flüstern, doch sie konnte nicht anders. »Vielleicht war es kein Tier. Vielleicht hat Vic Moore nur jemanden verärgert, genau wie Maggie und Cliff.«

»Vielleicht.«

Sie wollte nicht glauben, daß es ein Tier war, wenigstens nicht, solange sie hier draußen im Dunkeln saß. »Aber wenn es ein Tier war, warum sollten sie versuchen, es zu verstecken? Sie wissen schon, die Unglücksstellen säubern und so.«

Steve flüsterte nun auch. »Sie kennen die Antwort besser als ich. Doch ihr Aberglaube und ihre kleinen Spiele bedeuten mir nichts. Sie können sie haben. Ich möchte nur den Räuber.«

»Ich denke, Bly fördert diesen Aberglaube noch. Solange die Leute nicht herausfinden, was wirklich passiert ist, kann er sie weiterhin in Schach halten.«

»Ich mag diesen Burschen nicht. Und vor allem gefielen mir die Fragen über Evelyn nicht.«

»Hmm. Das ist mir auch aufgefallen.«

»Ich habe Evie angerufen. Ich wußte nicht, was ich ihr sagen sollte, außer, daß sie vorsichtig sein soll, aber …«

»Sie könnte eine Zeugin sein; Sie haben recht – und die anderen wissen das.«

»Darum möchte ich sehen, was Evie gesehen hat.«

Tracy erinnerte sich, daß Evelyn Benson über und über mit Blut beschmiert und außer sich war, aber nichts gesagt hatte. Sie umklammerte ihr Gewehr fester, sah sich aufmerksam um und versuchte, den Wunsch zu verdrängen, woanders zu sein.

* * *

Evelyn lag auf der linken Seite, auf ihrer Seite des Ehebetts, das sie mit ihrem Mann geteilt hatte. Die Lichter waren erloschen, das Haus lag im Dunkeln. Die Geräusche der Nacht wurden laut: Das Fenster im Zimmer, das tagsüber von der Sonne erwärmt wurde, hatte sich abgekühlt und knackste hin und wieder; ein Dachziegel klapperte, und in einer Ecke des Dachbodens säuberten winzige Klauen das Nest.

Evelyn schlief. Ihr Atem war tief und gleichmäßig, das blaue Licht des Weckers fiel auf ihr Gesicht.

Rennen, überall Dunkelheit, ein Messer in ihrer Hand. Sie fiel hin, rief immer wieder den Namen ihres Mannes.

Ein gestaltloser Schatten, eine Wolke, eine Macht, ein Gewicht, eine Gegenwart.

Zurückgedrängt. Gestürzt. Wieder auf den Beinen. Stürzte sich auf den Körper wie ein riesiger Balken. Cliff!

Das Messer. Eine warme, klebrige Masse auf ihren Armen, ihrem Nacken, ihrem Gesicht.

Cliff. Sie streckte ihre Hand nach Cliff aus. Sie konnte sein rotes Hemd sehen, halb im Schatten liegend. Sie griff nach seinem Gesicht, versuchte den Schatten zu verscheuchen, der es von einem überhängenden Ast verdeckte. Ihre Hand griff durch den Schatten, doch der Schatten blieb. Wo Cliffs Gesicht hätte sein sollen, ertastete sie nur die kühle Erde. Ihr Gesicht verzerrte sich vor Entsetzen; ihre Lippen formten seinen Namen, doch sie brachte keinen Ton heraus.

Sie wachte auf. Mit klopfendem Herzen griff sie nach Cliffs Kissen.

Ihr Zimmer, ihr Haus, die reale Welt. Langsam kam sie wieder zu sich, und sie wurde ruhig. Sie war allein. Es gab keine Gefahr.

Keine Gefahr? Ihr Verstand sagte ihr etwas anderes.

Steve. Bete für Steve. Bete für Steve!

Sie sprang aus dem Bett und kniete sich an die Bettkante. Sie wußte nicht, was sie sagen sollte.

* * *

Steve warf einen Blick auf seine Uhr mit Leuchtzifferblatt. Kurz vor Mitternacht.

»Wie geht es Ihnen?«

»Mein Hinterteil wird allmählich ein wenig kalt«, erwiderte Tracy.

»Warum suchen Sie sich nicht einen anderen Platz? Wir können doch abwechselnd hier sitzen.«

Langsam stand sie auf. Sie war ganz steif vom Sitzen. Einige heruntergefallene Bretter schienen ihr die richtige Sitzgelegenheit zu sein. Sie probierte zuerst mit der Hand aus, ob sie ihrem Gewicht standhalten würden, dann setzte sie sich darauf.

»Sind Sie verheiratet, Steve?«

Wir haben über alles mögliche gesprochen, dachte er, warum nicht auch darüber? »Nein, ich bin nicht verheiratet.«

»Waren Sie es?«

»Ja, etwa acht Jahre lang.«

»Haben Sie Kinder?«

»Nein.«

»Das ist gut.«

»Ja, ein Bruch wird dadurch leichter, sauberer.«

»Und wie lange sind Sie jetzt schon allein?«

»Drei Jahre.«

Sie rutschte auf den Brettern hin und her, um eine bequeme Lage zu finden.

»Was ist mit Ihnen?« fragte er.

»Nein. Nicht verheiratet.«

»Waren Sie es?«

Sie brauchte eine Weile, um zu antworten. »Hängt davon ab, wie man die Sache betrachtet. Es war eigentlich keine richtige Ehe. Ich hätte ihn nie heiraten dürfen, aber – ich war jung, er war ein Mistkerl und hat mir einen Haufen Versprechungen gemacht, Sie verstehen?«

Sie war jung? »Wie alt sind Sie denn jetzt?«

»Dreißig. Und sehr viel klüger. Hoffentlich.«

»Sie scheinen Ihrer Sache nicht sehr sicher zu sein.«

»Ich hänge immer noch im Hyde Valley, nicht wahr? Wenn ich klug gewesen wäre, hätte ich mir woanders einen Job gesucht, irgendwo, nur nicht hier. Liebe kann einen ganz schön blind machen.«

»Ja, sie ist ein sehr starkes Gefühl, das stimmt. Sie kann sehr zerstörerisch wirken.«

Er brach ab. Sie wartete.

Schließlich fragte sie: »Waren Sie sehr niedergeschlagen, als Ihre Ehe auseinanderging?«

Jetzt kommen wir zur Sache. »Ich habe überlebt.«

»Haben Sie etwas dagegen, wenn ich Sie frage, was passiert ist?«

Er dachte darüber nach und erwiderte: »Sie hieß Jennifer, und sie verließ mich mit einem meiner Freunde.«

»Das tut mir leid.«

»Danke«, sagte er. »Ich habe lange gebraucht, um zu dieser Einsicht zu gelangen, doch ich weiß nun, daß wir beide unrecht hatten. Es gibt Dinge, die beide von uns hätten anders machen können.«

»Ich verstehe, was Sie meinen«, erwiderte Tracy ernst.

Steve versuchte, die Unterhaltung auf leichtere Themen zu bringen. »Auf jeden Fall habe ich in der Vergangenheit versucht, etwas vorsichtiger zu sein, habe meine Augen offengehalten und das Überleben an die erste Stelle gestellt. Und ja, ich habe die Liebe auf ihren biologischen Kontext begrenzt.«

»Was meinen Sie damit?«

»Liebe ist wie alles andere, ein Produkt der Evolution, eine höhere Ebene neurologischer und chemischer Reaktionen …«

»Was Sie nicht sagen«, meinte sie verschmitzt.

Steve lachte. »Verstehen Sie mich nicht falsch. Ich versuche nur auszudrücken, daß die Liebe, wenn sie in ihrem eigentlichen Kontext gesehen wird, leichter zu verstehen ist. Sie wird unter Kontrolle gehalten, in Grenzen.«

Sie setzte sich auf ihren Brettern auf. »Quatsch.«

»Wie meinen Sie das?«

»Sitzen Sie darum hier draußen in der Dunkelheit und warten auf den Bären oder das Wesen, das Ihren Bruder getötet hat? Ist dies die Ursache Ihres Kummers? Sind es einfach nur chemische Reaktionen?«

Es fiel ihm schwer, etwas darauf zu antworten. »Ich denke, letztendlich schon.«

»Quatsch.«

»Hören Sie ...«

»Sie versuchen, mit dem Schmerz fertig zu werden, indem Sie ihn in ein Teströhrchen stecken. So ist es nicht wirklich Ihr Schmerz.«

Darauf hatte er keine Antwort.

* * *

Nach so vielen Jahren in Hyde River störten Levi die bellenden und an seinem Fenster kratzenden Hunde der Stadt nicht. Er schlief trotzdem. Doch in dieser Nacht war er wach, und nicht nur vom Heulen der Hunde. Etwas anderes regte sich draußen vor seinem Fenster. Es war unsichtbar, doch er spürte seine Anwesenheit, die sich wie Fabrikrauch dick und schwarz über die Straßen und rostenden Dächer der Stadt legte, durch jede Ritze kroch, sich sogar im Schlaf in jedes Herz, jedes Gehirn, jede Seele der Menschen schlich. Jahre zuvor, als er es zum ersten Mal gespürt hatte, war es nur kurz dageblieben und dann wieder fort gewesen. Seit kurzem blieb es immer sehr viel länger, wenn es kam.

Heute war es wieder da, stärker und düsterer als je zuvor. Er wußte, es würde Ärger geben.

* * *

Halb zwei Uhr morgens. Steve blickte zu Tracy hinüber. Er wußte, daß sie wach war. »Was ist mit Blys Geschichte von dem indianischen Massaker? Ist da etwas Wahres dran?«

Tracy wirkte recht schläfrig. »Ich habe diese Geschichte noch nie zuvor gehört. Doch falls es jemals einen Kampf mit den Indianern gegeben hat, wurden vermutlich die Indianer getötet. Die Begründer dieser Stadt waren rauhe Burschen. Sie duldeten nicht, daß ihnen jemand im Weg stand.«

»Sie haben noch nie von dem Indianergott der Indianer gehört, oder daß dies geheiligter Boden ist?«

»Wenn Sie meine Meinung hören wollen, Bly hat das alles erfunden.«

»Was ist denn dann wirklich in *Hyde Hall* passiert, daß die Leute so große Angst davor haben?«

»Ich weiß es nicht.«

Steve war skeptisch. »Sie sind hier aufgewachsen und wissen es nicht?«

»Hey, so ist das nun mal hier«, meinte sie verteidigend. »Manches von dem Zeug wird ohne Erklärung hingenommen.« Eine Weile verging. Schließlich brach es aus ihr hervor: »Aber Bly hat noch mehr seltsame Geschichten auf Lager, wissen Sie? Zum Beispiel, ich würde eine Spur gebrochener Herzen zurücklassen.«

Steve war amüsiert. »Ärgert Sie das immer noch?«

»Er hat schließlich Andeutungen über mein Privatleben gemacht, von dem er nichts weiß. Und er hat auch nicht das Recht, etwas darüber zu sagen.«

»Vielleicht meinte er nur, daß es einige Burschen gibt, die …«

»Ich weiß genau, was er meinte!«

Oho, sie wird ärgerlich. »In Ordnung, ist ja schon gut«, meinte Steve. »Du meine Güte, Sie sind aber ganz schön sauer.«

»Darauf können Sie Gift nehmen. So etwas einem vollkommen Fremden zu erzählen. Der hat Nerven!«

»Wie viele Herzen haben Sie denn gebrochen?« fragte er neckend.

Sie zögerte, dann gestand sie ein: »Nicht sehr viele.«

»Endlich kommt es heraus.«

»Eigentlich würde ich nicht sagen, daß ihre Herzen gebrochen waren. Vielleicht eher ein schlechter Anfang. Aber wir waren jung. Was wußten wir schon? Ich war …«

Steve Hand ging hoch. Ein Signal.

Sie erstarrte. Steve saß reglos auf dem Stein, seinen Blick auf den Fluß gerichtet.

Sie lauschten. Sie konnten das Rauschen des Flusses hören, das schläfrige Rascheln der Pappelblätter, die Grillen. Nichts weiter.

Langsam richtete sich Tracy auf, ihr Gewehr fest umklammert. Angestrengt blickte sie sich um. Auf einmal war ihre Kehle wie zugeschnürt; die Dunkelheit um sie herum wirkte schwer und bedrohlich.

Steve hob die Nase und schnüffelte. Er konnte noch nichts erkennen. Noch nicht.

»Was ist los?« flüsterte Tracy so leise sie konnte.

Er nahm sich einen Moment Zeit, bevor er genauso leise antwortete: »Ich weiß es noch nicht genau.«

Sie lauschte. Nichts. Eine Ewigkeit verging.

Steve hielt seinen Blick fest auf den Fluß gerichtet und suchte das Ufer ab. Manchmal konnte er dort draußen etwas spüren, dann wieder setzte der Zweifel ein, doch das instinktive Frösteln, der Hauch der Gefahr war beständig da. Sicher, er hatte Angst, doch im Augenblick gewann der Jäger in ihm die Oberhand.

»Kann ich mich bewegen?« fragte Tracy.

Er machte ihr ein Handzeichen, und sie schlich zum Stein und setzte sich.

Steve suchte die schwarze Weite der Berge ab. Er hatte ein Geräusch gehört, das anders war als das leise Rauschen des Flusses, das Flüstern des Windes, das sanfte Rascheln der Blätter über ihnen. Bei vielen Jagdausflügen hatte er gelernt, die Geräusche zu erkennen, die Tiere machen, wenn sie durch den Wald schleichen. Er meinte dieses Geräusch gehört zu haben: ein Rascheln, das Knacksen eines Zweiges, das Zischen von Fell durch das Gras. Er wollte es wieder hören.

* * *

Levi saß auf seinem Bett, den Telefonhörer in der Hand und lauschte auf das Läuten am anderen Ende. Schließlich setzte sich der Anrufbeantworter in Gang. »Hallo, hier spricht Tracy. Ich bin im Augenblick nicht zu erreichen. Hinterlassen Sie eine Nachricht nach dem Pfeifton.« Er hinterließ keine Nachricht, sondern legte den Hörer wieder auf und blieb auf dem Bett sitzen. Er war beunruhigt von einem Wirrwarr von Gefühlen, Eindrücken und starken Ängsten. Er betete um Sicherheit. Hatte er recht? Waren seine Eindrücke richtig?

Er stand auf und zog seine Kleider an. Falls sich irgend etwas in diesen Bergen dort zusammenbraute, wollte er dort sein.

* * *

Auf der anderen Seite des Flusses, so weit entfernt, daß die genaue Richtung kaum zu bestimmen war, knackte ein großer Ast. Das war das erste Geräusch, das Tracy bisher gehört hatte. Wie lange warteten sie jetzt schon? Sie wagte nicht, auf ihre Uhr zu sehen.

»Auf halbem Weg dort an dem Berg, sehen Sie?« fragte Steve.

Tracy ließ ihren Blick über dieses Gebiet schweifen und versuchte etwas zu erkennen. Eigentlich wollte sie gar nichts erkennen, aber –

Da. Dann wieder nicht. Wo jetzt? Da waren sie wieder, zwei gelbe Punkte. Das konnten Netzhautspiegelungen sein. Nein, sie bewegten sich, wie Augen. Dann waren sie wieder fort, blinzelten hinter den Bäumen hervor.

»Was ist das?« fragte sie.

»Vielleicht ein Bär. Weiß nicht genau«, flüsterte Steve.

Das war auch egal. Ihre Hände zitterten, was immer es war, und ihr Magen krampfte sich so sehr zusammen, daß sie Angst hatte, sich übergeben zu müssen.

Da waren die »Augen« wieder.

»Wieso glühen die so?« fragte sie.

Steve schüttelte den Kopf. Er hatte darauf keine Antwort. Schließlich flüsterte er so leise er konnte: »Ich glaube, es folgt meiner Spur von der anderen Seite des Flusses aus.« Er beobachtete noch eine Weile, dann war er sicher. »Ja. Es verfolgt mich.«

* * *

Charlie Mack erwachte und rollte sich aus dem Bett. Er hatte das Gefühl, als würde sich eine Speerspitze in die Stelle über seinem Herzen bohren. Er lag auf dem Boden, sein Gesicht qualvoll verzerrt. Sein Atem ging stoßweise, und er versuchte, die blutigen Bilder zu vertreiben, die ihn quälten.

* * *

»Wir trennen uns besser«, sagte Steve. »Können Sie auf die andere Straßenseite rennen?«

Tracy erhob sich schweigend und nahm ihren Rucksack.

»Halten Sie Ihre Taschenlampe griffbereit. Schießen Sie nicht, bis Sie Ihr Ziel vor sich sehen.«

»Sie auch.«

Sie legte ihm die Hand auf die Schulter, um ihm viel Glück zu wünschen, dann ließ sie sie herabgleiten. Geduckt rannte sie durch das Gras auf die alte *Masonic Lodge* zu.

Steve hielt seinen Blick fest auf das andere Flußufer gerichtet. Da war nichts außer den schwarzen Bergen. Der Wind wurde stärker, und die Bäume seufzten. Das zusätzliche Geräusch würde nicht gerade hilfreich sein.

* * *

Auch Phil Garrett wurde in dieser Nacht von irgend etwas heimgesucht. Halb betrunken lag er in der Ecke seiner verwitterten Hütte auf dem kalten Linoleumboden und starrte in den dunklen Raum. Seine Hand umklammerte den Hals einer Whiskyflasche. Ihm erschien es so, als seien der alte Tisch, der Stuhl, sogar seine Jacke, die an einem Nagel an der Wand hing, lebendig. Er kauerte dort, außer sich vor Angst, seine andere Hand an die Brust gepreßt.

* * *

Steve verspürte den brennenden Wunsch, von diesem Stein aufzustehen und sich irgendwo zu verstecken, doch er wußte, das würde seinen Plan zunichte machen. Er mußte der Köder sein, wenigstens bis er sein Ziel sehen konnte. Er blickte zur *Masonic Lodge* hinüber, doch von Tracy keine Spur.

»Sind Sie noch da?« rief er so laut er sich getraute.

Ihre Hand tauchte aus dem tiefen Gras auf und winkte ihm zu. In Ordnung. Nun würden sie von zwei Seiten aus schießen und sicherlich besser treffen können.

Steve dachte an Vic und Maggie. Er hatte Vic schreien hören, und Levi sagte, Maggie hätte gesungen. Wenn das Wesen das hören wollte, das konnte es haben. Mit zitternder Stimme und schrecklich unsauber begann er zu singen. »Reiche mir meinen Wanderstab ...«

Er hörte ein Klicken von der Masonic Lodge. Tracy hatte ihr Gewehr geladen.

Steve sang weiter ... »Reich mir den Wanderstock – huch!« Eine Fledermaus flog an ihm vorbei, vollkommen still, nur einen kurzen Augenblick, bevor es die Richtung änderte, zu sehen und verschwand in der Dunkelheit.

»Steve!« flüstert Tracy von der anderen Straßenseite aus.

»Es war eine Fledermaus«, antwortete er und begann wieder zu singen. »Reich mir meinen Wanderstock, ich werde den Morgenzug nehmen ...«

»Wie wird das Ding den Fluß überqueren?«

»Was?«

»Wie wird es den Fluß überqueren, ich meine, ohne sich selbst zu verraten?«

Auf einmal kam ein flatterndes Geräusch von der anderen Uferseite. Dann nur noch das sanfte Rauschen der Blätter. Steve hatte das Gefühl, daß sie gerade die Antwort auf Tracys Frage bekommen hatten.

Er mußte sich zusammennehmen, um weiterzusingen. »Meine Sünden haben mich überwältigt ...«

Wieder dieses Geräusch.

Diesmal kam es nicht vom anderen Flußufer, es war über dem Fluß.

In einer schnellen Bewegung stellte Steve sein Gewehr beiseite und nahm die Schrotflinte zur Hand. Er wollte sein Ziel nicht verfehlen. Er brauchte keine Trophäe, er wollte nur überleben.

Der Wind wehte jetzt vom Fluß herüber. Steve suchte den Himmel ab, konnte jedoch außer den Sternen nichts entdecken.

Auf einmal breitete sich eine Decke über den Himmel. Die Sterne verschwanden. Steve blinzelte. War er blind geworden?

Peng!!!

Tracy feuerte, und der Schuß ging ihm durch und durch. Er ließ sich rückwärts von dem Stein fallen. Hoch über sich sah er ein metallisches Glimmen, und er hörte Tracy schreien.

Peng!!! Wieder feuerte sie.

Die Überreste *Hyde Halls* schienen sich um ihn zu schließen. Die eine Wand erzitterte, die Nägel quietschten, und die Bretter splitterten ab. Er richtete sein Gewehr himmelwärts, wo er das metallische Glimmen gesehen hatte und drückte den Abzug. Nur wenige Meter über sich sah er etwas blitzen wie einen Funken.

Dann schwebte von links etwas Riesiges herein und versetzte ihm einen Schlag. Er taumelte nach hinten, unfähig etwas zu sehen, und flog krachend gegen heruntergefallenes Holz. Die Schrotflinte hielt er immer noch in der Hand.

Irgendwo feuerte Tracy einen Schuß nach dem anderen ab und schrie.

Auf einmal erleuchteten Tracys Schüsse einen schimmernden, metallischen Baldachin über ihm. Er zielte mit der Schrotflinte und schoß. Und wieder. Und wieder. Er wußte, daß er etwas getroffen hatte, denn er konnte den Aufprall hören. Doch er sah nichts außer Funken und Blitzen in einem ganzen Farbspektrum. Das konnte nicht real sein.

Irgend etwas flog gegen den Schornstein des großen Kamins von *Hyde Hall*, und einige Steine prasselten auf die brüchigen Bretter herab. Eine Staubwolke hüllte Steve ein.

Steve schoß aufs Geratewohl. Die Masse über ihm taumelte rückwärts und stieß gegen die Wand, die dem Fluß am nächsten stand. Die Bretter krachten und splitterten, und der Boden erzitterte unter seinen Füßen.

Er konnte Tracy über die Straße rennen hören. Sie schrie immer noch. »Raus hier!«

Wieder wurde *Hyde Hall* erschüttert, ein zersplittertes Brett pfiff an Steves Kopf vorbei. Er duckte sich, dann sprang er über die Grundmauern und ließ sich auf den Boden fallen.

Tracy war in der Nähe, murmelte vor sich hin und versuchte, im Dunkeln das Gewehr neu zu laden. Sie war außer sich.

Eine Wolke, eine formlose schwarze Masse, stieg in den Himmel, verdeckte die Sterne und verursachte heftige Windböen. Das Geräusch bewegte sich über den Fluß, wurde schwächer, langsamer, und schließlich ließ sich das Wesen zur Erde fallen.

Dem Platschen nach zu urteilen, mußte ein Berg in den Fluß gefallen sein.

Steve rannte nach *Hyde Hall* und kam mit seinem Gewehr und dem Rucksack wieder heraus, ehe er noch wußte, wie ihm geschah. Tracy stand immer noch mitten auf der Straße und fingerte an ihrem Gewehr herum. »Kommen Sie!«

»Wo ist es hin?«

Einen Augenblick später wurde Tracys Frage beantwortet. Das Wesen erhob sich wieder in die Luft. Instinktiv ließen sie sich zu Boden fallen. Tracy stieß einen ängstlichen Schrei aus. Steve bedeckte seinen Kopf. Sie konnten das kalte Wasser spüren, das vom Fluß auf sie herabspritzte.

Das Geräusch bewegte sich flußaufwärts und ließ sich wieder mit einem donnernden Platschen ins Wasser fallen.

»Wir haben es!« rief Steve und rappelte sich hoch. »Es ist getroffen!«

Tracy rollte sich auf dem Boden zusammen und nahm sich einen Augenblick Zeit, um zu atmen, einfach nur zu atmen.

Er kroch zu ihr hin. »Sind Sie in Ordnung?«

Ihre Stimme zitterte. »Ich weiß nicht!«

»Gut geschossen!«

Sie ließ sich zurücksinken, unfähig sich zu rühren. »Was – was nun?«

»Wir gehen zurück und holen unsere Ausrüstung. Wir brauchen die Taschenlampen, und wir müssen neu laden.«

Mühsam stützte sie sich auf einen Ellbogen ab, blickte zum Fluß hin, dann zu ihm auf, wieder zum Fluß. Sie wußte auf einmal, was er dachte, und das gefiel ihr überhaupt nicht.

Er reichte ihr seine Hand. »Kommen Sie. Wir setzen ihm nach!«

Sam war nicht so groß oder stark, doch die Leute in der Kompanie hatten Angst vor ihm. Er konnte jedem Blick standhalten, und es war etwas Gespenstisches an ihm, so als könnte er einem Dämonen auf den Hals schicken, wenn er das wollte. Wir kamen recht gut miteinander aus, weil ich immer zugehört habe, wenn Sam nach Prahlen zumute war.

Aus einem Bericht von Dennis Mason,
an einen alten Waffenkollegen von Samuel Harrison Bly,
nachdem Sam im Alter von dreiundfünfzig Jahren
1981 verschwand.

Kapitel 10

Die Verfolgung

Sie verfluchten die Dunkelheit und sehnten sich nach Tageslicht. Ihre Hände zitterten, während sie im flackernden Schein ihrer Taschenlampen ihre Gewehre und Schrotflinten neu luden. Ihr ganzer Körper zitterte vor Furcht und Anspannung.

»Noch zwei, noch zwei«, sagte Tracy, und Steve holte die Patronen aus der Schachtel und drückte sie ihr in die Hand. Sie steckte die eine ins Magazin; die zweite fiel ihr aus den Fingern und verschwand im hohen Gras.

Steve leuchtete mit seiner Taschenlampe den Boden ab, während sie nach der heruntergefallenen Patrone tastete. Er behielt den Fluß und den Bergabhang im Auge. Jede kostbare Sekunde, die ungenutzt verstrich, tat ihm weh. Dieses Ding war immer noch am Leben und hier draußen. Es entkam ihnen. Wenn es ihm gelang, sich irgendwo zu verbergen, vielleicht in eine Höhle zu kriechen und zu sterben, würden sie es möglicherweise niemals finden.

Tracy fand endlich die Patrone und steckte sie ins Magazin. Sie stand auf und hängte sich das Gewehr über die Schulter.

»Los geht's«, sagte Steve.

Sie schlugen die Richtung zum Fluß hin ein, taumelten durch die Dunkelheit und schlugen sich durch das Gebüsch.

»Was war es? Haben Sie es gesehen?« Tracy keuchte vom Rennen.

»Ich sah eine Menge Funken, die es versprühte«, erwiderte Steve.

»Wo ist es hin?«

»Flußaufwärts. Passen Sie auf, wo Sie hintreten.«

Sie erreichten das Flußufer und rannten flußaufwärts. Das Flußbett weitete sich, und sie kamen an ein Ufer mit trockenen Flußsteinen.

»So, da sind wir«, sagte Steve und ließ seine Taschenlampe über das breite Flußbett vor ihnen gleiten. Die Steine, zu dieser Jahreszeit normalerweise von der Sonne ausgetrocknet, waren naß, als wenn eine Welle gerade über sie hinweggegangen wäre.

»Das war das erste große Platschen, das wir gehört haben«, sagte Steve. »Das zweite war weiter flußaufwärts.«

Sie rannten und ließen den Strahl ihrer Taschenlampen über die Steine, Grasbüschel und den angeschwemmten Abfall gleiten.

Dann bemerkte Steve, daß die Büsche um sie herum naß waren, ebenso wie die Steine. Dies war die zweite Stelle, wo sie das Platschen gehört hatten.

Sie blieben stehen und suchten die Umgebung mit ihren Taschenlampen ab.

Das Wasser floß ruhig, aber schnell über die Felsen. Hier und da kräuselte es sich und plätscherte um einen Felsbrocken. Sie warteten. Sie lauschten.

Irgendwo auf der anderen Seite des Flusses knackte ein Ast. Ein Busch raschelte.

Sie leuchteten mit ihren Taschenlampen über den Fluß hinweg und schätzten seine Tiefe. An dieser Stelle war er weit und seicht, vielleicht so seicht, daß wir hinübergehen können, dachte Steve. Er hängte sich sein Gewehr und seine Schrotflinte um und watete zuerst hinein. Als er knietief im Wasser stand, winkte er Tracy mit seiner Taschenlampe, und sie folgte ihm. Zentimeter um Zentimeter kämpften sie sich durch das schrecklich kalte Wasser. Sie rutschten aus, stolperten und halfen sich gegenseitig, das Gleichgewicht zu halten. Schließlich hatten sie die Flußmitte erreicht, wo das Wasser bis weit über ihre Knie ging. Sie eilten weiter. Der Wasserspiegel sank. Tracy faßte neuen Mut. Erleichterung überkam sie. Sie würden es schaffen.

Ihre Beine waren von der Kälte wie betäubt, als sie das andere Ufer erreichten, ihr Herz klopfte zum Zerspringen. Sie eilten durch das hohe Flußgras, fort vom Rauschen des Wassers, dann blieben sie stehen, um zu lauschen. Sie fühlten sich verletzlich, jeder Gefahr ausgesetzt. Was immer sie auch verfolgten, es lag kein Fluß mehr zwischen ihnen und diesem Wesen. Nur Dunkelheit, die ihm Vorteile verschaffte.

Wieder hörten sie es. Es bewegte sich langsam durch das Dickicht und über die trockenen Zweige hinweg bergan.

Steve blickte auf seine Uhr. »Zwei Uhr fünfzehn«, flüsterte er. »Noch zwei Stunden, dann haben wir mehr Licht.«

Stille. Sie lauschten. Nichts.

»Aber was ist es?« fragte Tracy. »Wir wissen nicht einmal, was wir verfolgen.«

»Wir kennen seine ungefähre Position«, erwiderte Steve. »Wenn wir ihm bis zum Tagesanbruch auf den Fersen bleiben können, könnten wir einen Blick darauf werfen.«

Tracy ließ den Strahl ihrer Taschenlampe über sein Gesicht gleiten. »Wissen Sie eigentlich, daß Sie bluten?«

»Wo?«

Tracy schob sein Haar zurück und legte die Wunde frei. Er zuckte ein wenig zusammen, berührte sie und sah das Blut an seinen Fingern.

»Wie schlimm ist es?«

»Nicht allzu schlimm. Sie haben sich den Kopf an irgend etwas gestoßen – oder irgend etwas hat Sie gestoßen.«

»Es hat nicht weh getan, bis jetzt.«

Er zog ein Halstuch hervor und band es sich um den Kopf. Das würde fürs erste genügen.

»Kein Licht, wenn es nicht unbedingt sein muß. Gehen wir.«

Sie stiegen den Berg hoch, manchmal auf allen vieren, kämpften sich durch Dickicht und totes Holz, hielten sich an Büschen und Zweigen fest, um Halt zu bekommen. Es war unmöglich, leise zu sein. Sie mußten häufig pausieren, um zu lauschen. Manchmal konnten sie ein Geräusch über sich hören, manchmal nicht.

Weiter stiegen sie den steilen Abhang hoch, und schließlich gelangten sie an eine etwas weniger steile, mit Gras bewachsene Stelle. Sie hatten nun keine Deckung mehr und duckten sich, um zu lauschen.

Über ihnen war ein Geräusch zu hören, als würde etwas über den Boden geschleift. Einige Steine prasselten den Berg hinunter. Das Geräusch war jetzt näher. Sie holten auf.

Steve hielt inne. »Wir warten lieber eine Weile. Ich möchte es nicht einholen, solange es noch dunkel ist.«

»Das ist verrückt«, flüsterte Tracy. »Wir wissen nicht einmal, was es ist. Und wenn – und wenn Sie recht haben? Wenn dieses Ding nun Ihren Bruder, Maggie und Vic getötet hat?«

»Ich bin sicher, daß es so war. Und ich will es haben.«

Tracy wiederholte mit furchtsamer Stimme: »Es ist verrückt.«

Er berührte sie sanft an der Schulter. Sie nahm es als Trost. Er schob sie ein wenig beiseite. »Wir wollen uns ein wenig verteilen. Gehen Sie etwas weiter dort hinüber. Wir werden pfeifen, um unsere Position festzustellen.«

Das gefiel ihr überhaupt nicht, doch sie tat, wie er gesagt hatte und überquerte langsam die steinige Wiese, während er sich zu einer Baumgruppe durchschlug.

Nach einer Weile blieb Steve stehen. Er hatte Äste beiseite geschoben, doch auf einmal spürte er keine Äste mehr. Sie schienen bereits abgebrochen zu sein. Er knipste seine Taschenlampe an, um besser sehen zu können. Die Fläche vor ihm war frei. Ja. Die Äste waren gerade erst abgebrochen.

Endlich. Er hatte die Spur des Wesens gefunden. Er pfiff, dann rief er Tracy leise zu, und sie kam zu ihm. Sie folgten der Spur des niedergetrampelten Grases, der abgebrochenen Äste, umgedrehten Steine und der frischen, aufgewühlten Erde. Dieses Wesen mußte unglaublich groß sein.

Immer weiter ging es bergan, und das unsichtbare Wesen blieb direkt vor ihnen, als würde es sich ihren Schritten anpassen. Es zerbrach Äste und stieß Steine beiseite, und sie folgten dem Geräusch. Wenn es still war, warteten sie, bis es sich wieder in Bewegung setzte. Dann folgten sie ihm weiter.

* * *

Der Freitagabend war in den Samstagmorgen übergegangen, und das erste Morgengrauen zeigte sich bereits, als Charlie Mack nach der qualvollen Nacht endlich Schlaf fand.

Phil Garrett war längst auf dem Boden eingeschlafen. Seine Ängste waren für den Augenblick vergessen, der Schmerz über seinem Herzen momentan vom Alkohol betäubt.

Harold Bly schlief in dieser Nacht recht gut. Nur einmal wachte er kurz auf, weil er etwas hörte, das wie entfernte Schüsse klang. Er lauschte aufmerksam, dann lächelte er vor sich hin und legte sich wieder nieder. Die restliche Nacht verlief für ihn ereignislos.

* * *

Es wurde vier Uhr, und die Sterne verblaßten allmählich am dunkelblauen Himmel. Auf der anderen Seite des Tales hoben sich die Berge klar gegen den Himmel ab. Es würde ein klarer, kühler Morgen werden.

Mit dem ersten Licht der Dämmerung machte Steve eine neue Entdeckung: Blut am Boden und an einem herunterhängenden Ast.

»Es ist also verwundet.«

Sie beschleunigten ihren Schritt, folgten dem Pfad und entdeckten alle paar Meter neues Blut auf dem Boden.

Der Wald wich nun einer großen Geröllfläche. Sie folgten der Blutspur darüber hinweg. Die Steine rutschten unter ihren Füßen fort, ihre Knöchel taten weh von der Anstrengung. Ein weiterer Wald, vorwiegend dünne, windgepeitschte Fichten, die ihre Wurzeln in jede vorhandene Felsspalte getrieben hatten.

Sie hatten den Gipfel fast erreicht. Die Luft war kalt und dünn, und beiden, Steve und Tracy, machte die Höhe zu schaffen, vor allem nach dieser Nacht ohne Schlaf und dem anstrengenden Anstieg.

Tracy ließ sich auf einen einladenden Felsbrocken sinken, um sich einen Augenblick auszuruhen. Steve setzte sich neben sie. Sie keuchte, ebenso wie er, und er hatte stechende Kopfschmerzen.

»Sauerstoffmangel«, murmelte er.

»Wie wär's mit Erschöpfung?« beklagte sie sich. »Dieses Ding gibt uns den Rest, und wir sind nicht mal verwundet. Mir ist kalt, ich bin immer noch naß, und meine Füße bringen mich beinahe um.«

Steve konnte ihr nicht übelnehmen, daß sie sich beklagte. Auch ihm war ziemlich elend zumute. Doch er würde nicht aufgeben. »Ist Ihnen das Verhalten des Wesens aufgefallen?« fragte er. Er blickte vor sich und konnte einige Blutstropfen erkennen, denen sie folgen konnten.

»Was meinen Sie?« fragte Tracy und zuckte zusammen, als sie einen ihrer wunden Knöchel massierte.

»Es verrät sich andauernd. Kein Tier würde das tun. Wenn es sich einfach nur versteckt und sich ruhig verhalten hätte, hätten wir es verloren. Doch jedesmal, wenn wir stehenbleiben, um zu hören, macht es Lärm.« Er atmete tief durch und blickte über die Berge, die sich unter ihnen erstreckten. »Einerseits kann man sagen, wir jagen es und veranlassen es zum Rückzug. Doch andererseits sieht es fast so aus, als würde es uns führen und beinahe auffordern, ihm zu folgen. Es ist seltsam.«

»Seltsam ist das richtige Wort«, stimmte Tracy zu. »Wann, meinen Sie, ist sein Blutverlust so hoch, daß es nicht mehr weiterkann?«

»Ich weiß es nicht, aber das ist ein wichtiger Faktor. Es wird nicht ewig weitermachen können.«

»Wir auch nicht.«

Steve erhob sich. »Dann kommen Sie, lassen Sie uns das zu Ende bringen.«

»Sagen Sie ihm das.«

Steve setzte sich wieder in Bewegung, folgte den Blutstropfen, und Tracy blieb hinter ihm, lauschte angestrengt und behielt den Berggipfel im Auge.

Die Spur verlief direkt unterhalb des Gipels parallel zum Bergkamm und verschwand hinter einem riesigen Felsmassiv.

»Großartige Stelle für einen Hinterhalt«, flüsterte Steve.

Er nahm sein Gewehr von der Schulter, Tracy tat dasselbe. Sie luden durch und arbeiteten sich dicht an den Felsen gedrückt weiter vor.

Die Blutspur führte über das Geröll zu einer tiefen Spalte in einem Felsen. Sie blickten sich an.

»Ich glaube, es ist zu Hause«, flüsterte Steve. »Sie nehmen diese Seite.«

Wieder trennten sie sich, Steve ging nach rechts, Tracy nach links. Mit schußbereitem Gewehr näherten sie sich der Öffnung.

Die Felsspalte war etwa drei Meter breit und schien der Eingang zu einer größeren Höhle im Felsen zu sein. Sie konnten nicht erkennen, wie tief sie war, doch die Wände waren mindestens zwanzig Meter hoch. Mit den Gewehren im Anschlag standen sie vor dem Eingang. Tracy mußte an einen Polizeieinsatz denken.

Was nun? Steve bedeutete Tracy zu bleiben, wo sie stand. Vorsichtig zwängte er sich durch die Öffnung, sein Gewehr auf seine Hüfte gestützt. Er ging einige Schritte, blieb stehen, um sich umzusehen und zu lauschen, dann ging er weiter.

Tracy stand am Eingang und verrenkte sich beinahe den Hals, um ihn im Blick zu behalten. Sie zitterte am ganzen Körper, und sie traute ihrem Zeigefinger am Abzug nicht mehr. Der schmale Durchgang machte eine Kurve, und Steve verschwand hinter einer Ecke. Nicht mehr zu sehen. Gar nicht gut, dachte sie.

Ein Augenblick verging.

»Steve?« rief sie leise. »Sprechen Sie mit mir, Steve.«

Stille, doch dann stieß er ein erschöpftes: »Oh ...« aus. Tracy hatte den Eindruck, daß es enttäuscht klang.

»Steve?«

»Kommen Sie«, antwortete er. »Sehen Sie sich das an.«

Eilig schlüpfte sie durch die Öffnung, stieg über einen Geröllhaufen, bog um die Ecke und sah Steve vor einem großen Berg braunen Fells stehen.

Ein Grizzly. Er war tot.

Tracy lehnte sich gegen die Mauer und seufzte niedergeschlagen. Es war wirklich nur ein Grizzly gewesen? Nur ein großer Bär? Sie wußte, sie sollte eigentlich erleichtert sein, froh sein, daß nun alles vorüber war, daß es ihnen gelungen war, den Übeltäter zu töten, aber – all das für einen Grizzly?

Sie sicherte ihr Gewehr und stellte es neben sich. »Sie hatten recht«, sagte sie schließlich. »Es war ein Grizzly.«

Steves Enttäuschung stand ihm im Gesicht geschrieben, ebenso wie seine Verwirrung, als er um den Bären herumging und ihn untersuchte. Er überprüfte seine Klauen, spreizte seinen Kiefer, um die Zähne zu überprüfen und versuchte, seine Länge und Breite zu schätzen. Er ließ seine Finger über seinen Hals, den Rücken und den Bauch gleiten auf der Suche nach Wunden.

»Noch ein ziemlich junger Bär«, berichtete er. Er fand das kleine Metallschild im Ohr. »Nummer 201. Marcus DuFresne wird alles über ihn wissen.«

»Ich verstehe das nicht«, meinte sie, während sie die Ereignisse der vergangenen Nacht noch einmal an sich vorüberziehen ließ. »Wie konnte dieser Bär – ich meine – haben wir uns das alles nur eingebildet?«

Steve zog die Hand vom Hals des Bären zurück. Seine Finger waren blutverschmiert. Er hatte die Wunde gefunden.

»Hab' ich euch!« ertönte eine dritte Stimme. Tracy zuckte zusammen. Steve packte sein Gewehr. Sie fuhren herum und dann …

Erleichterung. Sie erblickten ein bekanntes Gesicht im Eingang. Ein Bart. Brillengläser. Ein Cowboyhut.

Levi Cobb.

Tracy schätzte es ganz und gar nicht, sich so erschrecken zu lassen, noch weniger gefiel es ihr, diesem Mann an diesem Ort zu begegnen. »Was tust du hier?«

Levi blieb im Eingang stehen; mit einer Hand stützte er sich an der hohen Wand ab. Er blickte auf zu dem kleinen Stückchen Himmel, das durch den Spalt sichtbar wurde. »Ich schätze, ich habe euch das Leben gerettet.«

Steve wurde böse. »Indem Sie Ihr eigenes in Gefahr gebracht haben? Ist Ihnen denn nicht klar, daß wir uns auf der Jagd befinden, daß unsere Nerven zum Zerreißen gespannt sind? Wir hätten Sie erschießen können.«

Levi ließ sich nicht erschüttern. »Oh, das war eine Jagd, gut. Wenn ich der Drache wäre, würden Sie das Frühstück sein.«

Tracy seufzte nur und schüttelte den Kopf. Nun ging das schon wieder los.

»Weiter«, sagte Levi. »Sehen Sie sich um. Nehmen wir an, ich sei der Drache. Wie würden Sie hier entkommen?«

Tracy drehte sich um und wollte fortgehen. »Ich bin nicht in der Stimmung für eine deiner Lektionen, Levi!« In diesem engen Raum kam sie nicht weit.

Steve wußte nicht, was er denken sollte. Levi vermischte wieder einmal seinen seltsamen Aberglauben mit praktischen Wahrheiten. Das machte es schwer, ihn zu widerlegen. Man konnte ihn einen Fanatiker oder einen Verrückten nennen, man konnte sich über ihn ärgern, aber mit dieser Höhle hatte er recht: Es gab keinen Ausweg. Falls es einen

Drachen gäbe, und Levi wäre dieser Drache, dann ... Steve war etwas verwirrt.

Levi fuhr fort. »Weiter, Professor, sehen Sie sich den Bären gut an. Er ist nicht erschossen worden. Keine Wunde, außer an der Kehle, habe ich recht?«

Steve hatte bereits entdeckt, daß die Kehle durchtrennt war. »Woher wußten Sie das?«

»Ich habe es erraten. Wenn ich der Drache wäre und schnell eine blutende Wunde haben wollte, würde ich es so machen.«

»Levi, wir sind die ganze Nacht hinter diesem Bären hergejagt, und ich bin ein wenig müde. Bitte, kommen Sie zur Sache.«

»Sie haben nicht den Bären gejagt, Professor. Der Drache hat diesen Bären gefangen und ihm die Kehle aufgerissen, um eine Blutspur für Sie zu hinterlassen. Und der sind Sie gefolgt.«

Tracy war beleidigt. »Sollen wir das wirklich glauben? Vermutlich hast du selbst den Bären getötet!«

»Ja, mit meinen bloßen Händen«, erwiderte Levi, »und ich habe auch diese Spur durch die Wälder gelegt, die ganzen Äste abgebrochen, den Boden aufgegraben, euch geführt ...«, er blickte auf den toten Bären, »... und diesen Bären den ganzen Weg den Berg hinauf getragen, nur um mir einen Spaß mit euch zu erlauben.«

»Ist ja schon gut«, sagte Steve. »Levi, kommen Sie doch einfach zur Sache!« Er schnaubte ärgerlich.

Levi blickte Steve an. »Wenn Sie nicht glauben, was ich zu sagen habe, nun, ich bin daran gewöhnt. Aber Sie sollten wissen, Professor, der Drache kann fliegen. Er brauchte sich nicht durch die Wälder zu schlagen und eine Spur zu hinterlassen, die so breit ist wie eine Straße – es sei denn, er wollte, daß Sie ihm folgen.« Er blickte sich in der Höhle im Felsen um. »Er hat Sie gejagt, Benson. Sehen Sie sich um. Haben Sie diese Methode nicht schon selbst verwendet? Einen Köder auslegen, ein gutes Versteck suchen, von wo aus man einen guten Überblick hat, darauf warten, daß die Beute den Köder holt, und wenn sie es tut, dann holen Sie sie sich.« Er deutete auf den Bären. »Sie waren so auf diesen alten Bären konzentriert, daß Sie mich nicht einmal kommen hörten.«

Steve sah auf den Bären herab. Levi hatte recht. Der Bär hatte seine ganze Aufmerksamkeit in Anspruch genommen. Er hatte nicht mehr aufgepaßt.

Tracy stürmte dem Eingang zu. »Damit will ich nichts zu tun haben.«

»Sie wären ihm in die Falle gegangen! Sehen Sie das denn nicht?« fragte Levi.

Sie schob ihn beiseite und verließ die Höhle.

Lange Zeit starrten sich Steve und Levi einfach nur an. Levi hoffte, ihn überzeugen zu können, Steve konnte sich nicht überwinden zu glauben, was Levi ihm erzählte.

»Vielleicht sollten Sie mir erst einmal erzählen, wie Sie hierhergekommen sind und wie Sie uns gefunden haben.«

»Ich bin Ihnen gefolgt. Das war nicht schwer.«

»Woher wußten Sie denn, was wir vorhatten?«

»Gott hat es mir gesagt – und außerdem, ich habe die Schüsse in der alten Stadt gehört. Es war nicht schwer, sich das andere zusammenzureimen.«

»Dann sind Sie also die ganze Zeit hinter uns hergeschlichen? Warum?«

Levi blickte hinter Tracy her. »Was ich sage, hat hier in der Gegend nicht viel Gewicht. Ich mußte Sie das durchziehen lassen, damit ich Ihnen das klarmachen konnte.«

Von draußen ertönte Tracys Stimme: »Steve, hören Sie ihm einfach nicht zu. Er hat jeglichen Sinn für die Realität verloren!«

Stimmte das? In diesem Punkt konnte man bei Levi nie sicher sein.

Levi winkte Steve. »Kommen Sie, Professor. Falls Sie Beweise brauchen, dann kommen Sie mit.«

Sie verließen die Höhle. Tracy saß draußen ein Stück entfernt auf einem Felsen, blickte über das Tal hinweg und wartete. Als sie sie herauskommen hörte, rief sie ihnen zu: »Steve, verschwenden Sie nicht Ihre Zeit! Lassen Sie uns gehen!«

»Das ist Ihre Entscheidung, Professor«, meinte Levi.

Steve seufzte. »In Ordnung, fünf Minuten, Levi, das ist alles.«

»Gut. Folgen Sie mir.«

Steve folgte Levi einige Meter am Felsen entlang, bis sie zu einer Felsformation kamen. Sie kletterten den steilen Felsen hoch. Es dauerte nicht lange, bis sie über der tiefen Spalte im Felsen standen und das Aas des Bären unten liegen sahen.

»Ich schätze, Sie können dies einen Aussichtspunkt nennen«, meinte Levi. »Diese alte Schlange stand hier, beobachtete Sie und hat auf ihre Chance gewartet.«

Es gab Gründe genug, in Zweifel zu ziehen, was Levi sagte, und doch, während Steve hinunter in diese Felsspalte blickte, die nur einen schmalen Eingang hatte, mußte er zugeben, daß sie eine ideale Falle war.

»Woher wußten Sie, daß er hier oben war?«

»Habe mich ein wenig umgesehen. Kommen Sie, sehen Sie sich an, was ich gefunden habe.«

Steve folgte ihm zu einem Plateau, etwa fünf Meter von der Spalte entfernt.

»Hier oben gibt es nur wenig Erde«, meinte Levi, »doch diese alte Schlange ist in ein Stückchen hineingetreten. Weiß nicht, ob das Absicht war, aber hier ist es.«

Levi deutete auf ein Fleckchen trockenen, sandigen Boden. »Sehen Sie? Das sind die Zehen. Es sind drei, sehen Sie? Und hier haben sich die Spitzen der Klauen eingegraben.«

Steve dachte, daß die Spuren und Einkerbungen im Boden schwer zu identifizieren waren, doch jemand mit einer lebhaften Phantasie konnte in ihnen einen sehr großen Fußabdruck sehen, der von der Ferse bis zu den Zehenspitzen etwa siebzig Zentimeter betrug.

Steve ließ sich darauf ein. Tatsachen und Fiktion konnte er später noch voneinander trennen. »Und ich nehme an, dies hier unten ist eine Art Daumen?«

»Ja, er hat an allen vier Füßen so ein Ding.«

Steve war beinahe amüsiert. »Sie scheinen einiges über dieses Wesen zu wissen, sogar wie viele Zehen es hat.«

»Ich habe es schon häufiger verfolgt.«

»Und woher soll ich wissen, daß Sie diesen Fußabdruck nicht selbst gemacht haben?«

»Woher wollen Sie wissen, daß Sie auf einen Bären geschossen haben?«

Darauf hatte Steve keine Antwort. Er konnte nicht leugnen, daß der tote Bär nicht von einer seiner oder Tracys Kugeln gestorben war, und Levi schien das zu wissen. In dieser Diskussion hat er die Oberhand, dachte Steve. Eigentlich schon, seit er aufgetaucht ist.

Also würde er zuhören und später alles sortieren. »Wo ist es hin?«

»Nun …«, Levi blickte ein wenig verlegen drein. »Es ist fortgeflogen.«

»Warum sollte es fortfliegen, wo ihm zwei Leckerbissen in die Falle gegangen sind?«

Levi scharrte mit dem Fuß auf dem Boden, bevor er leise antwortete: »Er mag nicht, wenn ich in der Nähe bin.«

»Aha.« Natürlich, Levi, natürlich. »Sonst noch etwas?«

Levi schien zu wissen, daß er keine Punkte gewonnen hatte. »Ich habe Ihre fünf Minuten in Anspruch genommen. Das wird reichen müssen.«

Tracy rief von unten: »Steve, kommen Sie!«

Steve machte sich an den Abstieg. »Danke für Ihre Bemühungen«, sagte er über die Schulter zurück.

»Sie ist verheiratet«, sagte Levi.

Steve hielt inne. Um eine solche Information hatte er nicht gebeten! Er starrte Levi an.

Der bärtige Mann gab seinen Blick zurück.

Nun verstand Steve, warum Levi Cobb so viele Feinde hatte. Es schien seine besondere Gabe zu sein, sich Feinde zu schaffen.

»Steve!« ertönte Tracys Stimme. »Sind Sie fertig dort oben?«

»So ziemlich!« rief er zurück und machte sich an den Abstieg.

»Also …« überlegte Tracy laut, während sie den Bergpfad zurückwanderten. Sie hatten eine leichtere Route gewählt, einen allgemeinen Wanderweg, der am Kamm entlangführte und einige Bergseen miteinander verband. »Levi hat uns gesehen, wie wir den Bären verfolgten und dachte, er könnte eine große Drachengeschichte daraus machen. So einfach ist das.«

»Tracy, Sie erinnern sich doch an das, was wir in der alten Stadt durchgemacht haben, oder? Sie haben Ihr Gewehr leergeschossen, ich habe diesen Stoß an den Kopf bekommen, und wir beide waren außer uns vor Furcht.«

»Es war eine Sturmböe, sonst nichts. Der Wind fegte über Teile von Hyde Hall hinweg, und in der Dunkelheit haben wir mehr daraus gemacht, als daran war.«

»Haben wir darum beide in die Luft gefeuert? Wenn ich mich nicht irre, war etwas dort oben. Es ist gut möglich, daß es geflogen ist.«

»Es war nur der Wind, der die Mauern von Hyde Hall zum Wakkeln gebracht hat. Ich habe in die Richtung von dem Geräusch geschossen.«

»Und was ist mit dem Platschen im Fluß?«

»Der Bär, der vor dem Lärm davongerannt ist. Wir haben ihn getroffen, und er versucht, uns zu entkommen.«

Steve fiel auf, daß er Tracy noch nicht erzählt hatte, wie der Bär ums Leben gekommen war. »Tracy, wir haben den Bären nicht getötet. Jemandem ist es gelungen, ihm die Kehle durchzuschneiden – einem fünfhundert Pfund schweren Bären!«

Tracy war entschlossen, das Ereignis in einen rationalen Kontext zu stellen. »Warten Sie. Der Bär kam in die alte Stadt zurück, gerade als der Wind einsetzte. Dann fielen die Bretter von *Hyde Hall* hinunter, vielleicht hat eines davon ihn getroffen und ihm die Kehle aufgeschlitzt. Er rannte davon, stürzte sich ins Wasser, und das haben wir gehört. Natürlich waren wir außer uns, haben auf herunterfallende Bretter, Baumwipfel und wer weiß sonst was geschossen. In der Dunkelheit hätten wir auf alles mögliche schießen können.«

»Tracy, meinen Sie nicht, das sei ziemlich weit hergeholt?«

»Steve, kommen Sie, das ist der einzig denkbare Handlungsablauf.«

Steve blieb wieder stehen und blickte sie an. »Der einzig denkbare Handlungsablauf ist Levis.«

Levi, das war wie ein Zauberwort, der eine schöne Frau in Stein verwandeln konnte. »Steve, nein. Ich kann das nicht akzeptieren.«

Er war verblüfft. »Warum sind Sie so gegen ihn?«

Das war eine schwierige Frage. »Er ist ein Fanatiker! Er ist ein – er ist ein lärmender, überall herumschnüffelnder, religiöser Fanatiker!«

»Er übt aber wirklich eine große Macht über Sie aus.«

»Wie bitte?«

»Wie Sie sich von ihm beeindrucken lassen. Er braucht nur aufzutauchen, und auf einmal, puff, ist Ihre Objektivität fort, und Sie stellen unhaltbare Theorien auf ...«

»Ich stelle unhaltbare Theorien auf?«

»Ja. Nur damit Sie nicht zugeben müssen, daß er vielleicht recht hat.«

Jetzt war sie wütend. »Das stimmt nicht! Ich betrachte Levi Cobb nur einfach nicht als verläßliche Informationsquelle!«

»Sind Sie noch verheiratet?«

Das saß. Ihr Mund blieb ihr offen stehen. »Hat er Ihnen das erzählt?«

»Ja.«

Sie stemmte die Hände in die Hüften und meinte ärgerlich: »Wie kann er es wagen, Ihnen das zu erzählen!«

Steve stand unbeweglich vor ihr. »Sind Sie?«

Sie war zu beschäftigt mit dem, was Levi getan hatte, um Steves Frage zu hören. »Verstehen Sie, was ich meine? Mein Privatleben geht ihn gar nichts an!«

»Dann lügt er also.«

»Es geht ihn nichts an!«

»Er lügt nicht?«

»Er dringt in meine Privatsphäre ein, das tut er!«

»Sind Sie nun verheiratet oder nicht?«

»Nein.« Dann: »Nun ...« Sie schwieg einen Augenblick, dann meinte sie: »Auf dem Papier bin ich noch verheiratet.« Schnell fügte sie hinzu: »Aber nicht in meinem Herzen, und ich denke, das ist ein großer Unterschied!«

Er blickte sie verwirrt an. »Sie sind verheiratet, aber nicht richtig?«

Darüber dachte sie nach und nickte dann.

Nachdenklich stand er auf dem schmalen Pfad. Schließlich antwortete er: »Ich bin geschieden. Wirklich. Und wenn Sie mich gefragt hätten, hätte ich keine Ausflüchte gebraucht.«

Das traf wieder ins Schwarze. Sie wirkte beschämt. »Steve, es tut mir leid. Ich hätte von Anfang an ehrlich sein sollen.«

»Und wer ist der Glückliche?«

»Doug. Doug Ellis. Sie haben ihn in der Bar kennengelernt.«

Steve riß vor Erstaunen die Augen auf. »Sie sind mit Doug verheiratet?«

Sie legte verlegen den Kopf zur Seite. Ihr Blick sagte: Brauche ich noch mehr zu sagen?

Steve erinnerte sich an die Auseinandersetzung in der Bar und diesen groben Burschen, der die Konfrontation gesucht hatte. »Ich würde sagen, unsere Begegnung war recht intensiv. Warum um alles in der Welt haben Sie ihn geheiratet – falls ich fragen darf?«

»Es war ein Fehler, in Ordnung? Er hat mir einen Haufen Versprechungen gemacht, und ich war verliebt und glaubte ihm. Er wollte sich auf Computer spezialisieren, und wir wollten von hier fortgehen.«

Steve versuchte, gleichmütig zu erscheinen. »Doug? Und Computer?«

»Nun, wenn er nicht ein solcher Dickkopf wäre, hätte er es schaffen können. Außerdem liebt er das Tal und all seine Kumpane wohnen hier, und seine Kumpane waren wichtiger als ich, also … was soll ich sagen? Alle Träume sind zerplatzt.«

»Und wie lange sind Sie schon nicht mehr richtig mit ihm verheiratet?«

»Wir leben seit zwei Monaten getrennt.«

Steve drehte sich langsam um. »Ich verstehe.«

So schlimm kann die Neuigkeit doch nicht sein, oder? »Steve …«

Er blieb stehen und blickte zurück.

»Ich … nun, ich bin müde. Ich kenne eine Hütte in der Nähe. Was halten Sie davon, wenn wir eine Pause machen, frühstücken oder so etwas?«

Oder so etwas? Einen Moment ärgerte er sich über sich selbst und brachte schnell seine Gedanken wieder in Ordnung. Steve, das klammern wir aus. Schließlich sagte er: »Ich denke, das ist eine gute Idee.«

Homer Westons Holzhütte am *Lake Pauline* bot einen willkommenen Anblick. Homer, ein pensionierter Holzfäller und langjähriger Freund von Tracys Eltern, hatte diese Hütte vor vierzig Jahren als Ferienhaus gebaut und zusammen mit Tracys Eltern viele Sommer darin verbracht. Homer und seine Frau hielten sich im Augenblick an der Ostküste auf und besuchten Verwandte, doch Tracy wußte, wo der Schlüssel lag. Sie war sicher, Homer würde nichts dagegen haben, wenn sie hineingingen.

Lake Pauline war einer jener kleinen, malerischen Bergseen, ein Tummelplatz für Forellen, ein Spiegel, der die Majestät der Bergspitzen widerspiegelte, die über ihm thronten. Während sie den Pfad zu der Hütte hinabstiegen, spürte Steve, wie die Stille dieses Ortes seine Seele wie eine tröstende Hand umfaßte, und zum ersten Mal fühlte er sich in diesem Tal willkommen. Auch Tracy entspannte sich allmählich, als würde sie mit jedem Schritt hinunter auch einen Schritt zurück in der Zeit machen.

»Sie würden kaum glauben, wie viele Forellen es in diesem See gibt«, sagte sie. »Meine Eltern, meine Schwester und ich haben immer viel geangelt, wenn wir hier waren.«

»Schade, daß wir keine Angelruten mitgebracht haben.«

»Ich bin sicher, es sind welche in der Hütte, aber ich glaube nicht, daß wir Zeit dafür haben.« Sie lächelte. »Obwohl es bestimmt nett wäre.«

Der Pfad führte zu einer Treppe, die aus flachen Steinen bestand. Sie stiegen die Stufen hinab. Durch die Bäume war das grüne Metalldach der Hütte und der juwelenblaue See zu sehen.

»Ich bin reif«, meinte Tracy. »für eine schöne Pause, etwas zu essen …«

»Das läßt man sich gefallen«, erwiderte Steve, der sehr müde war und nichts weiter wollte, als ein weiches Bett, in dem er schlafen konnte.

»Von hier aus ist es noch ein etwa zweistündiger Fußmarsch bis Hyde River. Bis zu Ihrem Wagen brauchen wir vermutlich nicht einmal so lange. Wir könnten bis heute nachmittag hierbleiben, wenn wir wollen.«

Sie erreichten die unterste Treppenstufe und kamen an die Veranda. Tracy fand den Schlüssel an seinem Versteck, auf dem Türrahmen über der Eingangstür. Sie öffnete die Tür, und sie traten ein.

»Wow«, meinte sie und blickte sich im Innern um. »Es hat sich nicht ein bißchen verändert.«

Steve sah sich um und lächelte. »Das gefällt mir, keine Frage.«

Die Hütte bestand aus einem großen Raum, der in Küche, Wohn- und Schlafbereiche unterteilt war. Der grob behauene Tisch und die Stühle, der alte, mit Holz beheizte Herd und die beiden Schlafkojen waren Relikte aus einer anderen Zeit. Der Geruch in der Hütte erinnerte Steve an Familienurlaub, Sommerlager und Kindheit in den Wäldern. Die Schlafkojen waren nur über Leitern zu erreichen. Alle Kinder verwandelten solche Betten nur zu gern in ein Fort, ein Versteck für eines ihrer Abenteuer.

Tracy setzte sich an den Tisch und zog sich Schuhe und Strümpfe aus. Sie stöhnte vor Erleichterung. Steve tat es ihr nach. Dann öffneten sie ihre Rucksäcke und holten die Vorräte heraus, die sie mitgebracht hatten: Fertigsuppe, einige belegte Brote und Instantkaffee. Die Brote mußten für den Augenblick reichen. Keiner von ihnen hatte die Geduld oder Energie, ein Feuer für heißes Wasser anzuzünden.

Tracy kaute ihr Thunfischsandwich und nahm einen großen Schluck aus ihrer Feldflasche. »Was werden wir als nächstes tun, Steve?« fragte sie.

Steve biß genüßlich in sein Salamibrot. Er schluckte schnell und antwortete: »Das müssen Sie mir sagen. Sie sind diejenige, die sich in Hyde River auskennt.«

»Das macht mir ja gerade zu schaffen. Ich bin die Polizistin und sollte Hyde River vor Leuten wie Ihnen beschützen, und nun habe ich Ihnen geholfen, eine Schießerei in der alten Stadt anzufangen und sich in das bestgehütetste Geheimnis der Stadt zu mischen.«

Steve zog die Augenbrauen hoch. »Was ist mit den Windböen passiert, die Sie mir einreden wollten?«

»Es war mehr als das«, gab sie zu.

»Mehr als ein Bär?«

Sie zögerte, dann brachte sie heraus: »Ja, sehr viel mehr.«

Steve kniff die Augen zusammen. »Vorsicht jetzt. Sie könnten Levis Behauptungen bestätigen.«

Sie lachte. »Wohl kaum. Es liegt immer noch an mir zu entscheiden, was genau ich gestern nacht gesehen habe.« Diese Aussage machte sie frei für das Folgende, doch trotzdem fiel es ihr nicht leicht. »Steve, eine Sache wie diese braucht Zeit, verstehen Sie? Solange ich hier lebe, war es nichts als ein Aberglaube, eine Legende; es war nicht real. Nun – gut, wir sind gestern auf etwas gestoßen, das mich in Angst und Schrecken versetzt hat.«

Steve nickte. »Und es hat auch Evelyn in Angst und Schrecken versetzt.«

Tracy stützte den Kopf in die Hände. »Ihr Zustand macht jetzt Sinn, nicht wahr?« Sie blickte auf. »Aber warum sollte jemand es glauben, Steve? Ich meine, bedenken Sie, wie lange diese Tradition schon besteht, und wie lang es diesem Ding gelungen ist, sich in den Bergen zu verstecken. Wie konnte es so lange unentdeckt bleiben? Hier gibt es Jäger, Angler, Camper, Wanderer, Wildhüter und Waldarbeiter – und niemand hat etwas gesehen? Da paßt doch was nicht!?«

Steve dachte einen Augenblick nach. »Das mag vielleicht weit hergeholt klingen, aber vielleicht war das Wesen früher kleiner und konnte sich darum besser verstecken. Wenn es noch weiter wächst; wenn es so groß ist, wie es uns gestern abend erschienen ist, dann kann es sich nicht mehr länger verstecken. Es wird entdeckt werden. Es muß einfach.«

Nun war es an ihr, die Augenbrauen in die Höhe zu ziehen. »Ich würde sagen, das ist bereits passiert.«

Er lachte. »Oh ja, das stimmt. Doch ich wünschte, ich wüßte, was für ein Wesen es ist und welche Gewohnheiten es hat.«

»Es wird schwierig sein, das herauszufinden. Vergessen Sie nicht, wir stehen immer noch gegen eine ganze Stadt, die versucht, dieses Wesen zu verstecken und zu beschützen. Sie beten es an. Sie haben eine Religion daraus gemacht.«

»Und Harold Bly steht im Mittelpunkt dieser Religion, habe ich recht?«

Tracy nickte. »Und nutzt sie zu seinem Vorteil. Ich verstehe jetzt, daß es nicht nur Gerede ist.« Dann fügte sie grimmig hinzu: »Und Doug hängt auch irgendwie mit drin, ich weiß es. Es gab Dinge, über die er einfach mit mir nicht sprechen wollte.«

»Also«, meinte Steve vorsichtig, »ich denke, wir können sagen, daß mein Bruder nicht von Harold Bly getötet wurde.«

»Zumindest nicht direkt.« Er sah sie seltsam an, und sie versuchte zu erklären. »Vielleicht hat er ja das Wesen trainiert, man kann nie wissen.«

»Das ist zu abwegig, um es in Betracht zu ziehen.«

»Ich glaube trotzdem nicht, daß Harold sich zu gut dafür war, Maggie zu töten. Es lag in seinem Interesse, wie immer es auch passiert ist.«

Steve biß in sein Brot. Schließlich meinte er: »Wir könnten uns ein wenig eingehender mit den Legenden und Traditionen beschäftigen. In dem ganzen Hirngespinst finden wir vielleicht einige Hinweise auf die Tatsachen.«

»Sie sprechen von einer ziemlichen Menge an Hirngespinsten, Steve.«

»Was ist mit Levi? Was können wir seiner Version entnehmen?« Steve wollte es wirklich wissen, doch gleichzeitig wollte er ihre Reaktion testen.

Sie reagierte ruhig, doch immer noch entschlossen. »Es gibt andere Quellen, an die wir uns wenden können.« Sie biß in ihr Sandwich und überlegte, während sie kaute. Schließlich sagte sie: »Ich habe einen neuen Informanten in Hyde River, der mich ab und zu anruft. Ich denke, die Situation spitzt sich zu, die Menschen werden allmählich nervös, darum wagt er es, den Schwur zu brechen und Informationen weiterzugeben. Er hat Angst, darum redet er. Ich denke, wenn *er* Angst hat, dann haben auch andere Angst.«

Steve legte den Kopf zur Seite und fragte: »Er ist nicht zufällig ein Franzose?«

Sie starrte ihn an. »Er hat auch Sie angerufen?«

»Bisher zweimal. Er hat mir von der alten Stadt erzählt, und er hat mir den Tip gegeben, daß Vic Moore auf dem Weg dorthin ist – den Rest der Geschichte kennen Sie ja.«

»Warum haben Sie mir das nicht erzählt?«

»Sie waren zu der Zeit gerade nicht greifbar.« Es freute ihn zu sehen, daß sie ein wenig verwirrt wirkte. »Wie auch immer, wissen Sie, wer es ist?«

»Nein, aber das werden wir herausfinden. Wir müssen vorsichtig sein. Den Leuten im Hyde Valley wird nicht gefallen, wenn wir ihrem – was immer es ist – auf die Spur kommen.«

Steve schnaubte leise. »Das ist doch wirklich zu blöd, nicht wahr?«

»Steve ...«

»Es macht einfach keinen Sinn, daß jemand etwas versteckt und beschützt, das Menschen tötet.«

»Steve, dies ist Hyde Valley. Hier müssen die Dinge keinen Sinn machen.« Er wirkte besorgt. »Was ist?«

»Warum um alles in der Welt bleiben Sie hier?«

Sie hatte nichts gegen diese Frage einzuwenden. Eigentlich kam sie ihr sogar sehr gelegen. »Ich habe eigentlich keinen Grund mehr. Mein Vater ist vor zwei Jahren gestorben, und meine Mutter ist nach Idaho gezogen, um bei meiner Tante zu leben. Ich habe Ihnen ja gesagt, wie das ist, hier in der Gegend Polizist zu sein, und was die Liebe angeht, Sie wissen ja, wie es in dieser Hinsicht bei mir steht. Ich bin verheiratet, aber ...«

»Aber nicht wirklich.«

»Nein. Nicht wirklich.«

Sie betrachtete den großen, grob behauenen Pfosten in der Mitte des Raumes, der die Decke stützte. »Sehen Sie nur.«

Er folgte ihrem Blick und sah ins Holz eingeritzte Namen. Er erhob sich und ging näher heran.

»Agnes, Jerry, Cindy«, las er.

»Meine Eltern und meine kleine Schwester.«

»Und Tracy.«

»Ich habe das in den Balken geritzt, als ich zwölf war.« Sie suchte seinen Blick, als sie ihn fragte: »Erinnern Sie sich noch daran, wie es war, als Sie zwölf waren?«

Er tat es. Go-carts, Skateboards, Schwimmen im See, ein Fort im Wald bauen und natürlich zelten mit seinen Eltern und Cliff. Er lächelte und nickte. »Hat es Ihnen gefallen?«

»Ja. Damals war alles – genau so, wie es sein sollte. Sieht so aus, als war es nur damals so.«

Steve wurde von seiner Müdigkeit überwältigt und ging zu einer Schlafkoje. »Noch ist Zeit, Tracy. Vergeuden Sie sie nicht; das ist alles, was ich sagen kann.«

Sie lächelte ihn an. »Sie haben recht.«

»Wir sprechen später weiter«, sagte er und legte sich hin.

»Schlafen Sie gut«, sagte sie und kletterte in das Bett auf der anderen Seite des Raumes.

Innerhalb weniger Sekunden war er eingeschlafen. Sie lag auf der Seite und betrachtete ihn, wie es ihr Wunsch gewesen war, seit sie ihm zum ersten Mal begegnet war. Nun hatte sie Zeit, sein ausgeprägtes Kinn, seine männlichen Gesichtszüge und sein schwarzes Haar mit den vereinzelten grauen Strähnen zu betrachten. Sie seufzte tief. Wenn ich dir nur früher begegnet wäre, Steve Benson.

Schließlich schlief auch sie ein.

Steve erwachte langsam und genoß es, zwischen Träumen und Realität zu schweben. Ein Windhauch brachte den Geruch von Tannen in die Hütte. Steve konnte das fröhliche Lied der Vögel hören, spürte die Wärme des Sommertages. Sie erinnerten ihn an die großartigen Ferien seiner Kindheit. Er war wieder ein Kind, hatte keine Probleme, keinen Kummer, keine Sorgen.

Doch langsam und unaufhaltsam kehrte er in die Realität zurück. Er setzte sich auf und versuchte sich zurechtzufinden. Die Sonne war weitergewandert. Es mußte beinahe Mittag sein, dachte er. Er sah auf seine Uhr. Ja. Das bedeutete, er hatte etwa zwei Stunden geschlafen.

Er hatte das Gefühl, den Rest des Tages verschlafen zu können, doch die Notwendigkeit brachte ihn auf die Beine. Sie mußten nach Hyde River zurück, zurück zu ihrer Aufgabe.

Tracys Rucksack lehnte noch an dem Mittelposten, doch sie war nicht in der Hütte. Er ging zur Tür, überquerte die Veranda und ging den schmalen Pfad hinunter zum See. Er erwartete sie dort unten zu finden, und das gab ihm eine gute Entschuldigung, den See zu betrachten. Er konnte nicht achtlos an solcher Schönheit vorübergehen.

Der alte Homer hat versucht, ein Stück Strand zu befestigen, dachte Steve. Der grobe Sand unter seinen Füßen war nicht typisch für einen Bergsee; er mußte dorthin gebracht worden sein, vermutlich über einen längeren Zeitraum hinweg. Noch mehr Arbeit steckte in dem Landungssteg, der in den See hineinragte. Ein kleines Ruderboot lag mit dem Kiel nach oben auf dem Strand.

Steve konnte sich nicht sattsehen, und er nahm sich viel Zeit, diesen Anblick in sich aufzunehmen. Der See glich heute einem Spiegel, und die Berge auf der anderen Seite schienen in die Unendlichkeit hineinzureichen. Durch die Reflektion des Sees schienen sie doppelt so hoch zu sein. Er wünschte, er hätte seine Kamera dabei, doch eine Kamera würde diese Schönheit nicht einfangen können. Das tiefe Grün der Bäume gegen das Blau dieses Wassers …

Die Bäume. Steve blinzelte und sah erneut hin. Er war immer noch ein wenig schläfrig, schließlich war er die ganze Nacht aufgewesen. Es war etwa vierhundert Meter weiter auf der anderen Seite des Sees, die Entfernung konnte also auch eine Rolle spielen. Vielleicht hatte er sich das nur eingebildet.

Reglos stand er da und beobachtete. Jetzt waren die Bäume am anderen Seeufer klar und gut zu erkennen. Nichts Ungewöhnliches. Vielleicht war es nur irgendeine Spiegelung; vielleicht war es Wunschdenken, vielleicht hatte er nicht dieselbe, sonderbare Erscheinung gesehen wie in der alten Stadt.

Doch sein Instinkt sagte ihm, daß es doch dasselbe war wie zuvor. Gefahr, sagte er. Paß auf! Er wendete den Blick ab, um wieder klar sehen zu können. Er war zu müde, um seinen Sinnen zu trauen.

Dann entdeckte er Tracy, und jeder Gedanke an die Erscheinung verschwand. Falls sein Instinkt ihn immer noch warnte, so hörte er nicht mehr zu.

Sie schwamm im See. Um sie herum funkelte das Wasser wie Diamanten in der Sonne, und ihre Haut schimmerte im Sonnenlicht. Mit kräftigen Zügen glitt sie durch das Wasser. Vielleicht sollte ich sie nicht beobachten, dachte er, doch sie hatte ihn noch nicht bemerkt, und wie alles hier war sie ein atemberaubender Anblick.

Schnell suchte er das Ufer ab und entdeckte ihre Kleidung an einem toten Ast eines umgefallenen Baumstumpfs. Träumte er? War sie eine Fata Morgana? Nein. Er war wach, sie war wirklich da, und eine beträchtliche Entfernung lag zwischen ihr und ihren Kleidern.

Einen Augenblick lang hatte er den Eindruck, sie würde in seine Richtung blicken, ihre Blicke würden sich treffen, während sie innehielt und ihre nassen Haare zurückstrich. Doch ihr Verhalten ließ nicht darauf schließen, daß sie sich seiner Gegenwart bewußt war, vor allem nicht, als sie ans Ufer schwamm, aus dem Wasser kam und zu ihren Kleidern ging.

In dem kurzen Moment, den Tracy brauchte, ihre Kleider zu nehmen und hinter den Bäumen zu verschwinden, wurde Steves Neugier voll befriedigt. Ihm gefiel, was er gesehen hatte, und bestätigte, was er von Anfang an vermutet hatte: daß ihr Körper vollkommen war.

In der Vergangenheit haben wir bereits über Harolds Taktiken gesprochen, mit denen er versucht, die anderen Kinder zu erschrecken, und ich fürchte, von Zeit zu Zeit verfällt er immer noch in dieses Verhalten. Während der heutigen Pause fand er eine Schlange, schnitt ihr den Kopf ab und sagte zwei Mädchen, dasselbe würde ihnen passieren, wenn sie ihn nicht die Hausarbeiten abschreiben lassen würden. Auch erzählte er wieder die Geschichte von dem Ungeheuer, das Kinder frißt. Ich denke, wir sollten uns noch einmal ausführlich darüber unterhalten.

Aus einem Brief von Marian Clayburg,
Harold Blys Lehrerin im vierten Schuljahr,
an Sam und Lois Bly, etwa 1960.

Kapitel 11

Charlie

Als Harold Bly an Dottie Moores Türe klopfte, hatte sie es beinahe erwartet. In der Stadt war Vics Verschwinden seit Donnerstagabend das Hauptgesprächsthema, und die Neuigkeiten mußten früher oder später auch Bly zu Ohren gekommen sein.

Es war Samstag nachmittag, und er stand vor ihrer Tür, elegant angezogen, der perfekte Gentleman, seinen Hut in der Hand haltend, und fragte, ob sie etwas gehört hätte.

Sie war krank vor Furcht und Sorge, doch sie wußte, daß sie mit ihm reden mußte. Sie erzählte ihm nur, was er bereits wissen mußte. »Ich habe noch nichts gehört, Mr. Bly, gar nichts. Einige der Männer sind auf die Suche nach ihm gegangen. Ich glaube, sie haben den Fluß flußabwärts nach ihm abgesucht.«

»Keine Anrufe?« fragte er.

»Nein, keine Anrufe. Ich habe mit Phil und Carl telefoniert, und ich habe auch mit Pastor Woods gesprochen. Alle halten die Augen und Ohren offen.«

»Haben Sie den Sheriff angerufen?«

Auf diese Frage gab es in Hyde River nur eine korrekte Antwort. »Nein. Sie wissen ja, was Vic davon hält.«

Bly nickte verständnisvoll. »Hören Sie, Dottie, wenn ich irgend etwas tun kann, lassen Sie es mich bitte wissen. Ich bin hier, um zu helfen, das wissen Sie.«

Wieder fiel ihre Antwort korrekt aus. »Ich weiß. Und ich danke Ihnen dafür.«

»Und das gilt auch für die finanzielle Seite. Ich weiß, daß Sie und Vic zu kämpfen hatten, und ...«

»Wir kommen ganz gut zurecht.«

Er tat so, als hätte er sie nicht gehört. »Wenn Sie zu der Überzeugung kommen, Sie könnten woanders ein besseres Leben führen, dann denken Sie daran, ich bin bereit und willens, Ihnen Ihre Last abzunehmen.«

Sie war verletzt, gab aber eine vorsichtige Antwort. »Wenn Sie das Geschäft kaufen wollen, müssen Sie mit Vic sprechen.«

Er lächelte sie an. »Ich bin sicher, wir werden uns noch einmal sprechen.«

Was bedeutete, daß sie gar keine Wahl hatte.

An diesem Abend wurde in den Ruinen auf dem Stein ein weiteres Gebet gesprochen und ein weiterer Zettel verbrannt. Darauf stand der Name von Dottie Moore.

* * *

Am Sonntagmorgen ging Carl Ingfeldt zu Charlies Bar und setzte sich auf einen Barhocker zwischen Phil Garrett und Andy Schuller, die bereits ihr Frühstück verzehrten. Er bestellte Schinken und zwei Eier mit Toast.

Nur Bernie war da, um seine Bestellung entgegenzunehmen. Nachdem er in die Küche gegangen war, um die Eier zu backen, fragte Carl leise: »Wo ist Charlie?«

Phil und Andy blickten ihn geheimnisvoll an.

»Sagt, er sei krank«, erklärte Phil.

Andy fügte hinzu: »Er ist seit Freitag morgen krank, wußtest du das?«

Carl begriff allmählich. »Seit wir von Vics Verschwinden erfahren haben.«

»Er versteckt sich, das ist es«, meinte Phil.

»Und ich wäre dir dankbar, wenn du den Mund halten würdest«, entgegnete Andy.

»Er denkt, er sei der nächste; das ist meine Meinung.«

Andy versteifte sich. Mit funkelnden Augen sagte er: »Wenn ihr weiter darüber sprecht, werden wir alle tot sein. Jetzt haltet endlich den Mund!«

Phil gab nach. »Hey, es tut mir leid.«

»Wir bekommen noch mehr Ärger«, erzählte Carl. »Ich habe gerade einen Anruf von Sara vom RV Park bekommen. Dieser Professor ist zurückgekommen.«

Andy und Phil schwiegen, doch ihre erstaunten Gesichter sprachen Bände.

Carl fuhr fort: »Ist gestern abend mit seinem Wohnmobil hereingekommen. Will anscheinend eine Weile bleiben.«

»Ich dachte, du hättest erzählt, er sei fort!« protestierte Phil.

»Das war er auch. Sara sagte, es hätte so ausgesehen, als sei er auf der Jagd gewesen. Aber anscheinend hat er nichts geschossen.«

Sie blickten sich an. Dann meinte Phil vorsichtig: »Könnte sein, daß Harold recht hat. Er denkt ...«, er senkte die Stimme, »... daß Tracy und der Professor Gefallen aneinander gefunden haben.«

»Mit diesem Professor fing der ganze Ärger erst an!« meinte Carl und schlug mit der Faust auf den Tresen. »Schlimm, die Sache mit seinem Bruder. Aber wenn er den Dingen nur einfach ihren Lauf gelassen hätte ...«

»Harold sagt, es wird genauso kommen wie mit Maggie und dem Bruder dieses Burschen.«

»Weiß Doug davon?« fragte Andy.

»Bis jetzt gibt es noch nichts, das er wissen müßte. Aber ich wette, Harold hat recht.«

Carl nahm einen Schluck Kaffee. »Wenn Sie sich für diesen Kerl erwärmt, wird es eine Änderung der Regeln hier geben.«

»Das siehst du ganz richtig«, meinte Andy.

»Mir macht es nichts aus, wenn sie Sheriff spielen will, aber wenn sie ...«

Die Eingangstür öffnete sich.

Es war Deputy Tracy Ellis, in Uniform, ganz offensichtlich kam sie in einer dienstlichen Angelegenheit. »Guten Morgen.«

»Guten Morgen«, erwiderte Bernie, der Koch. Er stellte gerade Carls Frühstück auf den Tresen.

»Morgen«, murmelten die drei anderen über ihren Frühstückstellern.

Sie kam an die Bar. »Ist Charlie da?«

»Nein«, erklärte Bernie. »Er ist in den letzten Tagen recht krank gewesen.«

»Oh, das tut mir aber leid.«

Sie blickte die drei Männer an, die ihren Blick mit der für Fremde vorbehaltenen Reserviertheit zurückgaben. Sie lächelte in der Hoffnung, die Stimmung ein wenig aufzulockern. »Hey, Jungs, es gibt keine Probleme. Ich wollte nur hallo sagen.«

»Nun«, meinte Phil, »hallo.«

»Hallo«, sagte Carl.

»Hallo«, kam auch von Andy, der sich wieder seinen Eiern zuwendete.

»Ist Charlie denn zu Hause?« fragte sie.

Phil schwieg. Andy zuckte die Achseln, Carl wollte gerade sagen: »Ich weiß es nicht«, als Bernie direkt antwortete: »Ja, er ist zu Hause. Ich glaube nicht, daß er irgendwo hingeht.«

Phil ließ seine Gabel fallen und griff nach ihr, bevor sie vom Tresen fiel.

Tracy bedankte sich und ging.

Sobald sich die Tür hinter ihr geschlossen hatte, fielen die drei über Bernie her. »Bist du verrückt?« »Warum hast du ihr das erzählt?« »Sie schnüffelt herum, merkst du das denn nicht?«

Bernie hob nur abwehrend die Hände. »Hey, was soll das? Sie hat mich gefragt, ich habe ihr geantwortet. Warum regt ihr euch so auf?«

»Ach, vergiß es«, meinte Andy.

Bernie ging in die Küche zurück. Die drei aßen eine Weile schweigend weiter.

»Sie sah recht nett aus«, beobachtete Carl.

»Roch auch gut«, meinte Phil. »Ein bißchen Parfüm, ein bißchen Make-up.«

»Doug wird diesen Burschen töten«, murmelte Andy.

Eine Stunde später brachte Tracy ihren Ford Ranger neben einer verrosteten Zapfsäule zum Stehen. Steve tauchte hinter einem alten Lastwagen auf und stieg ein.

»Charlie ist zu Hause«, sagte sie ihm. »Ich habe ihn angerufen, und er erwartet uns.«

»Wieso sind Sie so sicher, daß er der Franzose ist?«

»Oh, ich glaube, ich habe eines Abends gehört, wie er in diesem Akzent in der Bar gesprochen hat. Er war nie besonders gut darin.«

Steve kauerte sich auf dem Boden zusammen, während Tracy den Hügel hinauf, an der Kirche vorbeifuhr und in die übernächste Straße einbog. Hinter Charlies kleinem Zweizimmerhaus mit dem grünen Metalldach blieb sie stehen. Sie versuchten, unbemerkt zu bleiben, doch in dieser Stadt war es beinahe unmöglich, etwas geheimzuhalten, und sie wußten es.

Sie gingen zur Hintertür. Tracy klopfte. Keine Reaktion.

»Charlie?« rief Tracy leise.

Er stand direkt hinter der Tür. »Wer ist da?«

»Ich bin es, Tracy Ellis.«

»Haben Sie den Professor mitgebracht?«

»Ja. Er ist hier bei mir.«

Sie hörten, wie ein Stuhl weggerückt und aufgeschlossen wurde. Schließlich öffnete sich die Tür einen Spalt, damit sie hereinkommen konnten.

Ohne daß ein Wort zwischen ihnen gewechselt wurde, wußten Steve und Tracy, daß Charlie in demselben Zustand war wie Maggie

Bly. Die Küche sah schrecklich verwahrlost aus, die Schranktüren standen offen, auf der Arbeitsplatte standen Eßwaren, Teller, Tassen und Kühlschrankbehälter herum. Auch im Wohnzimmer sah es übel aus. Die Vorhänge waren zugezogen; es war heiß und stickig, und ein übler Geruch hing in der Luft, so als würde etwas verwesen. Die Eingangstür war zugenagelt, und ein großer Sessel stand davor. Auf der einen Seite der Tür war ein Kreuz aus Holzstücken angeklebt worden, auf der anderen Seite lehnte ein Gewehr, offensichtlich geladen und schußbereit.

Charlie befand sich in einem armseligen Zustand. Er trug nichts weiter als eine Pyjamahose und ein T-Shirt, das sich über seinem Bauch spannte. Sein Haar hing ihm wirr ins Gesicht, und seine Brille war ihm auf die Nase gerutscht. Er duckte sich ein wenig, so als erwartete er, daß jeden Augenblick durch die Fenster geschossen würde und betastete ein riesiges bronzenes Kruzifix, das um seinen Nacken hing.

»Es tut mir leid, daß es hier so aussieht«, sagte er mit zitternder Stimme.

»Setz dich doch, Charlie«, meinte Tracy sanft.

Der Mann zögerte, so als wisse er nicht genau, was sie meinte, dann ließ er sich auf die Couch sinken und umklammerte mit seiner zitternden Hand das Kruzifix. Sein Gesicht war verzerrt, die Augen furchtsam geweitet. Tracy setzte sich auch auf die Couch, und Steve zog sich einen Stuhl heran. Charlie saß einfach nur da und blickte von Steve zu Tracy.

»Charlie«, begann Tracy schließlich, »weißt du, warum wir hier sind?«

Charlie blickte Steve an. »Sie sind zurückgekommen.«

Steve nickte. »Ich dachte, wir sollten uns einmal persönlich unterhalten.«

Charlie sah Tracy an. »Vic Moore ist tot, wußtest du das?« Bevor sie noch antworten konnte, wendete sich Charlie wieder an Steve. »Haben Sie in der alten Stadt irgend etwas gesehen?«

»Dann sind Sie also der Franzose?« fragte Steve.

Charlie saß wie betäubt, sprachlos.

Tracy berührte ihn am Arm. »Charlie, es ist in Ordnung, wir sind hier, um zu helfen.«

Charlie schluckte, seine Kehle war wie ausgedörrt. »Es – es will mich als nächstes Opfer. Bitte – ihr könnt nicht zulassen, daß es mich holt!«

»Was soll Sie nicht holen?« fragte Steve.

Es war, als wenn Charlies Gehirn nicht mehr richtig funktionierte. Er blickte Steve an und versuchte zu antworten, doch seine Lippen weigerten sich, die Worte auszusprechen.

Steve übernahm. »Charlie, hören Sie. Tracy und ich sind am Freitag abend zur alten Stadt zurückgegangen, in der Nacht nach Vics Verschwinden. Wir haben dort gewartet, und wir haben etwas gesehen.«

»Ohhh …« Charlie stieß einen kleinen Angstschrei aus und steckte sich den Finger in den Mund.

Steve berichtete schnell über die Ereignisse des vergangenen Abends, erzählte aber nur so viel, wie er glaubte, daß dieser zitternde Mann verkraften konnte. Charlie fühlte sich durch diese Geschichte keinesfalls getröstet, das war klar.

»Haben Sie es getötet?« rief Charlie. »Haben Sie es getötet?«

Steve tat es leid, daß er nicht von einem Erfolg berichten konnte. »Nein, es ist entkommen.«

Charlie jammerte nur noch lauter und griff sich ans Herz. »Jetzt sind wir alle tot! Sie haben es nicht getötet. Jetzt wird es nur noch bösartiger werden!«

Tracy fragte weiter: »Charlie, wissen Sie, was es ist?«

Diese Frage versetzte ihn in Furcht und Schrecken, und wieder schien sein Gehirn auszusetzen.

Steve drängte. »Wir haben etwas gesehen, Charlie. Wir haben es gehört und die ganze Nacht verfolgt. Es ist also mehr an dieser Sache, als nur …« Steve wollte nicht Aberglaube sagen, nicht zu Charlie.

»Sie müssen es töten! Sie müssen es töten, bevor es uns alle holt!«

»Wir brauchen Ihre Hilfe, Charlie. Sie müssen uns alles erzählen, was Sie über dieses Wesen wissen.«

»Die Polizei tut nie etwas. Sie steht bloß herum und tut, was Harold ihr sagt.«

Das verärgerte Tracy ein wenig, doch sie wollte sich nicht auf eine Diskussion einlassen mit jemandem, der nicht ganz bei sich war.

Charlie beugte sich zu Steve hinüber. »Ich dachte, Sie könnten es! Sie sind ein Fremder, Sie schulden niemandem etwas, Sie haben keine Angst, Sie könnten es tun! Sie müssen es tun, bevor der Drache herausfindet …« Sobald ihm dieses schreckliche Wort entschlüpft war, schrie er schmerzerfüllt auf und blickte sich im Zimmer um, als könnte das Ding jeden Augenblick durch die Wände kommen und ihn holen. »Ach, ich kann es Ihnen nicht sagen!«

»Warum nicht?« fragte Tracy.

Er blickte sie finster an.

»Warum nicht?« fragte sie wieder.

»Wenn man darüber spricht, wird es böse, und man wird getötet.«

Tracy blickte sich im Zimmer um. »Und wenn du nicht darüber sprichst, wirst du auch getötet, richtig?« Er konnte nicht antworten. »Hat Vic jemals einer Menschenseele von dem Drachen erzählt?«

»Nein.«

»Was ist ihm dann zugestoßen?«

Bei dem Gedanken an Vic zuckte Charlie zusammen.

»Was macht es also schon?«

»Ich – ich kann nicht.«

Tracy stand auf. »In Ordnung, Charlie. Ich will dir was sagen. Wenn du uns hilfst, helfen wir dir auch. Wenn du auch weiterhin mauerst, verschwinden wir. Dann gibt es nur noch dich und den Drachen, und er kann dich holen, wann immer er will.«

Es war, als hätte sie ihm eine Stange Dynamit vor die Füße geworfen. »Nein – Nein!!« schrie er.

Sie blieb stehen und blickte wartend auf ihn herab. Er saß einfach nur da, wie betäubt von einer Furcht, die schon Generationen alt war.

Steve packte Charlie am Arm und beugte sich zu ihm herüber. »Charlie. Wir haben auf das Wesen geschossen, und ich denke, wir haben es auch getroffen, darum glaube ich, daß es nicht ein Geist, ein Gespenst oder ein Gott ist. Es ist ein Tier, und das ist alles. Es muß gar nichts Geheimnisvolles daran sein.« Das war immerhin ein winziger Hoffnungsschimmer. Es schien ihn zu beruhigen.

Charlie blickte von Steve zu Tracy und wieder zurück. »Können Sie es töten? Ich werde Sie bezahlen, wenn Sie es töten.«

»Charlie«, erwiderte Steve, »hören Sie. Ich brauche kein Geld. Ich brauche Informationen. Ich muß wissen, gegen was ich kämpfe, seine Gewohnheiten, seine Stärken und Schwächen. Ich muß in der Lage sein, sein Verhalten vorherzusehen.«

Charlie schüttelte den Kopf. »Aber wenn ich über den Drachen spreche, wird er es wissen.«

»Wer sagt das?« fragte Tracy.

Keine Antwort.

»Hat Harold Ihnen das eingeredet?«

Er schüttelte furchtsam den Kopf. »Ich spreche nicht über Harold.« Dann blickte er zur Decke hinauf und rief: »Ich spreche nicht über Harold! Ich sage kein Wort über ihn!«

»In Ordnung, in Ordnung. Beruhige dich, Charlie.« Tracy warf Steve einen Blick zu. »Wieder einmal Harold Bly.«

»Ich spreche nicht über ihn!« wiederholte Charlie.

»Hast du Angst vor Harold Bly?«

»Ich spreche nicht über ihn.«

»Und du willst uns auch über den Drachen nichts erzählen?«

Charlie saß einfach nur da und starrte vor sich hin. Tracy seufzte und blickte Steve an. Sie war nahe daran, aufzugeben.

Schließlich murmelte Charlie: »Ich weiß nicht, warum der Drache uns auf einmal auf dem Kicker hat. Wir haben doch nichts getan. Es sind die Hydes; sie haben es getan.«

Tracy hatte fast Angst, eine Frage zu stellen, weil sie befürchtete, Charlie könnte wieder dichtmachen. »Du meinst die Hyde-Familie?«

»Sie haben uns den ganzen Ärger gebracht, und das war vor hundert Jahren. Ich bin kein Hyde. Ich habe das nicht gewollt. Warum ist der Drache nun hinter mir her?«

»Was hat die Hyde-Familie vor hundert Jahren getan?« fragte Steve vorsichtig.

»Ein Abkommen mit dem Drachen geschlossen. Sie haben ihm die Stadt gegeben. Aber ich habe ihm nicht die Stadt gegeben. Niemand hat mich gefragt.«

Ruhig fragte Steve weiter: »Dann gibt es also Leute in dieser Stadt, die – die ein Abkommen mit dem Drachen haben? Arbeitet der Drache für sie?«

Charlie nickte. »Oh ja, darauf können Sie wetten. Eine falsche Bewegung oder ein Wort zuviel, und ...« Er fuhr sich mit dem Finger an die Kehle. Laut fügte er hinzu: »Aber ich spreche nicht über Harold!«

»Nein, natürlich nicht.«

»Der Drache weiß, wo du bist. Er kann dir nachkommen, dich auseinanderreißen, während du schläfst.«

»Ich bezweifle, daß er hier hereinkommen könnte«, meinte Steve und betrachtete die Sicherheitsvorkehrungen, die Charlie getroffen hatte.

»Ich weiß es nicht. Vielleicht kann er es. Harold sagt – ich meine, ich habe gehört – der Drache könnte überall hinkommen. Er ist wie ein Geist. Er ist nicht wirklich lebendig; schwebt nur so herum, und er kann verschwinden. Man kann ihn nicht aufhalten.«

»Er ist kein Geist«, beharrte Steve. »Er ist ein großes, dummes Tier, und jemand hat Sie angelogen.«

Ein solcher Ausspruch versetzte Charlie wieder in Angst und Schrecken. »Nein! Sprechen Sie nicht so! Der Drachen wird es wissen!«

Tracy verdrehte die Augen. »Jetzt redest du schon genauso wie Levi Cobb.«

Wieder das magische Wort. Vermutlich hat Tracy es bewußt verwendet, dachte Steve. Charlie war beleidigt, und das riß ihn aus seiner Betäubung. »Hey! Nein, nein, nein, das ist nicht fair, und es stimmt auch nicht! Ich bin nicht verrückt! Levi ist verrückt, ich nicht!«

»Ich denke, du machst zuviel um den Drachen, genau wie Levi«, erklärte Tracy.

»Ich bin nicht wie Levi! Ich bin kein religiöser Fanatiker! Er ist es! Ich bin ein fairer und ehrlicher Geschäftsmann, und ich habe ein Recht das zu tun, was ich tue!«

Tracy hakte nach. »Ist das so?«

»Ja, das ist so! Ebo Denning hätte mit seinem Warenhaus nichts erreicht! Ich werde etwas Großes daraus machen! Ich werde wieder etwas Leben in diese Stadt bringen! Es war das Richtige, und ich habe Ebo einen fairen Preis bezahlt!«

»Wovor hast du dann Angst?«

Er wurde still, kochte jedoch immer noch vor Wut. Schließlich brach es aus ihm hervor: »Töten Sie dieses Ding einfach nur, das ist alles! Wenn Sie es töten, wird alles wieder in Ordnung sein!«

Steve seufzte. Er verlor allmählich die Geduld. »Was können Sie uns denn darüber erzählen?« fragte er wieder.

»Ich weiß gar nichts.«

Tracy versuchte es anders. »Dann nenn uns jemanden, der etwas weiß.«

»Wie ist es mit Jules Cryor?« meinte Charlie.

»Tut mir leid«, sagte Tracy, die mit dem Namen nichts anfangen konnte.

»Er arbeitet an seinem Claim auf dem Saddlehorse, schon seit Jahren. Von dort oben hat er einen hervorragenden Blick auf das Tal, und er lebt, wie es ihm gefällt, tut, was er will.«

»Wie kommen wir dorthin?«

»Er ist ein Einsiedler, und wie ich höre, benimmt er sich ein wenig seltsam. Es kann sein, daß er auf euch schießt, wenn ihr ihm zu nahe kommt, ich weiß es nicht.«

»Das ist wenigstens ein Anfang«, entgegnete Steve und holte seinen Block und einen Stift hervor. »Sagen Sie uns, wie wir ihn finden können.«

Während Charlie Steve beschrieb, wie er Jules Cryors Hütte finden konnte, erinnerte sich Tracy an einen weiteren Namen. »Da ist auch noch Clayton Gentry. Er ist ein junger Holzfäller auf dem Backup. Die Burschen in der Bar sagen nichts Gutes über ihn. Erst jetzt kommt mir der Gedanke, daß er vielleicht etwas gesehen und darüber geredet hat, und daß die Männer ihn deshalb nicht leiden können.«

Steve hatte alles aufgeschrieben. »Sonst noch jemand?«

Charlie zuckte die Achseln. »Ich weiß nichts. Und ich spreche auch über nichts.«

»Nein«, versicherte Steve ihm, »das tun Sie nicht.«

»Wir werden diese Leute überprüfen«, sagte Tracy. »In der Zwischenzeit – Charlie?«

Er blickte sie an.

»Was immer du tust, halte dich von der alten Stadt fern, hörst du?«

Sam hat die Rituale von seiner Mutter Charlotte übernommen, die ihr von ihrem Vater James Hyde beigebracht worden waren, der sie wiederum von seinem Vater Benjamin Hyde übernommen hatte. So werden sie von Generation zu Generation weitergegeben, seit die Stadt Anfang 1800 gegründet wurde. Für die Rituale ist Blut erforderlich, das Sam gewöhnlich von einem Schaf oder einer Ziege nimmt, und sie werden fast immer in der Nähe von Hyde Hall zelebriert, im alten Teil der Stadt, wo alles begonnen hat.

Ich weiß nicht, ob Sam wirklich Macht über einen unsichtbaren Dämon hat, doch er ist ganz fest davon überzeugt, und nach der Furcht zu urteilen, die er bei den Leuten hervorrufen kann, glauben sie es auch.

Aus dem Tagebuch von Abby Bly,
Sam Blys Frau und Harold Blys Mutter,
die sich von ihrem Mann abgewendet hatte.
Es wurde am 14. November 1973 geschrieben,
drei Tage, bevor sie spurlos verschwand.
Ihr Verschwinden wurde einem Bärenangriff zugeschrieben.

Kapitel 12

Aufruhr

Mit grimmigem Gesicht und voller Ungeduld betrat Harold Bly am Sonntag nachmittag Charlies Bar und Warenhaus, um die Bücher zu überprüfen und ein Wareninventar zu erstellen, das Geschäft zu beobachten, den Laden auf Sauberkeit und Ordnung zu überprüfen – kurz, um sich alles einmal anzusehen.

»Wo ist Charlie?« fragte er und brachte die Bücher zu einem Tisch in der Nähe der Videospiele.

»Äh – er ist zu Hause«, antwortete Bernie. »Er ist krank.«

Harold zog die Augenbrauen in die Höhe. »So, ist er das?«

»Ja.«

Harold setzte sich und starrte Bernie an. »Setz dich, Bernie.«

Bernie gehorchte und setzte sich Bly gegenüber. Mit Bly zu sprechen, machte ihn immer nervös. Der Mann hatte nur wenig Geduld.

»Weißt du von meiner Partnerschaft mit Charlie?«

»Tja – Sie haben sich ins Geschäft eingekauft, richtig?«

»Ich habe den größten Teil davon gekauft.« Harold deutete mit dem Daumen auf das Warenhaus. »Ich habe die Bar gekauft, damit Charlie das Warenhaus kaufen konnte. Die Bar hat einen Wert von siebzig Prozent des Ganzen, also bin ich siebzigprozentiger Eigentümer und somit der Boß.«

»Jawohl, Sir.«

»Charlie ist also krank. Wer ist sein Stellvertreter?«

Bernie zuckte die Achseln. Er wünschte, er könnte woanders sein und brauchte nicht seine Fragen zu beantworten, auf die er keine Antwort hatte. »Ich bin da, Melinda, die Kellnerin – Sie wissen schon, wer auch immer.«

»Ich möchte, daß jemand dieses Lokal führt. Hast du das verstanden. Ich möchte, daß dieses Lokal immer angemessen mit Personal ausgestattet ist. Wir wollen doch schließlich Geld verdienen.«

Bernie wand sich. »In Ordnung, richtig.«

»Wie lange arbeitest du schon hier?«

»Fünf oder sechs Jahre.«

»Nimmst du immer so viel Fett beim Braten?«

»Äh ...« Bernie sah hilfesuchend zur Küche, als ob er dort eine Antwort finden könnte.

»Die Zeiten ändern sich, Bernie. Die Leute mögen nicht mehr so viel Fett und Cholesterin, richtig?«

»Richtig.«

»Kein Fett mehr. Und wir werden auch dic Speisekarte durchgehen. Wir brauchen gute Mahlzeiten, die korrekt zubereitet werden, der Zeit angepaßt. Verstanden?«

»Ja, ja, Harold, ich habe verstanden.«

Bly öffnete eines der Bücher und überflog die verschiedenen Spalten. »Hier wird viel Bier verkauft.«

Bernie lächelte verschmitzt. »Ja, sicher. Es ist ja eine Kneipe. Es ist zwar ein Restaurant, aber auch eine Kneipe. Die Jungens kommen gern herüber und – na ja, Sie wissen schon ...«

»Wir brauchen eine ›Happy Hour‹ direkt nach Feierabend in der Mine. Aber nur eine Stunde, verstanden? Wir wollen den Männern einen Ansporn geben, mehr zu trinken. Und stellen Sie einige Salzstangen hin. Das macht die Leute durstig.«

»In Ordnung.«

»Bernie, ich glaube, du solltest dir lieber etwas zu schreiben holen; ich habe einiges auf der Liste.«

»Oh.« Was für ein Glück, dachte Bernie. Er rannte los, um sich einen Stift und Papier zu holen. Als er zurückkam, hatten sich Carl, Phil, Andy, Paul und Doug um Blys Tisch geschart, um mit ihm zu sprechen. Bly hörte aufmerksam zu.

»Es geht um Charlie«, murmelte Phil.

»Ist er jetzt eigentlich krank oder nicht?« fragte Bly.

»Er hat sich sehr seltsam verhalten«, meinte Andy.

»Ich habe Tracy und diesen Professor bei Charlies Haus gesehen«, erzählte Carl mit einem Seitenblick auf Doug. »Es tut mir leid, Doug.«

Doug hörte grimmig zu.

»Aber wenn Charlie mit diesem Fremden spricht, könnten wir alle in richtige Schwierigkeiten geraten«, sagte Phil, den Kopf ein wenig zur Seite gelegt. Sein Ohr machte ihm immer noch zu schaffen.«

»Jemand muß ihn zum Schweigen bringen«, schlug Carl vor.

Die anderen stimmten zu.

Harold hob die Hand und brachte sie zum Schweigen. »Ihr Jungens macht euch zu viele Gedanken.«

Sie begannen zu protestieren: »Was war mit Vic und Maggie?«

»Wir haben allen Grund, uns Sorgen zu machen, meinen Sie nicht?«

»Hey, ich möchte nächste Woche auch noch am Leben sein.«

Er mußte sie wieder zum Schweigen bringen. »Nehmt euch doch zusammen. Das ist im Augenblick Charlies Problem. Er hat sich nicht in der Hand. Er fühlt sich schuldig wegen Ebo Denning, darum versteckt er sich, weil er Angst hat, daß er der nächste sein könnte.« Er starrte sie an. »Wenn jemand bei einem Autounfall ums Leben kommt, dann laßt ihr den Wagen doch nicht stehen und setzt euch nicht mehr hinters Steuer, habe ich recht? Oder wenn jemand an Lungenkrebs stirbt, deswegen hört ihr doch nicht auf zu rauchen, richtig? Das Leben geht weiter, Jungs, und ihr lebt, wie es euch gefällt und laßt den Chip fallen, wo er gerade hinfällt. Wenn Vic und Maggie wirklich etwas passiert ist, so bedeutet das doch nicht, daß euch dasselbe zustößt. Charlie braucht nur Zeit, um sich das klarzumachen.« Es gab weitere Proteste, und Harold mußte sie übertönen. »Hey, er ist nicht anders als ihr, und ihr seid nicht anders als er! Ich sage euch, was passieren wird: Er wird sich für eine Woche oder so in seinem Haus verkriechen, dann wird er es überwunden haben – und ihr anderen hoffentlich auch.« Schließlich fügte er noch hinzu, wobei er jeden eindringlich ansah: »Und Charlie braucht keine Hilfe, um wieder zu sich zu finden, habt ihr verstanden? Keine Maßnahmen. Laßt ihn einfach in Ruhe.«

»Aber was ist mit diesem Professor?« fragte Phil. »Hat er nicht diesen ganzen Ärger verschuldet?«

Bly starrte Phil an. »Ich denke, wir haben über seine Schwägerin gesprochen, nicht wahr?«

Betreten blickte Phil zu Boden und schwieg.

»Außerdem ...« Harold machte eine effektvolle Pause. »Ich denke, ich habe deutlich gemacht, daß alles in Ordnung ist. Maggie ist bei ihrer Mutter, und Vic ist sicherlich auf Sauftour. Vergeßt die beiden einfach.«

Keiner sagte ein Wort, doch es war offensichtlich, daß sie nichts von dem glaubten, was Harold ihnen erzählte.

»Und so ist es!« betonte Harold noch einmal.

»Oh ja, so ist es«, wiederholte Paul sarkastisch und kratzte sich an der Brust. Aller Augen waren auf ihn gerichtet, und er gab ihren Blick spöttisch zurück. »Ich denke, ich habe endlich alles verstanden. Das Problem ist, daß es kein ›ihr-wißt-schon-was‹ gibt, aber ihr glaubt, es gäbe eines, darum verhaltet ihr euch und redet so, als gäbe es keines, weil ihr Angst habt, daß es tatsächlich eines gibt, wenn ihr daran glaubt. Warum glaubt ihr Jungs nicht einfach daran, daß es keines gibt? Wenn ihr das tut, löst sich das ganze Problem in Luft auf.«

Es gab ein ärgerliches Gemurmel. Andy machte einen Schritt auf Paul zu, bereit, sich mit ihm zu prügeln. Doug stand direkt hinter ihm, willig, ihm zu helfen.

Doch Bly hob beschwichtigend die Hände. »Hey!« Sie hörten ihm zu. Er entspannte sich und sagte: »Paul hat recht. Denkt darüber nach.«

Sie blickten Bly an, dann fragend in die Runde.

Harold sprach beruhigend, aber fest auf sie ein. »Wir stimmen doch alle darin überein, daß es keinen – wir wollen es nicht mit Namen nennen – gibt? Wenn das der Fall ist, dann geht es Maggie gut, und Vic ist in Ordnung, und wir brauchen uns auch um ihn keine Gedanken zu machen. Was diesen Professor betrifft, er wird niemals irgend etwas finden, und sein Bruder – ihr habt ja gehört, was die Polizei gesagt hat: Es war ein Grizzly.« Er blickte Doug an. »Was Tracy und ihren kleinen Flirt mit dem Professor betrifft – Doug, das ist ein schwerer Schlag, aber du wirst es überleben. Das ist dein Problem und hat nichts mit dieser Stadt zu tun.« Er ließ seinen Blick über die Gruppe gleiten. »Wenn es wirklich etwas gibt, worum wir uns Sorgen machen müßten, werden wir es wissen, wenn die Zeit kommt, und wir werden wissen, was zu tun ist. Davon abgesehen verstehe ich den Grund für diese Aufregung nicht so ganz.«

»Was ist mit Cobb?« fragte Doug.

Bly wiederholte: »Wir werden es wissen, wenn die Zeit reif ist.« Er konzentrierte sich wieder auf die Bilanz, die vor ihm lag. »Und jetzt verschwindet. Ich bin beschäftigt.«

Sie entfernten sich unzufrieden vor sich hinmurmelnd, besorgt.

Doch auch er war besorgt. Charlie? Warum Charlie? Er hatte nie einen schlechten Gedanken über Charlie gehabt. Oder doch? Vielleicht hatte er es geträumt, ohne es zu wissen.

Dann hellte sich sein Gesicht auf. Und wenn es nun stimmte? Hmm. Das wäre gar nicht so schlecht, oder?

Er tat so, als wenn nichts wäre, schrieb aber eine kleine Notiz auf seinen Block: »Mit Metzger Kontakt aufnehmen wegen voller Übernahme.« Metzger war sein Rechtsanwalt, und Bly wollte sicher sein, daß er den vollen Besitzanspruch auf das Lokal und das Warenhaus erheben konnte im Falle von Charlies – nun, für den Fall, daß Charlie beschloß, die Stadt auf unbestimmte Zeit zu verlassen.

Er notierte sich auch, daß er Sheriff Collins anrufen wollte. Einer seiner Polizisten tanzte aus der Reihe.

Reverend Ron Woods saß mit seiner Frau und seinen Kindern nach dem Sonntagsgottesdienst in einer Ecke. Er konnte nichts dafür, daß er den größten Teil der hitzigen Debatte mitbekam. Bestimmte Dinge wurden aufgerührt, und bald würden sie außer Kontrolle geraten. Es war an der Zeit einzuschreiten.

* * *

Clayton Gentry war ein Mann Anfang dreißig, verheiratet und hatte zwei kleine Kinder. Er und sein Bruder führten ein kleines Holzfällerunternehmen, und er lebte in einer Hütte am Fluß, in der Nähe des Backup. Sein Haus war nicht schwer zu finden, man brauchte nur von der *Hyde River Road* abzubiegen, und schon befand man man sich auf seiner Einfahrt. Als Tracy ihn anrief, schien er ein wenig zögerlich zu sein, doch schließlich war er einverstanden, sich mit ihr und Steve zu treffen.

Tracy und Steve saßen nun mit Clayton und seiner Frau Jessie auf der Veranda, während die beiden kleinen Mädchen in einem Plastikschwimmbecken im Hof planschten.

»Einige Leute hier in der Gegend sind wirklich verrückt«, sagte er. »Da sprechen Sie mit mir, wo Sie eigentlich mit ihnen sprechen sollten.«

»Aber sie reden nicht«, sagte Tracy.

Er lachte. »Und es gefällt ihnen auch nicht, wenn andere es tun. Das habe ich am eigenen Leibe zu spüren bekommen.«

»Was ist passiert?«

»Ich habe etwas gesehen und darüber gesprochen. Das hat ihnen gar nicht gefallen.«

»Erzählen Sie uns, was Sie gesehen haben«, forderte Steve ihn auf.

Clayton blickte nach Norden, in Richtung Hyde River und Saddlehorse. »Mein Bruder und ich haben Bäume gefällt auf Privateigentum in der Nähe des Saddlehorse …«

Jessie unterbrach ihn. »Clay, sprich nicht so laut, ich möchte nicht, daß die Mädchen dich hören.«

Clayton warf einen Blick auf die beiden kleinen Mädchen, die ganz in ihr Spiel vertieft waren und senkte die Stimme. Steve und Tracy hatten Mühe, ihn zu verstehen. »Eines Nachmittags war ich ganz allein dort oben und räumte noch auf. Wir waren fertig, wissen Sie.« Er schwieg einen Augenblick, dann fuhr er fort: »Hören Sie, ich bin häufig auf die Jagd gegangen; ich jage jedes Jahr, ich bin also kein Neuling in den Wäldern. Ich weiß, wie man Wild entdecken kann; ich weiß, wie es aussieht. Auf jeden Fall stand ich bei der Ausrüstung und rollte die Kabel auf, als ich ein Geräusch hörte und reglos stehenblieb.

Sie wissen schon, wenn man auf die Jagd geht, tut man das automatisch, weil man denkt, es könnte Wild sein.« Sein Gesichtsausdruck verfinsterte sich, und er blickte zum Himmel hinauf, als suche er nach Worten. »Ich blickte den Bergabhang hinauf«, fuhr er fort, »und sah etwas herankommen, doch es war kein Rotwild und kein Elch – Sie wissen schon, ich erwartete braunes oder schwarzes Fell zu sehen – es war auch kein Bär. Aber was immer es war, es war sehr groß. Ich meine ...« Er seufzte tief. »Es ist schwer zu beschreiben.« Er wendete sich an seine Frau. »Jessie, hast du deinen kleinen Spiegel zur Hand, den du immer im Badezimmer benutzt?«

Tracy und Steve blickten sich verwirrt an.

Während Jessie ins Haus ging, rieb sich Clayton das Kinn und dachte nach. Schließlich sagte er: »Es war, als würde ich eine Fata Morgana oder so etwas sehen. Es schien nicht real zu sein, verstehen Sie?«

Steve nickte. Er verstand.

»Sie sehen es, doch dann fragen Sie sich, ob Sie es wirklich sehen.«

»Sie sagen, es war groß«, unterbrach ihn Steve. »Wie groß?«

Er überlegte. »Nun, was ich sah, war bestimmt zehn Meter lang, vielleicht länger. Ich meine, ich versuchte das Ende zu erkennen, was mir jedoch nicht gelang.«

Jessie brachte den Spiegel, ein kleines Rechteck.

»Sehen Sie sich das an.«

Clayton stellte den Spiegel gegen die Hauswand und bewegte es hin und her. »Sie sehen, wenn man den Spiegel im rechten Winkel ans Haus stellt, sieht es so aus, als sei die Hauswand länger, als sie tatsächlich ist, als wäre der Spiegel gar nicht da. Dann bewegen Sie den Spiegel ein wenig, und Sie erkennen, daß es eine Spiegelung ist, weil sich die Hausseite krümmt. Sie bricht in der Mitte.«

Steve erkannte den Effekt und versuchte nicht zu zeigen, wie sehr ihn dies erschaudern ließ. Er hatte es selbst gesehen, der alten Stadt gegenüber auf der anderen Seite des Flusses, und wahrscheinlich auch am Lake Pauline. Gentrys Beschreibung traf genau zu.

Gentry fuhr fort: »Nehmen wir einmal an, das Ding sei wie ein Spiegel. Man kann es nicht richtig sehen.«

Nur wenige Tage zuvor hätten Steve und Tracy noch verächtlich geschnaubt. Doch nun hörten sie wie gebannt zu, vor allem Steve.

»Wie lange ging das so?« fragte Steve.

»Nicht lange. Vielleicht zehn Sekunden oder so. Ich dachte daran, mein Gewehr aus dem Wagen zu holen, doch das Ding war fort, bevor ich mich rühren konnte.

Steve nickte. Gentrys Erfahrung deckte sich mit seiner eigenen.

»Es hat mich eigentlich nicht erschreckt«, fuhr Clayton fort. »Ich schätze, es war so seltsam, daß ich gar nicht wußte, was ich denken sollte.« Er lächelte grimmig. »Wenn ich gewußt hätte, was es war, wäre ich vielleicht ein wenig nervöser geworden.« Er lachte. »Schlimmer war es, als ich in Hyde River ein Bier trank und jemandem davon erzählte.«

»Sie haben etwas Falsches gesagt«, meinte Tracy.

Er nickte zustimmend. »Das war eine Erfahrung. Ich war umgeben von all diesen Minenarbeitern, und man sagte mir, daß ich erstens nichts gesehen hätte, und zweitens, daß ich besser nicht darüber sprechen sollte, und drittens, ich sollte mich von ihnen fernhalten. Wie ich schon sagte, einige Leute hier sind wirklich ziemlich verrückt.«

»Wann war das?«

»Vor zwei Jahren.«

»Aber Sie haben es noch einmal gesehen?« fragte Steve.

»Ja. Ich arbeitete ein wenig südlich von Hyde River, und glauben Sie es oder glauben Sie es nicht, ich sah es fliegen. Es war immer noch wie dieses Spiegelbild, das ich Ihnen gezeigt habe, aber ...«, er suchte nach den richtigen Worten, »... es war so, als würde das Licht sich von der falschen Seite brechen, denn ich konnte seine Umrisse ziemlich gut erkennen.«

»Welche Tageszeit war es?«

»Kurz vor Sonnenuntergang. Ich wollte gerade Feierabend machen.«

Es ist also nicht nur nachts unterwegs, dachte Steve. Clayton fragte er: »Wie war der Himmel?«

»Er dachte einen Augenblick nach, dann sagte er: »Hohe Wolken. Sie färbten sich rot vom Sonnenuntergang, und ja, als ich es entdeckte, flog es gerade an einer roten Wolke vorbei, doch es war immer noch blau wie der Himmel. Darum habe ich es ja auch entdeckt.«

»Wie sah es aus?« Steve fiel es schwer, seine Aufregung zu verbergen. Endlich kamen sie weiter!

»Zuerst dachte ich, es sei die größte Gans, die ich je gesehen habe«, sagte Clayton. »Soll ich es für Sie zeichnen? Ich bin zwar kein Künstler, aber das ist leichter, als wenn ich versuche, das Ding zu beschreiben.« Steve reichte Clayton seinen Stift und Block hinüber. Clayton zeichnete, während er es beschrieb. »Es hatte einen langen, schlanken Nacken, einen schlanken Körper, große Flügel, so etwa wie ein Reiher – eine große Flügelspannbreite.« Er blickte von seiner Zeichnung auf. »Zuerst dachte ich, es sei eines dieser selbstgebauten Flugzeuge, die ein wenig seltsam aussehen, so als wären sie rückwärts gebaut. Aber es flog wie ein Vogel, wissen Sie, die Flügel bewegten sich wie die eines Adlers, aber langsamer. Ach ja, es hatte auch einen langen Schwanz, genauso lang wie der Hals.« Er beendete die Zeichnung und reichte sie Steve. »Kennen Sie diese Flugdinosaurier? So ähnlich sah es aus.«

Clayton hatte ein Tier gezeichnet, das aussah wie eine langhalsige Echse mit Flügeln.

»Wie ein Reptil also?«

»Richtig«, erwiderte Clayton. Er drehte sich um und deutete nach Norden, zum Saddlehorse. »Es kam hinter dem Saddlehorse hervor und bewegte sich südlich über das Tal. Hinter jenen Bergen dort im Osten ging es runter. Ich habe es die ganze Zeit beobachtet.«

Steve und Tracy blickten vorsichtig zu den Bergen, als ob das Ding jederzeit erscheinen könnte. Im Augenblick war der Himmel ein wenig bewölkt, aber sonst war nichts Ungewöhnliches zu sehen.

»Wann war das?« fragte Steve.

»Vor einigen Monaten.« Er blickte Steve in die Augen. »Und Sie sind der erste, dem ich das erzählt habe, abgesehen von Jessie.«

Tracy fragte Jessie: »Haben Sie es schon mal gesehen?«

Jessie schauderte zusammen. »Nein, und das möchte ich auch nicht. Es erschreckt mich, wenn ich nur davon höre.«

»Sie haben auch keine Vermutung, was es sein könnte?« fragte Steve an Clayton gewandt.

»Keine Ahnung«, erwiderte Clayton. »Und ich habe gelernt, besser nicht zu fragen.« Er fügte noch hinzu: »Und ich bin sicher, auch andere Leute haben es gesehen; lassen Sie sich nichts vormachen. Sie haben es gesehen. Sie sprechen nur nicht darüber.«

Steve behielt auch weiterhin den Saddlehorse im Auge. Dieses Ungeheuer mußte dort oben irgendwo ein Nest haben. Vielleicht auf dem Gipfel?

»Allerdings sind einige Gerüchte durchgedrungen«, meinte Clayton vorsichtig. »Ich habe gehört, es sei ein Drache – Sie wissen schon, ein Tier, das Feuer speit und so. Und dann geht die Legende um, es sei der Teufel, weil vor hundert Jahren die ersten Siedler hier einen Pakt mit dem Teufel geschlossen hätten und der Teufel der Schutzheilige von Hyde River geworden sei. Man hört viele solcher abwegiger Geschichten.«

»Wie kann ein Ding von solcher Größe sich so lange verstecken?« fragte Tracy.

»Vielleicht war es nicht immer so groß«, erwiderte Clayton. »Und übrigens«, fuhr er fort, »ich glaube, daß es keine Probleme hat, sich zu verstecken. Zuerst einmal spricht niemand darüber, zweitens, man kann es sowieso kaum erkennen, und drittens gibt es in diesen Bergen unzählige Höhlen und alte Minen. Einige davon sind ziemlich tief. Es könnte leicht ein gutes Versteck finden, und wenn es nur nachts herauskäme, könnte es jahrelang unentdeckt bleiben.«

»Ich habe nie an die Höhlen gedacht«, meinte Tracy. »Aber Sie haben recht. Dort hat Benjamin Hyde zuerst Gold und Silber gefunden. Einige der Minen wurden in den Höhlen begonnen. Sie wurden ausgegraben und weit in den Felsen hineingetrieben – einige sind kilometerlang.«

»Haben Sie je gehört, daß es jemanden tötet?« fragte Steve Clayton.

»Vor etwa einer Woche wurde ein Mann dort oben auf dem Wells Peak getötet. Man erzählte sich, das Wesen hätte es getan.«

»Clay ...«, warnte Jessie.

Clayton senkte seine Stimme. »Jessie, mach dir doch nicht so viele Gedanken.« Er wendete sich wieder Tracy und Steve zu. »Es gibt noch eine weitere Legende: Danach frißt es böse Menschen.« Er lachte leise und legte seine Füße auf das Verandageländer. »Schätze, dann bin ich aus dem Schneider. Ich bin nämlich ein ziemlich guter Mensch.«

Tracy und Steve standen auf und dankten Clayton für das Gespräch. Während Steve zu Tracys Ranger ging, hoffte er, das Clayton recht hätte – daß er aus dem Schneider wäre. Doch Steve war davon überzeugt, daß es keine Garantie dafür gab.

* * *

»Deputy Ellis, kommen Sie sofort in mein Büro!«

Collins war sehr kurz angebunden, und er blickte Tracy nicht einmal an, als er in sein Büro marschierte. Tracy, die gerade von ihrer Sonntagsschicht zurückgekehrt war, ahnte, was ihr bevorstand.

»Schließen Sie die Tür.«

Sie schloß die Tür und stand ruhig vor ihm, während er seine Papiere auf dem Tisch sortierte, um sich zu sammeln. Schließlich sagte er: »Wie war Ihr Tag, und wie haben Sie ihn verbracht?«

»Ziemlich ereignislos, Sir. Ich habe viel Zeit mit Professor Benson verbracht und ihm geholfen, einige Punkte abzuklären, damit er sich auf den Weg machen kann.«

Collins blickte auf. Vielleicht hatte er eine so direkte Antwort nicht erwartet. »Während der Arbeitszeit?«

»Es war meine normale Schicht, ja. Ich habe meine Runden gedreht, und er hat mich sozusagen begleitet. Ich war in Hyde River, am oberen Hatchet Creek, und ich habe eine Beschwerde bezüglich Charlie Mack überprüft ...«

»Was für eine Beschwerde?«

»Vielleicht ist Beschwerde nicht das richtige Wort. Besorgnis ist vielleicht richtiger. Er hat sich bereits seit einigen Tagen nicht mehr im Lokal blicken lassen, darum bin ich bei ihm zu Hause vorbeigefahren, um zu sehen, ob alles in Ordnung ist.«

»Und der Professor war bei Ihnen?«

»Ja.«

»Und warum sind Sie nicht in Ihrem Streifenwagen gefahren?«

»Wie bitte?«

»Ist er nicht in Ordnung?«

»Doch, Sir.«

»Warum sind Sie dann mit Ihrem Privatfahrzeug zu Charlie Mack gefahren?«

Sie dachte einen Augenblick nach, log aber nicht. »Um ganz offen zu sein, Sir, ich dachte, es sei nicht gut, wenn die Leute einen Mann bei mir im Streifenwagen sehen.«

Collins sprang auf. »Aber genau so war es doch, nicht wahr, Deputy? Sie wurden gesehen, in Uniform, während der Dienstzeit, in Begleitung eines Mannes – eines Mannes, darf ich wohl hinzufügen, der in Hyde River nicht gern gesehen ist, habe ich recht?«

»Sie haben recht, Sir.«

»Das war dumm, Deputy! Sehr dumm!« Er kam um seinen Schreibtisch herum und baute sich vor ihr auf. Dies war eine Einschüchterungstaktik, und sie funktionierte. Tracy versuchte, nicht zusammenzuzucken, doch sie konnte einfach nicht anders. »Wenn Sie diese Uniform tragen, sollten Sie sich wie eine Polizeibeamtin verhalten, und jegliche persönliche Interessen, die Sie vielleicht haben könnten, sind nebensächlich. Ist das klar?«

»Sir – ich habe nicht aus persönlichem Interesse gehandelt.«

Er lächelte brutal. »Sie haben Parfüm genommen, stimmt's?«

»Warum fragen Sie, Sir?«

»Sie wissen sehr gut, warum ich frage.«

»Sie nehmen Aftershave; ich Parfüm. Gibt es da einen Unterschied?«

Er trat zurück. »Deputy ... Tracy ... wir wollen ehrlich zueinander sein. Ihr Leben ist Ihre Privatsache, und ich will Ihnen auch gar nicht sagen, was Sie tun sollen. Aber Sie haben sich in der Öffentlichkeit in

Uniform mit diesem Kerl aus Colorado gezeigt, und die Leute aus Hyde River reden darüber.«

Sie dachte einen Augenblick nach, bevor sie antwortete: »Ich verstehe, Sir.«

Er blickte sie fest an. »Was bedeutet?«

»Das bedeutet, daß ich in Zukunft vorsichtiger sein werde.«

Ihre Antwort befriedigte ihn nicht ganz. »Weiter.«

»Ich werde meine Polizeiarbeit dadurch nicht mehr beeinträchtigen lassen, Sir.«

»Dann werde ich also nichts mehr weiter hören?«

»Nein, Sir.«

»In Ordnung. Halten Sie sich daran.«

»Sir?«

»Ja.«

»Wer hat Ihnen das alles erzählt?«

Er runzelte die Stirn. »Ich glaube nicht, daß Sie das etwas angeht.«

»Und doch fühlen sich diese Leute verpflichtet, mir nachzuspionieren, meine Handlungsweise in Frage zu stellen bis hin zu dem Fahrzeug, das ich fahre, als würde man mir nicht das kleinste Maß an Privatsphäre zugestehen. Das gefällt mir nicht.«

»Ob Ihnen das gefällt oder nicht, Deputy, ist mir ziemlich egal. Es ist meine Aufgabe, dafür zu sorgen, daß Sie Ihre Pflicht tun.«

»War es Harold Bly?«

Er wollte sie wieder anfahren, überlegte es sich dann aber anders. »Gut geraten.«

Sie machte keine Anstrengung, ihren Widerwillen zu verbergen. »Ich schätze, dazu habe ich nichts mehr zu sagen.«

»Nein, das haben Sie nicht. Wir arbeiten für ihn. Wir arbeiten für alle Leute dieses Tales. Wenn sie rufen, reagieren wir.«

»Ist das alles?« fragte sie und hoffte, das ihr ihre Wut anzumerken war.

»Eins noch.«

»Ja, Sir?«

»Wie geht es Evelyn Benson? Hat Benson irgend etwas über ihren Zustand gesagt?«

»Wie ich hörte, geht es ihr gut.«

»Hat sie sich an die Vorgänge oben auf dem Wells Peak erinnert?«

»Davon habe ich nichts gehört. Wer interessiert sich dafür?«

»Ach, ich wollte es nur wissen.«

Das kann ich mir vorstellen, dachte sie.

* * *

Am Sonntag abend kam Harold Bly mit der gutaussehenden, rothaarigen Rosie Carson am Arm nach Hause. Es war ihm ganz und gar nicht recht, Phil Garrett auf seiner Treppenstufe sitzen zu sehen.

»Was willst du?«

»Boß, kann ich eine Minute mit Ihnen sprechen?«

Harold meinte zu Rosie: »Geh schon hinein.«

Sie eilte an Phil vorbei und ging ins Haus.

»In Ordnung, Phil, was gibt's?«

»Was Sie in der Kneipe gesagt haben, ich meine ...«

»Was?«

»Boß, ich kann nicht einfach herumsitzen und gar nichts tun. Sie wissen, daß wir hier ein Problem haben!«

Harold lächelte verschlagen. »Phil, du hast ein Problem, nicht ich.«

Phil widersprach nicht.

»Was ist mit deiner Brust los, Phil?«

Phil zog die Hand von seiner Brust zurück. Er hatte nicht einmal gemerkt, daß er sich kratzte.

»Wie bitte?«

»Was hast du da, einen Moskitostich oder so etwas?«

»Oh, ja. Einen schlimmen Stich, Harold, das ist alles.«

Harold beugte sich vor und flüsterte leise in Phils gesundes Ohr: »Du hast Angst vor dem Drachen, Phil, ist es nicht so?«

Phil versuchte mühsam, eine Antwort herauszubringen, dann nickte er nur.

»Phil, du bist der einzige, der etwas dagegen machen kann.«

»Aber, Boß, können Sie denn nicht ...«

»Wenn du der Meinung bist, der Drache sei hinter dir her, dann, hey, wenn ich du wäre, würde ich mir etwas überlegen, wie ich den Drachen besänftigen kann.«

»Ihn besänftigen?«

»Sicher. Mach ihn glücklich, zeige ihm, daß du auf seiner Seite stehst, tu ihm einen Gefallen, kannst du mir folgen?«

»Aber was kann ich tun?«

Harold richtete sich auf. »Wir haben bereits darüber gesprochen, Phil. Es gibt jemanden, der den Drachen gesehen hat. Sie könnte anderen davon erzählen ... es sei denn, jemand täte etwas, um sie aufzuhalten.« Er ging zu seiner Eingangstür, dann drehte er sich noch einmal um. »Laß mich wissen, wenn du es getan hast. Wenn das erst einmal vorüber ist ... werde ich sehen, was ich tun kann.«

Damit verschwand er im Haus.

* * *

Clayton und Jessie Gentry saßen in ihrem Wohnzimmer vor dem Fernseher. Ihre beiden Mädchen waren im Bett und schliefen. Clayton trug einen Jogginganzug, Jessie einen Schlafanzug und einen Morgenmantel. Zwischen ihnen auf der Couch stand eine Schale mit Popcorn. Es war ein typischer Abend, und sie erwarteten keinen Besuch, darum sahen sie sich erstaunt an, als an der Tür geklopft wurde. Jessie erhob sich, um zu öffnen.

Sechs Männer mit schwarzen Kapuzen standen auf der Veranda. Sie schrie erschrocken auf. Clayton kam angerannt, und beide versuchten, die Tür zuzuschlagen, doch einer der Männer hatte seinen Fuß dazwischen gestellt.

Jessies Schrei hatte die beiden Kinder aufgeweckt. Sie begannen zu weinen.

»Clayton«, ertönte eine tiefe Stimme, »deine Frau und deine Kinder haben damit nichts zu tun. Du kannst selbst entscheiden.«

»In Ordnung, in Ordnung!« rief Clayton zurück.

Jessie blickte ihren Mann an. Sie war zu verängstigt, um sprechen zu können.

»Geh zu den Mädchen«, sagte Clayton.

Sie zögerte.

»Geh nur!« wiederholte er, dann rief er zur Tür hinaus: »Beruhigt euch, ich komme heraus!«

»Nein!« schrie Jessie. In diesem Augenblick kamen die beiden Mädchen ins Wohnzimmer gerannt. Sie legte die Arme um sie, und sie klammerten sich an sie.

Clayton warf noch einen letzten Blick auf seine Familie, dann ging er nach draußen und schloß die Tür hinter sich.

»Was wollt ihr!« Sofort wurde er von zwei Männern gepackt und von der Veranda gezerrt.

»Keine Angst«, sagte ein dritter. »Das wird nicht lange dauern.«

Der erste Schlag landete in seinem Magen. Er krümmte sich. Ein anderer Mann mit Kapuze packte Clayton bei den Haaren und richtete ihn wieder auf.

»Haben wir dich nicht davor gewarnt, mit anderen zu sprechen?« sagte der Mann, bevor er ihm einen Kinnhaken versetzte.

Er versuchte zu antworten, doch es folgte Schlag auf Schlag …

* * *

Steve hatte es sich in seinem Wohnmobil bequem gemacht. Er saß über die Waldkarten gebeugt an seinem Tisch und versuchte den Ort, wo Clayton Gentry den Drachen gesichtet hatte, auf der Karte zu finden. Wenn dieses Wesen ein Nest oder eine Höhle in der Nähe des Saddlehorse hatte, dann machte Gentrys Entdeckung Sinn. Es würde wichtig sein, auch mit Jules Cryor zu sprechen, dem Minenarbeiter, der direkt auf dem Berg arbeitete. Steve überprüfte noch einmal die Anweisungen, die Charlie ihm gegeben hatte. Nach der Karte befanden sich in diesem Gebiet mehrere alte Minen. Vermutlich würde es nicht allzu schwierig sein, die Mine des alten Mannes zu finden. Wenn auch Cryor etwas gesehen hatte, dann würde die Suche tatsächlich eingegrenzt werden können.

Als nächstes würde er dann greifbare Beweise suchen müssen, daß eine noch unentdeckte Spezies tatsächlich existierte. Er könnte vielleicht irgendwo Kot finden – Kot eines Wesens dieser Größe würde man erkennen können – oder Fußabdrücke, von denen man Gipsabdrücke machen konnte. Am besten wäre natürlich ein Foto. Wenn er solche Beweise hatte, könnte er um Hilfe der Universität bitten, von den Paleontologen, die er kannte. Ohne einen solchen Beweis jedoch jagte er einem Mythos hinterher. Kein Wissenschaftler würde sich auf die Suche nach einem Yeti oder einem Ungeheuer von Loch Ness begeben.

Daß er die Existenz eines solchen Wesens überhaupt anerkannte, war schon ein Wunder an sich. Er war bereit, sich auf die These einzulassen, daß dieses Wesen ein an sich ausgestorbener Flugdinosaurier war. Das berühmte Ungeheuer von Loch Ness, falls es überhaupt existierte, wurde für eine prähistorische Spezies gehalten, die das Millennium in der großen Tiefe von Loch Ness überlebt hatte. Theoretisch war es möglich, daß der »Drache von Hyde River« in diesen Bergen überlebt hatte, weil er nur nachts unterwegs war, in einer Höhle lebte und die einzigartige Fähigkeit besaß, sich beinahe unsichtbar zu machen – eine Fähigkeit, die noch zu untersuchen war.

Steve versuchte, objektiv zu bleiben, doch seine Aufregung stieg, je länger er darüber nachdachte. Die Möglichkeiten waren absolut überwältigend!

Sicherlich hatte nicht nur ein Tier dieser Spezie aus prähistorischen Zeiten überlebt; vielleicht lebte irgendwo in diesen Bergen eine ganze Kolonie dieser Tiere. Vielleicht war es ein fleischfressendes Tier, ein gewiefter Jäger. Vielleicht hatte es neben wilden Tieren auch Gefallen an Menschenfleisch gefunden, was nicht ungewöhnlich war. Wenn ja, würde die Zufallstheorie zutreffen. Auf einen Bären würde sie nicht sehr gut passen, doch sehr wohl auf einen fleischfressenden Dinosaurier, der regelmäßig in die alte Stadt kam und wußte, er würde einsame, abgelenkte Menschen dort finden, eine geeignete Beute.

Aus diesen Prämissen war leicht zu erkennen, woher die Mythen und Legenden Hyde Rivers stammten, und wie diese Mythen und Legenden dazu beitrugen, die Existenz dieses Wesens vor der Öffentlichkeit zu verbergen. Einfache Leute hatten diesem Wesen moralische, ja sogar geistliche Bedeutung beigemessen. Wie die alten Heiden die Sonne anbeteten, beteten sie etwas an, das sie nicht einmal verstanden und fürchteten sich davor.

Beunruhigend. Ehrfurchtgebietend. Unglaublich. Steve mußte in die Berge. Er mußte mehr erfahren, und zwar schnell. Er …

Ein leises Klopfen an der Tür des Wohnmobils ließ ihn zusammenfahren. Er war verärgert über die Störung, aber auch neugierig. Man wußte nie, wer draußen stand, oder aus welchem Grund. Er sah sich nach seinem Gewehr um und fragte: »Wer ist da?«

»Ich bin es, Sara, Dr. Benson. Hier ist jemand, der Sie sprechen möchte.«

Sara, die Besitzerin des Campingplatzes. Er öffnete die Tür.

Sie stand neben einem großen, schlanken Mann in schwarzer Kleidung. »Dr. Benson, das ist Reverend Woods aus Hyde River. Er würde sich gern mit Ihnen unterhalten, wenn Sie nichts dagegen haben.«

»Ich hoffe, ich störe Sie nicht«, sagte der Pastor.

»Nein, kommen Sie herein.«

»Vielen Dank.«

»Viel Glück, Reverend«, sagte Sara und ging davon. Steve fragte sich, was sie damit wohl gemeint hatte.

Steve räumte seine Karten beiseite und machte einen Stuhl für den Pastor frei. »Was ist der Grund Ihres Kommens?« fragte Steve und holte zwei Dosen aus dem kleinen Kühlschrank. Eine reichte er dem Pastor.

»Vielen Dank.« Woods schien sich unbehaglich zu fühlen. »Es tut mir wirklich leid, daß ich Sie so einfach überfalle.«

»Ganz offensichtlich haben Sie einen guten Grund dafür.«

Ron Woods sah sich in dem Wohnwagen um. »Ja, das stimmt.«

Steve wunderte sich immer noch über Saras »viel Glück«. »Hat Sara Sie gebeten, herüberzukommen?«

»Oh nein, nein«, sagte er schnell. »Ich habe sie angerufen, um herauszufinden, wo ich Sie finden kann. Als ich herkam, zeigte sie mir Ihren Wagen, das ist alles. Doch sie wohnt schon lange im Hyde Valley«, fügte er hinzu, »und sie schnappt einiges auf. Sie ist sehr besorgt.«

»Besorgt? Weswegen?«

Seine Worte waren sehr überlegt. »Nun, Dr. Benson, lassen Sie mich zuerst etwas Vorarbeit leisten, ist das in Ordnung?«

»Sicher.«

»Zuerst einmal bin ich aus eigenem Antrieb hier. Niemand hat mir aufgetragen zu kommen. Zweitens, ich bin sicher, Sie haben bereits die Gelegenheit gehabt, ein Gefühl für das Tal zu bekommen, und wissen, wie die Leute Fremden gegenüber reagieren ...«

»Oh ja, auf vielerlei Weise, ja«, erwiderte Steve und hoffte, nicht zu sarkastisch zu klingen.

»Darum können Sie vielleicht auch verstehen, Dr. Benson, wenn ich Ihnen sage, daß Sie in großer Gefahr schweben.«

Für Steve war dies keine große Überraschung. »Ich höre.«

Woods fuhr fort: »Ich – ich habe mich in der Stadt umgehört, mit einigen Leuten gesprochen, Dinge gehört. Die Leute vertrauen sich mir an, wissen Sie. Wie auch immer, ich spüre, daß die Stadt sehr in Unruhe ist. Diese Leute haben tiefsitzende Traditionen und Ängste, und sie scheinen Sie als eine Bedrohung dieser Traditionen anzusehen.«

Lassen Sie uns doch mal zum Punkt kommen, dachte Steve. »Sie sprechen nicht zufällig von dem Drachen?«

Woods atmetete erleichtert auf. Jetzt würde er nicht mehr alles erzählen müssen. »Ja, das gehört dazu, so absurd das vielleicht auch erscheinen mag.«

»Oh ja, es ist absurd, richtig. Aber hören Sie: Sie müssen wissen, und vielleicht können Sie den Leuten helfen zu erkennen, daß ich nicht hier bin, um ihre Traditionen zu verletzen. Ich versuche nur, das Tier zu finden, das für den Tod meines Bruders verantwortlich ist.« Steve wußte, daß dies längst nicht mehr der einzige Grund war, doch für den Augenblick reichte dies aus. Er wußte noch zu wenig, um ihm mehr anzuvertrauen.

Woods starrte Steve verwirrt an. »Aber – ich hörte, Sie hätten einen Grizzly erschossen.«

»Das ist eine lange Geschichte, doch den Beweisen nach zu urteilen, die wir gefunden haben, scheidet der Grizzly definitiv als Übeltäter aus.«

»Dann sind Sie also nicht auf der Jagd nach einem bestimmten Bären?«

»Nein.«

Woods sah ihn ungläubig an. »Sie glauben doch nicht – glauben Sie wirklich, daß es einen Drachen gibt?«

Steve gab zu: »Nun, ich würde dieses Wesen nicht unbedingt einen Drachen nennen, doch ich beschäftige mich mit der Möglichkeit eines Wesens, aus dem ein Drache gemacht worden sein könnte.«

»Aha. Kein Wunder, daß die Leute aufgebracht sind.« Er schüttelte den Kopf in offensichtlichem Unwillen. »Oh, Dr. Benson, es tut mir leid. Sie sind in die Irre geführt worden.« Er lächelte halb amüsiert, halb verlegen. »Sie haben mit Levi Cobb gesprochen, habe ich recht?«

»Unter anderen, ja.«

»Aha, ich verstehe.«

»Warum reagieren die Leute so seltsam auf Levi Cobb?« fragte Steve.

»Das ist eine schwierige Frage«, erwiderte Woods. »Levi ist – nun, zuerst einmal gehört er in die Stadt. Ich meine, er ist in Hyde River mit all seinen Überzeugungen, Ängsten und Aberglauben geboren. Er hat ein sehr ausschweifendes Leben geführt, bevor er sich der Religion zugewendet hat – viele Schlägereien, Alkohol – wir wollen nicht näher darauf eingehen. Er geht in meine Kirche, und wir haben ihn gern. Wir haben ihn angenommen, so wie er ist, doch wie Sie sicher gemerkt haben, neigt er dazu, andere zu belehren. Für ihn gibt es nur schwarz oder weiß, richtig und falsch, wahr und unwahr, und – nun, wenn ich ihn beschreiben sollte, würde ich sagen, daß er ein religiöser Schwärmer ist. Er vertritt eine dogmatische Theologie, in die die ganze Mythologie Hyde Rivers gemischt ist. Für ihn ist der Drache ein religiöses Thema, und er predigt dies allen, die es hören wollen – im Augenblick sind nur Sie das.

Und wenn Sie ihm lang genug zuhören, wird er schließlich versuchen, Sie zu bekehren. Darum mögen ihn so viele Leute nicht, und ich sage es nur sehr ungern, doch die Leute haben Sie mit Levi gesehen, und sie stellen Sie auf eine Stufe mit ihm, sie ordnen Sie demselben Lager zu.«

Steve lachte.

»Das ist wirklich eine ernste Angelegenheit«, beharrte Woods.

Steve konnte nicht aufhören zu lachen. »Levi Cobb und ich im selben Lager!« Er wurde ernst. »In Ordnung, es ist eine ernste Angelegenheit. Aber können Sie mich denn nicht verstehen? Mein Bruder ist von irgendeinem Wesen getötet worden, und ich möchte herausfinden, was es ist. Und nun stelle ich fest, daß ich die Leute beleidige, weil sie aus diesem Wesen eine Religion gemacht haben und weil ich mit jemandem rede, den sie nicht mögen. Es fällt mir schwer, das zu verstehen.«

Woods nahm einen Schluck aus seiner Dose und fragte: »Haben Sie von dem Massaker von Hyde River gehört?«

»Hatte das etwas mit den Indianern zu tun?«

»Nein. Es waren keine einheimischen Amerikaner beteiligt.«

»Hmm. Erzählen Sie mir davon.«

»Wie alles hier in Hyde River ist es ein fest gehütetes Geheimnis. Einige der älteren Leute kennen es, aber sie reden nicht darüber, nicht einmal mit ihren Kindern, darum verblaßt die Erinnerung daran immer mehr. Aus dem, was ich stückweise erfahren habe, entnehme ich, daß es 1882 einen größeren Aufruhr, einen Aufstand oder so etwas gegeben hat. Zwei verschiedene Parteien kämpften um die Kontrolle der Stadt und ihre Bodenschätze. Eine dieser Parteien wurde von Benjamin Hyde und seiner Familie angeführt. Die andere Partei war ... nun, wir werden nie erfahren, wer sie waren, denn sie wurden alle ermordet. Dies passierte am 19. Juli 1882. An diesem Tag trug die Hyde-Partei den Sieg davon. Sie erstellte eine neue Urkunde, die von allen unterzeichnet wurde.«

Steve zog die Augenbrauen in die Höhe. »Aha, das ist der Teil, den Harold Bly verschwiegen hat.«

Woods sah ihn erstaunt an. »Ach, Sie wissen davon?«

»Nur von der Urkunde, die unterzeichnet worden ist. Ich sah das Porträt von Benjamin Hyde in Harold Blys Haus, und ich sah den Tisch mit den eingeritzten Daten.«

»Ja, das stimmt. Ich nehme an, Harold Bly hat Ihnen erzählt, daß er ein direkter Nachfahre des Stadtbegründers ist?«

»Oh ja. Er schien ziemlich stolz darauf zu sein.«

»Das ist nichts, worauf man stolz sein könnte. Es war ein schrecklicher Tag. Viele Menschen starben, und während ihre Körper noch warm waren, versammelten sich Hyde und seine Spießgesellen in Hyde Hall und unterzeichneten diese Urkunde mit dem Blut der Leute, die sie getötet hatten. Das war ein ziemlich grausamer Anfang für eine Stadt, und ich glaube, daß dieses Erbe, dieser blutige Anfang den Ängsten und dem Aberglauben Vorschub geleistet hat.«

»Was ist mit dem Schwur, dieser ganzen Geheimniskrämerei?«

Woods nickte. »Das geht zurück auf die Urkunde. Die Unterzeichneten leisteten einen Eid, daß sie niemals die Geheimnisse dieser Stadt an Außenseiter verraten würden, und diese Tradition ist tief verwurzelt. Darum ist bis zum heutigen Tag so wenig bekannt über das Massaker, und darum sind die Leute so verschwiegen und meiden die Behörden. Die Stadt regelt alles auf ihre Weise.«

»Tracy Ellis hat mir ein wenig davon erzählt«, meinte Steve. »Doch mich interessiert diese Urkunde. Gibt es eine Kopie davon?«

»Levi behauptet, eine Kopie zu haben. Ich weiß nicht, ob sie echt ist, doch er schwört, sie sei es. Im Laufe der Jahre hat er eine Menge alter Dokumente gesammelt. Er ist einfach besessen von dem Ganzen.«

»Ist die Urkunde denn eine Erklärung für das alles?«

Woods schüttelte den Kopf. »Ich habe sie gelesen – das heißt, ich habe die Kopie gelesen, die Levi besitzt – doch sie sagt nichts über die Taten aus, die durch den Schwur verschleiert werden. Soweit ich mich erinnere, war es vorwiegend eine Erklärung der Träume und Wünsche der Siedler, der gemeinsamen Ziele, die sie zusammenhielt. Die Unterzeichner bestätigen ihre innewohnende Güte und Weisheit ...«

»Innewohnende Güte?«

Woods lächelte.

»Natürlich. Es gab Erklärungen diesbezüglich, daß sie die Stadt bauen und allein führen könnten, gestützt auf ihre eigene Weisheit und Findigkeit. Das ist keine ungewöhnliche Haltung; es ist der typische Pioniergeist. Doch was die Einzelheiten des Geschehens oder eventuelle Schuldbekenntnisse betrifft – das alles ist mit dieser Generation begraben worden, und seither wurde es auch nicht wieder hervorgeholt.

Darum sind die Leute auch so ablehnend Fremden gegenüber, die Fragen stellen, und haben solche Angst vor der alten Stadt. Ihr Aberglauben bezüglich Hyde Hall rührt daher, ebenso wie ihre Angst vor Harold Bly ...«

»Ich habe tatsächlich gemerkt, daß die Leute Angst vor Harold Bly haben«, meinte Steve. »Ich weiß, daß er ein mächtiger Mann in der Stadt ist, doch die Ängste der Leute scheinen darüber hinauszugehen. Warum haben sie solche Furcht vor ihm?«

»Er ist ein direkter Nachfahre der Hydes, darum bringt man ihn in Verbindung mit den ganzen Flüchen, Geheimnissen und dem Aberglauben. Sie würden nicht glauben, welche Gerüchte umgehen: Daß er einmal mit dem Teufel getanzt habe, daß der Teufel in Hyde Hall lebe und Harold Bly einmal mit ihm zu Mittag gegessen habe, oder daß der Drache das Haustier des Teufels sei, das Harold kennen und ihm gehorchen würde. Das ist natürlich alles Quatsch. Doch in dieser Stadt funktioniert es, und ich glaube, es macht ihm Spaß.«

»Als ich mit ihm sprach, klang es so, als sei es ihm lästig.«

Woods verzog das Gesicht. »Glauben Sie ihm nicht. Es macht ihm Spaß. Die Leute um ihn herum ducken sich, und das gibt ihm Macht.

Meiner Meinung nach benutzt Bly den Drachen, um die Stadt durch Angst zu regieren.« Woods hielt inne und holte Luft. »Und darum bin ich hier – um Sie aufzuklären, um Ihnen klarzumachen, daß Sie sich in etwas haben hineinziehen lassen, das den Ärger nicht lohnt, den es nach sich ziehen wird – und ich meine großen Ärger. Ich weiß, daß Levi es versteht, den Drachen so darzustellen, als gäbe es ihn wirklich. Wenn man einigen Leuten Glauben schenkt, dann lebt er oben in den Bergen, und Sie brauchen nur dort hinaufzugehen und ihn sich anzusehen. Doch glauben Sie mir, der Drache ist ein Mythos, eine Legende, die aus der schmutzigen Vergangenheit Hyde Rivers entstanden ist.«

»Wie?«

»Wie? Wie was?«

»In Ordnung, es gibt Mord, Gier, Aneignung von Land und Macht. Ich kann verstehen, daß solche Dinge zu Aberglauben, Ängsten und einer Vereinbarung des Stillschweigens geführt haben. Aber einen Drachen? Wieso taucht er auf einmal in dem Ganzen auf?«

Woods schüttelte den Kopf. »Wieder die Hydes. Ich denke, das ist eine Einschüchterungstaktik, die sie sich vor einem Jahrhundert ausgedacht haben, und bisher hat es gut funktioniert. Warum das so ist, da habe ich meine eigenen Theorien.«

»Lassen Sie sie hören.«

»Ich denke, es gibt vielleicht irgendeine Schuld, das Gefühl des Mitschuldigseins an dem, was vor hundert Jahren passierte. Die Tradition des Stillschweigens verbietet es den Leuten, darüber zu sprechen, darum können sie nicht damit fertig werden. In gewisser Weise, denke ich, bestrafen sie sich selbst mit diesem eingebildeten Ungeheuer. Der Drache ist die Wiedergutmachung für das, was vor über hundert Jahren passierte, und ich nehme an, für alles, was seither geschehen ist.«

Steve mußte das erst einmal verdauen. »Dann meinen Sie also, daß es ein solches Wesen gar nicht gibt?«

»In den Herzen und Gedanken der Menschen ist es real, und das ist auch einer der Gründe, warum die Leute im Augenblick so aufgebracht sind. So wie ich das sehe, ist der Drache die Verkörperung von Schuldgefühlen. Darum haben die Menschen auch das Gefühl, wenn ein Fremder wie Sie in die Stadt kommt und Fragen über den Drachen stellt oder sogar auf die Jagd nach ihm geht, jemand würde in ihren innersten Geheimnissen herumschnüffeln. Wir wollen es doch einmal ganz klar sagen, das gefällt keinem.«

Steve dachte eine Weile darüber nach und fragte schließlich: »Und wenn es nun wirklich einen Drachen gäbe? Wären die Leute dann froh, ihn loszusein?«

»Es gibt keinen.«

»Ich sage ja nur, wenn es so wäre, würden sie ihn dann nicht loswerden wollen?«

»Ich weiß, das klingt vielleicht seltsam«, erwiderte Woods, »doch ich glaube es nicht.«

»Warum nicht? Warum wollen sie ein Wesen in ihrer Nähe dulden, das sie auffrißt?«

»Das ist wieder auf die Schuld zurückzuführen«, antwortete Woods. »Es ist eine psychologische Sache.«

Mein Bruder muß sich schrecklich schuldig gefühlt haben, dachte Steve.

Reverend Woods stand auf. »Ich denke, ich habe Ihre Zeit nun lange genug in Anspruch genommen. Ich hoffe, Sie denken über das nach, was ich Ihnen gesagt habe.«

Steve erhob sich ebenfalls und streckte ihm die Hand hin. »Das werde ich«, sagte er. »Sie haben mir viel Stoff zum Nachdenken gegeben.«

An der Tür des Wohnmobils drehte sich Reverend Woods noch einmal um. »Ich hoffe auch, daß Sie die Traditionen der Stadt im Hinterkopf behalten. Und«, fügte er hinzu, »seien Sie vorsichtig.«

»Das werde ich«, erwiderte Steve. Er sah dem Pastor nach, dann schloß er die Tür und holte sich noch eine Dose Cola aus dem Kühlschrank. Sofort stellte er sie jedoch wieder zurück. Reverend Woods war fort. Er brauchte jetzt ein Bier. Dann setzte er sich hin, um über alles nachzudenken.

Bly hatte sich also die Geschichte, die Indianer seien für das Massaker verantwortlich, nur ausgedacht. Tracy hatte noch nie von dieser Geschichte gehört, und Woods hatte ihr widersprochen. Steve konnte verstehen, daß ein Nachkomme von Benjamin Hyde die Sünden seiner Vorfahren verschleiern wollte. Außerdem mochte Steve Bly sowieso nicht, Bly konnte also ein Lügner sein, ohne der Meinung, die Steve von ihm hatte, zu schaden.

Reverend Woods Beharren auf der Aussage, der Drache sei ein Mythos, ließ eine weitere Frage aufkommen. Protestierte er nicht etwas zu laut? Wenn man Steves eigenen Erfahrungen und Beobachtungen in Betracht zog, klang Woods Demento ein wenig hohl. Der Pastor schien sich der Meinung der Stadt angepaßt zu haben. Falls es einen Drachen gab, so half er der Stadt, ihn zu beschützen und zu verstecken.

Doch Steve war auch fasziniert von einer neuen Information, die er bekommen hatte: Levi Cobb hatte Dokumente. Er wußte zwar nicht, ob sie ihn weiterbringen konnten, doch die größte Herausforderung dieser Jagd war, die Wahrheit von der Phantasie zu trennen, tatsächliche Geschehnisse von Gerüchten. Was die Leute auch über Levi sagten, in vielen Punkten hatte er recht gehabt – unrecht in – Steve fiel nicht eine Begebenheit ein, in der Levi offensichtlich unrecht gehabt hatte. Er war ein wenig komisch, das schon, aber er hatte recht behalten. Levi hatte seine Hausaufgaben erledigt, dachte Steve, und diese Dokumente, was immer sie auch sein mochten, hatten ihm zu seinem Wissen verholfen.

Doch das würde später kommen. Im Augenblick mußte er noch einen weiteren Augenzeugen befragen. Steve holte wieder die Waldkarte hervor und versuchte, die Mine von Jules Cryor zu finden. Doch bisher ohne Erfolg.

Er warf einen Blick auf seine Uhr. Es war kurz nach sieben. Er hatte Charlies Privatnummer und auch die Nummer der Kneipe. Doch nach Woods Warnung zögerte er ein wenig, den Kneipenbesitzer anzurufen. Wie er versprochen hatte, wollte er vorsichtig sein.

Schließlich nahm er doch sein Telefon zur Hand und gab Charlies Privatnummer ein.

Niemand nahm ab.

Mist. Was bedeutete das? War er zu Hause, hatte jedoch zu viel Angst, sich zu melden? Oder war er vielleicht draußen und wanderte ziellos herum? War er vielleicht sogar tot?

Steve würde in der Kneipe anrufen müssen. Er wählte die Nummer.

»Hier Charlies Bar«, meldete sich eine Stimme. Steve hörte Lärm im Hintergrund, Tellergeklapper.

Die Stimme war unmißverständlich. »Äh – Charlie?«

»Ja. Wer spricht?«

»Charlie, hier spricht Steve Benson.«

Die Stimme klang erfreut. »Oh ja, wie geht's?«

»Gut. Wie geht es Ihnen?«

»Einfach großartig.«

Einfach großartig, seit wann das denn? Warum? »Ich habe versucht, Sie zu Hause anzurufen. Ich dachte, Sie wären vielleicht dort.«

»Aber nein. Ich habe ein Geschäft zu führen. Was gibt's?«

»Ich wollte noch einmal die Wegbeschreibung überprüfen, die Sie mir gegeben haben ...«

»Sie meinen zu Jules Cryors Mine?«

Ja. Es war Charlie. »Ja, das stimmt.« Steve betrachtete die Karte. »Ich bin nicht sicher, welchen Weg ich nehmen muß, wenn ich zum Ende der siebenundvierzig gekommen bin. Muß ich auf die einundfünfzig oder die ... dreiundsechzig abbiegen?«

»Nehmen Sie die dreiundsechzig. Die einundfünfzig führt Sie nur auf die andere Seite. Haben Sie die Karte vor sich liegen?«

»Ja.«

»Auf der Karte sieht es so aus, als würden die dreiundsechzig und die einundfünfzig aufeinandertreffen, doch das stimmt nicht; es befindet sich eine tiefe Kluft zwischen ihnen. Sie nehmen die dreiundsechzig, die führt Sie zu Potters Mine. Haben Sie das?«

»Potters Mine … ja! Hab' es.«

»Prima. Sie folgen der dreiundsechzig, bis zum Schluß. Cryors Mine befindet sich direkt auf dem Hügel, Sie können sie gar nicht verpassen.«

»Großartig, danke.«

»Ich hoffe nur, er verfehlt Sie; verstehen Sie, was ich meine?« Er lachte. »Warum wollen Sie überhaupt dort hinauf?«

Steve hatte das Gefühl, er sollte sich mit seiner Antwort vorsehen. »Ich würde nur gern einmal mit ihm reden, hören, wie es mit der Jagd dort oben steht.«

Charlie lachte leise. »Sie vergeuden nur Ihre Zeit.«

»Was?«

Charlie senkte die Stimme. »Hören Sie, Sie brauchen dieses ganze Drachengerede wirklich nicht ernst zu nehmen. Er existiert nur in der Einbildung der Leute hier. Das bedeutet noch lange nicht, daß es Realität ist.«

Irgend etwas hatte sich ereignet; etwas war im Busch. »Sie sagen also, es gäbe keinen Drachen?«

»Nun – nein. Hören Sie, ich war etwas neben der Mütze. Ich weiß, ich habe eine Menge dummes Zeug geredet.«

»Charlie, Sie klangen ziemlich überzeugt …«

»Sehen Sie, so etwas passiert schon mal. Man gerät in Druck, man fühlt sich niedergeschlagen und läßt sich davon überwältigen. Aber, hey, man kann sich nicht ewig verstecken. Man muß weitermachen.«

Steve war vollkommen aus dem Gleichgewicht gebracht von dem, was Charlie sagte. »Charlie … «

»Muß weitermachen. Seien Sie vorsichtig.«

Klick. Er hatte aufgelegt.

Steve saß auf seinem Stuhl und starrte verwirrt den Telefonhörer in seiner Hand an.

Es läutete erneut, und er hätte das Telefon beinahe fallengelassen.

»Hallo?«

»Steve, ich bin es, Tracy.« Ihre Stimme klang besorgt. »Ich habe gerade einen Anruf bekommen. Evelyn ist überfallen worden.«

Steve hatte ein Gefühl, als hätte ihm jemand in den Magen geboxt. »Was meinen Sie damit? Was ist passiert?«

»Jemand ist ins Haus eingebrochen und hat sie überfallen.«

»Ist ihr etwas zugestoßen?«

»Ich glaube, sie ist in Ordnung, doch ich weiß noch keine Einzelheiten. Die Polizei von Oak Springs ist im Augenblick bei ihr, und ich stehe mit ihnen in Verbindung. Können Sie nach West Fork kommen und mitfahren?«

»Ich bin schon unterwegs«, erwiderte er. Das Telefon ans Ohr gepreßt sprang er aus dem Wohnmobil und trennte die Wasser- und Elektrizitätsleitung ab. »Wo wollen wir uns treffen?«

»Ich stehe mit meinem Streifenwagen vor Snyders Restaurant, genau dort, wo die Straße nach Hyde River vorbeiführt.«

»Haben Sie bei ihr angerufen?«

»Ich habe ihre Nummer nicht.«

»Ich werde sie anrufen, sobald ich eingehängt habe.«

»Wir treffen uns vor Snyders Restaurant.«

Er beendete das Gespräch und wählte Evelyns Nummer. Es war besetzt. Schnell ließ er den Wagen an und rollte vom Platz. Wenn Evelyn verletzt war, wenn ihr auch nur ein Haar gekrümmt worden war ...

Mit quietschenden Reifen bog er auf die *Hyde River Road* ab und raste in Richtung West Fork.

In den folgenden Jahren bemächtigte sich ein teuflischer und launenhafter Geist meines Schwagers. Wie beinahe alles, was er in seinem Leben getan hat, verbarg Benjamin es vor uns, bis es ein so fortgeschrittenes Stadium erreichte, daß es unmöglich war, dies zu verbergen. Im engsten Familienkreis gingen wir mit den Ärzten die verschiedensten Theorien bezüglich der Ursache und des Ursprungs dieses Phänomens durch: Einige hielten es für möglich, daß sich Staub von den Minen in Bens Lungen festgesetzt hätte; andere dachten, Ben hätte vielleicht von den Minenrückständen vergiftetes Wasser getrunken. Eine Theorie, die meiner Meinung nach von allen geteilt, wenngleich auch von niemandem ausgesprochen wurde, betraf seine geheimen Praktiken und den Schwur, den wir alle in Hyde Hall geleistet hatten. Wir alle fürchteten, er hätte diese Plage vielleicht auf sich selbst gebracht, und nicht nur das, wir fürchteten, sie würde auch auf uns andere kommen wegen dem, was wir getan hatten.

Aus dem Tagebuch von Abigail Homestead,
Benjamin Hydes Schwägerin,
vom 9. März 1915.

Kapitel 13

Die Erinnerung

Als die Polizei von Oak Springs bei Evelyns Haus ankam, war die Tür aufgebrochen, und im Innern zeugte eine Spur von verstreuten Kleidungsstücken, heruntergefallenen Blumentöpfen, zerbrochenen Bilderrahmen und umgeworfenen Möbelstücken von dem Kampf, der im Schlafzimmer, dem Wohnzimmer und im Flur des Hauses stattgefunden hatte. Nachdem sich die Polizisten davon überzeugt hatten, daß Evelyn nicht ernsthaft verletzt war, gingen sie sorgfältig durchs Haus, sicherten die Beweise und rekonstruierten den Tathergang. Ein Fotograf war unterwegs, der alles fotografisch festhalten sollte.

Evelyn saß auf der Couch im Wohnzimmer, ihren Sohn Travis an ihrer Seite, während der ihr gegenübersitzende Polizist ihre Aussage aufnahm.

Sie war erschüttert, ihre Bluse zerrissen, und an ihren Armen und Beinen zeigten sich Verletzungen, doch sie war bei sich, sprach zusammenhängend und blickte den Polizeibeamten fest an.

Der Beamte rekonstruierte die Ereignisse. »Und Sie kamen gegen sieben nach Hause ...«

»Jawohl, gegen sieben«, bestätigte sie.

Sie hatte eingekauft, war in die Garage gefahren, hatte den Motor abgestellt, das automatische Garagentor geschlossen ... alles war Routine, vollkommen normal. Erst hinterher ging Travis nach draußen und stellte fest, daß die Hintertür zur Garage offenstand. Die Familie achtete immer sorgfältig darauf, daß diese Tür geschlossen war, weil sie nicht wollte, daß die Katze in die Garage gelangte. Folglich mußte der Angreifer auf diesem Weg ins Haus gelangt sein.

»Wo war Travis, als Sie das Haus betraten?« fragte der Beamte.

»Oben in meinem Zimmer«, erwiderte er. »Ich hatte Musik laufen, darum hörte ich zuerst nichts.« Er wirkte ein wenig verlegen.

»Was passierte dann?«

Evelyn erzählte, was geschehen war, und der Beamte schrieb sorgfältig mit. »Ich brachte meine Einkäufe ins Haus und stellte sie in der Küche ab. Dann ging ich ins Schlafzimmer, um meine Tasche auf die Kommode zu legen ... «

Sie sah die ganze schreckliche Szene vor ihren Augen ablaufen und beschrieb sie: Die Schranktür flog auf. Eine Gestalt stürzte sich auf sie wie ein Panther, warf sie zu Boden. Während der Mann versuchte, sie zu überwältigen, schlug sie auf ihn ein, sie kämpfte wie ein Tier …

Dunkelheit. So schrecklich dunkel. Ein erdrückendes Gewicht. Eine monströse Gegenwart. Keine Stimme, kein Geräusch, nur das Krachen der Baumäste, das Graben und Kratzen von Steinen und Erde. Der Geruch von Blut …

Evelyn brach ihren Bericht ab und schloß die Augen. Sie legte sich die Hand an die Stirn.

»Mrs. Benson?« fragte der Beamte. »Sind Sie in Ordnung?«

»Geben Sie mir einen Augenblick«, erwiderte sie. Wirre, verschwommene Bilder jagten durch ihre Gedanken, die Erinnerung an zwei Überfälle, die in einen verschmolzen. Die schrecklichen Ereignisse dieses Abend brachten die Ereignisse jener Nacht wieder kristallklar zurück, und sie mußte sich bemühen, zwischen den beiden zu unterscheiden. Mit großer Entschlossenheit fuhr sie fort, die Geschehnisse dieses Abends zu beschreiben. »Ich stieß ihn beiseite und rannte in den Flur«, fuhr sie fort. »Er zog ein Messer und versuchte, auf mich einzustechen.«

»Auf Sie einzustechen?« wiederholte der Polizist.

Sie erinnerte sich an das Messer in seiner Hand und wie sie sein Handgelenk mit eisernem Griff umklammert hatte, der sie immer noch erstaunte. Sie kämpften sich durch den Flur, drehten sich, krachten gegen die Familienbilder an der Wand. Er schleuderte sie gegen die Wand, sein Messer traf nur wenige Zentimeter von ihrem Gesicht entfernt die Wand. Sie trat ihn in die Leistengegend, und er krümmte sich zusammen. Dann stieß sie ihn gegen die gegenüberliegende Wand und versetzte ihm einen Kinnhaken …

Sie wurde rückwärts ins Gras geschleudert, und das Ungeheuer rang mit etwas auf dem Boden. Sie rappelte sich wieder hoch und schlug außer sich vor Wut und Verzweiflung auf das Wesen ein, die Arme um seinen Hals gelegt. Es sprang zurück, und ihre Füße verloren den Halt. Sie wurde herumgeschleudert, die Baumäste streiften und verletzten sie, doch aus irgendeinem Grund ließ sie nicht los.

»Hmm.« Sie mußte innehalten. Was passierte als nächstes – nicht in jener Nacht, sondern hier im Haus? »Dann erinnere ich mich, daß wir hier im Wohnzimmer waren.« Sie lächelte den Beamten verlegen an. »Ich glaube, ich sprang ihm auf den Rücken. Ich hatte meinen linken Arm um seinen Hals gelegt und schlug mit meiner anderen Hand auf ihn ein … «

Sie befand sich hoch über dem Boden, oben in den Baumzweigen, schlug um sich und umklammerte den Hals des Ungeheuers mit eisernem Griff. Auch ihre Beine hatte sie nun um seinen Hals gelegt, sie ritt auf ihm wie auf einem sich aufbäumendem Pferd und stieß mit ihrem Messer auf es ein. Die Klinge glitt von den Schuppen ab. Das Ungeheuer beugte den Kopf und schleuderte sie zu Boden und wieder in die Luft, wobei einige Zweige abbrachen. Doch sie verspürte keinen Schmerz.

»Mrs. Benson?« fragte der Beamte. »Brauchen Sie eine Pause?« Er blickte sie besorgt an.

»Nein«, erwiderte sie. »Ich – mir geht es gut.« Sie dachte über die plötzliche Rückkehr ihrer Erinnerung nach, das Aufdecken von allem, das begraben worden war. Sie war zerschlagen und erschüttert, doch sie fühlte sich wieder als vollwertiger Mensch. »Mir geht es wirklich gut.«

Der Beamte lächelte. »Mir scheint, Ihr Angreifer hat eine Menge mehr abbekommen, als er erwartet hatte.«

Sie blickte Travis nur an. »Ich weiß nicht, was geworden wäre, wenn Travis nicht hiergewesen wäre.«

Travis war noch immer erschüttert. Seine Stimme zitterte leicht, als er sagte: »Ich hörte Lärm unten im Wohnzimmer. Mom schrie, und der Bursche schrie, und ich rannte nach unten. Der Bursche hatte Mom gerade abgeschüttelt, und ich sah das Messer in seiner Hand.«

Das Messer fand einen Weg, eine Öffnung zwischen den Schuppen. Es tauchte hinein, und die Schuppen schlossen sich darum wie ein Schraubstock. Plötzlich war sie umklammert von eisernen Fingern und funkelnden Klauen, die an ihr zerrten. Das Messer brach ab, sie fiel hin.

Evelyn griff nach Travis' Hand. »Travis hat ihn so fest geschlagen, daß seine Nase bestimmt gebrochen ist. Es sah aus, als würde sein ganzes Gesicht bluten.« Der Beamte blickte zur Eingangstür. Eine Blutspur führte von dort die Stufen hinab über den Gartenweg zur Straße. Ein anderer Polizist nahm gerade einige Proben.

Der Kriminalbeamte schüttelte den Kopf. »Gut, daß du da warst, Sohn.«

Travis senkte den Blick. »Aber er ist entkommen.«

Der Beamte betrachtete die halb aus den Angeln gerissene Tür. »Travis, was zählt, ist allein, daß er abgehauen ist, so schnell er konnte.«

Der Beamte und Travis unterhielten sich, doch Evelyns Gedanken wanderten zu einem entscheidenden Augenblick auf dem Wells Peak zurück.

Das Ding war verschwunden, als wäre es nie dort gewesen. Sie fand Cliff auf dem Boden liegend, sein Oberkörper und der Kopf lagen im Schatten. Sie streckte die Hand aus, um sein Gesicht zu berühren, doch sie spürte nur das Gras, das feucht und klebrig von seinem Blut war.

Dort im Wohnzimmer ihres Hauses brach sie zusammen und weinte.

* * *

»Jetzt hast du mich, und ich habe dich«, jammerte die Musikbox.

Sonntag abend in Charlies Bar. Gute Laune, große Drinks, prima Essen, jede Menge Gelächter und hohe Einnahmen. Alle schienen an diesem Abend dazusein.

Charlie stand hinter der Theke. Er war äußerst guter Laune. »Wenn das Warenhaus erst einmal läuft, wird es eine große Touristenattraktion, wart's nur ab«, sagte er gerade zu Paul Myers, der auf seinem Stammplatz unter dem Fernsehgerät saß und sich mit seinem Whiskyglas beschäftigte.

Paul war nicht so fröhlich. »Ja, genieße es, Charlie. Alles läuft so, wie du es dir wünschst. Ich freue mich für dich.«

Charlie beugte sich über den Tresen, ganz der mitfühlende Barkeeper. »Hey, so schlimm kann es doch gar nicht sein, Paul.«

Paul verzog nur das Gesicht. »Jimmy ist mit der Hälfte des Geschäfts abgehauen, Charlie!« Er verspürte den Drang auszuspucken, doch bei Charlie war das nicht erlaubt.

»Wieviel?« fragte Charlie.

»Du solltest besser fragen, womit. Mit dem Wagen, den Pumpen, alles fort! Ohne die Pumpen kann ich die Tanks nicht auspumpen, oder? Was soll ich tun, sie mit Eimern leerschöpfen?« Er sah sich im Raum um – eigentlich sah er das Gesicht seines Partners Jimmy Yates vor sich – und sein Gesichtsausdruck verfinsterte sich. »Ich hätte direkt Lust, diesen Kerl zu ermorden!«

Charlie grinste. »Ist hier nicht schwierig.«

»Was meinst du damit?«

»Du nimmst dich einfach seiner an und …«, Charlie senkte die Stimme, hörte aber nicht auf zu grinsen, »gibst dem Drachen die Schuld. Ende der Geschichte.« Dann zwinkerte er.

Paul hatte es satt. »Der Drache … pah!«

»Könnte funktionieren«, meinte Charlie und putzte über den Tresen. »Hier in der Gegend sind die Leute blöd genug, das abzukaufen, und du weißt doch, daß der Sheriff nichts unternimmt. Du brauchst bloß den Drachen zu erwähnen, und er sieht in die andere Richtung.«

Paul war abgestoßen. »Du redest Blödsinn, Charlie, weißt du das?«

Charlie stützte sich auf beiden Ellbogen ab und blickte Paul an. »Meinst du? Nun, dann will ich dir mal was erzählen. Du wirst erstaunt sein, was man sich hier alles leisten kann.«

Paul wich ein wenig zurück. Charlie roch äußerst unangenehm.

Ein paar andere an der Bar bemerkten es ebenfalls und blickten sich vielsagend an.

»Wie dieser alte Schwarze, Ebo Denning. Hey, vor einiger Zeit noch steckte ich in deinen Schuhen, erinnerst du dich? Hatte große Träume für mein Geschäft, und dann waren sie an einem Tag zerplatzt. Ebo hatte kein Recht, dieses Warenhaus zu kaufen. Sam Calley war mein Nachbar, wißt ihr, führte sein Geschäft direkt neben mir. Die Leute kamen in sein Warenhaus, und er schickte sie zu mir herüber, wenn sie etwas zu trinken oder zu essen haben wollten. Wenn Leute hier hereinkamen, die etwas Bestimmtes brauchten, schickte ich sie zu Sam. Eine gute nachbarliche Beziehung, wißt ihr?«

Charlie wurde immer lauter. Andy verstand ihn sogar am Billardtisch. Er übertönte das normale Geplauder und die Musikbox.

»Ich hätte dieses Geschäft kaufen können, wenn ich gewußt hätte, daß Sam es verkauft. Ich hätte mir Geld leihen können. Ebo hatte Bargeld, weil er niemals etwas zu kaufen brauchte, ihr wißt schon, was ich meine? Er fuhr immer denselben alten Wagen, trug alte Klamotten – das Haus des Burschen war eine Müllkippe.« Charlie runzelte die Stirn. »Vermutlich hat er all sein Geld von der Regierung bekommen, aus unseren Taschen.«

Doug Ellis und sein Kumpel Kyle Figgin saßen ein paar Barhocker weiter unten an der Bar. Sie hatten Bier und Rippchen vor sich stehen, doch der faulige Gestank, der von Charlie zu ihnen herüberwehte, verdarb ihnen den Appetit.

»Riechst du das?« fragte Doug.

Kyle zog die Nase kraus. »Was ist das? Riecht wie Verwesung.«

Elmer McCoy und Joe Staggart waren auch in der Kneipe und rochen es, sagten jedoch nichts. Statt dessen hörten sie Charlie zu und beobachteten ihn.

»Aber ich habe ihn kleingekriegt!« verkündete Charlie und blickte um sich. »Erinnerst du dich, wie die Wasserpumpe unter dem Warenhaus kaputtging? Es hat Ebo viel Geld gekostet, diese Sauerei wieder in Ordnung zu bringen, nicht wahr?« Charlie senkte die Stimme und kam näher an Doug und Kyle heran, um ihnen sein Geheimnis mitzuteilen. »Hab' es mit meiner kleinen Metallsäge getan. Hat gar nicht sehr lange gedauert, war aber sehr wirkungsvoll!«

Doug und Kyle sahen sich an. Ja, Charlie stank. Es mußte dieses schwarze Zeug sein, daß er über sein Hemd geschüttet hatte. Hatte er es denn noch nicht bemerkt?

Charlie trat nun zurück und sprach zu der ganzen Gruppe auf den Barhockern. »Ihr wolltet ja nichts mit dem alten Schwarzen zu tun haben. Ein Schwarzer als Geschäftsbesitzer – wer hat so etwas schon mal gehört? Ebo hätte beim Straßenfegen bleiben und nicht nach Höherem streben sollen, habe ich recht?«

Einige von denen, die an der Bar saßen, hätten ihm vielleicht zugestimmt, wenn sie allein gewesen wären, doch im Augenblick starrten sie ihn nur an, und von Minute zu Minute wurde ihnen unbehaglicher zumute.

Carl Ingfeldt saß an einem Tisch und aß zusammen mit seiner Frau zu Abend. Nun kam er näher, um zu hören und zu sehen, welches die Ursache der ganzen Aufregung war.

»Zu schade, daß wir nicht im Süden leben«, beschwerte sich Charlie. »Dort wissen die Leute, wie sie mit so etwas umgehen müssen, und sie wissen, wie sie damit davonkommen.« Er lachte. »Und das ist auch so in Ordnung, denke ich. Wir haben den alten Ebo dazu gebracht, hier zu verschwinden, und wir sind damit davongekommen!«

Andy hörte auf, Billard zu spielen, und starrte Charlie an. Auch einigen der anderen Gäste fiel auf, daß der Barkeeper etwas zu laut wurde, so als hätte er zuviel getrunken.

»Das haben wir gut gemacht. Jawohl. Und nun haben wir ein neues Geschäft, das im Besitz von Weißen ist, genau so, wie es sein sollte, und ich will euch etwas sagen, von jetzt an wird es aufwärtsgehen!«

Mittlerweile hatten alle außer Charlie den Fleck auf seinem Hemd bemerkt. Elmer und Joe hatten genug von seiner lauten Prahlerei. Sie gingen zur Kasse und zahlten. Melinda nahm ihr Geld entgegen.

»Also, Paul«, fuhr Charlie fort, »worum machst du dir noch Gedanken? Töte diesen Burschen! Das hat er davon. Tu, was dir gerade in den Sinn kommt.«

Paul rutschte von seinem Barhocker und ging zur Kasse. Charlie beobachtete ihn. »Tu, was du willst, Paul!« Er blickte Doug an. »Und du auch, Doug! Da kommt irgend so ein Halunke vorbei und läßt sich mit deiner Frau ein. Du solltest dich auf den Weg machen und ihn erschießen!«

Doug und Kyle hatten keinen Appetit mehr. Sie gingen zur Kasse, wo sich bereits eine ganze Reihe gebildet hatte.

Charlie zapfte sich ein Bier. »Hört auf, euch Sorgen zu machen, das ist mein Rat an euch. Ich habe alles ausgeklügelt. Tut, was ihr wollt.« Er wendete sich an die Leute, die in der Reihe standen, um zu bezahlen. Andy gehörte jetzt auch dazu, Carl und seine Frau. »Wißt ihr, ihr Leute macht mich richtig krank! Seht euch doch nur an, alle zugeknöpft, verängstigt und besorgt. Ihr braucht euch doch keine Gedanken zu machen!«

Sie reagierten nicht, sondern starrten ihn nur an. »Komm schon, mach ein bißchen schneller«, sagte einer zu Melinda, die ebenfalls versuchte, sich zu beeilen, damit sie das Lokal verlassen konnte.

»Seht mich nur an!« rief Charlie, Schaum von dem Bier am Mund. »Ich habe getan, was ich tun mußte, und nun bin ich ganz oben! Gott wird mich nicht aufhalten, und ganz sicher gibt es auch keinen Drachen! Je eher ihr das begreift, desto besser für euch!«

»Ich werde später zahlen«, sagte Andy und verließ das Lokal.

Carl und seine Frau taten es ihm nach.

Das Lokal leerte sich.

* * *

Die Polizei von Oak Springs war informiert worden, daß ein Beamter zusammen mit dem Bezirkssheriff kommen würde. Als Steve mit seinem Wohnmobil, gefolgt von Tracy in ihrem Streifenwagen, in die Einfahrt einbog, wurden sie erwartet. Tracy beriet sich sofort mit den Polizisten, doch Steve eilte in die Küche, wo Evelyn den Jungen ein Abendessen zubereitete.

»Ein Arzt hat sie untersucht«, berichtete der Polizeibeamte Tracy. »Sie ist mit einigen Schürfwunden davongekommen. Ein tapferes Mädchen. Sie hat sich zur Wehr gesetzt, und er hat schaun dürfen, daß er davonkam.« Er setzte sie über die Einzelheiten in Kenntnis, gab ihr auch eine Beschreibung des Verdächtigen und fügte hinzu: »Morgen wird sie zum Revier kommen und sich die Kartei ansehen, aber ich glaube nicht, daß wir Glück haben, wenn man bedenkt ...«

»Ich weiß, wer es ist«, antwortete Tracy. Ihre Stimme verriet unterdrückte Wut. »Er ist aus Hyde River.«

Evelyn, Samuel und Travis saßen am Küchentisch und aßen aufgewärmte Pizza. Es war zwar keine richtige Mahlzeit, doch keiner beklagte sich. Im Augenblick waren sie froh, am Leben und zusammen zu sein. Immer wieder mußten sie Steve versichern, es ginge ihnen gut, bevor er sich niederließ, eine Tasse Kaffee trank und sich die Geschichte erzählen ließ.

Samuel war traurig, daß er alles verpaßt hatte. Er hatte mit einem Freund gespielt.

»Sei nur froh, daß du nicht hier warst«, ermahnte seine Mutter ihn.

»Konntet ihr ihn gut sehen?« fragte Steve und blickte von Evelyn zu Travis. »Gab es besondere Merkmale?«

»Sein Ohr«, sagte Evelyn und berührte ihr eigenes. »Es war vernarbt, als hätte er einen Unfall oder so etwas gehabt.«

»Es war angenäht«, sagte Travis. »Vielleicht habe ich es ihm wieder losgeschlagen. Er hat sehr stark geblutet!«

In diesem Augenblick kam Tracy in die Küche. Sie hatte die Beschreibung des Polizisten gehört und schnappte nun noch die Unterhaltung in der Küche auf.

»Phil Garrett«, sagte sie.

»Ganz bestimmt«, erwiderte Steve.

»War er etwa …«, Tracy zeigte eine Höhe an, die etwas über ihrer eigenen Größe lag, »… so groß?«

»Ja«, erwiderte Evelyn.

»Schwarze Haare und große Ohren – eines mit Stichen angenäht – und einen ziemlich runden Kopf?«

»Ja.«

Tracy war zufrieden. »Phil Garrett.«

»Wer ist das?« fragte Evelyn verwirrt. »Warum sollte er?«

»Er ist ein Raufbold aus Hyde River und läßt sich auf viele Schlägereien ein. Das letzte Mal hat ihm sein Gegner beinahe das Ohr abgebissen.«

Samuel fand das sehr lustig und preßte die Hände auf den Mund, um sein Gelächter zu unterdrücken. Travis und Evelyn sahen sowohl den Witz als auch das Schreckliche an dieser Geschichte. Doch Samuels jungenhaftes Gelächter entspannte die Situation.

»Aber was wollte er von mir?« fragte Evelyn.

Tracy seufzte und blickte Steve an. Beide zögerten, doch schließlich sprach Steve laut aus, was sie dachten. »Ich denke, die Sache spitzt sich zu.«

»Darauf können Sie Gift nehmen«, erwiderte Tracy und setzte sich auf den Stuhl, den Evelyn ihr angeboten hatte. »Aber es ist noch mehr.« Sie wendete sich an Steve. »Es ist eine Verschwörung. Phil Garrett arbeitet für Harold Bly als Minenarbeiter und ist sozusagen Mädchen für alles. Und jetzt machen diese Fragen, die Bly Ihnen über Evelyns Gesundheitszustand gestellt hat, auch Sinn. Ich habe heute mit Collins gesprochen, und er hat mich dasselbe gefragt, ob Evelyn sich an irgend etwas erinnert.«

Steve fand das sehr beunruhigend, wenn auch nicht schockierend. »Collins? Denken Sie, daß er mit drinsteckt?«

Evelyn mischte sich jetzt ein. »Das klingt nach einer aufregenden Geschichte«, meinte sie trocken. »Ich würde sie gern hören. Vor allem, da sie mich betrifft.«

Steve entschuldigte sich, daß sie an ihr vorbeigesprochen hatten. »Es tut mir leid. Wir sind beide aus der Fassung geraten.«

Sie lächelte. »Das kann ich gut verstehen!«

Steve begann zu erklären. »Evie, das ist eine lange Geschichte, aber – Mann, o Mann, wo soll ich nur anfangen?«

Tracy übernahm. »In Hyde River gibt es Menschen, die feste Vorstellungen haben, wie – nun, wie die Dinge in dieser Stadt laufen sollten, und sie haben Angst – sie denken, Sie könnten vielleicht einiges darüber wissen.«

Evelyn zog die Augenbrauen in die Höhe. »Könnten Sie ein wenig deutlicher werden?«

Doch Tracy hatte keine Ruhe mehr. »Hören Sie, Steve kann Ihnen das alles erklären. Ich muß mich noch mit der Polizei hier in Oak Springs absprechen und mich an die Fersen dieses Burschen heften.«

»Und wenn er nun zurückkommt?« fragte Travis.

»Die Polizei wird das Haus bewachen, um sicherzustellen, daß es nicht noch einmal passiert.« Sie erhob sich. »Man hat mir Ihre Aussage und Ihre Beschreibung des Täters gegeben, und nun kann ich nicht mehr länger hier herumsitzen. Ich muß mich auf die Suche machen, solange die Spur heiß ist.«

Evelyn lächelte. »Seien Sie bitte vorsichtig.«

»Keine Sorge. Ich wollte schon lange einen Verdächtigen haben, den ich befragen kann, und jetzt habe ich einen!« Sie blickte Steve an. »Und glauben Sie mir, er wird reden!«

* * *

In Charlies Bar hielten sich jetzt nur noch Bernie, Melinda und Charlie auf. Sie würden früh schließen. Bernie war damit beschäftigt, die Küche sauberzumachen, und Melinda stand bei der Kasse und zählte die Einnahmen zusammen. Keiner von ihnen sagte ein Wort zu Charlie oder wagte sich in seine Nähe.

Charlie blieb hinter der Bar stehen und stützte sich mit den Ellbogen auf den Tresen. Genüßlich trank er sein letztes Bier und lachte immer noch über die amüsanten Gedanken, die ihm anscheinend kamen.

Schließlich schnappt er sich sein Bierglas und trank es in wenigen Zügen leer. Mit dem Arm wischte er sich über den Mund, schob sein Glas zurück und ging zur Kasse.

Melinda schreckte zurück, nahm sich ein Tuch und eilte durch den Raum, um die Tische zu säubern. Die meisten waren nicht einmal abgeräumt.

Charlie betrachtete die Kasse und das Geld, das noch auf dem Tresen lag, wo Melinda es fein säuberlich sortiert hatte. »Nun, wie stehen wir?«

Melinda antwortete aus sicherer Entfernung durch das halbe Lokal: »Es sieht gut aus, Charlie. Es war ein guter Sonntagabend.«

»Prima.« Er nahm seinen Mantel. »Schließ bitte ab, ja? Ich fahre ein wenig herum.«

Melinda blickte ihn besorgt an. »Wo willst du hin?«

»Ach, ich weiß nicht.« Er gab ihren Blick zurück, dann kam ihm die Erleuchtung. »Ich gehe nicht in die alte Stadt, keine Angst.«

Ihre Stimme zitterte. »Wo – wo willst du denn hin?«

Er lachte. »Ach komm schon, worüber machst du dir Gedanken? Mir geht es gut, mir geht es wirklich gut. Ich denke, ich werde hinunter ins Tal fahren, den Wagen irgendwo abstellen und das Mondlicht genießen.«

»Sei aber bitte vorsichtig.«

Er zog seine Jacke an. »Du brauchst dir um mich keine Gedanken zu machen.« Als er den Reißverschluß schloß, beschmutzte er sich die Finger an der schwarzen Masse auf seinem Hemd. Er schien es nicht zu bemerken. Dann ging er zur Tür hinaus. Die Türglocke schlug an.

Bei diesem Geräusch streckte Bernie seinen Kopf heraus. Sein Blick huschte durch den Raum. Er sah Melinda an. »Ist er fort?«

Sie war gerade auf dem Weg zur Eingangstür, um sie zu verschließen. »Ja.«

»Dann verschwinde ich.« Bernie drehte sich um und rannte zu seinem Mantel, der an einem Haken im hinteren Teil der Küche hing, vorbei an den schmutzigen Töpfen und Pfannen, die er einfach so stehenlassen wollte. Melindas Hände zitterten so stark, daß sie Schwierigkeiten hatte, die Tür abzuschließen. Endlich gelang es ihr, und auch sie rannte los, um ihren Mantel zu holen und durch die Hintertür zu verschwinden.

Draußen trennten sie sich, ohne ein weiteres Wort zu sprechen. Beide wollten nichts weiter, als nach Hause zu kommen und sich zu verstecken.

* * *

Travis und Samuel waren mit dem Essen fertig.

»Jungs«, sagte Evelyn, »geht doch nach oben und seht fern oder so etwas. Ich würde gern mit eurem Onkel sprechen.«

Sie waren einverstanden und verließen die Küche ohne Widerworte; so brauchten sie wenigstens nicht abzuspülen.

Steve war froh, daß sie den ersten Schritt tat. Nach dem, was an diesem Abend passiert war, mußte er Evelyn die Wahrheit über Cliffs Tod erzählen. Und das konnte er nicht vor den Jungen.

Evelyn eröffnete das Gespräch mit einer verblüffenden Frage. »Steve, glaubst du wirklich, daß ein Grizzly Cliff getötet hat?«

Er zögerte und sagte schließlich: »Evelyn, ich werde deine Frage offen beantworten. Doch zuvor möchte ich dir meinerseits noch ein paar Fragen stellen.«

Sie dachte darüber nach. »Solange wir auf meine Frage zurückkommen.«

»Das werden wir, ich verspreche es.« Er beugte sich vor. »Evelyn, wie gut kennst du die Stadt Hyde River?«

»Nicht sehr gut. Cliff und ich sind ein paarmal durchgefahren, doch wir haben uns nie dort aufgehalten.«

»Kennst du jemanden, der dort wohnt?«

»Nein.«

»Hast du schon mal von den Geschichten, Legenden, Märchen gehört, die dort umgehen?«

»Nein.«

Er blickte sie vorsichtig an. »Eine letzte Frage noch. Wie geht es dir? Bist du …?«

»Ich bin wieder ich selbst.« Sie hielt inne und betrachtete ihn einen Augenblick. »Und ich bin bereit, die Wahrheit zu hören. Glaubst du, daß ein Grizzly meinen Mann getötet hat?«

Er dachte einen Augenblick nach und beschloß, daß es an der Zeit sei, ehrlich zu ihr zu sein. »Nein, ich glaube nicht, daß es ein Grizzly war.«

Entschlossen blickte sie ihn an. »Steve, ich erinnere mich wieder an das, was passiert ist. Ich weiß wieder, was ich gesehen habe.«

* * *

Die *Hyde River Road* war ein langes, gewundenes Band unbeleuchteten Asphalts, das nur durch Charlies Scheinwerfer erhellt wurde. Er hatte keine Ahnung, wo er hinfuhr, und es war ihm auch egal. Er wollte einfach nur fahren, ein Fahrzeug steuern, entscheiden, wo es hinfahren sollte. Das Autoradio war auf einen Sender eingestellt, der Country-Musik spielte. Er fühlte sich gut.

Die Straße machte eine Rechtskurve, und er folgte der weißen Linie. Er war diese Straße schon tausendmal gefahren; er wußte, was kam. Nach der Kurve folgte eine Gerade, die sich über mehr als einen Kilometer erstreckte. Er trat das Gaspedal durch, und der Wagen beschleunigte.

Eines seiner Lieblingslieder wurde gerade im Radio gespielt, und er begann mitzusingen. Es war vorüber – all die Furcht, der Schmerz, die Angst. Er war frei. Wie die Straße, lag die Zukunft vor ihm ausgebreitet, ohne Überraschungen …

Er nahm den Fuß vom Gaspedal. Im Licht seiner Scheinwerfer konnte er sehen, wie etwas die Straße überquerte. Er konnte nicht erkennen, was es war, vielleicht ein Reh oder ein Elch. Einmal hatte er ein Reh angefahren, und er wollte nicht, daß so etwas noch einmal passierte. Sein Wagen war schwer beschädigt gewesen. Darum trat er auf die Bremse und drosselte die Geschwindigkeit. Er kam näher. Irgend etwas schien nicht zu stimmen. Er konnte kein Tier sehen – es war mehr wie ein riesiger Schatten, der sich über die Straße legte. Die Mittellinie schien zu schwanken. Er drosselte seine Geschwindigkeit noch mehr.

Auf einmal war die Straße wieder klar, einfach so, und erstreckte sich wieder vor ihm, als hätte sich eine Nebelwolke gehoben.

Er fragte sich, was er wohl gesehen hatte. Vielleicht …

WUMMS! Der vordere Teil des Wagens wurde zusammengedrückt. Der Wagen schwankte leicht und geriet ins Schleudern. Charlie spürte, wie sein Sicherheitsgurt wie ein Messer in seine Brust schnitt. Sein Kopf wurde nach vorne geschleudert.

Ich habe einen Elch angefahren, dachte er.

Der Wagen kam innerhalb weniger Sekunden zum Stehen. Als Charlies Körper in den Sitz zurückschleuderte, sah er vor sich etwas golden, silbern, grün und rot Funkelndes, eine schimmernde Masse direkt vor der Windschutzscheibe, eine bewegliche Wand aus metallischen Farben, die schimmerten und funkelten wie das Sonnenlicht auf einer Wasserfläche.

Ich habe eine Forelle angefahren!

Er zwinkerte, rieb sich die Augen und sah noch einmal hin.

Die schimmernde Wand hob sich wie ein Vorhang. Er konnte die Straße und die Scheinwerfer wieder sehen.

Welch eine Erleichterung, dachte er. Er mußte doch mehr getrunken haben, als er gedacht hatte. Er stellte den Fuß wieder auf das Gaspedal –

KRACH! Das Wagendach wurde nach innen gedrückt, als wenn ein Baum darauf gelandet wäre. Die Fenster zersplitterten. Entsetzt beobachtete Charlie, wie riesige Stahlhaken – nein, metallene Klauen! – sich durch das Beifahrerfenster streckten.

»HILFE!« schrie Charlie, als die Klauen seinen Kopf nur um Haaresbreite verfehlten und sich in das Wagendach bohrten. Der Wagen wackelte, ruckte und wurde auf die Seite geworfen.

Dann wurde die Kühlerhaube getroffen. Glas von der Windschutzscheibe fiel Charlie in den Schoß. Entsetzt krümmte er sich zusammen bei dem, was er durch die zerbrochene Öffnung sah.

Eine riesige, ledrige Hand mit Klauen ruhte auf der Motorhaube, die gekrümmten, sehnigen Finger reichten von einer Seite der Kühlerhaube bis zur anderen.

Die Klauen im Inneren des Wagens zogen ihn nach oben. Das Metall stöhnte, die Nieten rissen, Glas flog umher. Das Dach wurde zurückgeschlagen wie der Deckel einer Sardinenbüchse.

Verwirrt und in panischer Angst griff Charlie nach dem Türgriff. Die Tür flog auf. Doch er konnte sich nicht bewegen – und er erkannte, daß sein Sicherheitsgurt ihn immer noch festhielt. Er faßte nach der Schnalle.

Über ihm, wo das Dach gewesen war, entdeckte er etwas Metallisches, etwas Glitzerndes.

Eine riesige Hand streckte sich nach ihm aus. Die Finger schlossen sich um ihn, und seine Rippen krachten. Seine Lungen füllten sich mit Blut, und er mußte würgen.

Der Sicherheitsgurt riß, und der Wagen fiel unter ihm zu Boden.

Er konnte Augen sehen – riesige, goldene Augen – in dem Augenblick, bevor er starb.

* * *

»Also, sag mir, Steve, bin ich verrückt?«

Er blickte Evelyn an und konnte kaum sprechen. Ihr Bericht von den Geschehnissen jener Nacht auf dem Berg war die wichtigste Information, die alle Bruchstücke aus den Berichten des Augenzeugen und seinen eigenen Erfahrungen zu einem Ganzen zusammenfügte. Er war überwältigt.

Evelyn deutete sein Schweigen falsch. »Es tut mit leid, aber ich habe dir alles so erzählt, wie ich es gesehen habe.«

Schnell beruhigte er sie. »Ich glaube dir, Evelyn.«

Sie schien nicht überzeugt. »Es ist unglaublich, ich weiß.«

Er berührte ihre Hand. »Höre. Tracy und ich – nun, wir haben Köder gespielt und sind vor einigen Nächten demselben Ding begegnet. Wir haben es nicht deutlich gesehen, doch wir haben es die ganze Nacht hindurch verfolgt, bis zum nächsten Morgen. Wir wissen, daß es da ist. Wir wissen nur noch nicht, was es ist.«

Sie dachte darüber nach, dann meinte sie: »Ich denke, ›Drache‹ ist für den Augenblick vollkommen zutreffend.«

Er nickte. »In Ordnung. Aber ich muß dir noch etwas sagen. Die Leute im Tal wissen von dem Drachen. Es rankt sich eine Art religiöse Geschichte um ihn, und sie wollen nicht, daß jemand davon erfährt. Und wir wissen jetzt, daß sie nicht vor einem Mord zurückschrecken, um das Geheimnis zu bewahren. Das wollte ich dir am Telefon sagen – damit du den Mund hältst und niemandem davon erzählst.«

Steve erkannte Furcht in Evelyns Augen.

»Aber warum?« fragte sie ihn. »Warum versuchen sie, es geheimzuhalten?«

»Ich wünschte, ich wüßte es. Doch ich bin genauso ratlos dem Ganzen gegenüber wie du.«

»Es tötet Menschen, Steve! Das alles macht doch keinen Sinn!«

»Ich weiß.«

Ganz offensichtlich war sie verwirrt, sogar wütend. »Und was ist mit der Polizei? Was ist mit den Wildhütern? Die Armee! Ich meine ...« Sie brach ab, wußte die Antwort, noch während sie die Frage stellte.

»Dieses Wesen versteht es, sich zu verstecken«, erwiderte er. »Und niemand außerhalb des Tales würde jemals glauben, daß sich ein Drache in diesen Bergen verbirgt.«

Evelyn atmete tief durch, um sich zu beruhigen. Sie stützte ihr Kinn in ihrer Hand ab. »In Ordnung, was können wir tun?«

Steve wußte keine Antwort darauf. »Nun, das Problem wird nicht einfach so verschwinden ... «

»Ganz bestimmt nicht!«

»Als der Drache Cliff getötet hat – jemand außerhalb des Tales – und einen Teil des Körpers zurückgelassen hat, ist die Sache durchgesickert. Es hat dich und mich hineingezogen. Nun können wir nur einen Schritt nach dem anderen unternehmen. Tracy wird Phil Garrett verhaften, falls er nicht nach Mexiko geflohen ist. Vielleicht haben die Behörden dann einen Grund zu untersuchen, was dort vorgeht. Aber ich glaube nicht, daß ich darauf warten kann. Ich muß dieses Wesen finden und unschädlich machen, bevor es noch jemanden tötet.«

»Steve ... «

»Ja?«

»Wieviel weißt du über Tracy?« fragte Evelyn vorsichtig.

Wenn die Frage von einem anderen gekommen wäre, hätte sie ihm überhaupt nicht gefallen. »Oh, eine ganze Menge für die kurze Zeit, die wir uns kennen. Warum?«

Evelyn schüttelte den Kopf. »Ich habe irgendwie kein gutes Gefühl bei ihr. Auch bevor Cliff starb, hatte ich so eine Vorahnung, daß irgend etwas nicht stimmte, daß sich etwas zwischen ihn und mich drängte. Was immer es war, es kam aus Hyde River. Und ich glaube, daß es auch Tracy betrifft. Ich glaube, sie ist beteiligt, was immer es ist.«

Steve wußte nicht, was er sagen sollte. Wie sollte er auf die Intuition einer Frau reagieren? »Aber du kennst Tracy doch gar nicht.«

»Und du kennst sie?«

»Natürlich.«

»Wie kannst du sicher sein, daß sie nicht auch dazugehört?«

Er verdrehte die Augen. »Evelyn, komm schon. Sie sind genauso hinter ihr her wie hinter mir. Sie könnte bei der Geschichte ihren Job verlieren.«

Sie nickte leicht. »Ich weiß.« An ihrem Tonfall erkannte er, daß sie nicht überzeugt war.

»Hör zu, ich werde aufpassen. Keine Angst.«

»Es ist etwas Geistliches, Steve.«

Er zog die Augenbraue in die Höhe.

»Hey, hör zu, ich weiß, daß dir das etwas zu weit geht, aber wir wollen es einmal festhalten: Ich bin sicher, daß hinter dem allen etwas steckt: hinter dem Drachen, dem Tal, Tracy, Phil Garrett – sogar hinter dem, was Cliff passiert ist. Es gehört alles zu derselben Sache, und es ist nicht ...«, sie suchte nach Worten, »... nichts von dieser Welt, verstehst du. Ich habe Angst um dich.«

»Das brauchst du nicht.«

»Versprich mir, daß du vorsichtig sein wirst.«

»Ich verspreche es.« Er stand auf. »Ich muß zurück. Du hast meine Telefonnummer. Ruf mich an, wenn du Schwierigkeiten hast, und habe keine Angst, mir zu erzählen, was du denkst und fühlst. Ich bin für jede Information, die du mir geben kannst, dankbar.«

»Ich werde für dich beten.«

Er lächelte. »Ich habe nichts dagegen.«

* * *

Steve brauchte vierzig Minuten, um über den Johnsons-Paß und durch West Fork zu fahren. Von hier aus nahm er die Hyde River Road durch das Tal in nördlicher Richtung. Das Lenkrad hielt er fest umklammert, und sein Herzschlag beschleunigte sich. Er kehrte zu den Schwierigkeiten zurück, und er wußte es.

Auf dem halben Weg nach Hyde River kam eine lange gerade Strecke. Er sah das Blaulicht einer ansehnlichen Anzahl von Notfallfahrzeugen. Hier muß etwas passiert sein, dachte Steve. Er war auf der Hut.

Ein Streifenwagen mit Blaulicht stand quer auf der Straße, um die Durchfahrt zu blockieren. Vor Steve waren bereits zwei Wagen von einem Polizisten zur Umkehr bewogen worden.

Steve hatte nicht die Absicht zurückzufahren. Als er vor dem Streifenwagen anhielt, kam der Beamte an sein Fenster, das er bereits heruntergedreht hatte.

»Es tut mir leid, Sir, aber Sie können hier nicht durch«, sagte der Polizist.

»Ich bin Dr. Steve Benson. Man hat mich angerufen.«

Der Polizist kaufte ihm das ab. »Dann fahren Sie weiter, Doktor.«

Steve fuhr um den Streifenwagen herum. Er hatte ja tatsächlich seinen Doktor, wenn auch in Biologie, und er hatte auch wirklich einige Anrufe bekommen.

Der Unfall war etwa einen Viertelkilometer weiter vorn passiert. Er fuhr an den Straßenrand, schaltete die Scheinwerfer aus und stieg aus. Er wollte sich den Unfallort ansehen, bevor ihn jemand fortschicken konnte. Sheriff Collins stand neben seinem Streifenwagen, die Hände in die Seiten gestemmt und sah sich den Ort des Geschehens an. Zwei Feuerwehrwagen waren an der Straße geparkt, Funkgeräte knackten, Feuerwehrschläuche lagen auf dem Asphalt. Ein Rettungswagen stand mit offener Hintertür bereit.

Mittendrin standen die Überreste eines Wagens, das Dach vollkommen zurückgeschlagen, mit platten Reifen und zertrümmerten Fenstern. Das ganze Fahrzeug war ausgebrannt. Der Asphalt war noch ganz naß vom Löschen.

Überall in den Wiesen auf beiden Seiten der Straße sah Steve Polizisten mit Taschenlampen. Sie schienen etwas zu suchen, vielleicht das Opfer oder die Opfer.

Er ging zu seinem Wohnmobil zurück und holte seine Taschenlampe, dann kroch er unter dem Stacheldrahtzaun her und mischte sich unter die anderen in der Wiese. Er ließ sein Licht über den Boden gleiten. Irgendwie mußte er herausfinden, was passiert war und was sie suchten.

Er näherte sich einem Mann der freiwilligen Feuerwehr, der am Zaun entlang suchte. »Haben Sie etwas?«

»Nein«, erwiderte der Feuerwehrmann. »Wir haben das ganze Gebiet im Umkreis von hundert Metern von der Straße aus abgesucht. Entweder ist er auf der anderen Seite der Straße, oder er ist abgehauen.«

»Gibt es irgendeine Beschreibung?«

»Wir glauben, daß der Wagen Charlie Mack gehört. Sie wissen schon, dem Besitzer der Kneipe in Hyde River.«

Steve brauchte sein Erstaunen nicht vorzutäuschen. »Charlie?« Er blickte zurück auf den verkohlten Wagen. »Weiß jemand, was passiert ist?«

»Er ist mit etwas zusammengestoßen, doch wir wissen nicht, womit. So weit wir sagen können, war es vermutlich ein anderes Fahrzeug, das geflohen ist.«

»Wie ist das Dach abgerissen worden?«

»Keine Ahnung. Es war schon so, als wir hier ankamen. Der ganze Wagen stand in Flammen, das Dach war abgerissen und der Innenraum leer.«

»Wie ist das Feuer denn entstanden? Ist der Benzintank explodiert?«

»Nein, und das ist seltsam. Der Benzintank ist intakt.« Der Mann schüttelte den Kopf. »Das Ganze ist höchst seltsam.« Er rief einem anderen Feuerwehrmann zu: »John, ich gehe auf die andere Seite!«

»In Ordnung«, kam die Antwort. »Ich suche hier noch ein wenig weiter.«

Der Mann kroch unter dem Stacheldrahtzaun her und überquerte die Straße.

Steve folgte ihm bis zur Ausbuchtung in der Straße, dann senkte er seine Taschenlampe, um einen kleineren Bereich des weichen Bodens besser ausleuchten zu können. Langsam ging er am Straßenrand und dem ausgebrannten Auto entlang, dann an dem Rettungswagen vorbei, der immer noch wartend dastand, und wieder zurück. Er betrachtete die Abdrücke im Splitt. Sehr viele menschliche Fußabdrücke, Reifenspuren, sogar einige Hufabdrücke von berittenen Einheimischen. Nichts Ungewöhnliches.

Er folgte der Straßenausbuchtung bis vor sein Wohnmobil, dann überquerte er die Straße und suchte auf der anderen Seite weiter. Er näherte sich Collins' Streifenwagen, darum hielt er den Kopf gesenkt, das Gesicht abgewandt. Er war froh über die Dunkelheit.

Kurz hinter dem Streifenwagen blieb er stehen. Diese Streifen und Kratzer im Splitt könnten sein, wonach er suchte, doch er war nicht sicher. Er sah genauer hin, beleuchtete die Spuren von allen Seiten. Dann ließ er seine Taschenlampe über das weiche Gras dahinter gleiten. Jetzt war er fast sicher. Die Spuren ähnelten denen, die er auf dem Wells Peak gesehen hatte und der »Fußspur«, die Levi ihm oben auf dem Berg bei der »Falle« des Drachens gezeigt hatte.

Er wollte keine voreiligen Schlüsse ziehen, doch er befürchtete das Schlimmste.

Er überquerte die Straße, um sich das ausgebrannte Auto näher anzusehen. Er leuchtete den Innenraum mit seiner Taschenlampe aus. Er war ausgebrannt, geschmolzen. Der Schaden am Kühler ließ nicht auf einen Zusammenstoß schließen, obwohl die Kühlerhaube eingedrückt war, als wenn jemand etwas von oben daraufgeworfen hätte. Das Dach – das war seltsam. Es war nicht aufgeschnitten worden, wie die Feuerwehr es gemacht hätte, wenn Opfer hätten geborgen werden müssen. Es war in einem Stück abgerissen, lag zusammengedrückt auf dem Heck des Wagens. An verschiedenen Stellen war es wie von riesigen Nägeln durchlöchert.

Vielleicht Klauen? Nein. Vielleicht. Er war nicht sicher.

Steve wurde von Furcht und Vorahnung erfüllt. Falls dies das Werk des Drachens war, so wurde er von Mal zu Mal mutiger, und kein Ort war sicher, weder bei Tag noch bei Nacht. Hatte das Ungeheuer dieses Dach abgerissen? Und war das Feuer durch …

»Benson!« Das war Collins' Stimme.

Steve drehte sich um und sah den Sheriff an, der ihm mit seiner hellen Taschenlampe direkt in die Augen leuchtete. Steve legte schützend die Hände vor die Augen.

»Wie sind Sie hierhergekommen?« fragte Collins.

»Ich habe mich freiwillig zum Helfen gemeldet.«

»Wir wollen Ihre Hilfe nicht. Und jetzt verschwinden Sie hier!«

»War es Charlie Mack?«

»Wir wissen nicht, wer es war.«

»Wie wurde das Dach abgerissen?«

»Wir mußten es entfernen, um die Opfer herauszuholen.«

Steve warf dem leeren Rettungswagen einen Blick zu. »Wenn die Opfer im Wagen waren, warum suchen die Männer dann die Wiesen ab?«

Collins packte Steve am Arm. »Sie haben eine Minute, um hier zu verschwinden, sonst stelle ich Sie unter Arrest. Verstanden?«

Steve gab seinen Blick zurück und erwiderte: »Dann gute Nacht.«

Er machte sich auf den Weg zu seinem Wohnmobil und leuchtete dabei auch weiterhin den Straßenrand aus in der Hoffnung, noch etwas zu entdecken.

Einer der Männer, die in der anderen Wiese suchten, kam gerade zurück, und auch er leuchtete den Straßenrand ab. Er trug eine dunkle Jacke und einen Hut, den er weit heruntergezogen hatte, um sein Gesicht zu verdecken, doch Steve erkannte ihn an dem grauen Bart und seiner Nickelbrille.

Levi Cobb.

Ihre Blicke trafen sich. Levi blickte Steve herausfordernd an, fast so, als wolle er fragen: Na, genug gesehen?

Steve ging weiter. Er wußte, daß Collins ihn beobachtete, und er wollte nicht mit Levi Cobb gesehen werden.

Aber die Antwort war ja. Er hatte genug gesehen.

* * *

Als der Montagmorgen heraufzog, hing der finstere, Böses verheißende Geist der Nacht wie eine schwere Wolke über dem Ort. Das Hyde Valley hatte sich verändert, und selbst jene, die noch nichts von den Ereignissen der vergangenen Nacht gehört hatten, empfanden die düstere Atmosphäre und wunderten sich.

Die Leute, die im ersten Licht des Morgens über die *Hyde River Road* fuhren, fanden keine Anzeichen dafür, daß sich dort ein Unfall ereignet hatte. Sheriff Lester Collins hatte angeordnet, die Straße zu fegen und sauberzuspritzen. Der ausgebrannte Wagen war zu einem Schrottplatz geschleppt worden, wo er verloren inmitten unzähliger verrosteter Autowracks stand.

Die Frauen und Männer der freiwilligen Feuerwehr kehrten zu ihrer Arbeit zurück und sagten wenig über den Unfall, weil es so wenig zu sagen gab. Sie alle fragten sich, was aus dem Opfer geworden war; sie wußten, daß niemand einen so schrecklichen Unfall überlebt haben konnte. Es würde immer Fragen geben, doch keine dieser Fragen würde gestellt werden.

Bevor die Stadt Hyde River erwacht war, und ohne irgend jemandem ein Wort zu sagen, fuhr Steve Benson mit seinem Wohnmobil in Richtung Norden durch die Stadt und bog nach einigen Kilometern Feldweg schließlich auf den Feldweg dreiundsechzig ab, der ihn auf den Saddlehorse bringen sollte. Seine Gewehre lagen geladen hinten im Wagen, und er hatte sich Vorräte für einige Tage mitgenommen.

* * *

Bevor Levi Cobb seine Werkstatt am Montag morgen öffnete, ging er in den kleinen Hof hinter seiner Werkstatt, um zwischen Ersatzteilen, Achsen, alten Gartengeräten, Federn und Metallscheiben die richtigen Materialien herauszusuchen. »Komm schon, sei nicht so eigensinnig, beweg' dich ... Ach, da bist du ja. Ich habe schon überall nach dir gesucht ... Hat jemand von euch den alten Stahlbohrer gesehen, den ich hierher gelegt habe?«

Schließlich fand er ihn, einen Bohrer, der früher dazu verwendet wurde, den festen Felsen in den Minen zu durchbohren. Er bestand aus reinem Stahl, war etwa zweieinhalb Meter lang. Er legte ihn beiseite. Als nächstes entdeckte er einen Zahn, der von der hinteren Schaufel eines Bulldozers abgebrochen war. Er wußte, es würde einige Anstrengung kosten, ihn zu formen und zu behauen, aber es war ein guter Anfang.

Er blickte zu den Bergen hoch. Leichter Dunst hing darüber, doch in wenigen Stunden würde es klar sein. Eine kühle Brise wehte, und er konnte die Vögel singen hören.

Doch er empfand keine Freude. Er spürte die drückende Atmosphäre, die Stille vor dem Sturm.

Die Unruhe hatte bereits begonnen. Das Böse war freigesetzt worden und auf dem Weg.

Mit den gesuchten Teilen in der Hand ging er in seine Werkstatt, knipste ein Arbeitslicht an und räumte seine Werkbank frei. Er entzündete die Flamme seines Schweißgeräts und hielt sie an den Stahl. Arbeit wartete auf ihn; er hatte keine Minute zu verlieren.

Ein Mann mit Macht ist nicht der Gnade
eines Mannes mit Idealen ausgeliefert.

Wer Geld hat, unterschreibt die Schecks.
Wer die Schecks unterschreibt, bestimmt die Regeln.
Wer die Regeln bestimmt, hat die Macht.
Wer Macht hat, hat Geld.

Macht allein ist wichtig.

Wenn das eine Sünde ist,
so wollen wir der Sünde dienen.

*Gedenktafel mit Benjamin Hydes Lieblingssprüchen,
die von seinem Sohn Samuel nach Benjamin Hydes
geheimnisvollem Verschwinden – das durch einen Jagdunfall
erklärt wurde – 1898 angefertigt
und in Hydes Büro aufgehängt wurde.
Die Gedenktafel hängt bis zum heutigen Tag dort.*

Kapitel 14

Saddlehorse

Die Dollarscheine lagen in Charlies Kneipe noch sortiert auf der Bar neben der Kasse. Zwei Gläser Bier, das eine voll, das andere halbleer, aber beide warm, standen auf dem Tresen genau dort, wo Elmer und Joe sie stehengelassen hatten. Auf den Tischen standen noch die Teller mit dem kalten Essen.

Auf der anderen Seite des Raumes, dem Tresen gegenüber, stand die neue Tür zu dem Warenhaus offen. Regale mit Trockenwaren, Wollhemden und anderen Verkaufsgütern waren zu sehen. Das Warenhaus war sauber, angestrichen, gebohnert, neu eingeräumt und bereit, mit dem Verkauf zu beginnen.

In der Toilette hinter dem Lager jammerte, schimpfte und fluchte ein Mann.

Harold Bly, neuer Besitzer und unbestrittener Herrscher eines neuen Geschäfts, hielt den Schlüssel zur Vordertür umklammert. Er kauerte vor dem Waschbecken.

Sein Hemd stand offen. Im Spiegel über dem Becken sah er ein rotes, brennendes Mal, das sich langsam über seine Brust ausbreitete. Er zog einige Papierhandtücher aus der Dose, machte sie feucht und tupfte sie auf die brennende Stelle. Das brachte keine Erleichterung. »Nein!« schrie er und rubbelte an dem Mal. Es wollte nicht verschwinden.

»Nein!« sagte er wieder und schüttelte den Kopf. Er konnte es nicht glauben. Er schlug mit der Hand auf das Waschbecken. »NEIN! Doch nicht ich! Ich bin nicht der, den du willst!« Er fluchte zornig, schmerzerfüllt, in der Wut des Betrogenen. »Ich bin doch auf deiner Seite! Was ist denn los mit dir?«

Er drückte die feuchten Papiertücher gegen die Brust, um das Brennen zu lindern. Ich bin doch nicht wie Maggie, dachte er. Nicht wie Vic oder Charlie. Ich bin doch Harold Bly. Ich bin ein Hyde. Ich bin niemals gebrandmarkt, niemals angerührt worden. Ich bin gut für diese Stadt!

Ich verdiene das nicht!

Er hörte die Türglocke gehen. Wieder fluchte er. Er hatte die Tür offengelassen!

Schnell nahm er die Tücher von seiner Brust. Das Mal war immer noch da, aber die Tücher waren nicht fleckig. Soweit er es erkennen konnte, roch es auch nicht unangenehm. Vielleicht war es nicht so ernst. Vielleicht war es nicht dauerhaft.

Vielleicht war es nur eine Warnung.

»Hallo?« ertönte eine Stimme aus dem Lokal. »Ist da jemand?«

Er erkannte die Stimme von Tracy Ellis. So früh? Oh nein, dachte er. Irgend etwas mußte schiefgegangen sein.

Er knöpfte sein Hemd zu, strich sich über die Haare und eilte durch das Warenhaus ins Lokal hinüber. »Hallo! Wir haben noch nicht geöffnet.«

Tracy Ellis stand an der Bar und betrachtete die halbgefüllten Gläser, das kaltgewordene Essen auf den Tischen. Ihr Blick war kalt und forschend. Sie war nicht hier, um zu plaudern – sie war hier in ihrer Eigenschaft als Polizistin.

Was machte das schon. Er war immer noch Harold Bly, und dieses Lokal gehörte ihm. »Hallo Tracy. Was kann ich für Sie tun?«

Sich im Raum umsehend, fragte sie: »Haben Sie die Sache mit Charlie schon gehört?«

Seine Stimme klang bereits angespannt. Er mußte sie nur etwas traurig klingen lassen. »Ja, ich habe es gestern abend erfahren. Haben Sie gesehen, was passiert ist?«

»Ich war wegen einer anderen Sache in Oak Springs.«

»Hat man ihn bereits gefunden?«

»Nein, er wurde noch nicht gefunden«, erwiderte sie ärgerlich. »Und Vic Moore ist auch nicht wieder aufgetaucht, und Maggie besucht nicht ihre Mutter.«

Natürlich. Bly war verletzt. »Was sagen Sie da, Deputy? Ich nehme an, Sie haben Maggies Mutter angerufen?«

Sehr gut, Harold. Du bekommst einen goldenen Stern. »Ja, genau das habe ich getan.«

Bly hatte darauf keine Antwort, und sie erwartete auch gar keine. Sie blickte sich wieder im Lokal um. »Was war denn hier los? Es sieht so aus, als hätte es einen Feueralarm gegeben und niemand sei zurückgekommen.«

»Ich weiß es nicht. Ich war nicht hier.« Er wurde immer ärgerlicher. »Warum also sind Sie hier?«

»Ich suche einen Ihrer Angestellten, Phil Garrett. Haben Sie eine Ahnung, wo er sich aufhält?«

»Nein. Keine Ahnung«, erwiderte Bly schnell.

»Er arbeitet doch für Sie, nehme ich an?«

»Ja, aber ich weiß nicht, wo er ist.«

Es war Montag morgen, und Bly hatte keine Ahnung, wo sich einer seiner Angestellten aufhielt? Sie ließ das Thema fallen. »Er ist gestern in Evelyn Bensons Haus eingebrochen und hat versucht, sie zu töten.« Sie hielt inne, um ihm die Gelegenheit zu geben, diese Information zu verarbeiten und seine Reaktion zu beobachten. »Können Sie sich vorstellen, warum er so etwas getan hat?«

Blys Gesicht blieb ausdruckslos. »Wenn Sie ihn finden, können Sie ihn ja fragen. Phil Garrett kann seine Handlungsweise selbst erklären.«

»Oh ja, das wird er.«

»Und wo ist Ihr Freund, der Professor?« fragte er, um sie in die Defensive zu drängen.

Sie reagierte kühl. »Vielleicht auf der Jagd.«

»Auf der Jagd? Wonach?«

»Was immer er schließlich tötet. Hören Sie, ich habe einen Haftbefehl für Phil Garrett. Er ist also auf der Flucht, was Schwierigkeiten für jeden bedeuten könnte, der versucht, ihm zu helfen. Ich möchte nur, daß Sie das wissen.«

»Haben Sie mit Sheriff Collins darüber gesprochen?«

Sie legte den Kopf zur Seite und sah ihn wissend an. »Ich bin sicher, ich werde bald von ihm hören. Wenn das der Fall ist, wird er einen ausführlichen Bericht bekommen.« Sie wendete sich zum Gehen. »Lassen Sie mich wissen, wenn Sie Phil sehen.«

Sie schloß die Tür hinter sich.

Bly blieb reglos stehen. Er kochte vor Wut. Seine Hand fuhr an seine Brust. Der Schmerz war immer noch da. Doch jetzt wußte er, warum.

Phil hatte seinen Auftrag nicht erledigt, und Evelyn Benson war immer noch am Leben. Sie konnte sich erinnern, reden, alles offenbaren. Charlie war tot, doch er hatte geredet. Levi Cobb war noch am Leben und predigte. Tracy Ellis enthüllte die Geheimnisse des Ortes.

Und Benson, der Außenseiter, war auf der »Jagd«.

Kein Wunder, daß es Ärger gab. Er hatte die Kontrolle verloren.

Doch er war Harold Bly. Er konnte alles wieder in Ordnung bringen. Er hatte zu lange gebraucht, das war alles; er war zu weich gewesen, zu nachsichtig. Das konnte geändert werden.

Neue Hoffnung durchströmte ihn und linderte den Schmerz in seiner Brust. Er hatte noch eine Chance. Natürlich hatte er noch eine Chance. Er konnte schließlich doch lächeln, während er ganz allein in dem verlassenen Lokal stand und sich einen Plan ausdachte.

Dann lief er in die Küche, nahm den Telefonhörer zur Hand. Es war an der Zeit, dieses Chaos zu beseitigen und die Dinge wieder in die Hand zu nehmen. Und er würde bei Sheriff Collins anfangen.

* * *

Charlie Mack hatte recht gehabt. Nachdem Steve an Potters Mine vorbeigefahren war, kam er an eine zweite Mine, die düster, ja häßlich aussah. Steve parkte seinen Wagen neben dem alten, verrosteten *Dodge* mit Allradantrieb, der bereits auf einem provisorischen Parkplatz geparkt stand.

Direkt über dem Parkplatz stand die Holzhütte von Jules Cryor, ein recht baufälliges Gebäude, bei dessen Errichtung auf das Aussehen keinen Wert gelegt worden war. Steve nahm an, daß das Holz aus der unmittelbaren Umgebung stammte.

Jules Cryor mußte ihn gehört haben, denn er tauchte hinter dem Dodge auf. Er war das Bild eines Goldsuchers, mit einem grauen Bart, der bis auf seinen Bauch reichte, und einem verwitterten Hut, den er weit ins Gesicht gezogen hatte. Was fehlte, war nur noch das mit Pickeln, Schaufeln und Eßgeschirr beladene Maultier.

Er trug ein Gewehr im Arm.

Steve schaltete den Motor ab und versuchte, harmlos und wohlwollend zu wirken. Keinesfalls durfte er ihm bewaffnet entgegentreten. Darum nahm er seinen Revolver ab und legte ihn auf den Beifahrersitz. Er lächelte Cryor durch die Windschutzscheibe an und winkte ihm leicht zu. Ohne zu lächeln winkte Cryor zurück und setzte sich auf die Stoßstange seines Dodge, als warte er darauf, daß der Besucher den Grund seines Kommens erklärte. Er schien es nicht eilig zu haben, sein Gewehr zu benutzen. Steve wagte es, auszusteigen.

»Jules Cryor?« fragte er.

»Ja«, erwiderte der Mann. »Und wer sind Sie?« Seine wohltönende Stimme erstaunte Steve.

»Mein Name ist Steve Benson. Ich bin Biologieprofessor an der Universität von Colorado. Ich bin hier ...« Das war schwierig zu erklären.

Cryors Augen verengten sich, als er Steves Kleidung und die Gewehre im Wagen betrachtete. »Sieht so aus, als wären Sie hier, um zu jagen. Vielleicht darf ich Sie daran erinnern, daß die Saison noch lange nicht begonnen hat.«

Steve lächelte. »Ich bin nicht hier, um zu jagen – nun, wenigstens nicht im üblichen Sinne. Ich bin mit einer Untersuchung beschäftigt.

Vor etwas über einer Woche wurde ein Mann getötet, auf dem Wells Peak halb von einem Tier aufgefressen. Wir versuchen, das Tier ausfindig zu machen.«

»Wer ist ›wir‹?«

»Nun – eigentlich ich.«

Cryor schien das zu akzeptieren, denn er nickte. »Ein bösartiger Grizzly, nehme ich an?«

»Nein, kein Grizzly. Wir suchen nach etwas … Größerem.« Steve machte bewußt diese Andeutung, um zu sehen, wie Cryor darauf reagierte.

Lange Zeit sagte Cryor gar nichts, sondern saß still auf der Stoßstange seines Wagens und betrachtete Steve. Schließlich meinte er: »Mr. Benson, in Anbetracht Ihrer konventionellen und sehr offensichtlichen Ankunft hier – der Größe und des Motorengeräusches Ihres Wagens und der Staubwolken, die Sie aufgeworfen haben – würde ich sagen, daß Sie bereits jeglichen Vorteil eingebüßt haben. Ihre Beute weiß, daß Sie hier sind. Haben Sie sie je zu Gesicht bekommen?«

»Ja, ich glaube schon.«

»Dann hat sie auch Sie gesehen.« Cryor erhob sich. »Kommen Sie, wir gehen besser hinein.«

Steve folgte seinem Gastgeber einen steilen, steinigen Weg entlang zur Hütte. Cryor öffnete die Tür und ließ ihn eintreten.

Die Hütte war sehr spärlich eingerichtet: ein Holztisch und Stühle, ein alter Schreibtisch, ein Bett in einer Ecke, ein alter, gepolsterter Sessel. An der Wand hing ein Regal mit Büchern – einige Handbücher über Minenabbau und Mineralien, einige Gesetzbücher und ein paar Romane. Der Rest war mit Werkzeugen gefüllt: Schaufeln, Pickeln, Bohrer, Kabel und Ketten.

Und Dynamit. Ganze Kisten voll. Sie machten Steve nervös.

Cryor spürte das. »Haben Sie keine Angst vor dem Sprengstoff. Ich brauche eine Menge davon, darum ist er ganz frisch und gut verpackt – kein heraustropfendes Nitroglyzerin. Mein Bett steht dort in der Ecke. Ich schlafe jede Nacht damit.« Lachend fügte er hinzu: »Aber natürlich rauche ich nicht.«

»Das ist gut«, erwiderte Steve.

»Bitte, setzen Sie sich doch.«

Steve setzte sich an den groben Holztisch, und Cryor brachte ihm ein Bier aus dem kleinen Kühlschrank, der im Augenblick außer Betrieb zu sein schien.

»Ich habe einen Generator, der den Kühlschrank zweimal pro Tag in Betrieb setzt«, erklärte der Goldsucher und legte seinen staubigen

Hut ab. »Ich habe zwar keine Wasserleitung, aber genügend Wasser in der Quelle dort hinten, in sicherer Entfernung vom Haus natürlich.«

»Wie lange leben Sie schon hier?«

»Dreiundzwanzig Jahre. Ich bin zwar nicht reich geworden, doch ich habe mein Auskommen. Mein Finanzberater sagt, ich sei in der Lage, mir einen gemütlichen Lebensabend zu bereiten.«

»Sie sind ganz und gar nicht, was ich erwartet habe«, meinte Steve vorsichtig.

Cryor lächelte. »Ein exzentrischer, alter Einsiedler, der sein Gewehr schwingt, um die Leute abzuschrecken?« Er lachte. »Mr. Benson, falls Sie das erwartet haben, dann haben Sie genau das gefunden. Ich traue keinem Menschen.« Er nahm einen Schluck Bier. »Ich habe Jura studiert.« Sein Blick verengte sich. »Darum meine Ernüchterung und das Gewehr.« Er sah zum Fenster hinaus. »Ich würde gern wissen, was Sie mit unserem gemeinsamen Freund vorhaben, und je nachdem, wie Ihre Antwort ausfällt, könnte ich versuchen, Sie von Ihren Absichten abzubringen.«

»Dann kennen Sie dieses Wesen?«

Er dachte kurz nach, dann schüttelte er den Kopf. »Nein, kennen wäre zuviel gesagt. Niemand kann so nahe herankommen. Niemand sollte auch nur den Versuch unternehmen. Es ist gefährlich, Mr. Benson, dem Ungeheuer nachzuspionieren, in sein Gebiet einzudringen. Es mag nicht gejagt werden; es mag nicht bekannt sein. Ich respektiere diese Taktik und halte mich daran, und darum habe ich seit dreiundzwanzig Jahren hier leben können und bin niemals behelligt worden. Solange ich es in Ruhe lasse, läßt es mich in Ruhe.«

»Aber natürlich haben Sie es gesehen.«

Er ließ seinen Blick in die Ferne schweifen. »Ja«, meinte er langsam, »hin und wieder, zu verschiedenen Zeiten. Da ich hier oben in der Wildnis lebe, seinem Lebensumfeld, habe ich vermutlich häufiger die Gelegenheit dazu.«

»Würden Sie sagen, es ist vorwiegend nachts unterwegs? Ich habe Berichte gehört, daß es vorwiegend nachts tätig ist und in der Dämmerung zurückkehrt.«

»Darauf können Sie sich nicht verlassen. Ich denke, es zieht es vor, nachts zu operieren, doch wann es unterwegs ist, könnte abhängig sein von dem, was es vorhat. Ich habe es auch schon am hellichten Tag gesehen.«

Ich auch, dachte Steve. »Wo? Was hat es getan?«

Cryor deutete aus dem Fenster. »Dort oben auf dem Saddlehorse. Es war natürlich getarnt, wissen Sie, paßte sich an die Umgebung an, doch das Licht stand richtig, und es hat einen Schatten geworfen. Ich glaube, es beobachtete mich.« Er lächelte. »Darum habe ich ihm gewunken. Es hat jedoch nicht zurückgewunken.« Er beugte sich über den Tisch und wurde wieder ernst. »Ich gebe Ihnen einen Tip, wie Sie es entdecken können. Wenn Sie sich bewegen, andauernd die Perspektive verändern, werden Sie seinc Umrisse sehen. Es wird sich von seinem Hintergrund abheben.«

»Doch das würde bedeuten, daß ich meine eigene Position verrate.« Cryor überlegte. »Das ist nur ein Nachteil, wenn Sie sich selbst zu seinem Gegner gemacht haben, was ich nie getan habe. Und sehen Sie, ich bin immer noch hier. Ich bin nicht unbefugt in sein Gebiet eingedrungen, und darum hat es mich in Ruhe gelassen.«

»Doch dieses Ding«, erwiderte Steve, »hält sich nicht mehr an das Prinzip von leben und leben lassen. Außer dem Mann auf dem Wells Peak, der wirklich keine Bedrohung für dieses Wesen darstellte, werden noch einige andere Personen vermißt.«

»Vermißt?«

»Seit dem Angriff auf dem Wells Peak sind drei Menschen verschwunden. Von den Opfern gibt es keine Spur.«

»Gibt es keine andere Erklärung?«

»Sind Sie mit den Sitten und Gebräuchen in Hyde River bekannt?«

Er nickte und forderte Steve mit der Hand auf, fortzufahren.

»Erst gestern abend ist wieder ein Mensch verschwunden. Ein Wagen wurde auf der Hyde River Road aufgefunden. Das Dach war abgerissen, der Wagen ausgebrannt, und der Fahrer, Charlie Mack, wird vermißt.«

»Charlie Mack?« fragte der alte Mann erstaunt.

»Sie kannten ihn?«

»Ich habe von ihm gehört. Wer sonst noch?«

»Vic Moore, ein Bauunternehmer.«

Cryor schüttelte den Kopf.

»Maggie Bly, die Frau von Harold Bly.«

Bei diesem Namen war Cryor offensichtlich schockiert. »Das kann nicht Ihr Ernst sein!«

»Sie ging in die alte Stadt und wurde niemals wiedergesehen. Bei Vic Moore war es dasselbe.«

Der Goldsucher strich über seinen Bart. Offensichtlich beunruhigten ihn die Informationen. »Wenn es dieses Wesen gewesen ist, dann muß es einen Grund dafür geben. Ich habe es noch nie so bösartig oder räuberisch erlebt.«

»Aus dem, was andere Leute mir erzählten, habe ich entnommen, daß es schon immer Menschen gefressen hat. Doch die Häufigkeit seiner Raubzüge hat sich verändert. Wie ich hörte, hat es immer Tötungen dieser Art gegeben, doch nicht in dieser Anzahl.«

Cryor zog die Augenbrauen in die Höhe. »Sind diese Zwischenfälle passiert in der Zeit, in der Sic auf der Jagd nach ihm sind?«

Steve schwieg.

Cryor führte weiter aus. »Wenn Sie es jagen, jagt es Sie.«

»Und wenn man es ignoriert, verschwindet es einfach?«

Steves leicht sarkastische Frage brachte den Goldsucher zum Nachdenken. »Es gibt keine Garantie dafür, oder? Wenn ein Hund erst einmal begonnen hat, Hühner zu töten, ist es schwer, sein Verhalten zu verändern.« Er blickte wieder zum Fenster hinaus, doch seine gute Laune war verschwunden. »In letzter Zeit erscheint es sehr viel häufiger. Ich habe mich schon darüber gewundert.«

»Ist es gewachsen?«

Cryor blickte Steve scharf an und dachte nach. »Vielleicht … «

»Es wäre möglich, daß ein Zusammenhang besteht zwischen seiner verstärkten Tätigkeit und seinem Wachstum, was erklären könnte, daß Sie es häufiger gesehen haben.«

Cryor erhob sich und stellte sich ans Fenster. Er suchte die Berge und den Himmel ab. »Sie sagen, Charlie Macks Wagen war ausgebrannt?«

»Ja, und das ist seltsam, weil der Benzintank intakt ist.«

»Es spuckt Feuer, müssen Sie wissen.«

Steve sah ihn verblüfft an. »Äh – was haben Sie gesagt?«

»Dieses Wesen spuckt Feuer.«

Oh nein, dachte Steve. Gerade als ich dachte, ich könnte etwas Reales herausfinden, wird schon wieder alles in einen Mythos eingehüllt. »Spuckt Feuer?«

»Das ist ein Vorgang, den ich nicht ganz verstehe. Könnte sein, daß Methan aus seinem Verdauungstrakt mit reinem Sauerstoff gemischt die Flamme entzündet. Das ist natürlich reine Theorie.«

Steve beugte sich vor. »Haben Sie es gesehen?«

Cryor nickte. »Ein unglaublicher Anblick. Wirklich kaum zu fassen. Vermutlich setzt es das zur Verteidigung ein.« Er blickte auf die Kisten mit Sprengstoff, die an den Wänden gestapelt standen. »Darum schlafe ich mit meinem Dynamit. Es tut mir nichts, darum tut es auch meinem Sprengstoff nichts.«

»Bis jetzt.« Steve konnte sich diese Bemerkung nicht verkneifen.

»Vielleicht.« Offensichtlich änderte Cryor nur widerstrebend seine Meinung. »Woher wollen Sie wissen, daß dieses Wesen für die Todesfälle verantwortlich ist … äh, für diesen Todesfall und diese drei Vermißten?«

»Ich habe einen Zeugen für den Todesfall. Die Frau des Mannes war dabei und mußte zusehen, wie der Drache ihren Mann getötet hat.« Er fühlte sich verpflichtet hinzuzufügen: »Ich nenne es Drachen, weil ich keinen besseren Namen dafür habe.«

»Nein, nein, das ist schon in Ordnung. Die Bezeichnung ist ziemlich zutreffend. Aber ist diese Frau auch eine verläßliche Quelle? Wie gut kennen Sie sie?«

»Sie ist meine Schwägerin. Ihr Mann war mein Bruder Cliff.«

Cryor riß erstaunt die Augen auf. »Nun«, sagte er, »das erklärt vieles. Ich werde Sie nicht davon abbringen können, stimmt's?«

»Nein.«

Er wendete den Blick ab und murmelte: »Das ist verständlich.«

»Gibt es noch etwas, das Sie mir erzählen können?«

Cryor setzte sich wieder, saß eine Weile reglos da und starrte in sein Bier. Schließlich begann er ruhig und zurückhaltend: »Der Drache lebt auf dem Saddlehorse, wo genau weiß ich nicht. Es gibt ein paar alte Minen dort oben. Einige von ihnen waren früher Höhlen im Berg, die durch die Minenarbeit vergrößert worden sind. Die Tunnels sind kilometerlang.« Er blickte Steve direkt an. »Ich würde Ihnen nicht empfehlen zu versuchen, ihn in einer Höhle zu stellen. Dort ist er zu Hause, und er würde sich erfolgreich zu wehren wissen – wenn er Sie nicht sogar tötet.«

»Woher weiß ich …

»Ich weiß nicht, ob Sie ihn töten können. Es ist noch nie ausprobiert worden, darum gibt es auch keine Methode, die sich anbieten würde.«

»Können Sie mir helfen, ihn zu finden?«

Cryor schüttelte pessimistisch den Kopf. »Um ihn zu finden, müßten Sie ihn sehen, und das ist fast unmöglich. Doch ich muß Ihnen etwas zeigen.« Er holte ein kleines Bündel aus der Schublade seines alten Schreibtischs. »Das wird Ihnen eine bessere Vorstellung von dem vermitteln, auf was Sie sich einlassen.« Er schnürte das Bündel auf und holte einen flachen, tellerartigen Gegenstand hervor, der geformt war wie eine Träne und an den Rändern leicht gekräuselt war. Zuerst dachte Steve, es sei ein silberner Anhänger. Cryor legte den Gegenstand auf das gewebte Tischtuch. »Beobachten Sie es, aber berühren Sie es nicht.« Steve betrachtete es genau. Jetzt konnte er erkennen, daß es nicht aus Metall bestand, sondern aus einer Art Knorpel. Vielleicht war es ein Stück Schildkrötenpanzer oder ein Querschnitt eines Geweihs, aber –

Was war das? Steve schreckte zurück, veränderte seinen Blickwinkel, kam näher heran. Er konnte kaum glauben, was er da sah.

Der Anhänger veränderte langsam, kaum sichtbar die Farbe. Das Silber ging in Rot über! Mit dem Rot kam ein Dunkelgrün. Dann Purpur. Alle Farben, die in dem Tischtuch zu finden waren.

Der Anhänger nahm das Muster des Tischtuchs an!

»Es wird alt«, meinte Cryor. »Als es neu war, konnte es sich so schnell verändern, wie Sie sich bewegen. Jetzt braucht es etwa eine Minute dazu.«

Nach einer Minute sah der Gegenstand aus jedem Blickwinkel genauso aus wie das Tischtuch. Es hatte nicht nur die verschiedenen Farben der Tischdecke angenommen, sondern zeigte auch die einzelnen Fäden, einige Brotkrummen und einen kleinen braunen Flecken.

Steve war nicht nur fasziniert. Er war außer sich.

Cryor erklärte: »Das ist eine der Schuppen des Drachens. Ein glücklicher Fund, ganz bestimmt. Sie spiegelte sich direkt vor mir in der Sonne, hier auf dem Felsen über der Hütte.«

Steve mußte sich sehr zusammennehmen, um ruhig zu bleiben. Nach so viel Aberglaube, Mythos und Legenden hatte er endlich einen empirischen Beweis in Händen. Die Schuppe war real, und die Konsequenzen unglaublich.

»Ich würde sie gern in die Universität mitnehmen.«

Cryor war höflich, schüttelte jedoch den Kopf. »Töten Sie den Drachen, Mr. Benson, und Sie haben so viele Schuppen wie Sie wollen.« Cryor wickelte die Schuppe wieder ein und legte sie in die Schublade zurück. »Ich wollte Ihnen nur klarmachen, daß der Drache sich an seine Umgebung anpaßt, nicht nur in der Farbe, sondern auch in seinem Muster, bis hin zum kleinsten Grashalm, dem winzigsten Steinchen. Sie sollten davon ausgehen, daß der Drache Sie immer zuerst sehen wird.«

Cryor holte eine Karte von dem Bücherregal. »Ich kann Ihnen zeigen, wo sich die Minen und Höhlen befinden und Ihnen den besten Weg dorthin erklären. Dann sind Sie auf sich allein gestellt.« Er breitete die Karte auf dem Tisch aus. »Es gibt zwei Minen, die Anfang 1800 gegraben wurden. Die Legende von dem Drachen reicht bis in diese Zeit zurück, wir können also annehmen, daß er sich in einer dieser beiden eingenistet hat. Doch es gibt noch eine weitere Höhle in einer Mine, in der man vielleicht auch nachsehen sollte … «

* * *

Harold Bly saß allein in seinem großen Büro im obersten Stockwerk des alten Gebäudes der *Hyde* Minengesellschaft. Von seinem Fenster aus konnte er den Minenkomplex direkt unter sich überblicken. Das einstige Königreich Benjamin Hydes war eine Ansammlung heruntergekommener, verfallener, kaum noch benutzter Betongebäude mit rostenden Metalldächern. Heutzutage brachten die Minen nicht mehr viel Gewinn ein, und es blieb kein Geld für die Instandhaltung der Häuser übrig.

Die meisten Minenarbeiter befanden sich etwa einen Kilometer weit unter der Erde, sprengten und förderten das Erz, doch der ganze Komplex wirkte sehr ruhig, verglichen mit der Geschäftigkeit früherer Zeiten. Hin und wieder konnte Bly einen Arbeiter der Über-Tage-Schicht mit seinem gelben Schutzhelm zwischen den Gebäuden herumgehen sehen, doch abgesehen davon war es schwer zu erkennen, ob dort unten gearbeitet wurde.

Blys Schreibtisch, zwei Aktenschränke und sein Schreibtischstuhl waren die einzigen Möbelstücke in diesem riesigen Zimmer, und sein Büro war der einzige Raum, der auf dem ganzen Stockwerk noch benutzt wurde. Die Angestellten, Ingenieure, Buchhalter und Sekretärinnen waren alle entlassen worden, außer einer kleinen Mannschaft von fünf Leuten, die unten arbeiteten. Alles, außer der Ausstattung eines Raumes an Schreibtischen, Schreibmaschinen, Telefonen, Zeichenbrettern und Rechenmaschinen, war zu Geld gemacht worden.

Der Gesellschaft ging es nicht gut, sie hielt sich gerade über Wasser. Trotzdem herrschte Bly. Bly würde immer herrschen, auch wenn harte Maßnahmen ergriffen werden mußten.

»Nimm's nicht so tragisch, Phil«, sagte er gerade ins Telefon. »Du darfst nicht die Kontrolle über dich verlieren.«

»Die Polizei ist hinter mir her, ich weiß es einfach!« rief Phil aufgeregt. »Ich habe versagt, Harold, es tut mir leid.«

»Aber du hast es versucht«, erwiderte Bly tröstend. »Und das allein zählt.«

»Oh Mann, Sie hätten dort sein sollen.«

»Sie muß sich ja kräftig gewehrt haben.«

»Sie schlug um sich wie eine Verrückte; sie war wie ein Tier. Und mein Ohr … «

Bly klang äußerst besorgt. »Wie geht es deinem Ohr, Phil? Ist es noch dran?«

»Ja, aber ich muß zum Arzt.«

»Dann komm zurück, und wir werden es versorgen lassen.«

»Aber die Polizei sucht doch nach mir.«

»Phil, mach dir um die Polizei keine Gedanken. Ich werde das in die Hand nehmen. Wir werden uns etwas ausdenken. Ich kenne Sheriff Collins, und er ist ein vernünftiger Mann.«

»Sind Sie sicher?«

Bly lächelte, als er an den armen Narren am anderen Ende der Leitung dachte. »Der Sheriff hört auf mich. Wenn ich ihm sage, daß du hier warst und gestern abend für mich gearbeitet hast, wird er mir das abkaufen.«

»Meinen Sie?«

»Ich weiß es.«

»Gut, in Ordnung.«

»Komm zurück nach Hyde River. Ich werde dich zum Arzt bringen, und wir werden uns etwas ausdenken. Vertrau mir.«

»In Ordnung.«

»So ist es recht.«

»Harold, vielen Dank.«

»Kein Problem.«

Harold hängte ein und blickte auf seine Uhr. Dann wählte er die Nummer von Tracys Handy.

»Deputy Ellis.«

»Tracy, hier spricht Harold Bly. Ich habe von Phil Garrett gehört.«

»Ich bin ganz Ohr.«

»Phil rief mich aus einer Telefonzelle im Wyler County an. Ich habe ihn davon überzeugt, nach Hyde River zurückzukehren und sich den Behören zu stellen.«

»Er kommt nach Hyde River zurück?«

»Ja.«

»Wann?«

»Ich werde es Sie wissen lassen.«

Tracy schien ein wenig mißtrauisch zu sein, doch sie kaufte es ihm ab. »In Ordnung, Harold. Ich warte auf Nachricht von Ihnen.«

»Auf Wiedersehen.«

Zufrieden hängte er ein. Jetzt konnte er die Leute in Aufruhr versetzen, und wenn die Leute hier in der Stadt erst einmal in Aufregung waren, brauchten sie nur noch einen Stoß in die richtige Richtung. Seine Hand fuhr zu seiner Brust. Das Mal war immer noch da. Kein Problem. Innerhalb weniger Tage würde er es los sein.

* * *

Der Saddlehorse war ein sehr hoher Berg, dicht bewaldet in den unteren Regionen, doch kahl an den Kämmen und am Gipfel. Hier und da, wie Wunden, die niemals heilen konnten, bildeten die Abfälle und der Unrat der jahrhundertealten Minen graue Flächen an dem Bergabhang, auf dem nur die zähesten Bäume zaghaft ein Comeback wagten. Um den Berg herum schlängelten sich noch die alten Wege, die mittlerweile überwuchert und kaum noch benutzbar waren. Steve fuhr zur Service Road 63 zurück, an Potters Mine vorbei. Er folgte Jules Cryors Anweisungen, fand den unbenannten, nicht numerierten Weg, der auf den Berg aus der entgegengesetzten Richtung hinaufführte. Er folgte dem Weg so weit er es mit seinem Wagen schaffen konnte. Es ging nur sehr langsam voran.

Nach einer Stunde Fahrtzeit lag eine Tanne quer über dem Weg. Hier konnte er nicht mehr weiter.

Er stieg aus, nahm seinen Rucksack und die Gewehre und ging zu Fuß weiter.

Die Bäume standen nun spärlicher. Er ließ den dichten Wald hinter sich und stieg höher auf den Saddlehorse hinauf, an dem felsige Schrofen und Geröllflächen die Regel und Bäume die Ausnahme waren. Er kam nur langsam voran, blickte sich aufmerksam um und dachte an Cliff, Maggie, Vic und Charlie, auch an seine eigene Begegnung mit dem Drachen. Wenn der Drache zuschlagen wollte, würde er das sicher nicht ankündigen. Es würde keine Warnung geben.

Über sich konnte er die alte Straße erkennen, die ein Feld mit Minenabfällen durchschnitt; die erste der beiden alten Minen.

Er versteckte sich hinter einem umgefallenen Baumstamm, um seine Situation zu überdenken. Zwischen seinem Standort und dem Mineneingang gab es keine Deckung; er würde über die große offene Fläche rennen müssen. Er hängte sich die Schrotflinte über die Schulter, so daß er sie leicht zur Hand nehmen konnte. Die Pistole hing schußbereit an seiner Hüfte, und in der Hand hielt er sein Gewehr. Für den Fall, daß er einige dieser Tunnels würde durchsuchen müssen, nahm er eine kleine Taschenlampe aus seinem Rucksack und klemmte sie an seinen Gürtel. Er trug Tarnkleidung, die ihm im Wald oder im Gebüsch hätte nützlich sein können, doch hier, gegen diesen kahlen, grauen Felsen nur wenig weiterhalf. Natürlich hatte Steve keine Ahnung, ob der Drache Farben erkennen konnte; er nahm einfach an, daß er es konnte.

Das führte zu der Frage: Was konnte er sonst noch? Körperwärme spüren? In der Dunkelheit sehen? Er mußte nachts ausgezeichnet sehen können. Vielleicht hatte er sogar ein Sonar wie die Fledermäuse.

Da er ein Reptil war, könnte er auch in der Lage sein, selbst schwache Erschütterungen des Bodens wahrzunehmen – Schritte, Kriechen, jede Bewegung. Soweit Steve wußte, könnte es so sensible Sinne haben, daß er unweigerlich entdeckt werden würde.

Der Drache würde auch eine sehr gute Nase haben. Steve erkannte seinen Nachteil. Der Tag war warm, die Felsen aufgeheizt, und der Wind wehte bergan. Falls er versuchte, sich von unten der Mine zu nähern, würde der Wind seinen Geruch nach oben tragen. Wenn der Drache dort oben war, würde er wissen, daß Steve kam.

Steve betrachtete den Berghang. Es bestand die Möglichkeit, der Entdeckung durch Geruch zu entgehen. Wenn er direkt dort oben zu dem Kamm kletterte, konnte er dem Luftstrom, der sich auf den Mineneingang zubewegte, entgehen. Dann, wenn alles gutging, konnte er von dem Kamm zur Mine herabsteigen, dem Wind entgegen. Direkt über ihm gab es auch mehr Deckungsmöglichkeiten; er würde etwas länger außer Sicht bleiben können. Er wählte diese Route, und nachdem er sich das Gewehr über die andere Schulter gehängt hatte, machte er sich auf den Weg. Den Rucksack ließ er unter dem umgefallenen Baum stehen.

Der Aufstieg war nicht schwierig, doch Steve blieb häufig stehen, reglos, ein pflanzengrüner Fleck an dem endlosen Bergabhang, und suchte den Berg und den Himmel über sich nach etwas Außergewöhnlichem ab, nach einem Hinweis auf die Anwesenheit des Drachens.

Er mußte sich daran erinnern, daß seine eigene Einbildungskraft ihn täuschen konnte. Während er die Gesteinsformationen über sich betrachtete, oder die Geröllhalden, ja sogar den Wald unter sich, mußte er feststellen, wie leicht es war, einen Drachen zu sehen, der sich dort verborgen hielt. Immer wieder mußte er seine Wahrnehmungen gegen das, was er wirklich gesehen hatte und die Beschreibungen von Clayton Gentry und Jules Cryor abwägen. Er suchte nach spiegelähnlichen Bildern, nach ungewöhnlichen Schatten, nach Linien, die sich mit jeder Bewegung brachen. Während er weiterkletterte, war er gefaßt auf eine Gestalt, die aus dem Hintergrund auftauchte.

Kein Drache. Wenigstens sah er keinen.

Steve ging weiter und erreichte den Kamm. Von dort aus konnte er die Berge in jeder Richtung überblicken. Vielleicht hat sich dieses Ding wirklich schon Jahre hier oben verstecken können, dachte er. Platz gibt es genug.

Jetzt konnte er die Abfälle der alten Mine unter sich sehen. Er würde langsam herankommen und unablässig nach Anzeichen suchen und auch auf eigenartige Gerüche achten; der Wind war jetzt günstig für ihn.

Er begann mit dem Abstieg, vorsichtig einen Schritt nach dem anderen über die kahlen, gezackten Felsen. Gelegentlich lockerte sich ein Stein. Einige Steinchen rollten den Abhang hinunter. Leichte Vibrationen! dachte er.

Er konnte das herumliegende Holz ausmachen und dann einige Schienen, die aus dem Berg heraufkamen. Wie um alles in der Welt hatten die Minenarbeiter damals das ganze Zeug nur hier heraufgeschafft?

Er erstarrte wieder und suchte die Umgebung ab. Er stellte sich alles mögliche vor, doch er sah nichts.

Schließlich erreichte er den Mineneingang. Er fühlte sich jetzt ein wenig besser ... ein gefährlicher Zustand, falls er dazu führte, daß seine Vorsicht nachließ. Doch der Mineneingang war klein, kaum größer als eine normale Tür, und halb verdeckt von heruntergefallenen Steinen und Holzstücken. Kein Wesen von der Größe des Drachens paßte da hindurch.

Steve preßte seinen Körper fest an den Felsen und suchte vorsichtig die Umgebung ab. Die Felsen, der umherliegende Müll, die staubigen Schienen, die Loren – alles schien seit Jahren unberührt zu sein.

Er seufzte erleichtert auf und nahm sich ein wenig Zeit, um sich auszuruhen und in die Karte zu sehen, die Jules Cryor ihm gegeben hatte. Die erste Mine hatte bisher nichts ergeben. Er konnte später zurückkommen und sich näher umsehen, falls es nötig sein sollte. Doch zuerst würde er die zweite Mine suchen und die Höhle, die Jules Cryor ihm beschrieben hatte. Auf diese Weise konnte er sich etwas besser mit dem Berg vertraut machen.

Nach der Karte befand sich die zweite Mine auf der anderen Seite des Berges und konnte über denselben alten Weg erreicht werden – oder dem, was davon noch übrig war –, der Steve hergebracht hatte. Was die Höhle betraf, Cryor war seltsam zurückhaltend gewesen in bezug auf ihre genaue Lage. Er hatte nur einige mögliche Stellen markiert, wußte aber nicht, wo genau sie sich befand.

Steve stieg den Abhang hinunter und fand den alten Weg wieder. Während er weiterging, konsultierte er die Karte. Cryor schien zu denken, der Weg würde bei der zweiten Mine zu Ende sein, was bedeutete, daß Steve sich seinen eigenen Weg bahnen mußte, um die Höhle zu finden. Er würde den Berg umkreisen müssen, über den Kamm auf der Rückseite herabsteigen und schließlich wieder bei dem Ausgangspunkt ankommen, wo er seinen Rucksack stehen gelassen hatte. Das müßte bei Tageslicht noch zu schaffen sein.

Er marschierte etwa eine weitere Stunde, bis er schließlich die Mine über sich entdeckte.

In Ordnung, dieselbe Prozedur noch einmal, sagte er sich. Aufsteigen bis zum Kamm, von dort oben herunterkommen und wachsam sein.

Dafür brauchte er eine weitere Stunde. Der Mineneingang sah nicht viel anders aus als der erste. Wieder war der Eingang selbst kaum größer als eine normale Tür, ganz sicher zu klein, um ein so großes Reptil zu beherbergen. Steve suchte den Boden sorgfältig nach Spuren ab, nach Kot oder diesen Klauenabdrücken, die er bereits gesehen hatte.

Es war nichts da.

Er umrundete den Berg, doch die Höhle fand er nicht. Mittlerweile war sein Hemd schweißnaß. Er rollte die Ärmel hoch, kletterte zum Kamm hoch, wo eine kühle Brise über sein Gesicht strich. Wieder suchte er die Umgebung ab, und wieder konnte er nichts entdecken. Er fühlte sich langsam ziemlich dämlich.

Er konnte jetzt die Abfälle der ersten Mine und den alten Weg darunter erkennen. Er wählte eine Route, die ihn direkt an der Mine vorbei zu diesem Weg bringen würde. Von dort konnte er zu seinem Ausgangspunkt zurückfinden. Vorsichtig machte er sich an den Abstieg, doch er spürte, wie die Müdigkeit sich langsam bemerkbar machte. Für heute reichte es.

Die Schatten im Westen wurden länger, als er den Pfad erreichte und zerstreut seine eigenen Fußspuren erblickte, die zu der zweiten Mine führten. Plötzlich begann er zu zittern. Instinktiv duckte er sich und griff mit unsicherer Hand nach seinem Gewehr.

Vor ihm waren neue Spuren im Staub zu sehen, einige direkt über seinen eigenen. Es waren die Spuren dieses Wesens, die deutlichsten Spuren, die er je gesehen hatte. Ganz klar waren drei lange Zehen zu erkennen mit einem deutlichen Einstich vor jeder Zehe, der auf eine lange gekrümmte Klaue schließen ließ. An der Ferse befand sich noch ein anderer Zeh, der einem Daumen glich. Die Hinterfüße waren länger als die Vorderfüße. Sie hatten eine sehr stark ausgebildete Ferse. Der entgegengesetzt Zeh erstreckte sich nach hinten. Steve erschauderte. Die Fußspuren führten in dieselbe Richtung wie seine eigenen.

Das Wesen folgte ihm.

Vorsichtig und mit schußbereitem Gewehr blickte er sich um. Er stand auf und ging noch näher an die Fußspuren heran. Der vordere Abdruck war bestimmt mehr als einen Meter lang, der hintere sogar noch länger.

Er hatte keine Ahnung, wieviel Vorsprung er vor dem Ungeheuer hatte. Doch wenn es ihm folgte …

Er mußte einige Entscheidungen treffen – und zwar schnell. Wollte er es wirklich mit diesem Ding aufnehmen? Allein? Und wenn ja, wo würde er in Deckung gehen?

Vielleicht würde sich ihm eine solche Gelegenheit nie wieder bieten; er mußte seine Furcht überwinden. Er mußte sich dem Ungeheuer stellen.

Nachdem diese Entscheidung getroffen war, sah er sich nach einem Ort um, wo er warten konnte. Der obere Kamm wäre sicherlich der beste Platz, dachte er. Vielleicht würde er es von dort oben ankommen sehen, doch wenn nicht, könnte der Drache seine Position auf andere Weise verraten – durch Geräusche, knackende Äste, rollende Steine.

Er wählte einen anderen Weg zum Kamm hinauf, lief geduckt und sah sich beständig um. Oben angekommen, fand er eine Ausbuchtung im Felsen, wo er sich verbergen konnte und einen guten Blick auf den Berg unter sich hatte. Er konnte den Weg im Auge behalten, den er gerade gekommen war. Vorsichtig sah er sich um, lauschte, versuchte, etwas zu riechen. Nichts.

Der Wind wehte immer noch bergaufwärts; Steve spürte, wie er über sein Gesicht hinwegstrich. Keine seltsamen Gerüche.

Er sah auf seine Uhr. Es würde nur noch wenige Stunden hell sein. Bei Einbruch der Dunkelheit würde er alle Vorteile verloren haben.

Auf einmal spannte er sich. Ein Rascheln.

Sein Blick wanderte in die Richtung, aus der das Geräusch kam. Keine Bewegung.

Warte … er hatte sich geirrt. Die Äste einer kleinen Tanne bewegten sich, als etwas an ihnen vorbeistrich. Die Felsen hinter der Tanne schimmerten und flimmerten wie von Hitzewellen verzerrt.

Weiter vorn wurde ein anderer kleiner Baum zur Erde gebeugt … und brach ab.

»Das ist es«, flüsterte Steve.

Er konzentrierte sich auf diesen Bereich und den Bereich davor und wartete auf einen weiteren Hinweis auf die Gegenwart des Wesens. Alle seine Sinne waren auf der Hut.

Auf einmal sah er etwas auf dem Boden. Einen Schatten, nur einen Schatten, und nichts war da, das diesen Schatten hätte werfen können. Er glitt unheimlich an den Felsen entlang wie ein dünner schwarzer Film, hinauf und herunter, manchmal verschwand er hinter Hindernissen.

Steves Gewehr war schußbereit. Doch worauf sollte er schießen. Er sah nur den Schatten. Daraus konnte er die genaue Lage des Wesens nur vermuten. Wo befanden sich seine lebenswichtigen Organe? Wenn er nicht genau das Herz, die Lungen oder den Kopf traf, würde er es nicht töten können. Er könnte es verwunden, und er würde es sicherlich zornig machen. Wenn er mit dem ersten Schuß nicht tötete, würde dieser Schuß seine Position verraten, und er würde sein eigenes Leben aufs Spiel setzen.

Panik machte sich in ihm breit, doch er zwang sich dazu, sie zu überwinden. Er blieb, wo er war, verhielt sich still, wartete, beobachtete.

Der Schatten war jetzt verschwunden, unsichtbar hinter einem leichten Anstieg des Geländes. Doch Steve sah, wie die Wipfel einiger kleiner Bäume sich bewegten. Der Wald hinter ihnen schien irgendwie verzerrt.

Dann sah er nichts mehr. Er hatte den Kontakt verloren.

Er saß und wartete. Er lauschte, er beobachtete.

Dann bewegten sich wieder einige Baumwipfel, weiter unten im Wald, abseits von seinem ursprünglichen Weg. Das Wesen stieg den Berg wieder herab. Vielleicht hatte es seine Spur verloren, er wußte es nicht, doch das Rascheln und Knacken trockener Äste drang an sein Ohr, und er hatte einen weiteren Anhaltspunkt auf die Position des Drachens.

»Hallo, Mr. Drache, so leicht kommen Sie mir nicht davon.«

Steve verließ sein Versteck und machte sich so leise er konnte an den Abstieg, wobei er versuchte, dem Wesen dicht auf den Fersen zu bleiben. Es bewegte sich schnell; er würde sich beeilen müssen.

Er schlich weiter an der Bergseite entlang, bis er durch die Bäume etwas Rostfarbenes und Graues entdeckte. Er blieb stehen. Es mußte eine Felsformation sein, vielleicht ein Felsabbruch.

Vielleicht war es auch der Drache. Er machte ein paar Schritte, untersuchte vorsichtig die Oberfläche. Achtung, sagte er sich.

Er konnte keine Verzerrungen entdecken. Nichts veränderte sich, als er im Zickzack darauf zuging und versuchte, es dazu zu bewegen, sich zu zeigen. Er war sich wohl bewußt, daß er dadurch sein eigenes Leben aufs Spiel setzte.

Er kam näher, Gewehr im Anschlag, den Finger am Abzug. Seine Handflächen waren feucht, und ein Schweißtropfen lief ihm über die Stirn ins Auge.

Er arbeitete sich durch die Bäume, die ihm die Sicht versperrten und fand sich am Fuß eines hohen Felsens wieder. Scharfkantige

Felsbrocken lagen auf dem Bergabhang darunter. Zu seiner Linken und neben diesem Felsen entdeckte er eine recht große Fläche mit losen Steinen und feinen Steinscherben, die der vor der alten Mine sehr ähnlich war.

Vielleicht, nur vielleicht, war unter dem Felsen gegraben worden, und dies hier war der Abfall. Es konnte nur eine weitere Mine sein, und doch …

Vielleicht, nur vielleicht hatte er die Höhle des Drachens gefunden.

Er lauschte auf ein Geräusch, hielt Ausschau nach einer Bewegung, doch nichts rührte sich. Mittlerweile wäre er nur zu gern bereit gewesen, umzukehren und mit einer ansehnlichen Truppe Männer zurückzukommen. Doch er konnte selbst kaum glauben, was er hier tat. Wer sonst würde es ihm abnehmen?

Er mußte jetzt auf jeden Fall feststellen, ob er tatsächlich die Höhle des Wesens gefunden hatte.

Er wischte sich den Schweiß von der Stirn und den Handflächen. Er wußte, er verströmte menschlichen Duft. Wenn nur eine kleine Brise über seinen Körper hinwegstrich und in diese Höhle hineinwehte, würde es keine Geheimnisse mehr geben.

Er schlich am Fuß des Felsens entlang und verrenkte sich den Hals, um zu sehen, was sich auf der anderen Seite befand.

Sehr deutlich erkannte er jetzt die Geröllfläche. Es sah nicht aus wie natürlicher Steinschlag; es mußte dort hingebracht worden sein.

Noch einige Schritte. Der Felsen hatte eine Einbuchtung. Das konnte der Eingang einer Höhle sein.

Vorsichtig näherte er sich ihr.

Es war tatsächlich ein Höhleneingang, etwa drei Meter breit und etwa so hoch wie er selbst war, also keine riesige Öffnung. Doch groß genug für den Drachen. Auf dem Boden vor dem Eingang waren Spuren zu finden.

Der Drache war nach Hause gekommen.

Steve lehnte sich gegen den rauhen Felsen. Was nun? Er stand in einem Konflikt. Einerseits wollte er nichts mehr, als in blinder Panik diesem Ort zu entfliehen, froh darüber, am Leben zu sein. Doch andererseits konnte er nicht einfach aufgeben. Er war so weit gekommen, er wollte diesen Drachen.

Er mußte mehr wissen, mehr sehen.

Sein Herz klopfte zum Zerspringen, und nur, wenn er bestimmte Gedanken ausklammerte – die Größe der Fußabdrücke, Charlies übel zugerichteten Wagen, die Größe dieses Ungeheuers – konnte er seine Hände ruhig halten. Mit seiner linken Hand nahm er leise die Taschenlampe von seinem Gürtel, bog vorsichtig um die Ecke und ging langsam in die scheinbar bodenlose Höhle. Den Rücken fest an den Felsen gepreßt ging er langsam voran, spähte in alle Richtungen.

Der Drache ist im Vorteil, sagte ihm sein Verstand.

Ich will ihn, antwortete ihm seine Seele.

Er kann hier drin sehen, du nicht; er kennt die Gänge, du nicht; er kann dich so leicht in die Ecke drängen!

Ich werde vorsichtig sein, widersprach er. Die Tatsache, daß er vor Angst fast umkam, ließ er außer acht.

Der Höhleneingang öffnete sich beinahe sofort zu einem Raum, der zuerst endlos zu sein schien. Durch das Licht, das von außen hereinfiel, konnte Steve eine gewölbte Decke erkennen.

Auf dem Boden mitten im Raum schien etwas zu liegen. Steve drückte sich an die Wand und bewegte sich nicht. Seine Augen mußten sich erst noch an die Dunkelheit gewöhnen. Er mußte ihnen Zeit geben.

Der Gegenstand sah aus wie ein Kleidungsstück, doch im Halbdunkel konnte Steve es nicht genau erkennen. Er lauschte, roch, beobachtete. Nichts. Der Drache war wahrscheinlich weit ins Innere des Felsens vorgedrungen. Wie Jules Cryor gesagt hatte, waren diese Gänge manchmal kilometerlang.

Vorsichtig nahm er das Gewehr in die linke, die Taschenlampe in die rechte Hand. Er knipste die Taschenlampe an und ließ den Lichtstrahl auf den Gegenstand in der Mitte des Raumes fallen.

Es war ein Stück Stoff, vielleicht ein Hemd.

Er leuchtete den Raum aus. Abgesehen von diesem Tuch dort auf dem Boden war die Höhle leer. Ihm direkt gegenüber entdeckte Steve einen Gang. Er hielt seinen Blick auf diesen Gang gerichtet und durchquerte den Raum.

Beim Vorübergehen sah er sich das Tuch an. Ja, es war die Hälfte eines Flanellhemdes, dunkel vom Blut, zerrissen und durchlöchert.

Sein Magen krampfte sich zusammen. Dieses Hemd konnte Cliff gehört haben, vielleicht auch Vic Moore oder Charlie. Schnell wendete er sich ab. Jetzt war nicht die Zeit, darüber nachzudenken.

Er blickte nach vorn. Die Spuren führten eindeutig zu dem Gang. Er hängte sich das Gewehr über die Schulter und nahm die Schrotflinte zur Hand. Er wußte nicht, wie weit er sich hineintrauen würde, vielleicht nur so weit, daß er sich eine Vorstellung von der Lage der Höhle machen konnte.

Der Tunnel war etwas kleiner als der Höhleneingang. Die Fähigkeit des Drachens, sich durch so einen engen Gang zu zwängen, war beeindruckend, dachte Steve. Er mußte die Eigenschaften einer Schlange besitzen. Durch den großen Raum war er gelaufen, doch ab hier schien er sich geschlängelt zu haben. Der Boden des Tunnels war ganz glatt.

Er blickte über die Schulter und prägte sich noch einmal seinen Fluchtweg ein. Dann nahm er all seinen Mut zusammen und betrat vorsichtig, Schritt für Schritt den dunklen Gang.

Er führte nach unten. Steve hielt sich dicht an die Wand gepreßt und ging nur sehr langsam.

Was war das? Mit klopfendem Herzen blieb er stehen. Er hatte ein schwaches Rascheln gehört.

Alles war ruhig, und er setzte sich wieder in Bewegung. Er mußte beinahe lachen, als er erkannte, was dieses Geräusch verursacht hatte – seine Jacke, die an der Wand entlanggestreift war.

Vor sich sah er einen Felsvorsprung. Er knipste seine Taschenlampe aus, damit das Wesen, falls es sich auf der anderen Seite befand, das Licht nicht sah.

Während Steve darauf wartete, daß seine Augen sich an die Dunkelheit gewöhnten, wurde ihm klar, daß Licht von der anderen Seite hereindrang. War das möglich? Langsam näherte er sich diesem Vorsprung. Ja. Das war Tageslicht. Vielleicht ein weiterer Eingang?

Er preßte sich dicht an die Wand, bis er mit einem Auge um die Ecke spähen konnte. Das Licht drang durch einen ansehnlichen Schacht. Ja, hoch oben befand sich eine Öffnung, doch es war ganz unmöglich, dort hinaufzuklettern.

Er blickte hinter sich, dann vor sich und bog vorsichtig um die Ecke.

Überraschung. Die Höhle war hier zu Ende. Es war nur dieser eine Schacht, der schon Jahre zuvor durch den Felsen getrieben worden sein mußte, sonst nichts.

Kein Drache.

Auch kein anderer Ausweg, wie er feststellen mußte. Nur der Haupteingang. Langsam dämmerte ihm etwas: Ich bin schon einmal in einer solchen Situation gewesen –

Ein Felsbrocken fiel durch den Schaft und donnerte auf den sandigen Boden. Steve sprang erschrocken zur Seite. Unwillkürlich stieß er einen Schreckensschrei aus.

Ein zweiter Felsbrocken, noch größer! Dann noch einer.

Der Schacht brach zusammen!

Oder wurde er zerstört?

Jetzt fielen dicke Felsbrocken, Staub, kleine Steine und Schutt durch das Loch. Die Luft war von Staub erfüllt.

Eine Falle, dachte Steve. Ich bin in eine Falle gegangen.

Steve knipste seine Taschenlampe an und rannte den Gang zurück. Er duckte sich unter einen Felsvorsprung, stieß sich die Schulter an einem anderen, doch er rannte weiter.

Levi, dachte er. Köder, Falle, kein Ausweg. Hab' dich.

Wie lang ist dieser Gang noch, fragte er sich. Panik machte sich in ihm breit. Mittlerweile müßte er doch diesen Raum erreicht haben, den Eingang …

Dann sah er einen schwachen Schimmer Tageslicht! Er hängte sich die Taschenlampe wieder an den Gürtel, dann rannte er aus dem Gang hinein in den Raum.

Doch der Raum war nicht mehr leer. Er war beinahe ausgefüllt von einer zusammengerollten, schlangenartigen Gestalt … und dem Gestank des Todes.

Er blieb stehen, drehte sich um und wollte wieder im Gang verschwinden. Drei monströse Finger mit Klauen, die im schwachen Licht funkelten, stießen ihn an. Er fiel in den Sand, richtete sich jedoch wieder auf und ließ seinen Blick im Raum umherschweifen. Er suchte nach einer Lösung. Ein langer, spitz zulaufender, silbern geschuppter Schwanz lag quer vor dem Höhleneingang. Er wendete sich dem Gang zu. Er wurde von einer großen, schuppigen Hand bewacht. Steve war gefangen.

Die Schuppen glitzerten wie Reflektoren im trüben Licht, seine riesigen, goldenen Augen verengten sich vor Boshaftigkeit. Das Ungeheuer hatte die Größe eines Wales, den Körper einer Eidechse und den Schwanz einer Schlange. Keine Tarnung mehr. Steve konnte es ganz deutlich erkennen, jeden Zentimeter.

Der Drache.

Ich, meine Frau Abigail, ihre Schwester Lois, die Frau von Benjamin Hyde, und Bens jüngster Sohn James standen bei Vollmond in grimmigem und erschrecktem Schweigen dort am Ufer des Hyde Rivers. Ben duldete keine Zwietracht in seinen Rängen, schon gar nicht in seiner Familie, und so hatten wir uns auf sein Geheiß zusammengefunden, oder besser, auf seinen Befehl, um uns endgültig von seiner Macht überzeugen zu lassen.

Mit nur wenigen gemurmelten Beschwörungsformeln konnte Ben einen Geist aus dem Fluß erstehen lassen, wie ich noch nie einen gesehen habe und auch keinen je wiedersehen will. Es war ein schlüpfriges, schlangenartiges Ding, einem Alligator sehr ähnlich, doch eher wie eine Echse dieser Größe, das ein unheimliches Maß an Wissen und Intelligenz besaß. Wir hatten natürlich schreckliche Angst und wären um unser Leben gelaufen, wenn Ben uns nicht daran gehindert hätte. Er befahl dem Ungeheuer, am Flußufer zu bleiben, und es gehorchte ihm, auch wenn seine gelben Augen uns anfunkelten und seine Zähne knirschten, bereit, nehme ich an, sein erstes Opfer zu zermalmen, wenn Ben auch nur ein Wort gesagt hätte.

Aus einem Bericht, geschrieben im Jahre 1892
von Carson Homestead und als Ergänzung
dem Tagebuch seiner Frau Abigail,
Benjamin Hydes Schwägerin,
am 9. März 1915 beigelegt.

Kapitel 15

Das Tagebuch

Steve verwandelte sich in ein Tier. Er dachte nicht mehr, fühlte nicht mehr, wollte einfach nur noch überleben. Planlos legte er die Schrotflinte an, und der Schuß explodierte mit wilden Funken in der Brust des Drachens am Halsansatz. Die Wucht des Schlages setzte sich durch die Schuppen fort mit roten und grünen Funken. Das Wesen zuckte, sein Gesicht verzog sich wie im Schmerz. Steve feuerte wieder. Der Schuß entzündete einen Funkenregen an der Flanke, direkt hinter dem Vorderbein. Die klauenartige Hand fuhr hoch und blockte den dritten Schuß ab, die Bleikugeln des vierten prallten an der Höhlenwand ab. Steve stieß einen Schreckensschrei aus, als die riesige Hand ihm die Sicht versperrte und ihn gegen die Wand schleuderte. Er schlug mit dem Kopf gegen den Felsen und fiel betäubt auf die Knie.

Irgendwie schaffte er es, obwohl sich alles um ihn drehte, einen weiteren Schuß abzugeben, der den Drachen in der Mitte des Halses traf.

Auf einmal war seine Schrotflinte fort. Steve wurde gerade klar, daß er nichts mehr in den Händen hielt, als er sah, wie der Drache, mit vor Wut gefletschten Zähnen, das Gewehr durch die Höhle schleuderte, wo es in der Nähe des Eingangs gegen den Felsen krachte und im Sand landete.

Steve nahm das andere Gewehr von der Schulter.

Der Drache entriß es ihm und schleuderte es auf die andere Seite der Höhle.

Nun stand Steve dem Ungeheuer Auge in Auge gegenüber, und er hatte nur noch seine Pistole. Er beschloß, sich nicht zu rühren, sondern reglos auf seinen Knien im Sand zu hocken. Der Drache blickte auf ihn herab …

Steve sah die Wut, den Haß in den funkelnden, goldenen Augen. Dieses Wesen konnte denken! Und es schien zu überlegen, was es mit ihm tun sollte.

Steve warf einen Blick auf den Eingang. Der Schwanz lag immer noch davor. Er würde ihn zerschmettern, wenn er es versuchte.

Sein Blick schweifte über die ganze Länge des Drachens, vom Schwanz bis zum Maul und nahm alle Einzelheiten dieses Wesens ihn sich auf, das ihn zerreißen, töten und auffressen würde, in dieser Reihenfolge. Die Schuppen schimmerten wie vom Wasser reflektiertes Licht, jede einzelne schien lebendig zu sein; seidene Flügel, fest zusammengefaltet; der lange Hals, wegen der Enge des Raumes zusammengezogen. Dann die goldenen Augen, zwei silbrige Hörner oben auf dem Kopf.

Und jetzt schien der Drache zu lächeln, nein, er sah ihn lüstern an.

Steve hatte die halb aufgefressene Maus aus dem Hotel vor Augen. Jetzt bin ich die Maus, dachte er. So fühlt man sich also dabei.

Steve rührte sich immer noch nicht. Vielleicht ist dies die einzige Möglichkeit, dachte er. Ich muß Zeit gewinnen.

Auf einmal zog der Drache seinen Kopf ein und holte tief Luft. Er schluckte. Der Nacken und die Brust begannen sich zu heben, als ob er sich übergeben müßte.

Oh Gott, nein …

Das Wesen sah zum Höhleneingang und stieß einen schnellen, kurzen Atemzug aus dem Mundwinkel. Die Gase entzündeten sich zu einer blauen Flamme.

Nein … nein! Er krümmte sich angsterfüllt zusammen.

Das Ungeheuer blickte auf ihn herab, als wolle es seine Reaktion beobachten. Steve hatte versucht, gar nicht zu reagieren, doch das war unmöglich. Er blickte einem höchst grausamen Tod ins Auge, einem unvorstellbarem Schrecken.

Das Ungeheuer stieß eine weitere Flamme aus, die diesmal etwas länger war. Dann holte es tief Luft, und eine Stichflamme kam durch seine Zähne, donnerte mit dem Gebrüll eines Hochofens an der Decke entlang. Das Wesen holte noch einmal tief Luft, und dieses Mal richteten sich die goldenen Augen auf Steve.

»Nein … NEIIIN!«

Steve sprang zur Seite, dann ließ er sich in den Sand fallen, während die brennenden Gase auf die Höhlenwand trafen und zur Seite abprallten. Er kroch auf den Gang zu. Eine weitere Stichflamme holte ihn zurück.

Er spielt mit mir. Ich bin tot.

Jetzt war nur noch Dunkelheit da. Der Drache war eine undeutliche Gestalt, die glühenden Augen hingen im Rauch und blickten ihn an. Der starke Hals legte sich leicht zur Seite, und mit einer konzentrierten Flamme traf der Drache Steves Gewehr. Die Kugeln im Magazin explodierten wie eine Reihe von Knallfröschen, während Steve sich in den Sand drückte und den Kopf mit den Armen schützte.

Schwarzer Rauch hing in der Kammer. Steve konnte kaum atmen. Er begann zu würgen.

Eine Stichflamme donnerte rechts an ihm vorbei und erhellte die Höhlenwände. Er ging ihr aus dem Weg, sprang nach links. Der Drache folgte seinen Bewegungen mit einem ständigen Drehen des Kopfes. Die Flammen gingen immer Zentimeter an ihm vorbei.

Noch mehr Flammen, diesmal vor ihm. Steve blieb stehen, kehrte um, sprang und rollte sich im Sand, um den Flammen zu entgehen, doch sie erfaßten seinen Arm und setzten seinen Ärmel in Brand. Er drückte seinen Arm in den Sand, um die Flammen zu ersticken, doch ein beißender Schmerz durchzuckte ihn. Schreie brachen aus ihm hervor und wurden von den Höhlenwänden wie geisterhafte Schmährufe zurückgeworfen und erhöhten seine Furcht.

Flammen direkt über seinem Kopf. Er warf sich flach in den Sand. Die Hitze war so stark, daß er das Gefühl hatte, sein ganzer Körper würde brennen.

Eine weitere Flammenflut rast von rechts über den Boden. Instinktiv rollte er sich nach links und rappelte sich hoch. Der Rauch brannte ihm in den Augen. Seine Lungen schmerzten.

Der Tunnel! Er war offen, nicht mehr blockiert! Wie ein verängstigtes Tier taumelte er hinein und kroch auf Händen und Füßen keuchend über den sandigen Boden. Staub und Schmutz hingen in der Luft, aber kein Rauch, keine brennenden Gase.

Wie ein gejagtes Tier kroch Steve an der Felswand entlang und hoffte entgegen aller Hoffnung auf eine Felsspalte, in der er sich verbergen, irgendeinen Ort, wo er diesem Wesen entgehen konnte. Er kroch bis zum Ende des Ganges, wo der Schacht mittlerweile durch Geröll versperrt war. Schmerz- und furchterfüllt brach er auf den staubigen Felsbrocken zusammen. Es war vorbei. Der Drache hatte ihn.

Doch nichts passierte.

Auf einmal drang ein schwacher Lichtstrahl durch den Dunst und Rauch. Steve blickte hoch und sah Licht durch den teilweise blockierten Schaft kommmen. Er sah zum Hauptraum zurück. Stille, kühle Luft und Staub. War das Ding vielleicht fort?

Er wagte nicht, das zu glauben. Und doch hörte er es nicht den Gang heruntergleiten. Keinesfalls konnte er hierbleiben, dachte er. Der einzige Ausweg war, durch den Tunnel zurückzulaufen. Wenn der Drache ihn töten wollte, würde er es tun, ob er nun hierblieb oder nicht.

Steve aktivierte seine letzten Kraftreserven und kroch um die Ecke in den Tunnel hinein. Dort lehnte er sich erst einmal gegen die Mauer, atmete durch und lauschte. Stille und vollkommene Dunkelheit herrschten im Gang. Steve entdeckte seine Taschenlampe am Gürtel. Mit zitternden Fingern nahm er sie ab und leuchtete den Tunnel aus. Nichts zu sehen. Langsam und vorsichtig kroch er zurück. Um aufrecht zu gehen, war er zu erschöpft.

Der Rückweg durch den Gang schien endlos zu sein. Endlich erreichte er die Hauptkammer. Er leuchtete sie mit der Taschenlampe aus. Sie war leer. Der Rauch hob sich.

Der Drache war fort!

An der Höhlenwand lehnte sein Gewehr, schwarz und geschmolzen, das Magazin aufgesprengt, und die Patronenhülsen lagen verstreut auf dem Boden. Er kroch zu der Wand hinüber und zog sich hoch. Seine Beine waren wie Gummi. Vorsichtig ging er zum Höhleneingang. Nichts außer dem rötlichen Tageslicht draußen.

Und Luft. Klare, kühle, wunderbare Luft.

Schmutzig, verbrannt, nach Rauch stinkend und zitternd wie Espenlaub kam er aus der Höhle hervor. Der Gipfel des Saddlehorse war in das warme Licht der Nachmittagssonne getaucht.

Vor der Höhle ließ er sich zu Boden sinken und atmete erst einmal tief durch, während er sich langsam erholte und nachdachte. Er mußte fort von hier, bevor es dunkel wurde, das wußte er. Doch im Augenblick konnte er sich nicht rühren.

Oh Gott, laß mich einfach nur ausruhen und ein wenig leben. Laß mich einfach nur die kühle Erde unter meinem Rücken spüren und den Himmel über mir sehen …

Seine Hand fiel auf etwas Kleines, Metallisches. Er blickte es an, dann nahm er es auf.

Es war eine der Schuppen des Drachens. Er brauchte sie nur in die Hand zu nehmen, schon nahm sie die Farbe und das Muster seiner Hand an. Vielleicht hatte sie sich durch einen seiner Schüsse gelöst. Sie zeigte keine Beschädigung, keine Einkerbungen.

Er legte seinen Kopf in den Sand und blickte zum Himmel hinauf. Nur ein paar Wolken waren zu sehen.

Levi hat versucht, mich zu warnen, dachte er. Dies war die Wiederholung des letzten Mals, nur war Levi diesmal nicht da, und ich bin direkt in die Falle gelaufen. Dumm, dumm, dumm!

Es fiel ihm schwer zu akzeptieren, daß dieses Ding denken konnte. Es wußte, was er dachte; es kannte ihn. Er verstand es nicht – konnte es nicht verstehen, aber er wußte, daß das Wesen seine Motive kannte.

Aber warum hat es mich entkommen lassen? fragte er sich. Warum hat es mich nicht gefressen? Warum dieses ganze Flammenspiel? Wollte es sich nur beweisen?

Steves rationales Denkvermögen setzte wieder ein. Er war schwach, doch er zwang sich, aufzustehen und von der Höhle fort zu einigen Büschen zu gehen, wo er sich niederließ und noch einmal überdachte, was passiert war.

Er erkannte nun, daß er aus den Spuren etwas hätte erkennen können. Er hatte nur ein paar Fußabdrücke und nur eine Schleifspur gesehen, die vom Schwanz stammte. Das Ding kam gar nicht immer hierher. Eigentlich war es nur einmal hier gewesen – um ihm eine Falle zu stellen.

Er hätte das wissen müssen. Er hätte es sehen können.

Er blieb einige Minuten lang dort sitzen und ließ die ganze Szene noch einmal an sich vorübergleiten. Er war wütend auf sich, daß er so dumm gewesen war. Ich hätte es wissen müssen … ich hätte es ahnen können … ich hätte … ich hätte … ich hätte.

* * *

Charlie war fort, und alle wußten es. Man erzählte sich, Charlie sei mit einem Lastwagen zusammengestoßen – Lester Collins verbreitete diese Geschichte. Ein anderes Gerücht lautete, Charlie habe einen Elch angefahren, doch solche Geschichten konnten in Hyde River nicht Fuß fassen. Niemand sagte ein Wort, wenigstens nicht laut, über das, was Charlie Mack wirklich zugestoßen war, aber alle wußten es.

Sie wußten auch über Maggie und Vic Bescheid, und mittlerweile kannten sie auch Cliff Benson mit Namen und wußten, wessen Bruder er war und wonach der Professor auf der Jagd war. Die aus der alten Schule, wie Elmer McCoy und Joe Staggart hüteten sich davor, öffentlich darüber zu sprechen, doch sie waren bereit, den jungen Leuten, die es wagten, Fragen zu stellen, geflüsterte kurze Antworten zu geben. Die Leute rückten zusammen.

Überall in der Stadt tauchten Kruzifixe auf. Carl Ingfeldts Frau ging ohne das alte silberne Kreuz ihrer Mutter nirgendwohin. Doug Ellis schmiedete sich eines aus einem Stück Metall und hängte es sich mit einer Kupferkette um den Hals. Nicht einmal unter der Dusche legte er es ab.

Carlotta und Rosie nagelte ein Holzkreuz an ihre Haustür und gingen sogar noch einen Schritt weiter und hängten Knoblauchzehen daran. Kyle Figgin hatte eine gute Idee und holte sich eine Flasche Weihwasser aus West Fork. Er verkaufte es für einen Dollar pro Portion, um seine Unkosten zu decken.

Diejenigen, die für so etwas keinen Sinn hatten, investierten in zusätzliche Gewehre und Munition. Sogar Paul, der Skeptiker, spürte, daß sich etwas zusammenbraute und ölte die Schlösser seiner Türen und Fenster, etwas, das er nicht getan hatte, solange er in der Stadt lebte.

Die Leute von Hyde River hatten Angst. Reverend Ron Woods spürte das sehr deutlich, wenn sie ihm auf der Straße oder im Eisenwarenladen begegneten oder vorbeikamen, um ihm beim Decken des Kirchendachs zu helfen. Alle wollten reden, sehen, wie es ihm ging, über alles mögliche reden, nur nicht über das, was sie wirklich beschäftigte. Er war froh, mit ihnen zusammenzusein und sie zu beruhigen, aber da sie keine Fragen hatte, konnte er auch keine Antworten anbieten, und natürlich konnten sie über das eigentliche Problem nicht reden. Über alles, nur nicht darüber.

Levi kannte die Gerüchte, die umgingen; er spürte die Furcht der Leute. Er wußte, wie nahe das Böse war und wie wenig Zeit sie noch hatten.

Darum arbeitete er weiter, schmiedete den Zahn der Bulldozerschaufel zu einer rasiermesserscharfen Speerspitze. »Aus dem Feuer, ein Werkzeug für die Hand des Meisters. Ha! Paßt nur auf. Jederzeit kann dieser eingebildete Professor durch diese Tür treten, und diesmal wird er zuhören wollen. Wir müssen dann bereit sein, nicht wahr?«

* * *

Die Kuhglocke über der Tür zu Charlies Bar läutete.

Tracy spürte sofort bei ihrem Eintritt, daß das Geselligkeitszentrum der Stadt zu einem Bunker unter Belagerung geworden war. In der hintersten Ecke schien eine Art Versammlung stattzufinden. Sie ging unverzüglich dorthin und wurde mit eisigen Blicken begrüßt. Andy Schuller und seine Billardpartner nahmen an diesem Treffen teil. Sie lehnten an der Wand und kümmerten sich nicht um den Billardtisch und ihr Spiel. Aus der Küche ertönte kein Tellerklappern; Bernie hatte seine Schürze abgelegt und saß bei den anderen. Carl Ingfeldt war ebenfalls anwesend, zusammen mit Paul Myers; ihnen gegenüber saßen Carlotta und Rosie, die Zigaretten rauchten und sehr nervös wirkten. Tracys Mann Doug war ebenfalls dort, zusammen mit seinem ihm treu ergebenen Kumpan Kyle Figgin. Rechts von ihnen saßen Elmer McCoy und Joe Staggart. Als Tracy McCoy und Staggart entdeckte, wurde ihr klar, daß es sich um ein wichtiges Treffen handeln mußte. Die beiden hielten sich normalerweise an ihre eigene Clique.

»Hallo«, sagte sie. »Ich hoffe, ich störe nicht.« Sie wußte, daß es anders war.

Niemand antwortete. Einige sahen weg. Einige rutschten nervös auf ihrem Stuhl hin und her. Andere starrten sie nur an.

Mißtrauen lag in ihrem Blick. Ganz offensichtlich war sie in ihrer Eigenschaft als Polizistin hier, da sie ihre Pistole, ihren Gummiknüppel und sogar Handschellen bei sich hatte.

Im Augenblick fühlte sich Tracy recht alleingelassen. Deputy Jerry Fisk wollte keine Wellen in Hyde River schlagen, Deputy Matson wollte ohne Collins Erlaubnis gar nichts unternehmen, und Johanson befand sich auf der anderen Seite des Bezirks. Also gut, dann mußte es eben so gehen. Phil Garrett war hier, und Tracy würde sich nicht abweisen lassen.

»Hallo Tracy«, sagte Doug schließlich. »Was führt dich heute abend hierher?«

Tracy blickte über die Leute hinweg zu dem leeren Stuhl rechts neben der Tür zum Warenhaus. Harold Blys Stuhl. Mr. Bly war nirgendwo zu sehen. Rechts neben diesem leeren Stuhl saß Phil Garrett, der Grund für Tracys Kommen. Er sank ein wenig in sich zusammen, blickte sie aber hochmütig an und trommelte mit den Fingern auf seinen Knien den Takt einer Melodie, die ihm im Kopf herumging. Sein Kopf war neu verbunden. In seinem Gesicht waren neue Wunden und Kratzer zu erkennen.

»Hat jemand Harold gesehen?« fragte sie schließlich.

»Er müßte jeden Augenblick kommen«, antwortete Doug. »Wir haben gerade eine Versammlung.«

Wie nett, dachte sie. Zuerst petzt er, dann versteckt er sich.

Harold Bly hatte sie angerufen und ihr erzählt, sie könnte Phil in der Bar finden. Und nun verspätete sich Bly und distanzierte sich auf diese Weise von der ganzen Situation. Er hatte eines seiner kleinen Spielchen gespielt.

Das machte nichts. Tracy wollte Phil Garrett.

Sie hatte Angst, aber das durfte niemand merken, darum nahm sie sich zusammen und bahnte sich den Weg durch die Menge. Als sie an Doug vorbeikam, stellte er sich ihr in den Weg. »Geh mir aus dem Weg.«

Phil schnaubte.

Doug war nicht ärgerlich oder aggressiv. Seine Stimme klang besorgt, als er fragte: »Tracy, bist du sicher, daß du das tun willst?«

»Es ist meine Pflicht«, erwiderte sie.

Er legte ihr sacht die Hand auf die Schulter und flüsterte ihr zu: »Ich weiß, du bist böse auf mich, und ich weiß, daß wir Probleme miteinander haben. Aber ich kann nicht ertragen zuzusehen, wie dir etwas passiert. Bitte, tu es nicht.«

Sie starrte ihn an, ihre Hand an ihren Knüppel gelegt, und meinte kalt: »Wieder mal einige süße Worte, nicht wahr, Doug? Wenn ich dir wirklich so viel bedeute, warum bist du dann hier mit diesen Leuten zusammen?«

Darauf hatte er keine Antwort.

Sie blickte auf die Hand auf ihrer Schulter. »Ich denke, du nimmst besser deine Hände fort.«

Er ließ sie los und trat beiseite.

»Hey …« Phil wollte Einwände erheben.

Tracy blickte ihn an. »Phil, ich muß dich verhaften.«

Er blickte die anderen an, dann sie und lachte ungläubig. »Hey, hast du nicht mit Sheriff Collins gesprochen?«

»Ich spreche jeden Tag mit ihm, Phil.«

»Und was soll das alles dann?«

»Einbruch, unbefugtes Betreten, Angriff mit einer tödlichen Waffe …«

»Aber Sheriff Collins wollte sich der Sache doch annehmen!«

»Ich nehme mich der Sache an! Und jetzt steh auf und dreh dich mit dem Gesicht zur Wand!«

»Nein! Sheriff Collins wollte das in Ordnung bringen! Harold hat gesagt …«

Sie packte ihn am Arm, um ihn hochzuzerren. »Komm schon.«

Er sprang auf und schob sie beiseite. »Vergiß es, kleines Mädchen!«

Mit dem Knüppel in der Hand stand sie vor ihm. Phils Blick verspottete sie. Beide wußten, daß er von Freunden umgeben war.

Sie sprach zu der Menge. »Er brach in das Haus einer Dame ein, wartete auf sie, griff sie an und versuchte, sie mit dem Messer zu erstechen. Sie ist nur noch am Leben, weil sie in der Lage war, ihn zu vertreiben.«

»Sie hat mich nicht vertrieben!« wandte Phil ein.

Carlotta riß erstaunt den Mund auf.

Tracy machte weiter. »Oh ja, das tat sie, Phil! Sie und ihr Sohn. Er hat dir so zugesetzt, daß er dir beinahe das Ohr abgerissen hätte, nicht wahr?«

Mittlerweile sah Phil in den Gesichtern um sich herum nur noch Erschrecken, Mißbilligung und Ablehnung.

Wieder wendete sich Tracy an die übrigen. »Phil muß sich für das verantworten, was er getan hat. Ich würde eure Hilfe zu schätzen wissen.«

Elmer McCoy murmelte: »Ich denke, sie hat es verdient.«

Andy sah es genauso. »Ja, ich mache Phil keine Vorwürfe. Sie hat ihre Nase in unsere Angelegenheiten gesteckt.«

Carlotta konnte nicht glauben, was sie da hörte. »Was?«

Elmer erklärte: »Du kennst doch diesen Professor, der hier herumschnüffelt und auf die Jagd geht? Sie ist seine Schwägerin.«

Carlotta schwieg. Ihr war klar, daß »Bensons« Schwierigkeiten bedeutete.

Also los, dachte Tracy. Ich werde ganz bestimmt nicht meinen Beliebtheitsgrad steigern, doch wenn ich lebend hier herauskomme, will ich zufrieden sein. Ganz bestimmt bin ich kein Feigling! »Phil«, sagte sie, »du kommst jetzt mit mir.« Sie stieß ihn mit dem Knüppel an. »Dreh dich um und Hände auf den Rücken.«

Mit haßerfülltem Blick packte er sie am Arm, in dem sie den Knüppel hielt.

Einen Augenblick lang sah sie ihn so, wie Evelyn ihn gesehen hatte. Kalt, verzweifelt, todbringend.

Aus reiner Verzweiflung trat sie ihn in die Leiste. Schmerzerfüllt krümmte er sich zusammen. Sein Griff lockerte sich so weit, daß sie sich befreien konnte. Sie versetzte ihm noch einen Schlag mit dem Knüppel, so daß er zu Boden ging und sprang auf ihn, um ihn daran zu hindern, wieder aufzustehen. Sie war außer sich vor Furcht und Zorn, doch es gelang ihr, sich an die Vorschriften zu halten und ihn mit ihrem Knie in seinem Rücken auf den Boden zu drücken, während sie ihre Handschellen hervorholte.

»Helft mir doch!« bettelte Phil.

»Hey!« Andy Schuller trat vor.

»Halt du dich raus!« warnte sie ihn und befestigte die Handschelle an Phils Hand.

»Halte dich raus«, riet Doug nachdrücklich.

Andy blickte Doug, dann Tracy an, und trat ein paar Schritte zurück.

»Gib mir die andere Hand!« rief Tracy und griff nach Phils freier Hand. Sie bekam sie zu fassen und legte die Handschelle darum. »Du hast das Recht zu schweigen ...«

»Hey, jetzt helft mir doch!«

Sie riß ihn hoch. »Alles, was du sagst, kann vor Gericht gegen dich verwendet werden – aus dem Weg!«

Die Menge trat zur Seite, und sie zerrte Phil mit sich fort. »Du hast das Recht, einen Anwalt zu konsultieren …«

»Helft mir!« schrie Phil. »Steht doch nicht einfach so herum!«

Sie rührten sich nicht.

Sie zog ihn mit sich zur Tür. Den anderen rief sie zu: »Vielen Dank für eure Kooperation. Einen schönen Abend noch.« Damit verließ sie das Lokal.

Unten an der Straße verstecke sich Harold Bly hinter einem alten Lastwagen, rauchte eine Zigarette und wartete. Er sah Tracy mit Phil im Schlepptau aus dem Lokal kommen. Phil wehrte sich nach Kräften und rief immer wieder seinen Namen. »Harold! Harold!«

»In den Wagen!« befahl Tracy und schob ihn hinein, während sie gleichzeitig seinen Tritten auswich.

Harold antwortete nicht auf Phils Schreie. Er wartete, bis Tracy Phil in den Wagen verfrachtet, die Tür geschlossen hatte und davongefahren war. Dann ließ er die Zigarette fallen, trat sie mit dem Fuß aus und schlenderte zum Lokal, als wenn nichts gewesen wäre.

Als Bly zur Tür hereinkam, war er sofort von den Gästen umringt. »Sie haben was verpaßt!« »Wo sind Sie gewesen? Tracy kam her …« »Sie hat ihm auf den Kopf geschlagen!« »Sie ist eine schmutzige Verräterin!« »Sie hat ihn verhaftet!« »Wir wußten nicht, was wir tun sollten!« »Tun Sie doch etwas!«

Er stellte ein paar Fragen und bekam einen ganzen Schwall von Antworten. Er hörte zu, während sie ihrer Wut Luft machten. Er konnte spüren, wie die Wut, die Enttäuschung, die Verzweiflung größer wurden. Etwas muß unternommen werden, sagten alle.

Sehr gut.

Als er das Wort ergriff, stellte er eine wohlüberlegte Frage. »Und was seid ihr bereit zu tun?«

* * *

Levi öffnete die Hintertür seines Ladens. Dort stand ein rußgeschwärzter, schmutzverschmierter müder Mann an seinen Türpfosten gelehnt.

»Hallo, Levi.«

Levi betrachtete Professor Steve Benson von oben bis unten. Sein Blick blieb vor allem an dem Gewehr des Mannes hängen. »Sieht so aus, als seien Sie ihm recht nahe gekommen.«

Steve nickte. »Ich muß mit Ihnen sprechen.«

Während Levi ihm Seife und Handtücher holte, hielt Steve seinen Kopf übers Waschbecken und ließ das kühle Wasser darüber laufen. Darauf wusch er seinen Oberkörper so gut es ging. Levi brachte Salbe für die Brandwunden an Steves linkem Arm. Steve zuckte zusammen, als Levi sie darauf verrieb.

»Er spuckt Feuer«, berichtete Steve. »Er hätte mich beinahe gebraten.«

»So, so«, meinte Levi, als hätte er es die ganze Zeit gewußt.

»Ich war oben auf dem Saddlehorse. Ich glaube, dort lebt er.«

»Ja«, stimmte Levi zu, »das hatte ich vermutet.« Dann fügte er hinzu: »Vermutlich hat er Ihnen eine Falle gestellt?«

Steve nahm ein Handtuch und rubbelte kräftig seine Haare trocken. Es dauerte eine Weile, bis er schließlich antwortete: »Ja, ich denke, das hat er.« Unter dem Handtuch hervor fragte er schließlich: »Aber warum hat er mich nicht getötet? Die Gelegenheit dazu hatte er doch.«

»Den Zeitpunkt bestimmt er selbst. Vielleicht holt er Sie morgen; vielleicht wartet er zwanzig Jahre. Man kann nie wissen, wann er zuschlägt.«

»Aber warum hat er mich dann in die Falle gelockt?«

Levi mußte lachen. »Ach, er wollte nur ein bißchen mit Ihnen spielen, um Ihr Interesse wachzuhalten.«

Steve trocknete sich sorgfältig ab und betupfte sanft die Wunden. »Was heißt das, er will mein Interesse wachhalten?«

»Er kann Sie noch nicht töten, noch nicht. Er besitzt Sie nicht. Doch wenn es ihm gelingt, Sie in der Nähe zu halten, bis er Sie festnagelt, dann kann er tun, was er will.« Levi reichte Steve ein frisches Hemd. »Hier, nehmen Sie das für den Augenblick.«

»Danke.« Steve nahm das Hemd und schlüpfte hinein. Levi war kleiner als er, doch das Hemd war trotzdem groß genug für ihn. »Sie sprechen wieder einmal in Rätseln.«

»Ja, ich weiß. Ich vergesse ihmmer, wie niedrig Ihr Informationsstand ist.«

Steves Geduld war beinahe zu Ende. »Dann klären Sie mich doch endlich auf! Hören Sie, von allen Menschen, mit denen ich gesprochen habe, wird niemand in diesem Tal so allgemein verachtet und schlechtgemacht wie Sie, was bedeutet, daß Sie vielleicht der einzige sind, der Mumm genug hat, die Wahrheit zu sagen. Also. Sie haben Ihr Publikum. Reden Sie.«

Levi lächelte. »Haben Sie Lust, heute abend noch ein wenig zu lesen?«

»Um ehrlich zu sein, ich möchte eigentlich nur schlafen.«

»Kommen Sie mit nach oben, es wird nicht lange dauern.«

Steve folgte Levi die Hintertreppe hoch zu Levis Wohnung über der Werkstatt.

Levi ging zu seinem Schreibtisch und öffnete die unterste Schublade. »Ich werde ganz vorn beginnen.« Er holte ein Ringbuch hervor und blätterte die kopierten Seiten durch. »Wissen Sie von dem großen Massaker von 1882?«

»Ich habe die unterschiedlichsten Berichte darüber gehört.«

»Richtig. Einmal den mit den Indianern …«

»Ja.«

»Und den, daß zwei Parteien wegen der Stadt und des Goldes miteinander gekämpft hätten.«

»Auch das habe ich gehört.«

Levi schüttelte den Kopf. »Mehr wird man auch über das, was in der Vergangenheit in dieser Stadt passiert ist, nicht in Erfahrung bringen. Doch Sie sollten es vielleicht von Menschen erfahren, die wirklich dabei waren.« Er legte das Ringbuch auf den Tisch. »Vor einigen Jahren kam eine nette Frau in meine Bibelstunde. Sie gehörte der älteren Generation an und hatte ihr ganzes Leben hier verbracht. Sie ging eine ganze Weile zur Kirche, und schließlich entschied sie sich, ihr Leben ganz Christus anzuvertrauen – wir nennen das ›ihn in unser Leben aufnehmen‹ – und wurde frei von den ganzen alten Sünden ihres Lebens. Sie gehörte zur alten Schule, hatte den Eid geleistet, Sie verstehen? Sie kannte Geheimnisse, über die sie nicht reden konnte, bis sie gerettet wurde, und erst dann wurde sie frei.«

»In Ordnung.« Steve stellte sich darauf ein zuzuhören, auch wenn er sich nun eine weitere Predigt anhören mußte.

»Eines Tages nun nahm sie mich beiseite und sagte: ›Kennst du die alte ausgebesserte Stelle unten an der hinteren Wand des Kellers in der Kirche? Ich habe gehört, daß eine Frau dort eine Schachtel eingemauert hat‹, und ich sagte: ›Wovon sprichst du eigentlich‹, und sie erzählte mir ein Geheimnis über eine Frau, die 1880 in Hyde River ein Bordell geführt hat. Dieses Geheimnis hatte sie von ihren Eltern erfahren. Man erzählte sich, diese Frau hätte alles, was sich damals ereignet hatte, in einem Tagebuch niedergeschrieben und nach ihrem Tod ihrer Tochter hinterlassen. Die Tochter fand noch einiges andere – Sie wissen schon, Briefe, Notizen, Zeitungsartikel – und versteckte alles kurz vor ihrem Tod in der Wand in der Kirche.

Ich habe damals nichts unternommen, weil ich die Kirchenmauern nicht aufreißen wollte, doch vor einigen Jahren mußten wir einige Leitungen dort unten reparieren, was bedeutete, wir mußten den Putz herunterhauen. Und, was meinen Sie? Ich erinnerte mich an das, was Maybelle – ihr Name war Maybelle Crowder – mir von der alten Blechdose erzählt hatte, suchte danach und fand sie auch tatsächlich. Das Tagebuch lag darin, und einige Briefe und alte Zeitungsausschnitte, wie sie gesagt hatte, und ich muß Ihnen sagen, was diese alte Dame in ihrem Besitz hatte, war wirklich gefährlich. Sie werden sehen, was ich meine, wenn Sie es lesen.« Er blätterte das Ringbuch durch, deutete auf fotokopierte Dokumente und erklärte: »Das hier ist das Tagebuch dieser Frau … und das ist ein Brief, den eine Frau 1880 an ihre Schwester geschrieben hat, nachdem ihr Sohn zusammengeschlagen worden war. Hier ist der Brief eines Mannes zusammen mit seinem Testament, und das ist ein Zeitungsartikel über ein Mädchen, das getötet wurde, weil es zu viel geredet hatte … All dieses Zeug befand sich in der Blechdose.

Auf jeden Fall starb Maybelle in diesem Jahr, doch sie sagte, ich könnte das alles behalten, und das tat ich auch. Es brachte mich zum Nachdenken, darum begann ich, mich umzusehen, schrieb einige Briefe, forschte ein wenig nach, und wissen Sie was? Es stellte sich heraus, daß Harold Bly eine Tante hatte, die nicht mehr als Teil der Familie betrachtet wurde.« Er blätterte einige Seiten um. »Clarice Stevens war die Halbschwester von Harold Blys Mutter. Es dauerte zwei Jahre, bis ich sie schließlich in Oregon ausfindig gemacht hatte. Als Harolds Mutter verschwand, war Clarice Stevens sicher, daß die Blys etwas damit zu tun hatten. Und seither weiß sie nichts Gutes über die Blys oder die Hydes zu sagen. Aber sehen Sie hier: Abigail Homestead, Benjamin Hydes Schwägerin, und Abby Bly, Harolds Mutter, beide gaben ihre Tagebücher an Clarice weiter, und bevor Clarice starb, gab sie mir Kopien davon.

Der Rest dieses Zeugs … das hier ist von dem Geschichtsverein von West Fork … Ach ja, erinnern Sie sich noch, wie Harold Bly von der Urkunde von 1882 der Stadt erzählt hat? Hier ist eine Kopie davon … Das hier ist aus einem Buch, das ich in der Bibliothek gefunden habe … dieser Dennis Mason ist ein alter Soldatenkamerad von Sam Bly. Er lebt noch und gab mir eine Kopie von dem, was er geschrieben hat.« Levi kicherte. »Ich habe sogar einige gute Unterlagen von Harolds Lehrerin im vierten Schuljahr. Sie hat ihn nie besonders leiden können!«

Levi reichte Steve das Ringbuch, und Steve blätterte es durch. Er war beeindruckt von den umfangreichen Dokumenten, die darin enthalten waren. »Mit all den Sachen müssen Sie einige Feinde haben.«

»Darum müssen Sie sich mit Kopien begnügen. Die Originale sind in einem sicheren Versteck.« Levi lachte leise vor sich hin. »Ich habe festgestellt, daß diese Tagebücher, Briefe und Dokumente, die den Leuten die Wahrheit erzählen würden, leicht gestohlen werden könnten, darum muß ich vorsichtig sein. Die Leute wollen die Wahrheit nicht hören, und sie mögen Leute nicht, die sie erzählen.«

»Und Sie erzählen ihnen vermutlich die Wahrheit, habe ich recht?«

»Das müssen Sie selbst beurteilen. Aber lesen Sie nur das Tagebuch der Frau und einige der Briefe. Lesen Sie die Urkunde von 1882. Sie werden verstehen, woher der Drache kommt und worum es eigentlich geht.« Er fügte noch hinzu: »Und dann werden Sie auch eher wissen, wie Sie ihn töten können.«

»Aus einem hundert Jahre alten Tagebuch?«

»Lesen Sie es, wir reden später darüber.«

»Was ist mit Reverend Woods? Hat er es gesehen?«

»Er hat es gesehen, aber er hat es nicht gelesen. Ich habe ihn dazu gebracht, die Urkunde zu lesen, aber ... äh, er möchte in diese Geschichte nicht hineingezogen werden. Unsere Theologie ist recht unterschiedlich.«

»Theologie?« Spielte das denn in alles hinein, was Levi tat?

»Er ist der Meinung, wir sollten den Frieden erhalten, aber ich reiße gern den Mund auf. Lesen Sie es. Hier, lassen Sie mich Ihnen zeigen ... « Levi markierte die Seiten. »Wenn Sie von hier bis ... hier ... lesen, das reicht aus dem Tagebuch. Die Dame hieß Holly Ann Mayfield, und ich denke, sie hat die Wahrheit gesagt. Vielleicht ist sie die einzige, die das je getan hat. Die anderen Tagebücher, Briefe und Ausschnitte bekommen sehr viel mehr Bedeutung, wenn Sie gelesen haben, was sie zu sagen hatte.«

* * *

Tracys Schicht war schon längst zu Ende, als sie den tretenden und fluchenden Phil Garrett endlich durch die Tür der Polizeistation in West Fork zerrte. Mittlerweile war ihre Geduld zu Ende, und es fiel ihr schwer, freundlich zu bleiben. Phil war ein schwieriger Gefangener, doch nun setzte er sich noch mehr zur Wehr, und außerdem stank er so, als hätte er sich jahrelang nicht mehr gewaschen oder eine tote Ratte in der Tasche. Der ganze Streifenwagen stank, und das Gefängnis würde vermutlich auch bald stinken. Es war Übelkeit erregend.

Die Polizeistation war verlassen. Der diensthabende Beamte drehte gerade seine Runden, und alle hereinkommenden Anrufe wurden an die Zentrale weitergeleitet. Sie würde den Gefangenen selbst unterbringen müssen. Großartig. Einfach großartig.

Ihn mit einer Hand hinter sich herziehend, erreichte sie den Tisch, wo die Schlüssel zum Zellenblock aufbewahrt wurden.

»Ich muß zum Arzt!« jammerte Phil. »Ich glaube, mein Ohr hat sich wieder gelockert!«

»Morgen früh«, antwortete sie und schloß die große Eisentür auf.

»Aber – du – du kannst mich doch nicht hierlassen!« Tracy konnte es kaum glauben – dieser hochmütige kleine Mistkerl hatte tatsächlich Angst! »Du kannst mich nicht hier allein lassen!«

Sie schob ihn durch die Tür. »Es ist ja nur für eine Nacht. Ich werde die Formalitäten erledigen, dann kann die Polizei von Oak Springs kommen und dich holen.«

Er wehrte sich. »Nein – hör zu, ich kann nicht hierbleiben!«

Sie gingen langsam den langen Flur entlang zu den drei Gefängniszellen. »Phil, komm schon. Ein Hotel können wir uns nicht leisten, in Ordnung?«

»Du verstehst das einfach nicht.«

»Ich habe das beste Zimmer im Haus für dich reserviert. Von dort hast du einen schönen Ausblick auf die Sunset Avenue …«

Das verärgerte ihn um so stärker. »Die Zelle hat ein Fenster?«

»Natürlich mit Gittern davor, aber du kannst hinaussehen.«

»Ich will nicht da hinein! Ich …«

»Was?«

Der Mann wurde blaß und zitterte vor Furcht, doch er konnte nichts weiter sagen.

Genau wie Charlie, dachte sie. Genau wie Maggie.

Die Tür der Polizeistation flog auf. Jemand kam eilig angerannt. Tracy schloß schnell die Zellentür auf und schob Phil hinein. Hinter ihm schloß sie ab. Langsam reichte es ihr.

Sie hatte sich gerade abgewendet, als Sheriff Lester Collins, in Straßenkleidung und rot wie eine Tomate um die Ecke gestürmt kam.

»Sheriff!« rief Phil »Sheriff, Sie müssen mich hier herausholen!«

Das würde Ärger geben. Collins war außer sich. »Was um alles in der Welt geht hier eigentlich vor?«

Sie setzte an zu antworten: »Ich …«

»Was tun Sie mit diesem Mann?«

»Er steht unter Arrest.«

»Ach nein, was Sie nicht sagen!«

»Oh ja. Und wenn Sie mich jetzt bitte entschuldigen würden …« Sie ging um ihn herum und marschierte davon.

Collins kam ihr nach. »Und was wird ihm vorgeworfen?«

»Er wird verdächtigt, Evelyn Benson überfallen zu haben.«

Collins war immer noch hinter ihr. »Deputy, das ist lächerlich!«

»Sie hat ihren Angreifer als einen kleinen, drahtigen, rundköpfigen Feigling mit einem angenähten Ohr beschrieben. Und Sie wissen genau, wer das ist, und ich weiß auch, wer das ist, und wir beide kennen das Gesetz und unsere Aufgabe. Darum habe ich ihn verhaftet!«

Sie erreichten das Büro. Tracy warf die Tür zum Zellenblock zu und schloß ab.

»Aber Sie können das doch gar nicht mit absoluter Sicherheit sagen!« protestierte Collins. »Deputy, Sie sprechen von einem Überfall, der sich kilometerweit entfernt ereignet hat! Woher wissen Sie, daß Phil dort war?«

Sie eilte um die Theke herum und setzte sich an einen Schreibtisch. »Sheriff, wenn ich das einmal so sagen darf, Sie sind nicht objektiv.«

»Was meinen Sie damit?«

»Sie wissen genau, was ich meine. Sie sind der Sheriff hier. Wenn Sie dieselben Beweise und Anklagen gehabt hätten, hätten Sie dasselbe getan – wenn Sie nicht so viel Angst vor Harold Bly hätten.«

Er wußte nichts zu antworten. Statt dessen schlug er auf die Theke und machte sich auf den Weg zum Zellenblock. »Ich werde ihn freilassen.«

»Nein, das werden Sie nicht.«

Er erreichte die Eisentür. Sie war verschlossen. Er blickte auf das Schlüsselbrett hinter der Theke. »Also, wo sind die Schlüssel?«

Sie tippte ihren Bericht in die Schreibmaschine. »Ich habe die Schlüssel bei mir.«

»Dann geben Sie sie mir, Deputy! Das ist ein Befehl!«

Sie hämmerte weiter auf ihrer Maschine herum. »Von Gesetz wegen kann der Gefangene zweiundzwanzig Stunden festgehalten werden.«

»Geben Sie mir die Schlüssel!«

Sie wendete sich ihm zu. »Sie kennen das Gesetz, Sheriff Collins! Geben Sie mir den Befehl, gegen meine Pflicht zu verstoßen?«

Er schwieg, atmete schwer und trommelte mit den Fingern auf die Theke. Er hatte schlechte Karten, und er wußte es.

»Der Gefangene hat noch nicht die Gelegenheit gehabt zu telefonieren. Wenn Sie ihm das ermöglichen wollen ... «

Collins ging darauf ein. »Dann geben Sie mir die Schlüssel.«

Tracy nahm das drahtlose Telefon und reichte es ihm. »Er kann dieses benutzen. Ich lasse ihn nicht mehr raus.«

Wütend nahm Collins das Telefon. »Was ist mit dem Schlüssel zu dieser Tür?«

Sie löste ihn von dem Schlüsselbund und reichte ihn ihm.

Er riß ihn ihr aus der Hand und schloß die Tür auf.

* * *

»Oh nein, nicht hier, nicht heute nacht!«

Sara, die kleine alte Dame, die den Campingplatz verwaltete, rannte winkend und rufend neben Steves Wohnmobil her.

Er hielt an und drehte das Fenster herunter. »Was ist los?«

Sie keuchte ein wenig und schüttelte den Kopf. »Nein! Sie werden Ihren Wagen nicht hier abstellen! Wir sind voll belegt.«

Steve verstand. Auf der einen Seite seines Platzes stand ein Wohnmobil, auf der anderen ein Wohnwagen, doch sein Platz war leer. »Sara, ich habe für heute nacht bezahlt. Gibt es ein Problem?«

»Kein Problem. Wir sind nur voll belegt. Das ist alles.«

»Aber mein Platz ist doch noch leer. Er steht mir zu. Ich habe dafür bezahlt.«

»Er ist belegt. Jemand anderes wird ihn einnehmen.«

Ihm war klar, was hier los war, und er würde das nicht regeln können.

Sara deutete auf die Hauptstraße. »Ich möchte, daß Sie hier verschwinden, und zwar sofort!«

Er seufzte. Es hatte keinen Zweck, sich zu wehren. »Was ist mit meinen zehn Dollar für den Platz?«

Sie holte ihre Geldbörse aus ihrer Tasche und zog eine Zehndollarnote heraus. »Hier. Und jetzt verschwinden Sie!«

Er nahm das Geld und fuhr los.

* * *

Harold Bly entspannte sich gerade in seinem Sessel, als das Telefon läutete. Er hatte diesen Anruf erwartet. »Hallo?«

»Harold – Harold, ich bin es, Phil.«

Er nahm wieder den Tonfall eines besorgten Vaters an. »Ja, Phil. Wie geht es dir?«

»Ich habe Angst, Mann, richtige Angst. Sie haben mich in einer Zelle eingesperrt. Ich kann nicht hier raus!«

»Mm-hmm.«

»Und … werden Sie etwas unternehmen?«

»Nun, Phil …« Bly klang überrascht. »Was erwartest du von mir? Du hast jemanden überfallen, du hast die Frau beinahe getötet. Du hast es verdient, im Gefängnis zu sitzen.«

»Aber – aber Sie haben doch gesagt …«

»Ich erinnere mich nicht, dir gesagt zu haben, du solltest jemanden töten.«

»Harold, Sie müssen mich hier herausholen! Es könnte sein – ich kann nicht fortlaufen, ich kann nicht – ich kann mich nirgendwo verstecken! Ich kann nicht entkommen.«

Blys Stimme war kalt und gleichmütig. »Du hast versagt, Phil. Was immer du versucht hast zu tun, du hast versagt. Und jetzt bist du im Gefängnis und wirst die Konsequenzen tragen müssen. Ich kann dir nicht helfen.«

»Aber …«

»Auf Wiedersehen, Phil.«

Mit einem zufriedenen Lächeln hängte Bly auf. Er würde einige Minuten warten und dann Sheriff Collins anrufen. Er würde wütend klingen müssen, aber das würde ihm keine Schwierigkeiten bereiten.

Collins war gerade aus dem Zellenblock zurückgekehrt, als sich das drahtlose Telefon in seiner Hand mit einem Piepston meldete.

»Ich bin sicher, es ist für Sie«, sagte Tracy, die gerade ihren Bericht beendete.

Collins drückte den Knopf und meldete sich: »Clark County Sheriff.«

»Lester, hier spricht Harold Bly.«

Collins warf einen verstohlenen Blick in Tracys Richtung. Sie beobachtete ihn und schien zu wissen, wer am anderen Ende war. Er verschwand in seinem Büro und schloß die Tür hinter sich.

»Was gibt's?« fragte er nicht gerade sehr geduldig.

»Wir haben ein wirkliches Problem«, erwiderte Bly. »Haben Sie heute abend schon mit Ihrem Deputy gesprochen?«

»Ja, sie ist hier. Sie hat Phil Garrett verhaftet.«

»Und was werden Sie dagegen tun?«

»Gar nichts.«

Blys Ton war eiskalt, aber beherrscht. »Collins, versuchen Sie nicht, mich hinters Licht zu führen. Die ganze Stadt ist bereit, Sie und Ihren Deputy aufzuhängen, und wenn sie Sie nicht kriegen, dann wissen wir schon, wem es auf jeden Fall gelingen wird. Ich kann nichts dagegen tun.«

»Harold …«

»Entschuldigungen nützen hier auch nichts, Lester! Wenn ich Sie wäre, würde ich mir überlegen, wie ich alle ein wenig glücklicher machen könnte. Und ich würde mich sofort daranmachen.«

Collins Nerven waren zum Zerreißen gespannt. »Aber was kann ich denn tun? Sie handelt im Rahmen des Gesetzes!«

»Das Gesetz!« Bly schnaubte verächtlich. »Wir sprechen hier nicht über das Gesetz, Lester. Wir sprechen über Kontrolle. Sie haben sie verloren, und Sie sollten sie sich zurückholen.«

»Ich kann nicht ...«

»Sie werden, wenn Ihnen Ihr Leben lieb ist.«

»Was soll ich denn tun?«

»Wir werden noch ausführlicher darüber sprechen. Doch zuerst ... «

Als Collins aus seinem Büro kam, wirkte er sehr müde. »In Ordnung«, sagte er. »Für den Augenblick lassen wir es, wie es ist.«

»Was hat Bly gesagt?«

»Zu Ihrer Information, das war Bob Suski von der Polizei in Oak Springs«, erklärte Collins. »Er wollte wissen, ob ich weitere Informationen zu Evelyn Bensons Fall hätte. Ich konnte ihm mitteilen, daß wir den Verdächtigen festgenommen haben.«

Du lügst, dachte Tracy, doch sie sagte: »Gut. Morgen früh können sie kommen und ihn holen. Dann sind wir die Sache los.«

»Eines noch.«

»Ja?«

»Ich will eine eindeutige Identifizierung, bevor wir weiterverfahren. Rufen Sie Evelyn Benson an, und sagen Sie ihr, sie soll herkommen, um ihn zu identifizieren.«

»Warum? Sie kann das doch auch in Oak Springs tun, wenn die Polizei ihn dorthin bringt.«

Collins gab bereitwillig zu: »Politik, in Ordnung? Ich habe einige sehr wütende Leute hier, die ich gern ein wenig besänftigen würde, und es würde ihnen sehr helfen, wenn sie wüßten, daß ich mein Bestes getan habe, um Phil eine Chance zu geben. Würden Sie das für mich tun?«

Gut, dachte sie, wenigstens bietet er mir einen Kompromiß an, anstatt mich zu feuern. »In Ordnung. Ich werde Evelyn anrufen und sehen, ob sie morgen früh herkommen kann.«

»Ja, je früher, desto besser. Ich will das vom Tisch haben.«

»Da kann ich Ihnen nur zustimmen.« Doch sie dachte: Phil schuldet mir zuerst noch einige Antworten.

* * *

Steve fuhr die *Hyde River Road* entlang. Er hoffte, mit der Entfernung, die er zwischen sich und die Stadt Hyde River legte, würde auch die Feindschaft ein wenig kleiner werden. Wenigstens war es den Versuch wert, irgendwo weit entfernt von dem ganzen Problem zu übernachten. Schließlich fuhr er an einem großen Platz vorbei, auf dem schon einige andere Wohnwagen standen. Er bog von der Straße ab und gesellte sich zu ihnen.

Er konnte es nicht erwarten, sich das Material anzusehen. Gespannt saß er an seinem Tisch und schlug die Seiten auf, die Levi ihm gezeigt hatte.

Also gut, Holly Ann Mayfield, wer sind Sie, und was haben Sie zu sagen?

> »Wir sind Pioniere in einem neuen Land. Vor uns liegt eine neue Zeit, eine neue Zukunft. Gold und Ruhm breiten sich vor uns aus, und wir werden nicht umkehren, denn unsere Stadt ist lebendig und wächst beständig.«

Offen und mit viel Liebe zum Detail zeichnete Miss Mayfield lebendige Bilder einer früheren Zeit. Während er die verblaßte Schrift zu entziffern suchte, konnte er sich die Szenen genau vorstellen. Er sah das Hyde River jener Zeit vor sich – die alte Stadt, als sie noch neu war, blühte und sich am Flußufer ausbreitete. Hunderte von Goldsuchern kamen mit ihren Booten den Fluß entlanggefahren, um in den Minen zu arbeiten oder ihre eigenen Claims abzustecken. Er konnte sich die heute überwucherten und verlassenen Straßen der alten Stadt vorstellen, wie Leute geschäftig darüber eilten, wie sie im Winter von Eis und Schnee überzogen, im Frühling aufgeweicht und staubig im heißen Sommer waren.

Er konnte die Minenarbeiter vor sich sehen, bärtig, mit ernstem Gesicht und Haltung bewahrend, wie sie gegen einen alten Lorenwagen gelehnt standen mit Pickeln und Schaufeln in der Hand, um sich fotografieren zu lassen. Er stellte sich auch die wenigen Frauen vor, die immer die schönsten Kleider und riesige Hüte trugen, alles, was man mit Gold kaufen konnte. Er hörte das Geräusch der Hämmer und Sägen über das ständige Rumpeln von Wagenrädern hinweg, während neue Gebäude erstellt wurden – *Carlson's Livery,* der *Gold Nugget Saloon*, die *Masonic Lodge* und *Ames Hotel* –

Er konnte sich die wilden Nächte in den Saloons vorstellen, die verschwenderischen Feste, die die Hyde Minengesellschaft in Hyde

Hall feierte, der nicht enden wollende Kundenstrom in Holly Ann Mayfields Etablissement auf der *Cottonwood Lane* in der Nähe des Flußufers.

»Nächste Woche werden zwei weitere Damen kommen. Sie stammen aus San Francisco und sind an feine Gesellschaft gewöhnt. Wir wachsen mit der Stadt, und ich habe mich gefragt, ob unser Glück niemals endet.«

Miss Mayfield war optimistisch bezüglich ihres Geschäfts. Alles ging gut, bis …

Hier betritt das Böse die Szene.

»Ich habe immer danach gestrebt, ein guter Mensch zu sein und mit anderen zurechtzukommen. Doch ich muß zugeben, daß jeglicher gute Wille in mir in der Gegenwart dieses Mannes schnell geschwunden ist. Er ist so hart und verurteilend. Seine größte Freude ist es, alle Menschen außer ihm selbst dem Höllenfeuer zu übergeben. Meine Damen haben Angst vor ihm, ich finde ihn abstoßend, und ich fürchte, Bens Menschenhaß hat mörderische Ausmaße erreicht.«

Holly Ann Mayfields Bericht zufolge hatte Rev. Charles DuBois, ein schwarzgekleideter, schrumpeliger, kleiner Mann unbekannter Herkunft nur eine Lebensmission: die Stadt Hyde River zu säubern und zu bekehren, ob sie nun bekehrt werden wollte oder nicht.

»Seine Flugblätter hängen überall, an jeden Pfosten, an jedem Gebäude, mit und ohne Erlaubnis. Darin prangert er das Böse in Hyde River an und kündigt seine Versammlungen in Hyde Hall an, die er abhält, um die Menschen von ihrem verderblichen Weg abzubringen. Drei meiner Damen haben neulich an einer dieser Veranstaltungen teilgenommen, und ich wage zu sagen, daß sie ihrer Aufgabe nicht mehr richtig nachkommen. Ihre Kundschaft hat sich verringert. Die Uneinigkeit im Haus wächst mit der Zahl der Bekehrten von DuBois.«

Ihrer Beschreibung nach war Reverend DuBois ein Wiesel, ein uneingeladenes Ungeziefer, das die Leute annagte wie die Ratten den Käse … die einzige Quelle von Ärgernis, die die Stadt je hatte. Ganz offensichtlich hatte Holly Ann Mayfield eine sehr niedrige Meinung von diesem Mann. Darum wußte Steve auch nicht genau, wie finster und abstoßend DuBois in Wirklichkeit war. Trotzdem waren die Berichte dieser Dame unterhaltsam.

»Dank DuBois' donnernden Reden, die ich ohne Mühe sogar in meinem Wohnzimmer verstehen kann, gibt es einige in der Stadt, die allmählich anfangen, sich Gedanken zu machen über die Ewigkeit, und darum belasten sie sich über Gebühr mit Fragen der Moral. Sie sprechen sich nicht nur gegen mich und mein Geschäft aus, sie stellen auch die Anzahl der Saloons in der Stadt in Frage und wettern gegen das »moralische Klima« in Hyde River, aus Sorge um ihre Kinder, wie sie sagen.
Ben ist äußerst verärgert. Aufgrund dieser neuen Sucht nach mehr Moral haben einige seine Kontrolle über ihre Häuser und Ländereien in Frage gestellt, ebenso die Pacht, die er von ihnen verlangt. Ich habe Mitleid mit ihnen, weil sie so wenig verdienen, doch schließlich war es ihre Entscheidung, herzukommen und für die Hyde Minengesellschaft zu arbeiten. Dies ist immerhin Bens Stadt. Wenn ihnen das nicht paßt, können sie ja gehen.«

Steve lachte leise. Es war also nicht alles in Butter für Benjamin Hyde. Zu schade. Es hatte den Anschein, als hätte er nicht kritiklos Despot in seiner Stadt sein können.

»Endlich hat Ben DuBois' Veranstaltungen in Hyde Hall verboten. Ich bin froh darüber, doch trotzdem enttäuscht. Denn ich glaube, der Schaden für mein Geschäft und die anderen Saloons ist keine Rechtfertigung für eine solche Handlungsweise. Erst als eine recht ansehnliche Gruppe eine neue Stadtverordnung und einen gewählten Stadtrat forderte, fühlte sich Ben in Bedrängnis. Gut. Wenigstens ist jetzt ein fester Standpunkt eingenommen worden. Was DuBois als nächstes tun wird, bleibt abzuwarten, obwohl er eine Menge Leute hinter sich zu haben scheint.

Die Geschichte wurde nun sehr spannend.

»17. Juli 1882
Ben kann heute abend nicht zum Abendessen kommen. Er hat eine besondere Sitzung einberufen, über die er mir nichts erzählen will. In letzter Zeit war er sehr nachdenklich, genau wie die anderen Geschäftsleute. Vermutlich treffen sie sich, um über das zu spre-

chen, was sie so beschäftigt. Bestimmt hat es mit den gegenwärtigen Schwierigkeiten zu tun, dem beunruhigenden Stimmungsumschwung hier in der Stadt, der durch DuBois ausgelöst wurde.

»18. Juli 1882
Reverend DuBois hat mich nicht überrascht, nicht im geringsten. Andere waren entsetzt und angeekelt. Zwei meiner Damen, die einst von ihm bekehrt wurden, sind zu mir zurückgekehrt. Ich wußte, daß seine unredliche Seite früher oder später ans Licht kommen würde. Was mich so schrecklich traurig macht, ist, wie es schließlich geschehen ist.
Arme Karlyn! Sie war es also, zu der er sich hingezogen fühlte! Kein Wunder, daß sie uns nie davon erzählt hat. Wir alle versuchten, Verständnis zu zeigen, doch natürlich mußte ich ihr Vorhaltungen machen über ihre betrügerischen Geschäftsvereinbarungen, die sie unter meinem Dach getroffen hat, und sie hat mir versprochen, mich mit meinem vereinbarten Anteil zu entschädigen.
Sie war den größten Teil des Monats die Bettgenossin des heiligen Reverend, und sie sagt, er hätte sie gut bezahlt. Jedoch gesteht sie ein, sie hätte Angst vor ihm gehabt und erzählt, daß er immer wieder unberechenbare Wutausbrüche und Dämonenvisionen gehabt hätte. Gestern abend sei er so zornig geworden, daß er sie geschlagen hätte, und, wie sie sagt, sie getötet hätte, wäre sie nicht zu Ben geflohen.
Aufruhr entstand in der Stadt. Der Reverend wurde festgenommen und in Hyde Hall unter Bewachung gestellt, während Ben und seine Kameraden beschlossen, was mit ihm zu tun sei. Es gibt viele, die den Mann hängen sehen wollen, auch ich gehöre dazu.
Karlyn befindet sich noch in Bens Haus. Sie spricht mit keinem. Ich frage mich, warum sie nicht zurückkommt, nun, da der Ärger vorbei ist. Wenn DuBois sie mißbrauchte, warum kam sie nicht zuerst zu mir, da wir unter demselben Dach wohnen, sondern rannte zuerst zu Ben? Karlyn schien nicht ernstlich verletzt zu sein, als ich sie sah, doch sie beantwortete keine meiner Fragen in bezug auf ihren Zustand.«

Der Reverend wurde also sozusagen mit heruntergelassenen Hosen ertappt. Das war die Gelegenheit, auf die Hyde und seine Gesellen gewartet hatten. Danach brach die Hölle los.

»Vor Furcht wagte ich mich nicht auf die Straße. Reverend DuBois wurde in Hyde Hall von Ben und seinen Freunden gehängt. Der

Mob auf den Straßen jubelte. Ich hatte gehofft, damit wäre die Unruhe vorbei, doch sie breitete sich aus wie ein Feuer. Männer der Minengesellschaft begannen, die Stadt nach DuBois' Sympathisanten abzusuchen. Jeder, der seine Veranstaltungen besucht hatte, gut von ihm sprach, sich bei ihm bekehrt hatte oder moralische Einwände gegen Bens Führung erhob, wurde hervorgezerrt. Die ganze Nacht über spielte die Stadt verrückt. Ich habe den Mob an meinem Haus vorbeirennen, meine Nachbarn aus ihren Häusern zerren und ihre Habseligkeiten auf die Straße werfen sehen. Drei von Bens Helfern kamen an unsere Tür und forderten die Herausgabe der Frauen, die sich in einer der Veranstaltungen bekehrt hatten. Doch da Ben mit mir keinen Streit hatte, konnte ich für meine Damen sprechen, und sie wurden verschont.

Früh am Morgen kam Suzanne mit weiteren Neuigkeiten aus Hyde Hall: Man hatte DuBois nicht einmal eine Anhörung gestattet. Ohne Zeugen und ohne Gelegenheit, sich zu verteidigen, wurde er zu Tode gebracht. Das sollte mir eigentlich nichts ausmachen, da ich den Mann verachtet habe, und doch. Ich schreibe dies in dem Wissen, daß Ben es niemals lesen wird. Allmählich bekomme ich Zweifel an der Aussage Karlyns, an DuBois' Schuld und Bens Reaktion.

In der Vergangenheit haben wir uns immer lustig gemacht über Karlyns Neigung, Geschichten zu erzählen und Ausreden zu erfinden, doch jetzt, da ich gesehen habe, wie Menschen um mich herum sterben, werde ich von der Möglichkeit verfolgt, nein erschreckt, daß ihre Geschichte von DuBois' Gewalttätigkeit ihr gegenüber genau das sein könnte: eine Geschichte. Ich habe die anderen Damen sehr sorgfältig befragt, und nicht eine von ihnen hat DuBois jemals in der Nähe Karlyns oder dieses Hauses gesehen. Ihr Bericht über DuBois' Mißbrauch hat uns alle schockiert.

Was Ben betrifft, es besteht kein Zweifel daran, daß die heutigen Gewaltausbrüche nur zu seinem Vorteil sind. Nach dem, was passiert ist, wird niemand mehr seine Autorität in Frage stellen.

Diese Geschichte habe ich doch schon einmal gehört, dachte Steve. Auf den folgenden Seiten berichtete Holly Ann von den Ereignissen jener Nacht und des folgenden Tages.

»Die Abner Smyths wurden aus ihrem Haus vertrieben. Abner kämpfte gegen den Mob und wurde erschossen. Was mit seiner Frau und seinen Kindern passierte, weiß ich nicht.

Cecil Ames, der Besitzer des Ames Hotels, blieb unangetastet, doch sein Angestellter Timothy Stanley wurde auf die Straße gezerrt und erschossen.
Die norwegische Familie drei Häuser weiter hatte meines Wissens nach keine Verbindung zu DuBois, doch sie waren tiefgläubig. John Sanders und seine Brüder wollten das Haus niederbrennen, doch Ben konnte das verhindern, da er befürchtete, das Feuer könnte sich ausbreiten. Die Familie verläßt die Stadt mit dem heutigen Dampfer.
Die Larsons, ein frischgebackenes Ehepaar, bekehrten sich bei einer von DuBois' Veranstaltungen. Sie wurden erschossen.
Hiram Walters, einer der Initiatoren der neuen Stadtverordnung, wurde zusammen mit seiner Frau und seinen beiden Söhnen erschossen.
Amos Tyler, ein Freund von Walters, wurde erschossen.
Jeremiah Carson, der Herausgeber der Hyde River Post, wurde erschossen. Er war bereit gewesen, die neue Stadtverordnung zu unterzeichnen, weil auch er das moralische Klima der Stadt nicht mehr guthieß.
Joseph Gustafson, ein Minenarbeiter, wurde erschossen.
Matthew Farwell, ein Minenarbeiter, wurde erschossen.
William DeWalt, ein Minenarbeiter, wurde erschossen.
Clarence Miles, ein Minenarbeiter, wurde erschossen zusammen mit seiner Frau Clarice. Ihre beiden Kinder wurden mit dem Schiff fortgeschickt.
Im Mietstall brach ein Feuer aus. Er brannte ab, das Feuer breitete sich jedoch nicht aus.
Jemand schob Kenneths Chatneys Wagen in den Fluß. Er wurde flußabwärts getrieben und kippte schließlich um. Kenneth Chatney wurde erschossen. Ihm gehörte das Warenhaus. Sein Besitz wird der Hyde Minengesellschaft zugeführt werden.
Horace Davis, Chefprüfer der Gesellschaft, erschoß drei Männer, die gekommen waren, um ihn zu töten, bevor er selbst erschossen wurde.«

Und so ging es weiter, Seite um Seite. Dann kam etwas Vertrautes, etwas, das die Erinnerung an diesen besonderen Tisch im Haus von Harold Bly zurückbrachte.

»Nachdem der Aufruhr sich gelegt hatte, präsentierte Ben eine neue Stadtverordnung und forderte mich auf, sie in Hyde Hall mit zu unterschreiben. Mir kam es seltsam vor, daß er in so kurzer Zeit ein solches Dokument aufgesetzt hatte – um ehrlich zu sein, ich zweifle nicht daran, daß dieses Dokument auch vor der großen Säuberungsaktion schon fertig war, doch ich war damit einverstanden, an der Unterzeichnung teilzunehmen. Zum ersten Mal würde ich mich wieder aus dem Haus trauen.

Die Namen der Unterzeichnenden stehen auf dem Dokument. Mit der Unterzeichnung sollte sich uns eine neue Zukunft entfalten, eine klarere Sicht für die Stadt Hyde River. Die Vergangenheit, vor allem dieser Tag und die darauffolgende Nacht, sollten auf ewig begraben und vergessen sein.

Aber ich werde nicht vergessen.

Meines Wissens sind siebenundzwanzig Menschen gestorben, und die Zahl derer, die mit allem, was sie tragen konnten, geflohen sind, kann ich nur schätzen. Die ganze Nacht über konnte ich Schreie und Schüsse hören, und ich wagte mich nicht vor die Haustür.

Reverend DuBois ließ man bis zum Nachmittag in Hyde Hall hängen. Ich habe Ben und den anderen gesagt, daß ich an der Unterzeichnung der Urkunde nicht teilnehmen würde, wenn die Leiche nicht entfernt würde, darum ordnete Ben an, sie abzunehmen und mit den anderen zu beerdigen.

Gegen Abend kehrten die Männer, die in Hyde River geblieben waren, in die Minen zurück, als wenn nichts geschehen wäre, und auch ich ging meinen Geschäften wieder nach. Am Abend versammelten wir uns im Schutz der Dunkelheit in Hyde Hall und unterzeichneten die Urkunde. Mit unserer Unterschrift verpflichteten wir uns zum Stillschweigen, darum kann ich über diese Dinge nicht sprechen, sondern nur schreiben.

Der Aufstand ist vorüber, doch ich fühle mich jetzt nicht wohler. Ich habe Angst vor dem, was wir getan haben. Ich habe Angst vor morgen.

Die Augen waren wie pures Gold, und während es meinen Blick zurückgab, erkannte ich eine bemerkenswerte Intelligenz, aber gleichzeitig auch einen so intensiven Haß, daß ich um mein Leben bangte. Ich schätzte es auf die Größe eines großen Pferdes, obwohl es wie eine Echse schlich und nur kurz sichtbar war, bevor es im Wald auf der anderen Seite des Flusses verschwand. Vollkommen außer mir rannte ich zurück in die Stadt. Harrison Bly kam mir entgegen, und ich versuchte, ihm zu erzählen, was ich gesehen hatte, doch er lachte mich nur aus. Es freute ihn, mich in einem solchen Zustand zu sehen.

»Wie gefällt dir denn unser kleines Tierchen?« fragte er und tat so, als wüßte er alles darüber.

Du hattest recht, Clarice, und deine Warnungen waren wohlbegründet. Harrison Bly hat, nachdem er in die Hyde-Familie eingeheiratet hat, einen Pakt mit dem Teufel geschlossen.

Aus einem vertraulichen Brief
von Mrs. Sarah Alice Thompson,
einer Bewohnerin von Hyde River
an Mrs. Clarice Stevens,
die Halbschwester von Abby Bly,
Harold Blys Mutter.

Kapitel 16

Das Mal

Tracy hoffte, Phils Furcht würde ihn veranlassen, und er würde sich etwas öffnen, doch das Gegenteil schien der Fall zu sein. Sie stand vor seiner Zelle und plauderte mit ihm, erzählte sogar einige Witze, um die Situation zu entspannen. Doch er saß nur auf seiner Koje, starrte auf den Zementboden und rang die Hände.

»Phil, komm schon. Wenn jemand dich dazu angestiftet hat, wird er straflos ausgehen, wenn du nichts sagst.«

Er schwieg.

»Ich glaube nicht, daß du eine dir vollkommen fremde Frau grundlos angreifen würdest. Komm schon, Phil, was geht hier vor?«

Nichts.

Sie lehnte sich mit verschränkten Armen gegen die Wand und überlegte, wie sie ihn zum Sprechen bringen könnte. »Natürlich brauchst du nichts zu sagen, das weiß ich. Aber du könntest deine Lage sehr verbessern. Hast du mal darüber nachgedacht? Du könntest Zeuge des Staatsanwalts werden, einen Handel abschließen. Ich glaube einfach nicht, daß du das allein getan hast. Habe ich nicht recht?«

Er zitterte ein wenig, antwortete aber nicht.

»Was ist mit Harold Bly? Hat er dich dazu angestiftet?«

»Nein!« erwiderte er nachdrücklich.

Gut. Wenigstens eine Antwort. »Phil, wovor hast du Angst?«

»Ich habe keine Angst.«

»Du kannst mich nicht täuschen. Sieh dich doch nur an. Du zitterst, du bist nervös ...«

»Ich habe keine Angst!« beharrte er.

»Was ist mit dem Schwur, Phil? Du weißt, der alte Schwur von Hyde River? Kannst du darum nichts sagen?«

Er schien sich beinahe zu entschuldigen. »Ich kann dir nichts sagen, Tracy. Ich kann einfach nicht.«

Sie ging dicht an die Gitterstäbe heran und blickte ihn an. »Phil, ich habe mit Charlie gesprochen kurz bevor er diesen Autounfall hatte. Auch er hatte Angst, genau wie du. Und weißt du was? Ich habe auch mit Maggie gesprochen kurz bevor sie verschwand. Sie verhielt sich genauso wie du, war außer sich vor Angst. Und ich frage mich, wovor sie solche Angst hatten. Phil, wovor hast du Angst?«

»Ich habe keine Angst.«

Es war an der Zeit, das verbotene Thema aufzubringen. »Habe ich dir eigentlich von meinem Jagdausflug neulich erzählt? Professor Benson und ich haben die ganze Nacht über ein riesiges Tier verfolgt.«

Zum ersten Mal blickte er sie an. Seine Augen weiteten sich vor Entsetzen.

»Wir haben es zwar nicht deutlich sehen können, doch offensichtlich konnte es fliegen. Es ließ sich einfach aus dem Himmel fallen und hätte uns beide beinahe getötet. Wir haben darauf geschossen, doch es entkam.« Und sie fügte hinzu: »Oh. Habe ich gesagt, daß wir uns zu diesem Zeitpunkt in Hyde Hall aufhielten?«

Seine Augen wurden noch größer, und sein ganzer Körper begann zu zittern.

»Ja, wir haben in Hyde Hall gewartet, weil Maggie und Vic dort verschwunden sind. Wir hätten beinahe herausgefunden, was mit ihnen passiert war, aber wie ich sagte, es ist uns entkommen.«

Er schüttelte den Kopf und antwortete mit zitternder Stimme: »Das hättet ihr nicht tun sollen. Ihr … oh, warum habt ihr …«

»Hast du davor Angst, Phil? Gibt es wirklich etwas da draußen, das … kommen und dich holen könnte?« Er reagierte, als hätte sie ihm ein Messer in den Körper gestoßen. Sie versuchte es mit einer anderen Frage. »Hast du darum versucht, Evelyn Benson zu töten, weil sie es gesehen hat, weil sie weiß, was es ist?«

»Nein … «

»Warum beschützt du es, Phil? Warum beschützt du etwas, das Menschen tötet?«

»Nein!« schrie er. »Ich werde nichts sagen! Ich werde den Mund halten!«

Wie Charlie, dachte sie.

Sie erhob sich und blickte auf den bedauernswerten Mann herab. Er saß vornübergebeugt, den Kopf fast zwischen den Knien und wiegte sich sanft hin und her. Furchterfüllt murmelte er: »Ich habe nicht geredet … ich habe nichts getan … ich werde nichts sagen … «

Gut. Wenigstens saß er in einer Gefängniszelle. Er würde das erste Opfer sein, das nicht einfach davongehen oder -fahren konnte.

»Versuch etwas zu schlafen«, sagte sie schließlich. »Wir sehen uns morgen früh.«

Sie knipste das Licht aus und ließ ihn zurück.

* * *

Steve blätterte die Seiten des Ringbuchs durch und stieß auf die Fotokopie eines fein säuberlich geschriebenen Dokuments mit dem Titel: Offizielle Urkunde der Stadt Hyde River

Keine schlechte Arbeit, dafür daß es so eilig aufgesetzt worden war, dachte er. Holly Ann Mayfield könnte recht haben: Benjamin Hyde hatte dies bestimmt schon vor dem Massaker fertig, was bedeutete, daß er das Massaker und die Vorwürfe gegen DuBois, die das Ganze ausgelöst hatten, geplant haben könnte.

Ein Hinweis darauf war das Datum, 19. Juli 1882, das allem Anschein nach später eingesetzt worden war. Steve mußte lachen, als er daran dachte, wie stolz Harold Bly auf seinen Ururgroßvater war.

»In Anbetracht der Tatsache«, begann das Dokument, wie so viele andere Dokumente. Gut, lesen wir einmal, was diese Mörder zu ihrer Verteidigung zu sagen haben.

> »In Anbetracht der Tatsache, daß die Unterzeichnenden die Stadt Hyde River durch ihre eigenen Mittel, ihre Weisheit und ihre Entschlossenheit gegründet haben, und …
> In Anbetracht der Tatsache, daß kein sogenannter Allmächtiger oder sonst irgendeine Gottheit welcher Art auch immer um Hilfe oder Kraft angefleht worden ist, und …
> In Anbetracht der Tatsache, daß die Unterzeichnenden, im Vertrauen auf ihre eigene Fähigkeit, gut zu sein, den Wunsch verspüren, durch alles, was sie tun, Glück, Frieden und Zufriedenheit zu erreichen …
> Erklären und bestätigen wir, die Unterzeichnenden:
> Wir sind die Herren und Schöpfer unseres eigenen Schicksals.
> Es gibt keinen Gott außer der Vernunft.
> Nur durch Vernunft kann die Wahrheit begründet werden.
> Nur durch das Leben nach der Wahrheit, die wir begründet haben, können wir uns und unseren Nachkommen anhaltenden Reichtum und dauerhaftes Glück, unser höchstes Ziel, sichern.
> Diese Regeln sollen das Glaubensbekenntnis und die Richtlinien der Stadt Hyde River für uns und unsere Nachkommen sein.
> Wenn das Sünde ist, so wollen wir der Sünde dienen.«

Es schien ein recht dünnes Paket von Richtlinien zu sein, dachte Steve, mehr eine Reaktion auf den Einfluß von Reverend DuBois als eine wirkungsvolle Urkunde. Doch ein so vages Dokument gab Benjamin Hyde all den Raum, den er brauchte, die Stadt nach seinem Gutdünken zu führen. Und anscheinend waren die Unterzeichnenden zufrieden.

Steve überflog die zweiunddreißig Unterschriften. Holly Ann Mayfield stand ziemlich zum Schluß.

Benjamin Hyde hatte seinen Namen in großen Buchstaben daruntergesetzt. Über seinen Namen schrieb er noch: »Wenn das Sünde ist, so wollen wir der Sünde dienen.«

Steve blätterte um. Das Ringbuch enthielt noch jede Menge Dokumente – alte Briefe, Zeitungsausschnitte, Tagebucheintragungen –, die durchgesehen werden mußten. Steve war sehr skeptisch gewesen, als er mit dem Lesen begonnen hatte, doch mittlerweile war er fasziniert. Er begann, die Seiten zu überfliegen, doch dann las er noch einmal genauer durch, was er überflogen hatte. Schließlich beschäftigte er sich intensiv und mit wachsendem Interesse mit jedem einzelnen Dokument. Was um alles in der Welt ...?

Das Klopfen an der Tür seine Wohnmobils holte Steve aus dem Jahre 1880 zurück in die Gegenwart.

»Steve?« Es war Tracy!

Sie sollte nicht herausfinden, daß er mit Levi gesprochen hatte. Schnell sprang er auf, um das Ringbuch zu verstecken. Er warf es in einen Schrank, ehe er die Tür öffnete.

Bei ihrem Anblick mußte er lächeln. »Hallo Fremdling.«

»Hallo«, erwiderte sie und lächelte ihn an. »Ich war gerade auf dem Heimweg, als ich Ihren Wagen erkannte. Weshalb sind Sie nicht auf dem Campingplatz?«

»Ich wurde hinausgeworfen.«

Sie verstand sofort.

Er reichte ihr die Hand. »Kommen Sie doch herein.« Sie setzte sich an den Tisch.

»Ich habe Phil Garrett verhaftet«, verkündete sie. »Ich bin sicher, daß ist einer der Gründe für den ganzen Ärger.«

»Ja, ganz bestimmt. Hat er etwas gesagt?«

»Nichts. Er steht unter demselben Schwur. Ich versuchte etwa eine Stunde lang, mit ihm zu reden, doch er faselte nur dummes Zeug, schwitzte und stank genauso entsetzlich wie Charlie und Maggie. Er war außer sich vor Angst.«

Steve machte sich Sorgen. »Aber Sie haben ihn eingesperrt?«

»Oh ja. Er kann nicht einfach verschwinden.«

»Gut.« Steve bereitete sich darauf vor, die größte Neuigkeit des Tages mitzuteilen. »Hören Sie. Ich habe den Drachen gesehen.«

Sie erstarrte. »Sie – was meinen Sie damit?«

»Ich war hinter ihm her, oben auf dem Saddlehorse, und ...«

Sie hielt die Hand in die Höhe. »Warten Sie.« Er hielt inne. »Was halten Sie davon, wenn wir hier verschwinden? Ich hatte einen anstrengenden Tag, und ich möchte diese Uniform ausziehen. Und Sie sehen so aus, als könnten Sie eine Dusche vertragen.«

Entschuldigend blickte er an sich herunter.

Ihre Augen funkelten. »Sie sind noch nie bei mir gewesen, oder?«

»Was ist mit meinem Wagen?«

»Nehmen Sie ihn mit! Folgen Sie mir einfach!«

»In Ordnung.«

* * *

Es war nicht die dunkelste Stunde der Nacht, irgendwann zwischen Mitternacht und Tagesanbruch. Die Schatten waren nicht besonders schwarz, die Szene nicht so überaus düster.

Doch Harold Bly war verzweifelt, als er vor dem Stein kniete, der zu einem Altar geworden war und murmelnd mit seinem Gott sprach, versuchte eine andere Erklärung zu finden außer der, die ihm beständig im Kopf herumging: Ich habe es nicht mehr unter Kontrolle. Einige Leute, deren Tod ich nicht gefordert habe, sind tot. Ich forderte den Tod anderer Leute, und sie sind immer noch am Leben. Der Drache tut, was er will, brandmarkt und tötet, wen er will, einschließlich meiner Person. Er gehorcht mir überhaupt nicht mehr.

Nein, nein, argumentierte er, das kann nicht sein. Die Dinge sind mir nur ein wenig aus der Hand geglitten, das ist alles. Ich habe nicht schnell und entschieden genug gehandelt. Aber das ist kein Problem. Ich werde es wieder geradebiegen. Der Drache ist aufgebracht, und ich kann ihm das nicht übelnehmen, aber er ist immer noch mein Drache. Der Drache und meine Familie sind schon eine so weite Strecke miteinander gegangen, und jetzt bin ich der letzte der Hydes, der einzige Seelenverwandte, den dieses Wesen je haben wird.

»Also«, sagte er zu dem Stein, den Ruinen, den verwitterten Bäumen, »ich nehme mich der Sache an. Ich habe es bereits in die Hand genommen. Das wird dir gefallen.«

Er fühlte sich allein an diesem Ort. Er konnte sich daran erinnern, wie er mit seinem Vater und Großvater, mit seiner Mutter und der ganzen Familie hier gewesen war. Vielleicht hatten sie als Gruppe mehr Macht gehabt als er jetzt hatte, wo er hier ganz allein kniete.

Aber andererseits, er brauchte die Macht mit keinem mehr zu teilen; sie gehörte ganz allein ihm. Das konnte ihn ruhig machen, und er mußte sogar lächeln.

Sein Wille allein zählte, seine Stimme. Er konnte einen Handel abschließen. Der Drache würde ein gutes Angebot erkennen, wenn er es bekam. Er würde es ihm abkaufen, da war Harold sicher.

Bly fühlte sich besser, als er über seinen ausgeklügelten Plan nachdachte und die Schritte, die er bereits unternommen hatte. Ich bin Harold Bly. Ich kann es in Ordnung bringen. Ich kann alles in Ordnung bringen.

* * *

Mit einem Seufzer der Erleichterung ließ sich Steve auf die weiche Couch sinken. Dieses Gefühl hatte er lange entbehren müssen. Ihm war gar nicht klargewesen, wie sehr er die Wärme eines richtigen Heimes vermißt hatte.

Tracy hatte sich eine kleine Hütte in der Nähe des Nelson Creek, in einem ruhigen Tal östlich des Flusses, gemietet. Die Hütte war nichts Außergewöhnliches, doch Tracy lebte lange genug hier, um der kleinen Behausung ihre persönliche Note zu geben. Um das Haus herum und am Gehweg entlang hatte sie alte Blumenbeete zum Leben erweckt, und im Augenblick blühten die Rosen, Petunien und Ringelblumen. Im Innern hatte sie sich mit Dingen umgeben, die ihr Freude machten: getrocknete Blumen, Tongeschirr, handgewebte Tischdecken und Kissen, Figuren und holzgeschnitzte Adler, Indianer und Wölfe.

Steve hatte geduscht und seine letzten frischen Sachen angezogen. Seine anderen Kleidungsstücke bis hin zu allen schmutzigen Socken drehten sich im Augenblick in der Waschmaschine.

Im Badezimmer neben dem Schlafzimmer konnte er die Dusche hören. Tracy stand darunter. Hoffentlich hatte er nicht alles heiße Wasser verbraucht.

Er lächelte. Er konnte sie sich vorstellen, wie sie unter der Dusche stand; er wußte ja, wie sie aussah.

Vorsichtig ließ er seine Finger über die Verbrennungen auf seinem Arm gleiten. War nicht so schlimm. An manchen Stellen wie ein schlimmer Sonnenbrand. Er war noch mit heiler Haut davongekommen, wenn man bedachte, wie es hätte ausgehen können.

Er legte den Kopf gegen die Couch und dachte an das Tagebuch. Eine faszinierende Geschichte. Nein, mehr als das. Niederschmetternd, beunruhigend. Kein Wunder, daß sie so lange verschwiegen worden war. Kein Wunder, daß die Leute in der Stadt so schweigsam, so zurückhaltend geworden sind. Die Furcht vor einer Entdeckung war zum Erbe geworden und wurde von Generation zu Generation weitergegeben. Man konnte es sogar ein vererbtes Schuldgefühl nennen. Reverend Woods hatte so etwas gesagt.

Was die Schuld betraf – ach, vergiß die Schuld.

Tracy hatte gerade den Raum betreten. Sie trug Leggings und einen weiten Pullover und blieb stehen, um ihn anzusehen, und vielleicht auch, um ihm die Gelegenheit zu geben, sie anzusehen.

»Na, Sie haben es sich ja bequem gemacht!« sagte sie.

»Ja, sehr bequem«, erwiderte er und setzte sich auf, »dank Ihrer Gastfreundschaft.«

»Wie sehe ich aus?« fragte sie.

Er grinste. »Wie eine Frau und nicht wie eine Polizistin.«

Sie ließ sich anmutig in einen Sessel zu seiner Rechten gleiten. »Hmm. Entdecke ich da einen Hauch von Sex?«

»Sex hat sehr viel damit zu tun.«

Sie war guter Laune. »Nur weiter, Professor, erklären Sie es mir.«

»Wenn Sie Clark County Deputy Tracy Ellis sind, in Uniform, ist die ganze Frage des Sex nicht existent: Er ist verboten. Darum sind alle Aussagen zu Ihrem Aussehen beschränkt auf Adjektive wie ›ordentlich, sauber und adrett‹ – Sie wissen schon. Aber ich glaube nicht, daß Sie Komplimente wie ›hübsch‹ oder ›gutaussehend‹ und schon gar nicht ›sexy‹ oder ›anziehend‹ hören würden, da solche Kommentare am Arbeitsplatz unangemessen sind. Was ich sagen will, ist, ich denke, daß ich es wagen kann, in unserer gegenwärtigen Situation Ihr Geschlecht anzuerkennen und Ihnen zu sagen …« Er zögerte leicht. »Sie sind wunderschön.«

Sie lächelte. »Vielen Dank, Professor. Ich fühle mich geschmeichelt.«

Sie blickten sich sehr lange in die Augen. Schließlich brach sie das Schweigen. »Möchten Sie ein Glas Wein?«

»Oh ja, sehr gern.«

Sie war bereits aufgestanden und ging in die Küche. Wohnzimmer und Küche waren eigentlich nur ein Zimmer und nur durch eine Theke abgeteilt. Steve konnte ihr nachsehen.

Es war bemerkenswert, wie unwichtig ihm seine Begegnung mit dem Drachen jetzt erschien. Im Augenblick wollte er nur über Tracy nachdenken. Doch er war hergekommen, um ihr zu erzählen, was er an diesem Tag erlebt hatte. »Ich, äh, stieg auf den Saddlehorse und hatte die Gelegenheit, mit Jules Cryor zu sprechen.«

Sie goß gerade den Wein ein und hielt inne. »Natürlich sollte das keine Bedeutung haben …«

»Wie bitte?«

»Ob ich … Sie wissen schon, wie ich aussehe.«

»Oh.« Sie waren also wieder beim Thema. Ihm konnte das recht sein. »Es betrifft Ihre – Ihre Person, Ihre beruflichen Fähigkeiten, alles, was Sie als Mensch ausmacht … nein, ich glaube, es ist nicht wirklich wichtig.«

»Aber es macht Spaß, darüber nachzudenken – nehme ich an.« Ihr fiel nichts mehr ein, darum füllte sie ein Glas.

»Ich denke gern darüber nach. Sie machen es einem so leicht, daran zu denken – falls Sie nichts dagegen haben, daß ich so etwas sage.«

Sie lächelte. »Ich habe nichts dagegen.«

Wieder versteckte er sich hinter seiner Rolle als Professor. »Aber ich denke, man kann sagen, daß Ihr Frausein ein Teil von Ihnen ist?«

»Natürlich.

»Und vielleicht, nur vielleicht, ist ein Teil von Ihnen beiseite gedrängt worden, von Ihrem Beruf vereinnahmt worden?«

Sie dachte einen Augenblick darüber nach, dann beantwortete sie seine Frage mit einer Gegenfrage. »Und wie steht es mit Ihnen?«

»Was ist mit mir?«

Sie füllte das zweite Glas und ging zu ihm hinüber. »Sie sind Biologieprofessor, ein Mann, der für alles eine wissenschaftliche Erklärung hat – und ein Mann ohne eine für ihn bedeutungsvolle Beziehung. Wieviel Raum bleibt Ihnen noch, ein ganzer Mensch zu sein?« Sie reichte ihm sein Glas und ließ sich neben ihn auf die weiche Couch sinken.

»Ich denke, ich bin ein ganzer Mensch.«

»Ein Mensch, der sich etwas aus der Liebe macht?«

Das war eine schwierige Frage. »Puh!«

»Gibt es so etwas?«

Er ging in die Defensive. »Was für eine Frage ist das?«

»Erinnern Sie sich noch an jene Nacht in Hyde Hall? Sie versuchten mir klarzumachen, die Liebe sei nichts weiter als eine chemische Reaktion im Gehirn oder so etwas.«

»Das stimmt.«

»Und ich sagte ›Quatsch‹.«

»Ich erinnere mich daran.«

»Wirklich? Wie können Sie ein ganzer Mensch sein und die Existenz eines der wichtigsten Bestandteile des Lebens leugnen? Ich meine, die Liebe läßt sich doch nicht ausklammern.«

»Ich leugne die Existenz der Liebe doch gar nicht. Ich versuche nur, realistisch zu sein.«

»Ich denke, Sie verstecken sich.«

»Verstecken?« Er lachte.

»Sie verstecken sich vor dem, was Sie sind. Sie sind Biologe, klar, mit einem Doktortitel. Aber Sie sind auch ein Mann, ein menschliches Wesen, und ich glaube, davor verstecken Sie sich.«

Er nahm einen Schluck Wein. Das war leichter, als zu antworten.

»Erinnern Sie sich an den See?« fragte sie.

Er erinnerte sich, spielte aber den Begriffsstutzigen. »Wie bitte?«

»Sie haben mich beobachtet.«

Steve gelang es, sie anzusehen. »Ich – ich glaube nicht, daß Sie im Dienst waren.«

Sie legte ihre Hand auf seine Schulter. Ihre Finger berührten seinen Hals. »Und ich glaube nicht, daß Sie in diesem Augenblick Wissenschaftler waren.«

Er sah ihr in die Augen, sah ihre makellose Haut im warmen Licht der Lampe, und er mußte sich eingestehen, daß einige Kräfte der Natur über wissenschaftliche Studien und Erklärungen hinausgingen. Er räusperte sich. »Ich – äh – ich nehme nicht an, daß Sie von meiner Begegnung mit dem Drachen hören wollen?«

Ihre Augen funkelten. »Welcher Drache?«

Er stellte sein Weinglas auf den Couchtisch. »Ich denke, das kann warten.«

Es wartete. Tatsächlich wurde das Thema den ganzen Abend über nicht mehr angeschnitten.

Als Tracy die Augen öffnete, war das Schlafzimmer bereits in Sonnenlicht getaucht. Der Wecker würde in fünf Minuten klingeln; sie stellte ihn ab. Dann lag sie ganz still und betrachtete den Mann, der neben ihr im Bett lag. Er schlief noch, und er war einfach großartig, wie ein griechischer Gott in Ruhestellung, mächtig und doch entspannt, sein Gesicht voller Bartstoppeln.

Und er schnarchte nicht einmal! Ist die Welt auf einmal vollkommen, oder was? fragte sie sich.

»Du gehörst jetzt mir«, flüsterte sie leise. Sie verspürte den Drang, ihn zu berühren. »Ich habe dich, und ich werde dich niemals loslassen.«

Leise, um ihn nicht aufzuwecken, stand sie auf und schlich in die Küche und stellte die Kaffeemaschine an. Ihr Tag begann. Sie ging unter die Dusche, holte eine frisch gebügelte Uniform aus dem Schrank und verwandelte sich wieder in eine Polizistin. Bei einer Tasse Kaffee dachte sie über ihren Tagesplan nach. Evelyn Benson wollte gegen neun kommen, um ihren Angreifer zu identifizieren. Danach …

Hmmm. Danach konnte sie die Polizei in Oak Springs anrufen und sie veranlassen, den Verdächtigen zu übernehmen.

Ihr kam der Gedanke, daß ihr der Fall gestern noch sehr wichtig gewesen war. Heute morgen jedoch war alles anders. Sie konnte sich jetzt vorstellen, ihre Uniform zurückzugeben und weit fort von Hyde River zu ziehen, von Doug, von allem. Sie konnte sich gut ein Leben in Colorado vorstellen. Eine Stunde später fuhr sie in ihrem *Range Rover* nach West Fork. Im Rückspiegel überprüfte sie ihr Aussehen.

War sie eigentlich hübsch? Vielleicht sollte sie sich die Haare etwas länger wachsen lassen, damit sie mehr damit anfangen konnte. Aber andererseits konnte sie mit den kürzeren Haaren besser umgehen. Sie war froh, daß sie jünger aussah als dreißig – vielleicht wirkte sie aber auch zu jung, vielleicht unreif. Sie könnte es mit ein wenig stärkerem Make-up versuchen.

Genug davon. Sie wendete ihre Aufmerksamkeit wieder der Straße zu und lächelte vor sich hin. Ja, heute morgen war wirklich alles anders.

Steve erwachte und fand einen Zettel von Tracy auf ihrem Kissen – sie sei zur Arbeit gegangen, würde später anrufen, sie wünschte ihm einen guten Tag – einen weiteren Zettel auf der Kaffeemaschine, er solle sich nehmen, was er brauche, und einen dritten Zettel am Badezimmerspiegel, auf dem sie ihm mitteilte, was sie heute vorhatte: Evelyn auf der Wache treffen, damit sie Phil Garrett identifizierte. Sie schloß mit dem Satz, daß sie an ihn denken würde und unterschrieb mit »Alles Liebe, Tracy«.

Steve nahm den Zettel vom Spiegel, damit er sich rasieren konnte und öffnete sein Rasierset, das er aus seinem Wohnmobil mitgebracht hatte.

Gut. Evelyn kam nach West Fork. Damit würde der Fall wohl geklärt werden können.

Alles Liebe, Tracy. Liebe? Auf was ließen sie sich denn hier ein? Was er an diesem Morgen fühlte, war nicht, wie Liebe eigentlich sein sollte. Er konnte nicht aufhören, an Doug zu denken – ja, Steve, erinnerst du dich? Doug, ihr Mann? Mit dem sie verheiratet ist? – und was der Hüne wohl gedacht haben würde, wenn er sie zusammen im Bett vorgefunden hätte. Nicht daß ihm das vom moralischen Standpunkt etwas ausgemacht hätte. Tracy lebte von Doug getrennt, und dies war etwas, das Tracy und er gemeinsam beschlossen hatten. Aber Steve hatte einige praktische Bedenken, zum Beispiel, wie er den Tag – oder die nächsten Tage – mit heiler Haut überstehen sollte.

Er seifte sich das Gesicht ein und begann sich zu rasieren.

Ich hoffe, das weitet sich nicht zu einer großen Sache aus, dachte er. Ich meine, es war ja nur eine Nacht. Tracy wollte es, ich wollte es, und wir beide brauchten es; wir haben so viel gemeinsam durchgemacht. Nun ist sie wie jeden Tag zur Arbeit gegangen, und ich bin hier, Biologe und Collegeprofessor, wie ich es immer gewesen bin. Im kommenden Herbst werde ich wieder unterrichten, es hat sich also nichts wirklich geändert. Wir können beide weitermachen, als wenn nichts passiert wäre.

Er hielt sein Rasiermesser unter das heiße Wasser und rasierte sich weiter.

Als wenn nichts passiert wäre? Warum sollte ich so etwas vorgeben. War irgend etwas nicht richtig an dem, was gestern nacht passiert ist? Mann o Mann! Wieder diese Schuldfrage! Ach, hör doch auf!

Er beendete seine Rasur und spülte sein Rasiermesser ab.

Plötzlich hielt er inne. Was war denn das? Die Verbrennungen an seinem Arm waren noch da, und auch die Abschürfungen. Aber was war mit dieser Verfärbung über seinem Herzen? Es sah aus wie Krampfadern. Hmm. Mußte noch von seiner Begegnung mit dem Drachen stammen. Er hatte ihn so häufig herumgestoßen, daß er es schon gar nicht mehr aufzählen konnte. Das konnte von einem geplatzten Blutgefäß stammen.

Es war keine große Sache. Ein Mann wie er würde nicht viel zustande bringen, wenn er sich um jeden kleinen Fleck, den er bekam, Gedanken machte. Allerdings tat es ein wenig weh.

Er räumte sein Rasiermesser und die Rasiercreme fort. Er mußte los. Tracy wollte Evelyn treffen, und Evelyn sollte Phil Garrett identifizieren. Der Fall würde der Polizei in Oak Springs übergeben werden, und dann …

Rechtlich gesehen schienen die Beweise gegen Phil Garrett stichhaltig zu sein. Man konnte also davon ausgehen, daß er einige Jahre Gefängnis bekommen würde. Doch solange er keine hieb- und stichfesten Beweise lieferte, würde niemand sonst unter Anklage gestellt werden. Soweit Steve wußte, war der Drache wirklich für die Todesfälle verantwortlich, die ihm zugeschrieben wurden.

Das größte Problem im Augenblick war das Klima in Hyde River, das sich durch die Verhaftung Phil Garretts natürlich noch verschlechtert hatte. Steve hatte bestätigt gefunden, daß ein großes, reptilienartiges Wesen im Hyde Valley und seiner Umgebung lebte. Was weitere Nachforschungen erschwerte, war die örtliche Kultur, das Glaubenssystem, das um dieses Wesen entstanden war. Steve würde sich direkt mit diesem Glaubenssystem auseinandersetzen müssen. Die Leute von Hyde River mußten erkennen, daß dieses Wesen nicht mehr länger versteckt werden konnte. Sie mußten erkennen, daß man ihm nicht mehr gestatten durfte, weiter zu töten.

Steve kam eine Idee: Er würde sich direkt an die Spitze wenden, an Harold Bly, und ihm erzählen, daß das Geheimnis gelüftet sei, daß schon bald die ganze wissenschaftliche Welt vor den Toren Hyde Rivers warten würde, und daß die Leute von Hyde River umdenken müßten. Ganz einfach. Wenn Harold Bly klug war, würde er darüber nachdenken, wie er daraus Kapital schlagen könnte.

Steve zog sich an und sammelte seine Sachen zusammen. Vielleicht erwartete Tracy, daß er noch eine Nacht blieb, eine Woche, vielleicht solange sie ihn halten konnte, doch das durfte er nicht zulassen, vor allem, wenn er seinen Frieden mit der Stadt schließen wollte.

Autsch! Seine Hand fuhr zu seiner Brust. Was war das nur? Dieses geplatzte Blutgefäß oder was immer es war, brannte. Er suchte in seinem Erste-Hilfe-Kasten herum und fand eine Salbe für Insektenstiche. Das könnte helfen. Er öffnete sein Hemd und schmierte sich etwas darauf. Der Schmerz ließ zwar nicht nach, aber das würde vielleicht im Laufe der Zeit kommen.

Doch jetzt hatte er ein Telefongespräch zu erledigen. Er fand die Nummer der Hyde Minengesellschaft im örtlichen Telefonbuch und wählte sie.

Die alte Minengesellschaft war arg zusammengeschrumpft. Harold Bly nahm das Gespräch selbst entgegen.

»Mr. Bly?«

»Ja, wer spricht?«

Bly wirkte an diesem Morgen ein wenig verärgert. »Mr. Bly, hier spricht Steve Benson.«

Auf einmal veränderte sich Blys Tonfall, als würe er mit einem alten Freund sprechen. »Ohh, Dr. Benson! Wie geht es Ihnen?«

»Sehr gut, Sir, und Ihnen?«

»Ganz gut, danke. Was kann ich für Sie tun?«

»Ja, also … « Er mußte einen Augenblick nachdenken. Wie sollte er sein Anliegen in Worte fassen? »Wenn es Ihnen recht ist, würde ich mich gern mit Ihnen treffen und etwas mit Ihnen besprechen.« Das war sicher vage genug.

Bly schien einverstanden zu sein. »Ich denke, das läßt sich einrichten.«

»Ginge es heute morgen?«

»Sicher. Wollen wir uns im Lokal auf ein Bier treffen, sagen wir so gegen zehn Uhr?«

»Das wäre gut. Wir sehen uns um zehn Uhr in Charlies Bar.«

Steve hängte erleichtert ein. Vielleicht war es doch nicht so schwierig, wie er gedacht hatte.

Wie leicht doch alles ist, dachte Harold.

Er wählte verschiedene Nummern. Er mußte seine Leute zusammentrommeln und alles vorbereiten. Heute abend konnte alles schon vorüber sein.

* * *

Ein paar Minuten vor acht kam Tracy in der Polizeiwache in West Fork an. Sie parkte ihren Ranger auf dem üblichen Platz in der Nähe des Gebäudes. Sheriff Collins' Streifenwagen stand bereits da. Da er zu seinem ausschließlichen Gebrauch bestimmt war, fuhr er damit jeden Tag zur Arbeit. Er war der Chef, darum war er immer sehr früh, und wenn nur aus dem einen Grund, herauszufinden, wer zu spät kam.

Die Seitentür, durch die sie gewöhnlich das Gebäude betrat, war unverschlossen. Auf der Wache war es still, niemand in Sicht. Sie sah auf die Uhr an der Wand. Noch ein paar Minuten vor acht. Entweder hatte der diensthabende Beamte seinen Platz verlassen, arbeitete in der Fahrdienststelle oder würde einen Anschiß bekommen, weil er zu spät kam.

Sie ging zum Wachbuch und trug sich ein. Sie und Sheriff Collins waren bisher noch allein.

Deputy Mason hatte an diesem Tag den Innendienst übernommen, doch Tracy sah, daß Collins ihn als abwesend eingetragen hatte. Um so mehr Arbeit für mich, ärgerte sie sich. Wie auch immer, sie war hier, und zwar rechtzeitig. Um einen guten Eindruck zu machen, ging sie zur Tür des Sheriffs und klopfte. »Morgen, Sheriff.«

»Guten Morgen«, ertönte seine Stimme aus dem Innern.

Sie steckte den Kopf herein. »Wie geht es dem Gefangenen?«

Sofort sah er von seinem Schreibtisch hoch. »Er ist Ihr Gefangener. Das überlasse ich Ihnen.«

Er war immer noch sauer auf sie. »In Ordnung, Sir.«

Sie schloß die Tür hinter sich und ging zum Zellenblock. Er war noch verschlossen. Der Schlüssel hing am Schlüsselbrett, und sie holte ihn. Mit einem Schwung öffnete sie die große Stahltür.

Ein nur zu vertrauter Gestank schlug ihr entgegen, und sie zuckte zusammen. Der Geruch verwesenden Fleisches. Dick und schwer hing er in der Luft, schlimmer als je zuvor. Entsetzt und angewidert wendete sie den Kopf ab. Sie atmete tief durch und versuchte, die Fassung zu behalten.

Das Böse hat sich seinen Weg hierher gebahnt, dachte Tracy. Sie konnte es spüren, wie ein lauerndes Wesen, das sich in irgendeiner dunklen Ecke verbarg. Von ihrem Platz aus konnte sie Phils Zelle nicht sehen. »Phil?« rief sie.

Keine Antwort.

Halb aus Gewohnheit, halb instinktiv schloß sie die Tür zum Zellenblock hinter sich und steckte den Schlüssel in die Tasche.

»Phil?« rief sie wieder und ging langsam den Gang entlang.

Keine Antwort. Sie griff nach ihrem Knüppel, wählte statt dessen ihre Pistole und legte ihre Hand darauf. Sie spähte um die Ecke, den Flur mit den drei Zellen entlang. Die Tür zu Phils Zelle war geschlossen. Nichts wirkte ungewöhnlich.

Sie zog trotzdem die Pistole.

»Phil!« rief sie lauter. »Hey, antworte mir!«

Keine Antwort.

Langsam schob sie sich den Gang entlang, bis Phils Zelle in Sicht kam.

Schock und Übelkeit trafen sie wie ein Stoß in den Magen.

Phil starrte sie mit verzerrtem, aschgrauem Gesicht aus halboffenen, starren Augen an. Sein Körper hing an einem Hemd, das um seinen Hals geknotet war, von den Gitterstäben an der Decke. Seine Füße baumelten schlaff über dem Boden.

Tracy sank gegen die Wand. Die linke Hand hatte sie auf den Mund gepreßt, ihre Knie zitterten, und die Pistole in ihrer Hand sank langsam zu Boden. Sie zitterte, und nur aus einem Instinkt heraus behielt sie die Pistole in der Hand.

Tropf. Tropf. Tropf.

Langsam sickerte eine schwarze, klebrige Flüssigkeit aus einer offenen Wunde über Phils Herzen, rann seine entblößte Brust herunter, an seinem Bein entlang und tropfte schließlich von seiner Schuhsohle in eine kleine Lache, die sich bereits auf dem Boden gebildet hatte.

Sie würde sich erbrechen müssen, wenn sie hier nicht herauskam. Sie drehte sich um und zwang ihre Füße, sich in Bewegung zu setzen.

Maggie. Vic. Es fiel ihr wieder ein. Charlie, und jetzt Phil. Ihre Eingeweide krampften sich so schmerzhaft zusammen, daß sie beinahe gestolpert wäre. Der Drache. Der Drache.

Sie begann zu laufen. Ihr Frühstück steckte ihr im Hals. Sie erreichte die Zellentür, und erst in diesem Augenblick fiel ihr wieder ein, daß sie ja verschlossen war. Irgendwie fand sie den Schlüssel und öffnete sie.

»Sheriff!« rief sie. »Sheriff!«

Keine Antwort.

Sie schnappte nach frischer Luft. Ihr Magen beruhigte sich. »Sheriff Collins!«

Er war nicht da. Der Stuhl hinter seinem Schreibtisch war leer. Er stand auch nicht am Fenster. Er war nicht …

Aus den Augenwinkeln sah sie den Schlag kommen und duckte sich. Der schwarze Knüppel traf sie auf der Schulter. Sie fiel gegen den Schreibtisch und landete seitlich auf dem Boden. Dabei verlor sie ihren Revolver. Ihre Schulter und ihr Arm waren von dem Schlag wie betäubt.

Sheriff Collins stand mit dem Gummiknüppel in der Hand neben der Tür, hinter der er sich versteckt hatte. Sein Gesicht war bösartig – oder war es vor Entsetzen – verzerrt.

»Lester, was …«

Sofort änderte sich sein Gesichtsausdruck. »Tracy! Mein Gott!« Er legte den Knüppel auf seinen Schreibtisch. »Ich wußte nicht, daß Sie es waren.« Er kam zu ihr herüber.

Instinktiv kroch sie vor ihm davon. Sie entdeckte ihren Revolver auf dem Boden neben dem Schreibtisch, doch sie konnte ihn nicht erreichen.

Er packte ihre rechte Hand und zog sie hoch. »Lassen Sie mich Ihnen helfen. Sind Sie verletzt?«

Ihr blieb gar keine Zeit zu antworten, denn schon schmetterte er ihr Gesicht gegen die Wand und riß ihren Arm herum. Sie hörte, wie er nach seinen Handschellen griff.

Die Welt war zu bedeutungslosen Stücken explodiert. Nichts machte mehr Sinn. Sie wehrte sich, doch er drückte sie fest gegen die Wand.

Die erste Handschelle schloß sich um ihre rechte Hand. »Nein!« rief sie.

Collins griff nach ihrer linken Hand. Sie fuchtelte herum und rammte ihm ihren Finger ins Auge. Er zuckte zurück und ließ ihre rechte Hand los. Schmerzerfüllt schrie er auf. Mit dem Rücken zur Wand trat sie mit ihrer ganzen Kraft in den Magen, und er flog gegen seinen Schreibtisch. Sofort rannte sie zu ihrem Revolver.

»Bleiben Sie stehen, Tracy!« rief Collins, und Tracy hörte, wie er seine Pistole aus dem Halfter holte.

Mit dem Revolver in der Hand wirbelte sie herum und sah, daß Collins auf ihren Kopf zielte.

Ein Schuß. Es war, als legten sich zwei riesige unsichtbare Hände über ihre Ohren.

Die Zeit blieb stehen. Ihr ausgestreckter Arm mit der herunterhängenden Handschelle hielt die Pistole. Blauer Rauch hing in der Luft.

Collins stand da und zielte immer noch auf sie. Er schien nicht zu wissen, was passiert war; keiner von ihnen wußte es.

Auf einmal trat ein entsetzter und ungläubiger Ausdruck in Collins' Augen, und er fiel rückwärts gegen die offene Tür seines Büros. Sie schwang zurück und knallte gegen den Türstopper. Collins blieb im Türrahmen liegen, die Pistole noch in der Hand haltend. Tracy hielt ihren Revolver auch weiter auf ihn gerichtet und verfolgte, wie er in sich zusammensank.

Er versuchte zu sprechen, doch er brachte kein Wort heraus. Sein Gesicht wurde ausdruckslos. Sein Kopf sank auf die Brust.

Dann starb er.

Erst jetzt bemerkte sie, daß sie immer noch auf ihn zielte. Sie nahm die Pistole herunter.

Er war tot. Sie hatte ihn getötet. Sie konnte es nicht fassen.

* * *

Levi Cobb stellte sich in die Tür und streckte seine Hand aus. »Mr. Benson, warten Sie. Gehen Sie nicht.«

Steve blieb stehen. »Hey, Levi. Kommen Sie. Ich weiß Ihr Engagement zu schätzen. Das Tagebuch war sehr interessant, es hat mir gute Informationen geliefert, die ich im Hinterkopf behalten muß, und das tue ich auch wirklich. Ich werde mich daran erinnern, was Sie mir gezeigt haben.«

»Und Sie haben es gelesen?«

»Natürlich habe ich es gelesen, jede Seite.«

»Was ist mit dem anderen Zeug? Den Briefen, Zeitungsausschnitten und …«

»Levi, ich bin es durchgegangen, und ich habe im großen und ganzen verstanden, worum es geht.«

Sie standen in Levis Werkstatt in der Nähe des Leiterwagens, an dem Levi arbeitete. Das Ringbuch mit dem Tagebuch und dem anderen Material lag auf der Werkbank zwischen den Werkzeugen, wo

Steve es mit einem schnellen und höflichen »Dankeschön« abgelegt hatte.

»Wir müssen darüber sprechen. Sie wissen noch nicht alles.«

Steve versuchte, geduldig zu sein. »Levi, es ist eine faszinierende und schockierende Geschichte. Ich kann verstehen, warum die Menschen hier so empfindlich in bezug auf die Vergangenheit sind. Aber hören Sie, ich werde nicht …« Ach, wie sollte er es sagen? »… Ihren religiösen Ausführungen zuhören. Ich glaube nicht so wie Sie.«

Levi schüttelte den Kopf. Er war beharrlich. »Das ändert nichts. Dem Drachen ist es egal, was Sie glauben.«

Steve seufzte frustriert auf. »Levi, was Sie in bezug auf den Drachen glauben, ändert auch nichts. Ich stimme Ihnen zu, der Drache ist da, er ist real, er muß verstanden werden. Darum bin ich hier – um ihn zu studieren, wissenschaftlich zu studieren, nicht religiös oder abergläubisch. Sie und die anderen Leute hier müssen das verstehen.«

Levi ließ sich nicht erschüttern. »Gut, Sie sind ein Wissenschaftler, richtig?«

»Natürlich. Ich bin Biologe.«

»Und Sie sind offen, richtig?«

»Ich versuche objektiv und unparteiisch zu sein.«

»Dann hören Sie mich an. Nennen Sie mich nicht einen Fanatiker und laufen fort, um sich töten zu lassen.«

»Bisher habe ich überlebt.«

Levi brauchte einen Augenblick, um diese Bemerkung zu verdauen. Schließlich antwortete er mit einem leichten Nicken: »Das haben wir alle, Benson.« Forschend blickte er ihn an. »Gestern abend haben Sie nicht darüber nachgedacht, den Drachen ›wissenschaftlich‹ zu studieren. Sie waren froh, daß Sie noch am Leben waren, und Sie wollten die Wahrheit erfahren. Und jetzt wollen Sie nur fort von hier.« Er legte den Kopf zur Seite und blickte Steve so eindringlich an, daß er ganz nervös wurde. »Was ist los mit Ihnen?« Er stieß ihn leicht gegen die Brust, eine einfache Geste. »Sie scheinen verändert zu sein.«

Steve zuckte zusammen. Levi hatte die wunde Stelle berührt.

Und Levi bemerkte es. »Sie setzen sich besser hin.«

* * *

Tracy erhob sich vom Boden. Den Revolver in der Hand kam sie langsam auf Collins zu. Sie legte ihre zitternden Finger auf Collins' Hals. Kein Puls. Ein Fleck war durch sein Hemd gesickert, und Blut war auch am Türrahmen hinter ihm.

Sie knöpfte sein Hemd auf. Offensichtlich hatte sie ihm in die Brust geschossen, doch sie konnte und wollte es nicht glauben. Sie war wie betäubt. Sie hatte immer auf Zielscheiben und Dosen geschossen, doch noch nie auf einen Menschen. Und jetzt hatte sie einen getötet, noch dazu ihren Vorgesetzten.

Sie berührte die Wunde, ein kleines Loch links vom Herzen. Die Kugel mußte in die linke Herzkammer eingedrungen sein.

Dann bemerkte sie, daß das Blut auf Collins Brust sich mit einer schwarzen Flüssigkeit gemischt hatte. Sie zog die Hand fort. Ihre Finger waren schwarz. Direkt über seinem Herzen war dieses Zeug aus seiner Brust ausgetreten.

Außer sich vor Entsetzen zog sie sich zurück, ging rückwärts über den Boden, leise vor sich hinwimmernd und auf der Suche nach irgend etwas, an dem sie sich die Hände abwischen konnte. Die Jacke des Sheriffs hing an einem Haken in der Ecke. Sie griff danach und putzte sich die Hände ab.

Der Drache. Collins, Charlie, Vic, Maggie und Phil. Irgendwie gab es einen Zusammenhang zwischen ihnen. Irgend etwas Schreckliches passierte hier.

Unkontrollierbar zitternd setzte sie sich auf den Boden. Sie konnte sich nicht rühren, allein in diesem Raum mit dem Toten. Unbewußt schlang sie die Arme um sich. Ihr war kalt.

* * *

Es war nicht so, daß Steve sich verpflichtet gefühlt hätte, Levi zuzuhören. Es schien nur der einfachste Weg zu sein. Levi sollte vorbringen, was er zu sagen hatte, und damit wäre die Sache dann hoffentlich ausgestanden, und Steve konnte die ölige, alte Werkstatt verlassen. Er folgte Levi zur Werkbank. Levi nahm das Ringbuch zur Hand und blätterte es durch.

»Setzen Sie sich nur«, sagte er. »Vermutlich werden Sie nicht hören auf das, was ich zu sagen habe ...«

»Vermutlich nicht«, erwiderte Steve und setzte sich auf einen Holzhocker.

Levi kam zu ihm herüber, blickte ihn an und meinte: »Aber wenn Sie am Leben bleiben wollen, müssen Sie darauf hören.« Steve wandte den Blick ab. Levi beugte sich zu ihm herab und zwang ihn, ihn anzusehen. »Sie müssen darauf hören, Benson!« Jetzt hatte er Steves Aufmerksamkeit, und Levi entspannte sich ein wenig. »Sobald Sie nicht mehr darauf hören ... ist es vorbei.«

»In Ordnung«, erwiderte Steve, um ihn zufriedenzustellen.

»Haben Sie die Urkunde von Hyde River gelesen?«

»Ja.«

Levi deutete auf die Unterschriften unter dem Dokument. »Sehen Sie hier, der letzte Satz der Urkunde, und was Benjamin Hyde über seinen Namen geschrieben hat: ›Wenn das Sünde ist, so wollen wir der Sünde dienen.‹«

Ich hätte es wissen müssen, dachte Steve. »Ich habe es gesehen.«

Levi legte das Ringbuch beiseite und holte sich einen Hocker heran. »Jetzt, Mr. Benson, können Sie den Wissenschaftler spielen, doch Sie und ich, wir wissen, daß Sie ein Gewissen haben. Ich möchte, daß Sie es für mich zum Vorschein bringen, in Ordnung? Das ist nämlich der Mann, mit dem ich sprechen möchte.«

Levi deutete mit seinem Daumen auf das Ringbuch. »Was Sie hier haben, ist eine ganze Stadt, die beschlossen hat, ihr Gewissen zu begraben. Jemand kam daher mit Geboten; jemand sagte: ›Es gibt einen Gott, dem gegenüber der Mensch verantwortlich ist‹, und sie haben ihn aufgehängt. Sie dachten, das würde sie befreien. Sie dachten, sie könnten danach alles tun, was sie wollten. Aber sehen Sie, was passiert ist: Sie haben Gott ausgesperrt und sich statt dessen einen anderen Meister geschaffen: ›Wenn das Sünde ist, so wollen wir der Sünde dienen.‹ Diese Gedenktafel hängt in Harold Blys Büro!«

»Gut«, meinte Steve, »Sie sagen also, der Drache sei Gottes Gericht über eine sündige Stadt?«

Levis Antwort erstaunte ihn ein wenig. »Nein. Gott zeigt einen Ausweg. Gott kann Gnade und Erbarmen zeigen. Der Drache hat solche Worte nie gehört.«

»Und wie ist nun Ihre Erklärung?«

Levi zeigte auf die Berge. »Benson, ich will Ihnen erzählen, was Sie dort oben gesehen haben. Was Sie dort oben gesehen haben …«, er deutete auf Steves Herzen, und Steve hob instinktiv die Hand, um einer weiteren Berührung auszuweichen, »… ist, was Sie dort drin haben. Der Drache ist nicht Gottes Gericht für die Sünde – der Drache ist Sünde. Damals hat sich diese Stadt, dieses Tal, der Sünde verkauft, und mit der Urkunde haben sie es rechtsgültig gemacht. Danach dachten die Leute, sie seien frei, doch sie waren es nicht. Benjamin Hyde dachte zwar, er sei der Boß, doch er war es nicht. Die Sünde regierte. Die Sünde bestimmte alles. Der Sünde gehörte das ganze Tal und jedes Herz darin.«

Levi blickte durch das Fenster auf die Berge. »Benson, früher oder später wird sich die Sünde zeigen. Vielleicht konnten die Leute vor hundert Jahren sie noch verstecken. Vielleicht konnten unsere Eltern sie noch verstecken und verschweigen. Vielleicht dachten wir, wir könnten so weitermachen, als sei sie nicht da.« Er runzelte angewidert die Stirn. »Es gibt Leute in dieser Stadt, die nicht darüber sprechen, weil sie meinen, daß sie dann auch nicht da sei. ›Wenn wir nicht darüber sprechen, wenn wir sie einfach ignorieren, dann ist sic nicht wirklich da.‹

Aber das funktioniert nicht mehr. Sie haben die Artikel, die Briefe gelesen? Die Hydes, die Blys, sie haben die Sünde angebetet und mit ihr gespielt, so daß sie ein Ding mit Flügeln, Schuppen, Beinen und Zähnen geworden ist. Die Leute tun das, wissen Sie, sie hängen sich an die Sünde, als wäre sie ein Haustier. Das Problem mit diesem Haustier ist nur, daß es wächst. Es wird groß und häßlich und für jeden offensichtlich. Und es tötet Menschen, Benson. Früher war es so klein, daß man es mit einem Stock vertreiben konnte. Dann wurde es so groß, daß es Sie in kleine Stücke zerreißen kann. Und jetzt ist es so groß, daß es Sie in zwei, drei Bissen verschlingen kann. Es fängt Sie wie einen Fisch an der Angel, direkt durchs Herz, und dann zieht es Sie zu sich heran. Oh, und es kann warten. Es kann den richtigen Zeitpunkt bestimmen. Vielleicht wartet es jahrelang, aber früher oder später hat es Sie.« Levi schnaubte verächtlich. »Und die Hydes dachten, sie könnten es kontrollieren! Benson, die Sünde arbeitet nie für irgend jemanden, wir arbeiten für sie.« Er blickte Steve an. »Und schließlich tötete sie Benjamin Hyde. Sie tötete Sam Bly. Es wird auch Harold Bly töten, wenn er sich nicht von ihr abwendet. Und das habe ich versucht, den Leuten zu erzählen, sie wollen nur nicht zuhören. Es kann nicht immer so weitergehen. Früher war die Sünde ein schmutziges kleines Geheimnis, das man geheimhalten konnte. Das geht nicht mehr. Sie ist jetzt zu groß, zu gemein, zu hungrig. Es ist Zahltag. Wie Gott zu Kain gesagt hat: ›Die Sünde lauert vor deiner Tür, um dich zu verschlingen.‹«

Steve nickte und bemerkte ohne Boshaftigkeit, nur mit neuem Verständnis: »Ich verstehe jetzt, warum Sie hier so unbeliebt sind.«

* * *

»Evelyn!« rief Tracy aus Collins Büro. »Evelyn, kommen Sie nicht herein!«

Evelyn wich zurück und lehnte sich gegen die nächste Wand, während sie versuchte, durchzuatmen. Sie konnte Tracy nicht sehen, nur ihre Stimme aus dem Büro hören. »Tracy, sind Sie in Ordnung?«

Tracy hockte auf dem Boden und versuchte, zu sich zu kommen. »Ich lebe.«

»Was ist passiert?«

»Bleiben Sie zurück.«

Evelyn war zu aufgeregt, um ihre Stimme im Zaum halten zu können. »Ich bleibe ja draußen! Sagen Sie mir, was passiert ist!«

Tracy konnte es selbst kaum glauben. »Sheriff Collins hat versucht, mich zu töten.«

»Was?«

Tracys Stimme begann zu zittern. Sie war einer Ohnmacht nahe, und sie konnte nichts dagegen tun. »Er sorgte dafür, daß der zweite Beamte nicht hier war. Als ich in sein Büro kam, sprang er mich an und versuchte, mich zu erschießen. Ich glaube, er wollte uns beide töten.«

»Guter Gott ... «

»Genau wie Phil versucht hat, Sie zu töten. Es ist – dieser Schwur, der ... der ...«

»Der Drache.«

»Ja«, gab Tracy widerwillig zu. »Ich glaube schon.«

»Geht es Ihnen auch bestimmt gut?«

»Ich lebe. Er hat mich nicht verletzt.« Evelyn machte ein paar Schritte vorwärts, und Tracy hörte es. »Kommen Sie nicht hier herein!«

Evelyn blieb stehen, stand jedoch jetzt näher an Collins Körper. »Tracy ... «

»Sie haben den Drachen gesehen, nicht wahr?«

Jedesmal wenn sie an diese Nacht dachte, empfand Evelyn einen tiefen Schmerz. »Ja.« Sie mußte sich zwingen, es auszusprechen. »Ich habe ihn gesehen. Ich habe gesehen, wie er Cliff aufgefressen hat.«

»Dann verschwinden Sie hier besser. Fahren Sie. Ich weiß nicht, wem wir noch trauen können.«

»Tracy, was ist das da auf der Brust des Sheriffs?«

Tracy wollte es nicht ansehen. »Ich weiß es nicht. Einige andere Leute hatten dasselbe. Phil Garrett, Charlie Mack – und Maggie Bly.«

Evelyns Stimme versagte. »Cliff hatte es auch. Er versuchte, es zu verstecken, doch ich konnte es sehen – ich konnte es riechen.«

»Oh mein Gott.« Tracys Hand fuhr zu ihrem Herzen, doch schnell zog sie sie wieder zurück. »Evelyn ...«

»Tracy, ich komme herein!«

»Bleiben Sie fort!« Tracys Augen füllten sich mit Tränen. Ihre Hand fuhr zu ihrem Herzen. Ihr Blick war fest auf Collins Brust gerichtet. »Ich habe es auch.«

Kapitel 17

Charlies Bar

Evelyns Gedanken überschlugen sich, setzten die Teile zusammen. Cliff. Der tote Sheriff zu ihren Füßen. Jetzt Tracy. Und wenn Tracy, dann – »Tracy, wo ist Steve?«

Tracy konnte nicht antworten.

»Tracy! Wissen Sie, wo Steve ist?«

Tracy zuckte zusammen. Die Wunde über ihrem Herzen tat weh. »Er ist ...« Der Schmerz ließ ihr die Stimme versagen.

Evelyn beschloß, diesen Raum zu betreten und Tracy zu helfen, ob Tracy nun Hilfe wollte oder nicht. Vorsichtig stieg sie über Collins Körper am Boden hinweg. Jetzt konnte sie Tracy sehen. Mit schmerzverzerrtem Gesicht hockte sie neben dem Jackenständer am Boden und hielt sich mit den Armen fest umschlungen.

»Kommen Sie nicht herein!« Tracy schrie beinahe.

Evelyn kam näher und ließ sich nicht abweisen. »Sie sind verletzt.«

»Nicht wirklich verletzt. Es ist nur dieses – dieses Ding auf meiner Brust.«

Evelyn blickte Tracy fest an und fragte wieder: »Wissen Sie, wo Steve ist?«

Schließlich brachte Tracy es heraus; es war wie ein Geständnis. »Er ist bei mir. Wenigstens war er heute morgen noch da.«

Evelyn hielt sich am Türrahmen fest. Tracy hatte zwar keinen Schuß abgegeben, aber Evelyn hatte das Gefühl, als würde eine Kugel ihre Seele durchbohren. Tracy hatte gerade Evelyns schlimmste Befürchtungen bestätigt.

Tracy bemerkte es. »Evelyn, das ist in Ordnung ... «

Evelyn versuchte tapfer zu sein, doch ihre Augen füllten sich mit Tränen. »Tracy, hat Cliff – sich mit jemandem getroffen?«

Tracy zögerte, doch ihr besorgter Gesichtsausdruck verriet die Antwort.

»Wer ist sie?«

Konnte diese Information noch mehr Schaden anrichten? Vermutlich. Aber Tracy wußte, sie würde es sagen müssen. »Es war Maggie Bly. Sie war die Frau des ersten Mannes der Stadt ... «

»War?«

Bedrückt erklärte sie: »Sie ist tot. Der Drache hat sie geholt.«

Weitere Bestätigung. Schmerz und Leid drohten sie zu überwältigen, doch Evelyn nahm all ihre Kraft zusammen. Das war alles, was sie tun konnte. »Und sie trug auch ein solches Mal, genau wie Sie, genau wie die anderen.«

Tracy konnte nicht antworten. Die Antwort war zu offensichtlich, und sie erschreckte sie.

Evelyn drang in sie. »Und Steve hat es jetzt vermutlich auch, ja?«

»Das wissen wir nicht.«

»Haben Sie etwa nicht gestern nacht mit ihm geschlafen?«

»Ich glaube nicht, daß Sie das etwas angeht.«

Evelyn gab nicht auf. »Tracy, ich will Ihnen keine Vorhaltungen machen. Aber sehen wir den Tatsachen doch mal ins Auge. Der Drache tötet Menschen, und Menschen töten sich gegenseitig wegen des Drachens, und jetzt stehen Sie und mein Schwager ebenfalls auf seiner Liste.«

»Das wissen Sie doch gar nicht!«

»Ich weiß es, und Sie wissen es auch!«

Tracy blickte zur Seite.

»Und Sie sagen, das ginge mich nichts an? Jemand hat versucht mich zu töten, wissen Sie noch?«

Tracy seufzte und blickte zu Boden. »Phil Garrett ist tot.«

Ein weiterer Schlag! »Und auch er hatte das Mal, habe ich das recht verstanden?« fragte Evelyn und versuchte, ihre Wut zu bezähmen.

»Hören Sie doch bitte auf.«

»Das ist alles so sinnlos! Ich kann es kaum glauben!«

Tracy hatte genug geredet. Mit letzter Kraft stand sie vom Fußboden auf und steckte ihre Pistole ins Halfter zurück. »Sie brauchen das auch gar nicht zu glauben.«

»Und was jetzt?«

Tracy ging zur Leiche des Sheriffs hinüber und suchte nach dem Schlüssel zu den Handschellen. »Sie werden Hyde Valley so weit hinter sich lassen, wie es geht.«

»Wir sollten die Polizei rufen.«

Tracy fand den Schlüssel und öffnete die Handschelle an ihrem rechten Handgelenk. »Ich bin Polizistin – die einzige, der Sie trauen können.«

»Und was werden Sie tun?«

»Ich muß Steve finden. Wenn sie versucht haben, mich zu töten, dann werden sie auch ihn töten wollen – und Sie, vergessen Sie das nicht. Wir können später um Hilfe rufen. Zuerst einmal müssen wir hier verschwinden!«

Gerade als Steve dachte, Levi sei fertig mit seinen Ausführungen, ging dieser hinter den Leiterwagen der Telefongesellschaft, suchte dort herum und kam hervor mit einem langen Stahlrohr mit einer …

»Was um alles in der Welt ist das?«

Levi stellte es auf dem Boden ab und stand da wie ein römischer Soldat mit seiner Lanze. Er blickte auf die Speerspitze und antwortete: »Ich denke, daß das Ding am ehesten hiermit zu töten ist.«

Steve seufzte. »Sie stellen meine Gutgläubigkeit aber auf eine harte Probe. Nein. Nein, Sie haben es jetzt zu weit getrieben! Vermutlich gehört dazu auch noch ein Pferd und eine glänzende Rüstung?«

Levi lächelte amüsiert. »Ich nehme an, Sie wollen es noch einmal mit Ihrem geschmolzenen Gewehr versuchen?«

»Das kann niemals funktionieren!«

»Vielleicht aber doch. Sie werden nur unter den Drachen gelangen müssen, um es einzusetzen.« Er senkte die Speerspitze, damit Steve sie sich ansehen konnte. »Sie haben ja gemerkt, daß die Kugeln die Schuppen nicht durchdringen können; sie sind zu hart. Doch diese Spitze hier kann zwischen die Schuppen gleiten. Wenn Sie das erst einmal geschafft haben, können Sie auch lebenswichtige Organe verletzen.«

»In Ordnung, es funktioniert also«, stimmte Steve zu. »Aber natürlich wissen Sie auch bereits, wie man unter den Drachen gelangen kann, ohne daß er es merkt, und wie man ihn dazu bringt, still zu halten, während man mit diesem Ding in ihm herumstochert?«

Levi lachte leise. »Noch nicht ganz.«

»Das dachte ich mir«, erwiderte Steve und lächelte.

Levi fuhr fort. »Aber die Dinge entwickeln sich zu unseren Gunsten. Der alte Junge wird ein wenig unvorsichtig, er wird eingebildet. Er hat Ihren Bruder getötet, jemand, der nicht hier in der Gegend lebt, und hat einen Teil von ihm zurückgelassen. Er riß Charlies Wagen auf. So etwas würde man nicht tun, wenn man verborgen bleiben wollte. Er hat ein wenig mit Ihnen gespielt. Er wird jetzt mutig und zeigt sich.«

Levi stellte die Lanze ab und setzte sich wieder. »Ich denke, vielleicht wird der Drache wütend, läßt sich ablenken von dem, was er tut, damit er nicht errät, was wir vorhaben.«

»Wen meinen Sie mit wir?«

»Es müssen zwei Leute sein: einer als Köder und einer, der die Lanze hat. Der Drache jagt dem einen nach, und der andere rammt ihm von hinten die Lanze in den Körper. So müßte es gehen.«

»Und wenn der Drache nun auf denjenigen fällt, der die Lanze in der Hand hält?«

»Das ist eine der Schwierigkeiten der ganzen Idee«, gab Levi zu.

»Ja, und eine andere ist, daß der Drache den ›Köder‹ fressen könnte, bevor der andere mit der Lanze zugestochen hat«, ergänzte Steve.

Levi nickte. »Ja, das ist ein weiteres Problem. Aber vielleicht gibt es noch einen anderen Weg.« Er legte den Kopf zur Seite und sah Steve an. »Vielleicht können wir die Lanze irgendwo aufstellen und den Drachen dazu kriegen, sich selbst aufzuspießen.«

Steve verdrehte die Augen und sagte: »Ach richtig. Schlimm genug, daß jemand der Köder sein muß. Wie sollen wir den Drachen dazu kriegen, daß er sich zurückzieht?«

»Sie können es nicht«, sagte Levi. »Der Drache würde Sie töten. So weit ich weiß, ist der Drache nur vor zwei Leuten zurückgewichen – vor Ihrer Schwägerin Evelyn und vor mir.«

»Wovon sprechen Sie eigentlich?«

»Evelyn hat einen lebendigen Glauben; sie kennt Jesus, richtig? Genau wie ich. Er lebt in ihrem Herzen.«

Steve zuckte die Achseln. »Nun, ja, ich denke schon.« Worauf wollte Levi hinaus?

»Es ist ganz einfach«, fuhr Levi fort. »Der Drache ist Sünde. Da Jesus in unserem Herzen lebt – in Evelyns und meinem – sind wir von der Sünde errettet, was bedeutet, daß wir vor dem Drachen sicher sind. Er kann uns nicht antasten.«

»Oh wirklich, es ist ganz logisch«, meinte Steve sarkastisch. »Wir stellen die Lanze irgendwo auf. Dann bringen wir den Drachen dazu, mir zu folgen, und Sie treten zwischen den Drachen und mich, drängen ihn zurück, damit er sich selbst aufspießt. Das ist wirklich ein hervorragender Plan!«

»Ich weiß nicht ... sieht so aus, als hätte der Herr ihn mir gegeben. Er muß wissen, wie es funktionieren wird.«

In Ordnung. Steve hatte Levi zugehört, hatte Höflichkeit gezeigt, doch nun reichte es. Wenn Levi noch nicht verrückt war, so stand er sicher dicht davor. Es war an der Zeit, dieses Treffen zu beenden. »Ich glaube, wir brauchen Ihren Speer sowieso nicht, Levi. Ich werde nach Colorado zurückkehren und berichten, was ich herausgefunden habe. Danach werden wir sicher alle Hilfe bekommen können, die wir brauchen, um dieses Wesen zu fangen.« Er blickte auf seine Uhr und erhob sich, um zu gehen.

»Einen Augenblick«, meine Levi.

»Ich habe noch eine andere Verabredung.«

Levi stellte sich ihm in den Weg und betrachtete eingehend sein Gesicht. »Benson, hören Sie auf mich. Sie werden diesen Drachen nicht fangen. Er hat Sie bereits in seinen Fängen. Es ist sein Spiel, nicht Ihres.«

Steve sah sich um, als hätte er etwas verpaßt. »Levi, der Drache hat mich nicht in seinen Fängen. Ich sitze hier und rede mit Ihnen – aua!« Er packte sich an die schmerzende Brust. Levi hatte ihn gestoßen.

Levi zog die Augenbrauen in die Höhe. »Er hat Sie doch. Direkt durchs Herz.« Levi boxte erneut, und es tat ihm weh. »Hat Sie wie einen Fisch an der Angel, bereit, Sie einzuziehen.«

Er wollte Steve erneut boxen, doch Steve hinderte ihn daran. »In Ordnung, das reicht!«

Levi zog seine Hand zurück. »Seien Sie froh, daß es noch weh tut. Kurz vor dem Ende spüren Sie nichts mehr.« Er seufzte und schüttelte den Kopf. »Sie hätten entkommen können, Benson. Sie hätten es schaffen können, doch jetzt sind Sie mittendrin, und es ist zu spät. Auch für die Stadt ist es zu spät.«

Steve hielt seine Hand an die Brust gedrückt und starrte ihn an.

Der Mechaniker deutete auf die Berge. »Dieser Drache ist größer, stärker, wütender und hungriger als je zuvor, und er wird bekommen, was er will. Darauf können Sie sich verlassen. Und er will Sie, Benson. Sie hängen am Haken. Ich habe versucht, Sie zu warnen, sich mit dieser Frau einzulassen.«

Steve spannte sich. Levi hatte genau das Falsche gesagt. »Unsere Unterredung ist beendet.« Seine Stimme war kalt wie Eis.

Levi stand ihm immer noch im Weg. »Sie ist verheiratet, Benson. Darum sind Sie zu einem Dieb geworden, Tracy hat ihr Versprechen gebrochen, und Sie beide sind Lügner. Wie klar muß es denn vor Ihnen stehen, bevor Sie es sehen können?«

Steve fuchtelte mit dem Finger vor Levis Gesicht herum. »Nicht daß Sie das etwas angeht, Cobb«, fauchte er wütend, »aber darf ich Sie daran erinnern, daß Tracy sich von Doug getrennt hat – sie kann tun, was ihr gefällt!«

»Es ist nicht das erste Mal, daß sie sich von Doug ›getrennt‹ hat«, murmelte Levi. »Auch nicht das zweite Mal. Sie macht das häufiger, und Sie sind auch nicht der erste, mit dem sie sich eingelassen hat.«

»Jetzt sind Sie zu weit gegangen, Cobb! Ich habe genug von Ihrem Geschwätz. Wenn Tracy Doug immer wieder verläßt, wie Sie sagen, dann muß es einen Grund dafür geben. Er ist ein richtiger Hitzkopf. Ich würde mich nicht wundern, wenn er seine Frau schlägt.«

Levi erwiderte mit ruhiger Stimme: »Doug hat seine Probleme, das stimmt, aber ganz sicher schlägt er seine Frau nicht. Er muß sich in vieler Hinsicht ändern, aber er liebt Tracy noch immer.«

»Wenn Tracy sich einen besseren Mann sucht, ist das nicht ihre Angelegenheit?«

Levi konnte sich ein Lächeln nicht verkneifen. »Einen besseren Mann? Benson, Sie sind die Art von Mann, der mit jeder ins Bett geht. Doug mag nicht viel wert sein, aber wenigstens ist er Tracy treu geblieben. Was Sie angeht, wie viele andere Tracys hat es denn gegeben? Wie viele werden nach ihr kommen?«

Das war zuviel. Steve landete einen Kinnhaken in Levis Gesicht. Der Mann nahm den Schlag hin, ohne auch nur einen Schritt zurückzuweichen, doch seine Brille flog zu Boden. Er rührte sich nicht. Er stand einfach nur traurig da.

Steve rieb sich die Faust. »Es tut mir leid, aber Sie sind selbst schuld daran. Ich mag es nicht, wenn jemand seine Nase in meine Angelegenheiten steckt!«

»Ja, und sie mögen es auch nicht, wenn sich jemand mit ihrem Drachen einläßt.« Damit trat er beiseite und ließ Steve vorbei.

* * *

Tracy hatte versucht, Steve zu Hause und über sein Handy zu erreichen, doch er meldete sich nicht. Jetzt fürchtete sie das Schlimmste und fuhr in halsbrecherischer Geschwindigkeit die *Hyde River Road* entlang.

Nur wir beide, Steve, dachte sie. Ich habe den Bezirkssheriff niedergeschossen, und wer weiß in welche Schwierigkeiten du gerade hineinläufst! Wir gegen sie.

Evelyn war bereits auf dem Weg zurück nach Oak Springs, und wenn sie Tracys Rat annahm, würde sie noch weiter fahren. Tracy hoffte, daß sie und Steve auch schnell abfahren konnten, doch zuerst mußte sie ihn finden.

Als sie schließlich vor ihrem kleinen Haus vorfuhr, war sein Wagen fort. Auf dem Küchentisch fand sie einen Zettel:

»Liebe Tracy,
bin nach Hyde River gefahren, um mich um zehn Uhr mit Harold Bly zu treffen. Ich denke, wir können die ganze Sache aus der Welt schaffen. Rufe dich später an, oder du rufst mich an. Komm zu uns, wenn du kannst. Wir sind in der Bar. Steve

Sie verzog das Gesicht. Er lief direkt in die Falle hinein!

* * *

Steve fuhr mit seinem Wagen langsam die Hauptstraße der Stadt entlang. Er wollte keinen Ärger, doch er war auf der Hut. Ganz sicher würde er nicht willkommen sein, aber irgendwie mußte er das ändern. Er würde mit Harold Bly darüber sprechen, von Mann zu Mann, mit offenen Karten. Kein Herumschnüffeln mehr. Toleranz war angesagt, Verhandlung, Kompromisse. Man mußte alles tun, um Frieden zu schließen. Harold Bly war kein Mann, den Steve bewunderte, doch er hatte Geschäftssinn und einen guten Blick für einen wirtschaftlichen Vorteil, wenn er sich ihm bot. Steve würde versuchen, ihn auf dieser Ebene anzusprechen, ihm neue Ideen vorzuschlagen. Wenn er es richtig anstellte, würde Bly vielleicht sogar bereit sein, offen über den Drachen zu sprechen und sowohl für die Stadt als auch für die Wissenschaft eine lohnende Lösung finden.

Als er vor Charlies Bar vorfuhr, lächelte Steve sogar. Er sah die Dinge nun in einem neuen Licht. Soviel war bisher bekannt: Oben in den Bergen lebte ein Wesen, das für den Tod Cliffs und anderer verantwortlich war. So weit so gut. Das waren die Wege der Natur. Niemand nahm den Grizzlys übel, daß sie ihrem Instinkt folgten, man würde es auch diesem Wesen nicht übelnehmen. Es mußte verstanden werden, nicht getötet, und wenn die Leute es anbeten oder ihm dienen wollten, nun, das war ihre Angelegenheit.

Er öffnete die Tür und stieg aus. Er lächelte die Passanten an. Sie gaben sein Lächeln nicht zurück. Das würde sich bald ändern. Steve bemerkte die vielen Wagen, die vor der Kneipe geparkt waren. Das war seltsam, denn es war ja ein normaler Arbeitstag. Vielleicht hatte Harold Bly einen neuen Feiertag ausgerufen. Vielleicht sogar einen Feiertag zu Ehren des Drachens. Steve lächelte wieder.

»Da ist er schon«, sagte Bernie, der Steve durch das Fenster erblickt hatte.

Harold Bly saß in seiner üblichen Ecke, rauchte eine Zigarre und genoß ein kaltes Bier. Bei ihm saß Rosie, zu der er anscheinend eine länger andauernde Beziehung aufgebaut hatte.

»Süße«, sagte er, »geh doch einfach nach Hause. Es könnte unangenehm werden.«

Sie hielt seine Hand fest und stand auf. »Sei vorsichtig, Hal.«

»Keine Angst«, gab er zurück.

Sie verließ das Lokal durch die Hintertür.

Harold blickte seine Lieblingspensionäre Elmer McCoy und Joe Staggart an, die neben ihm saßen. Sie nickten. Andy Schuller und seine beiden Kumpane begannen ein Billardspiel. Man merkte nicht, daß Gewehre unter dem Tisch versteckt waren.

Bernie machte sich wieder daran, Gläser zu polieren. Sein Gewehr stand hinter dem Tresen, leicht zu erreichen.

Paul Myers saß auf seinem Stammplatz am Ende der Bar unter dem Fernseher. Auch er war bewaffnet; ihm war die Hintertür zugewiesen worden.

Carl Ingfeldt und Kyle Figgin saßen an einem Tisch in der Nähe der Eingangstür.

Die Tür öffnete sich; Steve Benson betrat das Lokal.

»Hallo, Professor«, sagte Bernie.

»Hallo. Ist Harold Bly da?«

Harold rief von seinem Tisch: »Hier drüben.«

Andy machte einen Zug. Die Kugeln knallten aneinander. Paul nahm einen Schluck seines Bieres und griff nach einer Brezel. Carl schwieg; seine Stimme würde bestimmt zittern.

Steve ging zu Harolds Tisch. »Danke, daß Sie gekommen sind.«

Harold stand auf und streckte ihm die Hand entgegen. »Ich bin froh, daß Sie angerufen haben. Es ist an der Zeit, daß wir einmal über alles sprechen. Möchten Sie ein Bier, auf Kosten des Hauses?«

»Ja, vielen Dank.«

Bernie war schon unterwegs mit einem großen, kalten Bier. Er stellte es vor Steve hin, und die beiden Männer setzten sich.

Steve sah sich im Lokal um. Ihm direkt gegenüber saß Harold Bly; zwei ältere Herren an den Tischen rechts und links von ihm. Carl und Doug Ellis' Kumpan, zwei Burschen, von denen man nicht erwartete, sie zusammen zu sehen, saßen in der Nähe der Tür. Andy Schuller und seine Kameraden, die einmal ein so großes Interesse daran gehabt hatten, Steves Lebenslicht auszublasen, waren so in ihr Spiel vertieft, daß sie nicht einmal bemerkt zu haben schienen, wie er hereinkam. Das war alles etwas verdächtig, und dazu kam, daß Steve mit dem Rücken zum Raum saß.

Es stimmte. Auf beiden Seiten gab es Furcht und Mißtrauen. Doch jetzt war es an der Zeit, dies zu zerstreuen.

»Ich bin nicht sicher, wo ich anfangen soll«, meinte Steve.

»Möglicherweise kann ich Ihnen helfen«, erwiderte Bly. »Wie ich hörte, haben Sie den Drachen endlich gefunden.«

Vielleicht versucht Bly, mich aus dem Konzept zu bringen, dachte Steve. Aber was soll's. Sie waren direkt beim Thema. Steve lächelte und meinte vorsichtig: »Nachrichten verbreiten sich schnell in dieser Stadt.«

Harold lachte entwaffnend. »Wirklich nur eine Vermutung. Wir sahen Sie ein wenig derangiert zu Levi kommen.«

Erstaunlich. Bly schien seine Späher überall zu haben. Steve sah keinen Grund, dies zu leugnen. »Mr. Bly, meine Anwesenheit hier sollte niemandem schaden. Ich wollte nur herausfinden, was mit meinem Bruder geschehen war, und das ist mir jetzt gelungen. Und darüber müssen wir miteinander reden. Sie sollen wissen ...« Er sah sich im Raum um und sprach alle an, die vielleicht zuhörten. »Ich möchte Sie alle wissen lassen, daß ich Ihren Glauben und Ihre Traditionen respektiere. Ich möchte nicht dagegen verstoßen.« Sein Blick konzentrierte sich wieder auf Bly. »Der Drache ist da, er ist real, und ich bin Biologe. Es ist meine Aufgabe, die Natur zu studieren, zu versuchen, sie zu verstehen, Dinge zu entdecken, von denen wir noch nichts wissen ...«

Bly hob die Hand. »Mr. Benson, Sie müssen eines verstehen: Das hier ist unser Tal. Der Drache ist unser Drache. Das geht niemanden etwas an.«

Aber genau das konnte Steve nicht verstehen. »Korrigieren Sie mich bitte, wenn ich falsch liege, aber tötet der Drache nicht Leute? Frißt sie auf, habe ich recht?«

Bly blickte die anderen im Raum vielsagend an. »Das ist Ansichtssache, wie alles.«

»Nein«, erwiderte Steve fest. »Hören Sie, es tut mir leid, aber das ist keine Ansichtssache. Mein Bruder Cliff wurde halb aufgefressen, und seine Frau war dabei und hat alles mitangesehen. Meiner Meinung nach steht es außer Frage, daß der Drache ein Menschenfresser ist. Man muß ihn erforschen, bevor er noch mehr Menschen tötet. Vielleicht kann man ihn sogar fangen.«

Bly zog die Augenbrauen in die Höhe. »Was gibt Ihnen das Recht, herzukommen und etwas zu ›erforschen‹, das Ihnen gar nicht gehört?«

Steve konnte nur wiederholen: »Er tötet Menschen!«

Harold lehnte sich auf seinem Stuhl zurück und wirkte entspannt. »Wir ziehen es vor, nicht darüber nachzudenken.«

»Mr. Bly, es tut mir leid, aber das macht doch keinen Sinn!«

Bly beugte sich über den Tisch. »Mr. Benson, wer sind Sie, daß Sie mir sagen wollen, was Sinn macht?« Er rief: »Doug!«

Doug Ellis kam aus dem Durchgang zum Warenhaus und ließ sich links von Steve nieder. Er sah nicht gerade bösartig aus, aber auch nicht sehr freundlich.

»Sie kennen Doug Ellis?« fragte Bly. »Tracys Mann, richtig?«

Steve schwieg.

Bly fuhr fort. Er genoß diese Situation. »Wie man hört, haben Sie und Dougs Frau gestern nacht ein kleines Abenteuer gehabt. Stimmt das?«

Bly und Doug Ellis warteten auf eine Antwort. Steve starrte sie nur an und überlegte fieberhaft eine Antwort, die sie akzeptabel finden konnten. Doch eine solche Antwort gab es nicht.

Bly wußte das. Dies war ein großer Moment für ihn. »Doug und Tracy sind verheiratet. Mann und Frau. Macht es eigentlich Sinn, sich mit der Frau eines anderen Mannes einzulassen?«

Steve wagte eine Antwort. »Sie hat sich von ihm getrennt. Sie ist ausgezogen und kann ihre eigenen Entscheidungen treffen.«

»Wir sprechen hier nicht über sie!« gab Bly zurück. »Wir sprechen über Sie und das, was Sie getan haben und aus welchem Grund.« Bly warf Doug, der Steve jetzt größer und gemeiner als je zuvor erschien, einen Blick zu. »Wissen Sie, wenn ich Doug wäre, hätte ich direkt Lust, Sie in Stücke zu reißen, Sie vielleicht sogar zu töten.«

Doug betrachtete Steve von oben bis unten, als müsse er entscheiden, was er mit ihm tun sollte. »Ich will Ihnen etwas sagen, Mister«, sagte Doug langsam. »Tracy ist eine gute Frau, aber sie hat auch eine wilde Seite. Alle hier wissen das. Es ist nicht das erste Mal, daß sie ausgezogen und sich mit einem anderen eingelassen hat. Doch ich habe beschlossen, daß sie die einzige Frau ist, die ich je lieben werde, und was mich betrifft, so hat sich daran nichts geändert. Es gibt nichts, das ich nicht tun würde, um sie zurückzugewinnen.« Er beugte sich vor und sprach direkt in Steves Gesicht. »Und Sie wissen nicht, was Schmerz ist, bis Sie das einzig Gute, das Sie je besessen haben, an einen – einen ...« Doug schlug mit der Faust auf den Tisch, und Steve fuhr zusammen. Dann lehnte sich Doug auf seinem Stuhl zurück und sah zur Seite.

Steve blieb ruhig. Er wußte, daß alles, was er jetzt sagen würde, die Situation nur noch verschlimmern konnte.

»Wir wollen zum Punkt zurückkommen«, sagte Bly zu Steve. »Hier sind Sie, gerade zurück von Levi Cobbs Sonntagsschulstunde und überzeugt davon, wir seien an der Existenz des Drachens schuld und Sie müßten uns von unserem eigenen Drachen retten, stimmt's?«

»Hey«, versuchte Steve zu protestieren, »hier irren Sie. Ich kümmere mich keinen Deut darum, was Levi Cobb sagt ...«

»Dann versuchen Sie auf mich zu hören!« meinte Bly und blickte Carl an.

Carl und Kyle erhoben sich und bewachten den Vordereingang, während Paul zur Hintertür ging.

Ich bin ein toter Mann, dachte Steve.

* * *

Tracy fuhr mit hoher Geschwindigkeit die *Hyde River Road* entlang. Sie stellte sich die Stadt vor, überlegte, was sie tun, wohin sie gehen würde und versuchte, Blys Strategie vorauszuahnen, wo Blys Spießgesellen sich versteckt hatten und welche Waffen sie benutzen würden.

Sie bewaffnete sich, nicht nur mit ihren Waffen, sondern auch mit der Schrotflinte aus Sheriff Collins Wagen. Das Ganze würde schrecklich werden. Wenn Collins wirklich zu Blys Lakaien gehörte, würde ihre Uniform nicht viel zählen. Sie waren zu allem entschlossen …

Das würde nicht nur schrecklich werden, es war Selbstmord.

Ruf um Hilfe, mahnte sie eine innere Stimme. Schaff' dir Rückendeckung.

Ich habe den Sheriff von Clark County erschossen, erwiderte sie und fuhr weiter.

* * *

Harold Bly hatte es anscheinend nicht eilig. Er blickte Steve nur an, beobachtete mit Genugtuung, wie er sich immer mehr Gedanken um seine Situation machte. »Wie fühlen Sie sich, Benson? Haben Sie Schmerzen in der Brust? Ja?«

Steve antwortete nicht, aber sein Schweigen war Antwort genug.

Bly lächelte ihn nur an und öffnete sein Hemd. Das rote Mal über seinem Herzen war unmißverständlich. Das Entsetzen und die Erkenntnis mußten Steves Gesicht abzulesen sein, denn Bly lachte hart. »Kommt es Ihnen vertraut vor? Einige verdienen sich dies mit Gier, andere mit Haß und einige mit Neid. Stevie, ich habe mir dies verdient, indem ich der gemeinste und härteste Mann geworden bin, den dieses Tal je gesehen hat. Mir gehört das Land, und ich habe die Arbeit zu vergeben. Dies ist der Himmel, und ich bin Gott, und ich werde einen größeren Beitrag zu der Geschichte dieser Stadt leisten als der alte Hyde selbst.«

Steve spürte die Furcht in sich hochsteigen. Der größte Beitrag, den der alte Hyde zu der Geschichte der Stadt geleistet hatte, war Mord gewesen.

»Andy!« rief Bly. »Zeig' ihm, was du hast!«

Andy legte seinen Billardstock nieder und knöpfte sein Hemd auf. Er hatte einen dunkelbraunen Fleck auf der Brust.

»Kommt, alle! Wir wollen es offen zeigen!« rief er.

Bei allen im Raum zeigte sich derselbe Fleck. Einige waren schwach gerötet, andere dunkler, einige braun, einige beinahe schwarz.

»Clayton!« rief Bly.

Clayton? Steve blickte zur Bar. Ein Mann am Tresen drehte sich gerade um.

Es war Clayton Gentry, der junge Holzfäller unten im Tal. Steve sah, daß sein Gesicht blau und aufgedunsen war, als wenn man ihn geschlagen hätte. Er hatte sein Hemd nicht geöffnet, und es war deutlich zu sehen, daß er es auch nicht wollte.

»Clayton, dieser Mann möchte sehen, daß du im selben Boot mit uns sitzt.«

Claytons Stimme war ruhig, aber abwehrend. »Nein, das will er nicht.«

Bly starrte ihn einen Augenblick lang an, doch dann tat er die Sache mit einem Lachen ab. »Sie müssen ihm verzeihen. Er ist noch ein wenig schüchtern. Wir alle haben zuerst versucht, es zu verstecken. Wir alle taten es, auch ich, doch wen wollen wir eigentlich zum Narren halten?« Er atmete tief durch und seufzte. »Warum sollen wir etwas verstecken, das wir alle haben? Wir sind, was wir sind, und wir tun, was wir tun, und niemand braucht sich deswegen zu entschuldigen. Man gewöhnt sich daran.«

Bly schüttelte den Kopf. »Sie hätten Maggie sehen sollen in der Nacht, als sie starb … oh, entschuldigen Sie, als sie die Stadt verließ. Sie stand vor meiner Tür, überglücklich, sogar stolz wie eine Närrin auf das, was sie getan hatte, und daß sie so lange davongekommen war … und es tropfte von ihrer Brust, und sie stank wie verwestes Fleisch, und alle wußten es außer ihr.

Bei Charlie war es dasselbe. Er stank durch den ganzen Raum. Doch er dachte, er könnte es verstecken!« Bly lachte. »Ach, aber zum Schluß machte es ihm auch nichts mehr aus. Keinem macht es etwas aus. Uns nicht, und bei Ihnen wird das auch so sein.«

Steve starrte die Männer ungläubig an.

Bly schlug mit der Hand auf den Tisch, um seine Aufmerksamkeit zurückzugewinnen. »Also hören Sie, Stevie, ich glaube nicht, daß Sie uns helfen können. Sie sind nicht besser als wir, nicht klüger. Sie sind genau wie wir, und Sie sind gezeichnet wie wir, und Sie werden genau wie wir enden. Sich mit der Frau eines anderen einzulassen, war nicht sehr originell, aber es hat Sie in das alles hineingezogen.«

* * *

Tracy verringerte die Geschwindigkeit, als sie die Stadt erreichte, und wünschte, sie und ihr Streifenwagen wären unsichtbar. In Hyde River wurde man immer beobachtet.

Sie bog um eine Kurve und sah den breiteren Teil der Stadt vor sich – die Kreuzung, den Eisenwarenladen, die Tankstelle und Charlies Bar und Warenhaus – nur wenige Straßen vor sich. Sofort fiel ihr Steves Wohnmobil ins Auge, das vor dem Lokal geparkt war, zusammen mit einer Reihe anderer Wagen.

Und sie wußte, daß es Schwierigkeiten geben würde.

Alle Reifen waren aufgeschlitzt; das Wohnmobil stand auf den Felgen. Die Leute auf der Straße – viele von ihnen kannte sie – standen nicht wie gewöhnlich in kleinen Grüppchen zusammen und plauderten miteinander. Alle sahen so aus, als würden sie Wache halten. Zwei Männer hielten sich in der Nähe des Wohnmobils auf. Drei weitere standen auf der anderen Straßenseite, ihren Blick fest auf das Lokal gerichtet.

Die ganze Straße entlang standen Männer und Frauen in ihren kleinen Vorgärten, als warteten sie auf eine Parade. Ihr Blick war auf das Lokal gerichtet. Offensichtlich arbeitet heute niemand, dachte Tracy. Das bedeutete großen Ärger.

Zwei Straßen vor dem Stadtzentrum bog Tracy nach links in eine enge Straße ein, fuhr in ein kleines Gäßchen und stellte den Wagen neben einem schon lange unbewohnten Maschinenladen ab. Sie hoffte, daß sie nicht gesehen worden war, doch das war sehr unwahrscheinlich.

Wie sollte sie zwei Schrotflinten tragen und gleichzeitig eine davon benutzen können? Wo sollte sie die zusätzliche Pistole verstecken? Welches war der kürzeste und sicherste Weg zur Bar? Wie sollte sie es schaffen, ohne aufgehalten zu werden – oder erschossen?

* * *

Harold Bly knöpfte sein Hemd wieder zu, ebenso wie die anderen. Sie hatten nachdrücklich ihren Standpunkt klargemacht.

»Auch Ihr Bruder hat sich mit der Frau eines anderen eingelassen«, sagte Bly. »Irgendwie seltsam, daß Sie daraus nichts gelernt haben.« Bly dachte darüber nach und schüttelte den Kopf. »Aber wozu überhaupt etwas lernen? Tun Sie, was Sie wollen, sage ich, und wenn Ihre Zeit da ist, werden Sie bezahlen.«

Steve verstand nicht alles, was Bly sagte, doch er hatte den Eindruck, daß er sich eine tödliche Krankheit zugezogen hatte, die ihn noch in diesem Augenblick töten würde.

Bly lehnte sich auf seinem Stuhl zurück und strahlte. »Wie ist es, Stevie? Fühlen Sie sich schon stolz? Unsterblich? Ich wette, Ihr Bruder Cliff hat es getan. Fragen Sie nur Evelyn. Bei allen war es so: bei Cliff, bei Maggie, bei Vic und Charlie. Und jetzt sind sie Drachenkot.«

»Dann geben Sie also zu, daß der Drache sie gefressen hat?«

Bly verzog das Gesicht. »Was glauben Sie?«

Steve berührte seine Brust. »Und das ist das Werk des Drachens?«

Bly zog die Augenbrauen hoch, als sei er beeindruckt. »Hey, Sie lernen ja. Wenn auch ein wenig spät. Sie hätten hier verschwinden sollen, solange Sie noch die Gelegenheit dazu hatten.«

Steve sah sich im Raum um. »Warum lassen Sie das mit sich machen? Warum fliehen Sie nicht einfach?«

»Warum sollten wir?«

»Bedeutet dieses Mal denn nicht …? Nun, ich denke, Sie sagten, der Drache wird Sie fressen.«

»Könnte sein.«

»Und warum verlassen Sie die Stadt dann nicht? Fliehen?«

Bly warf den anderen bedeutungsvolle Blicke zu. »Uns gefällt es hier, Benson. Ihnen nicht?«

Steve gefiel es überhaupt nicht hier, doch er hütete sich davor, dies auszusprechen.

Bly antwortete für ihn. »Sicher gefällt es Ihnen. Uns allen gefällt es. Das ist Ihnen nur noch nicht klargeworden.« Bly nahm seinen Bierkrug hoch. »Aber Sie sind auserwählt worden, Kumpel, also trinken Sie. Sie sind jetzt einer von uns.«

Bly nahm einen großen Schluck Bier. Die anderen im Raum taten dasselbe, so als würden sie einen Toast ausbringen. Es war unheimlich. Auf einmal schienen alle so freundlich zu sein, doch Steve spürte ganz deutlich, daß sie auf seinem Grab tanzten.

Er hielt mit und trank. Vielleicht waren alle verrückt. Vielleicht träumte er. Auf jeden Fall könnte er hier herauskommen, wenn er mitmachte.

Bly stellte seinen Krug ab und betrachtete Steve verschlagen. »Aber hören Sie, es ist noch kein abgeschlossener Handel; das dürfen Sie nicht denken. So wie ich die Sache sehe, können wir noch herauskommen, wenn wir nur die richtigen Fäden ziehen. Wir haben ein kleines Problem, und wir müssen es loswerden. Wir müssen den Unruhestifter loswerden, dann ist auch das Problem fort.«

Benjamin Hyde. Ich trinke Bier mit Benjamin Hyde. »Mr. Bly, ich will keinen Ärger machen. Darum bin ich ja hier, um das mit Ihnen zu besprechen.«

Bly nahm seinen Bierkrug wieder hoch. »Dann trinken Sie leer, und wir sprechen über alles.«

Steve nahm seinen Bierkrug hoch und setzte ihn gerade an die Lippen, als die Hintertür aufgerissen wurde.

»Trink das nicht!« forderte eine Stimme.

Tracy! Steve drehte sich um und sah sie an der Hintertür stehen, eine Schrotflinte in ihrer rechten und eine in ihrer linken Hand. Eine Flinte zielte auf Bernie hinter der Bar. »Hände hoch, Bernie! Ich will deine Hände sehen!«

Bernie, der nach etwas gegriffen hatte, hob die Hände hoch.

Tracy zielte mit der Schrotflinte durch den Raum, und alle Hände fuhren hoch. »Niemand rührt sich! Steve, komm!«

Steve protestierte. »Tracy, ich versuche gerade, mir Freunde hier zu machen.«

»Weg von der Tür!« befahl sie Carl, der sich wieder setzte. »Hände hoch, Andy! Hände hoch!« Andy zog die Hände vom Billardtisch zurück und hielt sie hoch.

»Weiß Ihr Chef, wo Sie sind?« fragte Bly herablassend.

»Ich habe ihn erschossen, Harold.«

Sie antwortete so schnell und so beiläufig, daß die anderen im Raum eine Weile brauchten, um zu begreifen, was sie gesagt hatte. Es herrschte schockiertes Schweigen, und alle im Raum außer Steve sahen Bly an.

Bly glaubte ihr nicht und schnaubte. »Ach, kommen Sie schon, Tracy.«

»Ich bin doch hier, oder nicht?« gab sie zurück. »Wenn er noch am Leben wäre, wäre ich tot, und ich glaube, Sie wissen das. Ich denke, Sie haben ihn dazu angestiftet. Und ich wette, Sie haben eine häßliche Wunde über dem Herzen, genau wie er.«

Bly lachte bösartig und sah die anderen an. »Und wie ist Ihre?« fragte er.

Haßerfüllt starrte sie ihn an. »Wie Feuer, Harold. Wie Feuer. Darum bin ich im Augenblick auch sehr aufgebracht, und ich denke, ich könnte jemanden erschießen. Steve, komm herüber. Sie wollen dich auch töten.«

Sich vorsichtig umsehend stand Steve auf.

»Komm schon!« drängte Tracy.

Er eilte durch den Raum. Sie reichte ihm die zweite Schrotflinte und sagte in den Raum: »In Ordnung, ihr wollt den Ärger los sein. Nun, der Ärger geht jetzt. Wir sind fertig mit euch; wir sind fertig mit dem Tal. Ihr könnt den Drachen haben, in Ordnung? Er gehört euch. Wir verschwinden hier.«

Sie griff hinter sich, riß die Hintertür auf, und sie machten sich auf den Weg, Tracy vorneweg, Steve gab ihr Deckung.

Die Tür fiel ins Schloß, und alle griffen nach ihren Gewehren.

»Ruhig, nur ruhig«, rief Bly und sprang auf. »Wir halten uns an unseren Plan! Handelt genau nach Plan! Elmer! Joe! Nehmt das südliche Ende! Carl, den Norden! Rührt euch!«

Steves erster Gedanke war, zu seinem Wohnmobil zu laufen. Tracy packte ihn am Arm und zog ihn in die Seitenstraße. »Vergiß es, die Reifen sind durchstochen!«

Mit schußbereitem Gewehr folgte Steve Tracy.

Sie rannten an den alten Geschäften, Mülltonnen und Laderampen vorbei und fürchteten in jedem Fenster einem Gewehr, hinter jeder Ecke einem Angreifer zu begegnen. Sie hörten Rufe auf den Straßen und nahmen wahr, wie die Autos angelassen wurden.

Sie verließen die Gasse und rannten auf einen Kiesweg. Da war ein Ruf von der Hauptstraße. Eine Frau hatte sie entdeckt und alarmierte jemanden weiter unten.

»Eil dich!« drängte Tracy. »Wenn sie den Streifenwagen finden, sind wir in argen Schwierigkeiten.«

Sie überquerten die Straße und verschwanden in einer anderen Gasse, rannten vorbei an kleinen Häusern und unordentlichen Höfen, an einem Zaun entlang, hinter dem zwei Hunde sie verfolgten, durch eine kleine Schar freilaufender Hühner hindurch, die gackerten und in Deckung gingen.

Sie kamen an ein Gebäude, das aussah wie eine alte Werkstatt, und Tracy preßte sich dicht an die Mauer, während Steve leise hinter ihr zum Stehen kam. Vorsichtig schoben sie sich weiter, und Tracy spähte um die Ecke.

»Okay«, flüsterte sie.

Der Streifenwagen schien in Ordnung zu sein. Sie sprangen hinein. Tracy ließ den Motor an und fuhr die Gasse entlang zur nächsten Straße. Von dort aus konnte sie nur noch auf die Hauptstraße weiterfahren.

»Halt dich fest!«

Mit qietschenden und durchdrehenden Reifen raste der Wagen auf die Hauptstraße in Richtung Süden.

Sie kamen an eine Kurve, und Tracy bremste.

Elmer McCoy mit seinem Lieferwagen und Joe Staggart mit seinem alten, zu einem Wohnwagen umgebauten Schulbus blockierten die Straße. Andy Schuller und seine Kumpane waren bereits da, blickten grimmig unter ihren Kappen hervor. Sie waren mit Jagdgewehren bewaffnet und warteten, verstärkt durch noch mehr Leute aus der Mine und Blys kleiner Holzfällermannschaft, mindestens zehn Männer.

Tracy riß den Wagen herum, wobei sie den alten Bus und die danebenstehenden Männer nur knapp verfehlte. Steve, der sich in seinen Sitz drückte, konnte ihre Bäuche und Gürtelschnallen durch das rechte Seitenfenster sehen. Er drehte sich um und bemerkte, wie sie hinter dem Wagen herliefen und versuchten, auf sie zu schießen. Der Wagen rumpelte von der schmalen Straße herunter hinein in den kleinen Hof der Witwe Dorning, wo er Mrs. Dornings Vogelbecken, eine halbe Reihe Ringelblumen, drei bemalte Gipseichhörnchen und ein Plastikreh mitnahm, bevor er wieder die Straße erreichte und in Richtung Norden weiterraste.

»Sie werden auch die andere Zufahrt blockiert haben!« rief Steve.

»Was schlägst du also vor?« rief sie zurück. »Es gibt nur zwei Wege, die aus der Stadt herausführen.«

»Vielleicht müssen wir laufen, wenn wir es mit dem Wagen nicht schaffen.«

»Wohin laufen? In die Berge?«

Das war keine vielversprechende Alternative.

Der Wagen raste an Cobbs Werkstatt vorbei. Beide Tore standen offen, doch von Levi war nichts zu sehen.

»Levi!«

Tracy fuhr weiter, ohne auf eine Antwort zu warten.

Steve rief ihr zu: »Was ist mit Levi?«

»Was soll mit ihm sein?«

»Wenn sie hinter uns her sind, sind sie auch hinter ihm her!«

»Er wird selbst auf sich aufpassen müssen.«

»Wir können ihn doch nicht einfach hierlassen!«

Tracy trat das Gaspedal nur noch fester durch. »Wir haben keine Wahl.«

Am Nordende der Stadt stand einer von Harold Blys großen Holztransportern quer über der Straße und blockierte die Durchfahrt. Carl Ingfeldt stand mit einigen anderen Minenarbeitern Wache.

»Halt dich wieder fest!« Wieder riß Tracy das Lenkrad herum. Wieder sah Steve nur riesige Räder, Chrom, Eisen und menschliche Körper am Fenster vorbeifliegen.

Dann entdeckte er ein Gesicht: Doug Ellis. Ellis rannte dem Wagen nach. »Ich werde dich töten, Benson!«

Carl Ingfeldt legte seine Schrotflinte an.

»Runter!« schrie Steve gerade in dem Augenblick, als das Rückfenster in tausend Stücke zerbarst.

Von der Veranda seines kleinen Pfarrhauses neben der Kirche aus hörte Reverend Ron Woods den Schuß, das Rufen, das Heulen der Motoren, die unten durch die Stadt rasten.

Es ist also endlich soweit, dachte er.

Er hatte es lange befürchtet, lange erwartet. Er hatte die Gerüchte in der Stadt gehört, das verbitterte Gerede über den Professor und den Seitensprung von Tracy Ellis. Er hatte den Haß bemerkt, der auf Levi gerichtet war. Er kannte Harold Bly.

Und jetzt passierte es. Der Haß, die Furcht, der Aberglaube der Stadt waren zum Ausbruch gekommen. Es konnte durchaus sein, daß Menschen zu Tode kamen.

Aber er blieb, wo er war, in Sicherheit – und hilflos. Was konnte er schon tun? Wie konnte er es aufhalten? Wie konnte diese Art von Wahnsinn auch nur auf die Vernunft hören? Wie lange hatte er versucht, es zu ersticken, zu beruhigen, zu vertreiben, indem er Worte des Friedens und guten Willens gepredigt hatte? Dieses Ding würde nicht einfach sterben, sich nur eine Weile verstecken, um später zu ernten. Woods Theologie konnte nicht dafür verantwortlich sein. Er war mit seiner Weisheit am Ende.

Doch noch während er auf den Lärm dort unten lauschte, war ihm eines klargeworden: Er konnte zwar auf seiner Veranda bleiben und so tun, als sei er anders, aber er war es nicht. Er war wie sie. Er gehörte zu ihnen.

Wie die Leute dort unten barg sein Herz bittere Geheimnisse. Wie seine Nachbarn hatte er sich dem, was er war, stellen müssen.

Am Morgen, als er aufgewacht war, hatte er das rote Mal über seinem Herzen entdeckt. Er hatte genügend Geschichten der Leute dort unten gehört, um zu wissen, was es war. Mittlerweile war es mehrere Zentimeter lang geworden, tiefrot und brannte bei der leisesten Berührung.

Gerade als sich der Streifenwagen der Kreuzung näherte, kamen ihm ein Lastwagen und ein Lieferwagen nebeneinander entgegen. Das Netz wurde immer enger.

Noch nicht, dachte Tracy. Sie raste in die Kreuzung hinein und riß den Wagen hart nach links. Steve wurde gegen die Tür geschleudert. Anstatt sich wieder aufzurichten, blieb er gegen die Tür gelehnt liegen. Sein Körper war schwer, und er sah alles nur verschwommen.

Reiß dich zusammen! befahl er sich und zwang sich dazu, sich aufzusetzen. Gerade rechtzeitig, um das Gebäude der Minengesellschaft vor sich zu sehen. Der Wagen rumpelte über eine Holzbrücke, dann bog Tracy nach rechts auf einen kleinen Pfad ab, der parallel zum Fluß verlief. Ein Tunnel tauchte vor ihnen auf, ein gähnendes schwarzes Loch unter dem Gebäude.

»Früher kam die Eisenbahn hier herauf«, erklärte sie. »Man hat dic Schienen abgebaut, vielleicht …«

Vielleicht, hörte Steve wie aus weiter Ferne.

Tracy fuhr in den dunklen Tunnel hinein. Das Gebrüll des Motors hallte an den feuchten Wänden wider. Sie tauchten wieder in gleißendes Sonnenlicht ein, ein ehemaliger Ladeplatz. Auf einer Seite in den Berg gebaut, auf der anderen Seite befand sich eine dicke Betonmauer, und dahinter ein steiler Abhang zum Fluß. Direkt vor ihnen ein weiterer Tunnel durch den Berg hindurch.

Er hätte sie ins Freie führen können, auf die andere Seite der Straßensperre, doch leider war der Tunnel versperrt, blockiert von jahrealtem Holz, Metallsplittern und leeren Dieselfässern.

Tracy trat in die Bremsen und schlug ärgerlich mit der Hand aufs Lenkrad. »Und was jetzt?« fragte sie sich und blickte sich um.

»Warum bleiben wir stehen«, fragte Steve träge.

Sie riß die Tür auf und sprang heraus. Dann blickte sie zurück. Er saß immer noch verwirrt da. »Steve, komm schon! Wir müssen einen Weg hier heraus finden!«

Steve tastete nach dem Türgriff, fand ihn schließlich und öffnete die Tür. Er taumelte aus dem Wagen in dem Augenblick, als im Tunnel hinter ihnen Motorengeräusche laut wurden.

An der Wand entlang unter den Erzrutschen befanden sich Türen. Doch sie waren schon vor Jahren verschlossen worden und rührten sich nicht. Schließlich entdeckte Tracy eine Eisentreppe, die zu einem schmalen Gang über dem Tunnel führte. »Die Treppe, los!«

Sie rannte an Steve vorbei auf die Treppe zu. Er drehte sich um und wollte ihr folgen, sank jedoch zu Boden.

»Steve!«

Er versuchte aufzustehen, sank jedoch wieder zusammen. Die Erde drehte sich um ihn und wollte nicht aufhören.

Tracy packte ihn an der Hand. »Ich wußte es! Sie haben dir etwas ins Bier getan! Komm schon. Versuch aufzustehen!«

»Ich komme schon … « sagte er, doch er rührte sich nicht.

Ein Lieferwagen raste durch den Tunnel und kam mit quietschenden Reifen zum Stehen, dann ein anderer, noch ein alter Wagen und schließlich ein Kombi. Türen wurden aufgerissen, Männer sprangen heraus, Gewehre wurden angelegt.

Harold Bly mit einem Revolver in der Hand führte die Menge an. Neben ihm stand Doug Ellis; hinter ihm Elmer und Joe. Links von ihm Andy Schuller mit seinen Freunden, rechts von ihm Carl Ingfeldt und Kyle Figgin.

Tracy sah zur Treppe hin.

Carl und Kyle reagierten schnell, zielten und schnitten ihr den Weg ab. »Versuch es gar nicht erst«, meinte Kyle. »Wir brauchen dich nur zu erschießen.«

Sie zögerte, hielt immer noch Steves Hand. Steve wurde von Minute zu Minute schwächer.

Bly befahl: »Lassen Sie das Gewehr sinken, sonst erschieße ich Sie auf der Stelle!«

Steve hatte sein Gewehr bereits sinken lassen, aus dem einfachen Grunde, weil er nicht mehr die Kraft hatte, es festzuhalten. Er glitt langsam in die Bewußtlosigkeit ab, trotzdem hörte er das Geräusch einer Maschine, konte jedoch nicht ausmachen, woher es kam.

»Harold«, sagte Tracy, die ihre Schrotflinte in der Hand hielt, »das bringt doch nichts.«

»Sicher bringt es was«, erwiderte er. »Ihr habt den Drachen gegen uns aufgebracht. Wenn ihr Ruhe gegeben hättet ...«

»Wir versuchen, euch vor dem Drachen zu retten! Ihr könnt den Drachen nicht aufhalten, indem ihr uns tötet!«

»Oh, ihr werdet uns retten, ganz recht. Indem ihr zuerst geht.«

Steve bekam immer weniger mit, was um ihn herum vorging. Jetzt schwankte der Boden nicht nur unter ihm, er zitterte und bebte sogar.

»Harold, was ist das?« fragte Andy.

Steve hörte die Frage, konnte die Antwort jedoch nicht verstehen. Er war kaum noch in der Lage, den Kopf zu heben, doch er bemerkte, wie die Leute unruhig wurden. Irgend etwas regte sie auf.

»Lassen Sie das Gewehr fallen, Tracy!« befahl Harold wieder.

»Warum sollte ich?« gab sie zurück. »Wenn Sie mich sowieso töten wollen, dann nur los!«

»Was um ...« rief Carl.

»Wer ist das?« fragte sich Andy.

Ein weiteres Fahrzeug näherte sich, das Gebrüll seiner Maschine ertönte von der anderen Seite der Barrikade hinter Steve und Tracy. Was immer es war, es erschütterte den Boden und ließ ihn erbeben.

Harold Bly entdeckte es als erster hinter der Barrikade.

»Dieser dumme Narr!«

Kleine schwarze Rauchwolken drangen aus dem Tunnel. Mit einem ohrenbetäubenden Lärm wurde die Barrikade aufgebrochen, das Holz, die Metallstücke und die Dieselfässer beiseite geräumt. Während Tracy Steve aus dem Weg zerrte und die Menge zurückwich, ergoß sich der Müll über den Streifenwagen wie ein Wellenbrecher und nahm ihn mit bis in die Mitte des Ladeplatzes.

In der gelben Fahrerkabine dieses Monstrums saß Levi Cobb, seinen Cowboyhut quer auf dem Kopf. Er trieb das eiserne Ungeheuer an, schob den Streifenwagen und den Abfall mit der großen Vorderschaufel weiter bis der Müllberg zwischen der Menge und den beiden Menschen stand, die von ihr gejagt wurden. Schließlich ließ er die Schaufel mit einem Krachen zu Boden gehen. Er stellte sich in der Fahrerkabine auf, blickte die erstaunte Gruppe an und rief: »In Ordnung, Leute, ihr solltet es doch besser wissen!«

Die Erde schien sich unter Steve aufzutun. Er brach zusammen. Er hörte Levi etwas rufen, und Harold Bly rief etwas zurück. Er konnte Tracys Hand auf seiner Schulter spüren.

Levi sagte etwas ... es klang, als würde er versuchen, der Menge die ganze Geschichte auszureden ...

Ein Schuß. Steve zuckte zusammen. Levi redete nicht mehr. Einige Leute jubelten.

Mit seiner verbleibenden Kraft hob Steve den Kopf, und sah, wie Levi über dem Steuerrad des Bulldozers zusammensank. Harold Bly ließ gerade den Revolver sinken, kalten Haß in den Augen.

Erneuter Jubel.

Tracy ließ seine Schulter los. Er hörte sie davonrennen.

Dann wurde es schwarz um ihn.

Kapitel 18

Verfolgt

Alles tat weh. Jemand mußte ihn verprügelt haben. Vielleicht war er von einem Gebäude heruntergefallen oder einen Bergabhang hinuntergerollt. Wenn er nur ganz zu sich kommen könnte, dachte Steve, vielleicht könnte er seine Arme, Finger, Beine und Zehen finden, die ihm diese ganzen Schmerzen meldeten.

Weitere Berichte kamen herein. Sein Kopf meldete einen Kater, seine Schulter und seine Arme Krämpfe vom unbeweglichen Liegen. Und wieder seine Brust, die immer noch brannte. Er erinnerte sich allmählich, in der Bar gewesen zu sein, an das Bier, das er getrunken hatte, die Verfolgungsjagd durch die Stadt – die Schüsse. Levi. Tracy.

Der Alptraum war also noch nicht vorbei. Man hatte ihm ein Betäubungsmittel gegeben. Er hatte Träume gehabt, in denen er weit fort vom Hyde Valley in seiner normalen, alltäglichen, sicheren, kleinen Welt bei der Arbeit gewesen war: an der Universität, in seinen Seminaren, bei seiner Forschung. Er hatte sogar von sichereren Aktivitäten wie die Jagd nach süßen, unschuldigen Grizzlybären geträumt.

Er zwang sich, die Augen zu öffnen und betrachtete die wenigen Zentimeter Boden vor seinen Augen. Hohes Gras. Unkraut, alles war verschwommen, und er konzentrierte sich darauf, klar zu sehen.

Autsch! Seine Handgelenke protestierten.

Sie befanden sich auf seinem Rücken. Dann wurde ihm klar, daß sie auch dort bleiben würden. Sie waren gefesselt. Er betastete mit seinen Fingern, womit er gefesselt war.

Es war eine Kette. Eine kalte, harte Kette, die ihm das Blut abdrückte.

Halb saß er, halb lag er auf dem Boden. Als er versuchte, sich zu bewegen, schrien seine Muskeln auf. Er mußte schon eine ganze Weile so gelegen haben.

Er stieß sich mit den Füßen ab – wenigstens sie waren frei –, und Zentimeter um Zentimeter schaffte er es, sich aufzusetzen.

Die Welt um ihn herum wurde immer klarer, und der Boden hörte auf, sich zu drehen.

Er saß in hohem Gras, umgeben von verwitterten, hoch in die Luft ragenden Ruinen. Sein Herz sank, als ihm klar wurde, wo er sich befand. So schließt sich der Kreis, dachte er. Ich bin wieder bei Null.

Er saß angekettet in der Mitte von Hyde Hall. Der große Gegenstand in seinem Rücken mußte der Stein sein, auf dem er neulich gesessen hatte. Jetzt war er dort angekettet, und er brauchte nicht lange, um den Grund dafür zu erraten.

Ich bin das Friedensopfer für den Drachen. Harold Bly handelte in der Tradition von Benjamin Hyde: Gebt den Leuten einen Sündenbock, zerstört den Botschafter, begrabt die Erinnerung, und die Schwierigkeiten werden sich in Luft auflösen.

Ja, ich werde verschwinden, ohne eine Spur. Keine Schüsse werden abgefeuert werden, keine Zeugen, keine Leiche, keinen Beweis. Die Welt dort draußen wird glauben, ein Bär habe mich gefressen.

Wie angenehm.

Es muß doch einen Ausweg geben, dachte er. Nachdem er sich umgesehen und festgestellt hatte, daß seine Peiniger nicht in der Nähe waren, zerrte Steve an den Ketten. Vielleicht gaben sie ja nach. Doch das war nicht der Fall. Er bewegte sich seitwärts, schließlich versuchte er, sich und seine Fesseln über den Stein zu heben. Es ging nicht.

Wo war Tracy? fragte er sich. Und Levi? Waren sie tot? Waren auch sie irgendwo angekettet? Er sah sich noch einmal genau um, sah und hörte aber nichts.

Leise rief er: »Tracy!« Keine Antwort. »Tracy!«

Wieder keine Antwort, nur der Wind in den Bäumen und das Rauschen des Flusses.

Wann konnte er mit dem Drachen rechnen? Er versuchte sich an einen Zwischenfall zu erinnern, wo er bei Tag zugeschlagen hatte. Cliff wurde nachts getötet, ebenso Maggie, Vic und Charlie. Steve orientierte sich am Stand der Sonne. Wenn der Drache es wirklich vorzog, nachts zu jagen, dann blieben ihm noch einige Stunden Zeit.

Andererseits hatte der Drache auch nichts dagegen gehabt, am hellichten Tag Verstecken mit ihm zu spielen.

Er kam zu der Schlußfolgerung, daß der Drache tun würde, was er wollte, wann er es wollte.

Wie tröstlich.

* * *

Etwa einen Kilometer südlich von Hyde River, direkt oberhalb eines breiten Haufens von Minenabfällen in der Nähe des Flußufers wurden plötzlich einige verrottete Bretter vor einer engen Öffnung im Felsen beiseite geschoben.

Mit verschmutztem Gesicht und zerrissener Uniform arbeitete sich Tracy aus der schmalen Öffnung, die sie sich geschaffen hatte. Sie richtete sich auf, hielt sich aber hinter den Büschen versteckt und beobachtete die *Hyde River Road* auf der anderen Seite des Flusses. Niemand zu sehen.

Gut. Wie ein Verbrecher war sie geflohen. Zwar paßte sie nicht mehr so gut durch diesen alten Tunnel wie damals, als sie noch ein Kind gewesen war, aber er war immer noch da, genau wie sie ihn in Erinnerung gehabt hatte.

Und jetzt schnell den Fluß hinunter zu der Ranch der Stewarts, bevor einige der Spielkameraden ihrer Kindheit, jetzt ihre Verfolger, sich ebenfalls an den Tunnel erinnerten.

* * *

Steve hatte schon lange dort gesessen, und er war nicht sicher, ob er seinem Wahrnehmungsvermögen trauen konnte. War das nur der Wind, den er da hinter sich hörte, oder kam jemand – oder etwas – durch das hohe Gras?

Er hielt den Atem an und lauschte aufmerksam auf das Geräusch des Gleitens, das er auf dem Saddlehorse schon einmal gehört hatte. Da war es wieder! Es könnten Schritte gewesen sein, doch er war nicht sicher. Was immer es war, es kam näher.

Aus einer anderen Richtung hörte er noch ein Geräusch. Dieses Geräusch wurde laut und leiser, hielt inne und begann erneut, wie etwas, das so leicht wie Dunst über den Boden schwebte. Seine Nackenhaare sträubten sich.

Er kannte dieses Geräusch – es war das langsame, stetige, unglaublich gewandte Gleiten des Drachens über den Boden. Außer sich vor Furcht suchte er die Bäume, die Büsche, das hohe Gras ab. Dieses Ding würde versuchen, sich zu tarnen, doch mittlerweile wußte er, wonach er Ausschau halten mußte.

Er dachte daran zu beten. Doch er verwarf diesen Gedanken wieder. Wer war da, zu dem er beten konnte?

»Gott, hilf mir«, brachte er trotzdem über die Lippen.

Unablässig suchte er das Gelände vor sich ab, die alten Ruinen, die Bäume.

Zuerst erschienen die Augen. Da waren sie, hingen einfach so in einem Baum am entgegengesetzten Ende von Hyde Hall.

Ihre Blicke trafen sich, und Steve zuckte zusammen. Er schrie vor Schmerz auf, denn die Wunde über seinem Herzen begann zu brennen. Psychosomatische Reaktion, dachte er. Die Kraft der Suggestion …

Wir sind miteinander verbunden! Bei dieser Erkenntnis krümmte er sich entsetzt zusammen. Wir sind miteinander verbunden.

Dieses Ding grub sich in sein Herz, seine Seele, und er war vollkommen hilflos. Steve brach der kalte Schweiß aus.

Die Augen bewegten sich leicht. Steve konnte die Form des Kopfes erkennen, die Hörner, den Hals.

Eine rote, lange, gespaltene Zunge züngelte herum und verschwand wieder.

»Oh Gott … « Diesmal fielen ihm die Worte schon leichter, obwohl seine Stimme zitterte. »Oh Gott, wenn du da bist, dann hilf mir.«

Steve konnte das Ding jetzt riechen. Es war der ihm nur zu vertraute Geruch von Tod, von verwesendem Fleisch. Genau wie bei Maggie. Und Charlie.

Dieses Mal würde er dem Drachen nicht entkommen können.

»Gott, hilf mir!« rief Steve.

Auf einmal hörte er ein Geräusch hinter sich. Ein Taumeln, ein Stolpern, und ein Körper, der ins Gras fiel.

Die Schuppen des Drachens wurden sichtbar. Sie funkelten, wechselten die Farben und flackerten wie eine Lichtreklame in Las Vegas, die verrückt spielte. Die Tarnung war verschwunden, und Steve konnte den Drachen ganz klar erkennen. Seine goldenen Augen waren fest auf irgend etwas hinter ihm gerichtet.

Eine ihm vertraute Stimme rief laut: »LOS! VERSCHWINDE! FORT VON HIER!«

Auf einmal sah Steve nur noch seine Flügel, die zuerst wie Silber funkelten, dann schnell im Blau des Himmels blasser wurden. Eine Windböe traf ihn wie eine Mauer, und er wendete den Kopf ab und schloß die Augen.

Er hörte den Flügelschlag des Drachens. Als er die Augen öffnete, bewegten sich die Baumwipfel.

Aber das Ungeheuer war fort.

Es ist fort! dachte Steve. Ich lebe noch. Was für ein Gefühl! Im Augenblick war ihm der Schmerz in seinen Handgelenken, seinen Armen, Schultern, und ja, auch in seiner Brust, willkommen.

Es gibt einen Gott, dachte er, als er die angehaltene Luft ausströmen ließ.

»Levi!« rief Steve über die Schulter hinweg dem Mann zu, der gerade sein Leben gerettet hatte.

»Ja!« antwortete Levi.

Er konnte hören, wie er sich durch Hyde Hall hindurchkämpfte. Sein Atem ging schwer, und Steve hörte ihn stöhnen, als hätte er Schmerzen. Das hörte sich gar nicht gut an.

»Levi, sind Sie in Ordnung?«

»Nein, ich bin nicht in Ordnung«, kam die ungeduldige Antwort.

Steve hörte, wie Levi noch ein paar Schritte ging, schließlich entdeckte er ihn über die linke Schulter hinweg.

Noch einige Schritte, und Levi brach direkt vor ihm zusammen.

Levis Hemd war blutdurchtränkt. Er lag einen Augenblick reglos da, atmete tief durch und weinte beinahe vor Schmerzen. In einer Hand hielt er eine riesige Eisenzange.

Jetzt erinnerte sich Steve wieder. Auf Levi war geschossen worden.

Trotz des Schmerzes hatte der Mechaniker nicht aufgegeben, seine Botschaft begreiflich zu machen. »Na, ist es jetzt endlich klar?«

»Er – er hatte Angst vor Ihnen«, stammelte Steve.

»Und vor Evelyn.« Levi hielt die Luft an, um Kräfte zu sammeln. Schließlich kroch er auf Steve zu. »Und darum mögen die Leute in der Stadt uns nicht besonders.« Er fiel wieder zu Boden. »Sie dachten, ich sei tot, und ich dachte es auch. Aber Gott hat sie anscheinend ausgetrickst. Sie rannten davon und ließen mich einfach zurück.«

»Woher wußten Sie, daß ich hier bin?«

»Sie wollten jemanden opfern. Mich würde der Drache nicht annehmen, und Tracy ist entkommen, also ...«

»Sie ist entkommen?«

Levi zog sich zu dem Stein. Alles tat ihm weh. »Sie rannte davon. Rannte davon so schnell sie konnte, durch das Loch, das ich mit dem Bulldozer geschoben hatte.«

Er setzte die Eisenzange an und knipste einen Teil der Kette durch.

Steve zerrte.

»Halten Sie noch still«, wies Levi ihn an. »Ich habe erst die Hälfte.«

Steve hielt still. »Wie schlimm sind Sie verwundet?«

»Schlimm genug. Es war Bly. Der Drache konnte es für ihn nicht tun, darum hat er es schließlich selbst erledigt. Ich dachte mir schon, daß es so kommen würde.« Er knipste auch die andere Seite durch.

Steve spürte, daß die Kette nachgab.

»Ziehen Sie noch nicht«, sagte Levi. »Ich muß sie noch hier durchziehen.«

Levi arbeitete an der Kette und löste sie vom Stein. »Das war wirklich dumm«, sagte er, während er arbeitete. »Der Drache will alle. Was kümmert ihn, daß sie ihm jemanden schicken, den er zuerst fressen soll?«

»Sie haben recht«, sagte Steve. »Aber Bly wollte sichergehen, daß ich der erste war.«

Levi schwieg eine Weile. »So, wir haben's.«

Steve beugte sich vor und zog vorsichtig. Die Kette glitt vom Stein ab und fiel zu Boden. Er holte seine Arme nach vorn und rieb erleichtert seine Handgelenke. »Levi, ich verdanke Ihnen mein Leben.«

»Sie verdanken Jesus Ihr Leben. Ich wäre jetzt dankbar für einen Arzt.«

»Lassen Sie mich einmal sehen.«

Levi legte sich auf den Boden, und Steve öffnete sein Hemd. »Haben Sie Angst?«

»Natürlich habe ich Angst. Aber nicht um mich! Um Sie! Um den Drachen! Sie müssen Angst haben, Steve. Wenn Sie nämlich keine mehr haben, wird der Drache Sie holen.«

Steve blickte ihm in die Augen. »In Ordnung, ich habe Angst.«

Er untersuchte Levis Wunde. Die Kugel war durch den Darm gedrungen und hatte vermutlich die Leber verletzt. Blut sickerte aus der Wunde.

»Sie müssen ihm widerstehen«, sagte Levi drängend. Seine Stimme wurde schwächer. »In der Bibel heißt es: ›Unterwerft euch Gott; widersteht dem Teufel, so flieht er von euch.‹ Wenn Sie sich Gott unterwerfen und rein werden von Ihrer Sünde, wird dieser alte Drache Ihnen nichts mehr anhaben können. Sie werden ihn ohne Schwierigkeiten besiegen können.«

»Versuchen Sie, nicht zu sprechen. Ich muß Sie hier herausbringen.«

Steve wollte aufstehen, doch Levi hielt seine Hand fest. »Ich muß das sagen. Sie müssen mit Gott ins reine kommen, Steve.«

»In Ordnung, Levi, in Ordnung.«

Levi blickte zu ihm auf. Offensichtlich erleichterte ihn diese Antwort. »Sie haben das Zeichen, er ist also Ihr Drache jetzt, Steve. Sie sind ein Teil von ihm; er ist ein Teil von Ihnen. Aber wenn Sie mit Gott ins reine kommen, können Sie ihn töten; warten Sie's nur ab.«

»Und wie soll das vonstatten gehen?«

Levi lächelte schwach. »Wenn der Drache Jesus in Ihnen sieht, wird er zurückweichen. Er wird. Sie können ihn dazu bringen, zurückzuweichen. Sie können ihm Furcht einjagen, genau wie ich, wie Evelyn.« Er schloß die Augen, als wollte er schlafen. »Gehen Sie zu diesem Tunnel ... benutzen Sie den Tunnel ... Jesus wird den Rest in die Hand nehmen.«

Steve verstand nicht, aber er sagte: »In Ordnung, Levi.«

Unter höchster Willensanstrengung nahm Levi einen kleinen Messingschlüssel aus seiner Hemdtasche. »Nordwest Bank«, keuchte er. »Oak Springs. Meine Schwester wird Ihnen weiterhelfen.«

Steve nahm den Schlüssel. »Ihr Sicherheitsdepot.«

»Ja.«

»In Ordnung, wir werden darüber sprechen, sobald ...«

Levi schlief ein. Sein Kopf lag friedlich auf dem Boden.

»Levi!«

Keine Antwort. Steve wußte, daß er keine mehr bekommen würde.

* * *

»Hallo, Büro des Sheriffs vom Clark Count, hier spricht Deputy Matson.«

Der Leutnant der Polizei von Oak Springs nahm sich einen Augenblick Zeit, durch die Glaswand seines Büros die völlig aufgelöste Frau zu betrachten, die draußen saß. Der Überfall auf sie vom vergangenen Abend schien sie vollkommen aus der Fassung gebracht zu haben.

»Hallo«, sagte er. »Hier spricht Leutnant Jarvis von der Polizei in Oak Springs.« Vorsichtig formulierte er seine Frage. »Uns wurde gerade berichtet, daß Sie Schwierigkeiten haben. Ich versuche, die Sachverhalte zu klären.«

Matson schien eine solche Frage nicht erwartet zu haben. »Nein, hier gibt es keine Probleme. Es ist sogar ein recht langweiliger Morgen.«

»Ist Sheriff Collins da?«

»Ja, warten Sie einen Augenblick.«

Jetzt sah Leutnant Jarvis Evelyn Benson eindringlich an.

Eine Stimme meldete sich. »Sheriff Collins.«

Jarvis zog scharf die Luft ein. »Hallo Sheriff. Hier spricht Leutnant Jarvis von der Polizei in Oak Springs. Ich überprüfe eine Information, die wir bekommen haben. Gibt es Probleme bei Ihnen?«

»Warum? Was haben Sie denn gehört?«

»Nun ... jemand hat gesagt, Sie seien tot.«

»Tot?«

»Ja, erschossen von einer Ihrer Beamtinnen. Außerdem wurde uns berichtet, in Hyde River braue sich etwas zusammen.«

»Ach du meine Güte. Wer hat Ihnen denn so etwas erzählt?«

»Ich habe eine Dame hier auf der Wache sitzen, die im Augenblick ein wenig die Fassung verloren hat ...«

»Ist das zufällig Evelyn Benson?«

»Genau.«

Der Sheriff lachte. »Ach so. Es tut mir leid. Hören Sie, Evelyn Benson ist – nun, sie ist eine Psychopathin, und im Augenblick steckt sie in einer Krise. Sie wurde gestern in ihrem Haus überfallen.«

»Ja, ich weiß, ich habe den Fall bearbeitet.«

»Und wußten Sie, daß ihr Mann vor etwas mehr als einer Woche von einem Grizzly getötet und halb aufgefressen wurde?«

»Ja, auch das weiß ich. Darum habe ich mich schon gefragt ...«

»Es ist sehr schwer für sie. Vielleicht braucht sie sogar ärztliche Hilfe; ich weiß es nicht. Aber im Augenblick hat sie es auf Hyde River abgesehen. Sie kam zu mir und erzählte mir, die Mörder würden sich zusammenrotten, und ... hat sie auch etwas von dem Drachen erzählt?«

»Einem was?«

»Einem Drachen. Sie wissen schon, einer großen, feuerspeienden Echse.«

»Ein Drache? Nein, davon hat sie nichts gesagt.«

»Fragen Sie sie danach. Sie werden eine schöne Geschichte zu hören bekommen. Sie ist der Meinung, ein Drache hätte ihren Mann gefressen.«

Evelyn stand auf, als Jarvis aus seinem Büro kam. »Glauben Sie mir jetzt?«

»Mrs. Benson, setzen Sie sich doch.«

Sie hatte im Augenblick keinen Sinn für Höflichkeiten. »Haben Sie nicht angerufen?«

»Doch.«

»Mit wem haben Sie gesprochen?«

»Mit Sheriff Collins.«

Sie war verblüfft. »Das ... das ist unmöglich.«

»Es geht ihm gut. Da drüben ist alles in bester Ordnung.«

»Sheriff Collins ist tot!« sagte sie. »Ich habe ihn selbst gesehen!«

»Ich habe gerade mit ihm gesprochen.«

»Woher wissen Sie, daß er es war?«

Jarvis hob beschwichtigend die Hand. »Bitte, beruhigen Sie sich doch.«

»Ich beruhige mich, wenn Sie ein wenig die Ruhe verlieren, können Sie mir folgen? Sie müssen etwas unternehmen! Sie müssen hinfahren!«

»Mrs. Benson, ich denke, das können Sie nicht beurteilen.«

»Jemand muß etwas unternehmen!«

»Was ist mit dem Drachen, Mrs. Benson?«

Das ließ sie innehalten.

»Haben Sie nicht den Leuten erzählt, ein Drache habe Ihren Mann gefressen?«

In diesem Augenblick wußte Evelyn, daß Jarvis ihr niemals glauben würde.

In diesem Augenblick beschloß Jarvis, ihr nicht zu glauben.

* * *

Im Büro des Sheriffs von Clark County legte Doug Ellis den Hörer auf und gesellte sich wieder zu der Truppe, die Bly geschickt hatte, um die Dienststelle zu säubern. Er schlug Kyle Figgin anerkennend auf die Schulter – er hatte sich als Deputy Matson großartig gehalten. Die Tür war verschlossen, die Fensterläden geschlossen, und alle Anrufe wurden in die Zentrale weitergeleitet. Collins Leiche war bereits eingewickelt und durch die Hintertür zu einem wartenden Lieferwagen gebracht worden; Phil Garretts Leiche lag ebenfalls darin. In wenigen Minuten würden die Böden gewischt und alles wieder in Ordnung sein, denn in einer halben Stunde würde der Beamte der zweiten Schicht seinen Dienst antreten.

Doug fragte sich, welche Erklärung man für Collins Verschwinden abgeben sollte, aber auf der anderen Seite, warum überhaupt eine Erklärung? Wie immer gab es keine Beweise, keine Zeugen, und niemand würde ein Wort sagen, vor allem nicht jetzt.

* * *

Während die Sonne hinter den Bergen unterging und ihre Schatten über die Ruinen der Altstadt hinwegwanderten, saß Steve neben dem Körper Levi Cobbs. Er war am Leben, frei, und am Boden zerstört, denn er erkannte erst jetzt, daß Levi wirklich sein Freund gewesen war. Steve war überwältigt von Schuldgefühlen. Im Vergleich dazu war der Schmerz in seinem Körper, sogar der Schmerz von der Wunde über seinem Herzen, gar nicht so schlimm.

Ich hätte an deiner Stelle sein sollen, Levi, nicht du.

Ohne Scham weinte er um Levi, um Cliff, um dieses ganze elende Tal, wo der Tod ein gehätscheltes Haustier war, in dem ein verachteter Mechaniker für einen Fremden gestorben war.

Warum? Warum?

Sein Schluchzen übertönte den herannahenden Hufschlag. Doch schließlich blickte er verblüfft auf.

Tracy! Sie war frei, am Leben! Sie kam die Hauptstraße der alten Stadt entlanggeritten, ein zweites Pferd hinter sich herführend. »Steve! Bist du in Ordnung?«

Seine Beine gaben unter ihm nach, als er versuchte aufzustehen. Schnell fuhr er sich über das Gesicht und bemühte sich, die Fassung wiederzugewinnen. »Du lebst!«

»Gerade eben noch.«

Neben Hyde Hall brachte sie ihr Pferd zum Stehen. Ihrem zerrissenen, zerschundenen Zustand nach zu urteilen, könnte man denken, sie wäre mitgeschleift worden, dachte Steve.

»Woher wußtest du, wo ich war?« fragte er.

»Ich kann zwei und zwei zusammenzählen.« Fragend betrachtete sie die Ketten. »Wie um alles in der Welt hast du dich daraus befreien können?«

»Levi kam und hat mich losgeschnitten.«

»Dann setz dich endlich in Bewegung! Komm!«

Hatte sie nicht gehört, was er gesagt hatte? »Er – er ist tot. Er wurde erschossen.«

Sie reckte den Hals und sah Levis Leiche im Gras liegen. »Komm schon. Ich habe diese Pferde nicht gemietet!«

Sie blieb reglos stehen. »Tracy! Er hat mir das Leben gerettet! Der Drache war hier …«

»Laß ihn zurück! Wenn wir nicht über die Berge reiten, sind wir so tot wie er!«

Steve betrachtete seinen Freund, der in einer Blutlache lag wie ein vergessener Krieger auf einem verlassenen Schlachtfeld. »Ich kann nicht. Ich kann ihn nicht einfach hier zurücklassen.«

»Doch, das kannst du. Du mußt es sogar. Bly und die anderen werden uns verfolgen, wenn sie herausfinden, was passiert ist.«

Steve betrachtete Levi ein letztes Mal. Levi war tot, und doch klangen einige seiner Worte noch in ihm nach. »Er hat mir gesagt, wie ich den Drachen töten kann … denke ich.«

»Wirst du jetzt dieses Pferd besteigen?«

»Was ist mit dem Drachen?«

»Zur Hölle mit dem Drachen! Zur Hölle mit dieser ganzen Stadt! Sie können ihn haben!«

Steves Blick wanderte von Tracy zu Levis Leiche. Er kam zu der Überzeugung, daß es richtig war, ihr zu vertrauen, zu diesem Pferd zu laufen und es zu besteigen. Es war beruhigend, das Pferd gezäumt und gesattelt vorzufinden. In der Satteltasche steckte die Schrotflinte des Sheriffs. Anscheinend hatte Tracy einen Plan.

»Folg mir einfach nur«, rief Tracy ihm über die Schulter hinweg zu. »Ich kenne einen Weg aus dem Tal heraus.«

Er folgte ihr durch die Ruinen und in nördlicher Richtung den Fluß entlang.

»Woher hast du die Pferde?«

»Von der Stewart-Ranch, ein paar Kilometer entfernt. Sie waren nicht zu Hause, darum habe ich mich selbst bedient.«

Das war schon eine seltsame Vorstellung. »Ein Deputy, der Pferde stiehlt?«

»Der Pferde beschlagnahmt, das ist etwas anderes.«

* * *

Harold Bly saß wieder im Lokal. Diesmal hatte er sich für Whisky entschieden. Es lief nicht so, wie es sein sollte.

Carl Ingfeldt platzte zur Tür herein. Er stand einfach nur da, hatte Angst zu sprechen.

»Und?« fragte Bly.

Carl schüttelte den Kopf. »Wir haben sie verloren, Boß. Dieser alte Tunnel der Skyler Mine war offengeblieben. Vermutlich ist sie dort hindurchgekrochen und kam hinter der Straßensperre heraus.«

»Daran hättet ihr denken müssen!«

Carl zuckte nur hilflos die Achseln. »Seit Jahren hat ihn keiner mehr betreten. Wir haben nicht geglaubt, daß sie daran denken könnte.«

Bly ließ es dabei bewenden. Er blickte Bernie an. »Das haben wir uns schon gedacht. Bernie hat gerade einen Anruf von den Stewarts bekommen. Ihnen sind zwei Pferde gestohlen worden.«

»Zwei Pferde?«

»Sie wird versuchen, über die Berge zu kommen und Benson mitzunehmen. Jemand muß hin, um dafür zu sorgen, daß das nicht passiert.«

Andy Schuller platzte mit einer weiteren unangenehmen Nachricht herein. »Keine Spur von Cobb.«

Bly fluchte. »Ich hätte ihn sofort erledigen sollen. Wo hast du gesucht?«

»Wir folgten einer Blutspur zu seiner Werkstatt, aber dort ist er nicht. Er versteckt sich, oder er ist fort, oder …«

»Er ist nicht fort. Wenn er am Leben ist, wird er versuchen, Benson zu retten.«

Carl blickte ihn zweifelnd an. »Woher soll er denn wissen, wo er ihn finden kann?«

Dumme Frage, sagte Blys Gesichtsausdruck. »Wo sollte Benson sonst sein? Andy, du nimmst dir einige Männer und gehst hin. Wenn Cobb nicht da ist, wird Tracy auf jeden Fall dort zu finden sein.«

Andy zögerte. »Sie meinen ... nach Hyde Hall?«

»Los! Du arbeitest für mich, vergiß das nicht. Es wird dir nichts geschehen.«

»Aber es wird bereits dunkel.«

»Nun mach schon!«

Andy drehte sich um. Die Tür flog wieder auf, und Joe und Elmer traten ein. »Wir haben Cobb gefunden.«

Alle starrten sie an.

»Er war unten in Hyde Hall«, berichtete Joe. »Wir haben uns gedacht, daß er versuchen würde, Benson zu retten.«

Bly war beeindruckt. »Siehst du?«

»Er ist tot«, erzählte Elmer. »Sie haben ihn schließlich doch getötet. Es hat nur eine Weile gedauert.«

»Aber bevor er starb«, fuhr Joe fort, »hat er Benson befreit. Benson ist fort.«

»Und vermutlich habt ihr frische Hufspuren gefunden, habe ich recht?« fragte Bly.

Joe und Elmer blickten sich an. »Ja, genau«, meinte Joe. »Woher wußten Sie das?«

Bly winkte ab. »Tracy und Benson wollen also über die Berge fliehen.«

»Wir werden sie nie finden«, meinte Elmer.

»Sie sind fort«, sagte Joe.

»Sie haben das Zeichen«, entgegnete Bly. »Sie haben das Zeichen. Sie sind die Ursache der ganzen Schwierigkeiten hier. Meint ihr wirklich, sie könnten das Tal einfach so verlassen?«

Elmer und Joe sahen sich an. Die anderen sahen Elmer und Joe an.

Elmer ergriff schließlich das Wort. »Ich denke, Sie haben recht, Harold.«

Bly trank seinen Whisky aus. »Sie werden den Drachen also eine Weile beschäftigt halten. Das wird uns Zeit geben, die Stadt zu säubern.«

Fragend sahen sich Elmer und Joe an.

»Wer waren Cobbs Freunde?« fragte Bly.

Carl ergriff das Wort. »Er hatte eine Bibelgruppe, die sich in seinem Haus traf.«

»Gehören die Carlsons nicht dazu?«

»Ja, sie und die Malones«, fügte Andy hinzu.

Bly nickte. »Die Carlsons haben ihr Haus von mir gemietet. Das wird leicht sein. Die Malones ... nun, wir werden uns etwas ausdenken.«

Andy fragte: »Was wollen Sie tun, Harold?«

Blys Augen zogen sich zusammen. »Das ist die Stadt des Drachens, Andy. Es gefällt ihm nicht, wenn solche Leute in dieser Stadt wohnen, und er hat versucht, uns das klarzumachen. Entweder sie oder wir.« Bly fuchtelte mit dem Finger vor Andys Nase herum. »Entweder sie oder du.«

* * *

Tracy und Steve ritten etwa einen halben Kilometer am Fluß entlang. Schließlich fanden sie einen überwucherten Pfad, der die alte Hyde River Road kreuzte und hinauf in die Berge im Westen führte. Elche und Rotwild nahmen regelmäßig diesen Pfad zum Wasser. Doch soweit Steve erkennen konnte, hatten ihn schon eine ganze Weile keine Reiter mehr benutzt.

»Der Pfad verläuft noch etwa einen Kilometer am Fluß entlang«, meinte Tracy leise, »dann führt er hinauf zum Hatchet Creek.«

»Ich hoffe, du weißt, daß wir hier in diesen Bergen in der Dunkelheit eine leichte Beute sind.«

»Keine Angst.«

Keine Angst, richtig. »Wir sollten uns ein Versteck suchen und die Nacht über dort bleiben.«

»Steve, mach dir keine Gedanken.«

Ihre gleichgültige Haltung beunruhigte ihn. »Tracy! Alle Angriffe des Drachens haben im Schutz der Dunkelheit stattgefunden. Es ist sehr wahrscheinlich, daß der Drache in der Dunkelheit auf die Jagd geht, was bedeutet, daß er uns sehr leicht erkennen kann.«

»Vielleicht kann er uns von den Pferden gar nicht unterscheiden.«

»Wir haben das Mal, Tracy! Der Drache wird wissen, wo er uns finden kann!«

Sie warf ihm einen verächtlichen Blick zu und ritt weiter.

»Wir sind mit diesem Ding verbunden!«

»Hör auf zu reden!« zischte sie. »Willst du uns verraten?«

Sie ritt weiter, und er folgte ihr. Sie hatte recht. Sie waren noch zu nahe am Fluß, an der Straße, an den anderen Straßen und kleinen Höfen, um sich zu unterhalten. Tracy schien einen guten Fluchtweg zu kennen, und bisher waren sie ja auch entkommen. Er würde ihr vertrauen müssen.

Der Weg führte zum Hatchet Creek und schlängelte sich schließlich hinauf in die Berge. Sie ritten weiter, verließen immer wieder den Schutz der Wälder und überquerten Wiesen und Weiden. Das machte Steve nervös. Er behielt den klaren Himmel über sich im Auge – als ob das etwas nützen würde, dachte er. Der Drache könnte sich als Baumstamm vor ihnen tarnen oder in dieser Wiese verstecken, so daß man ihn nicht erkennen konnte.

Ein niedriger Ast hing im Weg. Steve duckte sich tief in den Sattel und schob den Ast mit der Hand beiseite.

Er meinte etwas gerochen zu haben.

Vielleicht denke ich zu viel an den Drachen, dachte er. Jetzt rieche ich ihn sogar. Er nahm sein Hemd und hielt es sich an die Nase. Nein, nicht der vertraute Geruch nach verwesendem Fleisch. Er war erleichtert. Der Schmerz in seiner Brust hatte sogar ein wenig nachgelassen. Vielleicht hatte er sich aber auch nur daran gewöhnt.

Er schnüffelte aufmerksam. Nein, er war nicht sicher, daß er es wirklich gerochen hatte. Trotzdem blieb er wachsam. Eine innere Stimme mahnte ihn beständig zur Vorsicht.

Sie ritten weiter. Die Sonne schien gerade noch über den Berggipfel.

Welchen Berggipfel? Steve betrachtete den hohen, felsigen, von der Sonne beschienenen Bergkamm.

Saddlehorse. Der Pfad verlief südlich davon. Dieser Gedanke vermochte ihn keinesfalls zu beruhigen.

Kapitel 19

Die Säuberungsaktion

Jack Carlson war ein junger Minenarbeiter, Sohn eines Minenarbeiters, und er hatte für die Hyde Minengesellschaft gearbeitet, bis er sechs Monate zuvor entlassen worden war. Seine Frau Amy hatte jetzt eine Stelle in West Fork gefunden, und auch er suchte in diesem Gebiet nach Arbeit. Die Frage der Unterbringung war ein schwieriges Problem. Die Miete, die sie für diese kleine Hütte in Hyde River bezahlten, war einige Male angehoben worden, doch immer noch billiger als das, was sie in West Fork würden bezahlen müssen. Darum blieben sie. Jack hatte von einer Regelung gehört, daß die Häuser der Gesellschaft nur an Angestellte vermietet werden sollten, doch bisher war man noch nicht an ihn herangetreten mit der Aufforderung, das Haus zu verlassen, und nur zu gern hatte die Gesellschaft seine monatlichen Schecks entgegengenommen.

Doch als er das Klopfen an der Tür hörte, hatte er so eine Ahnung, was auf ihn zukam.

Amy öffnete die Tür. Doug Ellis und vier andere Männer mit grimmigen Gesichtern und Gewehren standen vor der Tür.

»Jack, du solltest besser herkommen«, rief sie.

Jack kam zur Tür, und sie stellte sich hinter ihn. »Jack, die Gesellschaft möchte, daß dieses Haus geräumt wird. Ihr müßt gehen. Jetzt!«

»Doug … was ist denn los?« fragte Jack verwirrt. »Wieso kommt ihr mit Gewehren bewaffnet?«

»Wir möchten, daß ihr noch heute abend die Stadt verlaßt.«

Amy schrie erschrocken auf.

Jack konnte es nicht glauben. »Heute abend noch?«

»Packt eure Sachen zusammen und verschwindet.«

»Was ist denn passiert?«

»Wir haben doch immer unsere Miete bezahlt«, meinte Amy. »Fragt Harold!«

Doug legte das Gewehr auf Jack an. »Wir kommen in einer Stunde zurück. Es wäre besser für euch, wenn ihr euch dann gerührt hättet, klar?«

Jack konnte es nicht fassen. »In einer Stunde? Es ist abend, es wird dunkel ... «

»Eine Stunde!« sagte Doug und wendete sich zum Gehen.

Auch Sam und Kathy Malone und ihre drei Kinder hörten ein Klopfen an der Tür. Sam öffnete die Tür. Andy Schuller und seine Billardfreunde standen bewaffnet davor.

»Was ist los?« fragte Sam.

»Das Haus wurde beschlagnahmt«, erklärte Andy.

»Wie bitte? Soll das ein Witz sein?«

Andy fuchtelte mit seinem Gewehr herum. »Kein Witz, Sam. Ihr habt in diesem Haus öffentliche Versammlungen abgehalten, und das ist ein Verstoß gegen die Verordnung.«

»Welche Verordnung?«

Andy hatte keine gute Antwort parat, doch er versuchte so zu tun, als hätte er eine. »Die Gesellschaft versucht die Stadt neu zu organisieren. Keine Bibelstunden in Privathäusern mehr, Sam.«

»Seit wann?«

»Seit ihr sie abhaltet, Sam.«

»Harold Bly meint, er könnte mir sagen, was ich in meinem eigenen Haus zu tun oder zu lassen habe?« meinte Sam wütend.

»Es ist vielleicht dein Haus, aber es ist seine Stadt.«

»Ich werde mit einem Rechtsanwalt darüber reden!«

»Du wirst noch heute abend verschwinden, Sam. Jetzt sofort!«

Sam konnte es wie Jack Carlson nicht glauben. »Was meinst du damit?«

Andy war noch nie sehr redegewandt gewesen. Er war eher ein Mann der Tat. Er packte Sam beim Kragen, zerrte ihn aus der Tür und warf ihn in den Hof. Bevor Sam sich von dem Schock erholen konnte, waren die Männer bereits ins Haus gestürmt.

Kathy begann zu schreien.

* * *

Schweigend überquerten Steve und Tracy den Fluß und folgten dem Pfad den steilen Abhang hinauf. Bald verebbte das Rauschen des Wassers, und außer dem dumpfen Hufschlag, dem leisen Ächzen des Ledersattels und dem Zirpen der Grillen in der Dämmerung war nichts zu hören.

Wir nähern uns dem Saddlehorse, dachte Steve unablässig. Es wurde zusehends dunkler, und bald würden sie nichts mehr sehen können.

Der Drache hätte dann alle Vorteile auf seiner Seite. Sie befanden sich zwar noch im Schutz des Waldes, doch Steve wußte, daß das nicht andauern würde. Schon bald würden sie die Baumgrenze erreichen, dann hätten sie überhaupt keinen Schutz mehr.

Er lauschte und beobachtete, doch bisher hatte er noch keine Anzeichen eines Verfolgers ausmachen können. Wenn sie nun gar nicht verfolgt wurden? Wenn sie nun ein Versteck finden konnten, wo sie sich bis zum Tagesanbruch verstecken könnten?

»Tracy«, rief er leise.

Er konnte sie kaum noch erkennen.

»Tracy«, rief er erneut.

Endlich antwortete sie ihm. »Weißt du, Steve, wenn wir hier herauskommen, sollten wir zu Tanners Lodge am Cold Creek, auf der anderen Seite des Passes, gehen. Du glaubst nicht, wie viele Zimmer sie haben, alle holzvertäfelt, mit Plüschteppichen und weichen Bettdecken ... «

Für jemanden, der ihn gerade daran erinnert hatte, daß sie leise sein sollten, sprach sie ziemlich laut. Steve hielt seine Stimme gedämpft und hoffte, daß sie den Hinweis verstehen würde. »Wie lange werden wir noch im Wald sein?«

»Ich denke, wir werden schon bald die Baumgrenze erreicht haben.«

Er blickte zu den dunklen Silhouetten der Baumwipfel, durch die nur ein kleines Stückchen Himmel zu sehen war. Der Drache würde diesen dichten Schutzschild nicht unbemerkt durchbrechen können. Es wäre nett, sich diesen Vorteil zu bewahren.

»Wir sollten es uns gut überlegen, ehe wir diese Deckung verlassen«, sagte er.

Keine Antwort. Nur der dumpfe Hufschlag und das Rascheln der Blätter.

»Tracy?«

»Ich werde eine lange Dusche nehmen, wenn wir dort sind«, sagte sie träumerisch. »Ich werde duschen und dann in dieses große, weiche Bett springen, und es wird wie im Himmel sein. Das wird dir gefallen.«

Jetzt war Steves Stimme etwas schärfer. »Tracy, hast du gehört, was ich gesagt habe?«

»Was denn?«

»Ich habe gesagt, wir sollten uns gut überlegen, ob wir den Schutz des Waldes verlassen.«

»Warum? Worüber machst du dir solche Gedanken?« fragte sie verwirrt.

Junge, sie war wirklich ganz woanders. »Der Drache, erinnerst du dich? Wenn wir ohne Deckung weiterreiten, sind wir das beste Ziel.«

Er konnte ihr Gesicht nicht deutlich erkennen, aber er hörte, wie sie verächtlich schnaubte. »Der Drache. Ich denke, wir sind mittlerweile weit genug entfernt.«

»Tracy!« Wie konnte sie das nur so auf die leichte Schulter nehmen? »Wir reiten direkt unter dem Saddlehorse her. So wie es aussieht, lebt hier der Drache. Ich würde sagen, wir sind ziemlich nah!«

»Er wird hier nicht mit uns rechnen.«

»Das kannst du doch gar nicht wissen.«

»Bly und die anderen haben uns nicht verfolgt. Warum sollte es der Drache tun?«

Nur ungern erinnerte er sie daran. »Wir haben das Mal, Tracy. Hast du das vergessen?«

»Steve!« meinte sie gespielt vorwurfsvoll. »Komm schon, das Mal besagt doch gar nichts. Wenn wir erst einmal hier heraus sind, wird es fortgehen.«

»Und wie genau verläuft dieser Pfad? Wie lange dauert es, bis wir über den Paß kommen?«

»Steve, mach doch nicht eine so große Sache daraus.«

Große Sache? Er dachte an Vic Moore, Charlie und Maggie, ganz zu schweigen von seinem halb aufgefressenen Bruder.

»Habe ich dir eigentlich mal von Dougs kleinen Eskapaden erzählt?«

Er wollte nichts davon wissen, sie aber andererseits auch nicht verletzen, darum sagte er: »Nein.«

»Ich glaube, er ist mehrmals bei Carlotta gewesen. Ich hörte, daß sie zusammen in Tanners Lodge gesehen wurden.«

Steve hätte nie gedacht, daß er jemals etwas zu Dougs Verteidigung sagen würde, doch nach dieser Begegnung in der Kneipe ... »Du meinst damit, du hast gehört, daß sie zusammen gesehen worden sind?«

»Jemand hat es mir erzählt.«

»Ich habe das Gefühl, daß das nur Gerede ist.«

Sie reagierte nicht auf das, was er sagte. »Es ist also irgendwie poetisch und nur gerecht. Er war mit ihr in Tanners Lodge, und jetzt gehe ich mit dir dorthin. Vielleicht kriegen wir sogar das Zimmer, das er gehabt hat.«

Unter normalen Umständen wäre er von solchem Gerede abgestoßen gewesen. Er würde sich benutzt vorgekommen sein. Doch er empfand nichts als Furcht.

Sie redete weiter. »Ich wußte, daß du etwas Besonderes an dir hast ... weißt du, was ich meine? Doug sieht mit seinen Muskeln zwar beeindruckend aus, aber innerlich ist er eine Memme; er ist so dünn wie Papier. Ich brauche einen Mann mit einem richtigen Herzen, mit Charakter. Und jetzt habe ich ihn. Ich habe ihn.«

Er schnüffelte. Da war es. Dieser Geruch. Er hatte es sich also nicht nur eingebildet. »Tracy ...«

»Habe ich dir mal von Andy Schuller und mir erzählt? Junge, das war eine wilde Geschichte! Soll ich dir sagen, wodurch es in die Brüche ging? Ich habe ihm erzählt, ich wollte Polizistin werden.« Sie lachte bei der Erinnerung daran. »Er dachte, ich wollte ihm sagen, ich sei schwanger! Ich weiß nicht, was schlimmer gewesen wäre, es hat ihm so zugesetzt. Es war, wie wenn er sagen wollte: ›Wow, Tracy ist endlich zu Verstand gekommen!‹«

Oh Gott, nein! Laß es nicht mit ihr geschehen! »Tracy, bist du in Ordnung?«

»Das Ganze war dumm. Mit Andy und mir hätte es nie geklappt. Sieh ihn nur an, er hängt immer noch herum und spielt Billard in Charlies Bar.«

Er hatte genug gehört. »Tracy, halt doch mal den Mund.«

Sie ritt weiter. Er trieb sein Pferd an, um sie einzuholen.

»Auch die Sache mit Jimmy hat nicht geklappt. Oh. Du kennst Jimmy ja gar nicht. Er wurde in der Mine verletzt und hat sein Bein verloren. Das war schlimm. Ich mochte ihn wirklich.«

Der dichte Wald lichtete sich ein wenig. Der Himmel über ihnen war immer mehr zu sehen. »Ich wußte, daß Doug dich nicht mögen würde. Er fühlt sich immer bedroht, wenn ein Bursche wie du daherkommt. Aber weißt du, ich denke, das ist ein Grund, warum ich mich vom ersten Augenblick an von dir angezogen fühlte.«

Der Weg wurde etwas breiter. Steve entdeckte den offenen Himmel über sich. »Tracy! Bleib stehen! Stop!«

Sie hörte nicht auf ihn.

Er ritt neben sie. Für zwei Pferde war der Weg eigentlich zu schmal. »Tracy, bleib doch einen Augenblick stehen. Halt jetzt an!«

»Ich denke, du bist ein Mann, wie andere gern sein würden, verstehst du, was ich meine?«

Er packte ihre Zügel.

Das verärgerte sie. »Was tust du da?«

Das Pferd blieb stehen. »Bleib jetzt stehen«, sagte er zu dem Pferd und zu Tracy.

Jetzt konnte er ihr Gesicht im Licht des aufgehenden Mondes erkennen.

Ihre Uniform war von der Flucht durch den alten Tunnel so verschmutzt, daß erst jetzt der andere Fleck sichtbar wurde.

Im kalten Mondlicht sah er einen schleimigen, glänzenden Streifen schwarzer Flüssigkeit, der sich von ihrem Herzen bis zu ihrer Taille hinunterzog. Der Gestank war unmißverständlich.

Steve wußte nicht, was er tun sollte. »Tracy, … hast du Schmerzen?«

Sie lächelte. Dann lachte sie leise. »Nein, ich habe keine Schmerzen. Warum sollte ich?«

Er packte sie bei der Schulter. »Siehst du denn nicht, was passiert, Tracy? Du bist nicht mehr du selbst. Du redest Blödsinn.«

»Ich bin nur verrückt nach dir.« Sie kicherte.

Er schüttelte sie ein wenig und versuchte sie dazu zu bringen, ihm in die Augen zu sehen, doch ihr Blick wanderte weiter. »Nein! Jetzt hörst du mir einmal zu! Bly hat mir davon erzählt. Irgend etwas passiert, wenn du dieses Zeichen hast. Du gewöhnst dich daran, und auf einmal ist dir alles egal!« Er drang nicht zu ihr durch. »Hörst du, was ich sage?«

Als sie ihn schließlich ansah, war ihr Blick leer. »Nichts wird mir passieren, Süßer! Ich habe dich jetzt. Ich habe gewonnen!« Sie stieß ein trockenes Lachen aus, und wieder ergoß sich schwarzer Schleim über ihre Brust wie Teer.

»Ich muß dich hier fortbringen.« Er versuchte, die Zügel ihres Pferdes zu nehmen.

»Nein!« sagte sie und schlug ihm spielerisch auf die Hand. Er spürte, wie die dicke, dunkle Flüssigkeit in sein Gesicht spritzte. »Du mußt mit mir kommen. Ich habe dich rechtmäßig erworben!«

Er zog seine beschmutzte Hand zurück. »Tracy.« Er hielt ihr die Hand vors Gesicht. »Sieh dir das an! Sieh dich nur selbst an!«

Sie gab seinen Blick zurück, den Kopf neckend zur Seite gelegt. »Du gehörst jetzt mir, mit Haut und Haaren. Ich habe dich und werde dich nie mehr loslassen!«

Er wich zurück. Dieses Funkeln in ihren Augen – er hatte es schon einmal gesehen. Er hatte diese Worte schon einmal gehört … nein, er hatte sie gespürt.

In Hyde Hall, nur wenige Stunden zuvor.

»Tracy …«

»Hüa!« rief sie ihrem Pferd zu und trat es in die Seite. Es galoppierte davon, den Weg hinauf. »Fang mich, wenn du kannst!«

Sie ritt hinaus auf die freie Fläche, über eine große Wiese ohne Deckung.

»Stop! Komm zurück!« rief Steve.

Sie war nicht bei sich, juchzte, schrie und trieb das Pferd an.

Er ritt ihr nach. Wenn er sie einholen und in die Deckung zurückbringen konnte, vielleicht konnte er ihr dann helfen.

Aber der Drache mußte es wissen. Dies war bestimmt sein Werk.

Steve trat sein Pferd in die Flanken. »Hüa, komm schon!«

Die haselnußbraune Stute sprang über die Steine und galoppierte über die große Wiese. Tracy hatte einen großen Vorsprung, und Steve wußte, es würde schwer sein, sie einzuholen.

Ein Köder. Das war das Wort, das Levi Cobb gebraucht hatte. Stell eine Falle auf, leg einen Köder aus.

Steve sah den Abhang hinauf, und nun konnte er ganz deutlich den gezackten Gebirgskamm des Saddlehorse Peak erkennen. Sie ritten seinen Abhang hinauf.

Eine Falle. Er war ganz sicher.

Tracys Pferd wieherte. Steve blickte auf und sah, wie es scheute, sich weigerte, den Weg weiterzureiten. Der Pfad führte durch eine kleine Vertiefung.

»Hüa!« In tödlicher Verzweiflung trat Steve die Stute in die Flanken, und sie schoß davon. »Tracy! TRACY, KOMM DA WEG!«

Sie kämpfte mit ihrem Pferd und versuchte es dazu zu bringen, den Weg weiterzureiten. Er holte auf, kam immer näher, schrie aus Leibeskräften.

Endlich hörte sie ihn und hörte auf, an ihren Zügeln zu zerren.

Steve zügelte sein Pferd. »Tracy! Komm zurück!«

Ihr Pferd weigerte sich noch immer. »Nein! Du kommst mit mir!«

Wie konnte er nur zu ihr durchdringen? »Tracy, der Drache! Es ist eine Falle!«

Verärgert gab sie zurück: »Es gibt keinen Drachen! Und jetzt komm schon!«

Nein, schrie sein Instinkt, nicht einen Schritt weiter.

Er blieb, wo er war und versuchte es etwas sanfter. »Tracy, komm schon. Ich liebe dich. Komm doch bitte zurück.«

»Ich will nicht zurück! Ich will mit dir zusammen dieses Tal verlassen.«

Er drängte weiter. »Wir werden einen Weg finden. Komm jetzt nur bitte zurück!«

»Du kommst mit mir«, bat sie, obwohl ihr Pferd freiwillig den Rückzug antrat. »Wenn du mich wirklich liebst.«

Ich kann nicht. Er wußte es. Sein Instinkt, sein Herz schrien es.

Sein Pferd scheute, bäumte sich auf. Er preschte weiter, so schnell er konnte.

Die große Wiese zwischen ihm und Tracy bewegte sich. Ein riesiger, geschuppter Schwanz erschien. Er wand sich wie ein Aal.

Tracys Pferd wieherte und bäumte sich auf.

Ein heftiger Schlag, und das Pferd wurde zu Boden geschleudert. Tracy verschwand in dem hohen Gras der Wiese. Das Pferd rollte sich herum, trat aus und schnaubte, schließlich stand es wieder auf den Beinen. In panischer Angst galoppierte es den Hügel hinunter und verschwand zwischen den Bäumen.

»TRACY!« Steve packte die Schrotflinte und sprang vom Pferd.

Tracy rappelte sich hoch und blickte sich verwirrt um. Der Drache war sofort hinter ihr, und setzte sich jetzt ebenfalls in Bewegung. »Steve … «

Steve legte die Flinte an. »Runter!« Wohin sollte er schießen? Welcher Teil des Drachens war wo?

Sie blieb stehen, verwirrt und fassungslos. Der Schwanz des Drachens schlug sie zu Boden. Sie fiel gegen die Felsen, und der Felsen wurde auf einmal lebendig.

Plötzlich entdeckte Steve eine Veränderung in ihren Augen, in ihrer ganzen Haltung. Die Benommenheit war fort. Sie verstand jetzt, was los war, und mit dem Erwachen kam das unaussprechliche Entsetzen einer hilflosen Seele, die nur noch wenige Zentimeter vom Tod entfernt war. »Steve … « Sie versuchte zu rennen. Mit Entsetzen sah Steve mit an, wie drei mit Klauen besetzte Finger sich nach ihr ausstreckten. Sie bohrten sich in ihren Brustkorb und rissen sie zu Boden.

»Nein!« Steve spürte ihren Schmerz, während er alles mitansehen mußte. Er sprang vor und versuchte die Umrisse des Ungeheuers zu erkennen.

Es hatte keinen Zweck. Der Felsbrocken wankte und wurde zu schimmernden silbernen Schuppen. Der Drache entfaltete seine breiten Flügel. Die goldenen Augen, silbernen Hörner und höckerige Stirn erhoben sich in die Luft.

Steve zielte auf die Schnauze des Ungeheuers. Das Wesen wankte leicht, und der Aufprall setzte sich über den Hals wie ein Elektroschock fort.

Von irgendwoher schrie Tracy seinen Namen, dann entdeckte er sie direkt unter dem erhobenen Hals des Drachens. Sie kroch auf ihn zu. Ihre Bluse hing ihr in blutigen Fetzen vom Körper. »Lauf, Steve! Lauf weg!«

Er lud erneut und zielte auf den Kopf des Drachens.

Puh! Er hatte die Schwanzspitze nicht gesehen, bis er von ihr getroffen wurde. Er flog mehrere Meter weit in die Büsche. Schnell sprang er wieder auf.

Tracy kroch noch immer weiter, zog sich mühsam mit ihrem unverletzten Arm durch das Gras und versuchte, auf die Füße zu kommen. Ihr verängstigter Blick suchte Steve, konnte ihn jedoch nicht finden.

Die riesige Hand griff nach unten, die Klauen bohrten sich in ihren Körper und schleuderten sie mehrere Meter in die Luft. Sie landete auf dem Rücken im Gras. Die Hand streckte sich wieder nach ihr aus.

Steve zielte auf die bösartigen, gelben Augen.

Der Drache hielt sich seine knochigen Finger vor das Gesicht.

Das Ungeheuer hatte Tracy Ellis. Ihr Körper war schlaff und dem Tode nahe. Mit flehenden Augen sah sie Steve an.

Mit einem Auge spähte der Drache hinter Tracy hervor, wartete auf Steves nächsten Schritt. Steve trat zur Seite und wartete auf eine Gelegenheit. Der Drache hielt Tracy zwischen ihn und sich wie ein Schutzschild.

Mit beiden Augen blickte der Drache Steve jetzt an, dann auf die Frau in seiner Klaue.

In einem Augenblick, der eine Ewigkeit zu dauern schien, schlossen sich seine Kiefer um Tracy Ellis Kopf und Oberkörper, und die Zähne bohrten sich durch ihren Körper, als wäre sie gar nichts.

Steve war wie betäubt. Schockiert ließ er sich zu Boden sinken, doch er merkte gar nicht, daß er fiel. Sein Verstand konnte das Unbegreifliche nicht akzeptieren, das sich vor seinen Augen abspielte.

Der Drache kaute nicht. Er schluckte den ersten Bissen einfach nur herunter, dann den zweiten, schließlich den letzten, und niemals wendete er seinen Blick von ihm ab.

Erst als Tracy vollkommen verschwunden war, kam er wieder zu sich. Die Schuppen paßten sich der Farbe des Nachthimmels an.

»Nein ... « Steves Stimme war leise, seine Kehle wie zugeschnürt und trocken. »Nein, das wirst du nicht.« Es war keine Wut, die ihn erfüllt, sondern die reine Mordlust. »Nein, das wirst du nicht!«

Er konnte die Umrisse des Körpers noch erkennen. Er feuerte. Die Gestalt vor ihm funkelte wie ein Feuerwerk.

Die goldenen Augen erschienen und schickten eine bekannte Botschaft: Du gehörst jetzt mir; ich werde dich nie entkommen lassen.

Auf einmal paßten sich die Schuppen der Wiese, den Bäumen, dem Himmel an. Der Drache war im Vorteil.

Zu schockiert und entsetzt, um nachdenken zu können, drehte sich Steve um und rannte zu seinem Pferd.

Der Wind vom Schlagen der riesigen Flügel ging durch das Gras. Steve fiel zu Boden, als das Ungeheuer über ihn hinwegflog. Als er aufsah, entdeckte er sein Pferd, das wie ein ausgestopftes Tier durch die Luft flog und wieder zur Erde fiel. Der Kopf war abgetrennt.

Steve rollte sich zur Seite und kroch zu den Bäumen weiter unten, wie eine Maus, die von einem Habicht gejagt wird. Er hatte keine Strategie, keine Taktik, keinen Plan; er rannte nur noch um sein Leben. Er hörte die Flügel hinter sich schlagen und sah, wie das Gras sich bewegte, als er aufsprang und außer sich vor Angst durch die Büsche und das Gras rannte.

Die Bäume, die Bäume, die Bäume! Er rannte in ihren Schutz. Er ließ sich zwischen den Baumstämmen zu Boden fallen. Die Bäume ächzten unter einem plötzlichen Aufprall. Er sprang auf die Füße und rannte durch das Buschwerk, kämpfte sich den Hügel hinab. Hinter ihm krachten Äste wie Schüsse, Bäume stöhnten und seufzten, Zweige und Tannennadeln flogen zu Boden.

Es kam hinter ihm her, kämpfte sich durch die Bäume.

* * *

Jack und Amy Carlson konnten gar nicht schnell genug ausziehen. Jack hatte versucht, Dougs Bande aufzuhalten und landete mit gebrochenem Kiefer und blutendem Mund auf dem Boden vor seinem Haus. Außer sich vor Angst hielt Amy ihn in den Armen, während Doug und seine Männer das kleine Haus verwüsteten, die Möbel, Kleidungsstücke und ihren gesamten wertvollen Besitz vor die Tür warfen. Eine Kommode landete draußen, die Kleidung aus dem Schrank flog zum Schlafzimmerfenster heraus, und der Badezimmerspiegel zerbarst in tausend Splitter. Die Minenarbeiter, Holzfäller und Lastwagenfahrer widmeten sich mit großem Eifer ihrer Aufgabe, jubelten, brüllten, hatten ihre Freude daran.

Zwei Häuser weiter erging es den Malones genauso. Kathy Malone bemerkte zuerst, daß die Carlsons auf dem Rasen vor ihrem Haus lagen und kam angerannt.

»Was ist los?« fragte Amy flehend. »Was passiert hier eigentlich?«

»Ich weiß es nicht«, erwiderte Kathy. »Sam ist zu Pastor Woods gelaufen. Ich denke, wir verschwinden hier besser.«

* * *

Jedesmal wenn Pastor Woods den Hörer auflegte, klingelte das Telefon erneut. Seine Gemeindemitglieder riefen an, und alle waren völlig verängstigt, verzweifelt. »Was ist los? Man sagt, ich solle gehen!« »Sie haben das Geschirr meiner Mutter zerbrochen!« »Tim blutet und kann nicht laufen!« »Die Kinder sind zu Tode erschrocken, und ich auch!« »Im Augenblick sind sie in meinem Haus!«

»Verlaßt die Stadt«, riet er ihnen. »Nehmt nichts mit, und geht so schnell ihr könnt!«

Einige widersprachen ihm, doch sein Ratschlag war immer derselbe, da er keinen anderen Ausweg sah. Es war passiert: Moralische Hindernisse waren zusammengebrochen wie ein überfluteter Damm. In dieser Stadt gab es keine Moral mehr, von der die Leute sich leiten ließen, keine Vernunft mehr. Es gab nur noch Harold Bly, entfesselt und mit der Macht zu tun, was er wollte. Man konnte ihm nicht mit Vernunft kommen; man konnte nur vor ihm fliehen.

Woods Frau Susan klammerte sich an seinen Arm. Sie war außer sich vor Angst. »Vielleicht sollten auch wir besser fliehen.«

»Das brauchen wir nicht«, erwiderte er.

»Was meinst du damit?« fragte sie ungläubig. »Die Stadt spielt verrückt!«

Woods hatte keine Zeit zu antworten. Ein Klopfen an der Tür war zu hören, und Stimmen.

In panischer Angst wollte sie davonrennen. »Ron, was sollen wir tun?«

Er nahm sie in die Arme. »Keine Sorge, es wird alles gut werden. Warte hier.«

Er ging zur Tür und öffnete sie. Joe Staggart, Elmer McCoy und fünf andere Männer standen draußen, bewaffnet mit Pistolen, Gewehren und Taschenlampen.

Elmer mit seiner Schirmmütze und einer Bierfahne war der Sprecher der Gruppe. »Reverend Woods, Sie sollten vielleicht erfahren, warum wir hier sind.«

Woods schwieg. Während er sein Hemd aufknöpfte und weit öffnete, blickte er nur von einem zum anderen. Alle starrten auf das schwarze Mal über seinem Herzen.

Sie wechselten fragende Blicke und ließen ihre Gewehre sinken.

Elmer fand schließlich die Sprache wieder. »Äh, wir sind bloß gekommen, um Ihnen zu sagen, daß Sie heute abend das Haus am besten nicht verlassen. Es ist etwas unruhig auf der Straße.«

»Ich werde euch nicht in die Quere kommen«, erwiderte er.

»Das würden wir zu schätzen wissen, Reverend.«

Sie zogen weiter.

* * *

Steve rannte den Berg hinab, bis er an einen Bach kam. Das muß der Hatchet Creek sein, dachte er. Stöcke, Zweige und Blätter wurden flußabwärts gegen einen umgefallenen Baumstamm getrieben und stauten sich dort. Mittlerweile war seine Geistesgegenwart zurückgekehrt, und er überlegte sich ein passendes Versteck. Er ging ins Wasser hinein und watete zu den angeschwemmten Holzstücken, wobei er sich bemühte, so wenig Geräusche wie möglich zu machen.

Normalerweise wäre er bei der Berührung mit dem eiskalten Wasser zusammengezuckt, doch an diesem Abend konnte er nur daran denken, daß er sich verstecken mußte. Dieses angeschwemmte Treibholz war ein gutes Versteck; der vom Berg her wehende Wind würde seinen Duft ins Tal hinabtragen, fort von dem Drachen. Das kalte Wasser könnte sogar seine Körperwärme dämpfen für den Fall, daß der Drache dies fühlen konnte; und im Rauschen des Wassers würde sein Atmen untergehen.

Er setzte sich auf einen im Wasser liegenden Baumstamm und hielt so wenigstens seinen Oberkörper aus dem Wasser. Es war ein Kompromiß zwischen der Möglichkeit, von dem Drachen aufgefressen zu werden oder an Unterkühlung zu sterben.

Er verhielt sich sehr still, versuchte sich zu beruhigen und zu lauschen. Er lebte noch. Vielleicht, nur vielleicht konnte er auch am Leben bleiben, wenn er seinen Kopf gebrauchte.

Wo war nun der Drache? Was war passiert? Er war ihm eine Zeitlang durch den Wald gefolgt, doch zu irgendeinem Zeitpunkt hatte er die Verfolgung aufgegeben. Es stimmte, die Bäume und das Buschwerk waren dicht – selbst ihm fiel es schwer, sich durchzukämpfen – doch er hatte selbst gesehen, daß der schlangenartige Körper des Drachens überall durchkam und kaum Spuren hinterließ. Steve konnte sich nur zwei Möglichkeiten vorstellen: Entweder der Drache hatte sich in die Luft erhoben, um ihn von dort oben zu suchen, oder …

Oder er war nur wenige Meter entfernt und wartete auf den richtigen Augenblick.

Beruhige dich, Steve, beruhige dich. Er mußte diese entsetzlichen Bilder verdrängen, den Anblick Tracys, wie sie bei lebendigem Leibe aufgefressen wurde.

Nein, nein, das würde er niemals vergessen können. Es würde ihm immer vor Augen stehen. »Tracy.« Er konnte nicht anders, er mußte diesen Namen aussprechen. »Oh mein Gott – nein …«

Die Erinnerung an die entsetzlichen Bilder ihres Todes wurden nun zu seinem Feind. Je mehr er sich ins Gedächtnis rief, was passiert war, desto mehr wollte er sterben, sich einfach zeigen und alles hinter sich bringen.

Er schüttelte den Kopf und spritzte sich ein wenig Wasser ins Gesicht. Wach auf, Steve! Du mußt leben! Du mußt kämpfen und durchhalten. Er mußte aufhören, an Tracy zu denken, sonst würde er vermutlich aus Verzweiflung sterben. Das konnte er nicht zulassen. Er mußte nachdenken.

Irgendwelche Waffen? Andere Hilfsmittel? Denk nach! Die Schrotflinte war fort; er wußte nicht mehr, wo er sie verloren hatte.

Wenn nun – er schauderte zusammen – der Drache fortgeflogen war, um seine Mahlzeit zu verdauen? Vielleicht habe ich etwas Zeit gewonnen …

Er riß sich zusammen. Nein. Keine Ausflüchte, Benson. Es muß dir etwas ausmachen. Erinnere dich an das, was Levi gesagt hatte. Er mußte davon ausgehen, daß der Drache ihn immer noch jagte, daß die Gefahr noch nicht vorüber war. Er hatte gesehen, wie es funktionierte: Kurz vor Charlies Tod war Charlie alles egal gewesen: Maggie hatte gesungen und war vollkommen sorglos gewesen; ebenso Vic Moore. Harold Bly und die anderen in der Kneipe hatten alle das Mal gehabt, doch sie saßen da, tranken Bier und lachten darüber. Keinem von ihnen machte es etwas aus.

Genauso war es auch mit Tracy gewesen. Es war ihr egal gewesen, was er gesagt oder getan hatte … bis es zu spät gewesen war.

Du bist besser wachsam, Steve.

Er spürte die Wunde über seinem Herzen. Im Dunkeln konnte er sie nicht sehen, doch sie fühlte sich immer noch genauso an: Rauh bei der Berührung, manchmal klopfte es darin, manchmal brannte sie. Manchmal spürte er sie überhaupt nicht.

Wenn mir alles egal ist, spüre ich sie nicht, dachte er.

Tracys Wunde hatte getropft, und sie hatte gar nichts gespürt. Vielleicht hatte Levi ja wirklich recht. Wieder mal. Vielleicht war es dieses Mal eine Angelegenheit des Herzens. Levi hatte diesen Zustand mit dem Ausdruck beschrieben »er hat dich am Haken«. Und diese Vorstellung paßte zu dem, was Steve beobachtet hatte. Irgendwie – vielleicht war es ja wirklich eine geistliche Angelegenheit – entstand eine Verbindung zwischen dem Opfer und dem Drachen, genau wie der Angelhaken die Verbindung zwischen der Forelle und dem Angler war. Bei dem Fisch verfing sich der Haken im Mund; beim Menschen verfing sich der Haken, was immer er war, im Herzen – der Seele, dem

Geist, was auch immer – und verursachte eine eiternde Wunde. Wenn dies der Fall war, konnte man kämpfen wie ein Fisch und sich wehren, so sehr man wollte, es gab kein Entkommen. Entweder man tötete den Drachen, oder er zog einen ein, und man wurde sein Abendessen.

Wenn es einem nicht gelang, den Haken aus dem Herzen zu entfernen. Und nach Levi, der glaubte, der Drache sei die Sünde, war die Lösung des Problems, mit Gott ins reine zu kommen. Suchen Sie Jesus.

Und was nun?

Ob die Verbindung zum Drachen nun geistlicher oder biochemischer Natur war, dieser Kampf hatte einige seltsame Regeln. Eine Festung zu bauen, von der aus man gegen den Drachen ankämpfen konnte, würde nicht funktionieren, es hatte auch keinen Sinn, aus diesem Gebiet zu fliehen. Wie man es auch betrachtete, da der Haken gesetzt war, brauchte der Drache nur abzuwarten, bis es Steve nichts mehr ausmachte.

Er schlug sich selbst gegen die Brust. Eine Welle des Schmerzes überflutete ihn.

»Gut«, sagte er. »Schmerze weiter. Laß mich dich nicht vergessen.«

Er mußte den Drachen vernichten; das war klar. Aber er würde es tun müssen, solange es ihm noch am Herzen lag. Eine Strategie. Er brauchte eine Strategie.

Wenn er es bis zu den Minen schaffen könnte, die er gestern – es schien ihm schon so lange her zu sein! – untersucht hatte, vielleicht konnte er die Höhle finden, die Jules Cryor erwähnt hatte, die mit den kilometerlangen Tunnels und Gängen.

Ein ideales Zuhause für einen Drachen, sollte man denken.

Er wußte sehr genau, wo sich diese Höhle nicht befand, das grenzte das abzusuchende Gebiet ein. Der letzte Ort, wo der Drache ihn erwarten würde, wäre seine eigene Höhle – so hoffte er wenigstens. Er würde sicher nicht damit rechnen, daß ein Opfer zum Angriff überging.

Dieser Gedanke stachelte Steve an. Sicher. Warum sollte nur er der Gejagte sein? Ich werde selbst auf die Jagd gehen!

Er hauchte noch ein weiteres kurzes Gebet – Junge, das konnte einem direkt zur Gewohnheit werden – und kam vorsichtig aus dem Wasser heraus. Er suchte den Himmel ab. Die Sterne waren hell und klar, sie schienen in der klaren Bergluft so viel näher zu sein. Er suchte nach dem Großen Bären und dem Polarstern. Auf diese Weise fand er den kürzesten Weg zum Gipfel des Saddlehorse.

Aber … hey, was war denn das?

Er hatte wirklich Glück. Die Sterne am Himmel wackelten leicht, als würden sie von etwas im Vorbeifliegen angestoßen. Steve beobachtete weiter, stellte seine Augen auf dieses Phänomen ein. Er konnte sich den Himmel als eine sternenübersäte Decke vorstellen, unter der ein kleines Tier umherkroch und kleine Ausbuchtungen schuf. Unglaublich!

Schon bald konnte er die Umrisse des Drachens erkennen, wie ein riesiger kreisender Bussard, hoch oben am Himmel. Er flog am Kamm entlang, dann über den Gipfel auf die andere Seite.

Er suchte, ganz ohne Zweifel.

Steve mußte lächeln. Dieses Ding hatte ihn verloren und kannte seine Absichten nicht.

Gut! Jetzt bin ich dran! Wenn es mir nur gelingen würde, meinen Vorsprung beizubehalten …

* * *

Doug Ellis kam zu Elmer McCoys großem Lastwagen herüber und riß die Fahrertür auf; Kyle Figgin, der Carlotta Nelson gerade leidenschaftlich umarmte, fiel beinahe heraus. »Was machst du denn da? Du sollst doch die Straßensperre bewachen!«

Kyle klammerte sich ans Lenkrad, um das Gleichgewicht wiederzugewinnen. »Ich passe doch auf!«

»Kommt raus, alle beide!«

Kyle kletterte aus der Fahrerkabine. Carlotte folgte ihm.

Doug schüttelte den Kopf und deutete auf Kyles Brust. »Mann, sieh dich nur an!«

Kyle blickte an sich herunter und entdeckte den großen, schleimigen schwarzen Fleck auf seinem Hemd. Sofort wendete er sich an Carlotta. »Sieh nur, was du gemacht hast!«

Sie berührte ihre Bluse, die ebenfalls schwarz war. Der Schleim hing an ihren Fingern. Jetzt war es an ihr, wütend zu reagieren. »Sieh nur, was du gemacht hast!«

»Ich war es nicht!«

»Doch, du warst es!«

Doug unterbrach sie und packte Kyle am Arm. »Komm schon. Wir müssen diese Straßensperre beseitigen. Einige Leute wollen die Stadt verlassen.«

Kyle riß sich los. »Stoß mich nicht so herum!«

»Dann setz dich in Bewegung!«

»Ich bewege mich, wenn mir danach ist!«

Doug packte ihn wieder und zerrte ihn mit sich. Kyle versetzte ihm einen Kinnhaken. Doug brauchte nur einmal zurückzuschlagen.

Vom Boden aus starrte Kyle ihn an. »Du bist tot, Ellis!«

»Du stinkst wie totes Fleisch«, gab Doug zurück.

Kyle blickte Carlotta vorwurfsvoll an.

»Du brauchst mich gar nicht so anzusehen!« schrie sie.

Doug half Kyle auf die Beine. »Komm schon. Du fährst den Bus, ich den Lastwagen.«

* * *

Mrs. Dorning, die Witwe am Südende der Stadt, hatte kaum Zeit, ihr zerbrochenes Vogelbecken zu betrauern, als Carl Ingfeldt und vier Männer an ihrer Tür erschienen.

»Was ist los?« fragte sie.

Carl bemühte sich, formell zu wirken. »Madam, die Gesellschaft hat beschlossen, daß Ihr Haus ein Verstoß gegen die neuen Fassadenvorschriften darstellt. Sie müssen das Haus sofort räumen, damit es abgerissen werden kann.«

Weiter die Straße hinunter durchsuchten Andy Schuller und seine Kumpane Levi Cobbs Werkstatt und seine Wohnung, um mitzunehmen, was sie brauchen konnten, bevor andere es taten. Levis Werkzeug verschwand in Windeseile. Ein Ringbuch auf der Werkbank wurde unbeachtet in den Abfalleimer geworfen.

In der Bar hatte Harold Bly eine ganze Reihe von Namen auf eine Liste geschrieben. Diese Liste wurde laufend weiter ergänzt.

»Die Dorning packt«, berichtete Bernie.

Er strich ihren Namen aus. »Gut, wer sonst noch? Was ist mit den Nelsons?«

»Andy überlegt, welche Begründung wir angeben können.«

»Er brauchte keine Begründung!« meinte Bly ärgerlich. »Das Haus gehört mir, und ich will, daß sie verschwinden. So einfach ist das!«

»In Ordnung, in Ordnung.«

»Sonst noch jemand?«

»Ich denke, die Hazeletts sollten gehen.«

Bly sah ihn verständnislos an. »Hazeletts, Hazeletts ... Wer ist das?«

»Eine neue Familie. Sie verkaufen Schmuck und Edelsteine.«

Bly blickte Paul fragend an und wartete auf weitere Informationen.

»Äh, auf ihrer Geschäftskarte befindet sich ein kleiner Fisch«, erklärte Paul.

Bly nickte und schrieb ihren Namen auf. »Wenn sie jetzt noch keinen Ärger machen, dann kommt das sicher noch. Schafft sie fort.«

Paul ging hinaus, um diesen Auftrag auszuführen.

* * *

Unterhalb des Saddlehorse nahm der Wind an einer abgeschiedenen Stelle des Flusses zu. Er beugte das hohe Gras am Flußufer, ließ die Blätter einer Birke erzittern und kräuselte das ruhig dahinfließende Wasser.

Dann hörte er auf, und es war wieder alles ruhig.

Auf einer kleinen Insel in der Mitte des Flusses hockte der Drache. Er faltete seine Flügel zusammen und lockerte anscheinend seine Schuppen. Die Tarnung verschwand, und er wurde sichtbar, eine lange, schlangenartige Echse, flach auf dem Sand und den Steinen im Sternenlicht ausgestreckt.

Er lag ganz still, leckte die Luft mit langsamen, bewußten Bewegungen seiner Zunge und schnüffelte langsam die kühlen Luftströme ein, die von den Berghängen ins Tal herabwehten. Die goldenen Augen suchten die Berghänge ab.

Der Drache legte sich auf die Steine und nahm seine Tarnfarbe wieder an.

Er konnte nichts erkennen, darum wartete er, lauschte, schnüffelte, beobachtete mit Augen, die jetzt genauso braun wie die Steine waren.

* * *

Vielleicht gibt es wirklich einen Gott, dachte Steve. Wenn ja, dann erhielt er gerade ein echtes Dankgebet von Steve Benson.

Auf dem ganzen Weg zum Saddlehorse hinauf hatte Steve versucht, sich so zu bewegen, wie der Drache sich bewegen würde. Er hatte sich dicht am Boden gehalten und war vorsichtig durch den Wald geschlichen. Offensichtlich hatte es funktioniert, denn er erreichte lebendig, und so weit er sehen konnte auch unentdeckt, den südlichen Gipfel des Berges. Da er annahm, daß der Drache ihn niemals in die Nähe seiner Höhle locken würde, war er in die entgegengesetzte Richtung der ersten Höhle gegangen, den südlichen Abhang hinunter und geradewegs auf eine Geröllfläche zu.

Als er sich in das Gras drückte, überkam ihn ein eigentümliches Gefühl der Erleichterung. Wenigstens etwas war ihm gelungen.

Die Öffnung befand sich nur wenige Zentimeter über ihm, war hinter Felsbrocken und Geröll versteckt. Sie war klein – zu klein, um der Haupteingang zu sein, doch der Geruch, der ihr entströmte, war ein gutes Zeichen.

Er hatte die Höhle des Drachens gefunden.

Kapitel 20

Die Höhle des Drachens

Steve versuchte wieder, sich wie der Drache zu verhalten, als er langsam den Abhang zu der kleinen Öffnung im Felsen hochkletterte. Vor dem Eingang blieb er stehen. Kein Geräusch, doch aus der schwarzen Tiefe drang der unverkennbare Geruch des Todes. Seine Hand fuhr zu seiner linken Hemdentasche. Er knöpfte sie auf und holte sein kleines Feuerzeug heraus, das einzige Hilfsmittel, das er noch bei sich trug. Vielleicht war das auch wieder Gott gewesen; er wußte es nicht. Er hatte nichts zu essen, keine Waffen, keinen Mantel, nicht einmal einen Kompaß, aber er hatte sein kleines Feuerzeug!

Er hielt das Feuerzeug in die Öffnung, entzündete es und warf einen ersten Blick hinein in den schmalen Durchgang, der nach etwa drei Metern eine Kurve machte. Ganz offensichtlich war dies nicht der Haupteingang zur Höhle, denn er war zu klein, andererseits aber doch wieder so groß, daß er hindurchgehen konnte.

Das Gas im Feuerzeug war begrenzt, darum benutzte er es nur hin und wieder einmal. Vorsichtig tastete er sich voran.

Der Gang führte sehr steil hinunter. Er hielt sich am Felsen fest, um nicht auszurutschen.

Nur langsam kam er voran. Es war kühl und feucht. Seine Kleidung war von seinem Aufenthalt im Bach noch nicht getrocknet, und er begann zu frieren. Er keuchte, nicht nur vor Anstrengung, sondern auch vor Furcht, denn er konnte sich nicht von der Vorstellung lösen, daß er in den Schlund des Drachens hinunterstieg.

Sehr steil führte ihn der Gang in die Tiefe des Berges hinab. Fünfzehn Meter hatte er bereits hinter sich. Steve blieb stehen und lauschte.

Der Geruch des Todes wurde jetzt intensiver; die Luft war schwer, stickig. Nichts rührte sich. Er spürte, daß unter ihm ein großer Raum war.

Er knipste das Feuerzeug an und sah hinunter.

Etwas blickte ihn an.

Der Anblick war so schrecklich, daß er beinahe das Feuerzeug hätte fallen lassen. Er klammerte sich an den Felsen und setzte sich zitternd auf den Boden. Sein Herz klopfte zum Zerspringen.

Er hatte einen menschlichen Schädel gesehen.

Nach einer Weile beruhigte er sich so weit, daß er einen zweiten Blick wagte. Es war tatsächlich ein menschlicher Schädel, etwa drei Meter unter ihm. Er lag unter anderen Knochen, die wie Treibholz am Strand auf dem Boden verteilt lagen.

Steve stieg die letzten Meter hinab. Der Gang öffnete sich in einen größeren Raum. Seine Füße fanden Halt an einigen herumliegenden Steinen. Je weiter er kam, desto besser konnte er die Höhle überblicken.

Er konnte diesen Schädel sehen; er schien zu lachen …

Ein weiterer lag wenige Meter entfernt auf der Seite, er hatte keinen Kiefer mehr …

Schließlich erreichte er den sandigen Boden. Er hielt das Feuerzeug über den Kopf.

Er war in der Hölle angekommen.

So weit er sehen konnte, lagen überall menschliche Knochen und Schädel herum, auf den Felsvorsprüngen, auf dem Boden, in den Spalten. Sie lagen zwischen den Steinen herum und häuften sich auf dem Boden. Die meisten waren trocken, uralt, verblaßt. Aber einige waren frisch und weiß, abgenagt bis auf ein paar Sehnen.

Wie Trophäen.

Steve ließ das Feuerzeug ausgehen. Die Dunkelheit war ihm willkommen. Sie verschleierte wenigstens für den Augenblick das Entsetzliche, das sich vor ihm ausbreitete. Lange Zeit stand er einfach nur da und versuchte, das Ganze zu begreifen.

Hier haben sie also ihr Ende gefunden, dachte er. Charlie ist hier irgendwo. Und Maggie. Und Vic.

Und Cliff.

Ihre Endstation.

Ein seltsames Bild stand ihm vor Augen, als er dort in der Dunkelheit stand. Er sah vor sich Charlies Bar in Hyde River, voller Menschen. Harold Bly saß an seinem üblichen Platz, Andy und seine Kameraden spielten Billard, einige Teenager beschäftigten sich mit Videospielen, Bernie briet Steaks, Melinda nahm Bestellungen entgegen, Paul sah Fernsehen …

Dann waren sie Skelette. Noch während sie aßen, tranken, spielten, lachten und über dieses und jenes redeten, waren sie tot. Nur noch Knochen.

Bald würden sie hierherkommen. Sie würden wie diese Leute sein. Aber andererseits, waren sie nicht bereits genau wie sie? Tot, während sie noch lebten? Welchen Unterschied gab es, abgesehen von der Zeit?

Für die Leute, die zu Steves Füßen lagen, war die Zeit abgelaufen.

Für die Leute von Hyde River, wer konnte das schon sagen? Vielleicht heute, vielleicht morgen …

Doch alle würden dasselbe Ende finden: als vertrocknete Knochen und Drachenkot.

Steve erschauderte. Noch bevor die Nacht vorüber war, würde Tracy hier liegen. Und irgendwann auch er.

Er hörte förmlich die Knochen murmeln: So wie du waren auch wir einmal; so wie wir sind, wirst auch du einmal sein.

Seine Hand fuhr zum Herzen. Das Mal war größer geworden. Es war seine Fahrkarte zu diesem Ort.

Ich stehe mitten in der Hölle. Ich sehe meine eigene Zukunft vor mir, und sie ist nicht so schrecklich anders als die Gegenwart. Ich bin verdammt, auch wenn ich noch lebe, was bedeutet, daß es keinen Zweck hat, weiterzuleben. Warum soll ich also kämpfen, meine Existenz verlängern?

Er preßt die Hände an den Kopf. Nimm dich zusammen, Steve! Komm schon! Beherrsch dich!

Es mußte einen Ausweg geben, einen Weg, sein Schicksal abzuwenden und einen Ausweg aus dieser Situation. Er mußte sich daran erinnern, sehr nachdrücklich daran erinnern, daß er hier war, weil er in der Offensive war, weil er das Steuer herumreißen wollte. Er mußte weitermachen.

Er wappnete sich und entzündete das Feuerzeug. »Komm schon, Benson, weiter«, sagte er sich.

Er ging weiter, über die Knochen hinweg. Jeder Schritt war unsicher. Die Knochen rollten zur Seite und zersplitterten unter seinen Füßen. Mehrmals dachte er, er würde das Gleichgewicht verlieren und hinfallen. Rechts von ihm waren die Knochen gleichmäßig ausgebreitet wie eine Matratze. Das Bett des Drachens, dachte er. Es machte Sinn. Diese Echse war der Tod; sie liebte den Tod und schlief darauf.

Das Licht fiel auf die hintere Wand des Raumes, und er meinte dort einen großen dunklen Gang erkennen zu können. Vorsichtig ging er darauf zu.

Er sah das Glitzern von Metall und hielt die Flamme tiefer. Ein goldenes Halsband. Er entdeckte noch andere Relikte der Vergangenheit: Uhren, Schmuck, Knöpfe, Goldmünzen.

Der Drache verdaute also Fleisch, Muskeln und vermutlich auch Kleidung; Knochen und Metallgegenstände dagegen nicht. Die würgte er in diesem Raum aus.

Das bedeutete, er würde über kurz oder lang hierher zurückkommen, um ein weiteres Skelett abzuladen. Es hätten auch zwei sein können.

Halt dich nicht damit auf! Mach weiter!

Steve versuchte sich zu beeilen. Er mußte wissen, wo der Höhleneingang war. Er entdeckte einen großen Gang, der nach oben führte.

Es lagen noch andere Gegenstände herum: Gürtelschnallen, Ohrringe …

Und ein alter Hut. Er war zerschlissen und hatte eine breite Krempe. Steve kannte diesen Hut. Er hob ihn auf und sah ihn sich genauer an. Kein Zweifel.

Dieser Hut hatte Jules Cryor gehört.

Steve hatte gedacht, er könnte es verkraften, doch seine Beine gaben unter ihm nach; er taumelte und fiel zwischen die Knochen, den Hut noch in der Hand haltend. Das Feuerzeug ging aus, und die Dunkelheit schloß ihn ein.

Leben und leben lassen, hatte Cryor gesagt. Wenn man den Drachen in Ruhe läßt, tut er einem nichts. Ich tue ihm nichts, und er tut mir nichts. Das klang recht gut, doch Cryor lag nun hier, zusammen mit all den anderen.

Falls es eine rationale Erklärung für das alles gab, so konnte er sie nicht finden. Das pragmatische Gehirn des Universitätsprofessors weigerte sich, hier unten zu funktionieren. Er war nicht nur dem Tode nahe, er war von ihm umgeben, hineingetaucht, und so laut sein Herz auch nach einer Antwort schrie, sein Verstand konnte ihm keine geben. Er war in der Hölle, es gab kein anderes Wort dafür.

»Oh Herr«, betete er, »es muß doch einen Ausweg geben.« Seine Augen brannten vor Tränen. »Das kannst du doch nicht zulassen!«

Er knipste das Feuerzeug wieder an und stellte fest, daß er sich ganz in der Nähe eines Ganges befand. Das könnte sein Ausweg sein.

Er warf Jules Cryors Hut zu den anderen Knochen, riß sich zusammen und stand auf. Vorsichtig stieg er über die Knochen hinweg und erreichte schließlich sandigen Boden. Hier waren die Fußspuren des Drachens deutlich zu erkennen. Er würde ihnen zum Haupteingang folgen können. Dieser Gang war sehr viel breiter und höher. Eine willkommene Abwechslung.

In der rechten Hand das Feuerzeug haltend und sich mit der linken am Felsen entlangtastend, machte er sich auf den Weg.

Ich muß irgendwie im Vorteil sein. Immerhin bin ich noch am Leben. Der Drache hat mich noch nicht gefunden. Er war auf der Suche nach mir – ich habe ihn gesehen – doch er hat mich nicht gefunden.

Er entzündete das Feuerzeug. Ein weiterer Gang, groß genug für einen Drachen, führte nach rechts hinunter in den Berg. Steve beschloß jedoch, dem Hauptgang zu folgen. Er spürte einen Luftzug. Der Eingang konnte nicht allzu weit entfernt sein.

Steve maß die Breite des Ganges gegen die Größe des Drachens ab. Vermutlich konnte er sich hindurchschlängeln, aber eine Umkehr würde vollkommen unmöglich sein.

Nach weiteren fünfhundert Metern erblickte er den Sternenhimmel über sich. Nach der Dunkelheit der Höhle war ihm der helle Mond sehr willkommen. Nach der kalten, stickigen, stinkenden Luft in der Höhle war die kühle Bergluft wie neues Leben. Nachdem er in der Höhle des Todes gewesen war, hatte er sich noch nie so lebendig gefühlt.

Ich bin durchgekommen! Ich habe es geschafft!

Er blickte zurück. Obwohl er nicht weit gegangen war, konnte er den Höhleneingang kaum noch erkennen. Die Felsen und Felsbrocken verdeckten ihn. Man mußte direkt davor stehen, um ihn zu erkennen.

Aber wo war er jetzt eigentlich? Diese Bergspitzen kamen ihm bekannt vor. Tatsächlich …

Er rannte los, sprang von Stein zu Stein und spürte neue Energie in sich. Er konnte sehen, atmen, klettern und springen. Er war am Leben!

Er sprang von einem Felsbrocken in eine grüne Wiese, dann rannte er los, freute sich, weil er laufen konnte. Er lachte sogar. Er war aus dem Grab zurückgekehrt, aus der Hölle. Er war frei zu laufen.

Ich habe ihn geschlagen! Ich war dort, direkt in seiner Höhle, und er wußte es nicht! Er ist fort, er ist hinter jemand anderem her. Bestimmt. Vielleicht hinter Harold Bly oder Doug. In dieser Stadt gibt es eine Menge Leute, die das viel eher verdient haben als ich. Möglicherweise hatte Tracy recht: Vielleicht wird dieses Mal verblassen, wenn ich hier fortkomme. Er blickte an sich herunter.

Auf seinem Hemd war ein schwarzer Fleck zu sehen. Er berührte ihn, und der schwarze Schleim blieb ihm an den Fingern kleben. Er hatte keine Schmerzen.

Das Mondlicht verfinsterte sich. Ein Schatten zog daran vorbei wie eine Wolke. Er ließ sich zu Boden fallen und lag vollkommen reglos im Gras, gerade als ein Windstoß über die Wiese hinwegging. Er suchte den Himmel ab und bemerkte, daß die Sterne über dem Gipfel des Saddlehorse verschwammen.

Nein, ich bin noch nicht aus dem Schneider. Ich bin immer noch in Schwierigkeiten, doch ich habe mich gehenlassen, genau wie Tracy.

Die Wunde begann wieder zu schmerzen, und seltsamerweise fühlte er sich erleichtert.

Ein langer, schwarzer Schatten schwebte über die Berge hinweg. Der Drache kreiste, suchte. Beinahe hätte er ihn entdeckt.

Steve wußte, daß der Drache hinter seiner Seele her war. Er wußte auch, daß ihm nicht mehr viel Zeit blieb.

* * *

Jeff Nelson, ein guter Minenarbeiter, den die Gesellschaft hätte behalten sollen, wußte, was passierte. Er hatte die Schreie auf den Straßen gehört, einige Anrufe getätigt, seine Gewehre geladen und war bereit, sein Haus und seine Familie zu beschützen. Andy Schuller brauchte nicht einmal an seine Tür zu klopfen. Jeff riß sie auf und zielte mit seinem Jagdgewehr auf Andys Gesicht. »Zurück, Andy!« Hinter Andy standen fünf bewaffnete Männer, und Jeff zögerte. »Zurück, Andy, habe ich gesagt!«

»Jeff«, begann Andy, »hör zu ...«

Ein Schuß ließ sie zusammenfahren.

Der Schuß kam von Abel Hoffmeier, einem stoppelbärtigen Faulenzer, der sich das Gewehr, das er in der Hand hielt, ausgeliehen hatte. Abel war zuerst erschrocken über das, was er getan hatte, doch dann begann er zu grinsen.

Jeff war wie die anderen zusammengezuckt und merkte nicht, daß er erschossen worden war, bis seine Beine unter ihm nachgaben und er im Türrahmen zusammensank. Die Kugel, die ihm durchs Herz gedrungen war, hinterließ einen blutigen Fleck am Türrahmen. Jeffs Frau Becky begann zu schreien.

Andy und seine Leute blickten Abel an, dann Jeff. John Tyler bot eine Entschuldigung an. »Er wollte dich töten, Andy.«

Andy erholte sich von seinem Schock und befahl: »Los, Jungs, räumt es aus!«

Mit Triumphgeheul stürmten sie ins Haus. Becky flehte um Gnade, und die vier Kinder begannen zu schreien.

* * *

Doug und Kyle hatten die Straßensperre beseitigt. Sie beobachteten, wie die Carlsons und Malones mit allem, was sie in der Eile hatten zusammenpacken können, die Stadt verließen. Sie hatten vieles zurücklassen müssen und hofften, zurückzukommen und es zu holen, wenn es wieder sicher war.

»Doug!« rief Bruce Dilly, ein arbeitsloser Minenarbeiter, der keine Lust hatte zu arbeiten. »Was ist mit all dem Zeug, das sie zurückgelassen haben?«

»Was soll damit sein?«

»Kommen sie zurück, um es zu holen?«

Doug blickte ihn wissend an. »Wenn du etwas siehst, das dir gefällt, bediene dich.«

Er zögerte etwas. »Was ist mit Harold?«

»Was meinst du damit?«

Bruce und einige Freunde dachten darüber nach, kamen gemeinsam zu einem Schluß und stürmten gemeinsam los. Jeder wollte der erste sein.

* * *

Steve wunderte sich. »Jules Cryor wußte gar nicht, wie nahe er ihm war.«

Steve war vom Berg herabgestiegen, hatte eine Wiese überquert und war zu einem Felsvorsprung gekommen. Dort lag er jetzt und blickte hinab auf das Dach von Jules Cryors Hütte, nur etwa siebzig Meter unter sich und keine fünfhundert Meter von der Behausung des Drachens entfernt.

Steve hatte keinerlei Hilfsmittel, keine Waffen, kein Essen. Er war allein in der Dunkelheit und ständig der Gefahr ausgesetzt, entdeckt zu werden. Ein schreckliches Ungeheuer jagte ihn, und der Freund, den er zu spät erkannt hatte, war erschossen worden.

Das Reden mit Gott gewann für Steve immer größere Bedeutung.

»Herr, du hast mir jetzt so weit geholfen … «

Vielleicht war es wirklich Gott gewesen. Der Drache hätte mich eigentlich schon längst entdeckt und getötet haben müssen, dachte Steve, und doch, solange er mit Gott sprach, schien der Drache ihn nicht erreichen zu können. Mit der Anerkennung Gottes bekam er das Gefühl, daß die Dinge noch umgekehrt werden konnten, daß sein Schicksal noch abgewendet werden konnte. Zum ersten Mal empfand Steve neue Hoffnung.

Die Hoffnung ließ es ihm erstrebenswert erscheinen, um sein Leben zu kämpfen. Sie veranlaßte ihn, sich einen Plan auszudenken. Er kletterte zu Jules Cryors Hütte hinab, um diesen Plan auszuführen.

* * *

Sheriff Collins Frau Francie war außer sich vor Sorge, als das Telefon läutete.

»Mrs. Collins?«

»Ja.«

»Mrs. Collins, hier spricht Leutnant Barnard von der Polizei in Oak Springs. Kann ich bitte Ihren Mann sprechen?«

Mrs. Collins machte keine Anstrengungen, ihre Sorge zu verbergen. »Er ist nicht hier, Leutnant. Ich weiß nicht, wo er ist, und ich mache mir Sorgen um ihn.«

»Sie haben keine Ahnung, wo er sein könnte?«

»Nein. Eigentlich hätte er schon vor zwei Stunden heimkommen sollen. Er hat mir nicht Bescheid gegeben. Ich habe auf der Wache angerufen, doch die Anrufe werden alle weitergegeben ...«

»Dann haben Sie also mit der Zentrale gesprochen?«

»Ich wollte die Zentrale nicht beunruhigen. Lester sagt, diese Nummer sei nur für Notfälle bestimmt.«

»Gut, hören Sie, wir werden sehen, ob wir ihn für Sie ausfindig machen können.«

»Vielen Dank«, erwiderte Francie. »Und würden Sie sich bitte beeilen?«

»Das werden wir. Vielen Dank, Mrs. Collins.«

Barnard hängte auf und sah Evelyn Benson an.

»Glauben Sie mir jetzt?« fragte sie.

Wenigstens war er jetzt bereit zuzuhören.

* * *

Steve sprang über eine Spalte und landete auf einem schmalen Vorsprung.

Einen Schritt nach dem anderen, ermahnte er sich.

Er eilte weiter und sprach im Geiste mit Gott. »Ich denke, du verstehst. Ich meine, das beruhte auf Gegenseitigkeit. Sie wollte mich, ich wollte sie ... «

Er trug eine Kiste mit den notwendigen Utensilien aus Jules Cryors Hütte. Er hatte die Kiste in ein dunkles Flanellhemd eingewickelt, damit sie im Mondlicht nicht zu erkennen war. Vorsichtig schlich er von Felsen zu Felsen, von Busch zu Busch. Unablässig blickte er sich um, suchte den Himmel und die unmittelbare Umgebung nach einer Bewegung ab. Und immer sprach er mit Gott.

Doch da gab es ein Problem: Er konnte nicht mit Gott sprechen, wenn er nicht ehrlich war, nicht nur mit Gott, sondern auch mit sich selbst nicht. In einigen Bereichen war das eine neue und schwierige Erfahrung. »In Ordnung, ich sage ja nicht, daß das besonders gut war.«

Er kam zu der Wiese direkt unter dem Höhleneingang, versteckte sich in einer Baumgruppe und suchte wieder den Himmel und die Umgebung ab. »Herr, wenn er da ist, dann hilf mir, ihn zu erkennen.«

Steve hatte die doppeldeutige Bedeutung dieses Gebets nicht beabsichtigt, doch Gott erhörte es auf diese Weise. Den Drachen konnte er nirgends entdecken, doch er hörte eine innere Stimme leise sagen: Sieh in dich hinein, sieh in dich hinein.

Das hörte sich an wie Levi. Dieselbe Predigt. Derselbe erhobene Zeigefinger.

Vielleicht übertreibe ich ja diese Sache mit dem Beten, dachte Steve. Er richtete seinen Blick auf die Felsformationen, hinter denen sich der Höhleneingang befand. Er rannte los und duckte sich hinter die Felsen.

* * *

»Laß los, ich habe sie zuerst gesehen!«

»Sei doch vernünftig! Du kannst ja nicht einmal spielen!«

Bruce Dilly und Clayton Gentry hatten bei der Durchsuchung von Jeff Nelsons Haus eine wunderschöne Gitarre entdeckt. Beide wollten sie haben. Sie standen vor dem Haus und zerrten daran, bereit, den anderen deswegen zu töten.

Ein Schuß ließ sie zusammenfahren. Bruce sah, was passiert war und ließ die Gitarre los. Clayton entdeckte es erst, als er sich umdrehte und mit der Gitarre unter dem Arm fortlaufen wollte.

Eine Straße weiter lag ein Mann in einer großen Blutlache auf der Straße. Das Fernsehgerät, das er in den Händen gehalten hatte, wurde jetzt von dem Mann fortgetragen, der auf ihn geschossen hatte.

Bruce war so verblüfft, daß er die Gitarre vergaß.

Clayton hatte sie und ergriff nun die Gelegenheit, damit davonzulaufen.

Nun rannte auch Bruce los – die Straße entlang zum nächsten leerstehenden Haus. Er wollte dort ankommen, bevor Clayton oder irgendein anderer es erreichte.

* * *

Steve hatte erst einmal mit Sprengstoff zu tun gehabt. Das Dynamit, mit dem Jules Cryor gearbeitet hatte, war etwas anders, doch es war leicht, den Zündungsmechanismus herauszufinden. Mit Hilfe einer Taschenlampe aus Jules Cryors Hütte befestigte Steve hastig eine Ladung am Höhleneingang mit einer Zündschnur, die etwa dreißig Sekunden brennen würde. Er hoffte, daß die Zeit für ihn reichen würde. Aber natürlich konnte er nicht sicher sein.

Er probierte noch etwas anderes aus. Er rammte einen Stock in den Boden der Höhle und zog ein Stück Toilettenpapier aus Cryors Hütte aus der Hemdentasche. Einen schmalen Streifen davon befestigte er an dem Stock. Er hing wie eine Flagge herunter.

In Ordnung. Es funktionierte. Er hatte richtig geraten. Die kleine Flagge wehte in Richtung Höhle. Die Luft strömte von hier in die Höhle hinein und offensichtlich durch diesen zweiten Gang, durch den er hineingekommen war, wieder hinaus. Wenn er also Glück hatte, und wenn es einen Gott gab, würde er diese Nacht überleben.

Jetzt blieb nur noch eines zu überprüfen. Er holte sein Feuerzeug aus der Tasche und knipste es an. Es funktionierte beim ersten Mal.

So weit, so gut. Alles war vorbereitet.

* * *

»Wagen dreißig, hier Zentrale in West Fork ... «

Das war Julie, die in der Zentrale von West Fork alle Notrufe entgegennahm und an die dafür zuständigen Stellen weitergab. Deputy Brad Johanson nahm das Mikrofon zur Hand. »Wagen dreißig.«

»Brad?«

»Ja.«

»Hast du Sheriff Collins heute schon gesehen?«

»Nein. Als ich ins Büro kam, war niemand da.«

»Wo bist du jetzt?«

»Etwa zehn Kilometer hinter West Fork auf der 209.«

»Wir haben einen Anruf von der Staatspolizei bekommen. Collins' Frau hat ihn auch nicht gesehen, und sie macht sich Sorgen.«

Johanson schnaubte verächtlich. Er bekam einen Anruf von der Zentrale, weil Francie Collins sich Sorgen machte? Johanson machte sich überhaupt keine Gedanken. Collins war vielleicht von irgend etwas aufgehalten worden. »Und was soll ich jetzt tun?«

»Fahr zurück zum Büro und sieh zu, ob du irgend etwas herausfinden kannst.«

Und meine Runde unterbrechen? »Wozu? Der Sheriff ist vielleicht nur aufgehalten worden. So etwas passiert schon mal.«

»Die Staatspolizei möchte wissen, ob es irgendwelche Anzeichen für ein Verbrechen gibt.«

»Wie bitte?«

Julie wiederholte es. »Die Staatspolizei möchte wissen, ob es Anzeichen für ein Verbrechen gibt.«

Das war nun wirklich seltsam.

»In Ordnung, ich fahre zurück. Wagen dreißig, Ende.«

Er wendete den Wagen und fuhr zurück nach West Fork.

Als Johanson ins Büro gekommen war, hatte er niemanden vorgefunden. Daß niemand anwesend war, kam ihm etwas seltsam vor, doch er hatte nicht weiter darüber nachgedacht. Tracy Ellis, die er ablösen sollte, war vielleicht fortgerufen worden. Da er sowieso schon in Eile war, hatte er Wagen dreißig abgemeldet und seine Runde angetreten.

Doch auf den zweiten Blick schien alles wirklich ein wenig seltsam zu sein. Zum einen stand Sheriff Collins' Streifenwagen auf seinem Platz, und doch war er nirgendwo zu finden. Er fuhr mit diesem Wagen immer zur Arbeit und wieder nach Hause, also war er offensichtlich nicht nach Hause gefahren. Aber wo konnte er denn dann sein?

Die Tür zu Collins' Büro war angelehnt. Johanson stieß sie mit seinem Knüppel auf, knipste das Licht an und blickte sich um. Nichts schien ungewöhnlich zu sein. Es gab keine Notizen, keinen Hinweis darauf, wo Collins war.

Johanson ging hinaus zum Empfang und überprüfte das Anwesenheitsbuch. Sowohl Collins als auch Tracy Ellis hatten sich am Morgen eingetragen, aber nicht wieder ausgetragen.

Er nahm den Schlüssel zum Zellenblock an sich, öffnete die Metalltür und ging den schmalen Gang entlang zu den drei Zellen. Es hing ein leichter Geruch von Reinigungsmitteln in der Luft. Zelle drei roch sehr stark danach. Der Boden, die Wände, Decke und Gitterstäbe der Zelle waren geschrubbt worden.

Das war an sich nicht ungewöhnlich, da ein Gefangener die Nacht darin verbracht hatte.

Er ging zurück zum Büro und konnte nichts Außergewöhnliches feststellen.

Nachdenklich lehnte er sich über den Empfangstisch. Collins hatte sich eingetragen, aber nicht ausgetragen. Sein Wagen stand noch hier, sein Büro war sauber und ordentlich, Zelle drei war saubergemacht worden, und die anderen Räume wirkten unbenutzt …

Sein Büro war sauber und ordentlich?

Johanson ging noch einmal zu Collins' Bürotür und steckte den Kopf hinein. Es roch ziemlich sauber hier. Er kniete sich hin und schnüffelte auf dem Boden. Ja. Bodenreiniger – ein wenig Bleichmittel. Jemand hatte den Boden geschrubbt, genau wie den von Zelle drei.

Warum nur dieses Büro? Warum nur diese Zelle?

Dann entdeckte er Collins' Jacke am Haken und betrachtete sie näher. Als er sie berührte, bemerkte er die dunklen Streifen am Rükken. Es sah so aus, als hätte sich jemand die Hände an der Jacke abgeputzt. Er roch daran und verzog das Gesicht. Wo hatte Collins nur dieses Zeug aufgegabelt?

Auf einmal entdeckte er etwas hinter der Tür.

Mit seinem Knüppel öffnete er die Tür und kniete sich nieder, um den Fleck auf dem Boden zu untersuchen.

Er holte sein Funkgerät hervor. »West Fork Zentrale, Wagen dreißig, Johanson.«

»Hier West Fork Zentrale«, ertönte Julies Stimme. »Was ist los, Brad?«

»Ruf die Staatspolizei. Ich habe hier vielleicht was.«

* * *

Steve stand vor dem Höhleneingang, für alle sichtbar, und suchte den Himmel und die Berghänge ab. Er ging fröhlich auf und ab und sprach laut vor sich hin.

»Ich denke, ich hätte sanfter mit Jennifer umgehen sollen. Du kennst die Frauen, ihre Eigenarten, man muß ihnen das Gefühl geben, geliebt zu sein, ihnen Blumen und so'n Zeug schenken. Ich meine, was hat sie erwartet, daß ich Zeit für so etwas habe? Immerhin habe ich unseren Lebensunterhalt verdient. Das hätte doch genug sein sollen.«

Aufmerksam blickte er sich um, doch bisher konnte er nichts Ungewöhnliches entdecken.

»Ich meine, ein Mann muß tun, was ein Mann tun muß. Ich habe mein Leben, meinen Beruf, ich muß Bären jagen und fangen, Artikel schreiben, Unterricht abhalten. Das Schicksal der Natur hängt von meiner Arbeit ab. Jennifer hat das nie verstanden.«

Er lauschte. Bisher keine Geräusche.

»Und sie hätte es verstehen müssen. Sie war schuld, nicht ich. Es war wirklich nicht meine Schuld, daß unsere Ehe auseinandergegangen ist.«

Weit hinten im Osten wackelte ein Stern. Ein weiterer.

Wie lange soll ich noch weitermachen? fragte sich Steve.

»Aber vielleicht war es ja auch gut so. Ich war wieder frei, und das brauche ich. Als Tracy daherkam, konnte ich …« Er hätte wissen müssen, daß das weh tun würde. »Ich konnte …«

Vielleicht sollte er jetzt aufhören. Er mußte an Cliff denken. Es war so leicht gewesen, ihm die Schuld zu geben, wütend auf ihn zu sein, sich über seine Impulsivität und Dummheit zu wundern …

Nun, Cliff, du kommst besser zu mir herüber, Bruderherz. Ich bin in derselben Situation. Schätze, ich habe nicht viel aus dem gelernt, was dir passiert ist. Vielleicht habe ich es auch nur, wie Harold Bly sagte, vorgezogen, nicht darüber nachzudenken.

Die Bewegung am Himmel kam über das Tal hinweg auf ihn zu. Er sah, wie die Umrisse immer größer wurden.

Es war an der Zeit hineinzugehen. Er rannte durch die Felsbrocken hindurch zum Höhleneingang. Bevor er eintrat, sah er gerade noch, wie etwas vom Himmel herunterkam. Er hörte den Luftzug.

Schnell lief er in die Höhle hinein und bog um die erste Ecke. Dort wartete er, den Rücken fest gegen die Felswand gedrückt. Seine Nerven waren zum Zerreißen gespannt. Das Feuerzeug hielt er griffbereit in der Hand.

Ein Windstoß pfiff durch den Höhleneingang, und die kleine Fahne aus Toilettenpapier flatterte. Der Windstoß ebbte ab.

Steve hielt den Atem an und blieb reglos stehen, beobachtete, lauschte auf das kaum hörbare Geräusch des Drachens, der über den Boden glitt.

Eine Klaue stieß gegen einen Stein. Ein Flügel raschelte. Da war das lange, gleichmäßige Kratzen über die Steine am Bergabhang.

Steve blieb wie angewurzelt stehen und kämpfte gegen seine Furcht, gegen den Drang, einfach davonzulaufen, an.

Er hörte, wie der Drache ärgerlich die Luft einzog.

Ein Stein fiel von irgendwo auf den Boden.

Steve verrenkte sich den Hals, um das Dynamit zu überprüfen, das am Eingang angebracht war.

Kein Geräusch. Keine Bewegung. Nichts als Warten.

Komm schon, komm schon, dachte Steve, das Feuerzeug in der Hand haltend. Steck deinen großen, häßlichen Kopf herein!

Ein Schatten erschien, ein unbestimmter Umriß oben an der Höhlendecke. Der Drache atmete erstaunlich langsam, nahm tiefe Atemzüge und stieß die Luft in einem Strom aus, der Minuten anzudauern schien. Dem Geräusch nach zu urteilen, schien er noch vor dem Eingang zu stehen.

Komm schon!

Der Schatten an der Höhlenwand wurde größer.

Ein langer Atemzug setzte die Papierflagge in Bewegung.

Die Papierfahne sank schlaff herab, der Höhleneingang wurde dunkel.

Stille, keine Bewegung, kein Geräusch.

Die große Echse denkt bestimmt nach, dachte Steve. Vielleicht riecht sie die Falle. Vielleicht kannte sie Dynamit.

Das Mondlicht war wieder zu sehen. Die Flagge flatterte zum Eingang hin. Nur ein kurzes Geräusch auf den Steinen, dann wieder Stille.

Das Ding war fort.

Oder doch nicht? Steve blieb, wo er war und wartete. Vorsichtig spähte er um die Ecke, um das Dynamit zu überprüfen.

Jetzt galt es zu warten.

Reglos stand er in der kalten Dunkelheit. Es war so still, daß er das Blut durch seine Ohren rauschen hören konnte. Sich selbst gestattete er nur einige langsame, tiefe Atemzüge und wartete noch ein wenig. Aufmerksam beobachtete er die kleine Papierflagge im Mondlicht. Sie flatterte langsam im sanften Luftzug.

Auf einmal hing sie schlaff herab.

Steve hörte auf zu atmen. Er beobachtete.

Die Flagge hing reglos.

Der Drache hatte den anderen Eingang erreicht.

Jetzt mußte er den richtigen Zeitpunkt abwarten. Wie lange sollte er warten? Wie lange würde das Ding brauchen, um sich von hinten anzuschleichen?

Die Flagge bewegte sich leicht, doch die Richtung, aus der der Wind kam, konnte nicht bestimmt werden.

Steve versuchte zu zählen, zu raten, wie viele Sekunden vergangen waren und noch vergehen mußten, bis er die Zündschnur anzündete.

Die Flagge begann zum Höhleneingang hin zu wehen. Schließlich flatterte sie. Steve trat von der Wand vor und spürte den Luftzug aus dem Gang.

Er ist auf dem Weg!

Steve knipste das Feuerzeug an und hielt es an die Zündschnur.

Er spürte den Wind in seinem Rücken. Er fühlte eine Erschütterung.

In Windeseile verließ er die Höhle, rannte kreuz und quer durch die Felsformationen und über die Wiese, wobei er leise vor sich hinzählte: « … einundzwanzig, zweiundzwanzig, dreiundzwanzig … «

Als er die Wiese halb überquert hatte, blickte er über die Schulter zurück. Nichts passierte.

»Dreißig, einunddreißig, zweiunddreißig ... «

WUMM! Die Explosion dröhnte wie ein Donnerschlag in Steves Ohren.

Er blieb stehen, blickte zurück und sah eine Staubwolke, wo der Höhleneingang gewesen war. Steine prasselten zur Erde. Jetzt mußte er abwarten und sehen, was passierte.

Steve duckte sich ins hohe Gras. Je nachdem, wo sich der Drache zur Zeit der Explosion aufhielt, konnte er gefangen worden sein, vielleicht aber auch zerrissen und sterbend, oder sicher auf dem Weg durch einen anderen Eingang aus der Höhle heraus. Steve konnte nur hoffen, aber sicher sein konnte er erst, wenn ...

Ein Stein bewegte sich und rollte vom Eingang fort. Dann noch einer. Jetzt wurden mehrere beiseite gestoßen, und Staub wurde wieder aufgewirbelt.

Steve wurde übel vor Enttäuschung. Er hatte den Drachen gefangen – für wenige Augenblicke – aber er hatte ihn nicht getötet. Das Spiel war noch nicht vorbei, und er bezweifelte, daß diese kleine Ruhepause lange dauern würde.

Steve dachte an Jules Cryors Hütte unter dem Felsvorsprung. Wenn er rannte, konnte er sie in wenigen Minuten erreichen, falls er diese Minuten hatte. Doch er konnte nicht rennen, noch nicht. Der Drache sollte sehen, wohin er ging.

Es ist verrückt, hörte er sich selbst denken. Renn jetzt, du Idiot, renn davon. Doch er konnte nicht. Wenn er diese Sache wirklich zu Ende bringen wollte, mußte der Drache ihm folgen.

Schließlich erschienen lange Klauen zwischen den Steinen. Steve hörte, wie das Ding wühlte und schnaubte. Er sah, wie der Staub von dem wütenden Atem in kleinen Wolken fortgeblasen wurde.

»Ach, du bist einfach wunderschön, wenn du wütend bist!« hänselte Steve.

Der Kopf erschien. Die silbernen Hörner funkelten im Mondschein, als das Wesen sich streckte, um über die Felsen hinwegzusehen. Die goldenen Augen hefteten sich an Steve. Der Kopf des Drachens streckte sich Steve entgegen wie der einer Klapperschlange, die versucht, ihr Opfer zu packen. Doch der Körper steckte noch immer im Schutt fest. Das Ungeheuer war außer sich vor Wut!

Steve rannte los zu Cryors Hütte. Hinter sich hörte er, wie Steine fortgeschleudert wurden.

Steve rannte über die Steine, an dem Felsvorsprung entlang hin zu der Felsspalte. Er sprang und landete sicher auf der anderen Seite. Jetzt sah er unter sich die Hütte liegen.

Hinter sich hörte er ein Geräusch, als würde der größte Fallschirm der Welt aufgespannt. Der Drache war frei und hatte sich fürs Fliegen entschieden.

Nur noch wenige Sekunden: einen Pfad hinunter, um einen Abfallhaufen herum, und er würde die Tür zur Hütte erreicht haben.

Er hörte den Schlag der riesigen Flügel über sich und blickte hoch.

Diesmal keine Tarnung. Der Drache war sehr deutlich zu erkennen, seine Augen leuchteten so hell wie die Landescheinwerfer eines Flugzeugs.

Steve rannte, sprang über die Steine, stolperte über einen Felsbrocken, taumelte weiter. Die Hütte war ganz in der Nähe, doch nicht nahe genug!

Der Drache zog die Flügel ein, um sich zur Erde herabzusenken. Sein Schatten legte sich über die Hütte, als Steve die Eingangstür erreichte und hineinstürmte.

KRACH! Drei silberne Klauen bohrten sich durch die Decke, bogen sich und zerrten. Steve wurde gegen die hintere Wand geschleudert und legte schützend die Arme über den Kopf.

Die goldenen Augen erschienen am Fenster. Sie entdeckten ihn. Die Klauen durchschlugen das Fenster und tasteten in der Hütte herum, warfen den Tisch gegen die Wand wie ein Spielzeug, durchbrachen das gegenüberliegende Fenster, packten das Bett und schleuderten es durch den Raum. Steve kugelte sich auf dem Boden hin und her.

Eines der goldenen Augen entdeckte ihn durch ein Fenster. Steve sprang zur Seite, als sich die Klauen wie Nägel in den Bretterboden bohrten. Der Drache zerrte, riß, bekam aber nur eine Klaue frei. Ein Bodenbrett wurde losgerissen, blieb an der Klaue hängen, und nun wurde das Brett im Raum herumgeschleudert und zerschmetterte alles, was herumstand.

Das Wesen war schrecklich wütend. Steve erwartete, daß es jeden Augenblick Feuer speien würde.

Als die Klauen durch das Fenster zurückgenommen wurden, zogen sie gleichzeitig den Fensterrahmen mit heraus.

PENG! Die silbernen Klauen bohrten sich durch das Metalldach. Der Drache riß das Hüttendach ab.

Steve blieb fest zusammengerollt in einer Ecke der Hütte liegen und beobachtete, wie seine kleine Festung auseinandergenommen wurde. Er fragte sich, wie lange er noch warten sollte.

Jetzt war die Hütte oben offen, und der riesige Kopf erschien in der Öffnung. Er hatte kaum Platz, sich zu drehen und zu wenden. Die Augen funkelten wie brennende Lampen, die Nasenflügel bebten, die Zähne waren entblößt, und er schnaubte wütend nach seiner Beute.

Jetzt, dachte Steve. Er sprang auf und rannte durch die dicke Holztür im hinteren Teil der Hütte. Ein riesiges, goldenes Auge war nur wenige Zentimeter von ihm entfernt, als er die Tür zuschlug und verriegelte. Er eilte den Gang zu Cryors Mine entlang und hoffte, der Drache würde versuchen, die Tür aufzureißen. Hoffentlich bemerkte das Biest nicht den …

Der Drachen hatte aber die Reihe Dynamitstangen, die entlang der hinteren Wand der Hütte aufgestapelt waren, sehr wohl bemerkt.

WUMM!

Der ganze Bergabhang schien sich in einen Feuerball zu verwandeln. Holzstücke, Möbel, Dachteile, Decken, Dosen, Bretter und Werkzeug flogen herum.

Der Drache, schlaff und brennend, wurde fortgeschleudert und landete auf dem Rücken zwischen den Tannen unterhalb der Hütte.

Tief im Innern des Tunnels von Cryors Hütte zu seiner Mine hockte Steve in einer Ecke und umklammerte fest seine Taschenlampe.

Kapitel 21

Zerstörung

Leutnant Barnard kam ins Büro und fand Evelyn noch an dem Schreibtisch sitzend vor, den er ihr zugewiesen hatte. Sie legte gerade den Telefonhörer auf.

»Irgend etwas Neues?«

Sie schüttelte den Kopf. »Nein, Travis hat die ganze Nacht am Telefon gesessen, doch Steve hat nicht angerufen, Deputy Ellis auch nicht.«

Er zog sich einen Stuhl heran und setzte sich. »Wann haben Sie zuletzt etwas von Ihrem Schwager gehört?«

Sie war erstaunt, wie lange das schon her war. »Am Sonntag abend, glaube ich. Tracy – Deputy Ellis – war bei ihm, aber … « Ihre Stimme erstarb. »Es tut mir leid.«

Barnard sprach liebevoll zu ihr. »Hören Sie, ich habe gerade etwas vom Büro des Bezirkssheriffs gehört.«

Es entstand eine kleine Pause, und Evelyn konnte es kaum erwarten, die Neuigkeiten zu erfahren.

»Denken Sie, Sie könnten noch ein wenig bleiben? Vielleicht haben wir noch einige Fragen, nachdem sich unsere Leute umgesehen haben.«

Evelyn war alarmiert. »Was haben Sie gehört?«

Sein Blick drückte Vertrauen zu ihr aus, das vorher nicht da war. »Ein Beamte hat sich umgesehen, und … nun, wir haben beschlossen, uns etwas eingehender damit zu beschäftigen.«

Sie war einverstanden, noch etwas zu bleiben und rief Travis an, um es ihm mitzuteilen.

Und dann betete sie. Oh Herr, erbarme dich über Steve – wo immer er sein mag.

* * *

Der Tunnel zu Jules Cryors Hütte war blockiert und nicht mehr von Nutzen. Steve rannte weiter bis zur Mine, dann den Hauptgang entlang zum Eingang, etwa dreißig Meter weiter hinunter zu dem Ort, wo die Hütte gestanden hatte.

Die Luft draußen vor der Mine war immer noch staubverhangen. Überall lagen brennende Bretter und Hüttenteile herum. Nach den überall verstreuten Holzstämmen, Brettern, Regalen und Möbelstücken zu urteilen, war es ihm gelungen, die Hütte von der Erdoberfläche fortzuwischen. Was den Drachen betraf …

Er hatte Jules Cryors Schrotflinte in der Hand, als er sich langsam den Abhang hinunterschlich. Dort, wo einst die Hütte gestanden hatte, befand sich nur noch ein Krater. Nicht ein einziges Brett war auf dem anderen geblieben. Darunter sah er nur noch Rauch, Staub und kleine, züngelnde Flammen. Der Staub legte sich langsam und wurde wie eine Wolke den Bergabhang hinabgetrieben, hinunter ins Tal.

Nach wie vor suchte er sorgfältig den Himmel und seine Umgebung ab auf der Suche nach etwas Ungewöhnlichem, nach unterbrochenen Linien, nach …

Oh nein. Konnte er es wirklich glauben? Er sah zweimal hin, für den Fall, daß er sich geirrt hatte.

Da lag der Drache, wie ein langer Baumstamm, mindestens siebzig Meter weiter unten. Er rührte sich nicht. Ein Flügel stand hoch wie ein zerbrochener Regenschirm. Ein Vorderbein war halb abgerissen und bohrte sich in den Himmel wie eine tote Schlange. Hier und da flackerten die Schuppen auf seinem Körper in Grün, Rot, Weiß und Braun. Von dem Körper des Drachens stiegen kleine Rauchwolken auf.

Vorsichtshalber vergewisserte sich Steve, daß die Schrotflinte geladen war. Wenn dieses Ding doch noch nicht tot war, dann würde er es erledigen. Er würde auf Nummer Sicher gehen.

Wenigstens konnte er es sehen und brauchte nicht unablässig um sich zu blicken auf der Suche nach etwas Unsichtbarem. Sein tödlicher Feind lag direkt vor ihm.

Endlich! Endlich habe ich dich!

Er beeilte sich. Er mußte ihm den Rest geben, bevor das Ding wieder zum Leben erwachte.

Er blickte hinunter auf den schwarzen Fleck auf seiner Brust. Er schien zu trocknen. Er berührte ihn. Nichts blieb an seinen Fingern hängen. Der Schleim war zu einer trockenen Kruste geworden.

Oh, was für ein Gefühl! Nach einer solchen Dunkelheit, solcher Bedrückung und Verzweiflung spürte er, wie die Hoffnung zurückkehrte. Er wollte sich nicht zu früh freuen, aber er empfand eine solche Erleichterung, eine solche überschwengliche Freude, daß er sich nicht zurückhalten konnte, laut loszulachen.

»Hab' ich dich endlich!« rief er.

Vielleicht, mußte er sich ermahnen. Zehn Meter vor dem gefallenen Riesenkörper wurde er langsamer, kletterte vorsichtig über Steine, den Blick fest auf das Ungeheuer gerichtet, um zu sehen, ob es sich rührte. Überall um das Tier herum loderten kleine Flammen, und der Rauch brannte ihm in der Nase und versperrte ihm manchmal die Sicht. Er ging immer nur weiter, wenn er den Drachen deutlich sehen konnte. Er konnte es sich nicht leisten, unvorsichtig zu werden.

Der Schwanz des Ungeheuers lag auf dem Bergabhang zu Steves Rechten. Es lag auf dem Rücken, den geschuppten Bauch dem Himmel zugewandt, Hals und Kopf etwas weiter unten zwischen den Bäumen. Steve knipste die Taschenlampe an und entdeckte das rechte Hinterbein. Die Klauen glitzerten silbern im Licht; einige der Schuppen erwachten, und versuchten, sich ihrer Umgebung anzupassen, eine hier, eine da. Ansonsten regte sich nichts.

Steve wollte näher herangehen. Er wollte einen verwundbaren Punkt finden, eine Stelle, auf die er den tödlichen Schuß abgeben konnte. Vielleicht in den Bauch, vielleicht in den Hals ...

Auf einmal zögerte er. Aus irgendeinem Grunde, ohne Vorwarnung verspürte er einen starken Schmerz in seinem Magen, eine Seelenqual. Das konnte er gar nicht brauchen, nicht jetzt. Er atmete tief durch und senkte sogar den Kopf ein wenig, doch es half nicht.

Er durfte diese Gelegenheit nicht versäumen, sagte er sich immer wieder, als er näherkam.

Jetzt ging er an der Seite des Drachens entlang und versuchte, die lebenswichtigen Organe auszumachen. Doch er hatte kein gutes Gefühl dabei. Je mehr er den verwundbaren Punkt suchte, desto zwiespältiger wurde er.

Er schüttelte den Zweifel ab und zwang sich, die Körperbeschaffenheit des Drachens so gut zu studieren wie möglich. Nur mit Mühe konnte er den Brustkorb finden, in dem vermutlich Herz und Lunge lagen. Wenn er den Lauf des Gewehrs zwischen die Schuppen rammen konnte ...

Er wollte es nicht tun.

Er richtete den Blick auf die Flinte in seiner Hand. Sie war schußbereit. Er brauchte nur noch den tödlichen Schuß abzugeben.

Er konnte es nicht!

Dummer Gedanke! Er schüttelte ihn ab. Er mußte es tun. Dieses Wesen war ein Killer, und es würde wieder töten, wenn er es nicht zuerst tötete. Steve zwang sich, an den Brustkorb heranzugehen. Der gezackte Stumpf des rechten Vorderbeines ragte in die Luft.

In Ordnung. Und jetzt gib endlich den Schuß ab. Er mußte einen Zwischenraum finden.

Er konnte es nicht.

Er zwang sich, mit der Schrotflinte auf die massive, geschuppte Flanke zu zielen. Das Gewehr in seiner Hand begann zu zittern. Mit einem frustrierten Seufzen ließ er es sinken.

Dieses Wesen, diese ganze Situation, hatte irgend etwas an sich. Er konnte die Sache nicht zu Ende bringen.

»Komm schon«, sagte er sich laut, »bring's zu Ende. Dieses Ungeheuer will dich töten, es will alle töten!«

Wieder versuchte er, die Schrotflinte zu heben. Seine Hände zitterten, und er senkte sie wieder. Er konnte es einfach nicht. Entgegen allen logischen Denkens konnte er es nicht töten.

Er konnte dieses Ding nicht töten, weil dieses Ding – dieses Ding war …

Er konnte es nicht erklären, doch als er auf diesen schlangenartigen Körper vor sich blickte, hatte er das Gefühl, als würde er sich selbst töten.

Ich kann es nicht töten. Es gehört mir. Es ist ein Teil von mir.

Er taumelte, setzte einen Fuß vor den anderen. Er konnte einfach nicht stillstehen, und es war mehr als nur der Bergabhang; dieser riesige, geschuppte Körper schien ihn anzuziehen. Er wollte das Wesen berühren, wollte die kalten Schuppen in seinen Fingern spüren. Er wußte es besser. Er wußte, er sollte es nicht tun. Er wußte, es würde gefährlich sein.

Aber er mußte einfach …

Die Schrotflinte fiel ihm aus den Händen. Er streckte die Hand aus und berührte die dicken Schuppen auf dem Bauch. Sie fühlten sich an wie Keramikfliesen, kühl, hart und undurchdringlich. Ein wunderbares Wesen. Unglaublich. Wundervolles Aussehen!

Oh Mann, ich hoffe, ich habe es nicht getötet.

Er ließ seine Hand über die Schuppen gleiten. Diese Kraft in ihm. Eine unglaubliche Kraft und Schönheit! Wie nichts sonst auf der Welt!

Und als er es berührte, spürte er ganz deutlich: Es war ein Teil von ihm; er war ein Teil von diesem Wesen. Er besaß es. Es gehörte ihm …

Er liebte dieses Ungeheuer!

Etwas tröpfelte seine Brust hinunter, und er sah, daß die schwarze Flüssigkeit sein Hemd durchnäßte, auf seinen Gürtel tropfte und eine Pfütze auf den Schuppen des Drachens bildete.

Aus irgendeinem Grund mußte er an Tracy denken.

Die Schuppen unter seiner Hand zitterten. Bewegte sich dieses Wesen, oder war das der Boden?

Er blickte auf und sah, wie das Maul des Wesens sich öffnete. Er sprang zurück, gerade in dem Augenblick, als das Maul des Ungeheuers auf seinen Bauch krachte und die Kiefer sich mit einem metallischen Klappen schlossen.

Steve kroch den Berg hinauf. Er blickte zurück und sah, wie der lange Hals sich in einem engen Kreis drehte. Die Augen waren halb geöffnet. Der Drache kam wieder zu sich, versuchte zu sehen.

Es gefiel ihm, das Ungeheuer anzusehen, zu beobachten. Er wollte ewig dort stehenbleiben und ihn beobachten.

Es versuchte, ihn zu fressen.

Er wollte es behalten.

Es versuchte, ihn zu fressen.

Er wollte es nicht loslassen.

Es VERSUCHTE, IHN ZU FRESSEN!

Irgend etwas in seinem Verstand, tief verborgen in seinem Bewußtsein, trug endlich den Sieg davon, und er setzte vorsichtig einen Fuß vor den anderen. Er taumelte, während das Ungeheuer zu sich kam. Der Schwanz lag Steve im Weg. Er versuchte, ihn zu umgehen. Das Ungeheuer schlug aus, die Schwanzspitze verfehlte nur knapp seinen Kopf. Geduckt lief er darunter her.

Die Benommenheit war fort. Jetzt waren seine Augen geöffnet, und er sah nur noch das Böse. Er drehte sich um und floh den Berg hinab.

* * *

Harold Bly bekam keine Berichte. Er konnte Schreie, Rufe, sogar Schüsse in den Straßen Hyde Rivers hören, aber Andy hielt ihn nicht auf dem laufenden, auch Carl nicht, und Doug hatte er seit über einer Stunde nicht mehr gesehen. Er wollte sich dort unten nicht zeigen, um mit den Vorgängen nicht in Zusammenhang gebracht zu werden, und doch fragte er sich allmählich, ob er den anderen nicht ein wenig zu sehr vertraut hatte. Er blickte auf die Uhr. Wenn er nicht in zehn Minuten einen Bericht von irgend jemandem erhielt …

Andy Schullers Gruppe hatte sich zerstreut. Jeder sorgte nur noch für sich selbst. Andy und John Tyler durchsuchten das Haus der Hazeletts und bedienten sich bei den Schmuckstücken. Abel Hoffmeier wollte unbedingt eine Kettensäge aus dem Schaufenster des Eisenwarenladens haben, und er warf die Scheibe ein, um sie sich zu holen. Das

Splittern des Glases erregte die Aufmerksamkeit der Leute, und schon bald machte sein Beispiel Schule. Alle Geschäfte wurden nun geplündert.

Henry Gorst hörte, was mit seinem Eisenwarenladen passierte. Bewaffnet mit einer Schrotflinte kam er hin. »Was macht ihr hier? Legt sofort die Sachen zurück!«

Niemand hörte ihm zu.

»Ich stehe nicht auf der Liste!«

Das schien niemanden zu interessieren.

Er schoß in die Luft. Jemand fühlte sich bedroht und schoß zurück. Gorst fiel auf die Straße, von einer Kugel in der Schulter getroffen.

* * *

Steve benutzte Cryors Taschenlampe. Er hatte so große Angst, daß ihm die Äste und Zweige, die ihm ins Gesicht schlugen, egal waren. Er rannte einfach nur weiter den Berg hinab.

Die Wunde über seinem Herzen schmerzte nur wenig, doch sie tropfte sehr stark, so als hätte er eine schwarze Arterie durchgetrennt. Seine Kleider waren über und über mit schwarzem Schleim bespritzt. Er hinterließ schwarze Handabdrücke auf den Baumstämmen. In einem klaren Moment dachte er: Das ist die letzte Phase.

Was hatte dieses Wesen ihm angetan? Er hatte schreckliche Angst vor dem Tod, jedoch nicht vor dem Drachen. Er liebte dieses Ungeheuer, obwohl er wußte, daß es ihn fressen würde. Er rannte zwar, doch eigentlich wollte er es nicht.

Lächerliche Gedanken gingen ihm durch den Sinn, und jeder von ihnen schien richtig und praktisch zu sein: Vielleicht gibt es einen Weg, es zu zähmen. Vielleicht wird es mich gar nicht fressen. Wenn ich es ignoriere, wird es mich in Ruhe lassen. Dieses Mal tut gar nicht so weh, ich kann damit leben. Vielleicht wird der Drache mich erst morgen fressen …

Ich möchte ihn behalten! Er gehört mir!

Aber ich möchte auch leben, sagte eine leise, doch machtvolle Stimme in irgendeinem Winkel seines Gehirns. Und diese Stimme bewirkte, daß er weiterrannte.

Hoch oben auf dem Abhang des Saddlehorse kam der Drache allmählich zu sich. Er drehte und wand sich, wirbelte mit den Beinen in der Luft herum, und schließlich rollte er sich mit Hilfe seines Schwanzes auf den Bauch. So blieb er liegen; das Funkeln seiner Augen kehrte zurück, die Klauen bewegten sich, die Nasenflügel bebten. Es schöpfte Kraft aus den Herzen und der Gesinnung der Menschen in dem Chaos dort unten – aus der Stadt Hyde River, von den im Tal verstreuten Seelen und von diesem kleinen Mann, der jetzt den Berg hinunterrannte. Er wußte es, er konnte es spüren, er konnte das Schreien und Rufen hören, den Schmerz empfinden.

Hoch reckte er den Hals gegen den Himmel, zog tief die Luft ein. Seine Brust schwoll an. Schließlich erhob er sich auf sein linkes Vorderbein und den Stumpf des rechten und spähte ins Tal hinab.

Er konnte den kleinen Mann zwar nicht sehen, doch er wußte, wo er war. Und er wußte, wohin er ging.

* * *

Harold Bly blickte auf die Uhr. Die zehn Minuten waren um, und der Lärm dort draußen wurde schlimmer. Ob es ihm nun gefiel oder nicht, er mußte rausgehen und die Sache in die Hand nehmen. Dies sollte seine Stadt sein, und so geführt werden, wie er es wollte. Wenn die Stadt gesäubert war, würde der Drache wieder auf seiner Seite stehen. Wenn er die Leute der Stadt in der Tasche hatte, würden das Land und der Reichtum automatisch folgen. Das war ganz einfach.

Aber das mußte er allen erst einmal klarmachen. Er mußte nach draußen gehen.

Er hatte ein Handtuch gegen seine Brust gedrückt. Jetzt zog er es fort, um sich die Wunde anzusehen. Sie sonderte schwarzen Schleim ab, durchtränkte das Handtuch und verpestete die Luft. Nun, das machte nichts. Es tat überhaupt nicht weh, und schon bald würde wieder alles in Ordnung sein. Er warf das Handtuch beiseite.

»Ich werde ewig leben!« verkündete er dem leeren Lokal. »Nur meine Regeln werden gelten!«

Er rannte durch die Hintertür zu seinem Wagen.

* * *

Steve blieb stehen, um sich auszuruhen, zu sich zu kommen und zu lauschen. Er konnte nichts wahrnehmen, was darauf schließen ließ, daß das Ding ihm nachkam, doch im Augenblick war das Rauschen im Kopf so laut, daß er sowieso nichts hörte.

So, Benson, wie soll es jetzt weitergehen?

Unter ihm floß der Hyde River ruhig dahin. Nur noch wenige Minuten Fußmarsch durch den Wald. Er konnte dem Flußlauf folgen, bis er zur Hyde River Road kam und von dort zurück in die Stadt gelangen.

Ja. Die Stadt. Hyde River, wo die größten Verteidiger des Drachens lebten. Die war vermutlich der am wenigsten sicherste Platz der Welt für Steve Benson oder irgendeinen anderen Fremden, der sich in die Angelegenheiten anderer Leute mischte. Aber dort hatte der ganze Alptraum begonnen, und er wußte, dort würde er auch enden müssen. Levi Cobb hatte recht gehabt. Jetzt, da er das Ungeheuer berührt hatte, glaubte ihm Steve. Er konnte dem Drachen niemals entkommen, weil er ein Teil von ihm war; wo immer er auch hinging, er würde ihn mitnehmen wie den verborgenen Tod, der in seiner Seele begraben war. Eines Tages würde der Drache gewinnen. Er würde ihn nehmen und zerstören – wenn er den Drachen nicht zuerst zerstörte. Steve wußte jetzt, daß es nur einen einzigen Weg gab.

Also gut. Wenn diese Leute den Drachen so sehr liebten, dann konnten sie ihm auch von Angesicht zu Angesicht begegnen.

Steve kletterte den steilen Abhang hinab, durch die Bäume und Büsche auf den Fluß zu. Hier kommen eure beiden größten Feinde, Leute: Der Drache, den ihr liebt, und der Mann, der versucht, ihn zu töten.

Der Drache betrachtete vorsichtig seine Flügel. Sie waren gebrochen, zerrissen, nutzlos. Schnell und vorsichtig drückte er mit seinem Maul die herausgesprungenen Knochen und zerrissenen Häutchen wieder ordentlich zu einem festsitzenden, wenn auch zerfetzten Cape auf seinem Rücken zusammen.

Dann legte er die Vorderbeine an und stieß sich mit seinen Hinterbeinen ab. Wie eine Schlange glitt er über Steine, durch die Bäume und über umgefallene Baumstämme hinweg. Er folgte dem kleinen Mann, der versucht hatte, ihn zu töten.

* * *

Paul hatte in der ganzen Stadt nach seinem ehemaligen Partner gesucht und Jimmy Yates schließlich in seinem Wohnzimmer gefunden. Er suchte in seinem Schreibtisch herum!

»Ich habe das Scheckbuch versteckt, Jimmy!«

Jimmy wirbelte erstaunt herum. »Hey, Paul! Wie geht's?«

»Wo ist der Lastwagen?«

Jimmy grinste ihn nur an. »Irgendwo.«

»Ich will ihn zurück!«

»Wozu brauchst du ihn denn?«

»Reiz mich nicht!«

»Hey, ich mache dir einen Vorschlag«, sagte Jimmy. »Du gibst mir das Scheckbuch unserer Firma, und ich gebe dir den Wagen.«

Paul verzog das Gesicht. »Damit du dir das ganze Bargeld holst? Glaubst du, ich bin verrückt?«

»Wenn du den Lastwagen zurückhaben willst, mußt du mir das Geld geben. Ganz einfach!«

»Du willst es ganz einfach haben?« erwiderte Paul und zog seine Pistole.

Jimmy blickte in die Öffnung und streckte ihm flehend die Hände entgegen. »Hey, Paul, komm schon … «

Paul lächelte. Was für ein Gefühl!

* * *

Steve hielt sich an einem Ast fest und suchte mit den Füßen Halt. Schließlich fand er einen großen Stein direkt über dem Fluß. Er ließ den Ast los und sprang auf den Stein, blickte hinab auf das vom Mond beschienene Wasser. Der Fluß war hier tiefer und floß sehr schnell. Es würde kalt werden, doch der Fluß half ihm, sich in der Wildnis zu orientieren. Er ließ sich ins Wasser gleiten und schwamm hinaus in die Mitte und ließ sich von der Strömung tragen.

* * *

Kyle Figgin hörte den Schuß in Pauls Haus, als er daran vorbeirannte. Aber er machte sich keine Gedanken darum. Im Augenblick wurde überall geschossen, und er war sehr in Eile.

Doug kam aus dem Haus der Nelsons und stellte sich ihm in den Weg. »Wo willst du hin?«

Kyle versuchte, um ihn herumzulaufen. »Geh mir aus dem Weg!«

Doug packte ihn am Arm und hielt ihn fest. »Wo ist der Lastwagen?«

»Wen interessiert das schon?«

Jetzt zerrte Doug ihn zu sich heran. »Ich habe dir gesagt, du sollst ihn Elmer zurückbringen, bevor etwas damit passiert.«

»Und warum tust du das nicht selbst?«

»Weil ich es dir gesagt habe.«

Kyle schüttelte Dougs Hände ab. »Ja, während du und alle anderen die Häuser durchsuchen. Vergiß es!«

Doug versuchte ihn zu schlagen, doch Kyle rechnete damit, duckte sich und rammte ihm seinen Kopf in den Magen. Doug packte Kyle um die Taille und schleuderte ihn durch die Luft.

Kyle flog auf die Straße und griff nach seiner Pistole. Doug trat ihm mit dem Stiefel ins Gesicht.

In diesem Augenblick ertönte eine Hupe. Es war Harold Bly. »Doug!«

Doug war nicht in der Stimmung, mit jemandem zu sprechen. »Was ist?«

Bly war nicht gerade bester Laune, man sprach besser mit ihm. »Was ist los? Wo ist Andy?«

Doug behielt Kyle im Auge, falls er Anstalten machte, aufzustehen. »Ich weiß es nicht.«

»Was ist mit Carl und Bernie?«

»Sie räumen die Häuser.«

»Ich habe keinen von ihnen gesehen! Ist alles erledigt?«

»Ja, wir haben sie alle.«

Kyle stand zitternd auf.

»Was ist mit ihm?« fragte Bly.

»Nichts.«

»Was ist mit den Nelsons und den Hazeletts?«

»Sie sind fort.«

»Warum hat mir das niemand berichtet?«

»Wir sind beschäftigt!«

»Ja, wir sind beschäftigt«, bestätigte Kyle und fuhr sich über seinen blutenden Mund.

Bly nahm das nicht sehr gut auf. »Wirklich? Ihr seid noch nicht fertig. Holt einige Männer zusammen. Dottie Moore muß auch gehen!«

Doug und Kyle blickten sich an. »Wer sagt das?« fragte Doug.

Bly wiederholte seine Anweisung. »Holt einige Männer zusammen! Wir treffen uns dort drüben!« Damit fuhr Bly davon.

»Tu es doch selbst«, rief Doug ihm nach.

* * *

»Kannst du etwas sehen?« fragte Susan Woods.

Reverend Ron Woods hockte auf dem Boden und blickte durch das Fenster auf die Stadt unter sich. »Ich sehe einige Leute herumrennen. Ich glaube, gerade ist Harold Blys Wagen vorbeigefahren.«

Susan saß mit ihrem kleinen Sohn und ihrer Tochter zusammengekauert auf dem Boden neben dem Sofa.

Wieder ertönte ein Schuß.

»Ron, geh vom Fenster weg!« Er kam zu ihr herüber.

»Was wird aus uns?«

»Sie werden uns nichts tun.«

»Aber was ist mit den anderen? Einige unserer Freunde, und die Nelsons und die Carlsons ... «

»Das ist nicht unser Problem.«

»Ron«, bat sie, »wir müssen etwas tun!«

Er zuckte träge die Achseln. »Wir müssen abwarten. Weiter können wir nichts tun. Alles wird wieder in Ordnung kommen, da bin ich sicher.« Susan wollte widersprechen, doch er versuchte sie zu beruhigen. »Wir können ihnen keine Vorwürfe machen. Sie tun nur, was sie für das Beste halten.«

* * *

Dottie Moore hatte sich versteckt und befürchtete das Schlimmste, als sie lautes Klopfen an der Tür hörte.

Aus irgendeinem Grund war sie erleichtert, als sie feststellte, daß es Harold Bly war. »Hallo Harold. Was führt dich an einem solchen Abend zu mir?«

Er blickte hinter sich; die anderen waren noch nicht da. »Dottie, du hast vielleicht gemerkt, daß einige Veränderungen vorgenommen werden.«

»Oh ja, das habe ich allerdings bemerkt.«

Jetzt richtete sich Bly auf. »Nun, das betrifft auch dich. Wir haben einige Familien gebeten, ihre Häuser zu räumen und sich eine andere Bleibe zu suchen. Und jetzt bitte ich dich, dasselbe zu tun, bis andere Vereinbarungen getroffen werden können.«

Sie zog die Augenbrauen in die Höhe. »Andere Vereinbarungen?«

Bly nickte. »Sicher. Dinge, über die wir gesprochen haben.«

Jetzt richtete auch sie sich auf und sprach mit fester Stimme. »Harold, ich glaube, du bist hier an der falschen Adresse. Dieses Haus gehört nicht der Gesellschaft. Vic und ich haben es vor acht Jahren gekauft.«

»Na gut, dann kündige ich eben die Hypothek.«

»Die gehört doch gar nicht dir, weißt du nicht mehr? Wir haben es über die Bank in West Fork finanziert. Sicher, es hat der Gesellschaft gehört, aber sie kam in Zahlungsverzug. Es hat dir nie richtig gehört!«

Auf einmal, sehr viel zu spät, fiel es ihm wieder ein. Er fühlte sich ziemlich dumm und blickte sich nach seinen Männern um, die nicht erschienen.

Dottie faßte für ihn zusammen. »Das Haus gehört also nicht dir und wird auch nie dir gehören. Sonst noch etwas?«

Er funkelte sie an. »Ich möchte, daß du aus der Stadt verschwindest, Dottie! Ich kann dir das Leben sehr schwer machen.«

»Laß mich in Ruhe, Harold«, sagte sie und versuchte, die Tür zu schließen.

Er stellte den Fuß dazwischen. »Dottie, ich meine es ernst!«

Ihr Blick wanderte an ihm vorbei, und sie lächelte. »Harold, vielleicht solltest du dich lieber um den Besitz kümmern, der dir wirklich gehört.«

Er sah die Straße hinunter und entdeckte Andy Schuller, der gerade das Haus der Carlsons in Brand setzte. Andys Kumpane jubelten.

»Das ist mein Haus!« rief Harold.

»Gute Nacht, Harold«, sagte Dottie und schloß die Tür.

Bly rannte die Straße hinunter. Die Holzveranda war bereits in Flammen aufgegangen.

»Was tut ihr da?« schrie er. »Ich habe euch nicht gesagt, daß ihr es abbrennen sollt!«

Andy hielt den leeren Benzinkanister in der Hand. Es schien ihm nicht ein bißchen leid zu tun. »Ach, hallo Harold, ich dachte ...«

Bly packte Andy am Kragen. »Du blöder ...«

Auf einmal fielen Andy und seine Kumpane über Bly her. Er trat um sich und schüttelte sie ab. Schließlich stand er mit geballten Fäusten in der Menge und starrte den grinsenden Andy an. Andys Hemd war mit schwarzem Schleim verschmiert, genau wie Harolds. Er ließ seinen Blick über die um ihn herumstehenden Männer gleiten. Alle waren genauso verschmiert, Hände, Gesichter, ihre Brust und Arme.

»Seid ihr alle verrückt geworden?« fragte er. »Das ist Eigentum der Gesellschaft! Es gehört mir!«

Sie lachten ihn nur aus. Harold Bly als Verlierer! Zu schade!

»Jemand ruft jetzt sofort die Feuerwehr an!« rief Bly beinahe hysterisch. Dann wurde ihm klar, daß die meisten der Männer der Feuerwehr angehörten.

In diesem Augenblick kam Carl Ingfeldts Frau die Straße heruntergerannt. Sie schob einen nagelneuen Rasenmäher vor sich her.

Alle jubelten. »Prima!« »Guter Fang!« »Los, Baby, los!«

Ihr folgten ihre Kinder, die alle ein neues Spielzeug trugen, an dem noch das Preisschild hing. Ihnen folgte der humpelnde und blutende Henry Gorst. »Margaret! Bleib stehen! Das gehört euch doch gar nicht! Bitte!«

»Henry!« rief Bly schockiert.

Henry Gorst funkelte ihn an. »Sehen Sie nur, was Sie getan haben!«

Bly rannte in die Stadtmitte. Die verschiedensten Leute, Freunde, Nachbarn, sogar Menschen, die er noch nie gesehen hatte, liefen in Henrys Eisenwarenladen und kamen mit allen möglichen Dingen heraus.

Er rief, brüllte, protestierte.

Sie lachten ihn nur aus, lächelten, stahlen weiter.

* * *

Steve hatte sich flußabwärts treiben lassen, bis er die alte Straße entdeckte. Er folgte dem Flußufer, bis er sich in der Nähe der Stadt befand. Jetzt stand er hüfthoch im Wasser unter der Brücke, die zur Hyde Minengesellschaft führte. Er war durch und durch naß und blaugefroren, doch so angespannt, daß es ihm nicht einmal auffiel. Aufmerksam lauschte er auf den Lärm, der aus der Stadt drang, die Schreie, die Schüsse und Jubelrufe. Er konnte den Feuerschein sehen, der von der Vorderfront des Gebäudes reflektiert wurde. Die Stadt spielte verrückt, und zweifellos wurden Menschen verletzt, vielleicht sogar getötet. Der Drache, obwohl er sich eigentlich körperlich in den Bergen befand, war überall anwesend.

Er wußte, daß sein Verhalten jeglicher Vernunft widersprach. Seine Handlungsweise war nicht die eines vernünftigen Collegeprofessors. Sie widersprach auch allen Regeln der Selbsterhaltung. Er hatte genaustens darüber nachgedacht. Er wollte bleiben, sein Leben aufs Spiel setzen und Levi Cobbs Plan ausführen.

Er kletterte die Uferböschung hoch und gelangte zu einer kleinen Straße, die hinter einer Häuserreihe verlief. Geduckt rannte er los.

Das Treiben in der Stadt schien sich auf das Stadtzentrum in der Nähe der Kreuzung zu konzentrieren: er hörte Schreie, quietschende Reifen, zerberstendes Glas. Geduckt rannte er weiter zu der Straße, die ihn den Berg hinauf in den ruhigeren Teil der Stadt führen würde, dorthin, wo die Kirche stand.

Er kam zu der Hauptstraße und spähte um die Ecke eines fensterlosen Lebensmittelgeschäfts. Ein Haus ging gerade in Flammen auf, und niemand tat etwas dagegen. Die Leute liefen aufgeregt herum wie Ameisen, alle beladen mit Diebesgut. Leblose Körper lagen unbeachtet auf der Straße. Teenager zerschlugen Fenster, und einige Männer schossen mit Gewehren auf Gebäude, Wagen und Straßenschilder.

Sie sind außer Rand und Band, dachte er. Wie Charlie, Tracy und all die anderen.

Das konnte nur bedeuten, daß der Drache unterwegs war, um seine Beute einzusammeln.

Und was bedeutete das nun für ihn? Er war über und über mit dem schwarzen Zeug bekleckert, und auch das Schwimmen im Fluß hatte nur wenig davon abgewaschen. Er fuhr sich mit dem Finger über die Brust. Sein Hemd war durchtränkt davon, aber im Augenblick schien keine neue Flüssigkeit hinzuzukommen. Wenn es ihm nur gelang, diesem Ungeheuer einen Schritt voraus zu sein, wenn er es nur hassen konnte …

In Ordnung, Gott, jetzt bist du dran. Du hast es so gewollt.

Unbemerkt überquerte er die *Hyde River Road* und lief den Berg hinauf.

* * *

Das Haus der Carlsons brannte bis auf die Grundmauern ab, der Eisenwarenladen war nun beinahe leer geräumt, die Häuser der Vertriebenen waren durchsucht worden, doch die Gier der Leute war noch längst nicht gesättigt. Die Tankstelle bot wenig Möglichkeiten, doch auf der anderen Straßenseite stand ja Charlies Bar und das Warenhaus, das erst vor kurzem neu ausgestattet worden war.

Andy Schuller war der erste, der in Charlies Kneipe hereinplatzte. »Bier! Freibier! Wir haben es uns verdient!«

Paul Myers und Carl Ingfeldt folgten ihm. Paul brüllte Carl zu: »Carl, an den Zapfhahn!«

Carl sprang über den Tresen und bediente den Zapfhahn. Überall hinterließ er schwarze Handabdrücke.

Die Türglocke ertönte, und langsam füllte sich das Lokal. Bier, Whisky und Wein konnten gar nicht schnell genug fließen. Flaschen flogen im Raum umher, Korken knallten und Schaum spritzte umher. Die Registrierkasse klingelte, weil die Leute sich daraus bedienten, und alle spuckten auf den Boden, weil es nicht erlaubt war. Irgendwo in dem ganzen Lärm brüllte Harold Bly, doch niemand hörte ihm zu.

Leise, unbemerkt, schwarz wie die Nacht und eisig wie das Wasser, in dem es schwamm, schlich das Wesen in die lärmende Stadt, unter der Brücke hindurch wie ein Krokodil. Es hörte den Lärm, roch den Gestank des Todes. Kurz hinter der Brücke hielt es inne.

* * *

Steve fand die Kirchentür unverschlossen vor. Er öffnete sie, trat durch das dunkle Foyer und schloß so leise wie möglich die Tür hinter sich. Er suchte nicht nach dem Lichtschalter. Licht würde nur Aufmerksamkeit erregen. Er brauchte Zeit, Stille und Einsamkeit.

Steve eilte zum Altar und kniete davor nieder. Ihm war klar, daß er schlammige Fußabdrücke auf dem Teppich hinterließ, doch das war im Augenblick unwichtig.

Und jetzt beten. Außer ... gab es eine bestimmte Gebetshaltung? Nun, er kniete bereits, und vielleicht sollte er die Hände falten; das hatte er bei anderen schon einmal gesehen.

Sollte er auch seine Augen schließen? Auf keinen Fall, nicht heute abend.

Er begann, wenigstens versuchte er es. Doch ihm fiel nichts ein.

Weiter, Steve, der Drache wartet draußen!

»Herr Gott«, sagte er schließlich laut, »wie du weißt, bin ich kein religiöser Mensch. Nur selten habe ich eine Kirche betreten. Doch ich glaube jetzt. Ich glaube, was Levi gesagt hat. Ich bin bereit, deine Existenz, deine Gebote und alles, was damit zusammenhängt, anzuerkennen.

So, lieber Gott, da wir das nun geklärt haben, muß ich auch zugeben, bekennen, daß ...« Er zögerte und fuhr fort. »Ich bekenne, Herr, daß – mein Leben nicht so gewesen ist, wie es dir gefällt. Ich bin sicher, das weißt du.«

Hinten öffnete sich leise die Kirchentür und schloß sich wieder.

Er versuchte, das so schnell wie möglich, aber auch so sorgfältig wie nötig hinter sich zu bringen. »Herr, ich bin –, nun, ich bin ein Sünder. So einfach ist das. Ich gebe es zu. Überall an mir klebt dieses schwarze Zeug; ich werde von einem schrecklichen Ungeheuer gejagt ...« Er brach ab. Er sprach mit Gott; er würde ehrlich sein müssen. »In Ordnung, ich bin ein sehr stolzer Mann, sehr selbstgerecht, und, äh, sehr individualistisch, sozusagen das Zentrum meines eigenen Universums. Ich habe gegen deine moralischen Gesetze verstoßen. Ich bin nicht ehrlich und treu in meinen Beziehungen gewesen, und ich habe eine andere veranlaßt, nicht ehrlich und treu in ihren zu sein. Ich habe ...«

Oh Mann. Emotionen zu einem solchen Zeitpunkt? Seine Stimme zitterte, und seine Augen füllten sich mit Tränen. Er machte weiter. »Herr Gott, Levi hat mich gefragt, wie viele andere Tracys es gegeben hat. Eigentlich habe ich nur eine Frau aufrichtig geliebt, und das war Jennifer. Aber ich habe versagt – und sie verloren. Ich hatte sie nicht verdient.«

Das konnte die ganze Nacht dauern, und er hatte nicht die ganze Nacht über Zeit. »Herr, es tut mir leid, daß ich mich so beeilen muß, aber der Drache ist vermutlich bereits auf dem Weg hierher, und ich habe noch so viel zu tun. Darum will ich zum Kern kommen, wenn ich darf. Herr Gott, wenn ich diesen Drachen heute besiegen will ...«, seine Hand fuhr zu seinem Herzen, »... muß ich zuerst diesen Sieg hier davontragen. Darum Herr, ich bringe es dir. Alle Sünde. Alles Böse, das in mir ist. Der – der Drache, der dort wohnt, was immer er sein mag, wie immer das funktionieren mag. Und ich bitte dich, Herr, nimm ihn fort. Bitte, mach mich frei.«

Er sah zum Fenster hinauf, als ob Gott von dort auf ihn herabsehen würde. »Jesus, vergib mir, bitte, vergib mir.«

»Steve«, ertönte eine leise Stimme hinter ihm. Er wirbelte herum.

Es war Reverend Ron Woods, der in der ersten Reihe im Dunkeln saß. »Es tut mir leid, ich wollte Sie nicht erschrecken.«

Steve stand auf. »Das ist schon in Ordnung.«

»Ich stand an meinem Fenster und sah Sie in die Kirche gehen. Da dachte ich, ich könnte Ihnen vielleicht helfen.«

Wie nett. Jedoch ein äußerst schlechter Zeitpunkt. »Eigentlich habe ich im Augenblick gar keine Zeit, Reverend.«

»Aber ich habe gehört, daß Sie um Vergebung gebeten haben.« Steve bemerkte, daß seine Augen seltsam leer blickten. »Steve, Sie brauchen keine Vergebung. Wenn überhaupt, dann müssen Sie sich selbst vergeben.«

Ein Seelsorgegespräch in einer Nacht wie dieser? »Ganz bestimmt können wir später darüber sprechen.«

Woods stand auf. »Steve, hören Sie. Diese Stadt fällt auseinander. Und der Grund dafür ist die Schuld. Wir brauchen nicht noch mehr davon. Sie brauchen es nicht.«

Steve versuchte, sich an ihm vorbeizudrängen. »Und darum will ich sie loswerden!«

Woods stellte sich ihm in den Weg. »Aber das will ich Ihnen doch gerade klarmachen, Sie brauchen gar nicht erst zu beginnen. Schuld ist ein relativer Begriff. Es ist etwas, das wir uns selbst auferlegen.«

»Wie bitte?«

»Was meinen Sie, warum diese Leute dort unten plündern, kämpfen und zerstören? Weil sie so lange entbehrten und keine gute Meinung von sich haben!«

Steve nahm den nur allzubekannten Gestank wahr und bemerkte einen gehetzten Tonfall in Woods' Stimme. »Reverend, ich glaube nicht, daß das der Grund ist.«

Doch der Reverend fuhr fort. »Natürlich ist es das. Ich habe versucht, Levi das klarzumachen, Gott sei seiner Seele gnädig. Die Menschen machen sich schuldig, weil sie sich schuldig fühlen. Schuld ist also nicht das, was man tut, sondern was man empfindet. Wenn Sie sich selbst gegenüber aufrichtig sind, wenn Sie sich selbst lieben, werden Sie andere nicht verletzen.«

Steve mußte jetzt wirklich los. »Reverend, hören Sie, ich – ich war mir sehr ergeben, ich war vollkommen verrückt mit mir selbst. Aber lassen Sie mich Ihnen sagen, ich habe anderen Menschen sehr weh getan!«

»Und jetzt fühlen Sie sich schuldig, richtig? Auch ich habe Schuldgefühle gehabt, wissen Sie das? Ich war verbittert, neidisch auf andere Pastoren, die erfolgreich waren. Aber jetzt weiß ich, daß es überhaupt keine Schuld gibt. Alles spielt sich nur im Kopf ab.«

Steve bemerkte, daß der Reverend die Hand auf sein Herz gelegt hatte. Er zog sie fort. Der schwarze Schleim zog Streifen über seine Finger. »Nicht ganz, Reverend, nicht ganz.«

Woods blickte nur wie betäubt an sich herab. »Sie brauchen keine Vergebung von Gott. Sie können sich selbst verändern. Es gibt kein Gut oder Böse, außer dem, was wir selbst für gut oder böse halten.«

Entsetzt erkannte es Steve. »Sie gehören auch dazu ... «

»Wenn Sie sich für gut halten, dann ist alles in Ordnung.«

Woods blickte Steve an und lächelte in der Dunkelheit. »Steve, es gibt keinen Drachen. Das ist nur ein Aberglaube, eine Legende, um die Menschen zu manipulieren.«

Genug davon! Steve ging auf die Tür zu. »Ich muß gehen.«

Woods stellte sich ihm in den Weg. »Sie brauchen nicht zu gehen. Bitte, bleiben Sie, und lassen Sie uns reden.«

»Es tut mir leid.«

Woods packte Steve am Arm. »Bitte, bleiben Sie! Die Zeit wäre gut genutzt.«

Steve versuchte sich loszureißen. Der Reverend klammerte sich an ihn. »Reverend, ich habe einiges zu erledigen. Und jetzt lassen Sie mich los.«

Aber Woods lockerte seinen Griff nicht. »Machen Sie sich doch um den Drachen keine Gedanken. Es gibt ihn wirklich nicht.«

Das habe ich doch schon mal gehört, dachte Steve und riß sich endgültig los.

Woods klammerte sich wieder an ihn! »Es gibt keinen Drachen!«

Das Glas über dem Altar zerbarst, und Steve sah die goldenen Augen, die gefletschten Zähne und die langen, silbernen Krallen. Er riß sich los und rannte den Hauptgang entlang.

Uff! Steve fiel zu Boden. Woods hatte ihm ein Bein gestellt.

Steve trat um sich und wand sich, um freizukommen. Woods hing an ihm wie ein Wilder.

Der Drache steckte den Kopf durch das Fenster und nahm seine Beute in den Blick. Dic linkc Klaue kam durch die Öffnung.

Steve bekam ein Bein frei, trat Woods gegen den Kopf und konnte sich endlich befreien. Er sprang auf und hörte den Drachen einatmen, als er den hinteren Teil der Kirche erreichte.

»Jaaa!« Mit einem irren Schrei stürzte sich Woods von hinten auf Steve und umklammerte ihn.

KRACH! Der Drache schleuderte mit dem Kopf die Kanzel zur Seite, während er weiterhin versuchte, sich durch die Öffnung zu schieben. Das ganze Gebäude erbebte. Der rechte Beinstumpf erschien in der Öffnung. Der Drache hob den Kopf bis er gegen die Decke krachte.

Woods verhielt sich wie ein wildes Tier, knurrte, fletschte die Zähne und versuchte, Steve zurückzuzerren. Steve trat um sich und wand sich in Woods Griff.

Schließlich sprang Steve zur Seite und rammte den Kopf des Pastors gegen eine Bank. Mit einem Schmerzensschrei ging Woods zu Boden, packte nach Steves Bein, erwischte es jedoch nicht.

Steve rannte durch das Foyer und zur Tür heraus in dem Augenblick, als gelbe Flammen durch die Seitenfenster der Kirche drangen. Ein Feuerschwall riß die Vordertür aus den Angeln und rollte über die Treppe hinab.

Steve rannte davon. Er hörte, wie die Kirche demoliert wurde und blickte zurück.

Der Drache hatte ein Loch durch das Kirchendach gebrannt. Jetzt erschien der Kopf. Überall flogen brennende Bretter und Schindeln herum.

Das Dach, das nagelneue Dach, ging wie eine Fackel in Flammen auf.

Steve rannte den Berg hinunter zu Levi Cobbs Werkstatt. Dieses Ding würde sich jeden Augenblick aus der Kirche befreit haben und nach ihm suchen. Was immer Levi geplant hatte, jetzt war es an der Zeit, es auszuführen.

»In Ordnung, Herr«, flüsterte Steve, während er die Straße entlangrannte, »jetzt bist du dran.«

Kapitel 22

Endlich frei

Die Leute in Charlies Kneipe waren außer Rand und Band. Sie bedienten sich mit Bier und Wein, spielten Videospiele auf gestohlenen Geräten und brieten sich Frikadellen auf dem Grill. Eine Anzahl Frauen und Männer hatte vergessen, wer mit wem verheiratet war. Sie tanzten, flirteten und lachten. Ein betrunkenes Paar knallte gegen eine Wand, und ein Elchkopf flog von seinem Haken. Der Elch begann auf den Beinen eines betrunkenen Mannes zu tanzen.

Dieses schwarze Zeug – der Schleim – war überall. Von Hemden und Blusen wanderte er an Hände und von Händen über andere Hände an Gesichter und Gegenstände. Er war auf dem Boden und ließ die Leute ausrutschen. Er war an Türgriffen, auf Stühlen, Polstern, Tellern. Er klebte an Kartoffelchips, Pommes frites und Sandwiches und wurde in den Mund gesteckt.

Der Türgriff an der Tür zum Warenhaus war damit verschmiert, und Carl versuchte vergeblich, die Tür zu öffnen.

»Hey!« rief er. »Helft mir doch einmal.«

Doch der Türknauf ließ sich nicht drehen. Nicht wegen des Schleims, sondern weil die Tür verschlossen war – von Harold Bly, dem Besitzer.

Doch Carl wollte hinein, genau wie Andy. Immer mehr Leute in der Kneipe beschlossen, daß sie hineinwollten, und es dauerte nicht lange, bis das Schaufenster des Warenhauses in Scherben auf dem Boden lag. Einige kletterten hinein und öffneten von innen die Tür.

Hier gab es so viele gute Sachen, daß es unmöglich war, alles fortzuschleppen. Doch einige hatten mitgedacht: Sie hatten ihre Wagen davor abgestellt.

* * *

Die Kirche war in dichten Rauch gehüllt, als der Drache sich endlich aus dem Dach befreien konnte und sich in einem Asche- und Funkenregen zum Parkplatz hinunterrollen ließ. In der Dunkelheit war er nur zur Hälfte getarnt. Er konnte den Lärm unten in Charlies Bar hören, und er spürte die anderen Seelen, die durch die Stadt jagten und sich verbargen.

Doch er hatte die Verbindung zum Jäger verloren, und im Augenblick wollte er nur den Jäger und nichts anderes.

* * *

In aller Eile suchte Steve Levis Werkstatt ab. Dieser Speer, diese Lanze, sie mußte doch irgendwo sein.

Es sei denn, jemand hatte sie gestohlen, oder Levi hatte sie versteckt.

Oh Herr, wo ist sie? Du hast mich doch nicht so weit gebracht und läßt sie mich nicht finden!

Noch einmal suchte er alles ab, die Wände, den Boden, die Decke. Da stand immer noch dieser blöde Lastwagen der Telefongesellschaft mit seiner fest montierten Leiter. Andauernd mußte Steve um ihn herumrennen. Wieder einmal kam er an ihm vorbei. Er wußte, Levi hatte da hinten an etwas gearbeitet.

Ein Blick nach oben, und er hatte sie. Der Anblick ließ ihn innehalten. Nein, er konnte es nicht glauben.

Steve holte sich eine Holzleiter und kletterte hinauf.

Levi hatte die Lanze an die ausfahrbare Leiter geschweißt. Die breite Spitze war behauen und geölt. Man hätte sich damit rasieren können.

Was hatte sich Levi gedacht?

»Diese Spitze hier kann sich zwischen die Schuppen bohren … Wenn man das erst einmal geschafft hat, braucht man sie nur noch zu bewegen, bis man lebenswichtige Organe verletzt … «

Ja, ja, das kannte er schon. Was ihn immer verwirrt hatte, war die Frage nach dem Wie.

»Man muß irgendwie unter den Drachen gelangen, um sie zu benutzen … «

Steve betrachtete diese Leiter und schätzte die Größe des Wagens ein. Er versuchte, wie Levi zu denken. Du mußt unter den Drachen gelangen. Ja, sicher! Sich von hinten an ihn heranschleichen.

»Man muß den Drachen dazu bringen, von hinten daraufzusteigen und sich aufzuspießen … «

Eine weitere Unmöglichkeit, dachte Steve. Der Drache blieb immer auf dem Boden.

Und doch, Levis Plan war vielleicht doch nicht so unmöglich. Er mußte sich einen Weg ausgedacht haben …

Jetzt kam es ihm wieder in den Sinn. Levis letzte Worte. »Der Tunnel. Nimm den Tunnel. Jesus wird für das andere sorgen.«

Steve dachte darüber nach. Er stellte es sich vor; spielte es durch und überdachte die Schwierigkeiten.

Ja, Jesus, es ist wirklich besser, wenn du dich der Sache annimmst … denn schließlich würde er, Steve, es versuchen und nicht Levi.

* * *

Während die Beamten der Staatspolizei die Dienststelle nach Hinweisen absuchten, standen Leutnant Barnard und Evelyn Benson mit Deputy Johanson in Collins Büro; Barnard, um sich alles selbst einmal anzusehen, und Evelyn, um zu berichten, was sie gesehen hatte.

»Er saß direkt hier gegen die Tür gelehnt«, sagte Evelyn und deutete auf den Türrahmen. »Und Tracy stand dort drüben, neben dem Kleiderhaken.«

»Ja«, sagte Johanson. »Die Blutspuren waren direkt hinter der Tür. Sehen Sie sich diese Jacke an. Überall ist ein seltsamer schwarzer Schleim.«

Barnard sah sie sich an, roch daran und blickte Evelyn an.

»Was ist das? Haben Sie eine Ahnung?«

»Das haben alle«, antwortete sie.

»Und Deputy Ellis wollte nach Hyde River?«

»Sie war auf der Suche nach Steve. Sie könnten beide in Gefahr sein.«

Auf einmal quäkte Barnards Funkgerät. »Wagen eins-achtzehn, Wagen eins-achtzehn.«

Barnard nahm sein Funkgerät vom Gürtel und sprach hinein. »Eins-achtzehn.«

Julies Stimme ertönte. »Wir haben Berichte aus Hyde River: Dort scheint es einen Aufstand zu geben; es wird geplündert und geschossen. Ein Mann ist verletzt. Hilfsmannschaften sind unterwegs.«

»Was um …« Er blickte Evelyn an und erwiderte: »Eins-achtzehn hat verstanden.«

»Ich wette, Harold Bly steckt dahinter«, sagte Johanson.

Barnard eilte in die Halle und brüllte einem Beamten Befehle zu. »Versiegeln Sie das ganze Gebäude.«

»Eins-null-neun; zwei-zwanzig, zwei-fünfundzwanzig, eins-sechzehn, alle nach Hyde River«, war durch sein Funkgerät zu hören.

Die Streifenwagen bestätigten.

»Man schickt eine ganze Armee nach Hyde River«, sagte Barnard und ging zur Tür.

Evelyn folgte ihm. Er blieb stehen und fragte: »Was würden Sie tun, wenn ich Ihnen sagte, sie sollten hierbleiben?«

»Ich würde trotzdem fahren«, antwortete sie.

Er nickte. »Das dachte ich mir. Kommen Sie mit. Wenigstens kann ich Sie dann im Auge behalten.« Sie gingen zum Streifenwagen. »Bly ist verrückt, wenn er denkt, er könnte damit davonkommen.«

* * *

Das Kirchendach stürzte ein. Durch jedes Fenster und jede Tür züngelten die Flammen hoch. Das Feuer erhellte die gesamte Nachbarschaft, und die Leute hatten sich vor der Kirche versammelt, um das Schauspiel zu beobachten.

Einige mitleidige Leute hatten die Frau des Pastors mit ihren Kindern hysterisch schreiend auf der Straße gefunden und in Sicherheit gebracht.

Das Haus der Carlsons war mittlerweile abgebrannt, das war nicht mehr interessant. Daher kam der Kirchenbrand wie gerufen. Andy Schullers drei Kumpane, alle bei der freiwilligen Feuerwehr, zogen johlend, in jeder Hand ein Bier haltend, den Berg hinauf, um zuzusehen, wie die Kirche abbrannte.

Doch sie kamen nie dort an. Auf halbem Weg hatten alle drei dieselbe Halluzination: Ein Güterzug mit großen goldenen Scheinwerfern kam direkt auf sie zugerollt. Bevor sie noch wußten, wie ihnen geschah, waren sie tot und zu Asche verbrannt.

Immer noch stieß der Drache Flammen aus. Er sah sich aufmerksam um. Der Jäger würde diesen Weg kommen, das spürte er.

In diesem Augenblick raste ein Fahrzeug den Berg hinauf. Der Drache krümmte sich zusammen.

Im Scheinwerferlicht erblickte Steve die goldenen Augen. Die Pupillen zogen sich zusammen, als das Licht hineinfiel. Der Drache war nicht mehr in der Lage, sich zu tarnen. Der größte Teil des Körpers war zu sehen. Er stützte sich auf das verkrüppelte Bein. Hoffentlich kommt er jetzt nicht mehr so schnell voran, dachte Steve. Der alte Lastwagen war kein Rennauto.

Im zweiten Gang fuhr er geradewegs auf die Flanke des Drachens zu, bis die silbrigen Schuppen vor seiner Windschutzscheibe zu sehen waren. Dann riß er das Lenkrad hart nach rechts.

Der Drache sprang auf ihn zu. Wenn sein Bein nicht verkrüppelt gewesen wäre, wäre es um ihn geschehen gewesen.

Steve bog in eine Seitenstraße ein, die parallel zur Hauptstraße verlief. Er schaltete in den dritten Gang und warf schnell einen Blick in den Rückspiegel.

Er sah goldene Augen und dann nichts als Flammen.

Der Wagen machte einen Satz, als sei er von hinten getroffen worden. Steve roch den Geruch von verbrannter Farbe.

Eine scharfe Rechtskurve, die Reifen quietschten, der Wagen legte sich auf die Seite. Steve fuhr den Berg wieder hinunter zur Hauptstraße. Da waren Leute auf der Straße, sie standen ihm im Weg! Er drückte auf die Hupe. Er fuhr zu schnell!

Der Drache humpelte nur wenige Meter hinter ihm auf seinen Hinterbeinen und dem einen Vorderbein.

Eine scharfe Linkskurve. Der Wagen schleuderte herum. Steve fuhr auf die Kreuzung zu.

Auf einmal bemerkte er den Lieferwagen, der direkt auf ihn zukam.

Steve riß das Lenkrad herum, wich ihm aus und fuhr weiter.

Er blickte in den Rückspiegel und sah den Drachen hinter sich. Im selben Moment raste der Lieferwagen gegen den Bauch des Ungeheuers, und schob es mit Wucht gegen ein Haus.

Na, das gibt mir wenigstens etwas Vorsprung, dachte Steve.

Eingeklemmt zwischen dem Lieferwagen und dem Gebäude drehte und wand sich der Drache, um freizukommen. Die Klauen fanden einen Mann im Fahrerhaus und zerquetschten ihn. Eine Frau entkam durch die Beifahrertür und rannte schreiend davon.

Der Drache sah, wie sich Steves Lastwagen mit der Leiter der Kreuzung näherte.

Seine Augen verengten sich, bohrten sich in die Seelen der Menschen auf der Straße. Die Seelen auf der Straße hörten den Ruf.

Steve sah Schwierigkeiten auf sich zukommen. Ein Mann mit einem neuen Schubkarren, eine Frau mit einem gestohlenen Fernsehgerät und zwei Jugendliche mit tragbaren Tonbandgeräten stellten sich ihm plötzlich in den Weg. Er trat auf die Bremsen, hupte und wich dem Mann aus, wobei er beinahe die Frau angefahren hätte. Kurz vor einem der Jugendlichen kam er zum Stehen. Was dachten sich diese Leute eigentlich? Wußten sie denn nicht, was da hinten war?

Vielleicht wußten sie es aber auch und versperrten ihm deswegen den Weg.

Mit einer Kralle spießte der Drache die Fahrerkabine auf, schob den Wagen zurück auf die Straße und befreite sich. Er hob den Kopf weit über den Wagen und entdeckte drei weitere Leute hinten auf der Ladefläche. Mit einem wütenden Feuerschwall steckte er alles in Brand.

Der Minenkomplex! Steve mußte zu dem Minenkomplex gelangen! Aber jetzt schlenderten noch mehr Leute über die Kreuzung und blockierten die Brücke über den Fluß. Steve trat auf die Bremsen.

Die Straße, die zum Berg hochführte, war jetzt frei. Er riß das Lenkrad nach links und fuhr an einigen verschwommenen, wild gestikulierenden Gestalten vorbei. Er wußte nicht, wohin diese Straße führte; er wußte nur, daß ein ziemlich wütender Drache hinter ihm her war. Wie er diese Brücke überqueren sollte, war ihm schleierhaft.

Auf einmal tauchte das Gesicht eines Mannes an seinem rechten, offenstehenden Seitenfenster auf. Bevor er es schließen konnte, griff der Mann ins Lenkrad und riß es nach links. Steve versuchte gegenzulenken.

Ein Kampf entbrannte. Schließlich packte der Mann in Steves Haare und zog daran. Steve nahm eine Hand vom Lenkrad, um ihn abzuwehren.

Steve konnte den Mann jetzt deutlich erkennen. Es war Clayton Gentry, der junge Holzfäller. Der Bursche war außer sich, wie ein Wahnsinniger und über und über mit schwarzem Schleim verschmiert.

Der Wagen fuhr noch immer bergauf.

»Clayton, lassen Sie los!« schrie Steve.

Clayton brummte und stieß Steve gegen die Schläfe.

Steve umklammerte das Lenkrad, und der Wagen wurde nach links geschleudert. Steve sah einen Elektrizitätsmast auf sich zukommen. Er hielt darauf zu.

Der Mast nahm den linken Seitenspiegel mit – und Clayton Gentry.

Der Lieferwagen ging in Flammen auf. Der Benzintank explodierte, und der Feuerball entzündete das alte Gebäude. Der Drache reckte den Hals hoch über das Inferno, um zu sehen, wohin Steve verschwunden war. Er sprang über den brennenden Lieferwagen hinweg und lief wieder bergauf.

* * *

WUMM! Der Schuß drang zu den Leuten durch. Sie erstarrten, die Dosen, Wollsocken, Kleider und Gartengeräte immer noch in der Hand haltend.

Harold Bly lud erneut und zielte gegen die Decke.

»In Ordnung. Keiner rührte sich!«

Klick-klick. Klick. Klick-klick-klick. Pistolen, Gewehre, Schrotflinten zielten aus allen Richtungen auf ihn. Es hatte den Anschein, als wäre seine Macht zu Ende.

In diesem Augenblick stürmte Carl zur Tür herein. »Ich habe eben den Professor vorbeifahren sehen!«

Während alle noch wie erstarrt dastanden, erzählte Carl etwas von einem Lieferwagen einer Telefongesellschaft und dem Hügel über der Stadt und von ganz viel Feuer auf der Straße. Alle stürmten einmütig zur Tür.

»Sperrt die Straßen ab!« rief Bly, der wieder das Kommando hatte. »Sperrt die Straßen ab. Andy, du nimmst den Norden, Carl den Süden! Doug, du kümmerst dich um die Kreuzung. Laßt ihn nicht über die Brücke!«

Alle rannten zu ihren Wagen.

»Ich habe ihn dort hinauffahren sehen!« rief Carl und deutete den Berg hinauf. »Paul!« rief Bly. »Du und Kyle, ihr fahrt ihm nach. Ihr anderen riegelt die Straßen ab!«

* * *

Steve erreichte den Bergkamm und kam zu einer T-Kreuzung. Er sah in beide Richtungen und beschloß, nach rechts abzubiegen, in eine enge Straße, die an einigen alten Häusern vorbeiführte. Er fuhr eine Strecke und kam schließlich zu einer Gabelung. Die linke führte weiter bergan, die rechte bergab.

Er wußte nicht, was er tun sollte. Unbedingt mußte er zur Kreuzung zurück und die Brücke überqueren. Er dachte, er hätte die richtige …

Auf der rechten Seite befand sich eine Einfahrt. Er fuhr hinein, über den Hof zu einem Gartenzaun, den er einfach umfuhr. Er war jetzt in einem anderen Hof, rammte eine Wäschespinne und raste über ein Beet hinweg. Schließlich lag wieder eine schmale Straße vor ihm. Er riß den Wagen wieder nach rechts und versuchte, den Weg, den er gekommen war, zurückzufahren. Er mußte die Kreuzung und diese Brücke erreichen.

Paul und Kyle fuhren den Hügel hinauf. Steves Wagen kam ihnen entgegen.

Steve sah sie kommen.

Mann-oh-Mann-oh-Mann – AUS DEM WEG!

Kyle lenkte nach rechts. Steve ebenfalls. Ganz knapp fuhren sie aneinander vorbei. Kyle trat in die Bremsen. Er wollte gerade umdrehen, als ein silbriger, glitzernder Güterzug an ihm vorbeidonnerte.

»Huh!« schrie Kyle. »Was war denn das?«

Sie wußten es beide. Doch keiner konnte es aussprechen.

Steve raste nun mit hoher Geschwindigkeit auf die Kreuzung zu. Sie war noch stärker blockiert als vorher. Zwei Wagen standen Stoßstange an Stoßstange quer vor der Brücke. Einige bewaffnete Männer hatten sich daneben aufgebaut.

Jetzt geht es um alles oder nichts, dachte Steve. Er fuhr einfach weiter und drückte auf die Hupe.

Nur noch zwanzig Meter. Die Leute sprangen zur Seite. Er sah Doug Ellis mit einem Gewehr zielen.

Sieben Meter. Er duckte sich so weit, daß er gerade noch über das Lenkrad sehen konnte.

Krach! Der Lastwagen donnerte gegen die beiden Wagen und drückte sie zur Seite. Steve trat aufs Gaspedal und raste über die Brücke.

Steve warf noch einen schnellen Blick in den Rückspiegel. Da stand Doug Ellis und zielte auf ihn. Eine Kugel bohrte sich durch die hintere Klappe. Eine weitere. Steve duckte sich, und der Wagen schleuderte.

Jetzt war der Weg des Drachens versperrt. Auf der Kreuzung wimmelte es vor Leuten, Wagen, Lieferwagen und geplünderten Sachen. Während er den Berg herunterhumpelte, füllte er seine Lungen mit Luft.

Bernie und Melinda sahen ihn. Elmer und Joe sahen ihn.

Harold Bly sah ihn.

Alle schrien und versteckten sich hinter Wagen, Lieferwagen und Menschen, die ihn nicht sahen.

Doug Ellis trat vor und zielte mit seinem Gewehr auf den Drachen.

Der Drache stieß einen Feuerschwall aus, der die Wagen auf der Kreuzung und die angrenzenden Häuser erfaßte. Der Hügel war steil, und der Drache stolperte und schlitterte über die brennenden Wagen hinweg. Er richtete sich auf und humpelte weiter auf die Brücke zu.

Bly und die anderen waren von Ehrfurcht ergriffen. Sie hatten ihn noch nie gesehen.

»Hast du …« stammelte Bernie. »Hast du das gesehen?«

»Er ist hinter dem Professor her«, sagte Elmer.

Paul und Kyle kamen mitten auf der Kreuzung zum Stehen. »Habt ihr das gesehen?« schrie Kyle außer sich vor Furcht.

»Er ist hinter dem Professor her!« brüllte Bly. »Er will ihn.« Erfreut lachte er auf. »Seht ihr? Was habe ich euch gesagt?«

Niemand rührte sich.

Der Drache war Realität. Sie hatten ihn gesehen. Um sie herum brannten Gebäude und Fahrzeuge. Und Doug Ellis war tot – zu Asche verbrannt.

Alle waren wie betäubt.

In der Zwischenzeit donnerte Steve den schmalen Weg am Fluß entlang in der Hoffnung, daß dieser Weg ihn zu dem Tunnel führen würde. Das letzte Mal war er nicht ganz bei sich gewesen.

Oh Herr, bitte laß es funktionieren, auch wenn es verrückt ist!

Bly mußte die Leute antreiben, damit sie sich wieder rührten. »Joe und Elmer! Stellt die Wagen wieder quer! Kyle! Bring deinen Wagen dort hinüber!«

Kyle blickte auf Dougs Asche und die beiden gerammten Wagen. »Aber ...«

»Los! Benson ist in der Falle. Es gibt hier keinen Ausweg!«

Sie konnten sich nicht rühren.

Bly schob sie voran, dann schlug er ihnen auf die Schulter, um sie in Bewegung zu setzen. »Kommt schon. Der Drache ist auf unserer Seite! Wir wollen ihm helfen!«

Joe stieg in einen Wagen, Elmer in den anderen. Sie brachten sie wieder in Position.

Melinda kauerte sich in die Ecke des geplünderten Eisenwarenladens. »Der Drache ist nicht auf unserer Seite«, sagte sie mit zitternder Stimme. »Er ist auf niemandes Seite.«

Niemand außer Bly schien ihre Worte zu hören. Er warf ihr einen wütenden Blick zu und rief den anderen zu: »Der Drache will Benson; ihr habt es alle gesehen! Wir haben ihm Benson gegeben, und er hat ihn genommen! Der Handel ist perfekt!«

Melinda schwieg, doch ihre Meinung änderte sie nicht. Sie sagte nichts mehr, sondern schüttelte nur den Kopf.

Bly brüllte lauter: »Der Drache will Benson, und ich will ihn auch. Benson ist an allem schuld!«

Kyle stellte seinen Wagen noch neben die beiden anderen. Diesmal würde der Professor nicht mehr durchkommen.

»Also gut«, sagte Bly und hob sein Gewehr, »laßt uns gehen!«

Elmer und Joe nahmen die Aufforderung auf: »Laßt uns gehen!«

Bernie war bereit und trat vor. Aber Paul war nicht so sicher. »Wozu? Willst du diesem Ding helfen?«

Melinda hatte ihre Sprache wiedergefunden und rief: »Ich komme nicht mit!« Sie deutete auf Dougs verbrannten Körper. »Der Drache will uns alle; könnt ihr das denn nicht sehen?«

Kyle wußte gar nichts mehr, aber er war immer bereit, einem Anführer zu folgen; er folgte Bly.

Andy auf der anderen Seite der Stadt hatte den Aufruhr und das Feuer bei der Kreuzung bemerkt. Er kam zurück, um dabeizusein, bewaffnet und bereit. Er würde Bly folgen, und seine Kumpane – wenigstens die, die noch übrig waren – folgten ihm.

Carl vom Südende der Stadt kam angerannt. »Habe ich etwas verpaßt?«

»Kommt schon«, meinte Bly, »da hinten spielt die Musik.«

Sie hatten sich wieder neu formiert, eine bewaffnete Gruppe, die bereit war, dem Drachen beizustehen und jedes Ärgernis auszuräumen. Zusammen marschierten sie über die Brücke auf den Gebäudekomplex der Minengesellschaft zu.

* * *

Steves Scheinwerfer auf dem Führerhaus erleuchteten einen Tunnel, der unter dem Gebäude der Minengesellschaft her verlief. War das der richtige? Nein. Er erinnerte sich an einen anderen.

Er wurde etwas langsamer und blickte zurück. Folgte ihm der Drache? Nichts von ihm zu sehen.

Gerade rechtzeitig drehte er sich wieder um und sah die silbernen Klauen von rechts, vom Fluß her, auftauchen.

Steve drückte das Gaspedal durch und hoffte, er würde noch rechtzeitig an ihm vorbeifahren können. Der Drache mußte unbedingt hinter ihm bleiben.

Die silbernen Hörner tauchten auf, der Kopf, die funkelnden Augen, die entblößten Zähne.

Die Klauen bohrten sich in die Windschutzscheibe und in das Dach des Wagens. Der Wagen legte sich nach rechts. Steve schaltete und trat das Gaspedal bis zum Anschlag durch. Das Ungeheuer wurde an der Wand entlang mitgeschleift. Eines der riesigen Augen starrte durch das Fenster, und beißender Rauch drang durch die Windschutzscheibe.

Fünfzig Stundenkilometer. Er wurde immer langsamer; vierzig Stundenkilometer ... Das Ungeheuer würde den Wagen zum Stehen bringen.

Da war der Tunnel. Komm schon. Komm schon!

Der Wagen erreichte den Tunnel und fuhr hinein. Der Drache hielt sich weiter fest. Sein Hinterkörper aber wurde gegen das Gebäude der Minengesellschaft gedrückt.

Mit einem Ruck kam der Wagen zum Stehen. Mit durchdrehenden Reifen fuhr er langsam wieder an.

Der Griff der Klauen lockerte sich.

Steve nahm den Fuß vom Gaspedal, dann trat er es erneut ganz durch. Der Wagen machte einen Satz, die Klauen rutschten ab, und der Wagen verschwand in dem dunklen Tunnel.

Steve blickte in den Rückspiegel. Ein Feuerball füllte den Tunnel aus. Eine gehörnte Fratze mit goldenen Augen tauchte auf und verringerte schnell den Abstand zu dem Wagen.

Wie ein Torpedo schoß der Wagen aus dem Tunnel auf einen großen Platz, wo Steve Waggons, Metallabfälle und verrostete Schienen liegen sah. Jetzt erinnerte er sich: das war die alte Eisenbahnladestation.

Ja, hier mußte der Eisenbahntunnel sein. Er drehte eine Runde auf dem Platz und suchte danach.

Über die linke Schulter hinweg entdeckte Steve den Drachen, der gerade aus dem Durchgang auftauchte. Die glühenden Augen waren fest auf ihn gerichtet.

Da war Levis Tunnel! Steve fuhr gerade vorbei. Er trat auf die Bremse.

Der Drache kam auf ihn zu.

Er legte den Rückwärtsgang ein, steckte den Kopf aus dem Fenster, um nach hinten sehen zu können und fuhr rückwärts in den Tunnel hinein. Schneller, schneller. In der Dunkelheit konnte er kaum etwas erkennen. Schließlich schaltete er den linken Blinker ein. Das gelbe Licht gab ihm eine kleine Orientierungshilfe, wo er hinfuhr.

Er blickte durch die zertrümmerte Windschutzscheibe und sah vor sich nur die endlose schwarze Röhre dieses Tunnels.

Na komm schon, versuch es noch einmal, mich zu fangen. Mal sehen, ob du auch diesmal wieder von hinten angeschlichen kommst!

Wie lang war dieser Tunnel? Er wollte nicht zu weit fahren, doch es mußte weit genug sein –

Da! Ganz hinten im Tunnel entdeckte er das schwache Glitzern der silbernen Schuppen, die das gelbe Licht des Blinkers reflektierten.

Er trat auf die Bremse. Erster Gang. Langsam fuhr der Wagen an. Langsam, langsam. Steve hielt den Blick fest auf den Rückspiegel gerichtet. Kommst du, Dicker?

Da war er, näher und immer näher kam er.

Steve trat aufs Gaspedal und schoß vor. Mit einem Auge behielt er den Rückspiegel im Blick. Jetzt hatte er etwa die Geschwindigkeit des Drachens. Gut. Er brauchte die Zeit.

Er stieg wieder auf die Bremsen und brachte den Wagen etwa drei Meter vor dem Tunneleingang zum Stehen. Er rangierte ein wenig und stellte den Wagen quer, so daß er den Tunnel blockierte.

Jetzt mußte er über das Dach steigen, wenn er hinauswollte.

Er sprang aus dem Wagen.

Steve rannte zu dem Hebel hinten am Wagen und fuhr die Leiter aus. Er zog den Hebel zur Seite, und die Leiter schwenkte herum, so daß sie geradewegs zum Tunnelausgang deutete. Noch ein wenig höher, gerade hoch genug. Jetzt stand die Lanze richtig.

Alles bereit. Steve rannte nach vorn, bog die lose hängende Stoßstange des Wagens zur Seite und eilte hinaus auf den Platz. In diesem Augenblick tauchten aus dem entgegengesetzten Tunnel Taschenlampen und Gewehre auf. Rufe ertönten. Das Scheinwerferlicht erfaßte ihn.

»Da ist er!« rief jemand.

»Benson!« ertönte die Stimme von Harold Bly.

Andy Schuller, Kyle Figgin, Carl Ingfeldt, Elmer und Joe, Bernie und Harold Bly schwärmten aus, um ihm den Fluchtweg abzuschneiden. Steve blieb stehen. Er konnte nirgendwo hin.

Hinter ihm ertönte ein Krachen und das Knirschen von Metall. Bly und seine Leute blickten nun in den Tunnel hinter Steve.

Steve warf ebenfalls einen Blick zurück und sah den Kopf des Drachens über seinem Lastwagen, während der Wagen unter ihm zusammenbrach. Das Vorderbein suchte nach einem Halt; der Stumpf krachte auf das Wagendach. Der schuppige Hals glitt über die Lanze wie eine kriechende Python. Die Lanzenspitze klickte über jede Schuppe wie ein Stock gegen einen Metallzaun.

Steves Blick wanderte von dem Drachen zu Bly und seinen Leuten. Sie standen wie versteinert. Ihre Taschenlampen waren auf das riesige Ungeheuer gerichtet, das gefangen war zwischen der Tunneldecke und dem Lastwagen.

Und hier bin ich, genau dazwischen, dachte Steve.

Der Drache war schrecklich wütend. Er kämpfte und wand sich, um über den Lastwagen hinwegzukommen. Klack, klack, klack. Die Lanzenspitze rutschte über die Schuppen.

In Ordnung, Herr. Was nun? fragte Steve.

Der Drache hatte bereits die Schultern über den Wagen, über die Lanze geschoben. In wenigen Augenblicken würde er frei sein. Er würde aus dem Tunnel herauskommen und seine Beute verspeisen. Die Lanze klickte über die Schuppen direkt unter dem Brustkorb. Ein Hinterbein lag bereits auf dem Wagendach.

Harold Bly fand seine Stimme wieder. Sie zitterte. »Habt keine Angst, Jungs … er gehört zu uns … vor ihm brauchen wir keine Angst zu haben.«

Trotz seiner Worte wichen die Leute zurück.

Auf einmal erinnerte sich Steve an Levis Worte: »Wenn der Drache Jesus in Ihnen sieht, wird er zurückweichen. Sie können ihm Angst machen … «

Aber ist Jesus in mir?

Klack-klack-klack. Die Schuppen glitten über die Lanze. Es blieb keine Zeit zum Fragen.

»Jesus … « betete Steve, als er sich vor den Drachen stellte. »Bitte sei in mir.«

Wider alle menschliche Vernunft und trotz seiner schrecklichen Angst nahm er alle Kraft zusammen und machte einen kleinen, vorsichtigen Glaubensschritt – auf den Drachen zu. Er setzte seinen Fuß auf die Erde – und wartete. Er blieb am Leben, und seltsamerweise hatte er jetzt genügend Glauben, um den zweiten Schritt zu wagen. Und das tat er auch. Noch einen Schritt auf den Drachen zu. Und noch einen.

Es blieb ihm keine Zeit, das zu analysieren oder zu verstehen, aber seine Furcht war fort. Er blickte diesem Ungeheuer fest in die Augen, und zum ersten Mal hatte er keine Angst.

Der Drache arbeitete sich immer weiter vor. In seiner unermeßlichen Wut spie er Feuer und Rauch.

Steve rannte auf einmal los, genau auf das Ungeheuer zu. Unter seinen gefletschten Zähnen blieb er stehen.

Der Drache holte tief Luft, und eine große Feuerwand wirbelte Steve durch die Luft. Hart landete er auf dem Boden, spürte die scharfen Kanten des Minenabfalls an seinen Armen und Beinen.

Sogar Harold Bly ging hinter dem großen Bulldozer in Deckung.

Der Drache schloß den Mund und erstickte so die Flamme, die aus seinem Mund kam. Er hob den Kopf, um sein Werk zu begutachten. Kleine Flammen züngelten hier und da hoch.

Bly nahm allen Mut zusammen. »Hey, Mann, was für eine Show! Dieser Benson ist erledigt. Der ist tot.«

Nicht ganz. Sehr zu ihrem Erstaunen tauchte ein Schatten in dem rotglühenden Rauch in der Mitte des Hofes auf. Steve Benson, etwas benommen und zerschlagen, rappelte sich hoch und blickte um sich.

Bevor er wußte, wo er war oder wie es ihm ging, trafen ihn die Flammen erneut und warfen ihn wieder zu Boden.

Der Drache ruhte sich aus. Das Feuer erstarb.

Steve sah nichts als Rauch.

Mann, das war wirklich eine langsame Art zu sterben! dachte er. Aber ich muß aufstehen.

Langsam und vorsichtig rappelte er sich hoch. Dann ging er los. Vor lauter Rauch konnte er gar nichts sehen.

Wo war der Drache? Ich muß das Biest dazu bringen, daß es zurückweicht … Jesus wird den Rest erledigen …

Bevor er noch wußte, wo er war, wurde er wieder von den Flammen getroffen, und wieder flog er durch die Luft gegen die Wand.

Wie lange soll das noch so weitergehen? fragte er sich.

Er dachte an Harold Bly, Andy Schuller und all die anderen, die ihm gefolgt waren. Seltsam. Sie haben versucht, mich dem Drachen zum Fraß vorzuwerfen, und ich, was tue ich?

Langsam, wie ein Boxer, der bis neun ausgezählt wurde, suchte er seine Beine zusammen, drückte die Knie durch und stand auf. Einige von Blys Männern, wo immer sie sein mochten, riefen sich erstaunt etwas zu. Ihm tat alles weh. Er rieb sich die Augen, das Gesicht.

Er meinte, Sirenen in der Ferne gehört zu haben. Polizei? Feuerwehr? Das würde helfen.

Die Augen des Drachens beobachteten ihn durch den Rauch hindurch. Er taumelte vorwärts, auf diese Augen zu. Vorwärts, einfach vorwärts.

Die Augen wurden größer. Die Nasenflügel bebten. Dieses Ding zog wieder Luft ein, bereitete sich auf einen weiteren Feuerschwall vor.

Wieder wurde er von Flammen getroffen, und diesmal verlor er das Bewußtsein.

Er erwachte, auf dem Rücken auf dem scharfkantigen Minenabfall liegend. Alles drehte sich um ihn. Wieder fand er die Kraft aufzustehen, sich umzudrehen und diese Augen zu suchen, diese rauchenden, flammenspeienden Nüstern.

Da waren sie.

Er machte einen Schritt vorwärts, noch einen.

Die Augen waren fest auf ihn gerichtet. Sie schienen erstaunt zu sein.

Steve war selbst überrascht. Er war immer noch am Leben, auf den Beinen und – er blickte auf seine Arme, seinen Körper – er hatte keine Verbrennungen! Er war nicht einmal angesengt! Er starrte den Drachen an. Er schien genauso verblüfft zu sein wie er.

Andy Schuller traute seinen Augen nicht. Auch Kyle Figgin nicht. Carl Ingfeldt schrie: »Wie macht er das?« Joe und Elmer blickten sich nur an. Sie konnten sich das nicht erklären.

Bly fluchte verhalten und umklammerte sein Gewehr.

Für einen Mann, der immer wieder durch die Luft geschleudert worden war und auf spitzen Metallstückchen gelandet und mittlerweile schwarze Asche sein sollte, fühlte Steve sich bemerkenswert ruhig und entschlossen, während er auf das heimtückische Ungeheuer zuging. Wieder kamen ihm Levis Worte in den Sinn. Gut, bei Levi hatte es funktioniert …

»LOS! VERSCHWINDE! VERSCHWINDE HIER!«

Der große Kopf ruckte nach hinten, und die bösartigen Augen weiteten sich mit …

Nein. Komm schon. Wirklich? Sah er wirklich Furcht in diesen Augen? Steve wunderte sich. Dieses riesige, gefräßige Monster hatte Angst?

Versuch es also noch einmal, Steve! »LOS! VERSCHWINDE!«

Steve war gar nicht klar, wie schwach er sich fühlte. Ohne Vorwarnung gaben die Beine unter ihm nach, und er fiel auf die Knie. Nein, keine Chance. Er hatte schon einmal vor diesem Ungeheuer auf den Knien gelegen, und er würde das nicht noch einmal tun. Er nahm alle Kraft zusammen und stand wieder auf. Seine Beine fühlten sich an wie Gummi.

In dem Augenblick, als er sich zu seiner vollen Größe aufrichtete, scheute der Drache zurück. Es war eine kleine, fast unmerkliche Bewegung – aber er schrak zurück.

Steve erhob die Hand und sagte ruhig aber fest: »Ich werde mich vor dir nicht beugen. Ich gehöre dir nicht mehr.«

Er sah, wie sich das Vorderbein in den Schmutz bohrte. Der Kopf scheute zurück und der Hals kräuselte sich.

Harold Bly hatte genug gesehen. Er kam aus seiner Deckung hervor. Sein Mißfallen überstieg bei weitem seine Furcht. »Was ist denn hier los? Warum frißt er ihn nicht?«

»Harold!« schrie Bernie hinter dem Bulldozer. »Harold, geh nicht!«

»Halt den Mund!« gab Harold zurück. Dann wendete er sich dem Drachen zu. »Nimm ihn! Du willst ihn doch, wir haben ihn dir gebracht. Töte ihn. Worauf wartest du noch?«

Der Drache kam langsam weiter vor und senkte den Kopf. Die Augen starrten Steve an, und Steve hielt seinem Blick stand. Klack. Der Bauch glitt über die Lanze.

Steve blieb reglos stehen und starrte zurück. »Du siehst Jesus in mir, nicht wahr?«

Der Drache begann zurückzuweichen.

In Ordnung. Weiter so. Steve ging mutig weiter auf ihn zu. »LOS! ICH BIN FERTIG MIT DIR! DU HAST KEIN ANRECHT MEHR AUF MICH!«

Der Hinterfuß glitt vom Wagendach herunter. Der Drache stieß sich mit seinem Vorderfuß und dem Stumpf ab. Er wendete den Kopf ab, als der kleine Mann auf ihn zukam.

Steve wurde von einem Schauder erfaßt. Es funktionierte! Es gab einen Gott! Mit langen, entschlossenen Schritten ging er auf den Drachen zu, wobei er darauf achtete, daß der Drache jeden einzelnen bemerkte.

Der Drache sah sie und rutschte rückwärts über die Lanze. Sie war leicht gekrümmt. Die erste Schuppe glitt darüber, die zweite.

Steve ging entschlossen weiter. »DU BIST AUS MEINEM LEBEN AUSGESTOSSEN, UND DU WEISST ES. UND JETZT VERSCHWINDE!«

Der Drache rutschte zurück. Die Lanze übersprang eine Schuppe, noch eine und noch eine …

Gefangen!

Steve sah, wie die breite Spitze sich direkt unter dem Brustkorb unter eine Schuppe bohrte.

In Ordnung. Jetzt werden Rechnungen beglichen. »CLIFF BENSON!« rief Steve der Echse ins Gesicht. »TRACY ELLIS! LEVI COBB!« Der Drache krümmte sich zusammen. »MAGGIE BLY! CHARLIE MACK! VIC MOORE!« Der Drache konnte ihn nicht ansehen.

In Ordnung Cliff, das ist jetzt für dich. Der Zorn verlieh ihm Kraft, und er rannte auf ihn zu und brüllte wie ein Wahnsinniger: »HUUUUAAAAAHHHHH!«

Der Drache warf den Kopf zur Seite und schlängelte sich zurück.

Die Lanze bohrte sich ins Fleisch.

Feuerwerk! Funken! Die Schuppen wechselten die Farbe und funkelten wie eine Lichtreklame, während der Hals des Drachens in die Höhe schoß. Er suchte seinen Bauch ab, den Wagen, die Leiter, dann beugte er den Kopf hinunter, um die Wunde zu suchen.

Harold Bly rannte vor, entsetzt, ungläubig. Das konnte nicht wahr sein!

Andy Schuller hielt sich hinter dem Bulldozer verborgen und spähte hinter einem der großen Reifen hervor. Kyle Figgin rannte bis zum Tunneleingang. Carl, Bernie, Elmer und Joe wußten nicht, was sie tun sollten, darum rannten sie in panischer Angst hin und her, bis sie schließlich hinter dem Bulldozer wieder Deckung suchten.

Sie waren fasziniert, ihre Blicke hingen an den aufblitzenden Schuppen.

In dem Getümmel überhörten sie die Sirenen in der Stadt und sahen auch das Blaulicht nicht.

Der Drache hob seinen Körper und drückte mit den Vorderbeinen gegen den Lastwagen in dem Versuch loszukommen.

Doch die Lanze rührte sich nicht.

Der Drache drehte sich zur einen, dann zur anderen Seite, stemmte sich mit seinen Hinterbeinen ab, rammte den Kopf in den Boden und drückte mit dem Hals dagegen. Der Wagen federte, schaukelte, legte sich auf die Seite.

Er wird sich seine Eingeweide aufreißen, dachte Steve.

»Du Dreckskerl! Du hast meinen Drachen getötet!« schrie Bly und hob mit zitternden Händen sein Gewehr.

Das Gewehr ging los, sprang Bly beinahe aus den Händen, bevor er noch richtig zielen konnte. Einige der Schüsse trafen den Hals und Kopf des Drachens, und er zuckte schmerzerfüllt zusammen, während seine Schuppen Funken sprühten. Hoffnungslos gefangen wendete der Drache seinen Blick auf den schreienden und fuchtelnden Harold Bly. Die Augen des Wesens verengten sich.

Bly hielt immer noch das Gewehr in den Händen, als er den haßerfüllten Blick des Drachens bemerkte. Er ging einen Schritt zurück und begann zu zittern.

»H-hey, ruhig«, stammelte er. »Ich war es nicht. Ich bin auf deiner Seite!« Bly deutete auf Steve. »Er ist dort drüben! Dort drüben!«

Seine unermeßliche Wut schien dem Drachen Kraft zu verleihen. Sein Blick heftete sich auf den tapferen, wortführenden Herrscher von Hyde River, während er gleichzeitig an der Lanze zerrte.

Der Wagen rollte, hüpfte und wurde aus dem Tunnel geschleift. Der Körper des Drachens stürzte über das Dach auf den Boden und brach schließlich die Leiter ab.

Während der Drache auf der Seite lag, verrenkte er sich den Hals auf der Suche nach Harold Bly. Als er ihn entdeckte, schoß der Hals wie der einer Schlange vor, den Kopf fest auf den Boden gedrückt. Tief zog er die Luft ein, das rechte Vorderbein streckte sich.

Bly wich mit vor Entsetzen und Ungläubigkeit verzerrtem Gesicht zurück. Er lud seine Schrotflinte. »Nein! Komm schon, du willst doch gar nicht mich ... «

Die brennenden Augen des Drachens verrieten etwas anderes, als er langsam auf ihn zuglitt.

Andy und seine Kumpane flohen vor Angst in den ersten Tunnel, gefolgt von Kyle, Carl, Bernie, Elmer und Joe.

Der Drache schob sich näher an Bly heran, sein Kinn nur wenige Zentimeter vom Boden entfernt.

Bly zielte direkt auf die Fratze des Drachens und feuerte. Ein wahrer Funkenregen war die Folge, doch diesmal zuckte er nicht zusammen und wandte sich auch nicht ab.

Der Kopf hob sich vom Boden; der Drache stieß einen kurzen Atemzug aus.

Blys Hände zitterten, als er erneut lud. »Geh zurück ... geh ZURÜCK!« Er zielte und feuerte.

Von den Schuppen des Drachens sprühte wieder ein richtiges Feuerwerk, doch er kroch auch weiterhin langsam auf ihn zu. Er öffnete den Mund und stieß einen Luftschwall aus, doch es kam keine Flamme.

Bly bereitete sich darauf vor, erneut zu schießen und zielte. Doch diesmal wartete er. Er sah, daß der Drache starb.

Als hätte ihn Blys Überheblichkeit erneut angestachelt, hob er den Kopf und atmete erneut Luft ein.

Doch er konnte die Luft nicht halten. Sein letzter Atemzug entwich, und mit ihm eine sehr kleine Flamme, die aber schnell ausbrannte. Das Ungeheuer starrte Bly an. Sein Hals schwankte wie ein Baum im Wind.

Bly begann leise zu lachen, als er in das bösartige Gesicht blickte. »Nicht heute, Kumpel. Du bist fertig. Du kannst mir nichts mehr tun!«

Die feurigen Augen des Drachens wurden trüb, flackerten und wurden dunkel. Langsam erschlaffte der Hals, begann zu sinken, und in einem langsamen Bogen fiel er zu Boden. Bly sprang beiseite.

Bly bemühte sich darum, das Gleichgewicht zu halten. Er war bereit zu rennen, doch dann sah er, daß das nicht mehr nötig war. Der große, schuppige Kopf lag flach auf dem Boden; die Augen blickten immer noch in seine Richtung, aber sie sahen ihn nicht mehr. In einem langen, stillen, reglosen Augenblick starrte Bly in das Gesicht des Drachens. Er atmete heftig, das Gewehr war schußbereit, und er zitterte immer noch. Er brauchte Zeit, um zu begreifen, daß der Drache tot war. Schließlich machte sich ein Grinsen auf seinem Gesicht breit, und er begann laut zu lachen. »Seht ihr?« Er blickte sich nach Zeugen seines Triumphes um. »Seht ihr das? Wir sprechen immerhin von Harold Bly! Ich bin immer noch oben! Immer noch oben!«

Er sah sich um und fragte sich, was aus seinen Gefolgsleuten geworden war. »Hey! Hey! Wo seid ihr alle?« Doch auf dem großen Platz war niemand zu finden außer Steve Benson, zerschunden, zerschlagen und erschöpft. Er stand reglos zwischen den kleinen Feuerstellen und dem beißenden Rauch. Sie waren allein, und Benson mußte alles gesehen haben.

Blys Jubel verwandelte sich in Bösartigkeit. »Sie!« Er hob die Schrotflinte. »Schätze, wir haben noch eine Rechnung zu begleichen.«

Steve seufzte. Er ließ die Schultern sinken. So vieles hatte er überlebt, würde es nun so enden? »Mr. Bly.« Er wußte, daß seine Argumente schwach waren. »Ich habe Ihnen das Leben gerettet.«

Bly schnaubte verächtlich und schüttelte den Kopf. »Haben Sie nicht zugesehen?«

Steve sah an Bly vorbei auf die Lanze, die in den Bauch des Drachens gerammt war. Er hatte genügend Schüsse mit seiner Schrotflinte abgegeben, um zu wissen, daß er den Drachen nie hätte töten können. Aber Bly sah nur, was er sehen wollte; mit der Stadt war es dasselbe.

Bly hob das Gewehr und zielte auf Steves Herz. »Ich schulde Ihnen gar nichts, Benson, außer dem, was jetzt passiert. Nichts wird Harold Bly jemals töten ...«

WUMM! Drei silberne Krallen bohrten sich von hinten in Blys Körper. Er erzitterte, sein Gesicht war von Schmerz, Schock und Ungläubigkeit verzerrt. Die Schrotflinte fiel ihm aus der Hand.

Der Drache hob Bly vom Boden hoch. Sein Körper hing an den Klauen wie Fleisch an einer Gabel. Dann bohrte sich eine Klaue wie eine Nadel durch das schwarze Mal und in Blys Herz hinein.

Durch die Rauchwolken hindurch entdeckte Steve ein schwaches, gelbes Glühen aus dem einen halbgeöffneten Auge. Das Ungeheuer lebte noch, und wenn auch nur, um das Werk zu vollenden, das die Hydes vor so langer Zeit begonnen hatten. Langsam und mühsam öffnete der Drache das Maul, steckte Blys Körper hinein und schluckte ihn hinunter.

Auf einmal wurde Steve durch einen unerwarteten Lichtschein geblendet. Mit fest geschlossenen Augen wendete er sich ab und erwartete eine Explosion, aber nichts passierte. Er öffnete die Augen und drehte sich langsam zu dem Drachen und Harold Bly um. Er mußte immer noch geblendet sein, denn er konnte nichts sehen außer einem schlangenförmigen Fleck. Das einzige Geräusch, das er hörte, waren die Sirenen, die sich von der anderen Seite des Flusses her näherten.

Schließlich wurde sein Blick wieder klar, und er konnte die Leiche Harold Blys gekrümmt und verdreht auf den Steinen liegen sehen. Er erkannte den großen Platz der alten Verladestation und die ersterbenden Überreste des Feuers des Drachens. Auch der Bulldozer stand noch immer da, wo Levi ihn abgestellt hatte.

Aber der Drache war spurlos verschwunden. Er war fort, als hätte es ihn nie gegeben.

Steves Knie gaben nach, und er sank zu Boden. Seine Kraft war erschöpft. Er lag auf dem harten, aufgebrochenen Erz, doch er spürte es nicht. Ganz langsam glitt er in eine tiefe Bewußtlosigkeit.

* * *

Er spürte eine Hand auf der Schulter, die ihn sanft wachrüttelte. Er bewegte sich und versuchte die Augen zu öffnen. Wie lange war er bewußtlos gewesen? Wo war er? War der Alptraum vorüber?

Evelyn blickte ihn an; hinter ihr war das rötliche Licht des Sonnenaufgangs zu sehen.

Es waren noch andere Lichter da: Scheinwerfer, blinkendes Blaulicht.

»Steve? Bist du in Ordnung?«

Langsam setzte er sich auf. Die Welt begann sich zu drehen, und er legte sich schnell wieder zurück. Sofort war Evelyn an seiner Seite. Sie legte seinen Kopf in ihren Schoß. »Mach langsam.« Jetzt konnte er die Polizeiwagen erkennen, die durch den ersten Tunnel gekommen waren, und einen Rettungswagen. Polizisten. Bahren. Sanitäter. Blaulicht und Scheinwerfer, und Leute, die herumgingen, Befehle brüllten, Fragen stellten und Antworten erwarteten.

Noch einmal versuchte er sich aufzusetzen, und diesmal gelang es ihm.

»Wie geht es dir?« fragte sie.

»Ich – ich weiß nicht genau.«

»Wo ist Tracy?«

Steve saß aufrecht, doch als er nach einer Antwort auf Evelyns Frage suchte, tat der Gedanke an Tracy weh, und er hatte das Gefühl, erneut zusammenzubrechen. Nur ungern lauschte er dem Klang seiner eigenen Worte. »Tracy … ist tot.«

Evelyn wirkte so müde, so niedergeschlagen, und diese Nachricht war ein weiterer grausamer Schlag. Er berührte ihre Schulter, um sie zu trösten.

»War es der Drache?« fragte sie.

Er nickte, brachte keinen Ton heraus. Er konnte es nicht ertragen, diese schreckliche Szene zu beschreiben. Aber Evelyn hatte das ja selbst erlebt. Sie verstand.

Steve beobachtete die Beamten der Staatspolizei und die Feuerwehrleute, die Harold Blys Leiche mit ihrer Taschenlampe untersuchten und erstaunt miteinander sprachen. Bly schien in zwei Hälften zerteilt zu sein. Von hier oben aus konnte Steve auf die Stadt herabsehen, und er glaubte, niemals so viel Blaulicht an einem Ort gesehen zu haben. Feuerwehrwagen, Streifenwagen, Rettungswagen und private Fahrzeuge mit Blinklichtern. Das ganze Tal stand Kopf, vielleicht sogar der gesamte Bezirk.

»Wo ist der Drache jetzt?« fragte sie.

»Er ist tot«, sagte er einfach. Es war so schön, zur Abwechslung einmal eine gute Nachricht weiterzugeben.

In der vergangenen Zeit hatte auch Evelyn so wenig Gutes gehört, und sie war froh, diese Information entgegenzunehmen. »Bist du sicher? Hast du ihn getötet?«

Er blickte über den Hof zu dem demolierten Leiterwagen und der abgebrochenen Leiter. »Nein, ich würde sagen, Gott hat es getan – Gott und Levi Cobb. Ich habe nur ein wenig geholfen.« Mit ihrer Hilfe stand er auf. »Er ist gestorben – mit Harold Bly in seinem Maul, genau dort ... «

Evelyn blickte verwirrt um sich. »Wo?«

Außer den Polizeibeamten und Notärzten, die sich im Augenblick mit Harold Blys Leiche beschäftigten, war der Hof leer. Sie gingen zu der Stelle hinüber.

Sie fanden Levis Lanze, die immer noch am Ende der Leiter festgeschweißt war. Die Spitze war intakt, rasiermesserscharf und sauber – keine Spur von Blut, Fleisch oder Schuppen. »Hey, sieh dir das an. Levi hatte recht. Keiner hat auf ihn gehört, aber er hatte recht.«

»Wer ist Levi?« fragte Evelyn.

Steve wollte nicht noch mehr traurige Nachrichten weitergeben. »Ein guter Freund. Er hat mir das Leben gerettet. Er hat diese Lanze gebaut ...«

»Wo ist er?«

»Er ist in Sicherheit. Es kann ihm nichts mehr passieren.« Das war die Wahrheit.

Langsam ging er zu der Stelle, wo der Hals gelegen haben mußte. Er erwartete zwar nicht zu finden, wonach er suchte, war aber angenehm überrascht, als er es doch fand.

»Hier«, sagte er und bückte sich. »Erkennst du das?« Er hob ein abgebrochenes Metallstück mit einer scharfen Spitze auf. Es war die Spitze von Evelyns Jagdmesser. Er reichte es ihr. »Falls du jemals Zweifel bekommen solltest ... du warst da. Du hast dich gegen den Drachen gewehrt, und er konnte dir nichts tun.«

Niemals würden sie sich selbst beweisen müssen, was sie durchgemacht hatten, doch dieses ganz besondere Zeichen rührte sie so, daß ihr die Tränen in die Augen stiegen.

Ein Beamte fragte: »Entschuldigen Sie. Hat jemand von Ihnen gesehen, was hier passiert ist?«

Evelyn blickte Steve an, und Steve blickte den Beamten an. Ihm fiel einfach keine Antwort ein, die nicht mehrere Tage in Anspruch nehmen würde.

»Ja, Officer«, antwortete er schließlich. »Ich habe gesehen, was passiert ist.«

»Nun«, entgegnete der Beamte, »ich werde ihre Aussage aufnehmen müssen ...«

Oh, sicher, dachte Steve, nur wirst du auch glauben, was ich zu berichten habe?

Evelyn unterbrach sie. »Sir, dieser Mann ist verletzt, und ich möchte ihn gern hier fortbringen.«

Er nickte und ließ sie vorbeigehen, erinnerte sie jedoch: »Wir brauchen eine Aussage.«

Auf einmal schrie jemand aus dem Zugangstunnel: »Es ist alles seine Schuld! Verhaften Sie ihn, hören Sie?« Das war Carl Ingfeldt. Er zeigte auf Steve. »Benson! Sie haben unseren Drachen getötet!« Er brüllte einem Polizisten zu: »Er hat unseren Drachen getötet! Es war unser Drache, und er hat ihn getötet!«

Steve kam näher und sah, daß das schwarze Mal immer noch auf Carls Hemd war. »Carl, beruhigen Sie sich doch.«

»Wir werden dich anklagen, Benson!«

Einer der Polizisten fragte Steve: »Wissen Sie, wovon er redet?«

Steve blickte den Polizisten entschuldigend an. »Er ist nicht ganz bei sich.«

Beide Polizisten nickten zustimmend.

Neugierig betrachtete Steve Carl. »Sie wollen also vor Gericht bezeugen, daß ich euren Drachen getötet habe? Welchen Drachen?«

Carl wurde verlegen und konnte nicht antworten.

Steve deutete auf das schwarze Mal und senkte die Stimme. »Sie haben ihn immer noch in sich, Carl. Sie haben gar nichts verloren.«

»In Ordnung, Leute«, murmelte einer der Polizisten, »räumt das Feld. Geht nach Hause.«

Carl ignorierte das. »Sie haben unseren Drachen getötet, Benson! Das werden Sie büßen!«

»Bewegen Sie sich«, warnte einer der Polizisten.

Steve und Evelyn hörten ihn mit den Polizisten argumentieren, während sie ihn wegführten.

Evelyn dachte über Carls Worte nach. »Wir haben also einen Zeugen, für den Fall, daß du jemals Zweifel bekommst. Du hast den Drachen wirklich getötet.«

Steve mußte noch eine Sache überprüfen, um sich selbst zu beweisen, daß er den Drachen tatsächlich getötet hatte. Er blickte an seinem zerrissenen Hemd herunter. Der schwarze Schleim war zu aschgrauem Staub geworden, den er leicht abklopfen konnte. Er knöpfte sein Hemd auf. Über seinem Herzen war keine Wunde, kein Schmerz. »Ich bin frei«, sagte er einfach.

Evelyn umarmte ihn. Sie drehten sich um und wanderten Arm in Arm durch den Tunnel, die lange Rampe hinunter, über die Brücke und gelangten schließlich zu Steves Wohnmobil, das noch vor Charlies Bar stand. Die Reifen waren immer noch platt, und jetzt waren auch die Fenster eingeschlagen. Steves Ausrüstung, seine Kleider und Gewehre waren verschwunden.

Aber wenigstens das Bett ist noch da, dachte er. Wenigstens lag noch eine Matratze darauf.

Steve ließ sich erschöpft aufs Bett sinken.

»Ich will sehen, ob ich Leutnant Barnard finden kann«, sagte Evelyn. »Kommst du klar?«

Als Antwort bekam sie nur ein unverständliches Gemurmel. Leise schloß sie die Tür.

Steve lag still auf seiner Matratze und ließ seine Gedanken wandern.

Er sah Cliff vor sich, sehr viel jünger, Evelyn an der Hand, wie er einen großen Aal hochhielt. Er war größer als alles, was er je gefangen hatte, und, worauf er ausdrücklich hinwies, größer als alles, was Steve je gefangen hatte …

Ach komm schon, Cliff, der war doch gar nicht so groß …

Er sah Tracy vor sich in Homers Hütte. Sie schien sich dort seltsam zu Hause zu fühlen, schien in einem Teil ihrer Vergangenheit zu leben, wo das Leben noch sehr viel einfacher war und Fehler nicht so folgenschwer …

Sie war nicht nur äußerlich schön.

Er verweilte einen Augenblick bei Levi Cobb, der dort auf dem Boden gelegen hatte und so friedlich gestorben war, als würde er einschlafen.

Du warst nicht verrückt, alter Bursche. Du hattest deine Macken, aber du hattest, was niemand sonst hatte, du hattest Frieden. Und das bedeutet eine Menge.

Er dachte sogar einen Augenblick an Harold Bly. Er war für Steve das beste Beispiel für das, was ein Mensch nicht sein sollte. Harold war der letzte der Hyde-Familie, und vielleicht war das auch gut so. Mit Benjamin Hyde war der Drache gekommen. Im Laufe der Jahre hatte er seine Höhle mit Knochen gefüllt, und schließlich war er mit Harold gestorben. »Wenn das Sünde ist, so wollen wir der Sünde dienen«, lautete ihr Motto. Keine so großartige Idee.

Jetzt seid ihr mich los, dachte er.

Steve wollte nichts weiter, als aus Hyde River verschwinden, fort von diesem Durcheinander, diesen Streifenwagen, den Polizisten und Fragen. Er brauchte eine Dusche, er brauchte Schlaf, alles tat ihm weh, er war müde und schmutzig …

Doch er war nicht verbrannt. Erneut kam ihm dieser Gedanke. Mittlerweile hätte er schwarze Asche sein müssen.

Doch er war nicht tot. Er hatte gegen den Drachen gekämpft, genau wie Evelyn. Und genau wie Evelyn war er als Sieger daraus hervorgegangen.

Das brachte einen anderen Gedanken auf, einen Gedanken, den er so lange verdrängt hatte: »Hey, ich werde noch nicht sterben. Ich werde leben. Ich brauche kein Drachenkot zu werden; ich brauche nicht als ein Haufen Knochen in dieser Höhle zu enden.« Er konnte es noch nicht ganz fassen, darum sagte er es sich noch einmal. »Du wirst leben, Benson, du bist frei.«

In wenigen Minuten würde die Sonne aufgehen. Er würde sie sehen können.

Ein Rettungswagen raste vorbei. Vermutlich würde das noch häufiger passieren, doch er beschloß, das alles einfach zu verschlafen.

Er fühlte Frieden in sich; das war die Hauptsache. Selbst im Leid, während die Feuerwehrleute noch versuchten, die verschiedenen Brandherde zu löschen und die Polizei die Plünderer einfing, während die Untersuchungsbeamten ihre Fragen stellten und die Aufrührer in ihre Häuser zurückschlichen, empfand er einen so überwältigenden Frieden in sich, daß er auf der Stelle einschlief, hier, in diesem verwüsteten Wohnmobil, und so lange schlief, bis Evelyn und Leutnant Barnard ihn schließlich aufweckten und ihm anboten, ihn aus dem Tal zu bringen.

EPILOG

Die Medien beschäftigten sich ein oder zwei Tage lang mit dem Aufstand in Hyde River. Als Gründe für den plötzlichen Ausbruch von Gewalt und Zerstörungswut wurden Armut, Arbeitslosigkeit und Managementfehler genannt.

Die Polizei stellte fest, daß Harold Bly vermutlich von einem Bulldozer, der in der Nähe seiner Leiche abgestellt war, in zwei Hälften zerteilt worden war – ob nun durch Zufall oder vorsätzlich konnte nicht geklärt werden. Weiter kamen sie zu dem Ergebnis, daß das Feuer überall in der Stadt von den Aufständischen gelegt worden war, und die verbrannten Leichen waren Opfer dieses Feuers. Da keine Zeugen zu finden waren, gab es außer einigen Plünderern, die auf frischer Tat ertappt worden waren, nur wenige Verhaftungen. Als vermißt galten Charlie Mack, Phil Garrett, Sheriff Lester Collins und Deputy Tracy Ellis. Weitere Namen wurden nicht angegeben.

Die Leute, die aus Hyde River vertrieben worden waren, kamen nicht mehr zurück; und diejenigen, die noch dort lebten, hatten nichts auszusagen.

Levi Cobb ist tot; die Aufzeichnungen, die er mir zu lesen gegeben hatte, sind fort und vermutlich vernichtet. Sein Mörder, Harold Bly, ist auch tot, so daß dieser Fall abgeschlossen ist. Levis Leiche wurde zu seiner Schwester überführt, die mit Hilfe eines Anwalts und des Schlüssels, den Levi mir gegeben hatte, Levis Bankschließfach öffnete. Darin lag das Original des Tagebuchs von Holly Ann Mayfield, der Urkunde von Hyde River und der anderen Dokumente, die Levi gesammelt hatte. Levis Vermächtnis bleibt.

Der Schwur bleibt.

Im vergangenen Monat bin ich noch einmal heimlich durch die Stadt Hyde River gefahren und auf den Saddlehorse gestiegen. Ich fand vor, was ich erwartet hatte: die Höhle, in der der Drache gelebt hatte, war verschüttet.

Ich habe mein ganzes Wohnmobil nach der Schuppe des Drachens abgesucht, die ich damals fand, als der Drache mir die Falle gestellt hatte. Vermutlich ist sie in dem Augenblick verschwunden, als der Drache verschwand.

Alle Beweise sind also fort, und der Drache ist wieder einmal ein Mythos, der von Gläubigen gehütet und von Skeptikern ignoriert wird.

Um die Erinnerung daran lebendig zu halten – und um sicher zu sein, daß ich das alles nicht nur geträumt habe – fahre ich häufig nach Oak Springs, um Evelyn und die Jungen und Levis Grab zu besuchen. Ja, er ist tatsächlich im Familiengrab in der Nähe von West Fork begraben worden. Auf dem Weg zum Friedhof halte ich immer an einem bekannten Aussichtspunkt an und blicke hinab auf das Hyde River Valley, das sich bis weit in den Norden hinein erstreckt. Mittlerweile habe ich den träge dahinfließenden Fluß und die steilen, baumbewachsenen Berge in allen vier Jahreszeiten gesehen, und sie sogar mit einer von Cliffs Kameras fotografiert.

Nicht daß mich dieser Anblick so faszinierte, so majestätisch er auch ist. Vielmehr habe ich Angst vor der Möglichkeit, daß ich eines Tages, obwohl ich hoffe, daß es nie passiert, vielleicht eine unnatürliche Luftbewegung am Himmel über dem Saddlehorse entdecke, oder ein kaum wahrnehmbares silbriges Funkeln im Abendrot. Es ist passiert, und ich möchte mich daran erinnern; falls es jemals wieder passieren sollte, will ich es wissen.

Weil andere es erfahren müssen, füge ich nun diesen, meinen eigenen Bericht, den Briefen, Notizen, Tagebüchern und Zeitungsartikeln, die Levi Cobb aus dem vergangenen Jahrhundert gesammelt hat, hinzu. Ich rechne damit, daß meine Geschichte von denen, die nach mir kommen, größtenteils ignoriert werden wird, aber wer weiß? Vielleicht erweist sie sich als nützlich für einen anderen, unglücklichen Menschen, der das Gefühl hat, gejagt, gezeichnet und von jenen bösartigen, goldenen Augen verfolgt zu werden. Immerhin leben wir alle in Hyde River. Wir alle haben unseren Drachen.

Epilog eines Berichtes über das Phänomen
von Hyde River von Dr. Steve Clive Benson.